2017
中国
精美散文

张秀枫 ◎ 主编

21 二十一世纪出版社集团
21st Century Publishing Group
全国百佳出版社

图书在版编目（CIP）数据

2017 中国精美散文 / 张秀枫主编 . -- 南昌 : 二十
一世纪出版社集团 , 2018.4

ISBN 978-7-5568-2827-2

Ⅰ . ①2… Ⅱ . ①张… Ⅲ . ①散文集—中国—当代

Ⅳ . ①I267

中国版本图书馆CIP数据核字(2018)第052389号

2017中国精美散文

张秀枫/主编

策　划	张　明	
责任编辑	张　宇	
出版发行	二十一世纪出版社集团	
	（江西省南昌市子安路 75 号　　330025）	
	www.21cccc.com　cc21@163.net	
出 版 人	张秋林	
经　　销	新华书店	
印　　刷	河北环京美印刷有限公司	
版　　次	2019 年 4 月第 1 版第2 次印刷	
开　　本	720mm×1020mm　1/16	
印　　张	24	
字　　数	360 千	
书　　号	ISBN 978-7-5568-2827-2	
定　　价	48.00 元	

赣版权登字—04—2018—48

如发现印装质量问题，请寄本社图书发行公司调换 0791-86524997

目　录

幽 幽 长 者

余秋雨

一

早在 1997 年，我写过一篇题为《长者》的长篇散文，记述当时还在世的上海戏剧学院导演系研究员张可女士。这篇文章曾收入《霜冷长河》一书，但在后来编印的选集、合集中都没有收入。理由是，重读时觉得文笔过于散漫拖沓了，不符合我的严选标准。

据我的经验，一个人重读自己以前的文章，如果已经隔了十年，那么，特别在乎的是文笔，而不是内容。内容已经熟悉，而遣字造句、口气表情却还愿意一再玩味，并决定是保留，还是遗弃。

再过十年，也就是相隔二十年，情况又会发生变化。内容已经在记忆中模糊，因此又有了关注的好奇。一关注，一些悠悠微光，又会撞击心灵。这就像墙角淘汰多年的老家具，一直盖着灰布，也忘了是什么东西了，偶尔掀开灰布，居然眼睛一亮。

那天，我不小心掀开了那篇旧文。

张可老师早已不在人世，学院里几乎没有人记得这个名字，各种记录资料中也没有留下任何痕迹。然而，她实在是中国现代女性的一个特殊典型，比现在被传媒反复描写、讲述的那些"才智丽人""民国女性"更有深度。因此，我决定重写一篇，不仅仅是为了她个人。

二

张可老师并不担任课程，属于"教育辅助人员"编制。当初导演系刚刚成立时，系主任吴仞之先生要求设置一个"研究室"，专职人员只有张可老师一人，后来也没有扩充。张可老师是研究莎士比亚的，如果导演系要排演某部莎士比亚戏剧，她可以提供一些咨询。然而一年年下来，这样的机会一直没有出现。因此，张可老师安静而空闲。来上班时，也独进独出，无人注意。

只有在一种情况下，张可老师会顷刻成为全院焦点，那就是外宾来访。

上海戏剧学院的外宾一直比较多，包括在尚未开放的20世纪五六十年代。来的外宾多是表演团体，一行艳丽妖娆，语言激动夸张，多数翻译人员都有点应付不了。即使勉强应付过来了，后面却还有几个绅士模样的高傲理论家，满口故弄玄虚的语言更让翻译人员头痛。在这种情况下，学院领导总会低声吩咐："叫张可来！"

张可老师一到场，外宾全都安静了，为她的美貌。她肯定比林徽因滋润，比王映霞清秀，比陆小曼典雅。面对外宾，她并不是热烈地一一握手打招呼，而是迎着他们的目光，在他们五六步前站定，介绍自己是莎士比亚学者，很高兴与他们在学院路遇，然后再充满好奇地询问他们来自什么机构和单位。浅浅问答几句，几乎和所有的外宾都粘连上了。而对那几个高傲的理论家，她会故意多谈一些，不露声色地吐露出让对方很难再高傲的专业素养。

她的英语，是标准的伦敦口音，却又增添了美国的开朗和热度。一开口，就让外宾们非常吃惊，却又障碍全消。于是，她立即成了人群的核心。

只要听说张可老师出来接待外宾，学院里的教师、学生、职工都会远远近近地围观，看她的优雅风范。上海戏剧学院美女如云，因此经常会有"民间口碑"式的"选美"。在喊喊喳喳间，入选名单不断更换，但列为第一名的总是她，张可。

三

美貌是第一惊讶，英语是第二惊讶，第三惊讶更重大：这么一个大美人，居然是老革命！

她在 1938 年十八岁未到就加入了中国共产党的地下组织，长期潜伏在美国新闻处和上海戏剧界的一些单位工作。后来据几位认识她的老人告诉我，正是她的美貌，给地下工作带来很多方便，即使身上藏有情报也容易混过去。但是，这一定是没有藏过情报的人的"外行臆想"。在真正的血火战斗中，外貌的作用并不太大，危险始终近在咫尺。年轻的张可就在危险中奋斗了十多年，直到 1949 年新中国成立，真不容易。

新中国成立了，她还不到三十岁，本应风风光光地担任某个单位、某个部门的领导，却又出现了第四个惊讶：她功成身退，决然退党。

这第四个惊讶，让人觉得不可思议。

为什么？因为在中国共产党的历史上，退党的人很多。有的是叛变，有的是观念产生了严重分歧，有的是流亡海外失去了联系，更多的是在白色恐怖最严重的时刻考虑到了家人的安危……张可却是举世罕例：在自己的党隆重执政的时刻决定退党。

仅仅是几天之隔。几天前，共产党员只要被抓住就会被立即处决，她虽然没被抓住，却在心里坚定自认；几天后，共产党员已经可以在大街上昂首阔步，她反而已经不是。在历史转折关头的这种"反转折"，足以震动四方。

关于她的退党，有好几个传闻。

第一个传闻，在地下党员由暗转明的"报到处"，负责接待的领导人是一位级别不低的军事干部。突然见到张可这么一位美貌的"同志"和"战友"，他眼睛特别亮，话语特别多，似乎就像前些天快速攻入一座城池一样，便用很不恰当的语言表述自己的美好意图。张可早就听惯上海街市间对一个漂亮女性更"不恰当"的语言，但今天眼前这个人代表的，却是自己以命相托的组织。能在这样的话语中向组织"报到"吗？凭着在地下工作时养成的那股硬气，她扭头就走。

她不是原来就有组织吗？这就牵涉到第二个传闻了。地下工作时的领导，也是一位不错的文化人，看到战争结束，雨过天晴，准备重新安排生活，包括重建家庭。他一直有意于张可，但张可已经结婚。他希望两头都改变婚姻，这在当时的革命队伍中比例极高，但张可不想进入这个比例。

据我的判断，这两个传闻都未必虚妄。

她的退党，其实也是出于对党的信任。终于掌握政权了，一切都会好起来，天下既然已经转危为安，我也就可以投入心中最喜爱的文学艺术了。过去出生入死，不也就是为了建设更文明的社会吗？

这也是她公开表述的退党理由。

于是，上海戏剧学院出现了一个安静的莎士比亚研究者。

在刚刚结束动荡的年代，在上海这样的城市里，一个安静的人，极有可能封存着一部极为精彩的传奇。喧闹的，反倒一眼就能看穿。在革命资历决定社会地位的 20 世纪 50 年代，张可老师似乎变成了一个不懂政治的普通女性，说不定，街道的居民小组长还会给她补一点党史常识的课程呢。

这让我想起了上海戏剧学院的另一位奇特女性，党委副书记费瑛。1949 年之前，费瑛在复旦大学读书，系里的激进学生为了打击"立场模糊的保守势力"，把她当作了重点批判对象。他们不知道，恰恰是这位打扮时髦的女同学，是中国共产党在上海很大一个片区的地下负责人，当时那些大家佩服的学生领袖，都是由她在幕后指挥。这种说法大概是不错的，因为直到她退休之后，好几位国家级领导每逢过年过节还会来问候这位当年的"神秘领导"。

但是，张可老师的资历，还比费瑛女士高得多，当然，更不必说学识了。她们这两位传奇女性每次在学院草地间的小路上相遇，总会快步上前，长时间亲热地握手，然后看看周边有没有人注意，再退到树荫下讲话。当时的费瑛女士是学院的实际掌权者，经常要作报告、发指示，气势很大，但一见张可老师，立即变成了温顺的小妹妹。其实在外貌上，张可老师要年轻得多。

四

好，现在可以说说我与张可老师的交往了。

我是 1964 年在江苏浏河的一个贫困农村首次见到张可老师的，那时我十七岁，算起来，张可老师应该是四十三岁了。

那个年代，凡是大学师生都要不断地到农村去，名为"社会主义教育"，其实就是从事艰苦的农业劳动。每次下去的时间很长，半年到八个月。刚回来不久又下去了，一轮一轮接得很紧。我到今天还没有想明白，当时上面的领导究竟出于什么动机，让学生不学习，教师不上课，校舍全空着，硬挤到破陋的农舍里长时间煎熬。农民显然不欢迎那么些外来人挤到他们屋子里住，却还是去挤；农民更不乐意那么些城里人拥到他们的田里胡乱折腾，却赶不走。

上级有规定，到农村后必须住在全村最贫困的家庭。而几个农村干部则皱着眉头在选最贫困的几家中最窝囊、最不会讲话的那一家，免得今后不顺心了拿着扫帚打架、驱赶。

我就被分配去了这样一家，一起去这家的还有一位外地干部和一位教师。外地干部叫李惠民，他本就是农村的，却为什么要换一个农村来劳动，一直没搞清楚；而教师，就是张可老师。

这家农民有三间破烂的小泥屋。东边一间挤着房东夫妻和子女，西边一间住着房东年老的母亲，还养了两只羊；中间一间放置农具和吃饭，又养着四只羊。我和李惠民住在中间那间，与四只羊相伴。张可老师住在西边一间，与房东母亲和两只羊相伴。这六只羊都是集体所有的，在这家"借住"，和我们一样。

我所说的这一间、那一间，中间隔着墙。但那墙是芦苇秆加泥巴糊成的，六只羊的叫声全都听得见。比羊叫更刺耳的是老太太连续不断的咳嗽声，这实在是让张可老师受罪了。她住的那间泥屋，特别小，老太太的床又窄又脏，紧贴着张可老师的床。张可老师挂了一顶从上海带去的白帐子，但两只已经脏成灰黑色的羊就蹲在帐子边，臭气和霉味扑鼻而来。

这就是我和张可老师初次见面的地方。

我看到这间泥屋的景象就立即大声说："不行，老师，你决不能住在这样的地方！"

我当时只知道她是我们学院导演系的教师，还不知道她的名字，但看到这么一个恐怖的住所，一下子就产生了一个男学生要保护女老师的责任感。

她竖起食指"嘘"了一下，让我小声一点。随即问了我的名字，便轻声说："规定要住最贫困的人家，只能这样了。要换，也没有理由。"

　　我说："我小的时候在家乡农村长大，也从来没有见过这么腌臜的房子。"

　　"腌臜，这个词用得好。"她说，"你家乡在哪里？"

　　"余姚。"我回答。

　　"余姚？好地方。"她说，"考考你，你知道同乡王守仁吗？"

　　"考考你"，这是一个老师最能向学生表明身份的说法，在这烂泥屋里听到，我特别高兴。

　　"王守仁就是王阳明。心外无理、知行合一、致良知。"我说，稍稍有一点学生式的小卖弄。

　　她这下认真看我了，满脸微笑地说："我只是随口一问，你就端上了王阳明三个最重要的学说，真要刮目相看了。"

五

　　刚下乡时，正逢雨季。村里有规矩，天一下雨就要开会，开会的地方离我们的烂泥屋不近。这就太难为张可老师了，因为门外一片泥泞，她走一步摔一跤，浑身是泥。其实，她到河边洗漱，也寸步难行。雨停了，就要下田劳动，但田埂还是泥泞，她仍然无法行走。

　　这就需要我来搀扶了。我小时候在农村时成天赤脚玩泥，不把泥泞当回事。因此，几个月中，我成了张可老师最趁手的拐杖。

　　对于吃饭，当时还有一个奇怪的规定，尽管交了饭费，但决不能吃饭桌上的任何荤菜，连农民在河沟边自捞的小鱼小虾也不能动。幸好这家人家没有这种麻烦，下饭的菜永远是一碟盐豆。为了怕费油，青菜都不炒一个。几个月下来，我们的脸色已惨不忍睹。

　　张可老师看着我说："你正在长身体，不能长时间这样。"但是，又能怎样呢？她叹了一口气，说："现在上上下下都喜欢摆弄苦，炫耀苦，却忘了当初革命是为了什么。"

　　我当时一点也不知道，说这句话的人，最有资格说"当初"。

　　也有下雨不开会的日子，我们就可以在烂泥屋中间那一间的门内，看看书，说说话。

那天，我在一角看书，张可老师从她的泥屋子走了出来。只是远远地瞟了一眼，她就说："不要只读兰姆，要读原文。"

这下我脸红了。我确实在读兰姆姐弟（Mary Lamb and Charles Lamb）合编的《莎士比亚故事集》，从外文书店买来的英文版。原来以为已经很牛了，却被真正的莎士比亚专家一眼看破。她怎么粗粗瞟一眼就能认出哪一本书呢？这就叫专业。

我嗫嚅着："莎士比亚原文是上了年纪的英语，很难。"

"你真不知道该原文的乐趣有多大！"她说这句话的时候，满脸都是光辉。

"如果由中国的剧团来演出，用谁的译本比较好？"我问。

张可老师说："一般用朱生豪的，他只活了三十二岁就翻译出了二十七部，令人感动。但也正因为太匆忙，有点粗糙，对那个时代的神韵传达不够。这些年北京大学吴兴华等人进行了校译，质量就提高了。梁实秋倒是翻译全了，翻得从容不迫，但少了朱生豪的那种激情，又不太适合演出。"

顿了顿，她说："记住，现在中国最好的翻译家是傅雷，我们很熟。你听说过他的儿子傅聪吗？大钢琴家……"

我知道，这就是上课，就恭恭敬敬地找了一把小小的竹椅子摆端正，请她坐下，我就坐在对面三块叠着的泥砖上。她一笑，便坐下了，显然，她也愿意在这被大雨封住的小泥屋里讲这样的课。以后每次这样一坐，彼此心头就都响起了学院的铃声。

"你能读兰姆，也算不错了，那书是在福州路外文书店买的？"张可老师问。

我说："兰姆是我的中学英语老师孙珏先生吩咐买的，现在这样的书买不到了，满架都是《毛泽东选集》的各种外文版。前两次下乡，我为了学英语，把《毛泽东选集》的英文版读了一遍。"

"那是偷懒的办法。"她说，"中国人的思维，中国人的词汇，猜都猜得出来。读英语，先读狄更斯，再读莎士比亚。"

"你们系里平常上一些什么课？"她问。

"太差了。当时是以全国最难考的招牌把我们吸引来的，一听课，多半是政治教条。我们等着顾仲彝先生来讲贝克技巧。"我说。

她笑了一下，说："贝克不重要。技巧只是技巧。"

"亚却呢？"我追问。贝克和亚却，都是美国的编剧教师，小有名气。

"也不重要。"她说。

"劳逊呢？"我又问。劳逊的书，已在中国翻译出版。

"稍稍好一点，讲到了结构，但还是浅，而且啰唆。"她说。

她三下两下，就把我们所企盼的课程全给否定了。其实按照当时已经泛滥起来的以政治压倒一切的极左思潮，这些课程也不可能进课堂了。这就像一群应招女婿还没上门，就被她婉言谢绝了。当时我听了，是心存怀疑的。

她看出了我的怀疑，就讲了一段话："艺术的最高处，不在技巧。莎士比亚是一位伟大的诗人，向他学什么编剧技巧，实在是委屈了他。而且，学戏剧文学，目光也不能只在编剧。中国话剧的发展，关键在导演。戏曲，关键在演员。一切都靠时代力量和个人天赋。"

"那是不是要学习斯坦尼和布莱希特的表演理论体系？"我问。

"也不必。他们两人都是好导演，但是一钻到理论里就夸张了，把架势撑得太大。凡是艺术家自己搞的体系，都不能太相信。"她说。

后来我每次回想，都感谢张可老师在我刚懂事的年纪示范了如何做减法。这种减法思维，使我毕生受益。

别的老师喜欢把自己知道的一切全都当作宝贝往学生肩上压，张可老师正相反，以自己的阅历衡量轻重，对比高低，去芜存菁，早早地为学生减省负担。并且，把减省负担当作一个重要的学术门径，启发学生。

我想，如果不是那间雨中烂泥屋，而是一直在高楼深院里接受一系列正规教育，那么，我不知道会在大量"看似重要的不重要"中浪费多少年月。

有一天又下雨，她与我谈起了文学。她对中国现代小说全都看不上，包括一系列已经上现代文学史的"经典作家"在内。

"都不大气，缺少人性和神性。只是社会化、观念化、个人化的东西，显得神经兮兮又可怜兮兮。"这两个"兮兮"是上海女性的口语，一说出口，她就笑得很开心。

"您会不会也去翻翻当代小说？"我问。

"翻得很少。粗粗的印象，我觉得陕西的作家比较认真，像柳青、王汶石。看起来王汶石更好一点，笔下有一种爽朗的劲道，可惜题材太窄。"

我对她读过王汶石有点吃惊。

接下来是她问我了："外国小说你喜欢谁？"

"法国的雨果，俄国的契诃夫和美国的海明威。"我说。

"我知道了，你不喜欢精神撕裂型、心灵忏悔型的作品。"她说，"正好，我也不喜欢。"

就这样，过了五个月。一天上午，乡里一个通信员推着一辆很旧的自行车来通知，说上海戏剧学院的领导来慰问下乡劳动的师生，今天就不用下田劳动了，大家到南边一个旧祠堂里去集中，中饭就在那里吃。

这是让人高兴的事，我陪着张可老师走了不少路，找到了那个旧祠堂。来慰问的领导就是费瑛书记，她一见张可老师便着急地迎过来，握住手之后又一遍遍上下打量着，那表情的意思是，真不该让她在这里待那么久。

分散在各村的同学和老师重新见面，都非常开心。这时才发现，旧祠堂的一角正烧着两只大锅，飘出阵阵无法阻挡的香味。原来，费瑛书记听说我们在乡下不仅劳动艰苦，而且吃得很坏，就决定来一次最实际的慰问。那就是请学院食堂的厨师一起下来，办一次聚餐，每人分两块草扎肉、两个馒头，进行"营养速补"。

所谓草扎肉，就是把五花肉切块后用一根根稻草扎了，放到锅里焖煮。煮烂了也不会散块，掂起稻草分给各人。由于已经有五个月没有好好吃饭了，很多男同学打赌，能一口气吃下十块。女同学只闷笑，心想十块怎么够。看到同学们的狼吞虎咽，费瑛书记眼泛泪光，轻轻摇头。张可老师只吃了一块肉，把另一块放到我的盘子里，就起身又到费瑛书记那里去了，我连推让的机会都没有。

这时，在我们邻村劳动的胡导老师挨近我，问："你知道为什么费瑛书记这样尊重张可老师吗？"

我摇头，看着胡导老师。

胡导老师打趣说："看你和她在一起劳动快半年了，她都没有透露。可见我也不能透露，这是地下工作的规则。"

看我发呆，胡导老师又加了一句感叹："传奇啊，了不起！"

六

"文革"开始后，舞台美术系的同学带头"造反"，组织了一个叫作"革命楼"的造反组织，全系大约有三分之二的同学参加。表演系也有同学"造反"了，大约占全系人数的三分之一。我们戏剧文学系和导演系的同学没有人"造反"，就由我带领着，对抗造反派同学临时学来的暴行，例如批斗老师、抄家、打砸抢。他们开大会，我们也开大会；他们刷出了打倒谁的标语，我们就紧挨着刷出正面标语；他们准备要抄哪个老师的家，我们先赶到一步，贴出布告"这家已由革命群众查检完毕"；他们要烧图书，我们就围成三圈高喊反对的口号……

我的这些对抗行为，被造反派称为"保皇派代表""三座大山之首"。但有一段时间，毕竟是反对暴力的师生要多得多，我一时广受拥护。有一次，在红楼前的热闹通道口，一位年迈的女教师大声表扬我是"正派的好孩子"，边上很多人鼓掌。我正为"孩子"的说法烦恼，肩上被拍了一下，一个熟悉的声音传来："最近有没有见到李惠民？"

我转身一看，居然是张可老师。李惠民，是我们在农村同住一家的那位地方干部，几乎忘了，她怎么突然提起？原来，她是想用一个陌生的话题把那个女教师的表扬和别人的掌声打断，把有可能发酵的对话打断，把我引开。

我跟着她走到一个无人的角落，她轻声而快速地说："你应该赶快躲起来。在学院里我们是多数，但这是暂时的，从中央的势头看，会有大翻转。你不能站在风口浪尖上。"说完，她拍拍我的手臂，转身就走了。

其实我也在关心形势，已经预判造反派会很快压倒我们。既然这样，张可老师说得对,应该往后退。正好我爸爸被他们单位的造反派打倒了,我要天天代笔为爸爸写交代,就从学院隐退了。

此后我经常想起突然拍肩又突然转身的张可老师。她在"文革"中,没有引起造反派的注意,因为她不是党员,不是干部,也不是正式教师。她原来所在的导演系没有造反派,而后来她的编制又划到了演出科,那是一个由裁缝、木匠组成的舞台服务机构,没有人对"文革"有兴趣。但是,如此安全的张可老师那天对形势做出的判断,实在是一种充满政治经验的远见。她喊一声陌生人的名字把我引出来的情景,让我联想到了某些间谍片。

当时我的遭遇已经是一片凄风苦雨,爸爸被关押,叔叔被逼死,全家八口人失去经济来源,而我又是大儿子。正在苦得不知道怎么办的时候,上面又下达通知,立即下乡劳动。

下乡不久前的一天,我拿着造反派掌权者为我做的"长期对抗文革"的最低等级思想鉴定,丧魂落魄地在学院里走,又遇到了张可老师。与上次一样,她喊了我名字后,先从一个陌生人开头:"我家邻居是你中学时的同学,最近从北京回来了……"边说边往小路引。看到周围没人了,就转入正题。

"听说你们又要下农村?"她急切地问。

"是的,已经动员过了。"我说。其实,动员到出发的时间很短,这两天我正在想办法用卖书所得的三元钱买一套防雨的棉衣,但还没有买到。

"去多久?"她问。

"说是一辈子。"

她突然沉默了,低下头去一会儿,又抬起头来。

"一辈子,让带书吗?"她艰难地问。我猜度刚才她沉默时也许会想起我们在烂泥屋里靠谈论书籍熬过了半年的往事,但这次是一辈子,而不是一年半载。

带书,这事我也在想,前几天卖书时还咬着牙齿留下了几本,因而就对张可老师说:"让不让带书还不知道,总可以带几本吧。"

说是这么说,心里却明白,如果允许带几本,也一定不是张可老师所说的那种书。

"一辈子，与父母商量了？"她又问。

刚问，她又露出一个抱歉的表情。因为在那个年月一切命令都无法与父母商量，父母只有听命的份儿。而且我想张可老师也听说了，我家已陷于大祸。

她叹口气，轻轻地拍了拍我的手臂，说："好好照顾自己！"

没想到，不是一辈子。

1971年，由于林彪事件、重返联合国、准备欢迎美国总统，"文革"的逻辑断了。在周恩来等人的努力下，文化建设悄悄地代替了文化破坏。

复课、编教材、编词典、办学报，都火烧眉毛般地着急推进。这是另一种逻辑的启动，极左派想阻挡也比较困难。我们也就随之从农村回到了上海。

上海戏剧学院遇到的第一件好事，是抽调专家去编《辞海》，抽到的第一个人，恰恰是张可老师。她当然合适，《辞海》里的很多条目都能够参与。

接下来的事情就分好几个等级了。复课招生是第一等，既热闹，又有点权；编学院里的专业教材是第二等；与外校一起编通用教材是第三等；到外校去编我们学院用不着的教材是第四等。我分到的是第四等，到复旦大学去编我们学院用不着的鲁迅教材。第四等倒无所谓，比较麻烦的是复旦大学太远，去一趟要换好几路车，没人想去。我同意去，是另有所图，想利用复旦大学图书馆的外文书库来充益我已经独自在编的教材《世界戏剧学》。

从我们学院到复旦，我看到教育恢复的势头十分振奋。有趣的是，所有的造反派骨干成员，全都置身在这个势头之外，他们气鼓鼓地等待着一场"反击"运动。

那天我回学院，看到教育楼的红砖外墙上新贴出一条标语：

不要资产阶级文痞，

宁要无产阶级文盲。

这种标语在"文革"中看得多了，但这次，显然是针对着教育恢复的势头来的。

我历来不怕极左派，现在更不怕了，就立即在标语边贴了一张纸条，在当时叫"戳一枪"。我写的是：

上海的流氓总把别人说成是流氓，

上海的文痞也是一样。

写完，签上自己的名字。刚贴出，就围着很多人在看，表情兴奋。可见，社会气氛已变。当天下午我还在那里转悠，看到张可老师也来了，她又把我拉到路边，说："那一枪，很准。"

我说："看了那么多年，发现破坏文化的，都是文人。他们是真正的文痞。"

张可老师说："这我早就知道。但文痞很滥，你要小心。"

我说："不怕他们。"

果然，第二天下午，在我贴纸条的下方，一条新标语又出现了：

警惕老保翻案！

我又在这条标语边"戳一枪"：

天地大案尚未审，

何人翻案未可知。

这次我干脆署名为"老保大山"。这是当年造反派封我的，"保皇派""三座大山之首"，我把它们合在一起了。这条标语贴出后，他们不再来闹，可见形势确实变了。

这事的两年之后，他们发动了全国性的反击，叫作"反击右倾翻案风"。但不到一年，"四人帮"被逮捕了，天佑中华。

其间事情太多，不去写了。我只记得，自从那次在教育楼标语前讨论"文痞"之后，一直没有见到张可老师。偶尔想起，估计她还在编《辞海》，什么时候有空，应该去拜访。但是一直没有找到有空的时间，而且我也始终没问过她住在什么地方。

就这样，又过了三年，我遇到了一件与她有关的事。

这件事，让我一时目瞪口呆。

七

1979年春天，我在学院资料室里翻阅北京的一本学术杂志，发现一篇用中西比较方法研究《文心雕龙》的文章，心中一喜，却不知道作者王元化是什么人。当时正好有一家上海报纸向我约稿，就写了篇读后感寄去。没想到，几天后报社的编辑亲自来到我家，满脸抱歉。

"感谢您终于为我们报纸写了专文，而且写得那么好。但是，这篇文章暂时还不能发表。"编辑说。

"为什么？"我笑着问，因为这是第一次遇到退稿。

"原因只有一条，王元化的历史问题还没有结论。学术杂志发表他的论文可以，但我们报纸……"

"王元化究竟是谁？"我问。

"您写了文章还不知道他是谁？"编辑十分惊讶，"我们编辑部还以为，是因为您与他爱人同在一个学院的关系呢。"

"他爱人在我们学院？"我好奇极了。

"张可嘛！您真的不知道？"

"啊！"这下我倒真是发呆了。

我从椅子上站起来，在房间里走了几步，又到窗口站了一会儿，回想着张可老师与我交往的点点滴滴。她怎么一点也没有吐露，而我怎么一直也没有追问一句？

这就是中国人的师生伦理。好像学生不应该去揣测老师的家庭生活，更不应该随便打听。结果，代代传承，变成习惯，连想也不会去想了。

我怀着慌乱的心情，去找了那次在乡下向我暗示张可老师有"传奇"的胡导老师。胡导老师听我一问，就把隔壁办公室的薛沐老师也叫来了。他们都是见多识广的长辈，兴致勃勃地轮番叙述着，让我知道了这篇文章前面写到过的张可老师的历历往事。她宁肯退党也不愿意改变婚姻，正因为有这位丈夫王元化。

但是，在退党事件后没几年，王元化被牵涉进了"胡风案件"，因为他是新文艺出版社的总编辑，与诗人胡风有业务交往。由于案件快速膨胀，他被逮捕入狱。那时张可才三十出头，不仅对蒙冤入狱的丈夫不离不弃，而且还处处寻找经常变动的关押地点，又不断地向各个相关部门上访诉冤。王元化出狱后没有单位，没有工资，精神又有点失常，全靠张可一人撑持着照顾。一年年下来，直到眼下，形势才有所变化，王元化可以在学术杂志上发表论文了……

我听了两位长辈的叙述，非常激动。张可老师给人的一个个"惊讶"早已叹为观止，没想到还在不断增加。这中间，还夹带着我自己的一个惊讶。就在我们下乡劳动的那些日子，她仍然处于为丈夫上访、为丈夫治病的过程中。我哪能想象，那顶挤在老太太和羊窝之间的白帐里，兜藏着中国女性最贞淑的品质，最坚毅的心灵。

外面，一天一地都是黑夜、暴雨和泥泞，而那顶小小的帐子，却是如此洁白无瑕。

我托请《辞海》编写组的一个年轻工作人员打听，张可老师什么时候会回学院一次。打听到了，那天我就守在我们经常聊天的那个路口。

果然，她来了。

毕竟是"文革"之后的第一次见面，千言万语不知从哪儿开头。我突然觉得不如"中心突破"，一开口就说了对王元化先生文章的评价，并为他终于能发表文章而高兴。

张可老师的表情很吃惊，连问我怎么全都知道了。我正支支吾吾，她又拉着我的衣袖到一边，轻声说："他到现在还没有平反，但从种种消息看，快了。平反后一定请你到我们家去长谈。"

"为什么要等到平反才去？王元化先生什么时候有时间，我随即登门拜访。"我说。

"他呀，什么时候都有时间。"她笑得很开心。

我们又聊了很多话，临别时，她又说："我一定把你对文章的评价立即告诉他。"

过了三天，与张可老师一起在编《辞海》的柏彬老师找到我，交给我一封厚厚的信。拆开一看，署名是王元化。

王元化先生详尽地叙述了以前如何在张可老师那里一次次听说我，了解我的过程，然后郑重邀请我去他家一聚。在长信的最后他写了一段话：

"秋雨，尽管身边还有大量让人生气的事，但我可以负责地说，就学术文化研究而言，现在可能正在进入本世纪以来最好的时期。"

这段话让我感动，因为写的人还没有获得平反。

收到信的第二天，我就按照地址找到了他们家。是在淮海中路新造的一幢宿舍楼里，按当时上海的居住水准，已经算是不错的了。他们是新搬进去的，我想，既然上面有了给他们分房的举动，平反的事可能真的不远了。这在中国官场，叫作"正在走程序"。

张可老师一见我乐坏了，忙忙颠颠地端茶、送点心。他们家里雇了一个头面干净的老保姆，张可老师说："她是你的同乡，余姚人。"老保姆用余姚话与我打过招呼，就去忙饭菜了。

王元化先生坐在我边上，说："开头要说的话都写在那封信里了，今天开门见山吧。你读了这篇文章没有？"他拿起一本杂志放在我眼前，我一看，是李泽厚的《论严复》。

"我觉得这一篇，比他50年代发表的《谭嗣同研究》写得好，尽管那篇资料收集得更细致。"王元化先生说。

张可老师一听，立即嗔怪起来："人家秋雨那么远的路赶过来，茶都没有喝一口，一下子就谈得那么严肃！"说着就拐身到厨房里去了。

我就与王元化先生谈李泽厚。我说王元化先生有眼光，这几年李泽厚进步很大，远超自己的50年代。尤其是他以康德为背景的美学理论，已经把朱光潜、宗白华比下去了。

王元化先生睁大眼睛看着我，估计他会把朱光潜看得更高一点。但他还没有开口，张可老师已经在招呼吃饭了。

菜不多，但很精致。张可老师不断地在往我的盘里夹菜，自己几乎不怎么吃。他们家的饭碗很小，我几口就吃完了，张可老师忙着一次次添，添完又夹菜。连王元化先生看了也觉得有点过分了，不断笑着说："让秋雨自己来，自己人不用太客气。"

我看着张可老师，想起在烂泥小屋我们一起吃盐豆的五个月，想起她在老祠堂把草扎肉让给我……她似乎也想起了什么，说："秋雨像骆驼，可以吃很多，也可以饿很久。"

吃完饭，王元化先生一挥手，要我到隔壁房间谈学问。张可老师向我一笑，说："你们谈学问我就不参与了。"

乍听这话像家庭妇女，但我分明记得，在农村，她一直在给我谈学问啊，而且谈得那么好。

与王元化先生谈了一会儿我就发现，他此刻浑身蕴藏着一个被废黜已久的学者对于学术交谈的强烈饥渴。反过来，他的知识结构又让我不无惊喜。他出事是在50年代前期，那时，中国在文化领域的极左思潮还没有形成气候。等到他被羁押之后，社会上倒是越来越左了，他已经没有权利投入，因此也就保持了一份特殊的纯净。

　　为此，我们两人决定多谈几次。

　　在第一次拜访之后，我又在一个月里三次重访。为了谈得长一点，我一般都是下午二时去，不要与晚饭靠得太近。张可老师还是不参与，只是与老保姆一起，在厨房准备点心和晚饭。大概在三点半左右，点心就端出来了，非常细致，比如四个煎馄饨，或一小碗酒酿圆子。

　　通过几次长谈，我大体领略了王元化先生的知识结构。

　　王元化先生的父亲是教师，所以他小时候就住在清华园，"那里连鞋匠都讲英文"，因此有不错的西学背景。他原是基督徒，后来加入中国共产党，较多的时间着力于革命思想的传播。虽然没有出国留学经历，也没有安心求学的可能，但对18、19世纪欧美的文化思潮都有了解，又更多地受到俄国别林斯基、丹麦勃兰兑斯和法国罗曼·罗兰的影响，因此在社会关怀、人文激情上，都超过了很多留学归来的"民国学人"。

　　"胡风事件"使他改变了文化道路。从监狱释放后，他随张可研究了莎士比亚，自学了黑格尔哲学，又把《文心雕龙》作为理论解析的中国标本。这使他从一个文化评论者转化为专业研究者。

　　他文化视野的下限，大概止于德国社会学家麦克斯·韦伯，这也是"文革"结束后几年他看书自学的。由于年龄的制约，他不可能学得更多。因此，对于弗洛伊德的学说，对于荣格所代表的文化人类学，对于接受美学，对于由卡夫卡起头的现代派文学，对于以萨特为代表的存在主义文学，他都没有太多时间关注。虽然也会提及，但基本不在他欣赏和研究的范围。因此，他是一个带有19世纪的文化印记，再加上20世纪革命责任的学者。他的重返，对上海文化界来说，是一种隔代风格的隐约重现，颇为可喜。

　　在整个长谈过程中，我一直等待着张可老师的出现。我暗想，即使在学术上，张可老师也会产生一些独特的观点，让王元化先生和我惊喜。但是她一直没有出现，始终在厨房里忙碌。

夏衍曾说："大家都在称赞钱钟书，我却更欣赏杨绛。妻子比丈夫写得更好。"我对张可老师，也有近似的判断。至少在对文学艺术作品的直觉上，她一定强过王元化先生。而这种直觉，来自天性。不错，张可老师应该比王元化先生更靠近无邪天性。

八

终于，我要写出最沉痛的笔墨了。

就在我与王元化先生几次长谈的三个月后，1979 年 6 月，张可老师突然在一次会议上脑溢血中风。

送到医院，情势十分危急，昏迷十天不醒，半个多月一直处于病危之中。

王元化先生在医院号啕大哭，一遍遍高声呼喊着："我对不起她！我对不起她！"

医院的走廊上，回荡着一个苍老学者撕肝裂胆般的声音。

张可老师虽然暂时挣脱了死神，却像彻底换了一个人。这种情景我不忍描述，一切略懂医学的人都知道。其实，原来的张可老师已经不在了。

不到半年，王元化先生彻底平反。不久依照他的革命履历，升任为上海市委宣传部长。

这是一个不小的官职，家里人来人往。张可老师已经不能招待了，躺在床上，眼睛直直地看着窗外的云天，又像什么也没有看。那情景，就像一尊卧姿的汉白玉雕塑。

我想，这又是这位传奇女性的又一个令人震撼的"惊讶"拐点了：苦苦陪伴了半辈子的丈夫终于要恢复名誉的关键时刻，她走入了另一个空间。

就像在 1949 年，终于要昂首阔步的关键时刻，她走入了另一个空间。

这时，我不能不对这尊中国女性的卧姿雕塑，我的老师，动用平日不会动用的两个字：伟大。

九

对于王元化先生担任上海市委宣传部长，我在高兴过后，更多的是担心。因为，他与这个社会已经脱离太久。

那天有通知下达，新任的市委宣传部长要向全市各单位的宣传干部作一场报告，地点在淮海中路的社会科学院。我因为心中挂念，也赶去了。

我到现场一看，就知道大事不好。坐在会场前十排的，全是农民打扮，是郊区十县赶来的，因为路远，出发早，就先到了。城里的宣传干部坐在后面，主要是工厂街道来的，那个时期还整体贫困，都极其朴素。所有听讲的人每人都拿着一本土黄纸封面的"工作手册"，准备记录。

王元化先生那天的讲题是"现代市民的理论素养"，讲得很好，具有学术高度，但他没想过这是在给谁讲。出现最多的引文来自于恩格斯、黑格尔和罗曼·罗兰，还两次动用了《文心雕龙》里的段落。那么多"工作手册"，几乎一句也没有记下来。

他也知道自己讲砸了，越讲越快。在即将结束的时候，他看到了坐在第三排最边上的我。一讲完，他为了不想听随从官员尴尬的评语，立即向我走来，并把我拉到了一间小小的休息室。他当着随从官员的面说："我有一件公事和一件私事，要与秋雨商量。"随从官员听说有私事，也就止步了。王元化先生随手关上了休息室的门。

坐下他就说："部里的工作人员事先没有提醒我听报告的对象。"

我想，如果张可老师还像以前一样，事先提醒的一定是她，因为这是第一场报告。失去了张可老师的提醒，王元化先生有点乱。但是此刻我必须安慰，便说："这个报告如果在复旦、师大、同济讲，就会很好。"

他笑着摇了摇头，随即回到正题，说："先商量公事。我上任后连续收到一个匿名者的三次揭发，说巴金参加过上海的'文革'写作组。这事让我挠头，因为巴金太重要。"

我说："这里存在着词语误读。"

"词语误读？"他让我讲下去。

我说："按照正常词语，写作组是几个人聚在一起写文章，但在'文革'中就不对了。那时流行小词语，连最高权力机构中央'文革'都叫小组，下面跟着来，结果上海市政府也就变成了工业组、农业组、公交组、财经组，等等，其实都是一个个大系统。写作组是指当时全市文化宣传教育系统，与那些组并列。"

"那为什么不叫文化组、宣传组？"他问。

"因为毛泽东断言文化宣传系统是阎王殿，谁也不敢了。"我说。

这下新任宣传部长笑了："哦，果然有词语误读。这在中外历史上比比皆是。"

我想，由于张可老师挡除了一切风雨，使得王元化先生长期隔绝世事，心地如此单纯，居然对那样的匿名信也有点相信了。我说："巴金在'文革'中受尽迫害，最后被收留在写作组系统独自翻译赫尔岑，有什么问题？按照匿名信的逻辑，连张可老师也编过'文革辞海'呢！我肯定，匿名揭发者是一个迫害狂，当年迫害巴金留下了劣迹，所以要再度迫害，把水搅浑。"

王元化先生说："你说到迫害狂，那就可以引出我的私人问题了。你们戏剧文学系有一个很坏的教师，在'文革'中负责张可的专案审查。一次次逼问张可，威胁张可，没完没了，成了我家的恐怖梦魇。现在我看到张可躺在床上这个样子，很想为她出口气，在哪篇文章中提一提这个教师的名字，你看可以吗？"

我连忙问这个教师的名字，一听，就傻了。

这个人一直躲躲闪闪，几乎被所有人厌烦，包括造反派掌权者。从来没有听说过他在负责什么专案审查，而且张可老师也根本不属于戏剧文学系。我立即断定，这是一个单人作案的诈骗事件，单位里没有第二个人知道，却对张可老师造成那么大的伤害。其实，那个不断揭发巴金的匿名者，也是这样的人。

但是王元化先生为了张可老师，要在文章中提到那个教师的名字，我认为万万不可，因为那会产生"佛头着粪"的恶果。高贵永远无法对付卑鄙，圣贤永远无法对付虫豸。一对付，反而抬举了对方。这很无奈，实在是人世间巨大的悲哀，君子们难逃的宿命。

听了我的劝说，王元化先生同意了，不在文章中提那个人的名字。

那天与王元化先生分手后，我一路在想，以前一直认为张可老师总算在"文革"中大致平安，现在才知道并非如此。祸害的来源不去说它了，只觉得张可老师这一生，真是一天也不得消停。人世间的每一个磨难都不放过她，而且一个一个都咬得那么紧。

她来不及诉说，也不想诉说。此刻不能讲话了，只能让所有的凄楚和苍凉，全然消失于天地之间。

但是，未必全然消失。因为她有一个能够用笔来追踪善恶的学生。

我一直想找王元化先生好好谈谈张可老师，然后写点什么。

在这么大的城市当宣传部长确实太忙了，找不出成块的时间。好不容易等到他离休，他、黄佐临、谢晋、我，成了上海市四大文化顾问，经常见面讨论。但四个人一聚，我眼花了。黄佐临和谢晋也是我文学追踪的对象，我想通过他们来唤醒上海文化的自尊，而且，因为他们两人的作品世所共知，写起来也会比较顺手。最难写的是张可老师，我把她放到最后，因此没有在那个时候打扰王元化先生。

后来，国际大专辩论赛邀请王元化先生、我与哈佛、耶鲁的两位教授一起，担任"四人总评委"，中间空闲的时间比较多，坐飞机时更能够联座细谈，我开始不放过王元化先生了。

王元化先生说："由你的文笔来写张可，就会成为一座纪念碑。"

大概在两个月后，我送去了《长者》文稿。

王元化先生看后，立即通知我到衡山饭店找他。

这是衡山饭店朝西的一间不大的客房，王元化先生在这里生活和工作。这是怎么回事？王元化先生说："发生了一些不愉快的事，是一个企业家为我租这间房的。"

什么"不愉快的事"？他不说，我也不问。这就像当年对张可老师，她不说我都不问。胡导老师说，这是"地下工作的规则"。

王元化先生从抽屉里拿出我的《长者》文稿，我以为他要提一些修改意见，却不是。他郑重地对我说："能不能在你的文章中留出一个不大的篇幅，说说我对张可的评价？"

当然可以。而且，这样也增加了这篇文章的分量，我太高兴了。但是我还不太明白，为什么一个很能动笔的丈夫，要把自己对妻子的评价放在别人的文章里？

王元化先生解释道："如果由我自己写一篇文章，只能是丈夫对妻子的回忆，容易陷入过程性叙述，会显得一般。你的文章拥有最多的读者，我不妨借一把力，把事情做得隆重一点。但必须特别标明，文章中有一段是以我的名义写的，也算是我自己的一份纪念。"

这就清楚了。我就问："你的评价，是你亲自写，还是我派人来记录？"

他说："我亲自写。"

"几天？"我问。

"三天。"他说。

三天后，我又去了衡山饭店。我一敲门，门立即就开了，开门的王元化先生手上拿着几页文稿。

下面，就是王元化先生为张可老师写的几段文字。我数了数，共约一千二百个字——

张可，1920 年 12 月出生于苏州一个书香世家，受良好早期教育。十六岁时考进上海暨南大学，这是一所拥有郑振铎、孙大雨、李健吾、周予同、陈麟瑞等教授的大学，学风淳厚。1938年十八岁时加入中国共产党，从此全力投身革命，大学毕业后主要在上海戏剧界从事抗日活动，自己翻译剧本、组织小剧场演出，还多次亲自参加表演。结识比她早参加共产党的年轻学者王元化。

抗战初年在一次青年友人的聚会中，有人戏问王元化心中的恋人，王元化说："我喜欢张可。"张可闻之不悦，质问王元化什么意思，王元化语塞。八年抗战，无心婚恋，抗战胜利前夕，有些追求她的人问她属意于谁，张可坦然地说："王元化。"

以基督教仪式结婚。其时王元化在北平的一所国立大学任教，婚后携张可到北平居住。但张可住不惯，说北平太荒凉，便又一起返回上海。

1949 年 5 月上海解放，这两位年富力强而又颇有资历的共产党人势必都要参加比较重要的工作，但他们心中的文学寄托，在于契诃夫、罗曼·罗兰、狄更斯、莎士比亚，生怕复杂的人事关系、繁重的行政事务和应时的通俗需要消解了心中的文学梦，再加上已有孩子，决定只让王元化一人外出工作，张可脱离组织关系。

因胡风冤案牵涉，1955年6月王元化被隔离，还在幼儿园小班的孩子张着惊恐万状的眼睛看着父亲被拉走。关押地不断转换，张可为寻回丈夫，不断上访。王元化被关押到1957年2月才释放。释放后的王元化精神受到严重创伤，幻听幻觉，真假难辨，靠张可慢慢调养，求医问药，一年后基本恢复。当时王元化没有薪水，为补贴家用，替书店翻译书稿，后又与张可一起研究莎士比亚，翻译西方莎学评论。张可还用娟秀的毛笔小楷抄写了王元化《论莎士比亚四大悲剧》和其他手稿。

三年自然灾害期间，王元化曾患肝炎，张可尽力张罗，居然没有让王元化感到过家庭生活的艰难。"文革"灾难中，两人都成为打击对象，漫漫苦痛，不言而喻。

"文革"结束之后，王元化冤案平反在即，1979年6月，张可突然中风，至今无法全然恢复。1979年11月，王元化彻底平反，不久，担任上海市委宣传部门主要领导职务。

王元化对妻子的基本评价："张可心里似乎不懂得恨。我没有一次看见过她以疾言厉色的态度对人，也没有一次看见过她用强烈的字眼说话。总是那样温良、谦和、宽厚。从反胡风到她得病前的二十三年漫长岁月里，我的坎坷命运给她带来了无穷伤害，她都默默地忍受了。人遭到屈辱总是敏感的，对于任何一个不易察觉的埋怨眼神，一种悄悄表示不满的脸色，都会感应到。但她却始终没有这种情绪的流露，这不是任何因丈夫牵连而遭受磨难的妻子都能做到的，因为她无法依靠思想或意志的力量来强制自然迸发的感情，只有听凭仁慈天性的引导，才能臻于这种超凡绝尘之境。"

王元化又说："当时四周一片冰冷，唯一可靠的是家庭。如果她想与我划出一点界限，我肯定早就完了。"

我把王元化先生亲笔写下的这篇千字文放在《长者》的第六节，

并用楷体字排出，区别于其他文字。文章收入书中后，王元化先生写来一封信深表感谢。他说，张可老师已经不可能阅读，他分三次把我的长文读给张可老师听，张可老师躺在床上似听非听，但眼角有泪。王元化先生要我再送十本书过去，后来，又要了四本。

我建议朋友们再读一遍王元化先生所写千字文的最后两段，也就是从"张可心里似乎不懂得恨"，读到"如果她想与我划出一点界限，我肯定早就完了"。

我在读了好几遍后认定，这是王元化先生毕生最好的文字。一个孤独的丈夫吐露的生命秘密，正是人类的秘密。

不错，人很脆弱。不管多高的官职，多大的财富，多深的学问，多广的人脉，毁灭都轻而易举。毁灭的前兆，是在四周一片冰冷中敏感地打量身旁的眼神，却失望了。

王元化先生的切身感受是，在这个过程中，无论是救助者还是被救助者，思想和意志都帮不上忙，唯一的希望，是仁慈天性所指引的超凡绝尘。

因此，人生在世，必须寻找这样的人。

同时，寻找自己内心的仁慈天性。

简单说来，寻找"张可"，或成为"张可"。

幽幽长者，娉娉吾师，已成寓言。

（选自2017年第4期《美文》）

韩 金 菊

雷 达

一

还得从 1956 年的除夕夜说起。老师们的孩子都聚到大院子里看放炮。因为是座新组建的学校，老师们来自各方，老师的孩子们也暂不相熟；但孩子与孩子永远是无隔阂的，很快就黏到一起，甚至不问姓名就玩上了。

暗夜里，我突然发现一双明亮的眸子在闪耀，光芒划过了夜空，与我的眼光如电流一般不时地撞击。她，靠在窗台上观看；我，在空场子上奔跑着不断"掼炮"。"掼炮"是一种用纸包着的火药炮，只要狠狠地"掼"到地上，就能发一声脆响，溅起火花，并不需要多大胆子。在这双眸子的注视和鼓励下，我掼得更加起劲，跑得更加欢势，像个大英雄似的。她就是刚来到兰州的金菊。她和母亲跟随继父，来到了这所学校。这学校是一座古建筑群改成的，紧贴着小西湖和黄河。她家被安置在坡下河边的一个独院内。我家来得早，在坡上另一所小院。转年我就十四岁了，在上初中。

金菊姓韩，来自甘肃南部的岷县。那时的人一提起岷县觉得很遥远，似是一片神秘之地。那里有滚滚的洮河，高高的太子山，还有二郎山"花儿会"，盛产药材当归。那里当时还保留着一些奇风异俗。我见过来自岷县、被称为"神婆"的中年女人，她们专门看风水，看病，预测吉凶。她们穿着像马王堆出土的古老的黑袍子，绾着高髻，足蹬船形鞋，鞋尖儿翘起个弯弯钩，高鼻深目，表情凛然，结伴从兰州街上飒然而过，像忽然飘来的一团黑云。所过之处会突然静下来，人们目视她们走过，像看怪物。作为孩子的我，吓得不敢出声。

然而，来自岷县的金菊，却双目清澈而流慧，说起话来柔声细气；她身材苗条，皮肤不算白皙，是淡黄的小麦色，却好看，她的眉宇间含有一股英气。她常常挎着篮子，牵着小外甥女，经过我家门前去买菜。那年她十二岁。1956年的兰州七里河，像个大工地，宽阔的石子马路上，日夜穿梭着大卡车，街边大喇叭里放着歌，有一种节日气氛。那时在实施第一个"五年计划"，从七里河往西，正建设着石油、化工、机械、电力等一连串国家级大型工厂。那时已有了《敖包相会》这支歌，有一天，我望着金菊婀娜的背影，听着广播里的这支歌，有一种无法形容的感动。我还想起陕北民歌里唱的，"干妹子好来实在是好，走起来好像水上飘"，她的步态、意绪，与歌里的意境是那样贴合。虽然那时我们都还是孩子，但少年和少女之间会有一种潜隐的心灵萌动，我感应到了，她应该也感应到了。

她家是生柴火灶的，我家是生炭火灶的。她常在湖边捡干树枝，不时蹲下，用布裙子包起来，凑成一堆。我常爱在湖边转，就帮她捡，互相笑一笑，并不说话。湖上起了大风，是捡柴的好机会，她会出来，我也出来，像约好似的，我们在湖边忙活一阵子，她的刘海被风吹起来，现出光洁的额头，背景是正在起浪的黄河。可是，有一天我因事到她家，她一见我立刻转身躲了起来。这一躲，让我无法平静了。我下决心写了一封信，当面交给了她。好长时间没有动静，刮风天她也不出来了，我已绝望？没想到她把回信寄到我上学的西中。她字迹娟秀，说了些互相帮助、共同进步的话。这封信我一直装在棉裤口袋深处，晚上睡觉也不脱棉裤。这反常的举动，终被母亲和姐姐发现。她们趁我熟睡，偷看了信，并没有责怪我。可见她们也是喜欢她的。

有一天，在湖边，我吹笛子，吹的是《歌唱二小放牛郎》，她走过来说，你吹得真好听。这是她和我面对面说的第一句话。后来，她对我说起她的身世。她是个遗腹子，快出生时父亲忽然病逝。她说她的生父聪明好学，人才出众，每天晚上都要给她母亲讲一个故事。说到这里，她显得很自豪，无限神往的样子。她说为了生活母亲才改嫁的，继父待她也很好。

1957年夏天，我考上工农速中高中部，要到远郊去上学。母亲的工作也调到城市东头，我们要离开小西湖了。全部家当用两驾大马车就装下了。母亲催我快动身，我迟迟不动，母亲发火了。我找借口拖延着，希望最后能再见她一面，告诉她我要走了。可是那天怎么也等不到她。我只好飞奔到坡下她家院子前，一看，门上挂了一把大锁，她全家人外出了。我怏怏地离开了。未想到，这一别竟有四年多，互相不通音信。因为听说不久她也走了，没有人知道她们到了城市的什么地方。

后来才知，1958年肃反，她继父被定为历史反革命，开除公职，逐出教育界，遣回原籍改造。当时的遣返，除了本人，一般也动员家属跟着下去。虽有些临时优惠政策，但那将意味着失去城市户口，丢掉每月保命的粮票，以及在兰州上学、就业的资格，等等。户口，那就是命啊，失去了会一落千丈，失去了是多么可怕啊。于是她和母亲开始了与人事和户籍方面的捉迷藏，在这座城市里不停地迁居，总算熬到了政策松动，她们的户口保留了下来。

二

1960年冬，饥馑年月，人心惶惶，北风瑟瑟，满眼荒凉。兰州的偏僻街巷深处，垃圾堆旁，时有饿殍倒卧，多日无人收尸。市面柜台空空如也，只有极少饭馆营业，凭全国粮票可买到一碗汤面，需排队，迅即卖完打烊。盘旋路的饭馆门前，一个姑娘，刚端上一碗面，迎头一双黑皴皴的大手，从碗里捧走了全部东西，女孩受惊，空碗掉在地上碎了；一个男子，好不容易买到面，他饿极了，刚要狼吞虎咽，一双污秽的黑爪子从背后袭击他，迅如闪电，污爪呈半合十状，能连汤带面完整地捧走。男子岂肯甘休，追上来拳打脚踢，可任你打得乱滚，乞丐仍不停地狂吞着掌中的面条，一阵拳脚雨后，离披污秽的长发缝中，露出一对小眼睛，闪着怯弱的凶光，阴气森森。路人已司空见惯，漠然地观看着。

1961年春天，我重新与金菊取得了联系，相约某个周日在邓家花园门口见面。她走过我眼前时，我认不出了，俨然是个大姑娘，身材高挑，面容姣好，梳着短辫子，穿一身蓝布的斜襟罩衣，既像个村姑又散发着城里女学生的青春气息。她少了以往的腼腆、羞涩，变得开朗了。她告诉我，她在读高一，就在众所周知的一所名校，后年她将面临高考。她家新搬的地方在自由路某号，她说她妈很想见我。择日，我找去了，是在一座三进深的套院里，她家在尽里头。她妈像对待未来女婿一样欢迎我。

她妈说，缸里快没水了，你们去挑吧。其实是让我们单独多待一会儿。那时兰州部分街道还没通自来水，吃的是黄河水，挑来倒进水缸，用明矾使之沉淀后食用。那时"水客子"也没绝迹，即专门挑着黄河水，沿街叫卖的一种苦力。我不会用桶打水，差点把水桶滑到河里漂走，金菊夺过扁担钩儿，一甩，就钩住了。她用扁担钩儿打水是一绝。她微笑着说，你真是文绉绉的大学生。我抢着担水，她不争，跟在后面。我转身红着脸说，你笑什么。她不语。我挑得晃晃悠悠，差点歪倒。说实话，肚子饿，身上没劲啊。待挑满了水缸，她妈早切好了两牙青稞面饼摆在桌上，金菊递给我一牙，我们就着开水，默默地吃着。

我这才注意到，她家屋檐下，窗台上，台阶上，摆满了扎成小捆儿的像小树苗样的东西，在晾晒。我问这是什么，她说这是当归。我说这么多啊，哪来的？她说从岷县拉来的，就不再多说什么。她翻晒着药材，不时生嚼半根，看着我笑，说你不懂吧，补血。她倚着砖墙，交叉着腿，嚼够了，就轻轻吐掉。那样子至今我还记得。

这时，她家走进来一个甩着膀子，大摇大摆的人。没进门就先嚷，渴得很啊，赶紧泡茶！是一口岷县话。她母亲像迎接贵宾一样把他迎进了门。原来，这是岷县某单位的大卡车司机，专门跑岷兰一线，是他们的老乡。他看上去比我略大点儿，红脸膛冒着光，微胖，横肉外鼓，一脸得意。自言老师傅病了，车由他一个人开。不管金菊还是她妈，都尽量赔着笑脸。

虽然给他介绍了我是兰大学生，他连正眼都不看一眼，傲气十足，只不断盯着金菊说话。那年月掌方向盘的人还了得？他眉飞色舞地炫耀，说他帮人弄到过多少羊肉和白面。她母亲用赞赏的表情附和他，无形中冷落了我。屋子里的气氛变得莫名地紧张，是我和他之间微妙的紧张。从他们的话里推知，她妈正在做一种转手的小买卖，即从岷县药农手里购进一些低价当归，转手销给兰州的私人或中药铺，从中赚点差价。于是，这个家伙的卡车能"顺便捎货"，就变得十分重要了。我当时想，这不成了投机倒把了吗？书呆子的执拗，不谙世事的清高，加上这家伙的狂妄，燃起我极大的反感。我隐约听出，暑假期间，金菊还要跟他跑一趟岷县，去"进一次货"，就坐在副驾驶座，因为路远，中途还得住店过夜。一想到这有可能发生些什么，一股说不出的无名火攻上心头。这怎么行？这方便吗？这像话吗？我坐不住了，仓皇告辞。金菊送我到门外大街上，我再也忍不住了，高喊着，发泄着，开汽车的有什么了不起，狂什么，狂什么呀！

　　那年月，大货司机，掌勺的大师傅，卖副食的，粮站过秤的，公安局的，开饭馆的，都是些最厉害的人。谁能捞到这样的岗位，那就肥了。面对着方向盘，盛饭勺子，粮站的秤，粮票、布票、豆腐票，无论男女老少，谁能不低头呢？艾青诗里曾有这样的句子："饥饿是可怕的，它使年老的失去了仁慈，年幼的学会了憎恨。"（《在北方》）真是千古绝唱！其实，失去的何止仁慈、爱心，还有人伦、道德、贞操。大一时我所在的兰州艺术学院，有个学舞蹈的天仙般的女孩，平时绾着高髻，穿着灯笼裤，扭着腰肢，扬着下巴走过人前时，何等傲慢；可她居然和掌大勺的炊事员发生了关系，并且决定嫁给他。这件事轰动了学院，许多男生想不通，直捶脑袋。没办法，肚子饿是硬道理。据说饥荒过后，这女孩后悔死了，想离却离不成。

　　在这饥饿的年代，社会上的沉渣也泛了起来，听说贩毒的，卖淫的，贪污盗窃的，投机倒把的，转卖人口的，开地下黑工厂的，层出不穷。我的内心深处，对金菊母女甚至都产生了某种怀疑。当然，事后证明，是我想错了。我没有想一想，在这饿死人的年头，她们娘儿俩没有任何经济来源，要活下去，不这样贩点当归，赚点小钱，又能怎样呢？

　　暑假到了，金菊真要跟这家伙去岷县了，我得知了时间，再也坐不住了，用"目不交睫"来形容我的熬煎，一点也不过分。我吃不下，睡不着，常常走神。家人读不懂我，我也不想对他们说什么。可怜不到二十岁的我，经受着如此无法告人的折磨。此时，我独自作出决定，也到岷县去，跟住他们。长途汽车并不每天有，我只得坐火车先到陇西，然后坐汽车下到岷县，这对从未出过远门的我，充满了冒险。我已无法安顿我那颗无比煎熬的心了。

到岷县时，天下大暴雨，一片昏暗，只记得过了一座木吊桥进入县城。雨如注，愁煞人，我只得就近住到一家茅草小店。所幸店中住了避雨的脚户哥儿，他们见我人地两生，邀我盘腿坐在土炕上，边啃干馍，边喝罐罐茶，边听他们唱了大半夜的"花儿"；听得我如醉如痴，暂时忘了痛苦。这情景我后来写进了我的散文处女作《洮河纪事》。

天亮，雨过天晴，我找到她舅舅的家，某某巷五号，我豁出去了，准备与金菊和那个司机面对面。她舅以前在兰州我们见过。他大惊，说这么远的你怎么来了。我谎称学校组织搞社会调查。他说，太不巧了，金菊坐汽车刚走，回兰州了，不然你跟上车可以省些路费。他哪里知道，我就是跟踪而来的。

且不说我在归途上如何辛苦。我追到兰州的当天黄昏，疲惫不堪，仍跑到她家。她也刚到达不久。她示意有话到外面说。我带着醋意说，怎么样，一路上好吧，跟着那家伙发大财了吧？她听着，忍着，一直不语。不得已，我挑明了说，我都不知道你们晚上怎么睡觉啊。她听着听着，猛地掀起花格衬衣，腰间赫然现出了一条用牛皮带和麻绳紧紧编织的奇怪的"裤带"。她说，刀子都割不开，只有我能解开。我惊极，呆立无语。她徐徐地说，这你放心了吧。说完，低泣，用袖子抹泪。我浑身颤抖，想上去拥抱她，被她一把搡开，差点栽倒。那是一个有月亮的晚上，惨淡而炎热的月光洒下来，照着她还没来得及洗去的风尘，蓬头垢面的，我也灰头土脸的，我们就这样对视着，默默无语。她当时并不知道，我跟了她一路。

三

1963年夏天，她高考。她是著名中学的高材生。考后，她约我到她学生宿舍帮她搬东西，算是告别母校。那天她特别兴奋，因为她考得好，话也多了。她还讲起，每晚上女生宿舍都会说"黄话"。我问啥叫"黄话"，她笑着说，就是女生们对男生一个个品头论足。忽然，在雨后泥泞的巷子里，她一滑，我去拉，两人都摔倒了，书撒了一地。她埋怨起我来，说是我把她拉倒的。过去她从来不这样。我吻干了她脸上的泪。我已发现，她的情绪是不稳定的。我们共同感到，有个巨大的阴影在头顶盘旋，它是什么，不明确，但肯定存在。所以才有了她的忽啼忽笑。

那个暑假，她母亲去给她姐带孩子了，白天家里就她一个。这给我们留出了空间。我们在靠窗的方桌上喝水聊天。每天她给我泡杯劣质花茶，我已学会了抽烟，也是劣质的。聊着聊着，我会站起来绕到对面她的身后，轻抚她的头发、耳朵，她立刻弹跳起来，把我推回到对面的椅子上，这样一而再，再而三的。最终，是两个年轻的身体紧紧缠绕在一起。有时我们吻得喘不过气来。但最后一道关，是万万不敢突破的，不管怎样难以克制，甚至两人头上都出汗了。那个年代，未婚先孕，"不正当"男女关系，一旦发现了是要出人命的，听说过卧轨的，喝滴滴畏的，私自处理大出血而亡的，极恐怖。何况我们尚处在懵懵懂懂阶段。我们每天继续着那样的功课，有个阴影一直跟着我们。有时候会想起，她的远在乡下劳动改造的继父，但又觉得那远得很，根本不会影响什么。

却无任何消息。整个夏天极其沉闷。有一天我一进她家，见她呜咽着说，你怎么才来？我说，你昨天不是不让我再来了吗？她抱着头，疼痛地喊叫着说，我头疼得快炸了，活不成了，你赶紧给我买几片止痛片去。她从没这么失态过，平时是矜持的。止痛片？我都没注意是啥样子，嘴里念叨着"止痛片"，赶快冲到大街上。那年那月那天，要是有人注意的话，定会看到，一个小伙子穿行奔跑在南关什子，喘着气，四处找药店。等我捏着药片回来，一推门，见她泪流满面。她说，你怎么去了这么长时间？我说这边我不熟，半天找不着药店。她吃了两片药后说，你回去吧，我要一个人歇歇。

发放录取通知的时间到了，结果也出来了，任何学校都没有她的名字。后来有人传出考分，她排在靠前的位置，那绝对可以进一二等高校的，但没有她，比她成绩差很多的都考上了。这对她的打击实在是致命的。这个心强的女子，今后该怎么活。我不敢去看她。几天后我们见面，我不停地说，不要紧，不要紧，抓紧复习，明年再考。她说，明年也考不上。一语未终，我俩眼圈都红了。

四

天无绝人之路。原以为她要长期在家闲待下去，不料当年冬天，她就考取了西郊一所大工厂的学徒工，成为一名青工；原以为她会因出身问题吃过苦头，从此远离政治，然而事情完全出乎我的意料，她在另一条线路上迈进。她具体怎么优秀，我不了解，在我看来，她是柔弱的，内向的，淡泊的人。好几个周日我去她家，都没等到人，只能偶见一面。当时的她，每天提着李玉和式的那种月牙形铝饭盒，穿着深蓝粗布工作服，把辫子盘在头顶压进工帽里，走起路来一阵风，匆匆登上西去的通勤火车，快半夜才能回到城里的家。后来干脆住在厂子里。只听说她特别能吃苦，任劳任怨，能承受高强度劳动，善良且乐于助人，得到上下一致的好评。1963年到1965年间，她焕发出惊人的能量。柔弱的她，内蕴着不屈服命运的顽强。

那时"困难时期"尚未过去，"苏修"背信弃义，国家内忧外患，低迷，饥饿，混乱，于是迫切需要一种精神来振奋。1963年3月5日，毛主席为雷锋题了词，全国掀起了学雷锋热潮。金菊作为"出身不好"却表现突出的"典型"得到了肯定。简直难以相信，短短几年间，她不但入了团，而且当上了大车间的团总支书记，"文革"前，成了车间领导成员。她正在进一步争取入党。过去我看不出她有多少政治细胞，现在却成了单位里的政治新星，可见时势和政治的力量多么大，在重新塑造着人。

现在回忆，那时事情多，见面少。我搞"四清"就搞了快一年，她更忙。只记得，有次她难得地约我在五泉山东龙口见面。我们一起吃了些零食，天近黄昏。她忽来了兴致，指着路边一片假山和园林说，我藏起来，你找我，咱们赌输赢。我说好啊。可我怎么也找不见她，渐失去兴趣，看见路边有弹三弦唱道情的，就去同观，看得入神，忘了再找她。过了好久，她拍着我的后背说，你走不走，不走我走了。我就跟她一起下山。她一路沉默。我说你藏哪了，那么难找的。她低头不语，竟流

032

泪了。到三爱堂门口，我要送她回家，遭拒，我们郁郁地各回各家。

果然，我们中间发生了一次很大的误会。她听信人言，说我母亲完全不认可她这个学徒工，说她身体多么差，这门婚事怎么可能呢。她说，你是孝子，你是大学生，我是学徒工，你什么都听你妈的，我配不上你，咱们分手吧。她约我在下西园火车站见面。那是大雪后的一个下午。她从东面来，我从西面来，寒风料峭，白光刺眼，在铁道边的斜坡下，我们站定了。她像背书一样冷冷地说了以上的话。我说，我从来没有这样想过，我把你看得比我自己还高。她仍摇头，含泪登上郊线的班车。

1965 年夏，我大学毕业，分配到北京工作，离兰那天，她因为加班，没来送我，事后写了一封长信，还另寄了三十块钱，说怕我初到北京，人地生疏，吃不好。当年的三十块钱不是小数，那是她的血汗钱，我赶紧寄还了。

那时，她常给我写信，每封信都是教训加鼓励，总是说，阶级斗争复杂，你一定要站稳立场，一定要坚定地站在毛主席革命路线一边。例如这封信：

> 来信收悉。对你独游时的狼狈相感到既可怜又可笑，我似乎看到了一个小资产阶级知识分子，和今天轰轰烈烈的大革命形势太不相调了，难道你不觉得这种感情已远远落后于时代了吗？达学，你应该是坚决抛弃非无产阶级思想，争当时代的先锋的时候了……现在我的政治嗅觉比以前大大提高了，无产阶级的观点、立场也基本形成了。我觉得我们以前的日子都白白度过了，太无意思了，假若我的思想以前就像现在一样觉悟，我绝对不会得脑子病，那几年自己心胸太狭，想不开事。现在脑子灵是还灵，就是不能久用，而且健忘，尤其天热了，下午经常昏头涨脑的，对工作有一定的不利。还好，今年以来，体质强了，还不至于躺在床上，但总归不如脑子健康的人……

这封信所表达的观点、情感、思想，很能代表 60 年代前期一个积极向上的青年的精神面貌。像她这样温和淡然的人，也在频频谈论无产阶级的立场是否成形，政治嗅觉是否提高，是否坚决抛弃了非无产阶级思想，她把一些政治术语运用得很熟。不过，到了1966下半年，就再也不见她的来信了。

1966年夏天，"文革"狂潮来了，我母亲在学校里被打，打得重，精神也不正常了，多日不食，僵卧在床。她听说了，虽对我母亲有意见，还是在我家门口徘徊再三，走进去看望。我家是学校家属院最破的一间半。她来后收拾屋子，准备做饭。这时学校打人最凶的造反派头子何某某突然闯了进来，带着一帮人。质问她是什么人，好大的胆子，敢给牛鬼蛇神做饭，不说清楚是什么关系，今天休想走。

那是个闷热的傍晚，忽然下起阵雨，何某某把她推搡到院子里淋雨。不料她大声说，我是某某工厂某某车间的革委会副主任，说着亮出了红袖标。一个女造反队员尖叫道，噢，那我知道你，我叔叔常说你。问你叔叫什么，一说，金菊说那是我师傅呀。女造反队员遂亲热地把她从雨地拉进屋。何某某仍用阴沉、怀疑的目光看着她，但不再吱声了。

这一幕，远在北京的我，很久才听说，心中无限感动。在那个年头，这需要多大的勇气啊。那时，全民族陷入狂热，没有人不被政治绑架，除了斗争，还是斗争；要么跟着走，要么推着走；要么触礁沉没，要么失去航向。任何地方都是好几派林立，每一派都说自己一派最革命，对方是反革命，就是神仙也拉不住，辨不清。我人在北京，也能感知，金菊正被两种力量苦苦夹击着，一个是政治斗争的暴风骤雨，一个是疾病的苦苦纠缠。这个曾经的学雷锋模范，五好职工，团总支书记，被混乱的政治潮流裹挟，无所适从。听说她很快就作为保皇派的骨干被打下去了，险些被斗。

1966年冬天，全国大串连，我们刚毕业参加工作的65级同学中，有人搞起"返校闹革命"，成立了"莽昆仑65兵团"，回来的人都住在大教室里，白天写大字报，吃饭就在学校灶上白吃。我也从北京请了假回来，想借此机会回家探望老母，同时见见她。却怎么也联系不上她。有人说，她两次晕倒在车间，被人救起。

有一天，兰大操场举行批斗原省委第一书记汪锋大会，搭了高台。汪是著名老革命，我也是头一次见，方头方脸的，穿着件旧绿军大衣，被几个红卫兵架定在台子上做"喷气式"。观者如堵，举起的拳头如森林，口号声震荡着天空。忽然在人群中，我发现了金菊，她也发现了我，她的面色在一瞬间惨白如纸，不知是什么原因。我们挤出人群，退到离操场很远的地方。她说她早不上班了，请了长病假。她问我住哪，我说我只能住到学校。那个造反头子何某某，有天我差点在我家撞上。我出门后回望，确实看见一个戴黑边眼镜的大汉，向我追来。我一拐弯，又不见了。运动开始时，我曾写信要家里清理"四旧"，这信被何某搜出，他不仅给我北京的单位写材料，还扬言要抓我。

我们缓缓走到大街上。斗争大会结束了，马路两侧人挤人，水泄不通。红三司的车队开过来了，前面是一支军乐队开路，吹奏的是"造反有理"，节奏强劲而有力，后面是十几辆卡车，车头架着重机枪，每辆车上站满了男女红三司战士，一律着军装。"黑帮分子"分列车两旁，挂着打红叉的牌子，被揪着头发，仰着面，供路人观看。这比北京造反派的声势还要大。人们奔走相告，说一会儿"革联"的车队还要来呢，他们更厉害啊。人们齐说，不走了，等着看热闹。

我和她的身旁是无尽的人流。我们一会儿被挤散，一会儿又找到一起。到了前面一个十字路口，她说她必须得回家了，而且说，你也早点回北京吧，我们再联系吧。然后转过身来，向我摆了摆手。我忽然发现，她的背"驼"了，人显得轻飘飘的，浅色的棉袄淡得快消融到人群里，人衰弱得好像一阵风来就能吹走。在这喧嚣声中，我感到万分凄凉，不祥之感悄然爬上了心头。我们就这样告别了，在1967年1月混乱的兰州街头，背景是沉默的皋兰山。我也认为我们还会不止一次地见面。然而，没有想到，这不是告别，而是诀别，永远的诀别！

五

回到北京后，大约是1967年3月，接她一信，她直接提出，请我考虑结婚问题。她说"那些游戏早没意思了，早该结束了，要么结婚，要么分手"。这有点一反常态。她的内心是很骄傲的。她从一个先锋模范，风口浪尖人物，再到倏忽万变下的一败涂地，由造反派而保皇派，疾病与罪名交加，只能躲到一旁自己舔伤口。我是她寄托希望的亲人。她把我在北京的环境也理想化了。

当时，结婚于我根本不可能。我所在单位，是一座破旧的小楼，据说曾是日本某特务机关驻地，另一说法是，曾是梅兰芳的公馆。仅有的几个"文革"前结了婚的人，每人一间极小屋子，磕磕绊绊，夹道里生着煤球炉子，烟气狼呛。这单位不可能为我腾出一间小屋，或者说，这单位根本就没有房。我即使提出来，也是痴心妄想。其他几个大学生，都比我大，都还没条件结婚。

　　更重要的是，我是一个秘密的受审查对象。罪名是因为言论。现在看来都是非常正确的话，应该表扬才对。比如，"姚文元批判海瑞罢官是以势压人，破坏'双百'方针"，"既然对万事万物都可以一分为二，那为什么不能对……"如此等等。但在当时，按军宣队长的话是："可以判你无期徒刑，可惜是'单证'，没法判，只能先挂起来。"事情的起因，是兰州的一个我并不熟悉的"朋友"的揭发，因外调所致。单位里的人也奇怪，为什么晚上开会总不通知我。在他们眼里，我是最单纯的大学生，能有什么问题呢？我采取了沉默，不解释。

　　后来还发生过这样的情形：我的一个侄子，年龄比我大，偶然到北京参加一项工程，找到我原先的单位。其时我已经下放到"五七"干校，只有留守的专案组在。一个女专案人员，我曾经的同事，尽情地戏耍了我的侄子。她先是说，他呀，他不在这里，我劝你不要找他了，你找不到他的，他也不一定能回到这里。又说，即使你找去了也不见得能见到他本人。我的侄子是个八级钳工，老实而木讷，嗫嚅着问她，他有什么问题吗？那女人仰天尖笑，说，那就得问问他本人喽。多少年后，我的侄子回忆当时奚落他的那个"北京女人"，还心有余悸。试想，如此寒冰般的处境，谈何结婚。

　　1969年深秋，林彪一号命令下来，我们被下放到河北怀来黑土洼。我打前站，押运行李，迎着秋风站立在行李车上，心头一片惘然。国庆假日没处去，干校学员就一齐到就近的官厅水库玩，看秋风萧瑟，洪波涌起，各想心事。有人捎来了北京的一堆信，其中也有我一封，一看是姐姐从陕西寄来的。那时我最怕姐姐的信，几乎都是坏消息。更怕她打长途电话，那一定是母亲又有什么事。这封信亦然。就在要收起信时，发现信的边角上补写了一行极小的字："听某某说，金菊已于 68 年因心脏病死了。"这一语几乎轰倒了我。这行字我看了又看，先是麻木得没一点反应，继而泪水从眼角渗出，眼前是秋风中疯狂摇晃的小树。这个消息既真又不确，后来才知，她人早在 1967 年 5 月就去世了。我竟完全不知，联系她多次也无回音。她已埋骨地下近三年了。

六

1980 年，我作为《文艺报》建国以来最早一批只身进新疆的记者，在新疆盘桓数日，结识了一批朋友，并以本报记者名义写了报道《天山寄语》。归途上，我特意在兰州下车。我已整整十三年未到过兰州了。原想拜望金菊的母亲，向她老人家表达我的悲痛和悔恨，不巧她去了岷县；于是找到金兰姐和老石姐夫。金兰姐哽咽着讲述了金菊去世的情景。说主要还是心脏病，看不出迹象，发病突然，而医院混乱，也没有认真抢救。我的泪水一直在眼眶打转。我要求到她坟上看看。他们告诉了我详细的路线和走法。

第二天，过了黄河铁桥，我一站站打听，沿着去宁夏的公路，进入了大沙沟。看见路的左边出现坟冢时，我的心顿时收紧了。我内心的声音是：金菊妹，我快要看见你了。公墓区有个叫王爷的守墓人，蹲在小屋前，我递上了烟，问他 67 年去世的人埋在何处，他指了指方向，冷淡地不再说什么。我一个人转上山坡，进入坟区，好凄凉啊，有的坟被挖，棺木板乱扔着，硕大的黄鼠在丘墓间奔跳，益增恐怖与寂寞，我的心狂跳起来。原先还有个上坟的年轻人，转眼不见了，茫茫墓区只我一人。但我不怕，给自己鼓劲。我按老石姐夫指示的方位寻找着，找了很久，转过三个山头，仍不见她的碑。也许是心发怯，人太慌了。我一排排数着，还是没有，渐失去信心，呆呆地站在坡上。

突然，像幽灵一样，南面坡上先是冒出一个人头，再一看，王爷佝着腰上来了。他手里拿着一本"录鬼簿"，在我面前一翻，一下子翻到她的名字。天哪，年龄是二十二岁！我闭上眼睛，阵阵晕眩。我肯定地向王爷点了点头。老人丈量着，绕了一圈又一圈，又走回到我的脚前，最后肯定地指着我脚下的一座坟。我低头一看，岷县人韩金菊之墓，落款没有长辈，都是些外男谁谁谁。以下字迹就湮没了。奇怪，我怎么硬是看不见呢。我的腿一软，蹲了下来，几乎失去了知觉。没有地方去买纸钱，向她叩了三个头，我轻抚着坟上的白石头，头脑乱得像一团麻。她的坟夹在中间，可以免却雨水的冲刷，头顶是一座叫墩墩山的山峰，脚下是一条小河，河边是一条公路，不时有卷着尘埃的汽车掠过。坟头上的青草在微风中摇摆，是不是她在向我招手？在她旁边，是个北京老太太，右边是个柴姓的老太太，她们会互相照应的吧。

我慢慢走下山坡，不断回望着她，想永远把这场景记住，我多么希望从那里站起一个人，颀长的身子，秀丽的面容，微笑着向我走来。过去我不信有鬼，此刻我希望有鬼。过去我怕坟场，现在竟有些依恋坟场。

2006年，我在兰大兼职带博士生期间，又去六公里墓区几次。因韩的墓碑已风化残破，且有一大半陷埋地下，我缴过一笔钱，请刻碑的师傅代刻代立。他当时说，你放心去北京吧，我负责给你刻好埋好。他是李师傅，仍在露天下不紧不慢地刻着碑。说起去年事，他起先记不起了，忽然连拍脑袋说，想起来了，"挚友、挚友"。他深深叹息道，太年轻了，太可惜了，我在碑的顶部还特意刻了两只凤凰呢。他讨好地、憨厚地笑着对我说。

我遂与好友王作人、李师傅，沿山前行去看。上午，坟场空寂无人，远处山下的公路上，去白银的汽车依然扬尘飞过，那是人的世界。而山的这边，静极，坟冢累累，碑石层层，一片森然，蔓草间有小动物窜动，看那一块块碑，男男女女，老老少少，有的短命，有的长寿，甘肃人，河北人，山西人，陕西人，内蒙古人，哪儿的都有。又是另一个世界。它们紧紧相邻，相隔并不远。

我们又找不到她的墓了，慌慌地来回走着。最后还是李师傅，猛回头，一指，坟就在脚边，不觉悚然，怎么总是看不见呢？新碑显得比较高大，贴着旧的小碑亭亭而立。碑上刻着：岷县人(1945—1967)韩金菊长眠于此；挚友雷达立。不知现在这碑尚完好否。当时没有拍照意识，连个相片也没留下。

七

韩金菊的故事藏在心中多年，堵在心口，不写出来难受，但真的一写，几次伤心得写不下去。我还担心老伴儿是否会不高兴，便对她委婉地说了。没想到，她平静地说，你能不忘五十年前美好的感情，珍藏于心，这是好的；但人的生活总会变化，又会有新的感情，这也很正常，既不要死抱住以前不放，也不要把以前丢得一干二净。再说了，你写出来，让今天的年轻人看看，你们那一辈人，曾经怎样生活过，恋爱过，思考过，度过了怎样的青年时代，也有价值啊。

她的话让我惊讶，让我敬佩，里面包含着多么崭新的观念。

她叹了口气说，她要活到现在，该有七十岁了吧？我说不，应该七十二岁了。

2017 年 4 月 4 日清明节，改定于北京华威北里

（选自2017年第6期《作家》）

有如候鸟

周晓枫

1974年，湖北

外婆的指关节弯曲，依然飞针走线。抿着嘴，她吃力地绣花花草草。竹篾薄而韧，边弧磨得发亮——像面镜子，映出皱纹像支流丰富的河道布满外婆泥色的脸。

那时她五岁还是六岁？每当想起那个惊心动魄的下午，她理智上判断出那是记忆的失误。外婆当年五十多岁，不可能像自己记忆中那么老。可她觉得外婆一直是老人，从未年轻。外婆吃素，鸡蛋对她来说都是一团液体的肉。外婆虔诚供奉那尊袖珍神像……佛像法相庄严，生死，融化在观音因慈而悲、由悲而慈的眼神里。

与父母在北京生活过短暂的时光，作为幼儿，她还来不及存储记忆，参加三线支边建设的父母就要远赴贵州。他们奔波在大山荒凉的褶皱里，无法陪伴和照顾孩子，就把她托给外婆。她的童年和记忆，是从外婆居住的那座即将被淹没的村庄开始的。

村角的鲁班庙，柱檩粗大，却断了茬，许多小到肉眼无法辨识的牙藏在其间日夜咀嚼木屑，并抖落时间的粉尘。檐角铺张的蛛网，阳光里若隐若现……很难想象，酒窝大小的蜘蛛能够完成如此浩大的工程，如同很难想象，操作着工具和机械的人类蚁行者，能够挖出宽阔的沟渠和浩瀚的人工湖，建起高耸堤坝，改变千万年来的山河样貌。蛛网悬挂虫尸，只剩萎缩、干透的皮壳或残肢——那是她最早见识的世间阴谋，轻盈又晶莹，美若魔法。只需横梁、墙壁、树木甚至是瓦砾和草秸，蜘蛛

040

便可织就一扇透风透雨却透不过生死的玄窗。它是真正的能工巧匠，人类相形见绌。鲁班庙里有扇朝南的奇怪窗户，始终空着，像豁牙，量好尺寸、打好框架，玻璃窗怎么也装不上去，工匠们不得其解，摇头叹气，沮丧收场。作为祖师爷的鲁班，嘲讽了他自诩骄傲的子孙。

赶上大旱，村里要去灵验之地请龙王。八抬大轿请来的龙王爷，其实是个硕大的红漆木龙头，雕刻着威风凛凛的眼目和头角。连续供奉数日，龙王爷必灵验，滚雷如同它低沉的喉音从天际传来，它呼风唤雨，灌溉大地上的割痕。据说某年，几个淘气少年趁着夜色把龙王从鲁班庙里搬出来，扔进井里。正当人们遍寻不见，恰恰飘来一片面积并不大的云，几乎笼罩着井口下起滂沱大雨。水位淹井，龙王终于从井口浮现暴烈圆睁的怒目……惊慌的老人跪拜不起，为莽撞的孩子代罪。

是龙王的余怒吗？春分登天、秋分潜渊的龙，终将报复村庄。分贝大于滚雷的机器轰鸣，储水大于雨量的汪洋覆盖，孤井一样的村庄，将被大水淹没，遭受没顶之灾。

其实灾难来临之前，人们已经陆续搬离这个时旱时涝的村庄。尽管在历史上曾经富庶，曾经护佑众生，但现在不再是能够安享丰收和睡眠的乐园，它阴晴不定，洗劫大于给予。人们不得不叹着气，离开。

庄稼一样根植乡土的人们，有人可以清晰地追溯来源，有人已说不清是几代之前移居此地，他们陆续搬离。山脊之间，他们像被河流冲刷的垃圾那样沿途漂荡、堆叠、淤积，在随波逐流的两岸，在贫瘠而孤零的角落，就这样存活并沤烂自己的光阴与骨骸。对老人来说，哪里能让他们终身安详待在自己的世界里，哪里就是天堂。如今，雨水冲刷蚁穴，就像宗教中象征惩罚与审判的洪水席卷他们安睡的床，老者能否与这场变故中满怀憧憬的壮年人一起，在方舟上获得未来？大地苍茫，他们不知所终。

走，背井离乡，带着捆绑的条箱，带着跋山涉水的鞋，带着五味杂陈的盐罐，他们走……除了少年起就渐渐沉淀在血液里的口音，还有什么在旅程中跟随而不丢失？有人搬到川贵一带的西南地区，需要习惯当地人普遍的辣食，火热的肠胃烧灼，种种不适就像储存在内脏里的乡愁。有人搬家的时候，带走了锅碗瓢盆，也挖走祖坟旁的一棵小树，以及它密集根系里像手指关节一样握牢的土。长辈的骨灰，早已融解在土壤里。离开乡音，流放到不解其意的陌生方言里，沉睡的祖先能否继续往昔的护佑？

据说搬离前夜，有个七十多岁的孤寡者喝了有机磷农药，气味浓烈的毒一寸又一寸烧穿他的食道和脏器里的黏膜，他剧烈扭曲的五官上沾着自己呕吐的白沫。他本应了无挂碍，移动身躯等同搬运全部的家当，为什么还要以命相守？什么样的花开花谢，什么样的动物生育或腐烂，什么样的春秋和冷暖，值得如此陪葬？他目睹洪水汹涌，淹没他的整个江山。

离开的，再也回不来了。大水淹没他们的稻田、屋舍、道路，淹没他们生锈的农具、走失的牲畜、沉重的磨盘和年迈的果树，淹没他们往事里的狂喜与羞耻。走啊走，像野外降生的羊羔，刚刚脱落胎盘，就得迈动虚弱的腿，走向远方未知的凶险……皮毛上沾着母亲的湿漉漉的体液很快就会风干，很快，就会，忘记子宫里的味道。

多少年以后，她会想念这个村庄吗？想念它古怪的读音，想念春天时漫山遍野的伞状花序，想念那些腼腆又好奇的脸？也许记忆短暂，会沉入河床深深的淤泥之中，像那些远离者所丧失的。毕竟，这里不是她的籍贯和家园，她只是路人。

外婆不动声色地刺绣，沉浸在她一针一线的缝纫之中；她自己衔了半根酢浆草，幼嫩的茎，流出细而弱酸的味道……外婆和她，两个人之间，是真空似的安静。

惊心动魄的瞬间，即将到来。

她感到微凉的风，沿着低低的地面吹拂，似乎暴雨来临之前。甚至不是风，只是隐约的气息。抬起头，在涌动并缓慢下沉的云层之间，出现了移动着的斑点。斑点灰扑扑的，既不华丽也不精湛，看似无序，显得寥落和凌乱，仿佛翻卷的秋天落叶。起初她对自己的发现并无惊讶，继续漫不经心咬酢浆草，舌尖触到披针形的萼片。

慢慢地，她看清了编队飞行的天使。雁阵拉开优美的弓形，准备穿越前方蕴蓄风雷的云层。鸟群组成一个打开的斜角，那个阵形的图案，本身，就像一只鼓翼翱翔的飞鸟……如同每片树叶以模仿的方式纪念整棵大树，每只大雁都成为巨翅鸟的一部分。这是迁徙，这是季节性的朝圣——深埋地下的磁力，指引着候鸟内心的指南针，由此形成这个世界伟大的节律与钟摆。

她没有呼唤外婆，外婆依然感受到传递过来的某种震撼，让她的视线暂时离开刺绣的绷架。她发不出任何音节，突然变成一个哑孩子。她只是目不转睛地仰视，并沉默地伸出手臂，向上指引。她指着神秘而空阔的天际。那个瞬间，鸟群并非排列为"一""大"或"之"那类的简单字谜，而是，组成一个神秘的星座。

她不知道大雁来自什么方向，也不知道它们将抵达哪里，然而就这样看大雁飞过，她内心燃起去远方漫游的渴望。等高空的雁阵远去，她才辨识出，笔画就是一个"人"字。也许一直如此，队形从未改变，只是当她尽力仰头，盯牢无垠的浅灰色中有限的深灰色，对这种奇怪角度的不适和缺氧感，使她眼中的天空多少有些虚幻，使她就像通过火焰上方颤动的气流去观察一样。鸟群就那样，在她的仰望和渴望之上飞翔，以至于她在突如其来的慌张与激情中，丧失判断。

那个由翅膀组成的"人"，辐射出强烈的磁力，对她构成难以言喻的神圣的感召。她一动不动地驻足，不能飞，也不能歌唱，她体验着被弃的悲哀。那个奇迹过后，她比同龄的孩子都老了，因为尚还年幼的心脏已体验到无望。

尽管迁徙鸟群只有数十只大雁组成，很快就消失了，但对她来说，那场景依然称得上激动人心，史诗般的壮丽。成年以后，她偶尔重复地抬头仰望，天是空的……童年所目睹的迁徙场面，无声，却在记忆里轰鸣。外婆和自己就像两个濒于绝境的溺水者，仰头，看到穿透海面的万丈光芒。此后，迁徙鸟群成为她的梦境。金色的翅膀形成遮天蔽日的云层，如浪涌，翻滚、回旋、升腾……即使在梦中，她也感到醉氧似的晕眩。

1983年，江苏

迁飞的鸟，将整个内陆湖区域视作越冬地。

越来越多的翅膀。太多了，在湖面，在滩涂，在岸上的灌木丛里。

它们不珍惜地到处停落，像地上轻易生长的块茎植物那么繁密。候鸟多得不像话。她想，这句话的意思是：多得，不像神话。

她在湖面捡拾到第一根飞羽的时候，觉得礼物来自天堂。羽枝排列极其精密，翎管像可食用的糯米糖纸那样，是乌蒙蒙的浅灰色。后来她捡到各种羽毛，冠羽、肩羽、尾羽、饰羽、绒羽，就像毛衣上脱落的线头那么平凡，让她有一丝平静中的惋惜。北方人见到燕子就知道春天来了，在这个南方省份，候鸟来的时候，最冷，沿着湖面漫延过来的寒意，穿透她毛衣上细小的缝隙。

湖区位于长江中下游地区，丰富支流灌溉着稻田，也盛产鱼虾。这里不临海，来自远方的鸥鸟也来越冬。鸥鸟像充气玩具似的，忽略体重地漂在水面。不会溺死的鸟，它们会飞、会走、会游，无所不能。它们与别的鸟类不同，恋爱主动方通常是雌鸥，它们在雄鸥身边娇娇滴滴、哼哼唧唧，亲昵地挨挨碰碰，不断对着雄性的下喙轻啄。起初，雄鸥拒绝，但雌鸥仍然纠缠，不断发出邀请，直到雄鸥屈从共度蜜月。

她见识过鸥鸟另外的面孔。湖区有个鱼摊，店家用利刀刮鳞掏腹，赤红的鳃、乳白的鳔、灰的胃、黄的肠、黑的胆囊，间杂古怪的铜绿与绀紫……大堆被扔掉的鱼内脏，湿腥地摊开。鸥鸟狂喜而来，又带着狂怒抢夺。它们一边争食，抢掠破碎的脏器；一边凄厉尖叫着相互打斗，冻疮色的脚蹼踩着地上脏黏的暗血。一截鱼肠被鸥鸟的利喙扯到细绳状，直至断开。当饱食的鸥鸟轻盈飞舞，或者一动不动，眯起仿佛陷入冥想的眼睛……她知道，优美背后，隐藏秘密的残忍与不堪。

星期二下午学校没课。她来湖边看鸟，有时安阿飘陪她一起来。安阿飘比她大几个月，个子高出半头，几乎是她唯一的朋友。不过，她安静，安静到几乎不需要朋友的地步。

这个习惯从童年和外婆在一起生活的时候就养成了。她们之间，呼吸得比针尖刺破织物的声音还轻，老少就像一对聋哑人那么相处；不，比聋哑人还安静，她们之间没有手势。那是恬静而美好的时光，她的内心就像映出飞鸟的湖。她天生早熟，在童年就拥有沧桑者的安宁。她和外婆在一起的每一天，都地老天荒、梦稳心安。

直到，外婆离世。好时光结束了。她被转移到亲戚家，继续漂泊。

她跟父母见面的机会有限，需要说服自己，说服自己相信她是父母的孩子——这是作为知识，而不是作为常识被她接受的。自从转学到这个省份，她暂时寄宿，半年没见过父母。他们在比候鸟还远的远方，未必守信地归来。她刚刚度过自己的十四岁生日，安静的、独自的、无人知晓和庆祝的生日。她习惯独自消化面临的一切。

安阿飘无所事事地用圆珠笔画圈，无意义的旋转曲线。画着画着，笔不出水了。安阿飘脾气急躁，她握牢涩住的圆珠笔，运刀那样在纸上用力地划来划去。不行。安阿飘把圆珠笔一端探进半张的嘴里，天冷似的哈气。将就着，安阿飘终于画出一只简笔的鸟。

记得和安阿飘一起去果园，她俩专门找那种树下落果多的，说明果子大多成熟，果柄与枝条之间已经松动，不会超过扭动一颗纽扣的力量，果实就落在她们采摘的掌心。她看到安阿飘衬衫上的纽扣松脱，像熟透的果柄。她生涩，不如安阿飘散发水果初熟的微甜。她知道她是一枚被虫子啃过的坏果子。安阿飘有着走起来会跳舞的头发……阿飘也会遭遇同样的事情吗？她无法启齿，只好转眼看鸥鸟的白羽毛，凿子般鲜红、锋利、纷纷的嘴。

……那天，黄昏之后才应聚拢的寒气提前到来。南方的凉冬，她系上外衣顶端的扣子，毛呢织物的微刺，让脖子不舒服。她往回走，才发现自己的短头发在枕骨上方打了结，用手指怎么也通不开。两只手交叠在后脑勺，左手抓住那缕头发，右手的拇指和食指夹紧，生生地，把那个讨厌的发结整个撕扯下来。发结中间的死疙瘩非常紧，成了硬结，周围长短不一的发丝呈放射状散开，就像一枚黑色蒲公英。

几个小时前，她的后脑勺在床单上剧烈地磨砺，甚至让肘后出现两块粗糙生涩的区域。除了皮肤摩擦，还有内伤。她像脊索发炎的鱼，又仿佛身体里横穿一把剑，开刃的血槽把她穿透了。

她那时以为三十五岁以上的前辈都老了，老到足够庄严。成年以后她回想起来，那个叔辈当年四十多岁。往事中的人在她的回忆里继续生长，外婆长成神灵的样子，那个叔叔长成幽灵的样子。关于那件事，她做过几次梦。微笑的邻居叔叔，暴露他隐藏在剑鞘之后赤红的凶器。叔叔像个凶狠的打铁人，遭受锻打的，是没有反抗的她自己。梦里的铁匠带着强烈口臭，用老年的猥琐，释放他不能平息的情欲。她惊悸醒来，睁开眼睛，就从那条半梦半醒的裂隙之间跌回真实的十四岁。叔叔富有操作经验，却无法自由滑动，因为她太青涩；所以他只能像慢蛇一样，以摩擦前行。他身体前行的每一步，都是她每一公分的黑暗。

坚硬而对称的壳里，柔软中的疼不止不息。她无动于衷，不会对谁哭诉，保持贝壳的守口如瓶。离开之前，老叔叔把嘴印到她的额头上。他的嘴，鸟喙那么硬。她的十四岁已经有了不能说的秘密，并且被封存，上面盖着一个沾了唾液的死印。对老叔叔来说，那或许是近似小钱的吻；对她来说，这笔小额的债，不知为此要背负多久的利息。

十四岁的她缩在小床上，遭遇此生第一次失眠。躬起身子的虾，貌似披坚执锐，她的肉体其实是一团黏稠的胶状物，寒硬。那个夜晚，像一只倒扣下来的钟，沉得窒息；她是隐匿其中的钟舌，几乎不呼吸，她只要一动不动，世界就停在喧响之前的一刻。

就在肋拱的底端，下陷的腹部侧缘，她的胃灼痛。她没吃晚饭，只咬了几口冷水果。她尝试，消化胃里不适的食物和疼痛。鸟类有两个胃。第一胃，也就是前胃里，化学酶非常强烈，腺体能将食物粉碎，甚至溶解猎物的骨骼。第二胃，又称为室胃，人们更常用它通俗形象的名称——砂囊。它是复杂的研磨机，起到"牙齿"的功能，砂囊内鸟类吞食的石英砂等粗颗粒，能将钢针和胡桃壳磨成糊状。她必须让自己相信，之所以胃疼，是因为她的肚子里有牙。

有些雀类咬碎种子，它们的喙能够产生四五十公斤的压力，这对于体重只有几十克的小鸟来说非比寻常。为了减轻重量，鸟类的牙齿退化，靠强烈的化学物质来腐蚀、加工食物。只有刚出生的幼鸟具备卵齿，在喙尖突出的位置，啄破蛋壳后自动脱落。那就咬吧，咬破关在蛋壳里的自己。假设雏鸟没有及时见光，它就被彻底封死在黑暗里——它将永远紧闭青紫色眼睑下的世界，带着汗湿的永远不会为飞翔而振动的翅膀。她对自己说，没关系，她什么都能吃下去，什么都能消化。

类似的事发生数次，邻居叔叔叮嘱：谁也不能说。

她没说，无论是对亲戚，还是唯一的朋友安阿飘。猫头鹰把消化后不能吸收的皮毛骨头等杂质，混成团状呕吐出去。她不能，与自己草食动物的属性一样，她能够反刍却不能把它们当作唾余，扔到远离自己的地方。那些羞耻与恐惧，她的一生或许都会如此：难以消化，也难以启齿。

她早晚会鸟一样远远飞走，邻居叔叔猎隼般锋利的钩爪再也不会握牢自己柴枝般的手腕。十四岁的冬天，她瘦得就像只大鸟的骨架。鸟类的骨骼中空，以减轻重量飞行。她知道在远方，军舰鸟的翼展宽阔，这种海鸟的骨架竟比它的羽毛还轻。鸟骨充满气体的腔隙，形成蜂窝状；中间坚硬的骨柱，使鸟骨既轻巧又坚固。她想自己一旦飞走，再也不会回来。

失眠之夜，她看夜空。她看不到童年曾目睹的迁飞鸟群。但她通过科普书的阅读，得知许多鸣禽白天进食和休息，选择凉爽的夜晚飞行。夜幕中很难观察到鸟群，只能偶尔听见啁啾之声。当鸣禽掠过月亮，才能被看到。事实上，观察月亮是对统计鸟类迁徙的方法。手持望远镜，怀着持久耐心，你一定会看到候鸟掠过的翅膀。中等倍数的望远镜，也会显示足够的细节。

鸟群流星般，滑过幽寂的天空。远远高悬于头顶的，是天鹅、燕鸥、斑头雁和绿头鸭映射寒星的瞳孔，是它们小提琴般伸长的脖颈，是迎风呼啸的翅膀……洋流般，有力而汹涌。即使迁徙对劫掠者来说，意味着铺张而尽欢的宴席。所谓盛宴，由华丽与牺牲构成。猛禽占领路线上的重要位置，开始暴徒的嗜血生涯。它们微驼，含胸，淡漠凶悍，生冷不忌。在天空盘旋，它们拥有魔鬼的自信，随时撕碎猎物的胸羽和心脏。然而，密布的暴力之上，是更大的不可遏止的美。神从不省俭。星空的珠宝盒已逾出奢华的形容，抵达无限。亿万颗组成的星团，呈螺旋形；远渡千山的候鸟就在螺旋形的气流中，缓慢而完美地，旋飞。

1996年，北京

北京人喜欢养鸽子。她记得自己刚刚从江苏返回那年，每天她都能听到鸽哨，看到一个男人舞动木棍上的红布条，指挥和部署他在天空的鸽子。

有只鸽子总是落单，在窗外的平台停落，似乎是专门来窥视她的。

它有着晶簇般狡猾的眼睛，以及脖颈上贝母般隐约的晕彩。雨水在凹槽里聚积，鸽子一小口、一小口地喝，频繁低头，又抬起，脖子一梗一梗，微微抖动喉部。涟漪荡开，鸽子的喙落在一组荡开的同心圆的靶心。鸽子东张西望，中途，像被自己的倒影吓着，夯了两下翅膀。它的脚和尾巴末端，都浸在极浅的铅灰色水洼里，像海绵吸收混浊的液体。有时，鸽子不知用剩下的时间做点什么，左腿紧收在腹部，就这么不可思议像截肢者似的呆立。很长时间过后，它才醒悟似的飞走，影子像块飞快擦过的桌布。鸽子紧张而局促，被追赶似的抖动神经质的翅膀，看不见了。

回到北京，回到自己的出生地，她用了十五年的时光绕了一个圈。她的记忆里除了那个安静的山谷，那个泥泞的小城，还增添了有轨电车、空旷的天安门广场和北海绿荫中的白塔。她靠着院门的抱鼓石，听胡同里的小孩子安安静静唱那首童谣："小燕子，穿花衣，年年春天到这里。"无人的时候，她也悄悄唱过几句，胸腔里发出的声音令她陌生而沮丧。她正式回家，是因为，要逃离黑暗。因为她银器一样干净的脸，正在时间中黯淡。

她曾独自承受羞耻——叔叔的犁，数次开垦在她身体荒凉而坚硬的冻原上。她感到恐惧，仿佛听到蛇的密语。如果她是蛇的敌人，将成为毒液下的牺牲品；如果她成为蛇的朋友，将被逐出上帝的乐园。她不知道怎么办。

据说，红头美洲鹫的嗅觉十分灵敏，可察觉腐肉中散发的臭气。工程师假如在输气管中放入这种叫乙硫醇的化学物质，很快就能在它们盘旋的地方发现渗漏。安阿飘的妈妈就有这样一双猛禽的眼睛，以及辨别不洁气味的嗅觉——她查究出了情况，使之不再是秘密。

如果秘密只是秘密，谈不上羞耻，除非它被公布和放大。不伦的性侵或者苟且，这个消息很快扩散。没有什么法律惩罚降落到叔叔那里，但她，再也洗不干净了，败在自己的脏身体和坏名声里。没有外婆和父母的庇护，她只有独自面对比童年时更大的洪水，渐渐困陷沼泽，方舟也不能救援，因为她已身置泥泞，无法划开桨叶。她不是飞鸟，不是。只有鸟，能够从灾难中逃生，它的翅膀就是自己的方舟。

与其说她是为了躲避丑闻，不如说，她是作为丑闻回到北京的。父母痛悔于自己的失责，甚至调换工作，把她接回北京，为了让她以陌生者的面孔开始新生。她得学会幼雁那样的逃生。为了避开天敌，白颊黑雁在峭壁上产卵，筑巢地点高于地面两百米。出生几天的幼雁就要主动从悬崖跳落，它必须用柔软的腹部着地才能不摔断脖颈，必须用稚嫩的蹼足迅速穿过危险的岩滩，才能到达河边的庇护所。她必须从不堪往事中陡峭地下降，尽快把自己藏匿起来。她隐蔽来路，像一只蓄意忘记故乡的候鸟。

　　刚回来的时候，她不出门，跟父母也不交流。传播中的丑闻，使她成为一个自我价值遭到贬低的少女。奇怪，她觉得被父母知晓比起这件事情本身，更让她觉得丑陋。生疏的父母对她来说，既是遗弃者，又是拯救者。然而，她不再是孩子。她懂，如同叔叔对她的摩擦和开掘，父母同样苟且，自己的生命正是来自于这种苟且。作为成人，父母使用自己的身体，无损尊严，不必抱愧。她呢，洗澡都不看自己，像盲人处理自己的甚至感觉是别人的四肢。梳头她也不照镜子，不看自己的脸。该剪头发了，现在长度尴尬，放下来嫌长，梳起来嫌短，可她不愿出门。得用满头卡子，才能管住那些像漫画人物头顶光芒那样朝着四面八方生长的碎头发。狠狠地，她用皮筋把头皮和头发勒紧，眼梢都吊起来——京剧演员那样的眼梢，活像风流树下的桃花鬼吧。勒得太紧，她额头附近生疼，疼得梳好头发又马上摘下那些卡子……一根一根地取出头发里的细铁丝，像从一个针垫上拔针。她应该承受日常的警示和惩罚。其实，只要还处于父母保护的羽翼之下，她就没有真正摆脱自己的羞耻。

　　那只侦探似的鸽子，每天嘀嘀咕咕地来访，直到她习惯它的监视。她不喜欢鸽子。如果从归航意义来说，鸽子是行程最短的迁徙者；短得更像是真正迁徙的模仿和反讽。鸽子偶尔远航，只是炫技，并非出自内心渴望——鸽子更多体现出留鸟的自得。鸽子仓皇，她不喜欢那种凄厉的啸音、警笛般的哨声。以前在湖北，她想等回北京就解脱了；现实并非预想，她没觉得有什么不好，也没觉得有什么好。多少人心怀梦想，终其一生，不过在小半径里盘旋，模仿着迁徙，不过鸽子的命运。鸽子在图片上象征美好与和平，可如果你从高处观察广场上停落的鸽子，灰的白的……就像有谁倒了碗剩饭，一副不堪的庸相。

餐厅，脆皮乳鸽。死去的小鸽子，焦糖色地跪在盘子里，散发金黄的色泽和隐藏在肉香里的腥味。或许，这就是她的形象：发光的青春肉体，以及该死的命。她用牙齿撕咬年幼而熟透的那些肉，把它们啃得干干净净。她看着盘子里的骨头残骸。合成 V 形的锁骨卡在胸骨上，形成鸟类特有的"叉骨"结构。鸟的锁骨所占比例要比人大多了，而且越是擅长飞翔的鸟类，锁骨越发达。经过长期舞蹈训练的姑娘，都会拥有优雅的平行锁骨，她们再轻盈也不会飞。她的锁骨不好看，相比之下更近 V 形，可她不仅不会飞，走起来都踉跄，甚至需要停顿下来掩饰自己的匍匐。她拿起来高耸的片状骨：这个沿胸骨中线的突起称为龙骨，固定着对于起飞来说至关重要的胸肌。龙骨显著、突兀、坚硬，状若袖珍的斧刃——原来，鸟类和她，都在自己体内埋了利器。

她用了很久来拆除体内的引爆器。有时候，她觉得把引擎也拆了，自己活得就像一具整洁漂亮的尸体。由令人恶心的蠕虫变出来的蛹，一动不动，被时间捆绑着，全身勒痕。昆虫从幼体到成虫，不仅体积变化，重点是要长出翅膀。她，无法长出可以飞的工具。后来她迷上了夜跑。飞翔，双脚离地……唯有奔跑与飞翔相似。无数次，她飞也似的奔跑，像逃命的姿态——似乎大地有根，有垂直向上的箭镞。

漫长而艰难的消化，使她爱起来相对困难。她比别人付出更多，才能接受一个有温度的嘴唇和一个有重量的胸膛。爱催生了自卑，她甚至怀疑和自暴自弃。后来她交付了自己，因为难以忍受情感的压力。爱情就像体内的叶绿素，没有它，她无法完成光合作用，无法生成自己的氧和枝叶……这意味着，所有闪光的东西将对她失去意义。而她愿意熄灭所有的光，让他的黑暗主宰，让一切，如夜晚盛纳万物。躺下，用她身体的缺陷迎接陌生之物和未来。当他试图用自己的钥匙，打开她习惯紧闭的锁孔，独特的撬动使她发出呻吟，就像锁孔里发出微弱扭动的咔嗒声。打开了，她的身体以及其中闭锁的秘密。她记得在他的鼻息下自己发丝的颤动，记得自己发出幼鸟一样尖声而变形的鸣叫。华丽之鸟，羽毛闪烁着矿物质般不可思议的鳞彩，相互哺喂，将喙置于对方的深喉……浑身频颤，有如交配。他喂她爱情的粮食。

直到图穷匕首现。

丘比特让人中箭，哪有不流血的道理。什么是感情？不过是浪费的时间里，说过的那些废话，干过的那些蠢事——那些无能为力又享乐其中的沉陷。等时过境迁，谈起所谓旧情，多少人敷衍地感叹，它还会被谁认真地怀念？"爱"，这个字，有时近似荒谬的修辞。可她，就是无以解脱，震惊于意外的结局。她在自己的迷宫中，在看不见的深处，连枝带蔓地疼。

疼，作为遗产保留了下来。当她躺上羞耻之床，再次分开蚌壳般闭合的部分……听任探测者打开光线，照射秘密的溶洞。她打开体内的墓穴，迎接崭新的死者。通过流产手术，她成功杀死自己的孩子。在一棵核桃树下埋葬了胚胎，她发出尖利的哭声。她只哭过一次。沙漠是枯死的涟漪，她的眼神如雾如烬，那不过是爱情最后的骨灰。

北京成为新的伤心之地。之后，她极端而决绝地处理了自己，远赴他乡。因为他在北京，这里就不再有她的立锥之地。

月亮啊月亮，就像个一只放旧了的地球仪，她要跟随自己笨拙转动的手指飞到人们看不见的背面。无论彼岸有什么。留下萧索的掠食者和它们饥饿的肠胃，她要飞远，哪怕远方埋伏敌人。

2005年，加拿大

她喜欢鸟群迁徙的纪录片。鸟群移动，飞在天上的魔法织毯。缤纷而辽阔的大地图景，收拢在鸟类的俯视里。斑头雁飞越缺氧的高寒地带，飞越喜马拉雅的雪峰之巅。雁阵拍打翅膀所产生的气流，可以托起队尾的末雁，即使它气力弱，也能在集体帮助下抵达目的地。黑雨燕不知疲倦，离开鸟巢前往非洲，然后折返欧洲，它两年不曾驻足，饮食、睡眠和交配，全部在途中进行。

她还喜欢阅读科普读物。中文的。她的英语水平足以处理日常，不够应对术语。她从一本中文鸟类图谱上读到震惊的内容：如果自身的燃料不足，鹬会在飞行中自残，食用自己的肌肉甚至内脏，以求抵达繁殖地。从常识上判断，她认为这不可能，怀疑是译者之误。从另一本书上找到的说法更可信，佐证鹬鸟的魔术如何施展：长途迁徙之前，它们大量进食，体重倍增，样貌并不发生变化，因为它们可以通过挤压内脏的办法来腾出空间储存脂肪。看来内脏体积的减小，是因挤压而非食用。不到二十年的寿命里，这种鸟的飞行距离相当于从地球到月球。它们不停，飞翔如同呼吸。

鸟类里，她有点怕信天翁。

信天翁天使般宽阔到失衡、舒展到平衡的翅膀，体现着波澜壮阔的美，以及不能被阻挡的狂野自由。年幼的信天翁会用三年时间飞越大海，不着陆。飞行中的肌肉日益强健，硬得仿佛是骨骼的构成部分。有个新西兰的留学生，曾经送她礼物：一只木雕信天翁，可能出自旅游纪念品商店。信天翁本身就是一种最像木偶的鸟，脸像木头雕刻的，还有浅肉红的嘴，以及苍白的脸上一双不会转动的眼珠。信天翁模样简单，表情硬邦邦的，或者说就没表情。尽管信天翁的翼展能像三折伞那样便携地收起，她仍把它视作僵硬之躯。

这些不是理由。她怕信天翁是到加拿大以后的事。因为名字的巧合：信天。

作为师哥的信天与她大学时就认识，在温哥华重逢。信天是个书呆子，绰号信天翁，长得就像信天翁那么木呆呆的，也像信天翁那么勤奋刻苦。读书时候，他住在图书馆，几乎不需要宿舍里的睡眠。信天一直是受苦的命，但这份苦，使他越飞越远。他没想到，自己远到不能张开和收拢他的翅膀。他抱有知识分子的偏执，遭遇数次不公待遇，他历尽周折，破釜沉舟，斩断所有退路，毅然移民北美大陆，发誓不让孩子重复自己的挫折。他的女儿，必须拥有美丽且自由的未来。

为了孩子。他忍受不了中国的教育，"不要跟陌生人说话"这样的声音，在家庭，在候车室，在学校的辅助教材，堂而皇之地出现，大家习以为常，几乎当作行为典范。"不要跟陌生人说话"，这是我们从孩子就开始的教育失败。我们太精明了，话说得那么明白，那么透。透心凉的透。他要让自己的女儿获得保障一生的温情。许多人像信天一样。因为财富、雄心、恩怨、灾难等各种原因，他们放弃乡土和祖国，选择移民，前往梦境中的理想国——他们把那里认作精神意义的故乡和理想意义的彼岸。

刚移民时，信天孜孜不倦地对亲戚介绍温哥华的空气、食物、自然环境和人文环境，他有着原住民似的骄傲感，不在意自己正激起听者秘密而强烈的反感。可惜，他后来没有获得天堂般的日子，过得不好。信天没有找到适合的工作，失业数年，被迫放弃专业，从事他并不喜欢的体力劳作：餐馆侍者，车衣，从事超市仓储或收银。

她理解信天，来加拿大时，她也经历过不容易，连成为合格侍者都难。她记恨那个台湾常客，餐桌上永远只要一碗汤，而她渴望小费。她自己不会到外面用餐，去超市她只买最平常的食物，不敢尝试最安全的冒险。色彩斑驳的豆子，长得奇怪的朝鲜蓟，易拉罐里气味汹涌的饮料，她猜不出它们的味道；后来，连好奇心也失去了。她只吃最基础的食物，选择最廉价的品种。

物质上的紧张出自现实压迫，但也不全是，深层原因是：心理上没有安全感。她并非受洗的教徒，但专门去过几次教堂，希望求得宁静与安慰。需要深仰，才能看清教堂穹顶那些悬在高处的头盏。人们需要形而上的指引，否则自重就令人沉陷。她为什么喜欢飞鸟？因为它们用自己的翅膀钉住天空，保持人类仰望的高度；假如失去天堂，我们的世界不会成为替代的天堂，而是被坠塌下来的天堂，直接，压进地狱。

她后来没有再和众人一起祈祷。一方面，因为宿命。她觉得要上帝均匀地溺爱每一个人，本来就是对神的苛责，相当于要上帝管理的每一滴雨水都落点清洁……有些雨注定要落到花瓣上，有些雨注定要落到泥浆里。另一方面，她发现，有些教徒来到华人教区，并非出自信仰的需要。貌似虔诚，他们不忽略任何一次礼拜，但对教义的理解却模糊、陌生乃至兴趣寥寥。这些华人移民在教堂聚合，是体面、快捷又功利的社交手段，他们希望从彼此那里获得一些嫁接当地生活的便利。当什么也抓不住的时候，同胞的黄土肤色，变成了彼此的乡土颜色——其实这种来自母语的安慰，不过是停留在语感和语气助词的安慰。每个人都在自己的困境里，孤立无援地作战。

经过努力，加上运气，她的处境得以好转，就像抵达终点的候鸟生活在迥异从前的环境里。信天呢，没有抽中命运的彩票。他预感自己成为科学家，没想到，沦落到不需要头脑、手脚却不歇息的劳碌里。人到中年的温哥华，他甚至不能获得沉稳的夜晚，失眠严重。当初信天移民的信念，是为孩子。他后来一无所有。关系疏离，离婚后的信天与妻女联系极少。

她和境遇困窘的师哥见面，请信天喝了一杯咖啡。看不出什么异常，他照样是信天翁那样缺乏表情变化的脸。提及妻女，信天并不避讳和难过，仿佛适应了孤寂。她喝了一口拿铁，看着咖啡上奶泡拉花的图案，不是树叶或卡通心，更像一个轻微不对称的臀部。这就是变形的享乐。她对信天，觉出无话可说的尴尬，她想：我们都有铁打的心肠、纸糊的自尊。

没想到，那是最后一次见面。数月之后，信天给自己买最贵的机票，飞往度假胜地。回来以后，他自杀了。他从高楼跃下，完成叹号一样的死亡。像希腊神话中的伊卡洛斯，飞得太高，蜡翼融化，他从靠近太阳的地方坠入冰冷的深海。

她看到新西兰皇家信天翁中心的纪录片时，感到头皮发麻。那是令人密集恐惧症发作的奥塔哥半岛，草坡、悬崖、游客的汽车以及供他们短暂停留的椅子上，到处是海鸥，身影、叫声、羽毛以及粪便。下一个镜头，是信天翁，孤傲远飞的信天翁。她回忆起死去的信天。这个名字，象征宿命的绰号、就范的命运。这部纪录片在数日之后给予她一个怪异的梦。大量的死鸟从天而降，没有一只砸中她，她就像毒后，穿着猩红的衣服。她辛酸地看着那些羽翼巨大的鸟，它们曾高飞的翅膀上端拱起宽钝的角……现在遍地鸟尸，她站在一堆弯折而破旧的伞骨之间。

信天死了。信仰的灯塔照耀，他向着光源走在触礁的路上。他走了那么远，飞了那么远，被拖行了那么远。如果说迁徙，是壮丽而不倦的朝圣队伍——在这个队伍中，有些，将成为献祭。除了事先到安息之所默默离开的鸟，也有鸟只死于飞行途中。飞着飞着，就垂直掉下来，像从天堂里扔下一块诅咒的石头。这个世界，无处不牢笼，黑暗天花板上的星星满含锈迹。死去的鸟，没有飞进它的自由。

据说，信天的骨灰是装在一个饼干筒里偷偷运回国的。他的母亲，不忍儿子装在托运箱里被忽略、被检查、被惊扰，坚持把他放入随手的行李。变成骨灰的他这么轻，信天离开世界的时候比他来到的时候还轻，似乎通过此生，他还回了什么欠下的东西。但愿信天在曲奇饼的奶油香里，能获得一个平生难得的珍贵睡眠。

至死也没有得到女儿的安慰与怀念。信天把自己千难万险地运抵死亡之地，像千百万溯游鲑鱼中的一条。他的女儿由此更换母语和信仰——习惯黄油、面包和牛排，热衷跑步，让粗砾般的阳光把自己晒成麦色，给予陌生人善意，成年以后远离父母。许多移民当初都是为了孩子，为了这些不再与他们相认的孩子。为了下一代，牺牲自己——这是鲑鱼的命运。

鲑鱼有着炯亮却愚痴的眼睛，季节一到，它们在各自家乡的河口聚集，溯游而上，寻找童年铺满沙粒的河床。体内的脊索就像一根颤动的磁针，校正它的磁极和方向。倔强的鲑鱼不断摆动鱼尾，直立起来跳跃，像水中的芭蕾舞者，不断从湍流和瀑布中跃起。经游浅滩时，水面可以看到它们宽阔的背脊，以及马达般有力击打的尾迹。为了抵达繁殖地，鲑鱼经历急流险滩，经历一路的牺牲。沿途布满猎食者，水里的，天空的，甚至还有陆地上的熊。雾气弥漫的早晨它们就来了，悬垂的水滴和升腾的热量从熊粗糙的毛丛里散发出来。可以说熊是个粗暴的食客，也可以说它是个精细的挑剔者——熊喜欢浪费，它撕下并享用湿亮的鱼皮，剩留大量鱼肉。被剥了皮、肢体也残缺的鲑鱼仍然活着，受尽折磨才允许去死。微弱而细小的水流，从鲑鱼闪耀的鳃盖里渗出，暖杏色的肉体暴露，像树木有着涡流状的年轮，记录它们渡过的江河湖海。

能够抵达洄游终点的，都是幸存者。

雌雄排卵排精的瞬间，彼此大张布满刺齿的嘴，在高潮中排出发亮的卵粒和精虫。胶囊一样的受精卵粒，是鲑鱼遗留在世的珠宝。为了这些致命的珠宝，它们耗尽最后的气力。矿物石英般闪光的大鱼，产卵后老化得非常厉害，甚至活着的时候就开始腐烂，沉入同样脱落鳞斑的陆续死去的尸堆。

她到北温区的鲑鱼繁殖中心，目睹艰难迁徙之后的死。自从克里夫兰水坝修筑起来，鲑鱼无法越过大坝抵达产卵地。鲑鱼繁殖中心，所谓更好地养育下一代，意味着这一代鲑鱼更悲剧地死。千难万险洄游的鲑鱼，甚至得不到腐烂中静悄悄地死。人类摧毁鲑鱼原本就谈不上美好的蜜月，"生殖工厂"取代了它们临终的身体狂欢。

人们用肘部夹住婚鱼隆起的额头，一只手固定鱼身，另一只手沿腹腔推挤，混合血色的精浆从泄殖腔里排出。对雄鱼不算粗暴，人们直接用利器剖开雌鱼的腹腔，长长一刀，几乎从下巴滑到尾巴……大团晶莹的卵粒，就像卡车卸货一样从腹切口里滑落出来。戴着橡胶手套的工人，搅动肉馅般搅动盆子里的精卵，完成速效的交配和受孕。粗粝带血的暴力婚配，不需要调情和审美，不需要它们婚礼的彩虹体色，不需要肢体的颤抖和悸动。鲑鱼在自然状态，受精卵成活率低，人工可以把生存几率调到九成。幼鱼将在水池，或者塑胶袋和聚氯乙烯的管道里，度过自己作为产品的童年。鲑鱼在繁殖中心产卵，提供人类愿意看到的节目。实际上，鲑鱼被改变了家族的遗训、旅行的终点、告别的墓地……死亡的时间提前，鲑鱼死于尽头之前的自己。

庄子写鲲鹏，是由大鱼变成的巨鸟……鸟是游在天上的鱼，鱼是游在水里的鸟。骨灰已运回故乡，信天算不算一只归心似箭的鸟、一条叶落归根的鱼？他移民，斩断退路，横刀一命，只为自己看不到的未来；他挣扎，放弃希望，横刀一命，只为自己不再看到未来。他的血，不能改变太平洋的咸度，就像候鸟的翅膀无法改变风向。

2014年，北京

服务员戴着尖顶软质的红帽子，步履弹跳，为她端过一套简餐。圣诞节，商场底层的茶餐厅里，重复播放圣诞欢歌。落地窗上，挂的雪花装饰物，直径达一米，这些由毛织物构成的六角形，边缘缀着银丝绒，逼真模仿出晶状物上的寒霜。食客脚下堆积着大大小小的购物袋，空气里飘浮着即时酿制的人造欢乐……像啤酒模具那样有着永不破灭的泡沫。在东方和西方，在北京和温哥华，圣诞节变得一样热烈。不过，此时的圣诞节，蜕变为盛大的商业促销机会，无处不弥散着欢快的钱味儿，似乎信仰也能变成一本万利的生意经。

她在北京逃避过年少时期的黑暗，在北京忍受初恋的惊心动魄与万念俱灰，在北京读书和工作，但她从来没有对北京产生故乡的情怀。不过，哪里又让她有过归宿感呢？和外婆共同生活过的村庄，那个留下耻辱的小城，还是鲑鱼巡游的异域他乡？她和地理意义的联系微弱，不生根的，童年、青春期和成长期都在流浪里。当她成为离群孤雁，反倒有一种宿命之后的坚定。

当年北京留给她的印象，谈不上美好或不美好，只是日常状态的磨损。拥堵的早晨，人人行色匆匆，赶到某个地方去支付自己的体能与热量。头脑、手脚、腰肢或脊背，我们总要出卖身体的某一部分，才能换取把整个人都塞进去的立锥之地。十年后，到处还是追赶的人，追赶公交、艳遇和致富的机会。不能停，停下来就成为遗落站台的落伍者，成为被明天抛弃的弱者。

其实变化真大啊，北京。豆汁变成咖啡，提笼遛鸟变成手游里的宠物和精灵，京剧脸谱变成日韩风里雌雄同体的眼线与唇红，青砖灰瓦的四合院变成玻璃幕墙的摩天大厦……作为国际都会的北京，是否在城市群中沦为分母，沦为雷同的无数中的一个？

她曾听一位旅美老作家聊天，老人家清瘦、沉稳，在国外多年，依然保持着清晰的乡音。他生于30年代的北平，他回忆当年，北平的普通百姓，哪怕引车贩浆之流都颇识礼数，几乎听不到脏话——那极为不体面，人们耻于为之。他认为，这是因为北平数百年的帝都史，士大夫阶层的礼仪已经沉降到社会底层。内圣外王，修己安人，温良恭俭让等被普遍认同。伴随消失的青砖灰瓦，老北平如今是记忆里的一座遗迹。现在的北京街道，满耳就是"操""丫""屌丝""逼格"，脏字用于频繁的日常交流，从市井口语到话剧台词，它们出现得就像标点符号那么自然。北京丧失了……它曾经讲究的老灵魂。

就像池塘养不起鲸鱼，北京被称为城市森林的树丛养不起大动物。雾霾低沉。她的一个朋友出国前从未在北京驻留，快二十年了，他决心弥补这一课。没想到抵达当晚，他的眼睛和嗓子极不舒服，雾霾几乎诱发他的哮喘。为了预防病症，他乘坐第二天早班飞机匆匆逃离。他要回到河水浩荡的故乡——那个当初他死命逃开的地方，现在为了救命拼命赶回去。当然，没有哪个故乡能与天堂媲美，否则我们就不曾远离；也许故乡与天堂的相似之处在于，只有远离才能发现它的美，就像站在大地上才能仰望云层。

等她的朋友赶回故乡，记忆里的田园消失。水，早已在河道和村民的嘴唇上一起干涸。没有野花、果实和溪流，稻田里丛生杂草，青壮年离开了，留下的老人都在睡觉。没有劳动的体力和期待的热情，无所事事……整个村庄都在睡。生死恍惚，垂暮者提前躺了下来。

同样的失望，她体验过了。妈妈病逝之后，世间大概只有她记得外婆的生日，她一直把这个数字当作行李箱的密码。如果外婆活着，应该有一百岁了。她突发奇想，在外婆生日那天，回到了自己曾经和外婆一起生活过的地方。

面目全非，像是一场骗局。山被炸碎，为了攫取零碎的建筑材料。穿过村庄的河，那是长江无数支流中的一条，当然不见踪迹。长江，起自巴颜喀拉山，直到经济繁华地带的入海口；从众神仰望的高地，到众生喧嚣的冲积平原……长江经济带是全球重要的内河经济带。没有哪条河像长江这样，从远古走到现代文明的核心区域；也没有哪条河像长江这样，被改造得千疮百孔，剥夺得面目全非。城市化进程，如同一场告别故乡的迁徙。据说2013年，中国城市人口已超越农村人口。一个延续几千年的乡土中国，渐行渐远。"故乡"，这个含情脉脉的词语，内涵被改变，甚至从地图上被抹除标记。

像倾巢下的幼鸟，农民离开田地、老屋和亲人，走向远方的灯火。在乡村路上辗转，在生产线的履带上忙碌，在高速公路上奔行、运输……禁止掉头！哪里才是故乡，哪里才是彼岸。不停地走，他们没有世亲和宿敌，一生命运悬系于陌生人之间。可以依靠脚旗、颈环和翅标，来跟踪和记录飞鸟；可这些离开家园的人们，如何判断他们的过与往，能否从他们脏脸上的泪痕看到泥色的河流，从他们荒腔走板的口音听出籍贯和家谱？

母亲喂养我们年少的胃，故乡的山河喂养我们的往事——这是爱国主义产生的基础。我们曾把营养不良的土壤当作贫瘠的故乡来热爱，可现在，我们难以找到整体的故乡，只剩破碎的土粒。家族、环境、习惯、风俗和传统，靠一代代人来存储和延续；当记忆遭到撕裂和洗除，出现难以逾越的代沟和断崖，某种秘密的遗传密码被篡改了。无论是乡村还是城市，难以记得自己昨天的脸。包括北京。

因为洪水和泪水，因为求学和求生，因为逃生和谋生，因为被动和主动；也因为羞耻和遗忘，因为挣扎和受挫，因为绝望和梦想……她不断离开又不断出发。她走过的地方，从乡村到城市，从祖国到异域。有些山清水秀之地，被水泥、塑料和垃圾填充；有些山重水复之地，被闪烁灯光和不熄渴望点燃。梦境中她会混淆母语与英语，现实里她会模糊故土与异乡。她觉得这一代人渐渐丧失了乡愁滋味；瓶装水的普及，使水土不服不再存在。人们不再需要故乡所代表的归宿，像候鸟在孤独的飞行中忘记方向。伤感徒劳，连地球都在宇宙中迁徙，在黑暗中沿着轨道失重地飞行。

第二天，她就会登上返回加拿大的飞机。来去匆匆，往事纷乱，却雁过无痕。像电视里有关迁徙的镜头，到处是密集舞动的羽翅，铺天盖地的鸟令人眩晕……节目结束，只留下斑点频闪的屏幕。这就是她的回乡，天空，空了，像一张曝光过度的相纸，只剩下黑白灰。

是否她的心境与季节有关？这个纬度的冬天难免萧索。当春天如一只巨翼的候鸟飞回，她也许会重怀期待。

她知道，至今北京残留的古建筑附近，依然麇集燕子。燕子勤勉，衔泥、筑巢、哺食、生育。喉部像颗毛茸茸的杏子，小而强反光的眼睛隐匿在阴影里……燕子凄厉地鸣叫、翻飞，尤其在暴雨之前。它们有着低频听觉，小巧的耳道能感知遥远之外的风起云涌。成年燕子有着幽深的钢蓝色、尾部的镰刀弧度；而刚出生的幼燕，嗷嗷待哺，张大嘴巴时，可以看到它们鲜艳的喉咙——那种黄色，通常是人类用来表示紧急救援的。每三只燕子中只有一只能得到繁衍后代的幸运。

这些热爱童年和故乡的小精灵，去过哪里，穿越过风暴中怎样的闪电？燕子的体量，相当于一个孩子的拳头，削薄的翅膀既锋利又脆弱，难以想象它们经历的风浪。燕子在高压电线上休息，诗人描绘它们像五线谱。其实是由于很少着陆而只留残根的腿，不适合平地站立，燕子的短处暴露无遗，它们从天才变成残疾。

飞起来迅捷、走起来笨重的燕子，像她自己。每隔几年，她就改换生存环境，以至于她分不清到底出于被迫还是惯性。她对远方保持谜语般的好奇，缺乏留鸟的忠诚。一成不变的生活甚至让她感到隐隐屈辱，她不能忍受，仅仅是地心引力，就把自己变成一条拴在链条上的狗。有一年脚踝受伤，她愣是拖着撕裂的筋腱，瘸脚去了一趟南美洲。朋友们嘲笑，可她把自己当成一只被捕获的鸟，把踝骨处的护腕当成一枚金属环……佩戴环志，是研究鸟类迁徙的常见方式。如果现实中不能疾走如飞，她就把飞当作自己的行走方式……人们说的遥远，看我飞翔。

每个人都向往变化，每座城市亦是如此吧。从飞机舷窗凝望北京，她发现璀璨灯火组成的图案，充满直线与横线、竖线与斜线，像插满蜡烛的生日蛋糕被划开数刀……但愿，切割使人们得以分享美味。她向后仰靠，北京渐行渐远。美妙在于往返之间，无论离去与归来，她都愿相信，远方的地平线上，有个发光的降落点。

坐在飞机上，她像骑鹅旅行的少年。机翼发出脉冲式的红色光闪，间隔的瞬间照亮周围一小团的雨，看上去就像一面磨损过多的玻璃。她想象，无数候鸟秘密地在高空潜行，它们飞得如此盛大又如此安静，如同缓慢移动的整个星空。星空，也像铺天盖地的候鸟群，金色的翅膀擦亮黑暗……我们忽略了日常生活里的奇迹。

种子、候鸟与漂泊者，他们抵达远方，是为自己创造一个可以回忆的故乡。落叶才能归根，浪子才能踏上回头之路，她走了这么远，为了让翅膀得到极致的体验。穿越昼夜和风暴，作为候鸟，她不能回头，只有抵达终点才能折返，甚至才有机会体会浅尝辄止的悔意。她默默地调整手表的时差，逆时针方向转动，指针像溯流而上的鱼。水流如同时间，打在洄游鱼脆质又倔强的头骨上。

2016年，肯尼亚

不止飞鸟。迁徙，是天上的事情，也是大地上的发生。8月的非洲，她去看动物迁徙——它们从坦桑尼亚的塞伦盖蒂草原，进入肯尼亚的马赛马拉。

满满都是麇集的食草动物。长颈鹿，原始、华丽又优雅。斑马，经典的黑白配，形成令人眩晕的几何之美。转角牛羚的体色是铁锈红，臀部和腿部的瘀斑灰蓝。汤普森瞪羚，身姿轻盈，体侧有鲜明条斑。数量最多的是角马。成群结队的角马，罪人一样低着沉重的头，披拂垂散的发绺，漫山遍野，泥浆一样涌过草原。

什么都不能阻止前行，千军万马，仿若朝圣。即使迁徙途中，到处是敞开的伤口，兀鹫和秃鹳从尸首的体腔里换取肠胃。到处是频繁的骨架，剔得干净的拱肋上面，只剩头颅上的短角以及因暴露更显硕大的牙齿。害羞者常常是草食动物，拘谨紧张。它们只是作为一堆堆被单独包装的脂肪和血液，运输在肉食者的早餐与晚宴之间。一旦覆盖着的皮肤保鲜膜被撕开，它们迅速腐坏，烂在炽烈的阳光和成吨的暴雨里。

食草动物走到哪里，食肉动物就跟到哪里。角马，看到同伴被吃无动于衷，甚至因普遍而近切的死安静下来。它们与满脸血污的饱食者毗邻而居，继续咀嚼和反刍。就像被家暴伤害的女性选择留在婚姻里面那么自然，就像亲人死去我们希望自己健康地活着而不会殉葬那么自然。是没有选择的那种自然，并非麻木与冷漠，它只能承受随时的杀戮。然而，那些初生不久的斑马，那些孤独漫游的小羚羊，从未真正了解凶手，缘何能从空气中嗅到一丝猛兽气息就被惊吓得狂奔？它们从成年者那里继承的技能和遗产，是恐惧，让它们终身保持警惕和戒备，也让它们从同伴的死中得到暂时解脱。

为了从价值低廉的植物里摄取热量，素食者不得不整日奔波，无心他顾——它们艰难收集食物营养来养育血肉。而肉食者享用起来便利，所以它们进食所需时间短暂，可以有大量闲暇用来嬉戏、发呆，甚至情绪厌倦，乃至做出近于哲学的思考。她发现，食肉动物都有一张悲伤的脸。马赛马拉草原的狮和豹，不怕人，游客密集窥看，丝毫不影响它们进食、玩耍、睡眠、排泄和交配，它们深知自己具有伤害的能力而呈现坦荡和蔑视。勇气来自暴力——是的，真正的勇气来自对暴力的控制，而不是激发。肉食者以一种不讲道理的暴戾，散发神秘之美。无须张扬，通常它们松弛、优雅，冷漠又懒惰……隐藏懒惰之中的，是惊人的果断。放纵的肉食动物拥有特权：一种因无耻而获得的自由，一种因自由而获得的傲慢。因此，别具魅力。

她想起，小时候怕夜晚来临，瞬间丧失方向感带来的压迫几乎让她哭起来。外婆不怕，外婆说她自己小时候臂肘烫伤，长辈给她涂过一层虎油，从此即使在丛林里遇到的狼都会绕行。据说，穿越黑暗的人脖子上假如佩戴一颗虎牙，村庄里的狗决不会狂吠，而是噤无一声，深深低俯，仿佛臣服于归来的王者。她做过胆大妄为的猜测：上帝生杀予夺，既激情又淡漠，无惧非议和诋毁，整个世界屈服于他伟大的独裁……他，是肉食者。

没有来肯尼亚之前，她看电视节目得到的印象，马拉河是一道致死的关卡，只需闯关一次，之后就是伊甸园里的新生。事实并非如此。向塞伦盖蒂草原或马赛马拉草原的同一迁徙季，角马数次来回穿越马拉河。河的两岸都有角马，既有从此岸去彼岸的，也有彼岸来此岸的，两岸并无绝对差别。那么，角马为何过河？并且岸边犹豫，反复徘徊，最后才决绝跃下，穿越扬起的灰尘、溅起的水花和鳄鱼张开的大嘴。难道角马只是无法克制对远方的渴望，只是对现实的几乎进入潜意识的反抗，才让它们向死而生？纪录片拍到，角马甚至躲避较浅的安全地带，蓄意选择危险区域，似乎获得面对生死的勇气比获得侥幸的机会更为重要。也许，因为陆地也潜伏危险，杀戮者的齿锋无处不在，来自鳄鱼的威胁并不更大——鳄鱼饱餐一顿可以长久不进食，狮子和豹总在打猎。所以对角马来说，过河也许谈不上是额外冒险，不过是又一次日常的忍受。她甚至怀疑，这种生存竞速，只是角马自愿设置的考验，从而完成慷慨而隆重的祭献。

在马赛马拉草原，她第一次乘坐热气球。乘坐者最初需要以摔倒般的姿势躺在倾斜的吊篮里：屈腿，后背着地，缩在狭小局促的空间里。她听到燃料罐附近发出类似轻微爆炸的声音，喷灯上的火焰，将加热后的空气充入球囊。热气球升空后，垂直的吊篮非常平稳。她的手臂扶住边框，看天地辽阔，壮丽奔行的动物生生不息。

迁徙，不可思议的旅程。驱使伟大行动的，可能出自基础乃至卑微的目的，像鲸游动，追逐小如光斑的磷虾。当果实被洗劫，种粒埋入更深的地下，当鼠和蛇把身体蜷成螺旋形进入黑暗的冬眠，那些理想主义者开始出发。动物迁徙多是因为食物和气候的现实原因，还有就是寻找与配偶共度的蜜月地，才迫使动物们遗弃曾经繁茂的聚居所。但她依然心怀激荡，深信这个世界有多少迁徙的脚步，就有多少流浪不羁的灵魂。

在云端，在大地上，在海洋里——迁徙铺开古老而壮阔的朝圣之路。斑马穿过博茨瓦纳的草原与狮子的阻击，抵达盐沼，去舔食岩块上的矿物质。海象游过白令海峡绕路北上，寻找结实的可供栖身的浮冰。水母从阴影密布的危险沙层，翕动着透明而诗意的伞膜，上升到光斑耀动的水面。出生在夏威夷的座头鲸，要从温暖的出生水域，滑动桨叶般的鳍肢，前往寒冷的阿拉斯加。奔跑有如舞蹈的瞪羚，虹膜和鳞片映照彩虹的鲑鱼，深沉歌唱的鲸鱼……从最柔弱的到最强悍的，都义无反顾，踏上征程。栖息在北美大陆的大桦斑蝶，每年要花一百三十天，飞行三千公里，向南迁徙。重量甚至小于一毫克的蝴蝶，以远比婴儿拇指柔弱得多的肉身，扇动亮橘色的翅翼，麇集着，抵达千里之遥。冻原上走过的驯鹿，厚厚的皮毛下积聚脂肪，边走边哈出雪白的霜气，珊瑚状优美的角又挂满冰晶……驯鹿在漫无涯际的苔原上跋涉，它一生走过的道路，足够绕地球三周，是世界上迁徙路线最长的哺乳动物。它们为此获得神赐的报答：无声却震撼的北极光就在它们的高空闪耀，如同加冕。

……日出的光芒万丈，她忍不住眯起眼睛。随着热气球高度的上升，无论是数量磅礴的角马，还是集体围剿的鬣狗，都变成微弱的斑点。不知不觉，她流泪了，她突然发现自己获得了飞鸟的视野。地面上的人看来，她也小得近乎斑点吧，像只飞高的候鸟。她把一条胳膊伸出吊篮之外，风吹拂指骨，她觉得自己正在长出季节性的羽毛。

人们曾以为鸟类的呼吸和鼓翼同步，事实上二者各自独立。当静止不动的时候，鸟类的呼吸比哺乳动物更慢；一旦飞行，鸟类的呼吸可以加速到静止时正常速率的二十倍。这是内心激情在身体上的反应。鸟类，有着远比人类飞行员更丰厚有力的胸肌，凭借着光线、星宿、气流和磁极组成的地图，它高飞。在勺形的头颅里，每只鸟都藏好一根忠诚的指南针。即使长在两侧的眼睛未必能看到多远的前方，即使优雅前伸的脖颈后面是一双苦力的翅膀，只要终点和希望不灭，候鸟就会出发，密集的翅膀就像移动的花季。

她好奇，鸵鸟和鸸鹋，眼睛都是大且微陷，它们不会飞。鸟类善飞者眼睛偏小，如天鹅大雁之类。是否高空展翅，被猎杀的机会相对低，不必时刻警惕；加之俯瞰大地，万物渺小，眼睛大几毫米、小几毫米，并无差别，所以善飞者不再扩张眼眶？可事实上，从出发到回归，候鸟的死亡率很高，能够返乡的只是幸运的少数，衰老成为一种巨大的奖励。候鸟中的许多，死于跋涉或飞翔的中途，死于沙漠、森林、滩涂、积水或极地，死于天敌的追杀和自身体力的衰竭，死于变幻的云层和气流，死于不屈的心……履行诺言，需要昂贵的成本，所以，它们以命相抵。在濒死的疲惫中，它们锐而小的眼睛，最后是否见过蜃气中的天堂？即使星光照耀下的故乡已然死去，候鸟依然坚定地飞往它们的墓地。

季节的钟摆，把时间从此岸摆渡到彼岸。天空没有疆界，唯一的根系，是它学会飞翔的地方——候鸟既是信诺之鸟，又是不断的背叛者。飓风一样的鸟群。暴雨一样的鸟群。交响乐般的鸟群。铺满天空，鸟群不断变换图案，就像上帝传达秘密的旨意。可惜人类鲁钝，他们无法读懂只言片语。古希腊神话中说宙斯曾经化身为天鹅，她觉得，神是可能以候鸟的样貌降临的。耶稣不是一只候鸟吗？在尘世和天堂之间折返，他的复活就是一次迁徙……他在十字架上，打开滴血的双翼。

热气球越升越高，已经难以区别有条纹的斑马和泥浆色的角马……如果你有鸟的翅膀，就不怕停在悬崖上。她不畏惧，如果说还残留一点点害怕，是因为她有几秒钟担心自己会越出吊篮，是因为在奇妙的出神之中，她错觉自己可以飞起来，可以像一只鸟那样飞得那么宁静，有如禅定……她仿佛看到了自己的往昔、今生与来世。她想起和外婆共同生活过的那个村庄。天空阴沉，水下的村庄看不到一丝痕迹，蓄积起来的水库淹没了一切，甚至改变了四周的远山。她相信，记忆，就藏在开阔水面的雾气里，如同鸟翼藏在云层之间。

……天上是飞鸟，它们迁徙自己的生活，使之更靠近自由。它们剪开地平线，然后在旋转而闪烁的光团与星宿之间，丧失重力地漂浮，由此体会虚空般的自由。地上是刚刚降生、还围裹湿漉漉胎衣的角马，它们尝试用颤抖的腿站立，以躲避巡行的狮子、有着哀悼泪线的猎豹和凶悍的鳄鱼，尽快加入迁徙的漫长之路。天上和地下，它们一同被召唤着，出发。

她习惯了肉身和精神一起流浪和迁徙。习惯了它们为此遭受疼痛和伤害。她想，肉身就是故乡，灵魂能够远游，甚至带领肉身迁徙。如果灵魂是被肉身软禁的囚徒，那就像是一只围绕墓碑盘旋的鸟。多少年来，她总是被远方蛊惑与召唤，因为若无梦想，整个生活不过是一个庞大的惩戒之所。并且，梦想若无一丝绝望，未免就缺乏神圣——绝望到极端的梦想才几近信仰。是否童年看到的候鸟，成为一生对她的感召？当鸟群开始史诗般的迁徙，那是魔咒——她仰头看到天上的飞鸟，低头开始路上的行走。

神话说：天上一日，等于地上一年。那么，走天上的路还是走地上的路更难？在天上，谁会成为障碍呢？没有，没有谁能伤害神，能阻挠他的意愿，所以神走一天的里程，大地上的生命需要一年才能完成。因为大地充满障碍，河流、石头、山脉、丛林、沼泽、沙漠、悬崖、陷阱、猛兽……需要逾越的，何其艰难。对人来说，甚至无论诱惑还是灾难，都是阻隔。

她想起了雪莱的那句诗："你从大地上腾空而起，越飞越高，像一团火焰。"候鸟跃升，穿越人神之别。季节与季节之间裂开的口子，它们用羽翼一针针缝合，就像外婆刺绣，候鸟用彩色的羽毛在圆绷着的拱形天堂里绣出丝线。只有神和他的候鸟，能把天地之间的伤口都缝合得那么优美……弓形精湛，她会看到，暴雨之后的彩虹。

（选自2017年第2期《人民文学》）

马 的 眼 镜

莫 言

　　1984 年解放军艺术学院创办文学系，徐怀中老师是首任主任，我是首届学员。我们是干部专修班，学制两年。怀中老师只担任了一年主任，便被调到总政文化部任职去了，但他确定的教学方针以及他为这届学员所做的一切，却让我们一直牢记在心。今年 3 月初，文学系邀请怀中老师去讲课，因老人家年近九秩，怕他太累，便让我与朱向前学兄陪讲。讲座上，我忆起北京大学吴小如先生给我们讲课的事，虽寥寥数语，但引发了怀中师的很大感慨，于是，我就写下这篇文章，回忆往事，以防遗忘。

　　吴先生为我们讲课，应该是在 1984 年的冬季，前后讲了十几次。他穿着一件黑色呢大衣，戴一顶黑帽子，围一条很长的酱紫色的围巾。进教室后他脱下大衣解下围巾摘下帽子，露出头上凌乱的稀疏白发，目光扫过来，有点鹰隼的感觉。他目光炯炯，有两个明显的眼袋，声音洪亮，略有戏腔，一看就知道是讲台上的老将。因为找不到当年的听课笔记，不能准确罗列他讲过的内容。只记得他第一节讲杜甫的《兵车行》。杜诗一千多首，他先讲《兵车行》，应该是有针对性的，因为我们是军队作家班。这首诗他自然是烂熟于胸，讲稿在桌，根本不动，竖行板书，行云流水——后来才知道他的书法也可称"家"的——他的课应该是非常精彩的，他为我们讲课显然也是十分用心的，但由于我们当时都发了疯似的摽劲儿写作，来听他讲课的人便日渐减少。最惨的一次，偌大的阶梯教室里，只有五个人。

　　这也太不像话了，好脾气的怀中主任也有些不高兴了。他召集开会，对我们提出了温和的批评并进行了苦口婆心的劝说。下一次吴先生的课，三十五名学员来了二十多位，怀中主任带着系里的参谋干事也坐在了台下。吴先生一进教室，炯炯的目光似乎有点湿，他说："同学们，我并不是因为吃不上饭才来给你们讲课的！"这话说得很重，许多年后，徐怀中主任说："听了吴先生的话，我真是感到无地自容！"吴先生的言外之意很多，其中自然有他原本并不想来给我们讲课是徐怀中主任三顾茅庐才把他请来的意思。那一课大家都听得认真，老先生讲得自然也是情绪饱满，神采飞扬。记得在下课前他还特意说：我读过你们的小说，发现你们都把"寒"毛写成了"汗"毛，当然这不能说你们错，但这样写不规范，接下来他引经据典地讲了古典文学中此字都写作"寒"，最后他说，我讲了这么多课，估计你们很快就忘了，但这个"寒"字请你们记住。

现在回想起来，吴先生让我们永远记住这个"寒"字，是不是有什么弦外之音呢？是让我们知道他寒心了吗？还是让我们知道自己知识的浅薄？

其实，我从吴先生的课堂里，还是受益多多的。他给我们讲庄子的《秋水》和《马蹄》，我心中颇多合鸣，听着他绘声绘色的讲演，我的脑海中便浮现出故乡一望无际的荒原上野马奔驰的情景，还有河堤决口、秋水泛滥的情景。后来，我索性以《马蹄》为题写了一篇散文，以《秋水》为名写了一篇小说。《马蹄》发表在1985年的《解放军文艺》上，《秋水》发表在1985年的《莽原》上，这都是听了吴先生的课之后几个月的事儿。

这两篇作品对我来说都有非常重要的意义：《马蹄》表达了我的散文观，发表后颇受好评，还获得了当年的"解放军文艺奖"。《秋水》中，第一次出现了"高密东北乡"这个文学地理名称，从此，这个"高密东北乡"就成了我的专属文学领地。我在很长一段时间内都以为我是在《白狗秋千架》这篇小说中第一次写下了"高密东北乡"这几个字，在国内外都这样讲，后来，我大哥与高密的几位研究者纠正了我。《秋水》写了在一座被洪水围困的小土山上发生的故事，"我爷爷""我奶奶"这两个"高密东北乡"的重要人物出现了，土匪出现了，侠女也出现了，梦幻出现了，仇杀也出现了。应该说，《秋水》是"高密东北乡"的创世纪篇章，其重要意义不言自明。

吴先生讲庄子《秋水》篇那一课，就是只来了五个人那一课。那天好像还下着雪——我愿意在我的回忆中有吴先生摘下帽子抽打身上的雪花的情景。我们的阶梯教室的门正对着长长的走廊，门是两扇关不严但声响很大的弹簧门。吴先生进来后，那门就在弹簧的作用下"哐当"一声关上了。我们的阶梯教室有一百多个座位，五个听课人分散开，确实很不好看。我记得阶梯教室南侧有门有窗，外面是礼堂前的很大一片空场。因为我坐在第七排最南边的座位上，侧面便可见到窗外的风景，那天下雪的印象多半由此而来。我记得我不好意思看吴先生的脸，同学们不来上课造成的尴尬却要我们几个来上课的承受，这有点不公平，但世界上的事情就是这样。有一次学校组织学员去郊区栽树，有两位同学躲在宿舍里想逃脱，被我揭发了，从此这两人再也没跟我说过一句话。毕业十几年后，有一次在街上碰见了某一位，我热情地上前打招呼，他却一歪头过去了，让我落了一个大大的没趣。由此我想到，揭发别人，是一件得罪人最狠的事，但不揭发，心里又恨得慌，这也算做人之难吧。

虽然只有五个人听讲，但吴先生那一课却讲得格外的昂扬，好像他是赌着气讲。我当时也许想到了据说黑格尔讲第一课时，台下只有一个学生，他依然讲得慷慨激昂的事，而我们有五个人，吴先生应该满足了。

"秋水时至，百川灌河，泾流之大，两涘渚崖之间，不辨牛马。于是焉，河伯欣然自喜，以天下之美为尽在己……"先生朗声诵读，抑扬顿挫，双目烁烁，扫射着台下我们五个可怜虫，使我们感到自己就是目光短浅不可以语于海的井蛙、不可以语于冰的夏虫，而他就是虽万川归之而不盈、尾闾泄之而不虚，却自以为很渺小的北海。

讲完了课，先生给我们深深鞠了一躬，收拾好讲稿，穿戴好衣帽，走了。随着弹簧门"哐当"一声巨响，我感到这老先生既可敬又可怜，而我自己，则是又可悲又可耻。

因为当时我们手头都没有庄子的书，系里的干事便让我将《秋水》

《马蹄》这两篇文章及注解刻蜡纸油印，发给每人一份。刻蜡纸时我故意地将《马蹄》篇中"夫加之以衡扼，齐之以月题"中"月题"的注释刻成"马的眼镜"，其意大概是想借此引逗同学发笑吧，或者也是借此发泄让我刻版油印的不满。我没想到吴先生还会去看这油印的材料，但他看了。他在下一课讲完时说："月题"，是马辔头上状如月牙、遮挡在马额头上的佩饰，不是马的眼镜。然后他又说——我感到他的目光盯着我说——"给马戴上眼镜，真是天才！"——我感到脸上发烧，也有点无地自容了。

　　毕业十几年后，有一次在北大西门外遇到了吴先生，他似乎老了许多，但目光依然锐利。我说：吴先生，我是军艺文学系毕业的莫言，我听过您的课。

　　他说：噢。

　　我说：我听您讲庄子的《秋水》《马蹄》，很受启发，写了一篇小说，题目叫《秋水》，写了一篇散文，题目叫《马蹄》。

　　他说：噢。

　　我说：我曾在刻蜡纸时，故意把"月题"解释成"马的眼镜"，这事您还记得吗？

　　此时，正有一少妇牵着一只小狗从旁边经过，那小狗身上穿着一件鲜艳的毛线衣。吴先生突然响亮地说：

　　"狗穿毛衣寻常事，马戴眼镜又何妨？"

（选自2017年3月15日《文汇报》）

水银花开的夜晚

迟子建

腊月到正月，在哈尔滨还是有花可看的，那是寒流之笔，描画在玻璃窗上的霜花。出了正月呢，即使飘雪的日子还有，但雪魂魄已失，落地即化，霜花也杳然无影了。你若想看花，只能去花店买南方运来的鲜花了。花儿是女儿身，经不起折腾，一路奔波令其花容失色，瓶中的"花娘娘"们，总有种"独在异乡为异客"的落寞感，不像本土应时而开的花儿，那么气韵饱满。

猫冬让北方人筋骨疲弱，所以当积雪消融，埋藏在雪下的枯草出狱似的，瑟瑟缩缩地出现在阳光下时，人们以为摸到春天的触角了，奔向户外的漫步者不在少数。寒风虽是强弩之末，但威力尚存，我不幸被击中，有一日傍晚从江畔回来，咳嗽流涕，身上阵阵发冷。

我便取放在玄关托盘上的体温计，想看看自己是否发烧。

我取体温计的时候，不慎将外壳的护帽朝下，这一竖不要紧，由于对接处咬合不严，护帽叛徒似的落地而逃，将体温计彻底出卖了，它随之坠落，摔成两截。

它这一跌，我家的黑夜亮了。

从玻璃管内径流溢而出的水银，魔术般地分裂成大大小小的珍珠状颗粒，像一带雪山巍峨地屹立在我面前。我先是拿来一块抹布擦拭，以为它们会像水滴一样，迅速被吸附，岂料它们欢欣鼓舞地一分二、二分三、三分四地遍撒银珠，泻地水银非但未少，反而如满天繁星，在白桦木地板上，朝我眨眼。它们近在咫尺，却仿佛远在天边，不可征服。

我少时数理化不灵光，对水银的了解，竟来自当时广为流传的一本小人书《一块银圆》，主要情节围绕一块银圆展开，写了穷人的苦，地主的恶，其中最让人惊悚的情节，是一个地主婆死了，她的儿子竟让一对童男童女为他老娘殉葬。他们给童男童女灌注了水银。故事浓墨重彩的是那个身世凄惨的童女，在出殡的行列中，她端坐在莲花上，手持一盏纱灯，双目圆睁，虽死犹生。她的亲人在路旁声声唤她，可她无法应答了。那个画面给我幼小的心灵带来了浓重的阴影，恨地主，也恨水银。水银是毒蛇，它要了如花似玉的姑娘的命！

我们在日常生活中能接触到水银制品，除非是在镇卫生所。那时日子穷，谁家会拥有温度计和体温计呢！如果感冒发烧了，卫生所的护士会神气地甩一下体温计，将它夹在患者腋下。童年时我曾盼着感冒（因为父母会给感冒的孩子买山楂罐头吃），但却怕发烧，万一去卫生所测体温，体温计碎裂了，水银流入我体内，我成了僵死的人，那可怎么好？谁还能在爸爸喝醉时为他取一杯茶？谁还能在妈妈拆洗被褥时为她挑上满缸的水？谁还能在姐姐除夕夜不想吃饺子时，给她烙上两张糖饼？谁还能在弟弟闯祸挨打时，夺下爸爸手中的棍子，让他少受些皮肉之苦？除了亲人，还有那些可爱的动物让我难以割舍，谁能用破木梳给吃饱了的猪刷毛？谁能在黄昏时把游荡的鸡，及时赶回鸡笼？谁能给看家狗偷些它惦记着的人吃的食物？还有夏天时满沟满谷的野花谁去采？冬天时满院子的白雪谁来扫？

我那时感冒了，发烧了，抗拒去卫生所，骨子里是恐惧水银体温计。总觉得我的腋窝藏着火苗，会将爆竹似的它引爆。它灿烂了，我就黑暗了。体温计是恶魔，这在看过《一块银圆》小人书的同学心中，根深蒂固。以至于我们憎恨一位班主任老师时，私下议论要是小人书中被灌注了水银的是她，而不是那个女孩，该有多好。好像我们真的掌握了水银，都会沦为施恶的地主婆的儿子。

这位班主任是我们的语文老师，她中等个，微胖，圆脸上生满雀斑，厚眼皮，眼睛不大，但很犀利。她不是本地人，住在学校的板夹泥宿舍里。因为没有食堂，她得自己弄吃的，所以我常在清晨去生产队的豆腐房买豆腐时遇见她。因为怕她，又因为豆腐房总是哈气缭绕，人在其中如在雾里，面目模糊，我假装没看见她，溜之乎也。

我们为什么怕这位老师呢？她严厉起来不可理喻。她有一杆长长的教鞭，别的老师的教鞭只在黑板上跳舞，她的教鞭常打在学生手上。期中期末考试总成绩不及格者，是她惯常教训的对象。她会让他们伸出手来，这时她的教鞭就是皮鞭了，抽向落后生。痛和屈辱，让被打的同学哇哇大哭。这种示众的效果，倒是让所有的学生不甘落后，刻苦学习了。但大家心底对她还是恨的，她头发浓密，梳着两条粗短的辫子，我们背地就说她带着两把锅刷；她脸上的雀斑，被我们说成耗子屎；她擦黑板上红红白白的字时，粉笔擦不慎碰着脸，成了大花脸，我们在底下偷着乐，没一个提示她的。

　　她管理班级严格到什么程度呢？要是教室的泥地清扫不净，值日生的苦役就来了，会被罚连续值日。最让我们难堪的是检查个人卫生，我们上课前她会手持碎砖头，高傲地站在门口，我们则像乞丐一样朝她伸出手去，如果我们的手皱了，或是指甲里藏污纳垢，她会扔给你一块碎砖头，让我们出去蹭掉手上的皱，抠出指甲里的泥，砖头在此时就成了肥皂了。如果春夏秋季，拿了砖头的学生会去溪边洗手（那时大兴安岭植被好，溪流遍布），冬天时只能用积雪清理了。我有一次也被检查出手上有皱，不允许我进教室，我一赌气，到了溪边，把她那堂课都消磨掉了。看山看水，看花看草，不亦乐乎。我面临的惩罚，可想而知了。

　　这位班主任老师看上去跛扈，但她业务好，很敬业，也有善心。有的同学家贫，她家访时会带上她买的作业本，她还帮助交不起学费的学生交费，并带我们进城，去照相馆拍合影。当然，她还常在我们下午该放学时，给我们加一小节课，讲那些经典的励志故事。如果是冬天，天黑得早，讲台就点起一根蜡烛。烛火跳跃着，忽明忽暗，她的脸也忽明忽暗，那也是她最美的时刻。她不用教鞭，脸上的雀斑看不见了，语气温柔，面目平和。

　　她离开我们小镇，似乎没有任何预兆。突然有一天，她要调到黑龙江东部的一个小城去，说是她恋人在那儿，是去结婚。这时我们才意识到她是一个女人，是个有人惦念的人。

　　她要离开了，按理说我们是奴隶得解放了，该同声庆祝的，可大家突然都很沮丧，因为她一点狠劲都没了。她带着偿还之意，将自己所用之物，分给常遭她鞭打的人，那多是家庭困难的同学，我听说的就有书本、衣物、脸盆。在她走前，有天我在小卖店碰见她，她还买了一双雨靴送我。从此后她离开的风雨时刻，穿着雨靴走在泥水纵横的小路上，总会想起她。而她带我们拍的合影，成了同学们最美的珍藏。我们不知她婚后过得怎样，她丈夫会像我们小镇的男人那样，爱打老婆吗？她为师还喜欢手执长教鞭吗？当我们班级的卫生越来越差，同学们随地吐痰，随手丢废纸，教室再也不是窗明几净时，爱清洁的女孩子就想念她；而当那些学习成绩差的学生，将书本视为无用之物而放任自流时，学生的家长就慨叹，要是她在就好啦，孩子就有人管了！

四十多年了，我没有她的任何消息，也极少想起她来。但水银泻地的这个夜晚，也过了半百之岁的我，却很热切地思念起她来。不知她是否还在她当年嫁过去的小城。按她的年龄，应是儿孙满堂，颐养天年了。

我不知当年的这位班主任老师的长辈，是否有出自旧学堂的，她的一些教育方式，私塾痕迹明显，教育为主，体罚为辅，在今天可能会遭到众口一词的谴责。但试想在 20 世纪 70 年代一个荒僻的山镇，一个有抱负的教师，面对着一群天性顽劣的野孩子，她最直接有效的教书育人方式，也许就是恩威并施。她用教鞭打了那么多孩子，可没一个因之受伤，可见她心里是有轻重和尺度的；当她把砖头抛向你，让你蹭掉手上的皴时，尽管你满心不快，但至少让你从此后注意个人卫生，时常用温水泡手，让它们散发出我们那个年龄的手本该有的鲜润光泽。

再回到体温计碎裂的那个夜晚吧。夜一点点地黑起来，我见抹布清理水银，起到的反而是推波助澜的作用，赶紧上网查询对付它们的办法。水银有毒，我先是敞开窗子通风，然后用笤帚将它们轻轻扫到撮子里，放到一个新打开的垃圾袋中，之后用纸巾擦拭余下的细碎的水银珠。每片纸巾罩住一两颗，将它们轻轻拈起，包饺子似的封住口，丢进垃圾袋，再取一片纸巾奔向另一处。我就这样朝圣似的趴在地上捉水银珠，足足用了半盒纸巾，直到我认为已把它们消灭殆尽。

我关了厅里的灯，打算回卧室休息一下。借着卧室的微光，我突然发现刚清理过的地板上，仍有水银珠一闪一闪的。我不相信，取了手电筒照向那里。呵呀，这分明是一个微观花园么，我发现了无数颗更加细小的水银珠粒，在白桦木地板的表面和缝隙，花儿一样绽放着。

这不死的花朵，实难相送，那就索性不送，我不相信就凭它们，会让我性命堪忧——将其当花来赏又如何！权当它们是蜡梅的心，是芍药的眼，是丁香的小袄，是莲花的罗裙！

因为在黑夜面前，所有的花朵都是无辜的。

（选自2017年4月14日《文汇报》）

泡在水里的威尼斯

冯骥才

在威尼斯，我总为那些数百年泡在水里的老房老屋担心，它们底层的砖石早已泡酥了，一层层薄砖粉化得像苏打饼干，那么淹在下边的房基呢？一定更糟糕，万一哪天顶不住，不就"哗啦"一下子坍塌到水里？

威尼斯人听了，笑我的担心多余。一千多年来，听说哪所房子泡垮？只有圣马可广场上那个钟楼在一百年前发生倾斜，重建过后就没事了，今天一如皇家卫兵那样笔直地挺立着。

其实威尼斯所有房子并非建在水里，而是在一片沼泽中间的滩地上。这一次，我乘飞机在威尼斯降落时向下望去，看到了这里地貌的奇观。大片的水域中间浮现着一块块滩地，此时正值深秋，滩上的草丛变得赤红。绿水红滩，景象绮丽夺目。威尼斯濒临亚得里亚海，但这里的水却不是纯粹的海水，它一部分来自内陆许多河流的淡水，咸涩的海水与清新的淡水交融一起，再给天然的沙坝阻截，渐渐形成一片世界上面积最大的潟湖。在这种半咸半淡的潟湖里有很少生物，只有一种淡银色的尖头小鱼。二十年前我在盛产手织花边的彩色岛上，蹲在水边看人钓鱼，但这种鱼不能吃，人们只是钓着玩，每每钓上来便摘下钩，扔回到水里。威尼斯的海鸥和水鸟很多，大概在这个水域中到处可以找到食物。它们都吃得很肥，有一种白肚皮、灰背的大鸟像小猫一般，很足实，有点吓人，其实它们胆子很小，你的手一伸过去，它就飞跑了。

古代威尼斯人就在这潟湖中的滩地上砸下密密实实的木桩，中间填上沙砾，上边铺一种又厚又大的石板。这些石板是经亚得里亚海从斯洛文尼亚那边的伊斯特拉运来的，这种石头的防水性能极好，几层石块铺好后，再在上边叠砖架屋，当然坚实可靠。不知这主意最初是哪个聪明的人发明的。历史总是把伟大的普通人忘记，威尼斯却受益于这个水中建房的高招，直到今天。

潟湖受大海潮汐的影响，每天都会涨潮落潮。涨潮时所有房子像站在水里。威尼斯有一百多个建满房屋的岛屿，四百多座连接岛屿的大大小小、各式各样的桥梁。绝大多数房子的正门开在岛上陆地的一边，后边是临水的私家小码头。在威尼斯如果想走近道，就得上桥下桥，穿街入巷，很吃力；如果想省腿脚，便乘船渡水过河。河道大多很狭，像水上的胡同，船身必须细长才好穿行。桥洞又低，不能有船篷。所以这里独特的风光是那种月牙式两头翘起的优美的小舟贡多拉，蜿蜒幽深的水道，插在老屋前各色各样的拴船的杆子，这一切都五光十色地倒映在波光潋滟之中，水光摇曳，影如梦幻，变化无穷，入夜后灯光再加入其中，无处不叫你感到新奇。

威尼斯这种世上唯一的奇特的风光，自古以来就为画家所痴迷。在古代欧洲的风景画中，"威尼斯风景"恐怕是最多的了，数百年来一直有大批画家聚在这里。从16世纪文艺复兴时期的威尼斯画派到今天的国际性的"双年展"。

不过，对于这个最初是靠水陆交通与商贸发达起来的城市，商人比画家更多，而且个个比莎士比亚笔下的商人还要厉害。一个导游告诉我，一次他带一个旅游团来威尼斯，他对团中的游客们说，你们买东西时可得留心点儿，别叫威尼斯的商人"忽悠"了。在游客们分别去购物后集合起来时，他发现一个游客买的皮包买贵了，就说你这包儿花的钱多了，质量也差。这游客听了就要去退货。导游说你退不成，这里的商人厉害着呢。游客非去不可，拦不住他就去了。可是不多时这游客笑嘻嘻地跑回来，手里提着两个同样的皮包。他不但没退成，反叫威尼斯商人又多"忽悠"一个。

六百年前，马可·波罗从这里去中国，他就是随着爷爷到东方经商去的。我一直认为他们是经过丝绸之路"走"到中国的，至少走了其中一段。

这一次，我听说威尼斯城中还保存着马可·波罗的故居，很兴奋，但找起来可真难，跑了一二十条街，上下十多道桥，再穿过一个低矮的街洞才找到。街口两边各一座房子，一边是马可·波罗出生的小楼，一边是他家经商的办事楼。虽然里边已经找不到任何遗物，房子却依然完好，如今底层都改做小饭店。这里的人以马可·波罗为自豪。尽管一些苛刻的学者还在怀疑《马可·波罗行记》的真实性，威尼斯的老百姓却坚信马可·波罗去过中国，并把面条、饼、饺子带到意大利来，变成意大利面和比萨。有趣的是他们把饺子变作四方形的了，好像火柴盒，模样虽然有点怪，可是外边有皮，里边有馅，说是饺子也不为过，他们肯定没把中国妇女包饺子的手艺学去。我第一次听到这个关于"中意交流"的奇谈，觉得好笑中也有三分可信。想想看，除去意大利，欧洲哪里还有这种食物？历史有时永远没有结论。反正马可·波罗的游记让西方人对遥远的东方燃起了兴趣，甚至促使了哥伦布渡海西行，寻找中国，一下子"发现"了美洲"新大陆"。

如今的威尼斯不再是意大利的商贸枢纽，但它的文化留了下来。其实人类的很多文化都是不经意创造出来的，在应用它时并不知其中的意义。时过境迁之后，文化的价值才渐渐显现出来。这就要看你是否能够认知它的价值。

威尼斯曾被我们称作"西方的苏州"。威尼斯整座城市于1987年列入世界文化遗产，苏州却因为我们自己的破坏而名落孙山。

在旅游已成为当代主要消费方式而日益"猖獗"的今天，威尼斯人很清醒，没有把自己主要力气花在旅游上，而用在保持自己城市的品位和历史的原真性上。城市所有建筑不能随意改建，不能改变原貌，甚至不能破坏"百孔千疮"的外墙苍老的历史感，如果必须修缮也要经过专家认定。凡专家确认的，政府出资百分之七十。保护不是做做样子，而是做好每一个细节。比方他们给住房安装的电子门铃，在设计风格上与斑驳的老墙很协调，高雅又现代。这使我想起德国一个民间的历史建筑保护组织曾经请我去演讲。这个组织的名字叫作"小心翼翼地修改城市"。"小心"二字中包含着对城市的历史文明多么至诚的虔敬！不像我们经常喊的那个词儿"保护性开发"——说到底还是要开发，保护不过是个挡箭牌。反正我们现在挺有钱，想开发还不是手到擒来？

据说有同胞曾经访问威尼斯，听说威尼斯不能走汽车，也不能骑自行车，感到不方便。一问方知，原来威尼斯是一座小岛组合的城市，无法行车，就问："为什么不把它们连起来呢？"主人说："不行，我们做不到。"意思是这是历史遗产，不能改变。来访者听了财大气粗地说："这个——我们能做到！"把人家吓了一跳。

现在的威尼斯也面临旅游压力，总共不到八平方公里的城区内，每年有两千多万名游客。在旅游旺季，大街小巷、院里院外，到处是举着相机和手机四处拍照的游客。有时出门走路都困难。你和原住民一聊游客，他们就皱眉摇头。在他们眼里游客就像大群大群的候鸟，一年一度来一次，一来就闹得天翻地覆。现在住在城中的本城年轻人愈来愈少，老人们依恋着与自己生命记忆融为一体的老房子，所以留在这里。可是老人总要离去，关键是怎么把年轻人留在本土？

当地的做法挺有趣。比方划贡多拉小船的船夫，绝对不允许外地人来干。自古贡多拉船夫都是传男不传女，今天依然如此。如今站在船头戴着皮帽、穿紧身衣、随口唱一首当地民歌的结实又爽快的船夫，都是地道的威尼斯人。至于制作本地彩色玻璃、手织花边和面具的当地艺人，也依然在一些岛上的作坊施展他们的古艺。还有威尼斯那些重要的博物馆和美术馆更叫他们奉若神明。不少人来威尼斯就是要到学院博物馆看乔尔乔内的《暴风雨》和卡列拉的粉画《少女像》，要到公爵府大议会厅去看韦罗内塞那幅世界上最大的油画。历史是要不断更迭的，但只要精髓还在就好。

威尼斯虽然不担心房子泡垮，却担心整座城市的下陷。城市的下陷是由地球变暖、海平面上涨造成的。现在每年平均下陷一厘米多。一百年就是一米多。有一天它会不会陷到地平线以下，成为一座水下的城市？这可怕的事情虽然不会在我们这个时代发生，我们这个时代的人却要为此担忧，设法阻止。历史要延续，遗产要留给后人。这是文明的思维。

（选自2017年5月10日《文汇报》）

送走三只猫

南 帆

一

一只肥猫长长地打了一个哈欠，懒洋洋地从我的记忆中踱了出来，鼓出的肚皮隐隐地一颤一颤。

这只猫叫作阿灰，一身又滑又亮的灰皮毛。想不起它怎么来到我们家的。20世纪60年代，我们家居住在小巷的一幢破旧的瓦房里，大小老少衣裳简陋，面有菜色，只有少许的荤腥短暂地漂过清苦的日子。奇怪的是，阿灰居然在这种日子的皱褶里悄悄地长成了一只大肥猫。

阿灰是外婆的宠儿。她时常悄悄地挤出几文菜金，买回一些小鱼小虾喂养阿灰。父亲偶尔会流露出不满的神色：饭桌上的人还吃不到鱼虾，怎么又来了一只猫争食。外婆装聋作哑。阿灰分得清亲疏的脸色，它从来不会撒娇地蹭父亲的裤脚。

这是一只懒猫，大部分时间闭目养神，或者干脆盘成一团打起了呼噜。那时我还是一个顽劣少年，不时想方设法捉弄阿灰。我的手臂插进阿灰毛茸茸的怀里，用力搅散它的睡眠。鸡或者鸟的鲜艳羽毛之下隐藏了一个灼热的身体，人们的手掌可能因为意外的温度和嶙峋的骨架而恐惧地缩回；猫的身体温度适中，光滑而柔软的皮毛常常形成某种诱惑。阿灰并没有对我的骚扰表示多大的反感，它愿意配合游戏。阿灰抱住我的胳膊装模作样地啃一口，有时还用后腿奋力蹬几下。敷衍过之后，它一仰身滚到另一边继续打呼噜，仿佛不胜劳累。

午间的闷热消散之后，阿灰多半要从厨房出来溜达一圈，从事一些轻松的娱乐，譬如戏弄壁虎。它悠闲地坐在地板上，慢条斯理地拍打一只刚刚捕获的壁虎。壁虎弃掉了尾巴试图潜逃，阿灰对于这种诡计洞若观火。它的一只爪子按住活蹦乱跳的尾巴，另一只爪子及时地把逃出了几步的壁虎一次又一次拨回来，有条不紊的操作让人想到炉灶前的大厨。奇怪的是，阿灰对于老鼠似乎缺乏应有的仇恨，它生平仅仅擒获一只老鼠。不知那只稚气未脱的小老鼠如何落到它的爪下，大约半小时左右的时间，阿灰兴高采烈地享受自己的战利品：它用前爪将老鼠一次又一次高高地抛起，远远看去如同一个尽职垫球的沙滩排球运动员。事后阿灰并未吃掉老鼠，它明星一般骄傲地扬长而去，把那只分崩离析的死老鼠扔给外婆收拾。

这幢破旧瓦房的地板底下有一条大阴沟，众多老鼠穿梭往返。许多时候，老鼠在朽烂的地板破口处探头探脑，然后鬼鬼祟祟地钻出地面搜罗一些食品。可是，阿灰仿佛耗尽了攻击老鼠的兴致。它眯着眼坐在一缕阳光里，任由老鼠行色匆匆地窜来窜去，安详的神情如同一个窥破了世情的智者。某次，一只大老鼠竟然在不远的地方停下来，目光炯炯地和它对视。这个挑衅仅仅让阿灰微微地动了动胡须，它甚至懒得站起来。阿灰似乎不屑于再与地板底下那些神情诡异的家伙交手，它的漠然终于让那只勇敢的老鼠无趣地悻悻而去。猫是清洁的动物，阿灰肯定对于老鼠的龌龊深感厌恶。魑魅魍魉，不可与之论英雄，赢了这种对手当然算不上多大的功绩。阿灰大约就是在这个时候仰起头来，开始想念明亮的天空和自由自在的呼吸。某一天下午，它攀上一小段柱子，跃过一个横梁之间的空隙，转过屋檐来到了瓦顶之上。

瓦顶是猫的江湖。它们在那儿谈玄论道，分配阳光、势力范围和异性伴侣。我无法猜度阿灰瓦顶上的浪漫生活，估计多少有些卿卿我我的逸事。阿灰是一只雄壮的公猫，凛凛一躯，堂堂一表，这一带的雌猫显然乐于迎来送往。某些时候瓦顶上突然传来悠长的号叫，这是它们共同高吟的情诗。公猫之间某些局部的小型战事不可避免。瓦顶上鼓点般的脚步踩得瓦片一阵脆响，那是擂台比武的胜者正在将手下败将逐出领地。这些故事情节起伏，引人入胜，可是，一个难堪的结局出其不意地出现了：阿灰不知该怎么回家。返回屋檐，跃过横梁之间的空隙之后，阿灰愣住了——它不敢头朝下地沿着柱子滑下来。情场或者战场的凯旋无法兑换为食物，饥肠辘辘的阿灰坐在瓦顶的边缘哀哀地叫着，长一声短一声。

我找来一架木梯子靠到了屋檐的边缘。阿灰观察了许久，颤巍巍地伸出一条前腿试了几番又缩回去。它显然对于一堆摞起来的方格子极不信任。我不耐烦地攀上梯子试图把它拎下来，阿灰竟然一侧身躲开了。父亲愤愤地表示无须理它，这种笨猫丢了也罢。天渐渐地暗下来了，外婆心急如焚。房前屋后转了几圈，她想出一个笨拙的办法。外婆用晒衣服的长长木杈挑起一个菜篮伸到屋檐上，嘴里阿灰阿灰地叫着。这时，神奇的事情发生了：犹豫了一会儿，阿灰竟然慢悠悠地跨入了菜篮。它一屁股坐下来的时候，接近十斤的体重压得菜篮一晃，外婆一个趔趄，几乎扶持不住木杈。

阿灰善于归纳，它很快形成了习惯。酒足饭饱，鼓腹而游，瓦顶上云游一番归来，阿灰就会坐到屋檐旁边千呼万唤，催促外婆备好菜篮。它堂而皇之地坐入菜篮左右顾盼，惬意得如同坐上了轿子的县太爷。外婆不断地咒骂着，恶狠狠地发誓这是最后一回，然而，阿灰的召唤总是让她一次又一次食言。

我记得阿灰失踪过一回。外婆端上它的饭盆走家串户，一边用筷子叮叮当当地敲打着，一边阿灰阿灰地呼唤。这种老乞婆的形象让我们感到了脸红。可是，外婆前所未有地强硬，根本不睬我们的劝阻。几天以后，阿灰不知从什么地方溜回来了，浑身污迹，整整消瘦了一圈。它将脑袋埋在饭盆里狼吞虎咽了一阵，神情慢慢镇定了下来。外婆坐在厨房的小椅子上，一下一下地抚摸阿灰背上的皮毛，嘴里喃喃地劝它不要出门，不要到布满了陷阱的危险世界四处乱窜。它眯起眼睛静静地听着，慢慢地打起了呼噜。

阿灰大约活了十来年，外婆送走了它。多年之后，外婆也到另一个世界去了。她们在那边仍然相依为命吗？

二

为什么猫没有纳入十二生肖之列？这是一个令人不解的问题。

据说当年天庭打算选拔十二种动物作为生肖代表，群兽踊跃响应。猫和鼠是一对好友，它们相约共同参选。由于猫嗜睡，老鼠答应参赛的日子担任它的叫醒闹钟。当然，接下来的故事情节肯定会如此演变：那一天早晨老鼠悄悄地独自赴会并且拔得头筹，猫被太阳晒醒的时候十二生肖的名单已经公布。猫并非动物界威风凛凛的大杀器，它常常无声地伏在枝叶斑驳的树干上，如同一个高人冷冷地打量这个世界。猫的长相形同狐狸，它对于自己的智商具有足够的信心。然而，猥琐的老鼠居然算计它，奇耻大辱不可忍受，从此，捕杀老鼠成了猫世代相传的天命。

我不太相信这种传说。如果允许放纵想象，我宁愿把十二生肖中的龙指认为疑点。"飞龙在天"，龙的伟岸形象活跃在神话之中，龙的鳞甲闪烁的是耀眼的阳光，这种高高在上的神物又有什么必要与鼠、猴、猪、羊之类俗物为伍，格格不入地厮混在十二生肖之中？龙几乎不可能与芸芸众生玩到一起。相对地说，猫更像它们之中的一员。猫不仅切齿地仇视老鼠，长期与狗争执不休，同时还自称担任过虎的师父。如此复杂的交集表明，猫才是与十二生肖共进退的那一个。我愿意公布的一个猜测是，会不会当时天庭的点名发生了某种错误，以至于把龙的名字安放到了猫的座位之上？

倒霉的猫从此不断遭受冷落，它远不如十二生肖之中的诸位荣耀。例如，文学勤勉地为十二生肖造册登记，对于猫往往视而不见。猴机灵，猪憨厚，牛勤劳，蛇阴险，马与狗忠诚，兔与羊可爱，雄鸡一唱天下白。威震天下的老虎就不必说了，甚至老鼠也时常有当主角的时候，例如"米老鼠"，或者"老鼠嫁女"，还有"小老鼠，上灯台，偷油吃，下不来……"至于"硕鼠硕鼠，无食我黍"的诗句差不多是向老鼠告饶了。然而，猫几乎没有机会露面。猫的文学性格模糊一团。我一时记得起来的大约就是风行于百老汇的音乐剧《猫》，还有日本出产的那一个头重脚轻的机器猫。当然，动画片《猫和老鼠》也算得上名著，但是，影片之中的汤姆不过是杰瑞股掌之中的玩物。

我们景仰的鲁迅先生是一个坚定的仇猫主义者。春暖花开的季节，猫开始忘情地交配，这时，先生就会手擎长竹竿从屋里杀出来，打得那一对苦命的情侣落花流水。如果不是从《朝花夕拾》的《狗·猫·鼠》之中读到这一幕，大部分人恐怕想象不到先生的强烈义愤。先生在文章之中申辩说，他不是由于性压抑或者嫉妒而痛下杀手——他仅仅是因为恋爱的猫发出了令人生厌的凄厉号叫。被窝里的那些事，有必要叫嚷得全世界寝食不安吗？先生手擎长竹竿向不知羞耻宣战。当然，鲁迅对于他的仇猫精神还有进一步的论证：这些可恶的家伙向主人扮出了一副媚态，转过身又残忍吞噬了他的童年宠物隐鼠。

这些解释真的不那么合理。媚态的猫的确不像英勇的战士，但是，那只隐鼠不正是由于妩媚而赢得了鲁迅的宠爱吗？童年的鲁迅从盘在屋梁上的一条蛇嘴里救出了身受重伤的隐鼠，可是，他从未对蛇——真正的凶手——表示足够的仇恨；况且，不久之后鲁迅即已得知，他的隐鼠并没有成为猫的点心，而是死在他家一个健硕的女仆长妈妈的脚板底下。这只隐鼠试图沿着长妈妈的腿往上爬，终于遭到了致命的惩罚。尽管如此，鲁迅仍然变本加厉地与猫为敌，甚至练就了飞石投掷等多种袭击的绝技。当然，伟人多半有权利拥有一些异常的癖好，庸众没有胆量计较他们的任性。得不到先生的宠爱，只能说明猫的福分不够。鲁迅之后，慈祥的冰心奶奶倒是一个有名的爱猫人士，但是，她的文章似乎没有办法为猫增添多少文学史的声望。

为什么猫只能寂寞地徘徊在文学之外？我想到了猫的独立性格。一只猫无声地悠然穿行于各个房间，东张西望，旁若无人，它并未流露出向主人邀宠的愿望——这一点与狗远为不同。一条狗见到了久别的主人常常会欢喜得失态：疯狂地打转，不顾一切地扑上来舔主人的脸，或者因为泣不成声的激动而在主人的裤腿上沾满它黏糊糊的涎水，如此等等。猫的表情冷淡得多，甚至仅仅无动于衷地瞟一眼。君子之交淡如水，猫似乎更乐意遵循这条谚语。所以，狗的故事往往赚足了人们的大把眼泪，很快晋级为热门的文学形象；相反，猫仅仅冷淡地嗅了嗅文学的门槛，转身踽踽离去。猫时常离开人们的视野，回到自己的世界。回眸一望的时候，猫的瞳孔闪过拒人千里的冷光。它不肯充当投机分子，哪怕文学因此关上了大门。

三

另一只猫的造访，大约是四十五年以后，这时我已经搬到了一幢公寓的九楼。我始终想不明白，老鼠从什么地方潜入家里的贮藏间的。窗门紧闭，所有的下水道出口俱已蒙上不锈钢的盖子，不知道那些灰黑的"漫游者"发现了哪一条秘密通道。

最初是被贮藏间里断断续续的可疑响声惊动了。贮藏间堆放了一些过季的衣物、鞋子和几个箱子，夜深人静的时候可以听到窸窸窣窣的噬咬声。老鼠来访？我将信将疑了一阵。当年我在乡下生活的时候，老鼠曾经在一只长筒雨靴里生了一窝粉红的鼠崽子。我清晰地记得当时毛骨悚然的感觉。几天之后，贮藏间箱子缝隙闪过的一根小拇指粗细的老鼠尾巴证实了入侵者的存在。根据尾巴的长度揣测，这只老鼠接近一尺。遇到一尺长的狮子，我可以毫不犹豫地拎起来远远地扔出去，但是，我没有勇气翻检贮藏间，徒手对付一尺长的老鼠。

太太也察觉到贮藏间的异常，我不敢向她描述那一根老鼠尾巴，担心她可能干脆收拾起行李搬走。我设计了许多骚扰老鼠的方法，期望它们不堪忍受因而自愿离去。最为常用的一招是，将一部手机放在贮藏间，反复地打电话。我的想象之中，各种稀奇古怪的刺耳铃声可能让那些来自阴沟的不速之客久久地失眠。然而，事实证明，老鼠对于苹果公司的高科技产品安之若素。除了向这一批入侵者的天敌求援，别无他法。

咪咪是外甥女从马路上捡回的一只流浪猫，已经喂养了几个月。那一天下午，外甥女用一个塑料笼子将咪咪作为维和部队运送至公寓的九楼。打开塑料笼子，咪咪慌乱地蹿出来，一溜烟地藏到了一个柜子底下，很长一段时间之后才蹑手蹑脚地露面。当时我没有想到，这种羞怯是咪咪的伪装。事实上，这是一个极其活跃的顽皮家伙。

咪咪抵达的两天之后，贮藏间就安静下来了。尽管咪咪的叫声仍然稚嫩，但是，猫的气息可以让老鼠浑身颤抖。那只一尺长的老鼠知趣地撤退了。于是，我们的公寓成了咪咪的表演舞台。这只猫对许多事物充满了好奇，例如屋角的一盆蝴蝶兰。它攀上狭小的花盆，亢奋地在花丛之中不停地来回穿梭，直至那些蝴蝶般的粉红色花朵纷纷坠落，香消玉殒；片刻之后，花盆里仅剩下几根光秃秃的枝丫可怜地摇晃着。完成了对蝴蝶兰的摧残之后，咪咪看上了一排落地窗帘。它后退五米左右，然后一阵助跑，飞身跃起抱住窗帘，跟随摆动的窗帘荡秋千。这是它每日不辍的游戏。数日之后，咪咪的利爪已经将窗帘的下半段撕成一缕一缕的。

好奇的咪咪无疑具有科学家的素质。它对于厕所里的各种器具深感兴趣，譬如：马桶为什么可以冲水？人们用过马桶之后按下了冲水的开关，咪咪就会闻声而至。它跳上马桶左右察看，聆听水箱里叮叮咚咚的进水声音，满脸困惑的神情。它很快发现浴缸底部有一根塑料管插入下水道。下水道通往什么世界，是阿里巴巴发现的山洞还是陶渊明的桃花源？咪咪企图将塑料管从下水道里拽出来。对于一只瘦弱的小猫来说，这是一个艰巨的工程。塑料管仅仅露出一小截又噗的一声落下去，咪咪不得不重新开始。这种西西弗斯式的苦役，咪咪往往不懈地坚持一个小时左右，直至精疲力竭。书房里一会儿就能听到厕所传来噗的一声，以至于我不得不在电脑屏幕上写下一个新的标题：一只猫为什么具有如此锲而不舍的精神？

咪咪终于从厕所拐到书房，很快把目标锁定在书桌上的另一个高科技产品——电脑。它跳上桌子，围绕电脑打转，喵呜喵呜地叫。那时我正在电脑上写作《马江半小时》一书，悲愤的叹息不时织入沉重的词句。19世纪末期，大清王朝与法国曾经在福州闽江下游的马江打了一仗。仅仅半个小时左右，福建水师灰飞烟灭，七百九十多名官兵陈尸江面。这是一个久久不能愈合的历史创口。如此沉重的半小时令人扼腕地改变了这一片地域的命运。从左宗棠、沈葆桢、严复的船政学堂到第一架水上飞机，现代社会的雏形曾经在这一片地域缓慢地积攒自己的能量。然而，半小时的炮声无情地震碎了脆弱的梦想，所谓的现代社会如同一只惊飞的水鸟再也没有回返。我的书房窗外是一片建筑工地，勾机伸出长长的铁臂粉碎残存的水泥构件，嘎哒哒的嘹亮声波如同冲刷记忆的阵阵涌浪；近十台打桩机愤怒地锤击大地，嘭嘭的巨大声响持续地震荡我的鼓膜。令人意外的是，一只猫也想把它的脑袋伸进历史。咪咪苦恼地坐在电脑屏幕旁边，似乎因为弄不明白大清王朝李鸿章、张佩纶或者何如璋这些人的所作所为而焦虑。这一场战役正在发生关键的转折，咪咪转过身一屁股坐到了键盘上。于是，屏幕上一连串 R 或者 Q 鱼贯而至，幽默地取代了故事的不幸结局。

　　大约一个月之后，完成了使命的咪咪被送还外甥女。然而，不久之后就听到了噩耗：它居然从外甥女家窗户的防盗网钻出，在不足一寸宽的窗框上行走。那天是不是下了点小雨，总之，咪咪脚下一滑，径直从二十二楼跌下。老话说猫有九条命，可是，二十二楼太高了，咪咪一下子将九条命统统用完。外甥女赶到楼下的时候，它已经气绝而亡。

　　过了一段时间，网络上开始流传一句话："好奇害死猫。"我立即想到了咪咪，心中不由一颤。

四

　　咪咪离去不久，狡猾的老鼠似乎有卷土重来之势，贮藏间再度出现可疑的响声。太太二话不说，立即到花鸟市场买来一只黑猫装在麻袋里带回。我回到家里时，黑猫已经巡视过公寓的各个角落。它身材颀长，目若点漆，一条长长的尾巴拖在身后。我坐到了沙发上。黑猫落落大方地和我对视了一阵，然后缓慢地、坚决地爬到我的大腿上坐了下来。

　　俗气一点显得亲切——我们将这只黑猫取名为"旺财"。

　　旺财神情开朗，意态从容。家里来了客人，它从不因为对方陌生而回避。旺财歪着脑袋打量一小会儿，继而镇静地缓步靠近，然后不慌不忙地爬到客人身上，举手投足之间纹丝不乱。"这只猫大方得很"，我有点喜欢。

　　太太似乎不那么信任。她隐约地觉得，这只猫主意大得很。旺财的镇静似乎藏了一些冰冷。我们从门外进来，旺财仅仅是礼节性地弓了弓身子，甚至视而不见。或许它觉得没有必要自作多情。旺财是一个手脚敏捷的黑衣捕快，它的职责是捉拿老鼠而不包括讨好主人。对于一个自食其力的雇员来说，感恩戴德的礼仪显得有些多余。

　　太太的预感很快得到了证实。那天晚上她企图为旺财洗澡。旺财惧怕脸盆里的水，挣扎着往后退；太太将它抱起来轻轻地放入脸盆，没想到它突然湿漉漉地跳起来，恶狠狠地在太太的手上咬了一口，尖利的小牙齿啮穿了太太手上的橡胶手套。太太尖叫一声急忙扔开了它，连夜奔赴医院打狂犬疫苗。事后，太太多次心有余悸地回忆那个吓人的瞬间：旺财小小脑袋上所有的毛都狰狞地乍了起来，龇牙咧嘴如同凶神恶煞。人与猫的四目对视让她感到了彻骨的寒意。

一个深藏不露的旺财突如其来地现身。

没有人敢于蔑视老虎的凶猛，即使它懒洋洋地踱步或者蜷缩在树荫里打瞌睡。猫如同老虎的一个没有完成的投影，上帝不仅缩小了它的身体尺寸，同时也缩小了它的脾气。猫必须温顺柔媚，而且没有资格称王称霸。这些想象常常让人忘记，每一只猫的内心无不藏匿了一个威风凛凛的虎之梦。必要的时候，猫的尖利牙齿拥有相似的杀伤力。

过了两天，我们下班回到家中的时候，旺财不见了。寻找了许久才发现，它钻出了阳台的栅栏跳到了下一层邻居的阳台上。旺财无法原路返回。它静静地趴在下一层邻居阳台的边缘，神色之间似乎并没有多少焦虑。我们下楼把它带了回来，旺财表情坦然，看不出重返家园的庆幸。

几天之后的傍晚，旺财再度失踪。询问了左邻右舍，没有任何消息。匆匆吃过晚饭，我们带上了手电筒下楼到居住的社区寻找。社区停泊的汽车底下趴了几只取暖的流浪猫，都不是旺财。女儿心中焦急，回家之后立即画了许多张"寻猫启事"张贴在社区的走道和电梯出口。"寻猫启事"的正中央笔直地坐着一只漆黑的卡通猫，目光锐利，精神抖擞，旁边两行说明文字：

我家旺财，出门旅行。因为不熟悉地形，可能误入歧途。
哪一位好心的邻居如若发现，恳请通风报信，谢谢谢谢。
接着是电话号码和门牌号码。

次日出门看了看，这些"寻猫启事"都不见了。见到我们诧异的神情，一位邻居笑得有些暧昧。问了半天终于明白过来：因为这些"寻猫启事"画得有趣，被人揭走收藏起来了。

我们又四处找了一天，仍然杳无音讯。太太自我安慰说，算了，猫的脑容量贮存不了太多的记忆，旺财很快就会忘了我们。它擅长四处为家，随遇而安的性格不会产生相思之苦。我们的心情终于放松下来了。不久之后，我们又一次搬家离开那个社区。如果没有什么意外，旺财大约还活着，只是不知在哪一户人家。这只猫胆大心细，估计能照顾好自己。

　　丢失旺财之后，至今再也没有养猫，倒是一条狗跟了我们几年。太太曾经在聊天之中表示，养过了狗之后，恐怕就不愿意再养猫。狗的信义以及不计一切地依恋主人都是猫所无法比拟的。享用过大餐，小菜就会显得索然无味。我赞同太太对于狗的评语，同时对她的结论有些犹豫。许多时候，狗的生死相依可能演变为一副沉重的枷锁，甚至让人没有足够的勇气负担。未来的某一天，聚的所有深情都有可能如数地兑换为散的悲伤。相形之下，猫不像狗那样夸张地挥霍自己的情义，猫的节制和恬淡不至于勒得人们喘不过气来。既然"天长地久"只是一句傻话，不如绕开缠人的内心纠结；与其相濡以沫，不如相忘于江湖，放得下牵挂是另一种透彻的境界。这么说，猫或许比狗明智。

(选自2017年第7期《人民文学》)

你就这样把草原交给了我

艾 平

在我整六岁的那一天，你把我举上了马背，我的脚够不到马镫，你就用红缎子把我捆在马鞍子上。一条蓝色的哈达在我胸前飘，你牵着马缰绳在前面走。我们从晨雾中出发，走到星星眨眼的地方，一连走了三个屯子，你的腿肿得褪不下靴子。你带我拜见了三个可靠的人。你说的话，我当时不知道有多重，现在一想起来，总是忍不住掉眼泪。

"我把这没有阿爸的孩子交给他的好叔叔了，请你教给他套马的本领吧！我把这没有阿爸的孩子交给他的好舅舅了，请你教给他养牛的手艺吧！我把这没有阿爸的孩子交给他的好姑父了，请你教他当一个勇敢的男人吧……"

我一直记得那个早上，我闻到了锅里喷香的奶茶味，睁了睁眼睛，又闭上。你说："我的小马驹呀，你赶紧给我打个滚儿爬起来。"你把我拎出蒙古包，一直带到牛圈里。你两腿夹着奶桶挤牛奶，让我去把半个月大的小牛犊抱过来撞撞奶，你说只要它在母牛的乳房上吸吮几口，母牛的乳汁就会像山泉水一样喷出来。

那头小牛犊在草原上抻开四条腿跑，就像一只肥壮的大黄狗。我追上它，却拦不住它；我拦住了它，却抱不住它；我抱住了它，却抱不走它……你脸上的慈祥变成了冰，你起身抱起小牛犊，就像抱起一只小狗崽那么轻松。你把小牛犊撒在草原上，让我每天去抓抱，直到我把小牛犊抱到母牛的身底下，你紧锁的眉头才舒展开。我就这样在草原上跟着你度过了一个个春秋，一头头小牛犊长成了大奶牛，我也练成了臂力强壮的小牧童。

小草在冰壳子下面冒出了嫩绿色的芽，你把羊群交给我，一遍遍嘱咐我："遇到事情不要慌。那几头大肚子的母羊要生，你就远远地看着它。如果遇上难产的母羊，你就慢慢地帮着它。"我有点不耐烦："我亲爱的老祖母哇，你都说了三遍，难道你的唠叨是雪花，要从早晨下到黄昏？"

　　阳光温暖，几头待产的母羊一个冬天都没有闻到新鲜的牧草味了，吃得好入迷。我看见一头母羊正在分娩，第一次使劲，没动静，第二次使劲，终于生出来一对小羊蹄，可是不知道为什么，小羊蹄吊在母羊屁股上不往外出了。我按老祖母教给我的办法，顺着产门，用中指和食指夹紧了小羊蹄往外拽，果然一头湿漉漉的小羊羔就在我的帮助下诞生了。我满怀喜悦地把它放在草地上，它很快找到了母亲的奶头。

　　不一会儿，又有一头母羊生出了一头黑脑袋瓜的小羊羔。

　　我正想把羊群拢起来往回走，发现一头小个子母羊也有了生产的迹象。也许是头一次生产，它显得十分惊慌，一个劲儿在原地打转，就是不知道背风。我帮它转过身体，它还是不生，直到把自己累得气喘吁吁，它只生出小羊羔的一寸蹄子甲。天色暗下去，羊群仍然散漫地撒在草原上。老鹰出现了，它闻到了母羊生产时的血腥味，在羊群边上盘旋着，如果不是看见我和我的大红马，可能就要动嘴掠食小羊羔了。我的耐心变成急躁。当我使着劲把小羊羔从小个子母羊的身体里拽出来的时候，我听到了母羊异样的叫声。它的子宫被我给拽脱落了，后面耷拉着一团黑乎乎的肉，开始还是热的，很快就凉了，还沾上了不少草屑和泥土。

　　老祖母，当我急吼吼地求助于你的时候，你不慌不忙，让我按住那头母羊，自己轻轻地托起母羊的子宫，用温水冲洗干净，一点点送回母羊的腹腔。你又令我提起母羊的后腿，往下顿了几下，最后还在母羊的下腰处系上了一条皮带，然后把母羊放在蒙古包里照看了一夜。第二天，那小个子母羊就像一切都没有发生过似的开始吃草了。

　　老祖母，你两天没有给我一个笑脸。第三天的时候，你一边给我系紧长袍的腰带，一边耐心地告诉我，好牧人是会跟草原说话的人：牲畜冷了，我也知道冷；牲畜饿了，我也知道饿；牲畜疼了，我也知道疼……你说牛儿羊儿和我一样，都是草原的孩子。

记得那个冬天的雪花好大，像白蝴蝶似的慢慢地落在草丛里，遍野的牧草像金针，插在银色的雪地上。早上一推开门，我就看到了那头灰色的大母狼。它离我们的蒙古包不到五十米，面向我们趴着，支着脑袋，看到人，好像并不害怕，一动不动。

我急忙翻身上马，操起套马杆。我的心里有谱，知道一出手就可以套住狼脖子，然后拧紧套子，拖着它，在草原上跑出几里地，它就会变成一堆血淋淋的肉。就在这时，我的肩膀被你甩出的放羊鞭击中了，一阵火辣辣的痛。亲爱的老祖母，你不让我去擒拿这头闯入我们家园的狼。

老祖母，我从一个满地爬的孩子长成了跑遍草原的牧马人，没有听你说过一句凶狠的话，没见过你抽牛打马骂羊，这可是我有生以来第一次挨鞭子。我菩萨心肠的老祖母，你这是为什么？

"它掏你的马群了吗？它叼你的羔子了吗？它向你发出凶狠的吼叫了吗？它阻挡你赛马的道路了吗？"

老祖母，你的眼睛是明亮的镜子，夜里能看见云里的星星，白天能洞察马鬃上的风。你告诉我这头狼不是来祸害人的，它肯定是遇到难处了。

细看，那头狼虽然两只眼睛瞪得很大，精神头挺足，可是它吃力的呼吸和凌乱的毛，暴露了它的虚弱。牧羊犬冲到它的跟前，汪汪地叫，试图要赶走这头狼。这头狼的眼睛里充满了紧张和警惕，照旧趴在原地一动不动。

老祖母，你拎着一块羊腿肉，走到离那头狼五六米远的地方，把羊腿肉往狼跟前一扔，就退了回来。

那狼只要站起身走两步，就可以够到那块新鲜的羊腿肉，可是那狼仍然没有动。

草原的夜晚，每一棵草摆动的声音都仿佛非常清晰。我的心跟着那头狼的呼吸在跳。它为什么不离开？趴在我们的门前要干什么？

你在等，我在观察。

"嗷——呜——"那头狼终于发出非常微弱的叫声，甚至你拴在羊圈前的牧羊犬都没有被惊动。我看见，清冷的月光下，地上有两个影子在颤动，一个是你佝偻的背影，一个是那头狼的身影。突然，我听见狼微弱的叫声被放大了不知多少倍——"嗷——嗷——嗷——"，那声音凄厉又高亢，打破了夜空的寂静，幽幽地升起，又渐渐向远方传去。我定睛一看，啊？竟是你，我的老祖母，你在帮着那头狼大声地叫着！

　　三对绿色的狼眼睛，像小灯笼那样，越来越近。这是母狼的伙伴听到它的呼救声，赶来了。那母狼把头低向身旁的草丛，叼起一只小狼崽。接着，每一头狼都叼起一只小狼崽，飞快地离开了。原来，那头母狼一直一动不动地卧着，是为了守护身底下刚刚出生的孩子。在人类的威胁面前，它冒死从早晨坚持到夜晚，才敢召唤同伴来救助，可是它太虚弱了，几乎发不出声音。幸运的是，它遇到了你，我的老祖母，草原万物的母亲，你知道如何帮助它。至于它为何把小狼崽生到咱们家门前，就成了我猜不出来的谜。

　　事实证明你说得对，这群狼的家就在周围的草场上。有时候我们会看见雪地上的狼脚印，畜群却不曾被袭击。

　　我亲爱的老祖母，你就这样把草原交给了我。

（选自2017年7月16日《文汇报》）

台北的颜色

江 子

就和全世界所有的城市一样，台北无疑是多彩的——阳明山上的植被是绿色的。"故宫博物院"的斗拱是蓝色的。仁爱路"国父纪念馆"的屋顶是黄色的。东吴大学里钱穆旧居素书楼的门是红色的。街头到处可见的 7-ELEVEN 便利店的标识是红蓝黄三色相间的。著名建筑 101 是蓝色的（它与"故宫博物院"斗拱的蓝并不相同。"博物院"斗拱的蓝是深蓝色，101 的蓝是湖水蓝）。中国台湾师范大学大门的柱子以及校内的几栋主体建筑是看起来颇有年份的暗红色。我住的位于建国路二段的大酒店的外观是白色的。西门町很多伸展到街面的店牌是鲜红的，上面写着黑色黄色或其他色彩的店名……总之，说台北的色彩是丰富的，大致不会招来对台北有认知的人们的反对。

可我固执地认为台北是黑白色的。我愿意用很多证据来证明这一点。比如说，"中正纪念堂"建筑的主色调是白色的。东吴大学的校牌是黑色的。我去过的诚品书店信义店的大门外观和店名是白色的，而店内标示诚品书店畅销榜的背景墙是黑色的——书店里的书琳琅满目，但黑与白无疑是书的基调（书是白纸黑字）。台北是一座书店很多的城市，隔几百米就有一个书店。有书店守望的城市是安静的，就像一张黑白相守的围棋桌。在台期间，我参观了被称为台北文学地标的纪州庵文学森林。早晨，我与同伴走在通往纪州庵的同安街，感觉街道狭窄、安静、灰旧，充满了历史感和人情味，就像走在黑白照片里一样。两边斑驳的建筑错落有致，阳光洒过，街道布满了黑色的建筑物倒影，就更加重了这种印象（印象中台北很多街道都是这个样子）。

还有，台北人给我的印象，是素净的。他们穿衣，讲究素雅，颜色或黑或白，或者灰色、浅蓝，很少看到穿得大红大绿的台北人。他们说话，都是轻轻的，即使醉酒，也不会咆哮。他们说话，取消了卷舌音，让我这不善卷舌的南方人感觉到愉悦。他们的声音，是隐忍温柔，是浅尝辄止，是言犹未尽，仿佛白色的月光，在黑色的夜里轻轻流淌无边，也如白雪，沙沙落满了黑色的窗台。他们望着你时，脸上的表情是浅笑的。他们仿佛既不会大喜，也不会大怒大悲，仿佛他们已经承受过大苦大悲，从此看透了这人世，知道万事无所谓争取抢夺，只需要淡淡地去接受和努力——我拍过一个台湾师范大学的女生，戴着黑框的眼镜，穿着白色的衬衣，裤子是黑色的。她个高，素颜，短发，一直在会场拍照，脸上的表情是低温的。我偷偷拍了她微信发给我的朋友，他们惊叹：多么简简单单、干干净净的台北女孩子！

台北那些著名的、人们耳熟能详的政治或文化人物，给我的感觉，也是可以论以黑白的。白先勇是白色的（他姓白呢），李安也是——看对他的采访，他的具有轻逸之美的电影，就觉得他像是一只白色的仙鹤。侯孝贤也是白色的（古礼孝即白也），我这么说这些让我尊敬的人，是不是有不敬之嫌？钱穆却是黑色的（穆同默）。他留给世人的印象是爱穿一件老式的黑棉衣。蒋中正、张学良也该是黑色的。他们都是黑白旧照片里的人物。他们是历史中人。而历史，总是给人黑色的印象。

《巨流河》是白色的，它充满了女性（齐邦媛）的柔美、忧伤，翻滚着一个民族主事的浪花。《回忆录四部曲》却是黑色的，字里行间充溢着军人惯有的黑铁一般的气息，并且不无黑色幽默之处。作者王鼎钧1979年后定居美国，然而他在台北待了三十年，他的写作之始和文学气质的养成都在台北。《丑陋的中国人》是黑色的，它提出了"酱缸"理念——酱缸无疑是黑色的。它的作者柏杨一生饱受牢狱之灾，在台北的许多时光，都受困于一间黑色的屋子里。那一本《丑陋的中国人》，是台北乃至中国台湾1949年后的几十年历史的重要见证。

搭我去钱穆故居的出租车司机告诉我，他的祖先是明末清初跟随郑成功从福建迁徙到台北的。搭我到机场的司机的祖先是清末从漳州移民到台北的。台湾师范大学文学院的胡衍南教授祖籍是江西南昌，因我在南昌工作，为此我们认了老乡，碰杯干了好几杯酒。我在北京认识的台北著名学者龚鹏程先生与我是江西吉安的同乡，他1956年生于台北，可他父亲是吉安值夏人，距我的家乡大约百里，1949年因军旅身份赴台。龚先生每称自己为吉安人，题字落款必署名"庐陵（古吉安称庐陵）人龚鹏程"——几乎所有的台北人都不是原住民。他们的故乡、祖籍地大都在海峡对岸，或一条海峡相隔的福建，或承载过沉重历史的长江之滨、黄河两岸。

大陆向包括台北在内的中国台湾进行大规模移民的举动，在历史上发生过多次：

明崇祯元年，时值福建大旱，福建人颜思齐、郑芝龙为抗拒官府欺压，率领闽粤居民迁居台湾。

1661年，郑成功以南明王朝招讨大将军的名义，率两万五千将士及数百艘战舰，由金门进军台湾。

1949年，蒋介石率二百万军民进入台湾。

…………

几乎每个台北人都有一个大陆的故乡。那故乡或者是一张1949年以前的黑白照片，或者是一张白纸上的线条交错的黑色地图。那故乡或者因为时间切近光影还算清晰，近到××街××巷依然可以查证，或者因年代久远已经模糊，只剩下一个名称变更了的地址，一个沧海桑田后的隐约遗迹……

这使得几乎每个台北人都对大陆怀着复杂的乡愁。

那乡愁的颜色是黑白色，那该是几乎所有台北人内心的底色。

在台北，我决意去拜访钱穆。

对大多数中国读书人来说，钱穆是一个标志性的存在。他是一本经书，一个路标，一座矗立在史学领域的纪念碑。

他是吴越国太祖武肃王钱镠跨过海峡的血脉，著名的无锡钱家走出的宗师级的人物。

他有传奇般的一生：高中没有毕业，却历任燕京、北京、清华、四川、齐鲁、西南联大等大学教授，无锡江南大学文学院院长，一生著述八十多种一千七百多万字。他在《国史大纲》里阐述的国人必对国史怀有温情和敬意的劝勉，多年来成为中国人文知识分子心中的金石之音。

他是一位伟大的师者。他出色的学生，有余英时、严耕望……数十年来，有多少人在内心奉他为永远的老师。如我一般愚笨的读书人，书架上也有他的《中国历代政治得失》《湖上闲思录》《先秦史》……

他被誉为中国最后一位士大夫。

钱穆先生1949年迁居香港创办新亚书院。1967年，他移居台北，次年由蒋介石安排迁入台北市士林区外双溪之素书楼，直到1990年6月即他去世前三个月被当局以公产为由要求搬离，共住了二十三年。素书楼，得名于他幼年五世同居大宅之素书堂。幼年病重时，母亲曾不舍昼夜地守候照料他于此。素书楼在他去世后辟为他的故居，至今已成为台北的一个文化地标。

走进东吴大学，穿过朱红色的素书楼大门（门牌为黑地金字），沿着左边的台阶而上，就进入筑在高处的二层小楼，进入了一个与外界的草木扶疏迥异的黑白世界——

白色的客厅上，挂着落款为晦翁的朱熹的榜书黑色拓片对联，内容非常适合用来形容钱先生的一生：立修齐志，读圣贤书。横批是"静神养气"。在另几面墙壁上，是钱先生亲笔题写的对联和心得字迹。其中一副，内容为"水到渠成看道力，崖枯木落见天心"，让人感受到大学问家深厚的学养和定力。小楼到处是黑色的老式桌椅床榻，黑色的钱穆铜像，黑白的著作图像，黑白的书法，黑白的老照片……

钱先生在白色的墙壁上挂着的相框里，或专注于板书，或与人侃侃而谈，或挂着拐杖举着烟斗，或与夫人胡美琦（江西南昌人，又是我的同乡）相依相偎。他花白头发，戴黑框眼镜（晚年的他几近全盲，眼前一片黑暗，让我想起了阿根廷国立图书馆馆长、同样是一个国家文明的守护者、盲诗人博尔赫斯），穿对襟白褂，或黑色棉衣。这位中国文化的炼丹者与传播者，有着让人崇敬的、大儒才有的笃定表情。想当年，素书楼里，先生声音洪亮，发表着对历史的真知灼见，感动着一代代学子。有人听课多年不间断，从学生听成了教授，又领着学生来听……

时至今日，先生的声音远去了。他研究了一辈子历史，自己终于成了历史里的一部分，成了黑白照片里的一个旧人。他活了九十六岁，正合了仁者寿这句老话。

钱穆故居的黑白色调，更加重了我对台北主色调是黑白的印象。

同伴们纷纷把手机拍摄的台北发至微信群里。整个微信群里色彩斑斓，充满了十分热闹而喜庆的气氛。却有人别出心裁，把自己手机的拍摄模式设置成了黑白模式，结果他发到微信里的图片全是黑白的：黑白的忠孝东路路牌，黑白的捷运站站台，黑白的孙中山纪念馆，黑白的 101 楼顶视角下拍摄的台北夜景（黑白的台北夜晚，恍惚，摇晃，仿佛一个巨大的梦境），黑白的士林观光夜市，黑白的永康街、椰树整齐排列的仁爱路、重庆南路、市民大道……黑白的满城骑摩托车的人，黑白的匆匆穿过斑马线的人……

台北的空气清新阳光明净，同伴黑白照里的台北就有了十分单纯的质地。相比微信群里的彩色图，黑白照里的台北似乎更接近台北这座城市的本相。那些照片里的台北，是朴素、沁凉、怀旧的台北，是轻声细语的台北，是淡淡的忧愁和悲伤的台北。这座远离大陆的城市的历史与现实，众所周知还有着不可言说的部分，在黑白的照片里，它们就集体呈现为不黑不白的灰暗颜色。

（选自2017年第4期《散文》）

关于鹰的事实

王　族

一大早，我正在做一个飞翔的梦，依布拉音便用手拍我：赶快起来，今天去取鹰。我的飞翔被他拍打得戛然而止，我回到了现实中。来阿合塔拉村好几天了，但我却没有提出和他一同去悬崖上寻找鹰的想法。不知怎的，我觉得这件事对他而言是大事，我理应慎重对待才行。现在我才知道，他早已知道我此行的目的，在心里盘算好了今天带我去悬崖半中腰取鹰。我迅速起床，因为兴奋，嘴里喃喃自语，取鹰，好，这就去取鹰。

早餐是奶茶、喀孜（马肠）和馕。依布拉音一边吃一边劝我，多吃些，多吃些，过一会儿要爬悬崖呢，只有多吃，才好让自己的身体像鸟儿一样轻，才好像风一样顺利地把鹰取回来。我点着头，又掰下一块馕，一口气喝干了一碗奶茶。吃喝完毕出门，发现依布拉音的儿子早已为我们鞴好马，另有攀岩用的绳索等工具也已备好。出门上马，我在马背上左右摇晃，说老实话，我很少骑马，因为不懂骑术要领，一跨上马背便坐不踏实，身子被颠得疼痛难忍。依布拉音看出我是生手，便放慢了速度。走了一段路，他见我实在太慢，便调侃着说，穿新"鄂托克"（鞋子）走旧路，快不了啊！我不好意思，便一抖缰绳，马十分灵敏，顿时便撒开四蹄奔跑起来。我因为坐不稳，身子前仰后倾被扭得生疼。依布拉音在一旁哈哈笑着，大声说：沟子（屁股）坐稳，两条腿夹住马肚子，把脚镫蹬紧，让自己像长在马背上一样一动不动。我试着按他说的要领去做，果然有效，一时间感到自己的身子稳了，变得轻巧了，被马驮着快速向前奔跑起来。耳边的风呼呼作响，我有了一种飞的感觉。呵，依布拉音在早上打断了我飞翔的梦，现在又让我在马背上体会到了飞的感觉。更重要的是，我原以为难上加难的骑马要领，居然在依布拉音的指导下，仅仅只用几分钟就学会了。这一刻，我感到很幸福。

一个多小时后，依布拉音在一处山脚下勒住了马，他儿子也随即停下。他见我仍意犹未尽，便说，好马是被路等来的，好路是被马征服了的，以后有的是骑马的机会，今天就骑到这儿，现在我们上山。他麻利地将马拴在一棵树上，便扛起攀岩用的绳子开始上山。我觉得他是六十多岁的老人了，便提出想替换他扛绳子，他摆摆手说，不用不用。从现在开始这绳子就不会离开我了。看得出来，他已进入即将履行重大使命的兴奋状态。在这样的时刻所有的驯鹰人都会无比激动，因为从这一时刻开始，野生的鹰将会被人带到村庄里去，从此开始一只猎鹰的生活。

到了山顶，他将绳子的一头牢牢绑在一棵树上，将另一头扔下了悬崖。我探头一望，绳子很长，已落到了崖底。他叮咛儿子，你留在山上，还是用去年用过的办法，我们下去取上鹰后下到崖底，你收绳子下山。随后，他又对我叮咛了一番下滑、拉绳的要领。他说，这么多年了，只有石头从悬崖上滚下去过，从来都没有人滚下去的事情发生，你今天要看取鹰的过程，我带你下去，但你要按我说的做。我点头称是。想想他刚才对我讲解的一番动作要领，我觉得应该不会有问题。依布拉音抓着绳子下去，随即向我甩上来一句话，像我一样下吧。我照着他的样子双手抓住绳子，用脚蹬住崖上凸出来的石头，一点一点向下移动。竖立陡峭的悬崖让我心里吃紧，呼吸也变得紧促起来，但我清楚这种情况下不敢马虎，我的性命此时就维系于这根绳子了，稍有闪失我就会像石头一样掉到崖底。石头坚硬，掉到崖底摔得再重也还是石头，而我这肉身可不敢跟石头比，弄不好摔下去就变成了石堆里的红色血肉之花。正往下移动着，依布拉音喊了一声，快到了，注意停！我扭头向下一看，依布拉音已用腿蹬住一棵树，爬到了悬崖的一个凹槽中。我让自己再向下滑动了一点，也照他的样子钻进了凹槽中。一进去，脚踩在实处，心里才踏实了。

依布拉音很兴奋地说，看，三只小鹰，我们全取走。我顺着他手指的方向看过去，果然有三只小鹰安安静静地躺在巢中。鹰巢可真够精致的，里面用纤细柔软的草垒就，外面用坚硬的树皮围护起来，结实而又隐蔽。若不是依布拉音经过长时间观察，大概不会有人知道这是一个鹰巢。这会儿大鹰已不知去向，只有三只小鹰待在巢中。它们虽然幼小，但见我们俩接近，它们目光中立刻有了一股锐利的光芒，像刀子一样刺向我们。依布拉音为它们目光中流露出的光芒而欣喜，嘴巴不停啧啧着说，好鹰好鹰，眼睛里有东西心里一定就有，心里有身体里就一定有。我在一旁想，他所说的"东西"指的大概就是"力量"吧。他在这一时刻发出感叹，是因为多年的驯鹰经验让他断定这三只幼鹰是好苗子，把它们弄回去驯服，一定错不了。

三只小鹰意识到了我们的意图，挪动着身子想从巢中逃走。依布拉音嘴里喃喃自语，似乎对小鹰说起了什么。这一刻，我眼前出现了幻觉一样的场景——本来很警觉的小鹰在依布拉音的声音里像是听到了召唤似的，安安静静地卧下身子，并乖巧地闭上了眼睛。依布拉音小心翼翼地用手抚摸三只小鹰，它们在他的手掌中一副安静舒适的样子。抚摸了一会儿，依布拉音把它们从巢中取出，装入了背在身上的小包中，然后对我说，下！便双手一抓绳子，"唰"地一声滑下去了。收获颇丰，他的速度自然很快。我也被感染，跟随在他的身后快速滑到了崖底。这个不为外人悉知的过程顺利而又简单，我为今天的亲身经历和亲眼所见而高兴。我听人说，依布拉音的那只猎鹰是他把一块牛肉放在一个地方，耐心等了好几天才捕获回来，经过一番艰苦驯服才熬成的（熬，驯鹰的一种方法）。比起捕获那只猎鹰，今天的这三只小鹰可谓是得来全不费功夫。但我对他刚才对三只小鹰喃喃自语的情景十分不解，我不知道他说了什么，而它们居然服服帖帖地顺从了他。

要返回了，依布拉音很高兴，他把三只小鹰从包中取出又一一抚摸，一副爱不释手的样子。早上出来时，我问他今天能弄几只鹰回去，他说哪能人想弄几只就弄几只呢，碰运气哩，能弄上一只就不错了。但现在我们弄到了三只，应该说运气相当不错。我发现他抚摸小鹰时，除了神情颇为沉迷外，唇角的胡子也一抖一抖在动。我忍不住也去抚摸小鹰，没想到在依布拉音手里老老实实的幼鹰居然伸出喙来啄我，我虽然没有被它啄痛，却很是疑惑，难道这么小的鹰也能认出依布拉音是驯鹰人，对他服服帖帖，而它又断定我只是一个看热闹的人，所以便用啄我的方式拒绝我？为了避免尴尬，我没话找话地对依布拉音说，今天收获不小，你高兴吧？高兴！依布拉音高兴得嘿嘿笑起来。刚走了没几步，依布拉音惊呼一声，大鹰回来了！我回过头看，果然有一只鹰向悬崖间的鹰巢急速飞去。它发现幼鹰已被人掏走，所以在飞入巢中时发出了"咚"的一声响。依布拉音一鞭子抽下去，马便迅疾跑出很远。我不知所措，便也紧追随其后。不知道那只鹰是否急不可待，一头撞入了巢中。

依布拉音沉浸在得到了三只鹰的喜悦中，脸上一直挂着微笑，但他没想到几天后，他养了五年的一只猎鹰却在这时死了。他先前有四只猎鹰，加上刚得到的三只，一共是七只。走进他的鹰房，可以看见一只只鹰或站或立，一副很威严的样子。在这七只鹰中，他最喜欢养了五年的这只鹰，它给他捕获了很多猎物，而且它很有灵性，每当他将它架在胳膊上，它便亲昵地用头不停地蹭他。就是这么一只好鹰，却突然死了。出事之前的那天早上毫无征兆，他对我说，你不是想看猎鹰捕猎吗，今天让你看一下哈，走。我随他出了门。一个多小时后，我们俩到了一片浓密的小树林里，由于树荫太密，林子里的光线很暗，不远处的东西都是模糊的一团。他把鹰的眼罩取下，让它适应一下环境。不料刚一取下，鹰便"唰"地一下立了起来，他赶紧把它的爪扣解开，让它飞了出去。

有东西！依布拉音神情凝重地盯着鹰，对我甩过来一句话。这样的情景在我意料之外，一只鹰在刚取下眼罩后就可以发现林子里有东西，它真是太灵异了。我以前听过一些关于猎鹰的故事，不料今天亲眼见到的情景却如此意外，在一瞬间，一只鹰像一幅画卷一样，为我陡然抖开了神奇的画面。它斜飞着绕过几棵树，"嗖"地一声扑向一片草丛。草丛中的一只兔子被惊起，撒开四条小腿向林子深处跑去。我在后来和依布拉音聊天时得知，鹰抓兔子时都是先让其惊慌逃窜，然后扑上去用爪子抓入它的屁股，待它因为疼痛难忍回头时，抓瞎它的眼睛，然后扭断它的腰，便可稳稳捕获。现在，这只兔子的速度很快，再有十几米就跑进一片矮树丛中了，鹰必须在它进入矮树丛之前，把自己尖利的爪抓入它的臀部中去。依布拉音大声对鹰叫着，快，快快快……天长日久，这只灵异的鹰大概能听懂他的话，所以在他的叫声中飞得更快了。终于，它俯飞向下扑向兔子，兔子被它抓住，地上升起一股尘灰。但就在这时却听见鹰发出一声痛苦的嘶鸣，紧接着就看见兔子飞快地跑进了那片矮树丛。

我的鹰——依布拉音惊叫一声，赶紧跑了过去，我也紧随其后。从鹰刚才的嘶鸣声来看，鹰可能出事了。到了跟前，鹰果然出事了。它在扑向兔子时因为用力过猛，被一根干红柳枝扎进了胸膛。这根红柳枝太过于尖利，一下子穿透了它的身子，让它像是被挂在了上面。它还没死，双翅扑腾着，嘴里发出呜呜呜的哀鸣。依布拉音伸手想把它弄下来，但一看它汩汩往外流淌着血，便不知所措了。他一着急，像是在问自己，也像是在问我，怎么办？我也不知道该怎么办，红柳穿透了猎鹰的身子，要救它就必须把它从红柳枝上拉出来，那样一拉它会流更多的血，会死得更快。但不那样做，就只能眼睁睁地看着它死。

我们商量了一下，还是决定把它从红柳枝上拉出来。我们用双手把它的身子捧住，一点一点往外拉，它的血喷涌如注，呜呜呜的哀鸣一声连一声。红柳枝扎进去时伤了它，现在往外拉时它又别无选择地被伤了一次。终于，它被拉了出来，但是它却已经死了。依布拉音的脸阴沉沉的，捧着鹰尸一句话也不说。一只他很喜欢的猎鹰转眼间就死了，他伤心极了。我也很伤心，这根可恶的红柳枝，它本来已经是死了的东西，却鬼使神差地在这里斜伸着，把一只猎鹰刺死了。鹰死了，在枝干上留下了猩红的血，看着很是骇人。无奈，我和依布拉音只好把鹰埋了。他埋得很仔细，把它的眼罩和爪扣一并葬了进去，完毕后又把地面抚整，似乎这里什么也没有发生。也许从这时起他才意识到一只鹰在他面前消失得无影无踪了，他控制不住情绪，泪水一颗一颗从眼里涌出。我拉了一下他的手，我们俩往回走。刚走了几步，他突然转身走到那根红柳枝前，用力把它拔出，在膝盖上一折断成两截。他看了看枝条上的鹰血，手一甩便把两截红柳枝扔了出去。树林里"哗啦"一声响,那两截红柳枝不知落到了什么地方。然后,我们俩往回走。我觉得自己的脚步变得沉重起来。

几天之后,依布拉音的另一只鹰也死了。在这里,让我的笔做一次人们常说的穿越时空,把后面的鹰之死的事在这里一并写完。

那天,我同样没想到依布拉音的又一只猎鹰会死掉。事后,依布拉音说他在早晨就有不好的预感,但他却没有当回事,在我提出想吃兔子肉时,他随便架了一只鹰就带我出门了。这几天我想吃兔子肉,在心里实在憋不住了,便试探着对他提出了请求。其实,我想吃兔子肉的馋劲是一方面,另一方面是我想到荒野里去逛一下,看看猎鹰逮兔子的激动场面。

当时,我试探着对依布拉音把心里的想法提出后,他说,噢,好好好,那咱们走。然后,他随便架了一只鹰带我出门了。他选了村后的一条深沟,和我慢悠悠地往沟深处走去。我们一边走一边闲聊,走到了沟谷外。他选中一个兔子有可能藏身的地方,揭去了鹰的眼罩。我没料到,这只鹰的感应能力很强,眼罩刚被揭下,它便捕捉到了一个准确的信息——在一片草丛中有一只兔子,鹰鸣叫着飞了过去。兔子被突如其来的一只猎鹰吓坏了,赶紧向一片树林跑去。这是一只很聪明的兔子,它只要跑进树林,那些横七竖八的树枝会让鹰没办法飞进去,它便可逃之夭夭。但鹰早已识破它的用意,迅速飞到它的头顶扑下,一爪子便抓在了它的屁股上。这只鹰用的仍是用力抓兔子的屁股,致使兔子疼痛难忍回头时,便抠瞎兔子双眼,继而将兔子的腰扭断的老办法。但鹰今天遇到的是一只老练的兔子,虽然它的屁股被鹰的尖爪抓得很疼,但它却不回头,不让猎鹰抠瞎它双眼的预谋得逞。鹰在扑腾,兔子在挣扎,一股尘灰被搅起,把它们遮裹得隐隐约约只有一个模糊的轮廓。依布拉音很吃惊地看着眼前的这一幕,在他的狩猎生涯中,大概还没有遇到过这样的情形,所以他便只是吃惊,一时间不知该如何是好。

依布拉音不知该如何是好,但这只富有逃生经验的老兔子却有办法,它用力爬起来,拖着猎鹰朝一片蒺藜丛里钻去。猎鹰因为利爪在它的屁股上抠得太深,所以无法甩开它,被它用力一拖便失去平衡,被拖进蒺藜丛里。依布拉音惊叫一声,我的鹰——赶紧往蒺藜丛跑过去,他知道那些蒺藜有尖利的刺,扎到鹰身上就会让它丧命。然而我们离它们太远了,没等我们接近,那些蒺藜刺便扎入了鹰的身体,它发出一连串的惨叫,但兔子仍拖着它在往前跑,直到一根粗刺扎入鹰的胸部,鹰受到阻力后才把抓入兔子屁股上的爪子拔了出来。兔子身上也流着血,但它已摆脱猎鹰的利爪,飞快地逃走了。

我和依布拉音跑到鹰跟前,见它已奄奄一息。它的羽毛掉了一地,躯体血肉模糊,被蒺藜刺得到处都在流血。最可怕的是,一根致命的蒺藜刺扎到了它的心脏处,它死了。一只老练的兔子,利用蒺藜尖利的刺把猎鹰刺死了。猎鹰在这些通常被称为"猎物"的兔子,或者说小动物面前是不可一世的,它不仅小瞧它们,而且还可以轻而易举地取它们的性命,似乎它们天生就是它的肉食。不料今天这一切却都颠倒了,一只老练的兔子把一只不可一世的猎鹰打败了。依布拉音把鹰血肉模糊的躯体捧在手上,嘴里喃喃重复着一句话,我的鹰,我的鹰——这样的事对他来说就是致命的打击,鹰是他一手训练出来的,鹰被兔子打败,就等于他被打败;鹰被兔子打败丧失了性命,就等于他的心被刺了一刀子。我想劝他,但不知该说些什么,今天出来抓兔子是我提议的,顿时一丝悔意涌上心头,我觉得其实害死这只鹰的并不是那只兔子,而是我。如果今天不出来,这一切就不会发生。但现在事已至此,我后悔又有什么用呢?

依布拉音伤心了一会儿,用手在地上挖出一个土坑把鹰埋了。然后,我们俩快快返回。来的时候是两个人和一只鹰,回去的时候只有两个人,而一只鹰已被埋在了荒野中,过不了多久它的肉就腐烂了,骨头就朽了。生命在消失时总是悄无声息,却会消失得彻彻底底。

我想,如果不是我亲身经历了鹰之死的事,我也许不会相信一只兔子会让一只鹰丧命。但因为我亲身经历了,所以才发现在惊心动魄的故事背后,都隐藏着心酸和伤痛,甚至就连死亡也因为你站立的位置不同,其结果也截然不同。死了的那只鹰,便是例证。

(选自2017年第1期《青年文学》)

牧草样的生命

杜文娟

现在是 2017 年 2 月底，手机显示在天涯区，我在三亚的木棉椰风里，在凌霄与云彩之间的阳台上晒背，品尝莲雾释迦，发呆，四下张望。

某个夜晚，听见雨声，挑了帘儿，俯瞰园景，原来是人工喷泉。一抬头，看见了雪山，洁白连绵，巍然屹立。愕然中，仔细辨析，并非雪山，而是崇山峻岭般的白云。云山也在流动，只是滞缓一些，静谧一些。云山与云山之间，是不规则的空阔，空阔呈黛色，没有星星，也无月亮，则有天光。

我坚信，夜空一定有星星，只是去了另一个地方，成群结队，纷至沓去，那个地方，我不想说。

或躺或卧，看藕荷色的窗帘逸动，无数的浮尘颗粒在光束中鱼儿一般游走，有的竟闪闪发光。倏忽间，想起广袤的大陆，我的家人，我的朋友，我生命中经历的众多男人和女人，依然在雾霾与冷风中日出而作日落而息。

西藏的空气中有尘埃吗？

摇摇头，眨巴着眼睛，对心说，西藏的空气当然纯净，但又犹豫，眼睛见到的真实，与想象中的存在是有区别的。这属于哲学范畴，我无力判决，也不想纠缠。

喔，怎么又想起西藏了？我得屏蔽所有与西藏有关的信息，思绪，哪怕一点点联想。

常常地，穿了浴袍，散着长发，穿着凉鞋，走进绿荫里。棕榈疏密有致，长叶点点，仿佛曼妙的垂柳。榕树独木成林，气根飘飘。木棉鹤立鸡群，染红半边天。最常见的自然是红树，根系发达，盘根错节，树树比肩。海南多红树，也是到三亚以后才知道的，水边滩涂，处处皆红树，既能防风固沙，又为鱼虾蟹和鸟类提供了良好的繁衍生息场所。

面对此情此景，总会思考一个问题，这里的山川真热闹呀，没有一寸寂寞的土地，插根扁担大概也能长成树。而有的地方，同样是一国之土，同样在边疆，却冰天雪地，亘古荒凉，插根柳树立即会变成扁担，扁担也不会长久，风雪一冬，化为灰烬。

我在蔗田稻香里，流连忘返，惊诧复惊讶。

走过芭蕉，越过三角梅，绕过大小不一、曲直不等的泳池，最终是要到美食街的。似乎所有的春夏秋冬，生命历程，喜怒哀乐，都是为了这一件事。

的确，我在回避，在逃离，在忘却。

历史又不是电脑里的文件，树上的鸟巢，删除捣毁就算结束。

那一切能丢失吗？那是我的青春记忆，是我十多年的所有经历。一个人一生中有多少个十多年呢？我把我的风华正茂，风华正茂中的激情飞扬，激情飞扬中的才华锦句，全都给予了那方高寒之地。

那就是我的西藏，流淌在血脉中的雪域情怀。

第一次决定去西藏是 2001 年夏季，购买机票的时候我被告知，西安到拉萨的航班天天爆满，青藏铁路已经开工，大批技术人员赶赴西藏。只好飞往乌鲁木齐，打算从新疆转机西藏，这个计划自然落空。几年以后我才得知，新藏天路连雄鹰都难逾越，何况一架飞机！当然，再高的雪山也难阻挡人们对蓝天的向往，十多年以后，喀什到阿里正式通航。

2003 年 8 月，第一次进藏，从西安乘火车到格尔木，再搭乘越野车到拉萨。夜宿沱沱河畔的小客栈，我被满天的繁星震撼，头顶，肩膀，指尖，睫毛上，无处不闪烁着星星，银河大概就是这般模样吧。那一夜，几乎无法入眠，头痛，恶心，呕吐，紧随其身。

围着牦牛粪炉子等饭吃的时候，端饭的女孩子手里端着饭碗，眼睛却瞅着比碗大不了多少的黑白电视机。催得急了，快走几步，端一碗递过来，不催不问，便双手端碗，取暖一般，偏着头喜滋滋乐呵呵。

有人说怎么连一点服务意识都没有，咋做生意的？立即遭到一位资深旅人的反驳，在这前不见古人后不见来者的洪荒之地，有碗热乎面条吃就不错了，人家这是积德行善，别用内地人的观念要求藏族人，况且她根本听不懂汉话。

我便多看了女孩子几眼，对她充满了羡慕和喜爱，藏族人原来这个样子呀，皮肤黢黑，脸庞黑中透红，从容自在，祥和欢乐，不知有汉无论魏晋的样子。而我们的脸上，除过焦虑欲望和失落，就是得意狂妄和傲慢。

2006 年 7 月从成都出发，过了雅安才知道从成都到拉萨两千多公里，不出意外的话需要六七天时间。当时我穿一套单薄便装，包里只背两件内衣。每天晚上停车后，最先背上轻便小包，双手插在裤兜，瞪大眼睛看同行者从车上卸下大包小包，汽车尾气直冲小腿肚子。终于有人发出惊叹，你怎么连一件装备都没有呢，这个样子也敢走川藏线，简直是天方夜谭嘛。

就是这一次，我不但到了珠穆朗玛峰大本营，还沿途写专栏稿发回内地。每天傍晚找好住处以后，驴友们还在吃晚饭，我就独自走街串巷，四处打听网吧在哪里。理塘在地图上有另一个名字叫高城，从理塘的网吧出来，天空飘着雪花，我请网管送我，小伙子把伞举过我头顶，自己则远远地侧过身子，快到旅馆门口，直奔过去，哐哐踢那卷闸门。余音缭绕中，小伙子已经消失在无尽的风雪夜里。在巴塘的网吧里写完稿子，大约凌晨三点。皎洁的月光洒满大地，和煦温暖。一袭绛色袈裟走在不远处，我顿时平静下来，惶恐与惧怕烟消云散。我走在后面，他走在前面，整个世界似乎只有我们两个人，百灵鸟不鸣，杜鹃花不艳。忽然，我觉得这个画面似曾相识。黄昏去会情人，黎明大雪飞扬，莫说瞒与不瞒，脚印已留雪上。噢，他不会是仓央嘉措吧？

在横断山脉深处的左贡县城，一个小时就写完了稿子，发送一个多小时还是发不出去。深夜的网吧热闹非凡，打游戏的，骂架的，唱歌的，喝酒的，唾沫星子在头顶飞来飞去，藏刀在眼前晃来晃去。我问网管有网速快点的地方吗？答曰，有的，在地区。地区在哪里？地区在昌都。多远？不远，开车四五个小时就能到。

当时我哈哈大笑，四五个小时还不算远，这是什么鬼地方呀。

在拉萨街头，晚上十点多还有兜售皮带帽子的吆喝声，长长的竿子上挑一只昏暗灯泡，火锅热气升腾。这个场景令我无法挪步，几年前的此时此地，街头一片宁静，所有亮光来自月亮和星星。

西藏一定发生了什么，青藏铁路为西藏带来的变化竟如此巨大。

然后，一路西行到了阿里，翻越喜马拉雅山脉，走过千里羌塘无人区，愈加觉得那次大笑多么浅薄。辽阔无垠的藏北大地，几乎只有三种颜色，连片的褐色裸石，白雪皑皑的山巅阴坡，河流湖泊岸边的苍茫牧草。同样是草，内地的草娇嫩水灵，与传说神话有着不解之缘。藏北的牧草却沧桑凛冽，刚冒芽就像中年男女，肩负沉重使命一般，即便是这种牧草，也不是随处可见。车行数日，就没有见过一株高过脚踝的牧草，更见不到树木。一天又一天，见不到一顶帐篷，偶尔邂逅一位牧羊女，兴奋得互相招手，如同见到久别的亲人。汽车一会儿断了钢板，一会儿陷进冰河，一会儿遇见狼群。终于到了县城，所有人靠买水度日，整个县城没有一辆出租车，只有到靠近那曲的县城，才有几辆出租车，每见到新绿的出租车就亢奋得大呼小叫。

这里不适合人居，为什么还生活着众多藏族百姓和外来者呢。

一位教育工作者指着惟余莽莽的雪山对我说，那边就是邻国了，有的地方还属于争议区，边境上如果没有边民居住，多年以后这地方可能就是别国的领土了。

我暗自思忖，这里长冬无夏，风吹石头跑，氧气吃不饱，连一棵树一株草都不长，人怎么生存呀，这些边民牺牲太大了，祖祖辈辈，与飓风雪山为伍，孤寂一生，穷困终老。

脑海中，第一次冒出"边疆"这个词。边疆，原来不仅仅是名词，而是真真切切的动词，一生一世，从出生到老去，当地人，边防军人，援藏者，千千万万，芸芸众生，流水般来到边疆，来到西藏，目的只有一个，稳定边疆，建设边疆。边疆稳定了，内地才会繁荣富庶长治久安。

当我翻过一座又一座雪山，爬过一条又一条沟壑，终于俯瞰到喜马拉雅山脉褶皱深处的一个县城时，有人指着荒芜中的小城对我说，这个地方原本没有树木，有位县长从新疆带回了白杨树苗子，几十年过去了，县城终于有了几十棵白杨，风过时哗啦啦响，那声音真醉人噢，这是方圆几百公里内唯一的树木，许多人骑马步行几天，专为看一眼树木风采。

我问县长在哪里。对方说，退休后回上海了，听说回去以后也不适应上海生活，年轻时来到西藏，为了修通从县城到阿里地区狮泉河镇的公路，带上锅碗一走数天，翻山越岭勘察路基。一个春节，发现他不见了，四处寻找，原来他在丈量一个沟坎。老县长也不容易，从参加工作到退休都在西藏，同事朋友全在西藏，夫妻长期分居，得不到家庭温暖，也照顾不了妻儿老小，回到上海多孤单呀。

有一次，我请一位当地官员帮忙寻找从阿里到拉萨的长途汽车。他是一位藏二代，父辈是西藏和平解放以后较早一批援藏者。他兴高采烈地对我说，曾经有一位知识青年，从内地千里迢迢来到西藏，有关部门希望他留在拉萨工作，所有部门任由他挑。可他希望到最艰苦的地方工作，就把他分配到藏北一个县当老师。校园里第一次响起了二胡笛子声，人们争先恐后地看热闹。两个月以后，什么声音都没有了，那位老师也不知去向。有人到内地打探过，一点消息都没有，感觉他从来就没有来过西藏。

记得非常清楚，听完这个故事，我俩相对而立，哈哈大笑。高原阳光照耀在脸上，刺得两只眼睛不能同时睁开。

在西藏自治区驻内地一家干休所，我拜访了一位九十多岁的老西藏。他面容慈祥，靠滑轮支架行走，听力和口语都不错，我把自己的作品《阿里·阿里》双手递到他手里，他摸着四个大字，嘴角抽动，眼睛亮了一下。我说，中央医生，我来看你来了。他望着我，看了许久，脸上忽地腾起笑容。

那一刻，我有点控制不住自己的情绪，因为在不同场合听过他的故事和传说。他曾经在国民党部队服过役，新中国成立不久，随一支中央医疗小分队从北京到阿里。原本援藏时间为一年，为了工作需要，往后的几十年都在西藏度过。由于长期在高海拔地区工作生活，身体受到严重伤害，终身未娶，却抚养了多名孤儿。

十多年间，数次进藏，经历见识了许多。一个黄昏，我在狮泉河镇街头拦车，想到因为气温升高，冰雪融化河水暴涨，造成泥石流灾害的现场探访。一辆私家车戛然而止，问我是不是陕西来的作家，我反问他怎么知道。对方说，阿里这地方平时很少来陌生人，好不容易来了个女人，还是内地女人，不出三天全城人都知道。我说自己的确才来了三天。

由于西藏幅员辽阔人烟稀少，从一个县城到另一个县城通常四五百公里，从一个乡到另一个乡，动辄上百公里，翻雪山蹚冰河是常事，之间还没有班车，加之物价昂贵，食宿困难，经常得求助各方面的人。一次我被安排到一家能洗热水澡的旅馆住宿，尽管洗澡水如同老年男人撒尿，滴滴答答连不成线，依然感激不尽。刚住下就被请去吃饭，亢奋激动地吃过饭，有人对我拉拉扯扯，说我送杜老师，我要把杜老师送到床上。我举起手机求助熟人，对方夺过我的手机摔到地上，机身和电池分飞两地。次日清晨，还处在高原反应期，服务员打来电话，让我马上退房，立即走人。

我带上所有行李，站在街道上，身旁就是万岁山，仰望嶙峋的山峦，寸草不生的烈士陵园，陵园里不仅躺着解放阿里的烈士遗骨，还有孔繁森的衣冠冢。一只雄鹰从狮泉河以南飞向昆仑山方向，那一刻，我哇地哭出了声。哭了几声强行止住，哭泣伤神也伤身，更需要足够的氧气，在这空气稀薄的万里碧空之下，号啕大哭是件极为奢侈的事，一口气上不来倒地身亡庸常如水。

第一次讨饭，实在有些难为情。那是从神山冈仁波钦下来，口干舌燥，肚子饿得咕咕叫。全身上下除过一根登山杖，一个空空如也的背包，连一个雪团都没有。正在我发愁怎样才能填饱肚子，走完后面的几十里夕阳土路时，发现几个藏族人正围在荒滩上吃肉干喝酥油茶。迟疑了一会，还是走了过去，连比带画，并说能买一点食物吗？有人听懂了我的汉话，把一条风干的生羊腿递给我，还摇摆着手，意思是送给我的。我抱着讨来的生羊腿，面对高高的冈仁波钦雪峰，嚼得有滋有味。

往后，无论在寺庙还是村庄，藏西还是藏东，经常能讨到饭吃。

一位藏学专家对我说，藏族人的理念中乞讨与布施对等，这与宗教有着千丝万缕的联系。几年后，这位藏学专家在欧洲讲学的时候去世，只比我年长几岁。

非常感念有机会接触公益慈善领域，特别是西藏公益慈善，我随志愿者一起四处走访，过县进村，救助大病儿童，将他们送进拉萨医院，送往内地的火车和飞机。回到内地，我把在西藏的所见所闻讲给众人，尽微薄之力宣传西藏，得到了爱心人士的支持，有人因此走上援藏和支教之路，捐款捐物属于常事。有次我在西安讲座，一位老师当着听众说，几年以前，杜文娟脸上布满惆怅嫉恨，现在满脸都是温和友善。

这位老师的评价一点不过分，西藏的确赐予我宽容和悲悯，这种变化以经历死亡和无常为代价。

（本文为作者长篇小说《红雪莲》后记，有删减。选自 2017 年第 5 期《红豆》）

乳源手记

塞 壬

　　文宣部打来电话，问我要不要参加今年的学生夏令营。我说今年就不去了吧。电话那头忽然说到，塞壬，前几天梅君打来电话专门问候你，说是很想念，你还是去一下吧。梅君啊，一年了，她现在怎么样了？如果我再去，能够为她做什么呢？再做一次表演，然后离开？闭上眼睛，尽量不去想梅君的脸。不去了。我在电话里回复道。忽然间，一阵心虚，环顾四壁，一种很不好的感觉萦于胸口，久久不散，仿佛一个旧的伤疤又被揭开，等着你仓皇掩盖。太多的事，不愿面对，囫囵扔在内心的角落里，积着，不提。

　　去年7月下旬，我应邀参加了市中学的学生夏令营，跟四十名中学生一起去乳源瑶家贫困山区体验生活。同学们事先被安排入住进不同的贫困家庭。三天。一起劳动，一起吃睡。我被安排去往一名叫梅君的贫困女孩的家里，跟两名女同学一起，外加一名电视台的记者。两名女同学刚刚上高中，对此次的贫困体验表现得异常兴奋，两个十五岁的少女，满脸的胶原蛋白，莹晃晃的青春。一路上，两只小燕子叽喳个不停，她们对山区贫困的程度很是好奇，不停地问我，塞老师，他们还在点煤油灯吗？他们住茅屋吗？出行靠牛车？问着这些问题，两眼亮晶晶的，仿佛无知是一件很可爱的事情。吵死人了，这些孩子，他们全都来自生活优越的城市家庭，是妈妈的宝贝疙瘩，零食是从头吃到尾，一会儿唱歌，一会儿轰然大笑，俨然是一次青春的结伴出游。我只好戴着耳机，闭目。由于活动不是第一届了，两名少女应该在心理上有所准备。她们跟我一样被安排入住梅君的家，要住两个晚上。

我记得第一次见到梅君的样子，她早早地候在路口等候我们。十四岁，她长着一张处女的圆脸，很黑的眸子，唇上有细密的绒毛，眼里透着一丝警惕，尽管皮肤微黑，还有那略带倔强的唇角，但她依然是一个漂亮的孩子，她穿了一件暗旧的，洗不白的T恤，牛仔裤卷起到小腿肚，脚下是一双沾着泥印的鲜红的塑料拖鞋，五个脚指头怒伸在外，油腻的脏头发用打了结的绿色皮箍扎着。资料上说，她品学兼优。父亲是个孝子，因为要守护年迈的双亲和岳父岳母，常年在家务农，没有机会外出打工，所以至今没有盖新房子，一家四口依然住在一间阴暗窄小的土坯房里。

　　我对这样的土坯房是有印象的，在我的家乡，三十多年前，就有这种房子。然而时光已过去了三十多年，在广东的山区，依然有人还住这样的房子。梅君的家就是这样一间土坯房，连厨房四间，矮窄的木门，很破旧了，上面拴了一个生锈的搭锁，一进屋，光线很暗，然而却有一股阴凉，我首先就看到了半面墙的奖状，这是梅君和她的姐姐一起获得的，它们密密麻麻地贴在掉了石灰粉的土墙上，地是潮湿的黑土泥地，整间屋子透着霉味，一张污秽、破朽的木桌上摆着一台十四寸的老式彩色电视机，它有鼓突的屏，正播着一出古装剧。两盘发黑的剩菜搁在桌上，一个缺口的脏碗上摆着一双竹筷。桌子下面堆着各种杂物，草帽、水壶、镰刀、成扎的蒜头还有猫没有舔干净的破搪瓷碗，蔬菜也码在桌脚，几个丑陋的西红柿或土豆滚到墙角落，墙上是乱牵的电线，黑色的开关掉了盖子，是那种很古老的拉线式，而拉线孤单地垂在墙面上，房间的门楣上贴着大红的喜庆对联，很破旧了，被撕了角，在这阴暗的屋子里，这红对联显出一种异样的犯冲效果。破败、摇摇欲坠、肮脏、杂乱，这就是我们要在这里生活三天的房子。

　　梅君的父亲在地里，姐姐刚刚高中毕业。暑假，她去县城打工去了，迎接我们的是梅君和她的母亲。跟我一起的两名少女，一位叫李心仪，另一位叫何可。后来我在报纸上看到她俩关于此次体验的心得，写得很煽情，满满的爱心，收获了感动，得到了成长，看到山区的贫困才自觉自身当下的生活来之不易，要感恩，惜福，诸如此类。滴水不漏，无懈可击。而我，是一个字都写不出来。主办方邀请我参加，无非是希望我盛赞一下这个活动的非凡意义。我居然一字未着。凭心而论，我并非从未写过诛心之文。连一个凳子都让人犹豫着要不要坐下去的屋子，食物，从那破了边、没擦干净黑迹的碗碟盛出来，那黑暗的厨房，砧板放在潮湿的地上，墙上的黑烟尘、扔在一边的红色塑料袋、破藤箩、农具堆在一起的角落，用红砖码的柴火灶，被烟熏得发黑……面对从这样的厨房做出的食物简直是难以下箸的。难道我去写什么我们苦中有乐，抑或泛滥悲悯，抒个苦情，然后说此行对青少年成长的意义重大？而更可怕的是梅君的卧室，也就是昨晚三个女孩子睡的那间房，一个很小的窗子，阴暗、潮湿、发臭。为什么会发臭呢？我下面就会讲到。而我，只能睡在客厅的长木凳上。

　　对于一个从未接触过如此环境的城市女孩来说，要说她们毫无负担地度过了那两个晚上显然是很违心的。然而，这两位少女，真正了不起的不是滴水不漏地、很完美地完成了此次的体验之旅，她们的了不起在于，相当老练地掩盖了负面情绪，用一种所谓克服困难的毅力和教养掩盖了真正的冷酷。她们的表演没有丝毫破绽，全都能吃苦，在酷暑的烈日下，即使赤脚下田收割水稻，甚至连眉头都没有皱一下。她们善解人意、礼貌、妥贴，让那贫困的一家子感动不已，最终与梅君告别，她们还紧紧拥抱。第三天上午结束了之后，返程上车前，她们把梅君的母亲硬要赠送的花生、黄豆全扔了。仿佛它们很脏似的。

　　第一天到达的时候已是晚上了，梅君的床睡不下三个人，她们只能打横睡，硬板床上就是一张竹垫，一个小塑料风扇。因为房子没有洗手间，厕所和洗澡的地方就设计在卧室里。房间的一角划了一块不足一平米的地方，用水泥糊了地，墙角往外面开了个洞，洗澡用塑料桶装热水，人站在那不足一平米的地方用手浇桶里的水洗澡，冲完后，水就能过那个孔流到外面，而旁边放了一个黑色的塑料桶，它就是马桶了，因为没有盖子导致整个房间发臭。睡在这样的房间，谁能保证不皱一下眉头呢？我看了她俩一眼，她俩没有跟我对视，低头急忙往外走，幸好，她们都没有捂鼻子。谁都知道，有些话是不能说出口的。我们三个人也在那里洗了澡，那热水有一股烟熏的气息，这是盛夏，两个少女本来可以用井里的冷水洗，但是，她们还是坚持使用了这烟熏味的热水。

三个人打横睡，如果不缩着身子，双脚就会伸出床沿。何可后来说，晚上睡觉的时候，梅君有意识地朝里缩紧身子，把塑料小风扇往她们俩的方向移。我在外面客厅，长木凳很窄，不能翻身，劣质蚊香辣眼睛。

一大早，我们就去河里洗衣服，河水清冽，我们都把鞋脱了，光着脚站在青石板上。因为摄像机跟着我们，引来了邻居们的好奇，梅君的同学玲子也住在附近，她的母亲把我们引进了她的家，玲子一整天都跟着我们，我发现，因为她的陪伴，梅君看上去显得舒展了一些，不像先前那样小心翼翼，不敢多说一句话。玲子家是红砖房，条件明显比梅君家好，但玲子的卧室跟梅君的一模一样，也是在角落里洗澡，并放了一个无盖的马桶。我们的两个少女对玲子家的水井很好奇，心仪用手摇把子，清冽的井水流出来，那种冰爽，她们俩都兴奋地洗了把脸。旁边一家带小孩的妇女也加入了我们，她的家应该是相对比较富裕的，两层楼，装了空调和自来水，瓷砖地板，有干净漂亮的洗手间。

这里的民风很是淳朴，人也非常善良、好客。我多年没有见过串门这种景观了，玲子的母亲很热情，拿出炒花生招待我们，她还拿出了腌的生豆角让我们吃，有点酸臭味，两个少女稍稍迟疑了一下，然后很自然地拿起一根长长的豆角吃起来，这是硬着头皮也得吃下去的。

正逢街上赶集，我们一帮人去了集市。也许，心仪和何可从未见过这样的集市，嘈杂的人群，整个集市透着农业的味道，卖菜的将蔬菜码在马路上，他们是用竹挑子挑来卖的，鱼摊，卖的都是死鱼，猪肉案前挤满了人，有卖猪仔的，活鸡的，还有人拎着从山里打来的野兔、野鸡也蹲在那里叫卖，卖熟铁农具的摆着长长的摊案，几个长列支架挂着廉价的男女服装，俗艳的粉红连衣裙，女人胸罩还有各种头饰假花，吆喝成一片。小型的电器商店销售着大量的伪劣产品，小食摊的油烟挥之不去，我看见来来往往的妇女们把婴儿背在背上，用一种很特别的背褡，上面是绣了瑶族特有的纹饰。剃头匠也来摆摊，几个老农夫在那里刮胡子，心仪和何可两个在人群里钻来钻去，她们对什么都好奇，因为没有吃早餐，两个女孩在一家肠粉店门口的小桌子跟前坐定，等待着她们的早餐。梅君和母亲要买蔬菜种子，一会儿我们就把种子播种到地里。玲子不知从哪里钻出来，她手里捧着一捧野果，紫红色，我认得，是稔子，伸手拈了一个进嘴，微涩、清甜。我抬眼问玲子，梅君在学校会因为贫穷而被歧视吗？她的回答令我吃惊，不会啊，梅君的父亲是名人，我们这里有名的孝子，她家贫穷是因为他阿爸要在家孝敬老人，不能外出打工啊。正要多问，玲子捧着稔子向心仪和何可走去，看到野果子，两个城里少女发出夸张的惊呼。之后，我看见她们几个女孩聚在蔬菜种子的摊前，学着辨认那些种子。整个上午，空气很是欢快，我看见梅君也露出了笑容。而我总想着为梅君家买点什么，最好是实用的，最后，我买了一个烧水的电壶和一台电风扇（梅君家的水壶搁在红砖灶上烧，周身漆黑），看到帆布鞋，倒是想给梅君买一双，仔细一看，质量实在差，只好作罢。我后来才知道，学校给贫困家庭都封了一千块钱的红包。

　　我们要把蔬菜种子种到梅君家的地里。一群人浩浩荡荡往地里走去，梅君的父亲早早地在地里等候我们，在那里，我们认识了烟叶这种作物，认识了萝卜种子。可以挖红薯了，心仪和何可拿着小锄，梅君和玲子在教她们怎么挖红薯，梅君的父亲一直没有说话，他在离我们有点远的地方松地。我们如此阵仗地来参观人家的贫穷，你叫人家说什么好呢？从头至尾，我都无法开口跟他们聊点什么，我甚至觉得有点羞耻。心仪和何可两人都挖到红薯了，两个少女发出好听的笑声。然而，梅君是没有笑的。可能她发现我总是看着她，她显得有点不安，她扭过脸去，我能够感受得到少女内心的倔强。她有敏感的自尊。我看着她，梅君真的接受我们的造访吗？她不是一个快乐的孩子。她心里非常清楚，那两个城市的姐姐，两天后就会离开，之后，她们将永不相见，也不再联系，她们，不可能会成为她的朋友。她们发出的阵阵欢笑，我听着，觉得刺耳。本来就是一场秀，年年上演。整个过程会非常完美，去年的眼泪今年又会再流一次，电视、报纸，分享晚会哭得一塌糊涂。只是，梅君她沉默地配合着这些表演，她在想什么呢。

　　午餐是梅君的母亲和左邻右舍的妇人们一起做的。那间昏暗的厨房实在太小，三个人在里面就不能转身，她们在外面把两个废弃的油桶当炉子，生火煮饭，一个漆黑的圆肚铁罐吊在火中间，心仪和何可好奇，问里面炖着什么，妇人回答说是鸡，她们正上前看个究竟，妇人用一个铁钩钩开了盖子，一瞬间异香扑鼻。另一个油桶上架着一个巨大的生铁锅，上面放着一个蒸气腾腾的木桶，这东西我知道，叫做饭甑，里面是米饭。也叫木桶饭。我们是贵客啊，哪里是来吃苦的，他们倾囊相待，杀鸡宰鸭，唯恐怠慢了我们。但是，这些，对于城市来的两个少女来说，应该不是一种贫苦的体验，她们的表情充满了一种猎奇的乐趣，动不动就惊叫，两个人争着去火塘烤带苞衣的老玉米，把它们埋进滚烫的灰堆里，因为灰堆是木柴未燃尽的火堆，余热足以烤熟玉米。她们用铁钎子把洗干净的鲫鱼穿在上面，蹲在火塘边烤鱼。开饭了，前来帮忙的邻舍全都各自回家了，只剩下我们和梅君一家人，忽然间空气一下子安静下来。梅君的父亲开口说话，感谢大家的关心，因为家里太穷了，什么也没有，希望不要嫌弃这顿饭。很朴实的几句话，他笨拙地说着，然后看了梅君一眼，说道，君，招呼客人吃饭啊。

我们都非常清楚，即使桌子、饭菜、碗筷再不干净，这顿饭是无法用一种浅尝辄止的态度去对待的。这不是演戏，而是起码的教养。梅君的母亲给我们夹菜，一直堆满碗头，饭碗是那种蓝边的粗瓷碗，很大，我们三个人把各自碗里的饭菜全部吃光。

下午我们就去田里收割水稻。阳光很毒，梅君家今年夏天大概能收三千斤稻子，这是他们家一年中最大的收入来源。可是，我们几个能帮上什么呢？倒是梅君和玲子，两人手中的沙镰舞得飞快，嚯嚯嚯，很快就收割了一大抱稻禾。我在郊区长大，自幼也没有拿过镰刀，镰刀居然是锯齿的，我头一次知道，然而割稻却锋利无比。梅君去教心仪和何可如何握刀割稻，稻穗把她们的脸蹭得通红，手上几处都被稻叶割出了血口子，她们割了一会儿，说是手臂和脖颈瘙痒难耐，梅君的母亲说，这是稻叶蹭的，不要挠，小心破皮发炎。于是，二位城市女孩放下镰刀，坐在岸边用草帽扇风，啊，总算没有给人家添乱。李心仪拿出手机给大家拍照，说是用来发微信朋友圈。她们还摆拍了割稻，各种握镰姿势，最后四个女孩抱着稻穗合影，城市女孩子手指比着 V，笑得很是灿烂。眨眼工夫，梅君的父亲收割的稻子已堆成个小山。

李心仪和何可把我拉到一边，告诉我说，今晚不住梅君家了，房间太臭，又热，待会儿有车来接我们回县城的酒店，问我要不要一起走？我说，我今晚留下，你们走吧。何可告诉我，上了一次旱厕，简直不可描述，终生难忘。她用恐怖来形容她见到的梅君家的旱厕。李心仪说，已经知晓了这里贫穷的程度，比原先想象中的要好很多，末了，她用一种自豪的语气跟我说，塞老师，这里最苦最难的事情我是能够面对的，难不倒我，一咬牙就过了，没多难。两个女孩子未满十六岁吧，我瞬间觉得她们的内心世界别有洞天，决非清澈见底。

原来只是一场演习，只是考验自己能否过关。如此而已，显然，她们完成了任务。没什么可说的，这是游戏最初的设定，我，跟她们并无区别。谁会为此付诸情感呢？

我留下来，为了什么呢？真可笑。是的，在我心里，梅君那张脸，那张垂下眼睑，满是幽怨而倔强的脸，让我有一种无法面对的心虚之感。我们的此次之行，从某种意义上来讲，难道不是一次冒犯？以一种堂皇的理由，只为完成自身的一个测试，围观一个家庭的贫困与窘迫，然后冷血地拥抱，道别，再离开。从此形同陌路，仿佛从来就没有踏进过这片天地。

我看着她们就那样道别，万般不舍，互道珍重。彼此眼中闪烁着泪花。

晚上，我与梅君睡一张床上。我们齐头平躺着，她一句话也不说。我不知道该从何说起。末了，她开口问我，塞老师，你为什么不跟她们回县城呢？我犹豫了一下，说道，按规定是要在你家睡两晚啊，我得站好最后一班岗。这个回答至少是不带私人感情的，虽然，我完全不是因为这个理由留下的。我听见她笑了，那笑声有点古怪，她的身体还颤动了两下，我竭力想要从那样的笑声中去想象她的表情，但眼前漆黑一片，我看不见她的脸，随后，又听见她说道，三年了，塞老师，你是唯一一个在我家住两晚的人。

我弹坐起来。三年？她是说，我们这个活动选中她们家已有三次？我把梅君拉起来，她这才道出原委。我这才知道，所谓孝子，梅君的父亲因此获贫困之名在这里已经家喻户晓，还上过报纸。梅君告诉我，春节县里有领导来慰问贫困家庭，外面的团体要来帮扶这里的贫困户，还有那些支教、做义工的个人来到乳源，县里的相关部门，无一例外地，都会安排进她的家。在那样一份名单里，梅君家排在首位。

坐实了贫困，成为标签，接待四方以爱心为名的造访者，已经三年了。

我们一家其实并不愿意接受这样的援助。我的姐姐之所以在县城没有回来，就是不愿意面对你们的爱心。塞老师，你知道吗？我们这里有很多家庭居然为了争这个贫困户大打出手，因为成为这样的贫困户可以得到援助，比如领导的慰问，相关部门的救济，还有你们这些外面社团的资助。塞老师，我从来没有觉得我家穷，至少，我们从来没有饿过肚子，我们家不穷。我的父亲是一个真正的孝子，孝子怎么会穷呢？

起先，我和姐姐看到你们来很是激动，因为都是中学生，同龄人，我和姐姐渴望交朋友，能够跟你们交朋友，而不是因为我们贫穷，你们来怜悯我。但是，没有人能真正看得起我们。

外面的月亮从小窗照进来，我拉起梅君问，外面可有好的去处，我们去外面凉快吧。梅君听此说，忙坐起来，荷塘那里可以走走。

我不太想陷进那样的氛围里，有点不自在，或者说，是羞愧。我读懂少女梅君的孤独。我分明感到正是这种孤独与卑微，让她身上有一种罕见的气质，她在这么小的年纪看尽世间的沧桑，她安静地睁着眼睛看着，不笑不怒，心净明了，她居然连嘲讽都没有。

荷塘寂寂，轻风送来莲花的清香，她舒了口气，说道，姐姐会考上一所不错的大学，我姐姐是我的榜样，她很漂亮。说完，很自豪地看着我。看着这样的梅君，我忽然很是欣慰. 这个孩子非常清楚自己的方向，在所有的人都认为她们贫穷的时候，她跟她的姐姐对此不屑一顾，她们懂得什么才叫真正的贫穷。她还告诉我，她跟姐姐会采桑养蚕、插秧、割稻、打谷、翻地、栽种，能挑一百斤。

那个晚上，我们说了好多话，星星看着我们，我们最后还手拉着手。只是，我说不出一句鼓励或者安慰的话，因为那是优越者的口吻，因为，梅君她不需要。我听见了她的笑声，那是从她心底里流出来的，是我让她快乐了吗？看着她，我突如其来地伤感。

我回东莞后不久，收到了梅君寄来的一幅画，水粉画，那幅画画的就是我跟她在荷塘边散步的情景。墨绿的荷塘，星星点点的白莲，两人手拉着手，一脸醉态，风飞扬着我们的头发，我们斜着脸，看着远处的天边。一张长条的便签，抬头，她叫我姐姐，而不是塞老师了。忽然眼角潮润。我给她寄了一双回力鞋，几本书，还有一部旧手机。我跟梅君通了几封信，后来，大概是她学习紧张，通信就断了。

　　今年，又一次的夏令营又来了。换了一拨儿新的同学。我知道，所有的故事将重演一遍。文宣部打来电话的时候还说了这么一句，塞老师，这次你可要帮我们好好地写一篇文章哦。大概是上一年，我一字未着，他们失望了。想着这场可耻的秀，我还是回绝了。决定不去。然而，一个人坐在那里，把梅君的那幅画翻出来看，想着那个月夜，还有她的笑声。梅君她只期待我一个人，她只想见我一个人，她觉得我是她的朋友。对，我是她的朋友。想到此，我立即打电话给文宣部说，此次乳源之行，我去。

（选自2017年第5期《四川文学》）

故 乡 的 河

李建臣

童年最难忘的记忆，是故乡的那条河。

它发源于辽宁省清原县，一路浩浩荡荡，最终注入松花江。

它叫辉发河。

从源头流出后，辉发河与一条支流交汇。这个支流就是吉林省的梅河。围绕着两河交汇点，人们世代辛勤劳作，繁衍生息，并且亲切地把这个地方称作梅河口。

这里，就是我的家乡，我生命的摇篮。

最早的记忆，是跟随母亲去河边洗衣。我的任务，就是把母亲洗好的衣服晾在用石头垒就的大坝斜坡上。

长大一些，这条河便成了小伙伴们玩耍的天堂。那个年代，物质极其匮乏，孩子们所能追逐的，就是青山绿水、蛙声蝉鸣、鱼虾泥鳅、蜻蜓纸鸢，在大自然的怀抱中编织着五彩斑斓的童年。

夏天，大家在河中尽情嬉戏。时而鱼翔浅底，时而蛟龙出海，你追我赶，常常流连忘返，哪里还顾得上家长的训斥和老师的告诫。至于蚊虫叮咬，那更是家常便饭。

冬季，除了堆雪人、打雪仗，孩子们更喜欢到一望无际的冰面上打滑跳溜或支冰车。打滑跳溜一般选择有坡度的冰面，从上到下会滑出很远。也有人会坐在爬犁上滑下去。但这些玩法常常为冰车族所不屑。冰车是一种东北地区小朋友特有的自制玩具，又叫单腿驴，结构简单，驱动灵便。蹲在上面，穿行于白茫茫的世界，势若脱兔，凭虚御风，惬意无限。只是在冰车上蹲久了腿有些吃不消。小朋友不管那些，有时玩得兴起，会一口气支出十多公里。在零下二三十度的气温下，手脚时常冻得皲裂。若要缓解冻伤，辄须再用雪来搓，很是遭罪。但再相约去玩时，遭罪的事便忘得一干二净了。

当年的梅河大桥是木桥，比较破旧，桥板之间缝隙不小。透过缝隙，可以看到桥下湍急的河流，令人望而生畏。记得有一年涨水，河水几乎漫过桥面。过桥时，人们手扶栏杆，逡巡踯躅。这个场景给我留下了深刻印象，以至于几十年来时常在梦中浮现。

桥的南面是农村，北面被称作城里。城里这个称呼让我纳闷了许多年，始终没找到"城"在哪里。实际上所谓城里，就是最早的梅河口村变成了梅河口镇。一条河，分隔了城乡。

最深刻的记忆，是有一次小伙伴们一起去游泳。我不会游，便站在岸边观看。不料被一个淘气而又不知深浅的家伙从背后一脚踹了下去。我当时在河里扑腾了好一阵子，喝了不少水。好在他们发现情况不妙，及时把我拉上岸。这件事令我至今心有余悸。

其实真正的恐惧并不是水中挣扎的瞬间，而是事后的回味。静静一想，原来人的生命是如此脆弱和偶然，去留原本只在一瞬间。更让人惶恐和难以参悟的是，有时已处去留边缘，却还浑然不知。这种变幻与无常，岂能不令人唏嘘和骇然！古人云，上善若水，天下至柔莫过于水。可当它吞噬生命的时候，却变成了野兽，它的柔已经荡然无存。善恶易变，乃在须臾之间。

故乡情是一种奇妙的情结。我常想，人们为什么会有"胡马依北风，越鸟巢南枝"的情感，为什么会有"近乡情更怯，不敢问来人"的心境，为什么会有"露从今夜白，月是故乡明"的情怀，为什么会有"此夜曲中闻折柳，何人不起故园情"的慨叹？

这是因为，在我们最初睁开好奇的双眼，去认识、理解和感悟这个世界的时候，是故乡给了我们滋养、欢乐、希望和信念。它开启我们人生旅程的起点，确立了生命价值的航线。它把我们的稚嫩，紧紧裹进它温暖的怀抱；把我们的根，永久镌刻在故土的青史间。它把厚重的文化情怀根植在我们的基因里，让我们无论身在何处，都无法抹去烙在灵魂深处的故土印记；它把对儿女博大的爱融化在我们的血液中，让我们走遍天涯海角，也挣不脱闯入梦境的金色华年。特别是当我们漂泊半世，蹉跎岁月，饱尝人世的甘苦与冷暖，带着难言的伤痛与疲惫，去寻觅精神的慰藉和心灵的港湾，我们会情不自禁地想起无忧无虑、不识愁滋味的日子，会不由自主地思念滋养我们的故土、给予我们力量的生命庄园。也正因如此，故乡才成为了我们奋斗的动力、情感的依托、信念的支撑。此情可待成追忆，梦啼妆泪红阑干。

外面的世界虽精彩，但生命之根永远在故园。多年来，我去过塞纳河，到过莱茵河，走过多瑙河，领略过哈德逊河。但最令我魂牵梦绕的，还是故乡那条弯弯的小河。河不大，却养育了千千万万优秀的梅河儿女；水不深，却哺育出一生为民、两袖清风的好公仆郑培民这样的参天栋梁。

每当走近故乡久别的河畔，我的耳旁便仿佛响起王洛宾先生那荡气回肠的旋律：故乡的河／多少回你从我的梦中流过……我的眼睛就会湿润，思绪便随着潺潺河水，流向远方，飘去天际。

河究竟是什么？河是一首温馨的诗，河是一曲深情的歌，河是一杯浓烈的酒，河是一部波澜壮阔、起伏跌宕的交响乐。面对奔腾不息的滚滚流水，哲学家说，人不能两次踏入同一条河；思想家说，逝者如斯，不舍昼夜；社会学家说，水是生命之源；文学家说，哀吾生之须臾，羡长江之无穷……

实际上，人生又何尝不是一条河。有激流，有平缓，有激越，有险滩。随着时光的流逝，终将一去不返，并且毫不吝惜地带走你的一切。

但物质世界再富有也会消失，再华丽也会腐烂。只有爱，只有精神财富，才会汇入人类文明的历史长河，在汹涌澎湃中闪现，长流天地间。

你听，天边传来的袅袅歌声，那是不是生命的音符在跳跃，是不是远方的游子在呼唤——

我思念／故乡的小河／还有河边吱吱唱歌的水磨／噢，妈妈／如果有一朵浪花向你微笑／那就是我／那就是我／那就是我……

（选自2017年2月18日《人民日报》）

老　街　坊

李培禹

如果有一趟列车，声言将穿过时光的隧道，载你回到童年；而且车厢里已然坐满了曾和你一起玩耍、长大的伙伴，现在还给你留了个座位，你来不来？

来！我就是怀着一种莫名的兴奋，匆匆往这趟列车上赶呢。

其实，"车厢"是刚刚建立不久的一个微信群——赵堂子小大院一家亲。赵堂子是北京的一条小胡同，它在北京城三千六百多条有名字的胡同里，实在排不上号，因为它确是小胡同，从东到西也就一二百米长。然而，这条小胡同却有着与众不同之处——它的西口向南有一个方方正正的小大院。为什么叫小大院？因为它不大也不小，正好装下了胡同里十几个、二十几个，最旺时达到三十几个孩子的童年。

我们这趟列车的列车长——群主，是刘校长。尽管他早退休了，但在赵堂子胡同老街坊们的心目中，他永远是校长。丁酉鸡年春节刚过，校长在群里一呼：咱们聚聚吧。立时像炸了锅，活跃者不说了，平时以"潜伏"为主的人也积极发言：支持！拥护！校长万岁！可我们的赵堂子胡同十五年前就因道路扩建拆迁，消失殆尽了，到哪儿去找我们的小大院啊？有高人响亮地提出："胡同没了人还在，邻里重逢格外亲！"是啊，人还在，没有什么能阻挡住思念、怀旧、亲情的列车开出站台，驶向我们的心绪共同指向的那个终点。

"终点站"到了，它就设在与原来赵堂子胡同相连的东总布胡同里的一家餐馆。女老板也是胡同里长大的，敞开大门欢迎老邻居们来聚。

我爬上二楼或说我登上"列车"时，车厢里已经有点"人声鼎沸"

的劲了。映入眼帘的横幅上写的是"胡同没了人还在，邻里重逢格外亲——赵堂子胡同老街坊自发叙旧聚会"，好让人感动！

"呦，三哥来啦！"认识的和已然认不出的童年伙伴抱在一起。我说，今天都用小时候的称呼好不？好好！一致赞成。可紧接着问题来了：狗三儿、狗四儿，还叫得出口吗？当年我看着长大的小哥俩儿，如今一个是警官学院的领导、一个是农业银行的处长。还有，当着孙辈儿的面儿，二秃儿、三秃儿、四秃儿叫着，也不妥吧？于是，临时约定，凡无伤大雅的仍叫原名儿，如我，便称"小三儿"，那几位则由各自根据自己的辈分"酌处"，可称哥或叔了。

大顺子、仇虎哥（小时伙伴们故意叫他几虎）肯定是第一拨到的，加上如明三哥（原三秃儿），正忙着在刘校长的指挥下搬电视、接 DVD 机、贴对联。看着几位忙乎的身影，小英子说，瞧瞧，干活的还是他们几个啊！大顺子壮年时是开出租车的，早出晚归，辛苦挣钱，但小大院的街坊只要有事，就 BP 机"扣"他，顺子立马赶到，从未收过邻居们一分钱。这"宋大成"式的顺子有好报，胡同里最漂亮的姑娘小青嫁给了他当媳妇儿。只见他们几个登高挂横幅时，扶梯子、抱腿的，是胡同里当年的美女爱华、宝荣、小点儿，还有何家小妹、刘家小妹，我们小胡同里邻里情深的一幕，温情再现。

"车干来了！"车干本名叫周轩，小时候不认得"轩"字，我们都叫他周车干。现在廊坊一所高校任教的他，是一早赶过来的。虽然他已戴上高度近视镜，头发大都泛白，我还是一眼就认出他来了。而且，小胡同的街坊们都认出来了。车干比我大两岁，可算是命最苦的孩子，今天才确切地知道，四十多年前他每天清晨挥着比他还高的扫帚扫大街时，只有十三岁，一扫就是三年。为了多挣点钱，他除了清扫赵堂子胡同外，还包下了相邻的阳照胡同。那时，寒冬的清晨，天还漆黑，我曾被他"哗哗""哗哗"的扫街声吵醒过。早起背着书包上学，在昏暗的路灯下，还看到过临近收工的他，头上冒着热气憨笑的样子。

他失学苦干，是为了供家里一个妹妹、两个弟弟上学。后来，去云南插队的他，曾挑着一担沉沉的青芭蕉回到赵堂子胡同，他要答谢老街坊们对他离京后继续给予他弟妹的关照。那年我早已搬家离开了小胡同，弟弟打电话告我，周轩，就是车干，回来了，给大家送芭蕉，有你一份啊！我的眼泪差点掉下来……

此次重逢，最让车干想不到也最让他激动的是，第一个迎上前和他紧紧握手的童年伙伴，是郑苏伊。

苏伊是著名诗人臧克家的小女儿。臧老在赵堂子胡同居住生活了四十年，是这条小胡同老街坊们共同的骄傲。胡同里平民多不懂诗歌，他们却众口一词："中国伟大的诗人臧克家！"因为他们中的许多人都能讲出与臧老亲近交往的故事，许多家庭遇到过的经济困难、孩子考学等各种问题，都得到过老诗人的关注甚至直接帮助。2004年元宵节臧老溘然长逝，那年赵堂子胡同已经拆没了，但老街坊们还在，他们组成吊唁团，抬着花篮到八宝山送臧老最后一程。这情景打动了作协的工作人员，他们把写着"老街坊"的花篮摆放在离臧老遗体很近的位置。

今天，与我一样在恢复高考后考入大学，从而改变了自己命运的周车干，披露了臧老的另一件善事。他说："那时早上扫大街，都是空着肚子。臧老知道后，每天去早点铺买烧饼时，就是六分钱一个的芝麻火烧，都多买一个。他把热火烧塞到我手里，有时还要看着我咬一口，嘱咐我不要对外人说。"他激动地问苏伊："我一直没说，你和家里人知道吗？"苏伊含泪摇头。这番话，点燃了大家对臧老深深的怀念。苏伊说，那时院儿里的海棠熟了，我和你们一起爬上树，真够淘气的。我爸在下面喊着："注意安全，别摔着呦！"哈哈，太难忘了。

海棠树、臧老的故居和赵堂子胡同的小大院，荡然无存了。然而人还在，情依依。聚餐喝的什么酒、吃的什么菜，没人管了。大家完全沉浸在难忘的往事之中。

我不禁想起十五年前，东城区南小街赵堂子胡同拆迁在即，老街坊们都为一户特殊的人家犯起愁来。这就是靠街道"低保"维持生计的特困户"二嫂子"。这位善良、勤劳的农村妇女，含辛茹苦地把一个抱来的哑巴孩子拉扯大，同时也带大了胡同里的好几个孩子。我的小侄儿李根，就是她带大的。一次李根向我汇报他会背儿歌了，一张口竟是浓重山东口音的"笑（小）老鼠，上等（灯）台，偷右（油）

吃……"我赶紧叫停，还埋怨了"二嫂子"几句。

拆迁那年她已过七十岁了，邻居们仍习惯性地称她"二嫂子"。"二嫂子"丈夫因病去世，哑巴儿子又下岗，住了几十年的那间不大的小屋还不是她的房产，如今这一拆迁，老太太住哪儿去啊？起初，热心的街坊们决定集资，替"二嫂子"凑足回迁款。可街道和拆迁办说不行，只要房款按她的户头交，"低保"就保不住了，就得取消，"二嫂子"今后吃什么去呀？那些天，大家轮流上拆迁办，说的都是"二嫂子"的事。拆迁办的同志难免不烦，怎么一会儿来个刘校长，一会儿来个孙老师，一会儿又换成私营企业的韩厂长了？得，下来看看吧。两位同志来了，看了一眼，眼圈儿就红了。最后在拆迁办领导和邻居们的奔波下，"二嫂子"的难题解决了，由政府出面，给她和哑巴儿子在东四五条找了一处面积相当的新平房，并办妥了过户手续。这真是一件让人高兴的事儿。记得搬家前那天，七十岁的老太太剁了一上午的大白菜，包了一盖帘儿一盖帘儿的饺子，请家家户户来吃。

"二嫂子"去世多年了。席间，刘校长提议，向所有已故去的生养、哺育了我们的先辈们致敬。三十多人齐齐端起酒杯，场面甚是庄严。这边的举动早吸引了其他房间吃饭的客人，他们纷纷围过来，看明白了怎么回事儿后，称赞不已，有人还主动为我们拍"全家福"。他们说，咱们胡同的街坊们也该聚聚啦！

是啊，该聚聚了。胡同没了人还在，人在情义就在，街坊邻居们身上的真善美就在，相信这种传承会绵延不绝，一代代传下去。

（选自2017年3月18日《人民日报》）

私 人 食 单

乔 叶

饼 的 事

年近四十岁的时候，我学会了做鸡蛋饼。只在早晨。

一点儿面粉，一点儿盐，一点儿水，把这些搅拌成均匀的面汁，打一个鸡蛋进去，继续搅拌成微黄的鸡蛋面汁。然后开火，放上平底儿煎锅，倒上一点儿油，把鸡蛋面汁摊到锅里。面汁起初不会流淌成自然的圆形，厚薄也不一致，这都没关系，待它们在锅里稍微定型之后，持起锅柄，高高低低左左右右地让锅侧转，还没有凝结的厚面汁便因器随形地流淌着，终会成就出一个相对完美的饼状。而原本微黄的颜色也因逐渐升高的油温的激发，变成了赏心悦目的金黄色。

再然后，翻到另一面。此时的饼已经八成熟。把火调小，侧耳倾听儿子在卫生间的响动，让饼的进程和他的进程保持同步。待听到青春期男孩子以特有的强大力道发出的响亮的咕嘟咕嘟的漱口声，知道他的洗漱工程即将完毕，便撒上一点儿极碎的小葱叶儿来调色，之后将饼出锅，盛在白瓷盘里，端到餐桌上。当然，不能忘了在调味碟里斟上一点儿醋一并呈上。凌晨六点，食欲也还在休眠中，这点儿酸能有效地把味蕾唤醒。

一张这样的饼，配上大米粥、小米粥或者玉米粥，以及一份翠绿的凉拌黄瓜，这是我这个愚笨的母亲能给儿子拿出的最日常的早餐。在这份早餐里，粥里的水分太多，菜呢毕竟是菜，相比之下，饼就成了最重要的能量担当。

还有一种鸡蛋饼，是我怎么学也学不会的。它的全称是鸡蛋灌饼，被人们简称为鸡蛋饼。省略的这个灌字，就是它的核心技术。在河南，据说做鸡蛋灌饼最好的名号是开封的"王馍头"，他家的小吃三绝就是拉面、菜盒、鸡蛋灌饼。人们都说，在开封，如果谁没听说过王馍头，那他一定算不得一个真正的老开封人。

　　他家的鸡蛋灌饼绝在哪里？无他，就是这个灌字。我去吃过。别的只能灌在中间，王馍头的鸡蛋灌饼却能一直跑到饼的最边边儿上，那个分寸太微妙了，稍微过一点儿就无法保持，可人家就是一点儿也不会过，且外皮焦脆，内里软嫩。

　　在我们豫北，午餐基本是面，饼便是早晚餐最重要的面食，是另一种意义的馒头，只是比馒头要奢侈。因为：一，馒头一旦蒸好，是可以放上几天而不改其味的，饼则是即做即吃，即吃即好，一旦迟滞就会失了美味。二，饼需要用油。幼年时候，家境清寒，油是贵重之物。有俗语云"庄稼一枝花，全靠肥当家"，被主厨的祖母篡改成了"饼是一枝花，全靠油当家"。一年里，她老人家便很少做饼。无论是葱油饼还是千层饼，都很费油，她舍不得。

　　当然，也有无需用油的饼，那饼就是最朴素最简单的白面饼。

　　饼还分烫面饼和死面饼。一位擅长面点的河北朋友就曾如此活色生香地对我教诲过烫面饼的做法："……昨儿我做了个烫面饼，可好吃。烫面饼好啊，好消化，对胃好。咱这边不都喜欢用冷水和面么，那就是死面饼。死面饼硬，不好消化，对胃不好。烫面饼呢就是用开水和面，放了开水，放了面，用筷子搅啊搅啊搅啊……"用手和，那不得把手烫了？不成烫面饼，成烫手饼了，呵呵。

　　烫面饼对胃好，不过这也是河南人的吃法，我河北娘家那边都是吃死面饼。他们为啥吃死面饼，又有一说。他们吃死面饼不是为了吃死面饼。每次做饼，他们都做得可多，就是没打算吃完，剩下的怎么办？做炒饼啊，烩饼啊，焖饼啊。做炒饼的最多。圆白菜切成丝，青红椒切成丝，绿豆芽也是黄金搭档……

　　饼还分发面饼和不发面饼。发面饼是需要放酵母粉的，最好再放点儿白糖，用温水和面。这样做出的饼松软酥香，也很好消化。

发酵粉，这让我想起那部电视剧《我的名字叫金三顺》，这是我最喜欢的韩剧。金三顺，这个来自底层人家的平凡得掉渣儿的女孩，这个三十岁的职业蛋糕师，性格粗线条，刚刚被相处三年的初恋情人抛弃，又被年轻的老板拿来当爱情炮灰……她似乎一直都是别人的笑料，但是她勇敢、天真、乐观、简单、倔强。正如与她假戏真做的钻石王老五玄振轩所言："她是用自己的双手努力实现梦想的女孩。她知道自己的处境，她知道在这世上自己该做的是什么，以后该怎么活下去。她有着健康的价值观和思考方式，是个明快的女孩。"正因为金三顺如此的人格魅力，玄振轩才毅然斩断了与前女友熙真的旧情，投入了金三顺的怀抱。当熙真说："她现在闪烁着光芒，可过一段时间你就会忘记，像我们现在这样。那你也还要去爱她吗？"他的回答是百分之百的金三顺风格："虽然人都知道自己将来一定会死，但现在也还是一定会好好活下去。"

关于面粉，金三顺曾在工作日志里如此自白："面按用途分为两种：放发酵粉和没放发酵粉，放发酵粉的面粉会很快发酵，而没放的时候面粉会自我呼吸……我要做没放发酵粉的！"

嗯，如果我的人生没有福气获得发酵粉——回想起来我获赠的发酵粉还挺多的，这个假设真有点儿矫情——那么，我也要表一点儿励志的态度：没有发酵粉的人生，我也会努力经营的。

十几年前，在县城生活的时候，家附近的小巷口有一家卖烧饼的小店。因为经常打交道，烧饼店的女老板和我很熟。她的烧饼口碑很好。面揉得很筋道，烤得也金黄焦脆、香气十足。更让我留恋的是她熬的热豆腐串，一块钱两个，夹在烧饼里吃，简直是让人百品不厌。每次去买烧饼，我都要买上一个热豆腐串。

买过烧饼，我便和女老板照例扯一会儿闲话。正说着，一个收破烂儿的老人在我们身边停了下来，递给女老板一张皱巴巴的两元钞票。女老板很快给他装好了一摞烧饼。他拿在手里，打量了一下，似乎想查一查数。

"别查了，老规矩，九个。"女老板笑道。他笑了笑，走了。

"你多给了他一个呀。"我犹豫了一下，虽然觉得收破烂儿的挺可怜，但转念一想，他又不差这一个烧饼，于是还是忍不住提醒女老板。

"每次我都多给他一个。"没想到女老板很平静。

"为什么？"

"多给他一个烧饼，你也眼馋？"女老板开玩笑。

"那当然。"我也笑了，"一样都是消费者，为什么优惠他？"

"不仅是他。所有干苦活儿的人来买，我都会多给一个。"女老板叹口气，"他们不容易啊。"

"我也不容易啊。"

"你要是真不容易，就不会每次都吃热豆腐串了。"女老板白我一眼，"你每次都吃，那是你觉得一块钱不算什么。可是在他们眼里，一块钱的热豆腐串可没有一块钱的烧饼实惠。他们决不会拿这一块钱去买热豆腐串，只可能去买烧饼。因为这一块钱是他们打一百块煤球、拾二十斤纸才能够挣来的——所以，在他们面前，你可真是没有资格说不容易。"

在她的申辩声里，收破烂儿的人已经走远了。我也笑着告辞。握着手里温热的烧饼，我心里充满了一种无以言说的感动。女老板话里所含着的朴素的道理和朴实的逻辑，让我不但无条件地认同，并且还有一种深深的喜悦。

"多一个烧饼，你也眼馋？"我又想起了女老板的话。不，我不是眼馋，而是心馋。我甚至有些嫉妒。我羡慕这种底层人与底层人之间所拥有的高尚的怜悯、同情和理解。我在意这种不为任何功利所侵入的馈赠和关爱。

如果，将来我遭遇到了生活任何形式的打击和颠覆，但愿我也会拥有这样一个珍贵的烧饼。当然，它的形式决不仅仅限于一个小小的烧饼。

还听过一个油饼的故事，是一位文学前辈老师讲给我听的，发生在他出生那天，而他又是从他的祖母那里听来的，老太太讲得实在是好，容我转载如下：

"那天（1943年1月8日）天刚亮，外头就有人喊'鬼子来了，鬼子快进村了！'真是晴天霹雳啊！无恶不作的日本鬼子从据点出来就是扫荡啊！小鬼子是野兽，没有人性啊！到哪儿都是'三光'（抢光、杀光、烧光）啊！该杀千刀的鬼子怎么这时候来了啊！正是你要出生的时候。家里只有我和你娘。我怕你的小命要葬送到小鬼子的手里，我更怕你娘月子里有个好歹。听说鬼子已经从村东头进来了，你娘紧张、害怕，我更紧张。就因为紧张，还没准备好，你哇哇地落地了。这怎么办呢？日本鬼子是什么都能干得出来的啊！得跑啊！再怎么也得到野坟地躲一躲。可十冬腊月，你娘俩受了风寒怎么办啊？真是左也怕右也怕。但思来想去，走一步说一步，先躲过鬼子的刺刀再说。也是急中生智，也是没有办法的办法，我急急忙忙烙了两个又厚又大的油饼，用蒸馍的笼布包起来，让你娘前胸贴一个，后背贴一个，然后用带子勒上。用它抵御腊月里野地的风寒，也能用它来挡饥。就是这样，我们抱着你，在野地坟间冻了一天一夜。直等到看见日本鬼子驮着粮食，赶着牲口，狼烟动地地出了村，知道那是扫荡完了，然后才回到家里。幸好你的命大，活了下来。可你娘从此落下了毛病。"

每当想起那两张油饼，我都觉得，它们一定是这个世界上最珍贵、最温暖和最愤怒的油饼了。

一碗挂面

一位女友远嫁外省，久无音信。有一天突然来了电话，报告说怀孕了。待我道过喜，方才悠悠道："来点儿实在的。"

"请明示。"

"给我寄点儿挂面吧。白象牌的，最普通的那款鸡蛋面。这边超市买不着。"

我莞尔。是啊，换作是我，可能也会如此。既然活色生香的家乡面在千里之外，可思而不可得，那挂面也算是退而求其次的选择，可以稍稍安慰思乡的肠胃。

忽然想到退而求其次里的那个"次"字，觉得像一个小小的疙瘩。如果挂面有知，会不会觉得刺心呢？

曾经以为挂面是近现代以来才有的新鲜物事，查了典籍才知道，原来它竟然颇有年岁。想来也是。中国内地发现出土的小麦，最早在三千多年前的商中晚期。及至汉代，在《汉书·食货志》里就有了小麦在北方大规模种植的记载，到明代小麦种植已经遍布全国。有了小麦就有了面粉，有了面粉就有了面条，有了面条就有了挂面。学术界

132

便认为成书于元代的《饮膳正要》所记的挂面,是中国有关挂面的最早史证。清朝大臣谢墉《食味杂咏》言:"北地麦面既佳,而挂面之入贡者更精善,乃有翻嫌其太细者。"这种入贡的"太细者",还有一个闪闪发光的别名:银丝挂面。想来,银丝这种具有富贵之气的爱称去配天家皇权,却也甚是相宜。

那时候的人们是怎么做出挂面的,当然已经是无从知晓。有一次偶然的机会,我去了一趟挂面厂,因此弥补了想象力的空缺,这是一家小挂面厂,在轰隆隆的机器声里,技术人员声嘶力竭地给我介绍着工艺流程:面粉、食盐、回机面头和其他辅料要按比例定量添加;加水量是根据面粉的湿面筋含量确定;和面设备是两种:卧式直线搅拌器和卧式曲线搅拌器;压片的方式也是两种:复合压延和异径辊轧。切条成型由面刀完成,面刀有整体式和组合式,形状多为方形;最重要的工序则是干燥,这是整个生产线中投资最多、技术性最强的核心部分,主要有三种:高温快速干燥法、低温慢速干燥法和中温中速干燥法。面头处理呢,湿面头应即时回入和面机或熟化机中。干面头可采用浸泡或粉碎法处理,然后返回和面机……

不得不说,虽然大开了眼界,但是,也非常失望。从厂里出来的时候,我的脑袋都是疼的。

作为北方最典型的干粮之一,挂面也是我家中常备。因比方便面要健康,比现擀面要省事,比鲜面条易存放,所以不想出去买食材的时候,没时间去做精细吃食的时候,又厌恶了叫外卖的时候,吃它是最适宜的。只要你有最简单的锅灶,你就可以享受它,随取随用。如果不取不用就随你一年半载地放着,简直就是食品界最贴心的存在。它是面条家庭里的备胎,像偶像剧里悲催的男二号,永远不是女一号最心仪的,但又永远是忠心耿耿在为她垫着底儿,于是总是让人想起他的时候,不是喜欢,而是心疼,觉得这哥们儿不容易,挺委屈。

总而言之,挂面是忙人面,也是穷人面,往根子里说,本质上就是懒人面。不过,有意思的是,手工制作这种懒人面的人,却是格外勤谨的劳作者。

今年5月,暮春时节,到了陕北榆林的吴堡县。印象最深刻的有两样,一样是窑洞，另一样就是张家山的手工挂面。窑洞很多，多到漫山遍野，但很多都因空置太久而废弃了，显得萧瑟荒凉，张家山的人们住的也是窑洞，这里的窑洞却生龙活虎。因著名的《舌尖上的中国》摄制组来这里拍过传统的挂面制作工艺，这里如今闻名遐迩。现在，这里每家每户每天都在忙着做挂面：和面、醒面、搓条、盘条……工序异常繁琐，却每一道都马虎不得。

教游客做挂面也是他们的一种日常。比如此刻，面已经成了小拇指般的粗条，一圈一圈地在盆里窝盘好，两根长木棍一左一右伸在我的眼前。我学的环节是像纺线一样把面缠上架。婆婆们缠得轻巧敏捷，看着容易。我有样学样，分明是小心翼翼，却做得破绽百出。总是用力一过，面就断了。这面，需得不徐不疾、举重若轻——想来，就轻和重而言，举轻若轻、举重若重和举轻若重都是容易的，难的就是举重若轻啊。

缠好的面还要挂在廊下，再抻细，让它阴干。《舌尖上的中国》里的画外音如是说："……撑面杆从中间精准分开，面的柔韧与重力的合作恰到好处。一百六十根一挂，能拉长到三米，银丝倾泻，接受阳光和空气最后的塑造。"

最后的塑造之后呢？裁长为短，包装为挂面。

廊下的架子高高的，像晾衣架。他们把面挂上，我能做的就是把面抻细。这可是一个有趣的活儿。我把撑面杆横穿在面的底部，往下抻。他们让我使劲儿，我就使劲儿。有多大劲儿使多大劲儿。

好吧，使劲儿，使劲儿！我的劲儿使得越来越大，面也越来越长，越来越细。你能想得到么，它已经这么细了——每根直径只有一毫米——可是等到完全晾好之后，居然是空心的。这奇妙的空心，是面在持续发酵时内部产生的中空。

干完了活儿，我和挂面合影。发到朋友圈里的闺蜜小圈。

闺蜜甲问：你摸的是帘子吧？什么材质的？

我再发一张，是挂面特写。

闺蜜乙评：乍一打开，还以为手机屏坏了呢。

我乐不可支。手机屏坏的症状之一可不就是密密匝匝的细条么？

谜底揭开，她们惊叹着，问我这么细的挂面摸起来是什么手感？

我答：如丝绸。

怎么会？！

你摸摸就知道了。

真的。如果凭着想象，你永远也不可能知道，这刚刚挂出来的挂面，有着如此让我怜惜的温柔、湿润、细腻和光滑，如这世界上最美的少女的皮肤。

吃完饭，主人希望嘉宾签名。我们推选了一个诗人，他写的是："面可空心，人要实心。"

两个月后，我收到了一个沉甸甸的快递，里面是一箱子挂面，足有十斤。挂面包装袋上写着："老张家手工空心挂面。"文字介绍只简单且郑重地强调，这面已经是陕西省的非物质文化遗产。是"农村老传统手艺"，"每一根面都经过十二道工序完成"。

寄面的是吴堡的朋友。我发短信向他表示感谢，他回说本来走时应该就送的，可是觉得我路上拎着累，不如快递。又仔细叮嘱："煮面的时候，用旺火，水要宽。水开了再下，用筷子搅拌，别盖锅盖。"

据我所见，郑州市的每个居民小区附近都会有一家或者几家鲜面条小店，这样的小店照例都是粉扑扑的，因他们的主业就是开着轰隆隆的压面条机来压面条，毛细、二细、担担面、杂面……各种款式，面面俱到。而在这样的店里，也必有几根高悬的横杆，横杆上挂的就是细长的挂面。

老板告诉我，买挂面的人很多。因其不仅是自备而食，也会用来送礼：婴儿满月或者老人生辰，都可以送一把挂面，送礼的面叫长寿面。因何得此名？因挂面长瘦啊。

这么多人家都有挂面，他们又是怎么吃的呢？有时候我会好奇这一点。没有跟别人交流过吃挂面的心得，以我有限的私人经验，吃挂面的要义就是素淡。煮得将熟未熟之时，放一把青菜，有青有白，这就够了。若在出锅时再滴两滴香油，放些微香菜末，那就是奢侈，更奢侈的是再放一点儿红艳艳的辣椒油或者辣椒酱。红呢，是添了几分欢悦喜感。辣呢，是用来开胃的，是清素的饭食里，那一点点珍贵的热烈。如果还有鸡蛋，再在面里卧上一个圆溜溜的小太阳，那么毫无疑问，这碗面已经是顶尖的豪华。

煮挂面时，我还喜欢放一点点粉条。窃以为粉条和挂面是很相配的，因为它是另一种意义的挂面。我放的粉条分两种，一种是红薯粉，另一种是土豆粉。它们煮好后几乎是透明的，如柔韧的雨丝。这些浅灰的雨丝和雪白的挂面绞缠在一起，无论是颜色还是口感都更为参差有致，别有趣味。

——趣味？

是的。趣味。我必须诚实地说，不是美味，事实上，一想到要去评价挂面的味道我就有些为难，就开始纠结于一个吃货的伦理：虽是面，却没有现擀面新鲜。吃起来也筋道，却没有那么筋道。佐料入味的分寸呢，若是深了，面就烂了；若是浅了，就在面的表层浮着……总而言之，若说它美味，这有点儿违心；若说它不美味，又不忍心。

忽然想起两年前，我和朋友们去俄罗斯旅行。很多天没有吃到面，每个人的神情都是嗷嗷待哺。那天，终于在彼得堡找到一家中餐馆，老板说只有挂面。

"挂面也好，挂面也好。"大家异口同声。

如春苗盼雨般，挂面终于来了，一大汤盆。卤是鸡蛋西红柿，口味寡淡极了。但没有人介意，只见群筷齐扎，瞬间，偌大的汤盆里，汤至清而无面。

我看着自己抢到碗里的那点儿可怜的面，深刻地明白，在不和别的面比的时候，在具有独一无二的存在性的时候，此时的挂面，岂止是也好，它就是最好啊。

忽然又想起在张家山吃的那顿饭，主食是"炒挂面头"。手工抻面的时候使的劲儿不是很大么？就会抻断一些面。当地人的做法是把抻断的面头捡起来，直接下锅煮个半熟，再拌上肉和洋葱炒一下，这就叫"炒挂面头"。这饭的样子不悦目，挂面头长的长短的短，但吃到嘴里却口感醇厚，回味悠长，着实惊艳。想来这应该是我吃过的最好吃的挂面了。可是，这没有被挂起来的挂面，能算挂面么？

（选自2017年第4期《朔方》）

乌镇的修辞

汗　漫

从《乌镇旅游图》上抄录乌镇基本信息如下——

　　别名：乌墩、青墩；方言：吴语；所属地区：浙江省北部，太湖南岸，春秋时代吴越分界处，京杭大运河穿镇而过；著名景点：江浙分府，百床馆，民俗馆，木雕陈列馆，昭明书院，观前街等等；门票价格：东栅100元，西栅120元，东栅＋西栅150元；电话区号：0573；邮政编码：314501；特产：蓝印花布，姑嫂饼，三白酒，臭豆腐干，蚕茧，竹编器具……

上述信息，茅盾、木心这两个乌镇之子，应熟稔于心并萦回于异乡的梦中。

茅盾，1896年生于乌镇东栅，本名沈雁冰，后外出求学、从文、投身社会变革运动，先后用过几十个笔名，最终以"茅盾"和《子夜》《林家铺子》《春蚕》等小说确立其在中国文坛的位置。"茅盾"这一笔名，显影出大革命失败以后一个左翼文人的苦闷、犹豫和矛盾——人生困境表现为语言的困境。正因这双重困境，他在1949年之后处于一种微妙、尴尬的位置，反复检讨其内心与行动的革命坚定性，站在了那些表面上从来没有苦闷、犹豫和矛盾的郭沫若、周扬一类文人的偏远处。而正是这种"偏远"赢得我的敬意，当然，这仅仅是一个小人物的敬意，分量不大。

在乌镇上可以找到茅盾笔下林家铺子的原型——一家老杂货店，现改成专营字画古玩的商铺，在观前街茅盾故居对面。当然，眼前的老板并不姓林，却按《林家铺子》里的描写来打扮自己，着长袍马褂，表情灿烂像乌镇上的晴空，没有一丝面临破产的忧愤。我伏在柜台上问他，那林老板的后人还在乌镇上否？他说，都去了国外。因茅盾小说，一个普通店铺有望永远保持其格局而不被拆迁，显现出了修辞的力量。

木心，本名孙牧心，1927年生于茅盾故居附近一富裕人家，入上海美专、杭州国立艺专求学，师从于刘海粟、林风眠学习油画。1971年蒙冤入狱，三根手指被折断，写作，在纸上画出白键黑键"弹钢琴"，后获释。1982年移居美国纽约，在远离革命话语的地方以作画、讲学谋生，后尝试写作，出版小说集、散文集、诗集十多部，像文坛突然出现的一个新人，语言充满汉语言的诗意、别致，例如："公园石栏上伏着两个男人，毫无作为地容光焕发。""昨夜有人送我归来，前面的持火把，后面的吹笛。""秋天的风都是从往年秋天吹来的。"——这风，也都是从乌镇吹来的吧？晚年，木心乘风还乡，2011年辞世。

木心家的"孙家花园"，是乌镇最美的私宅。花园应该有鲜花和如花的女人。当时乌镇码头上搬运的麻袋，都印着一个"孙"字。仆人打扫房间，把花瓶抱出抱进重新摆在案头时出错，会遭到主人责备："怎么把明代的花瓶搬出来了——去，摆宋朝的，要记住样式的不同。"一个富贵华丽之家，1949年后相继改造成为农具厂、铁器社、五金轴承厂、野草高过围墙的废园。90年代，木心声名大动于华语文学界，乌镇政府开始在画家陈丹青指导下，于孙家花园原址重建"晚晴小筑"。2006年，木心回乌镇在此居住五年，去世，晚晴小筑改为"木心纪念馆"，展有各种版本的木心著作、手稿、乐谱，及其用过的写字台、礼帽、皮鞋、手杖等遗物。依然是修辞的力量，在挽留一个人的余温和气息。

乌镇，分东栅、西栅、南栅、北栅四个镇区——栅，指的是桥洞下的栅栏，阻止外来舟船在夜晚入镇，防范不测。如今，桥下栅栏消失，四个镇区之间却树立起了围墙、售票处、验票口，阻止外来游客无票进入镇区。风景成为资产、利润之后，西栅门票最贵，因迁移原住民的成本和改建景区投资巨大。现在，两栅已经完全成为游客们表演怀旧姿态的舞台，精致、干净，子夜深巷空无一人一犬，除了河边酒店里客人的梦呓在昂贵地独白——水声、梦呓，也是一种修辞？

赖声川作为艺术总监的乌镇国际戏剧节，一年一度，在秋天、在舞台感强烈的西栅举行。由若干邻水古建筑改建而成为剧场群：乌镇剧院，国乐剧院，沈家戏园，秀水廊剧园，蚌湾剧场，水剧场，诗田广场……我最喜欢的是露天的水剧场：湖中一座残破的石拱桥转型而成为舞台，观众席是湖边石阶，身后有马头墙、古塔、书院。我就是坐在湖边石阶上看完了英国"浓缩莎士比亚剧团"演出的话剧《莎士比亚全集（浓缩版）》。三个男人，在九十分钟内，快速演完莎士比亚的全部三十七部作品，让莎士比亚提速。南腔北调，东风西声，修辞艺术如春风传递花粉，催动乌镇金融业、服务业的蓬勃生长。

　　显然，西栅已经不属于乌镇人，至多属于乌镇人的钱包。只有东栅，茅盾、木心两人出生的东栅，以及目前尚未收费的南栅、北栅，保持原初的人间烟火气息。我晃荡在这些破旧、杂乱、拥挤的街道上，体会到木心关于乌镇的感觉："睡过午觉，下午两点多的时候，小街都是卖鱼的人，地上湿哒哒的，很色情。两边的楼上像是都有人在通奸。"木心语言也是湿哒哒的，很色情。一方水土养一种修辞。比如，我竟然听见两个女人在小街上方两个窗口对骂，如越剧中的吟诵与歌唱。

　　木心不是游客，大概不会喜欢西栅的面目一新。在剧变中的故乡，一个人，反而会加重异乡感吧。孙家花园转化而成晚晴小筑，木心如落叶转化成树根处的泥土，大约会想：皇镇还在乌镇吗？我还是我吗？"从前的那个我如果来找现在的我，会得到很好的款待。"木心这样说，充满对"从前"的留恋和对"现在"的谅解。从前的金鞍玉勒、矮帽轻裘，现在的霜天断雁、淡茶清酒。

　　留恋和谅解，我大抵上也是如此态度，对乌镇，对青春。

（选自2016年第12期《美文》）

死是一个必然会降临的节日

——怀念史铁生

张守仁

在798艺术区

史铁生离开我们已经六年多了。他离去时坐在轮椅上安详的背影，一直在我眼前晃动。

我可能是铁生写的《午餐半小时》最早的读者之一。不是其后陆续发表在北京《今天》、贵阳《花溪》、北大《未名湖》上的那篇小说，而是更早刊发在西安民间杂志上的那个版本。1978年我参与创办的《十月》发行后，就有近百家杂志强烈要求和我们交换刊物。那年秋末我接到曾在陕北插过队、西北大学中文系学生方竞主编的《希望》。读到其上的《午餐半小时》，眼睛为之一亮。小说写得沉郁、精练，颇有鲁迅余风，堪与经典短篇媲美，内心颇受震动。

上世纪70年代初，命运将双腿瘫痪的史铁生限制在轮椅上。近四十年来，他坐的轮椅运载着内心的沉思、忧郁、痛苦、梦想、爱恋、探寻、追问，行驶在雍和宫附近的街巷里，徘徊在地坛柏荫下的草地上，出现在北京、上海、杭州及纽约、北欧的文学集会、笔会上。这是当代文学史上一道独特的风景。他的轮椅像磁铁一样吸引着千万文学爱好者的目光。我和陈建功、刘恒、甘铁生、刘孝存、王升山、孙立哲、王克明们在不同的场合，争着推过、抬过他的轮椅。在推、抬的过程里，在近距离交谈、接触中，我在铁生的小眼睛里看到过羞涩、感激的表情，但他的脊梁始终是挺直、坚韧的。这是我站在轮椅背后时他的身躯留给我的印象。

2001 年 12 月召开的中国作家协会第六次全国代表大会上，我作为被大家选出的监票人，关在大厅二楼密室里计票过程中，惊喜地发现铁生获得的选票，几乎和巴金一样多，可见他作品影响之广，人格魅力之大，可谓众望所归。

我在担任中国作家协会鲁迅文学奖散文杂文奖评委期间，曾对铁生的参评作品《病隙碎笔》写过这样的评语："史铁生的《病隙碎笔》思考着生与死、残疾与爱情、苦难与信仰、写作与艺术等重大问题。他不断拷问自己、看清自己。这是一位残疾者所拥有的健康灵魂的哲理思辨，是一本充满人道和爱愿、诘问生之意义的玄思录。书中隽语睿句随处涌现，思想火花繁星般闪烁。他虽坐在轮椅上，身躯被病痛所折磨，但在精神上却把自己从困境的限制中解放了出来，因而显得自由、开阔、明慧、豁达、宽厚、诚实……"

自称"主业是生病、写作是业余"的史铁生曾经说过："死是一个必然会降临的节日。"世上只有善于哲思、钢铁般的汉子，才能如此从容地踏上生命的归程。2010 年 12 月 31 日凌晨三点四十六分，铁生因突发脑溢血，匆匆离开了我们。仅仅过了四天，即 2011 年 1 月 4 日铁生六十岁生日，在京东大山子 798 艺术区那包豪斯建筑风格的高大厂房里，由徐晓、陈雷等铁生密友发动、举办了有上千人参加的追思会。厂房墙壁上挂满了上百张铁生放大了的、笑容可掬的照片。这不像是追悼会，既没有花圈、挽联，也没有眼泪和哀乐，倒像是一次盛大的生日 party。会场入口处，彩照上的史铁生，坐在轮椅上微笑着迎接每一位进门的来宾。照片下红纸白字摘引着他写的诗篇《节日》中的句子："啊，节日已经来临 / 请费心把我抬稳 / 躲开哀悼、挽联、黑纱和花篮 / 最后的路程 / 要随心所愿……"会场四处分散摆放着一千枝玫瑰花，燃烧着、摇曳着六十支红烛。中央电视台的张越，在轻播着的《安居主怀歌》宗教背景音乐陪衬下，拿起话筒主持"与铁生最后的聚会"。铁生夫人陈希米身围粉红色披肩，站起来首先发言。她说：今天我们在这里聚会，给史铁生过六十周岁生日。史铁生一辈子最大的福气是朋友多。是一帮又一帮老友新朋，帮助铁生度过一次又一次危机和灾难。

是朋友们给他的帮助，给他的爱，保佑了他。来自你们的爱，是他对这个世界最大的留恋。他曾说过："我一直要活到我能够坦然赴死，你能够坦然送我离开。"如今他坦然做到了，我也做到了，所以我们不再悲伤。我们今天的会场上到处是美丽的鲜花和温暖的烛光。我由衷谢谢你们，谢谢你们来参加铁生的生日聚会。

中国作协主席铁凝携来了一筐史铁生生前最爱吃的红樱桃。坐着轮椅的残联主席张海迪，献上六十朵鲜艳的红玫瑰祝贺铁生诞辰。铁生文学创作的启蒙老师柳青，带来了北京城里最大的生日蛋糕。从延安赶来的陕北作家曹谷溪送来的礼物是宝塔山下的一撮土和延河里的一瓶水。北京作协副主席刘庆邦捧来三束鲜花。他说："铁生是我的同事、我的兄长。铁生高贵的心灵、高尚的人品、坚强的意志，一直是我学习的榜样。铁生的作品是我们整个民族的精神财富。随着时间的推移，他的著作会越来越放射出璀璨的艺术光辉。今天是铁生六十岁诞辰，我捧来的鲜花：一束是我送的，一束是我代表在上海复旦大学中文系发起追思会的王安忆送的，第三束是代表《我与地坛》的责任编辑姚育明送的。"与会、送花、献词的还有曹文轩、白烨、余华、格非、邹静之、肖复兴、张锲、杨承志、周国平、李锐、徐坤、徐小斌、阿城、郑也夫、钟晶晶、林白、刘索拉、皮皮、林莽、解玺璋、李青、刘孝存、邢仪、牛志强、甘铁生、宗颖、刘惊涛、岳建一、章德宁、濮存昕、顾长卫、蒋雯丽、文洁若等；还有铁生在陕北的"插友"、清华附中的同学以及来自各地的数百位铁生粉丝、在京的媒体记者和从台湾赶来的贵宾。挤挤挨挨，满满一堂。高大的厂房里，人头攒动，鲜花飘香，烛光闪烁，热气腾腾。

铁生的至交们站起来向众人回忆他的写作天赋，以及能画画、会针灸、善待人、乐于助人的细节。听过铁生作的"人生就是与困境周旋"讲座的人，站起来动情地说："七年前，史铁生与我们一起探讨人生，探讨生命的意义，与我们一起经历坎坷和苦难。十年过去了，我们成熟了、坚强了，铁生老师却走了，但他的灵魂和作品与我们同在。正如诗人臧克家的著名诗句说：'有的人死了，他还活着。'铁生老师就是这样的人。"中国传媒大学播音主持艺术学院院长鲁景超教授，特地带领一批最好的学生上台，声情并茂地朗诵了铁生《我的梦想》的片断。从天津红十字会赶来的邓永林大夫向全体与会者报告了最新消息，说根据史铁生捐献肝脏的遗愿，已把配型好的脏器移植入一个三十八岁的患者身上，如今那位患者已能下地走动——会场上响起狂风暴雨般的掌声，声浪几欲把厂房顶掀开。医生说：铁生在生命的最后一刻一直坚持着，弥留之际挣扎着等到天津红十字会来取器官的大夫奔进医院走向他床边，他才吐出最后一口气，好让所捐献的器官一直处在血液正常灌注的鲜活状态（只要铁生停止呼吸十五分钟，所存器官便完全失去了捐献的意义）。除肝脏外，铁生还捐出了角膜，已使另一患者复明。还捐出了脊椎和大脑，供医学研究。肝脏移植国际权威、卫生部副部长黄洁夫教授动情地对大家说："史铁生二十多岁就因下肢瘫痪坐到了轮椅上，无法像大家一样站起来走路，但是他的死却让他稳稳地站立起来，还攀上了道德的高坡，成为一个爱人超己的生命典范。"

我听到这儿，眼睛湿润起来，深感铁生的精神境界已臻极致：他悄悄地走了，没有带走什么，只留下爱，把还有用的器官一一分赠给急需的生者，祈盼他们活得更好。啊，铁生，我的好兄弟，我要拥有什么样的语言才能赞颂你如此洁净、如此崇高的灵魂！我抱憾于、痛恨于自己文学语汇的贫乏，笔力不逮，以致不能生动描绘你真实、无私的形象。

我这辈子参加过数以百计的文学集会，从没有像这次以史铁生的名字招引、凝聚来的盛会这样令我热血沸腾、感动肺腑、终生难忘。我同时获悉，两天前即2011年1月2日，海南《天涯》杂志倡议在全国文学界举行追思活动。那几天海南、上海、河北、陕西、湖南、湖北、广东、宁夏、山西、四川、云南、江西、青海等许多省、市（区）的文友们都在举办类似的追思会。听到这个消息，我异常激动。平时看多了文场上德行滑坡、模仿抄袭、争名逐利、钻营评奖等丑行，我心痛楚，不时发出悲观的叹息、含怒的谴责。如今有幸来到这个盛大的会场上，看到了、听到了这一切，使我对播撒真、善、美种子的文学事业，又恢复了信心，又坚定地怀抱起虔敬之心。寒冬腊月里上千人前来聚会，表示要继承铁生的精神，足以清楚地昭告我：人间追求崇高情操的火种，仍在传递、蔓延、燃烧。这最后一次铁生生日 party 所呈现的动人场景，不正是对人们内心到底崇尚何种文学、崇敬何种品格的一次展示、一番检阅、一种测试吗？

我深受感染，沉浸在 798 艺术区温暖、美好、亲密无间的氛围里，情不自禁挤开人群，艰难移到后边用玫瑰花枝做别针的留言墙上，拿起金色的签字笔，在一长方黑纸片上留下我的感言："铁生，你是我们的荣耀，你是我们的骄傲。我们将以你为镜，铭记你，敬慕你，追随你！"

在陕北清平湾

哀思会后，我们组建了由陈建功、王安忆、张炜、韩少功、张海迪、周国平、岳建一等组成的"写作之夜"丛书编委会，编辑、出版了由邵燕祥作序的《生命——民间记忆史铁生》《极地之思——史铁生作品解读》《史铁生说》等专著。为把丛书编得更好，我们决定到史铁生插队的延川县关家庄体验一番。

2014 年 10 月 14 日，编委和插队知青们的车队离开延安大学窑苑宾馆，路过城东宝塔山，驶往延川县。车队离城向东北方向行驶。一路上沟沟洼洼、山梁峁峁种上了不少树，群山郁郁葱葱，颇为悦目。

坐在面包车副驾驶座上的延川插队知青黑荫贵告诉我们：铁生下乡前参加过街道"红医工"培训班，学会了针灸，能诊治头疼脑热的病。到了村里，他拿着《赤脚医生手册》，带着同住一个窑洞的孙立哲给老乡看病。孙立哲跟了铁生一阵，胆子大了，拿狗做试验，竟给疼得要命的老乡割去了阑尾。他还给难产孕妇动手术，发现自己和病人都是O 型血，就抽自己身上的血给她。老乡哭着求孙立哲："你要倒了，谁来给俺看病啊！"孙立哲看好了许多病人，老百姓称他是"神医""救命菩萨"。

车子走了一个多小时，抵达延川永坪镇。这儿曾是陕北苏维埃驻地，系红色根据地军政重镇。如今陕北石油公司在镇上建了许多基础设施，颇为热闹。在这儿，已有延川县领导们的车子等在路口迎接。两支车队汇合后，就沿着山谷夹峙的公路，向东开去。左边二三十米外，一直有条河相伴而行。黑荫贵说："这条清平河，直通关家庄。铁生在几篇文学作品中称它为'清平湾'。"哦，我们终于来到了心中向往的地方。

车子走了一程，拐过山坡，关家庄村外，立即响起了爆竹声、锣鼓声、欢呼声。砰！砰！砰！叭！叭！叭！咚咚咚！锵锵锵！巨大的声浪震得清平湾山呼谷应、地动山摇。全村乡亲举着"清平湾迎接史铁生魂归故里""欢迎神医孙立哲重回关家庄""庆祝知青回乡来"等横幅涌过来。花花绿绿的纸屑在阳光下纷纷扬扬。司机停车，知青们、编委们跳下车，冲入欢迎队伍。我站在路边高坡上，看见迎宾人群里有举旗帜的，有打腰鼓的，有吹唢呐的，有跳秧歌舞的，有唱信天游的，有跑旱船的，有撑彩伞的，有提灯笼的，有背大葫芦的，有手抱娃娃的……曾在这儿插队的女知青，搂着认识的婆姨，互呼姓名，嘘寒问暖。男知青跟一块儿干过活的老汉，相拥相抱，互诉思念之情。人们混在一起，招呼、拉手、推挤、拍打，亲如一家。

关家庄沸腾了。山笑，水也笑，崖笑，林也笑，连秋阳在蓝天里也咧开了嘴欢笑。你感到惊讶，这不大的山村，怎能一下子聚来千多个庄稼汉。你想不到这白毛巾缠头、朴素衣裳包裹、吃着普通饭食的躯体里，潜藏着火山喷发般的热情。不亲临其境的人，怎能想象在陕北山沟沟里，一个平常的日子，竟出现了比闹元宵更红火、热烈的场景。

站在我身边的牛志强，是《我的遥远的清平湾》的责任编辑。他告诉我，1984年作品获奖后，他和几个朋友用轮椅推着铁生回过关家庄。乡亲们把他团团围住。一双双粗糙大手抢着把他抱起来。一声声亲切问候，使他来不及应答。一个五十多多岁、名叫"康儿妈"的婆姨，撩起衣襟抹拭眼角，跌跌撞撞挤进来把铁生揽进怀里，又蹲下去抚摸他瘫痪的双腿，哆嗦着嘴唇说："心儿家辛苦了，心儿家不简单，这个样子还写书哩！"那回铁生在关家庄住了两天，竟被乡亲们强请去吃了九顿饭。临走那天，村里人给他送了许多土特产，还有鞋垫、铺炕暖腰的羊毛毡。有个泼辣的婆姨，竟要把牵着的小娃娃送给铁生："送他个小儿吧，心儿家苦哇，咋能成个家啊！？"感动得铁生热泪盈眶，泣不成声……

锣鼓、唢呐、鞭炮声中，人们在拥挤、堵塞的路上慢慢往前挪蹭着、笑谈着，花了半个多小时，才来到医疗站较宽的院子里。那儿院墙上写着一行大字："知青回家不容易，全村人民欢迎您！"

我们歇了一会儿，喝了茶，吃了老乡做的臊子面，迫不及待去探望铁生住过的窑洞。村外铁生和同学们住的两孔窑洞，属靠崖式结构，坐北朝南，冬暖夏凉。当年铁生和孙立哲等几位同学住东间：如今空在那儿，窗外挂着"史铁生故居"的牌子。我贴近窑洞，从窗户外往里窥看，内有大炕、灶台。炕旁放着些家具。久无人住，蒙上尘土。

窑洞背靠崖畔，顶上杂长着几蓬蒿草。它东边小坡上，有十几株细高的枣树。铁生初来这里，身体壮实，粮食不够饿肚子时，曾爬上枣树摘枣充饥。

我们的领队请关家庄七十八岁张老汉站在窑洞前给我们介绍情况。张老汉说：分到俺队的二十来个学生娃开始啥都不会，不会推磨，不会烧炕，不会上山砍柴。这眼窑洞里五个小伙子砍的柴，还不如一个十二岁娃砍的多，这成了村里婆姨们嘴里的笑料。可这些娃娃肯吃苦；经过几个月摔打，锄镰镢耙样样会使，成了好受苦人。张老汉说他教过铁生喂牛。铁生喂牛那个细心劲，玉米秆和草拾掇得干净，和主料拌得匀和，一夜几次起来照料，干活精心。铁生娃为了让牛多吃草，每天早早把牛掏出村子，天黑才回。中午就着泉水吃干粮。娃回队后晚间还要铡草，俺村以前许多人家做柜子，都要花钱请画匠。铁生娃画得好，串门免费画柜子。有天暴雨夹着冰雹落下来，铁生娃在野外，浑身淋湿了，受了寒，腰腿落下了病根。唉，娃在俺村受苦大了，俺们一直想念他……

孙立哲站在他和铁生住过的窑洞前，对大家说：我给村里人治病，是铁生带着我学的。史铁生实际上是我当赤脚医生的领路人。他是我们村里第一个赤脚医生，带着我给老乡看病。我们找到了专治当时正在流行的伤寒的药，然后我们就给病人打针。我那个时候劳动不行，身体也不好，陕北人说话："这个娃娃受苦——满不行哩。"有时我们在干活的时候，老乡在下面喊："知识青年，你们谁个能看病哩，快下来！"这时候铁生就让我去打针。经过一个时期的锻炼，治好了一些人的病，我成了被老乡欢迎的赤脚医生。所以我对铁生怀有感恩之情。

同来的延安大学文学院院长梁向阳对我们说："我的成长受到史铁

生文学精神的影响。这次随大伙来清平湾所见所闻，让我终身难忘。"

接着编委章德宁、宗颖、刘惊涛、查建英、柳青以及当年的赤脚医生们排列在窑洞前朗诵铁生写这儿日常生活的《插队的故事》《我的遥远的清平湾》的片断。知青画家邢仪拿出纸笔速写窑洞风景。她告诉我们："铁生最喜欢我在陕北的写生，尤其是那幅《山桃花》。他说，那时整年在山里放牛，到春天山沟沟里还没有绿色，但最先是粉红色的山桃花开了，满沟的山桃花真美啊。这幅画让他想起当年陕北春天的情景。"编委王克明、庞法等人则唱起了陕北民歌"崖畔上开花崖畔上红，受苦人过得好光景"，歌声调动了叶廷芳编委的兴致。他主动站起来说："我们前面流淌着清平河。想当年铁生会在月亮出来的时候，到河边看流水。那我就唱一首《小河淌水》吧。"接着他放开嗓门唱起来："哎……月亮出来亮汪汪，亮汪汪，想起我的阿哥在深山……"唱得委婉动听，声情并茂，余音绕山梁，博得一片掌声。

然后人们排成几行，站在铁生窑洞前合影留念。

在参观村子时，延川人梁向阳对我说：延川多名人，历史上延川籍状元、进士、举人，多如河滩里的石头。因《平凡的世界》荣获茅盾文学奖的路遥，就是延川人；曾任《延安文学》主编的曹谷溪，也是延川人。1969 年 2 月到延川插队的两千多名北京知青中，作家辈出。除史铁生、孙立哲外，还有作家陶正，他和高红十合作的长诗《理想之歌》，诵遍大江南北，编入当年的语文课本。

我说：你们延川还出了位陕北剪纸大师高凤莲女士。今年 5 月，我在北京专程去中国美术馆观赏了"大河之魂——高凤莲大师三代剪纸艺术展"。我被陕北民间艺术的雄浑、大气、创造力、想象力彻底征服。延川东临黄河，世代受到大河魂魄的熏陶。

梁向阳兴奋地告诉我："高凤莲知道插队知青今日回来，也到了关家庄，我带你去见见面吧。"

我欣然前往。走进卫生院西侧一间房子，见大炕上盘腿坐着一位七十多岁的婆姨。她花白的头发，宽阔的脸盘，红润的面色，硕大的耳朵，慈眉善目，一副祥瑞佛相。梁向阳把我介绍给她，她脸绽笑容欢迎我，拍拍炕沿，说："请坐，请坐。"我说："今日意外见到高凤莲老师，实在是幸运。我在中国美术馆看到您的剪纸，太精彩啦。我想问，这手艺是谁教您的？"她笑道："俺延川妇女会生孩子就会剪纸，上炕剪刀下炕镰嘛。俺这儿女人一多半会这手艺。"我听了心想，有了连绵高原的基础，才能拱出巍巍巅峰。梁向阳向我介绍："高凤莲心灵手巧，干啥像啥。她担任过民兵连长、妇女主任、村支部书记。还是秧歌队的'伞头'，村里办喜事时主持'结发上头'的民俗高手。她是俺县的大能人。"高凤莲叫她女儿刘洁琼拿来一册精装的剪纸收藏集《大河之魂》送给我。我把沉甸甸的剪纸集收进怀里。这是我到延川意想不到的另一份收获。

傍晚离开关家庄前，我独自踱到清平河畔漫步。十月的秋风，掠过远处苹果园、近处枣树林，使空气里夹带着成熟的甜味。温暖的夕阳也西移至村后窑洞边的崖头。清平河拐了个弯，逶迤远去。我望着对面山丘上一块块坡田，想象着当年铁生在这儿揽牛、砍柴时留下的足印和歌声，意识到清平湾记载着他难忘的青春年华，这儿是他心灵的栖息地，也是当代文学版图上一道亮丽的景观。我想起前天在延安大学图书大楼学术报告厅举办的"史铁生的精神世界与文学创作"研讨会。会上韩少功、孙郁、李建军、甘铁生、解玺璋、岳建一、王克明、查建英等人发言之精辟、深刻，是我在北京众多文学讨论会上很少听到的。会议主持人最后邀我上台说几句话。我说：铁生小时候，他奶奶告诉他一则童话，说：地上死了一个人，天上就多了一颗星星，给活着的人把路照亮，让他们在黑暗中大胆前行。铁生相信，每一个活过的人，都能给后人的路上添一丝光亮：也许是一颗巨星，也许是一把火炬，也许是一支含泪的红蜡烛。我愿铁生离去之后，他的心魂会在苍穹里变成一颗亮星，从高空持续照耀着、温暖着、指引着活着的人们……

霞光照红了山坡，黄昏来临，暮色逐渐浓重起来。我从山坡上回到村里，和同来的人乘上回程的车子。当我们的车队在老乡依依惜别中缓缓驶离关家庄时，我突然感到：从今以后，铁生遥远的清平湾，对我来说，已不再遥远。

在北京地坛

明初皇帝把天地、日月、星辰、云雨、风雷诸神供在一起祭祀。

到了嘉靖九年（1530年）才把众神分开祭奠。于是在南郊建天坛，在安定门外北郊建地坛，并在东西郊建日坛、月坛。地坛是明清皇帝每年夏至日祭祀土地神的地方，祈求风调雨顺、国泰民安。

四百多年后，两腿瘫痪的史铁生摇着轮椅来了。是他的思考赋予了地坛新的生机，注入了新的灵气，使它成为广大读者向往的圣地。

史铁生先后住在前永康胡同四十号、雍和宫大街二十六号，都离地坛南门很近。在长达十五年时间里，他向北摇着轮椅，从南门进园，到过地坛每一棵古树下，碾压过那儿每一寸草地，苦思人为什么生，如何去死，为什么要写作？经过反复思考，他想明白了："死是一件不必急于求成的事，死是一个必然会降临的节日。"那么还得活着，活着就不得不写作，写作就是为了活下去。他悟透了，人是千差万别的，无差别便不成为人类。人要接受万物的差异：要是没有了残疾，健全是否会因其司空见惯而变得乏味？要是没有了愚钝，机智还有什么光荣？要是没有了恶劣和卑下，善良和高尚如何界定成为美德？是丑女造就了丽人，是懦夫映照了英雄，是众生超度了佛祖。人即便是一株残树，为什么不试着以它不多的绿色美化周围的土地？为什么不享受病树也有的生命呢？于是，铁生的躯体虽束缚在轮椅里，他的心灵已长出翅膀，飞升到头顶天空，悟透生死，遨游苍穹。他在这古老的园子里，已由残疾者转化为思想者。他轮下碾压的地坛，于是演变为思想翱翔的天坛。

史铁生于1991年在《上海文学》发表了《我与地坛》，媒体好评如潮，迅速被编入语文课本，一时洛阳纸贵。之后这个古园就成为文学界的一块地标。作家韩少功说："1991年的文学即使只有他（铁生）的一篇《我与地坛》，也完全可以说是丰年。"当时全国有许多作家、许多读者都学习、讨论、赞美这篇作品。例如北大、人大、清华附中、北京四中、北师大二附中的学生们，都开过《我与地坛》的研讨会、朗诵会、学习会。

今年春天，出版过两部长篇的云南作家林青打电话给我，说要到北京来，除了游长城、故宫、颐和园外，邀请我陪她参观我住家附近的地坛——因为是史铁生的作品，给了她力量，摆脱疾病和离婚的阴影，不再轻生，活下来努力写作。

2017 年 3 月 19 号，是个春暖花开、柳丝飘拂的晴日。我带着林女士沿着铁生习惯的路线，来到地坛公园南门。我指指南门外西侧的金鼎轩酒家，告诉她，那儿是"创作之夜"丛书编委会经常讨论史铁生选题的地方。进入园内，皇祇室外两株百年巨柏迎接我们。向东走去，面前是一大片森然的柏林。林青问我："为什么地坛内种植那么多柏树，内坛红墙全被苍绿的柏林包围？"我说："我国古代封建王朝均定有社树，犹如今日的国树、市树。'夏侯氏以松，殷人以柏，周人以栗。'明人延续殷商之礼，种植大片柏树，反映了先人对大地上绿色环境的企盼。"

我们沿着方泽坛东侧红墙和柏林之间的夹道向北走去。有一株柏树粗大得两个人都抱不住，显示了这座古建筑悠久的历史。柏林空地上，有人安闲地打着太极拳，有个姑娘坐靠着长椅背埋首读书。绕过红墙往西，见北郊一所大学中文系的学生们，围住一方空地，正在抑扬顿挫地朗诵史铁生的作品。我和林青站停下来，怀着浓厚的兴趣，和围观的人群一起听完朗读。接着买票进入红墙内，踏着一级级石阶，登上高高的、正方形的坛中之坛。坛中央置一黑色大香炉，令人遥想起往昔皇帝亲率百官，在此鼓乐齐鸣、钟磬咸响、焚香宰牲、祭拜地神的盛大场面。从坛顶下了台阶，走进南边的祇神室，细看挂在室内柱上的编钟、玉磬等乐器，观赏玻璃柜内的名瓷祭器，按序察看摆放在桌上的先帝们、神仙们的牌位。徐行一周，走出祇神室，迎面左右耸立的两株白玉兰正开得繁盛。不时有羹匙形的花瓣飘落下来。我捡起一片落英，闻闻，有微香。从方泽坛出来，在方泽轩北一排银杏旁的木椅上，我们坐下来歇息。林青打开精致的手提包，拿出一份《春城晚报》的剪报给我看，说昆明一个因车祸致残的中学生看了铁生的《我与地坛》后，克服困难，写了一篇题为《人生的拼搏》的文章，夺得了征文大赛一等奖。可见铁生作品影响之广大。

我们面前的宽道上，人们你来我往，各自走着自己的路。有三个老妇人说着闲话慢慢踱过去。一个跑步的人，从西边跑向东门去。两个摇轮椅的残疾人向北门驶去。其中一个驼背的矮个子，对另一个残腿的同伴说："史铁生那时候这里是个荒园，杂草丛生，危墙坍塌，并没有目前这样干净、齐整。"腿残者说："荒凉也有荒凉的美。过分整齐、洁净，倒反显得单调、划一。"

我和林青听了转脸对视，莞尔一笑——想不到那残腿者竟说出这样非同寻常的话来。

一只灰鸽子从身后柏林里飞到路面上，它捯动着小细脚，伸缩着小脑袋，一路啄食过去。还有一只喜鹊展翅飞到银杏树梢上，翘起长尾巴吱吱喳喳叫唤。从远处传来若有若无的口琴声。在这安详温馨的氛围里，我和林青想到铁生母亲来到这园中树林里焦灼寻找儿子的情景，回忆起文中提到的那对老夫妇，那个爱唱歌的小伙子，那位腰间挂着酒瓶、走一程喝一口酒的老头，那个具有天赋却屡遭不幸的长跑者，以及一个弱智的小姑娘和保护她的哥哥……

太阳从西边照射过来。我看见西门那边有十来个男女青年围成一圈共踢一个大毽子。他们单踢、交叉踢、前踢、后踢、连接踢，技巧娴熟。他们的腿脚蹦跳起来迅捷如猿猴，落地时轻盈若燕雀。看他们用脚欢快自如地踢毽子，我对林青感慨道："对于健康的人来说，跑路、蹦跳多么平常、简单；可是对于两腿瘫痪的铁生来说，路只能在他轮下。整整十多年，铁生摇着轮椅在这古园里徘徊，思考着宇宙、时空、天地、古今、生死，最后获得了顿悟，给人以永久的启迪。"

林青说："铁生失去了用脚走路的能力，却获得了深邃思考的机遇。上帝关了他一扇门，却给他开了一扇窗。'失之东隅，收之桑榆'。他在精神上比我们肢体健全的人还健康。"

我说："作家们对铁生给予了极高的评价。铁凝说，'史铁生的精神品格和他的文学创造，是中国当代文学理应珍视的宝贵财富。'莫言说，'在他面前，坏蛋也能变成好人，绝望者会重新燃起希望之火。'陈建功说，'他的涅槃之路，烛照了我们，使我们自惭形秽。'张炜说，'纵横交错的声音震耳欲聋，却难于遮掩从北京一隅的轮椅上发出的低吟。'而我认为《我与地坛》是中国20世纪最佳美文之一，是名篇中的名篇，经典中的经典，故文章虽长，我还是决定把它编入由作家出版社出版的《世界美文观止》之中。我在导读中说它'思想深刻，沉郁苍凉，感恩忏悔，震撼文坛'。"

林青感谢我，说："您送我的这本《世界美文观止》，现已成为我的案头书、枕边书，每晚看一篇，作为安睡前的精神享受。"

我告诉她："'创作之夜'编委会，还有许多读者，都呼吁在地坛立一座史铁生的青铜塑像，但申请报告递上去之后，至今没有得到同意的批复。这令人费解，北京是全国文化中心，这应该是合情合理的事啊……"

临近傍晚，地坛里的游人逐渐稀少，一切都安静下来。我望着夕照中的古园，感觉红墙在沉思，苍绿古柏在沉思，黄琉璃瓦在沉思，白石方泽坛在沉思。不，这北京硕大无比的整个地坛，像是一位四五百岁的哲学老者，在晚霞映照的蓝天下，陷入亘古的思索……

离开地坛西门那座金碧辉煌的庄严牌楼时，林青女士跟我拥抱、告别："张老师，在未来的岁月里，我会一直铭记这次地坛之行。谢谢您陪我游园！"

2017年3月19日是星期天。回家之后，我就把先后在798艺术区、在陕北清平湾、在北京地坛的所见所闻所思，一一详细记下来，希望它成为当代文学史的资料，妥为保存。

最后请允许笔者借用俄罗斯伟大诗人普希金名作《纪念碑》中的诗句，作为本文的结尾：

> 不，我决不会完全死去：
> 我的灵魂在遗留下的诗歌中，
> 将比我的骨灰活得更长久。
> …………
> 我所以永远能被人民挚爱，
> 是因为我曾用诗歌，
> 唤起过人们善良的感情……

（选自2017年第4期《星火》）

千 朵 花

荆 歌

灰 姑 娘

吴苏媚以前有个网名，叫作"菊开那夜"，她在网络上有很高的人气和知名度。她关于电影、关于读书的文章，深得许多人的喜爱。在很多人的心目中，她比经常在那些死板而傲慢的文学期刊上露脸的所谓正统作家要有才得多，多姿多彩得多。

我认识她的时候，她还只有二十出头吧，她那时候还是用着菊开那夜的名字，我就叫她菊开，比较方便。那时候大家还都喜欢用 MSN 聊天，我约她出来吃饭，她好像很不情愿。她虽然生活在苏州，但是和苏州的文化界文学圈什么的，没有丝毫的联系。她的世界在她自己那里，在她的网络天地里。确实在我看来也是这样的，她那里的四季，其实是要比正统的文化世界更加鲜活生动，更加摇曳生姿，她为什么要跟你们这帮酸溜溜自我感觉良好的人来往？她读她的书，看她的电影，写她的文章，写她的小说，出她的书。她其实算得上是一位畅销书作家。她就宅在自己的家里写，直接就把写出来的书交给出版社。大名鼎鼎的出版人杨葵就出过她好几本书。每次和杨葵兄见面，我们都会说起菊开那夜，我们都是真心喜欢着这样一个智慧美丽的姑娘。她这样的作家是最纯粹的，过自己的日子，吃自己的饭，写自己愿意写的东西，而写出来的东西，也是真正有人喜欢，有很多喜欢的人在买她的书，读她写的散文和小说。

承蒙她给我面子，终于答应出来吃饭。我发现她不仅长得那么漂亮，而且看上去完全是清纯如水的样子。真没有想到，有着这样一副容貌的姑娘，其实是一个内心深刻思想丰富的写手，看她的样子，好像涉世未深，一阵狂风暴雨，都会让她害怕得哭起来。但是，其实，她是什么都懂，什么都明白的。

后来的某一天，她背起行囊出去旅行了。那是一种真正意义上的旅行，一个人，一个背包。而且一去多年，直到今天，还是在外面。她一个人去泰国，去越南、老挝、柬埔寨，一个人去印度、伊朗、埃及、尼泊尔、以色列，一个人几乎跑遍了东南亚，就这样多少年一直四海为家。当然旅行的同时，她其实依然过着和在家一样的生活，读书、看电影、写作。只不过，不局限在一个地方而已。其间的游历，自然是被她写成了一本本书。这些书，不同于寻常的旅行读物，不是旅行指南，也不是游记，更不是旅行日记，而是一种只属于她的见闻。路上遇见的人，路上遇见的事，依然是那么敏感、独特、奇异，是脆弱而傲娇的生命诗篇。

我曾动员她加入作协，因为我希望因此能够给她带来一些经济上的好处，比如评奖啦，比如签约啦，有一些钱，对她的生活和行旅或许会有帮助。而她居然也被我说服了，写了申请填了表格之类的。但是她很快就后悔了，她问我，已经加入了作协，能不能退会呢？我就想这个人真是和旁人不一样啊，她过着完全由自己选择的生活，完全，完全到了有洁癖的程度吗？

所以我一直觉得，她这个人，好像不管是性格还是生活状态，都可能很难把自己嫁出去。我甚至认为她多少有一些社交障碍。但是，她却在清迈找到了她美好的爱情。她把这个英国小伙子带回苏州，我真的没想到会是这样一个大帅哥！她自从认识了这个人，并且嫁给了他，好像变了一个人似的。她自己当然不承认有什么变化，但是在我看来，她真的变了。她变得快乐了，甚至变得平庸了。她经常会在微博和朋友圈晒她的老公，晒她的幸福。这没什么不好，这很好，但是与我心目中从前的吴苏媚，与那个外表甜美羞涩内心丰富刚强而又略有偏执的菊开那夜，真的不是同一个人了。

她还是不愿意在某一个地方长久地住下来。她成了英国人的媳妇后,去了英国,又去了很多欧洲国家。但是,没多久她就又回到东南亚了,又到了印度,又到了清迈,又到了越南西贡。所不同的,不再是一个人,而是与她的英国小白脸形影不离。

她不是一个有钱人,但她绝对是一个大方的美丽姑娘。当然这种大方是有选择性的,并不是对谁都如此。要是不投缘,她可能话都懒得说上一句。我是不是应该感到三生有幸?我记得每次见面,她都会给我一个小礼物,或者是一块天然香皂,或者是几本书几张碟,或者是泰国带回来的漂亮围巾。当我向她提出要她一份手稿时,她居然把她的长篇小说《一直到厌倦》送给了我。这是一本真正意义上的手稿,密密麻麻写了整一大本软面抄。

她不算是一位大作家,也不是主流视野里的名作家,没有得过奖,也没有真正意义上的加入作协。但是,她绝对是一位优秀的作家,一位纯粹的作家,她的作品,远比许多戴着作家高帽子的人写得要好,既有深度又有高度,又广阔又美丽。她是我始终深深喜欢着的,并且始终保持着敬意的有着美丽灰眼珠的朋友。

望 春 风

在中国当代作家中,格非的写作,一直让我心生敬意。直到他写出了《江南三部曲》,也就是《人面桃花》《山河入梦》和《春尽江南》,我认为他已经进入了伟大作家的行列。这三部曲获得茅盾文学奖,不是格非幸运,而是该奖的荣耀。这三部长篇,是陆续出版的。每读一部,我的内心都会被一种异常复杂的情绪充满。以致在很长的一段时间里,我都认为,这是当代最好的小说。它对时代广阔而深入的把握,对人物命运身世的饱满描绘,以及悠扬的诗意和成熟圆满的完成度,让我对格非钦佩羡慕不已。我就想,能写出这样的作品,他是可以告慰平生了。他的人生,会因为这三部作品而感到幸福和无憾。

我和格非见面不多,但是,每次似乎都很特别。一次,是多年以前,在一个饭局上。我记得,当时席间还有作家东西和林白,以及云南文艺出版社的社长和几位编辑。有一个哥们儿,隔着一个座位,拼命和格非说话套近乎。所说的也都是傻话废话。格非被骚扰得无法吃饭。

但他有君子之风，一直忍耐着。而坐在这哥们儿和格非之间的那位编辑，却忍无可忍了。几次提出严正抗议，希望那张停不下来的嘴，能稍稍克制，还大家一个清静。但是那个可恶之人，依然故我。某编辑终于爆发了，站起来一把掐住了此人脖子。居然把此人卡得瘫倒在地。当此之时，我只听到格非在叫我的名字，他说："荆歌，快拉开他！快拉开他！"

还有一次，则是在北京一家咖啡馆，几个人喝茶聊天。说的是研究生导师潜规则女学生的事。我问清华大学的教授格非："你潜不潜？"他非常认真地说："我绝对不潜！"看着他早生的华发，以及那严肃的表情，一脸正气的样子，我无法不相信他是一位真正的君子。

我问他要手稿的时候，他正在写《春尽江南》。他是中国作家中为数不多的至今依然坚持手写的作家之一。所以他有手稿。他从软面抄里撕下几页《春尽江南》的手稿寄给我。可是，十多天过去了，我并没有收到。我给他发短信，告诉他我没有收到手稿。我让他把寄快递的单号发给我，以便我查询。可是他却说："别查了吧，我再给你寄。"于是，他又撕下了几页，用邮政快递给我寄了。

这次收到了。字密密麻麻的。手稿的背面，还有提醒自己写作走向的片言只语。这是多么珍贵的手稿啊！可惜，不是《春尽江南》的全部。我若是开口问他要这个长篇的全部手稿，他会不会给我呢？我一直是个脸皮很厚的人，但却终于没有开这个口。

手稿一共三页，密密麻麻的，估计加起来有好几千字吧，相当于一个短篇小说的容量了。一起寄来的，还有他用毛笔写的一封信，写在姜黄色的八行笺上："荆歌兄：去印度前即将手稿平信寄出，不意遗失。故而今日改用特快专递再寄，应该可以收到了。新春将至，提前给兄拜年，并祝顺遂！格非再拜。一二年元月十日。"

为了答谢他，两年后，我画了一幅题为《望春风》的画儿，因为格非发表了最新小说《望春风》。发图给他，他说他和他爱人都很喜欢。他一个人喜欢已经让我欣喜，居然他夫人也一起来错爱如此，真是让我心花怒放受宠若惊啊！

五光十色

苏童小我三岁，但却有点前辈的样子。他大红大紫的时候，我还没有正经开始写小说。他的《妻妾成群》《罂粟之家》，还有《两个厨子，一个白一个黑》《他们说我乘鹤而去》等小说，其奇异瑰丽，让我惊艳，乃至崇拜。他是一个特别文艺的作家，他的语言，他的想象，都如现代绘画一样，有着五光十色并且抒情的特性。不光小说，他的散文，特别是一些谈艺的文章，也写得特别的漂亮。比如那本《寻找那根灯绳》，几乎有《金蔷薇》一样的高度。不，也许是比巴乌斯托夫斯基那本书写得更好。

当然他的出名，肯定和电影有关系。张艺谋那时候是什么影响力啊！他把《妻妾成群》拍成了电影《大红灯笼高高挂》，苏童因此也成为一位几乎是妇孺皆知的明星作家了。但是我要说，苏童的成就，并不是电影造成的。即使没有张艺谋，他也还是一位当代最优秀的作家，一位世界级的作家。莫言获得了诺贝尔文学奖，当然是当之无愧。但是，要是这个奖给了苏童，我想也是名至实归的。

我第一次见到苏童，他说了两件让我高兴的事。一是，他那时候在《钟山》杂志当编辑，没见过我，但是，编发了我一组散文《不惊阁的第五季》。他说："你的散文写得好！"他说的第二件事是，他刚刚读了我在《收获》杂志上发表的一篇小说《歌唱的年代》，他说："你这个小说写得好！"得到偶像的夸奖，当然心花怒放！直到今天，几乎二十年过去了，我还清楚地记得当时他说这些的情景，以及我当时难以掩饰的喜悦。

因此 2002 年我的长篇《鸟巢》在作家出版社出版，编辑希望请名家写几句话友情推荐，我就想到了苏童。他是这样写的：

"荆歌对于当代小说的贡献现在还没有多少人重视，我个人认为他是当代作家群中罕有的充满幽默感的一个，这分难得而真实的幽默感引领他认识生活，也帮助他确立了独特的叙述立场。荆歌在文字背后的形象基本上是一个游手好闲的人，东走走西逛逛，却是一个有计划有耐心的捕猎者，由于目光不够严肃，跳跃不定，反而能捕捉到藏在世道人心褶皱里的细节，也轻松地避开了别的作家所经营的文学主题。读荆歌的作品，会感到一些幽默而忧伤的苍蝇在文字里面嗡嗡地飞，可悲的生活在向可敬的生活逐级升华，灰暗的人生在悄然向华美的人生过渡。这当然只是我对荆歌小说做出的积极的理解。荆歌的写作是能够自我满足的，却也是孤独的，所有孤独的写作必须是一种骄傲的写作，我相信荆歌其实是一个骄傲的作家。"

引用这段话，当然有借名家给自己贴金的虚荣，同时，也是想说，苏童的文字，真的是那么文艺，那么的华丽和与众不同。

后来我们做了同事，接触就多了。一起开会，一起打牌，一起到国外去玩，有时去他家里吃饭，等等。我就越来越发现苏童真是一个十分文艺也相当小资的人，从长相到言谈举止，到穿着，都充满了魅力。他似乎天生就是一位明星。

他还是很资深的葡萄酒爱好者，他绝对是一位红酒专家。年初我在马德里，微信上晒过一瓶红酒。他看到之后，马上在评论里对我说，在马德里一定要多喝葡萄酒啊！因为那里的酒太好了！他还说，一瓶十欧元的红葡萄酒，就好得令人发指了。是的，他用了"令人发指"这个成语。而平时，他基本不发微信朋友圈，也几乎从不评论和点赞。但是看到葡萄酒，他就忍不住冒泡了，跳出来说了这么多话，可见他对葡萄酒是有多么的喜爱啊！

苏童还是一位电影迷。我估计，世界上的文艺片，尤其是欧洲电影，没有他没看过的。只要聊起电影，他似乎都是看过的。"这个电影好！"他会说。或者说："这是部烂片！"他说得那么大声，好像烂片是我拍的，他忍不住厉声呵斥。好多年前，我们还会交换影碟看。但是后来，我就不太看电影了，我的兴趣转移到书画和古玩上头了。苏童对我说："我其实对这些东西也很感兴趣的，但是我不懂，不敢买。"

我向他要手稿，他说："我早就用电脑了，没有手稿呀！"我说，你找找！他说："估计找不到。"我说："你回家一定找找，好好找找！"他终于找到了一份散文手稿，名为《牛奶浴后上金床》。哈哈，多么香艳啊！这份手稿写得是那么认真，写错的地方，他还认真地贴上修正纸。我估计是他的早期作品。他说："没有小说手稿，只有散文，你要不要？"

我当然要啦！苏童的手稿，怎么也是宝贝对不对！

现在他调离江苏作协，去他的母校北京师范大学当教授了。与他见面也就少了，更多的只是在微信上见面。当然，他从来都是潜水，那就是他看见我多，而我几乎见不到他了。

仪态万方，一言难尽

古往今来，人世间多少奇珍异宝，为人发现，被人创造，一代代，一年年，与人两相陪伴，郎情妾意。它不仅是装饰，更是身份，也是抚慰，也是点燃，甚至是信仰。时光的长河流淌，不同的时代、不同的地域、不同气象之下发育的文明，都在这些宝物身上留下了不同的印记，闪耀着不同的光芒。所谓风格，所谓时代特征，说的就是春风吹开桃李杏，冰雪衬托蜡梅花；寻寻觅觅李清照，醉里挑灯辛稼轩。每一件珍宝，因在手工中诞生，耗费了多少精力心血，寄托了怎样的审美理想，朝朝暮暮，情深一往，所以已然有灵，所以是眼睛的姊妹，秀发的伴侣，柔指的诗篇，酥胸的文章。往往不语而娇声，一瞥足以惊鸿，说倾国倾城或许夸张，叫人神魂颠倒则正当其谓。

古物是有灵的，会在深夜私语窃窃。所以不同的珍宝，自有不同的风采，迥然的个性。它传递给人的信息，予人的感受，自然也是各不相同。中国的古珠玉，从红山良渚的神秘，到齐家龙山的质朴，到西周的艳丽、春秋的绚烂、战国的晶莹、大汉的雄浑、唐宋的优雅、明清的世俗……始终在发展，一直在变化。有时袅袅婷婷、仪态万方，有时犹抱琵琶、欲说还休；更有时飞沙走石大风飞扬，也常常静若处子江心月白。说不尽的万种风情，道不完的美景良辰。如此这般之外，另有丝路花雨、异域风情、南国烟雨、高原格调。钟爱古珠古玉的人，仿佛为爱而生又为情所累之徒，梦里寻他，灯火阑珊，寤寐思服辗转反侧，为伊消瘦至死不悔，执子之手，相看泪眼，也许来生才能相见，孰料今生已经相恋！其中滋味，难言其苦，难言其妙，难言其欢欣。端的是一言难尽啊！

正是一言，这位在古珠玉收藏界赫赫有名的"一言姐姐"，这位娴静美丽的奇女子，她与珠玉的情缘，是万语千言而未能道尽呢，还是纵有万般相思若干种相见欢，皆无须一言？

她收藏了那么多的宝贝，各种的华丽、各种的珍贵、各种的丰姿绰约、各种的销魂夺魄。她找寻它们，发现它们，与之相遇，与其交欢。她研究它们，感受其温度，深入其灵魂。她以一颗当代女子之心，与古人对话，隔空唱和，遥相酬酢。她倾倒于时光深海里泛起的大美，感动于历史隧道深处那高雅的激情。可以想见，她的生命，她的白昼黑夜，已经与这些古代珠宝两情相悦生死相依了。

一言的不凡之处还在于，她在这种与古珠玉的旷世恋情中，似乎作茧自缚，却又悄然羽化成仙了。她以当代人的眼光打量古物，她听到了古物那生生不息的崭新语言。她的慧眼，看见了古物的不老青春，看见了它们的转世与新生。她让它们的宝气继续升腾，她让它们的珠光绵延发亮。她精心而独特的设计，令这些无比高贵的珠玉愈显高贵。她似乎找到了一个神奇通道，让古今的浪漫与时尚、经典与摩登，自由穿梭，不分彼此，你中有我，我中有你，前世今生，浑然一体。

我是亲眼见到了她的这些设计。珍稀的古珠玉，她或为它们穿上华丽的盛装，浅笑百媚生；或是素衣一袭，玉树临风。她打开一个个锦囊，让我一次次惊艳。众星捧月，百鸟朝凤，金银钻石的富丽，更衬托出古珠玉的神圣。每一件设计，都体现其巧思妙想，体现出一言对古物的深刻理解和浓厚感情。它们是古珠玉的礼赞，是珍宝的歌唱，是爱珠玉者心里流淌出来的诗，是有着一言独特视角的古珠玉"别裁""笺注"和"新说"，是一个新时代温婉女子对传统和历史的顶礼膜拜，以及虔诚的布道和传扬。

岁月静好

我们这一代人，在甚至还不太清楚文物为何物的时候，一冰就已经是一位对古物有浓厚兴趣并孜孜以求的人了。他对凝聚着中国古老文化和智慧的美物，有着超乎常人的理解和喜爱。他悄悄地跑各地的文物商店，走街串巷，访古觅宝。瓷器、玉器，尤其是良渚时期的坛坛罐罐，集腋成裘，早已是蔚为大观。等到整个民族惜古爱古的意识重新醒来，我们发现，那些像马未都、郑一冰这样的"先知先觉"者，他们的火把，早已将前路照得通明。

在古董收藏上，说一冰是我的老师，实在一点儿不为过。但是，在我看来，这位老师，是那么的谦逊。从来没有咄咄逼人，从来没有不屑和鄙夷，甚至不耐烦都没有。他似乎从来都不把他的知识、眼力、经验，还有丰富的收藏视为一种可倨傲的资本。这是一个真正喜爱古物，像古物一样质朴而精光内敛的人。

芦墟是一个特别秀气，特别水灵的地方。我的一段青葱岁月，就是在这个古雅的镇子上度过的。这是我和小镇的缘，也是和一冰的缘。虽然我也是那么喜欢这个古镇，但我知道，一冰对芦墟的喜爱，是要远远甚于我的。他不仅如今依然生活在这个地方，还经常写一些同样质朴却深情有味的文章，绝大部分都是关乎芦墟的。正如他对古物的喜爱，那么专一，那么持久，那么深沉。我喜欢读他的文学，那是一个出自书香门第的儒雅之人的情感与心迹，是浸润了古文化的笔墨，是真挚而又朴素的表达和倾诉。读这样的文字，仿佛与古人对话，仿佛与四季交心，仿佛风雨故人来，客来茶当酒，又仿佛与小镇的风景相看两不厌，相见亦无事别来忽思君。

我与一冰的交往并不是很多，渊源却不可谓不深：共同的小镇成长经历，同一所美丽校园的青涩岁月，同样的爱好，还有许多共同的朋友。另有非常特别的一点是，他的夫人张维絮，是我中学时的同班同学。这个美丽的女生，可是当年我们许多男同学心目中的女神啊！她美好的笑容，历尽岁月沧桑，直到今天，依然在脸上一如往日。因此我想，一冰的福分，应该还不止于美妻、美物、美文的。其他的种种，就让我们到他的字里行间去寻找蛛丝马迹吧。

（选自2017年第3期《南方文学》）

擅于到来的人和擅于离别的人

李　娟

我妈是擅于到来的人。她出现在我面前的时候，总是伴随着坏天气和无数行李。

她冒雪而来，背后一个大包，左右肩膀各挎一个大包，双手还各拎一个大包——像一个被各种包劫持的人。

一见面，顾不上别的，她先从所有包的绑架中拼命脱身。气儿还没喘匀，就催着我和她去拿剩下的东西。我跟着她走到楼下，看到单元门外还有两倍之多的行李。

我妈为我带来的东西五花八门，其中最值得一提的是两根长棍。

准确地说，应该是两根小松树的树干——笔直细长，粗的一端直径比网球略大，细的一端直径比乒乓球略小，大约三米长……难以想象她是怎么把这两根树干带上班车的。

要知道，在当时，所有的班车都不允许在车顶装货。

放进下面的行李仓？也不可能。放到座椅旁的过道里？更不可能。况且她还倒了三趟车。总之这是"千古之谜"。

她把这两根树干挂在我的阳台上方，让我晾衣服。她骄傲地说："看！细吧？看！长吧？又长又细又直！我找了好久才找到这么好的木头！真是很少能见到这么好的……"于是就给我带到阿勒泰了。

是的，她扛着这两根三米长的树干及一大堆行李，倒了三趟车。没有候车室，没有火炉，她就在省道线或国道线的路口等着。前不着村，后不着店。她守着她的行李站在茫茫风雪之中。不知车什么时候来，也不知车会不会来。

头一天，她也在同一个路口等了半天，又冷又饿，最后却被路过的老乡告知班车坏了，要停运一天……但第二天，她仍站在老地方等待，心怀一线希望。

世界上最强烈的希望就是"一线希望"。

后来车来了。司机在白茫茫天地间顶着无边无际的风雪前行，突然看到前方路口的冰雪间有一大团黑乎乎的东西。据他的经验，应该有三到五个人在那里等车。可是走到近前，却发现只有一个人和三到五个人的行李。

总之，她不辞辛苦地给我带来两根树干。她觉得这么好的东西完全配得上城里人，却没想到，城里人随便牵根铁丝就能晾衣服。

后来我搬家了。那两根树干实在没法带走，便留给了房东。不知为什么，我当时一点也不觉得可惜。

又过了好几年，搬了好几次家，最后我打算辞职。我妈说："你要是离开阿勒泰的话，一定记得把我的木头带回来。"……那时，我才突然间感到愧疚。

我告诉她早就没了。她伤心地说："那么好的木头！那么直，那么长，关键是还那么细！你怎么舍得扔了！"却丝毫不提她当年把它们带到阿勒泰的艰辛。

那是 2003 年左右，我在阿勒泰上班，同时照料生活不能自理的外婆。工资六百块，二百块钱交房租，二百块钱存到冬天交暖气费，剩下二百块钱是生活费。也就是说，我们的日子过得相当紧巴。

我妈第一次来阿勒泰时，一进到我的出租屋，第一件事就是把所有房间的三十瓦灯泡拧下来，统统换成她带来的十五瓦的。

第二件事是帮我灭蟑螂。

那时我不敢杀生，后果便是整幢楼的住户都跟着遭殃。

我妈烧了满满一壶开水，往暖气片后面猛浇。黑压压的蟑螂爆炸一般四面逃窜，被沸水冲得满地都是。

接下来的行程内容是逛街。乡下人难得进一次城，她列了长长的清单。然而什么都嫌贵，最后只买了些蔬菜。

菜哪儿没卖的？但是阿勒泰的菜比富蕴县的便宜。

她还买了几株带根的花苗。天寒地冻的，她担心中途倒车的时候花苗被冻坏，便将它们小心地塞进一个暖瓶里，轻轻旋上盖子。

她每次来阿勒泰顶多待一天。一天之内，她能干完十天的事情。每次她走后，家里好像撤走了一支部队。

走之前，她把她买的宝贝花苗慷慨地分了我一枝。我家没有花盆，她拾回一只塑料油桶，剪开桶口，洗得干干净净。又不知从哪儿挖了点土，把花种进去，放在我的窗台上。因为油桶是透明的，她担心阳光直晒下土太烫了，对根不好，特意用我的一本书挡着。

她走后，只有这盆花和花背后的那本书能证明她曾来过。

而我，我最擅长离别。积年累月，我圆满完成过各种各样的离别。

我送我妈离开，在客运站帮她买票，又帮她把行李放进班车的行李厢，并上车帮她找到座位。

最后的时间里，我俩无话可说，一同等待发车时间的到来。那时，我想起很久很久以前的另一场离别，旧时的伤心与无奈突然涌上心头。

我好想开口提起那件事，我强烈渴望知道她当时的感受，却无论如何都说不出一句话来。

此时此刻，彼此间突然无比陌生，甚至感到微微尴尬。

我又想，人是被时间磨损的吗？不是的。人是被各种各样的离别磨损的。

这时，车发动了。我赶紧下车，又绕到车窗下冲她挥手。就这样，又一场离别圆满结束了。最后的仪式是，我目送这辆平凡的大巴车带走她。

然而，车刚驶出客运站就停了下来——高峰期堵车。

最后的仪式迟迟不能结束。我一直看着这辆车，好恨它的平凡。

我看着它停了好久好久。有好几次，我强烈渴望走上前去，走到我妈窗下，踮起脚敲打车窗，让她看到我，然后和她重新离别一次。但我终究没有。

（选自2017年6月27日《文汇报》）

条 子 沟

贾平凹

镇街往西北走五里地，就是条子沟。沟长三十里，有四个村子。每个村子都是一个姓，多的二十五六家，少的只有三户。

沟口一个石狮子，脑袋是身子的一半，眼睛是脑袋的一半，斑驳得毛发都不清了，躺在烂草里，天旱时把它立起来，天就下雨。

镇街上的人从来看不起条子沟的人，因为沟里没有水田，也种不成棉花，他们三、六、九日来赶集，背一篓柴火，或捎一根木头，出卖了，便在镇街的饭馆里吃一碗炒米。那些女人家，用水把头发抹得光光的，出沟时在破衣裳上套一件新衣裳，进沟时又把新衣裳脱了。但条子沟的坡坡坎坎上都能种几窝豆子，栽几棵苞谷，稀饭里煮的土豆不切，一碗里能有几个土豆，再就是有树，不愁烧柴，盖房子也不用花钱买椽。

镇街上的人从来缺吃的，也更缺烧的，于是就只能去条子沟砍柴。我小时候也和大人们三天五天里进沟一次，十五里内，两边的坡梁上全没了树，光秃秃的，连树根都被刨完了。后来，十五里外有了护林员，胳膊上戴一个红袖筒，手里提着铐子和木棒，个个面目狰狞，砍柴就要走到沟脑，翻过庾岭去外县的林子里。但进沟脑翻庾岭太远，我们仍是在沟里偷着砍，沟里的人家看守不住村后的林子，甚至连房前屋后的树也看守不住。经常闹出沟里的人收缴了砍柴人的斧头和背篓，或是抓住砍柴人了，把胳膊腿打伤，脱了鞋扔到坡底去；也有打人者来赶集，被砍柴者认出，压在地上殴打，重的有断了肋骨，轻的在地上爬着找牙，从此再不敢到镇街。

沟里人想了各种办法咒镇街人，用红漆和白灰水在石崖上画镇街人，都是人身子长着狼头，但几十年都没见过狼了，狼头画得像狗头。

他们守不住集体的那些山林，就把房前屋后属于自家的那些树看得紧。沟里的风俗是人一生下来就要在房子周围栽一棵树，松木的桐木的杨木的，人长树也长，等到人死了，这棵树就做棺材。所以，他们要保护树，便在树上贴了符，还要在树下围一圈狼牙棘，还要想法让老鸦在树上搭窝。谁要敢去砍，近不了树身，就是进去砍了，老鸦一叫，他们就扑出来拼命。即便这样，房前屋后仍还有树被砍掉了。

我和几个人就砍过姓许那家的树。

姓许的村子就三户，两户在上边的河畔，一户在下边靠坡根处。我们一共五个人，我和年纪最大的老叔到门前和屋主说话，另外三个人就到屋后去，要砍那三棵红椿树。老叔拿了一口袋十二斤米，口气和善地问换不换苞谷。屋主寒毛肌瘦，穿了件露着棉絮的袄，腰里系了根草绳。老叔说：米是好米，没一颗烂的，一斤换二斤苞谷。屋主说：苞谷也是好苞谷，耐煮，煮出来的糊汤黏，一斤米只能换一斤四两苞谷。老叔说：斤六两。屋主说：斤四两。我知道老叔故意在谈不拢，好让屋后砍树的人多些时间。我希望砍树的人千万不要用斧头，那样有响声，只能用锯，还是一边锯一边把尿尿到锯缝里。我心里发急，却装着没事的样子在门前转，看屋主养的猪肥不肥，看猪圈旁的那棵柿树上竟然还有一颗软柿，已经烂成半个，便拿脚蹬蹬树，想着能掉下来就掉到我嘴里。屋主说：不要蹬，那是给老鸦留的，它已经吃过一半了。我坐在磨盘上。沟里人家的门口都有一个石磨，但许家的石磨上还凿着云纹。就猜想：这是为了推着省力，还是要让日子过得轻松些？

日子能轻松吗？！

讨价还价终于有了结果，一斤米换一斤半苞谷。但是，屋主却看中了老叔身上的棉袄，说如果能把那棉袄给他，他可以给三十斤苞谷。老叔的棉袄原本是黑粗布的，穿得褪了色，成了灰的，老叔当下脱了棉袄给他，只剩下一件单衫子。

当三个人在屋后放倒了三棵红椿树，并已经扛到村前的河湾崖角下，他们给我们发出咕咕的鸟叫声，我和老叔就背了苞谷袋子离开了。

屋主说：不喝水啦？我们说：不喝啦。屋主说：布谷鸟叫，现在咋还有布谷鸟？我们说：噢噢，那是野扑鸽声么。

过了五天，我们又进沟砍柴，思谋着今日去哪儿砍呀，路过姓许的村子，那个屋主人瘦了一圈，拿着一把砍刀，站在门前的石头上，他一见有人进沟砍柴的就骂，骂谁砍了他家的树。他当然怀疑了老叔，认定是和老叔一伙的人砍的，就要寻老叔。我吓得把帽子拉下来盖住脸，匆匆走过。而老叔这次没来，他穿了单衫子冻感冒了，躺在炕上五天没起来。

条子沟的树连偷带抢地被砍着，坡梁就一年比一年往深处秃去。过了五年，姓许的那个村子已彻底秃了，三户人家仅剩下房前屋后的一些树。到了四月初的一个晚上，发生了地震，镇街死了三个人，倒了七八间房子，第二天早上传来消息，条子沟走山了。走山就是山动了。过后，我们去了沟里，几乎是从进沟五里起，两边的坡梁不是泥石流就是坍塌，竟然一直到了许姓村子那儿。我们砍树的那户，房子全被埋没，屋主和他老娘，还有瘫子老婆和一个小女儿都死了。村里河畔的那两户人家，还有离许村八里外十二里外的张村和薛村的人都来帮着处理后事，猪圈牛棚鸡舍埋了没有再挖，从房子的土石中挖出的四具尸体，用苇卷着停放在那里，而大家在砍他家周围的树，全砍了，把大树解了做棺材。

还是那个老叔，他把做完棺材还剩下的树全买了回来，盖了两间厦子房，还做了个小方桌、四把椅子和一个火盆架。

老叔总是显摆他得了个大便宜，喜欢请人去他新房里吃瓜子，我去了一次，不知怎么竟感觉到那些木头就是树的尸体，便走出来。老叔说：你咋不吃瓜子呢？我说：我看看屺岬岭上的云，天是不是要下雨呀？屺岬岭在镇街的西南，那里有通往山外的公路。公路在岭上盘来绕去，觉得我与外边的世界似乎若即若离。

果然一年后，我考学离开了镇街，去了遥远的城市。从那以后，我就很少再回镇街，即便回来了，都是看望父母，祭奠祖坟，也没想到要去一下条子沟。再后来，农村改革，日子温饱，见到老叔还背了个背篓，以为他又要去砍柴，他说他去集市上买新麦种去，又说：世事真怪，现在有吃的啦，咋就不缺烧的了？！再后来，城市也改革了，农村人又都往城市打工，镇街也开始变样，原先的人字架硬四椽的房子拆了，盖成水泥预制板的二层楼。再后来，父母相继过世，我回去安葬老人，镇街上遇到老叔，他坐在轮椅上，中风不语，见了我，手胡乱地摇。再后来……我差不多二十年没回去了，只说故乡和我没关系了，今年镇街却来了人，说他们想把镇街打造成旅游景点，邀我回去参加一个论证会。我回去了，镇街是在扩张，有老房子，也有水泥楼，还有了几处仿古的建筑。我待了几天，得知我所熟悉的那些人多半都死了，少半还活着的，不是瘫在炕上就是痴呆了，成天坐在门墩上，你问他一句，他也能回答一句，你不问了，他就再不吭声。但他们的后代都来看我，我不认识他们，就以相貌辨别这是谁的儿子谁的孙子。其中有一个我对不上号，一问，姓许，哪里的许，条子沟的，说起那次走山，他听他爹说过，绝了户的是他的三爷家。我一下脑子里又出现条子沟当年的事，问起现在沟里的情况，他告诉我说二十多年了，镇街人不再进沟了，沟里的人有的去省城县城打工，混得好或者不好，但都没再回来，他家也是从沟里搬出住在了镇街。沟里四个村，三个村已经没人，只剩下沟脑一个村，村里也就剩下三四户人家了。我说：能陪我进一次沟吗？他说：这让我给你准备准备。

他准备的是一个木棍，一盒清凉油，几片蛇药，还有一顶纱网帽。

第二天太阳高照，云层叠絮，和几个孩子一进沟，我就觉得沟里的河水大了。当年路从这边崖根往那边崖根去，河里都支有列石，现在水没了膝盖，蹚过去，木棍还真起了作用。两边坡梁上全都是树，树不是多么粗，但密密实实的绿，还是软的，风一吹就蠕蠕地动，便显得沟比先前窄狭了许多。往里继续深入，路越来越难走，树枝斜着横着过来，得不停地用棍子拨打，或者低头弯腰才能钻过去，就有各种蚊虫往头上脸上来叮，清凉油也就派上了用场。走了有十里吧，开始有了池，而且是先经过一个小池，再经过一个大池，后来又经过一个小池，那都是当年走山时坍塌下的土石堵成的。池面平静，能看见自己的毛发，水面上刚有了落叶，便见一种白头红尾的鸟衔了飞去，姓许的孩子说那是净水鸟。净水鸟我小时候没听说过，但我在池水里看见了昂嗤鱼，丢一颗石子过去，这鱼就自己叫自己的名字，一时还彼起此伏。沿着池边再往里去。时不时就有蛇趴在路上，孩子们就走到我的前边，不停地用木棍打着草丛。一只野鸡嘎嘎地飞起来，又落在不远处的树丫上，姓许的孩子用弹弓打，打了三次没打中，却惊动了一个蜂巢。我还未戴上纱网帽，蜂已到头上，大家全趴在地上不敢动，蜂又飞走了，我额头上却被叮起了一个包。亏我还记得治蜂蜇的办法，忙把鼻涕抹上去，一会儿就不怎么疼痛了。

姓许的孩子说：本来想给你做一顿爆炒野鸡肉的，去沟脑了，看有没有獾肉。

我说：沟里还有獾了？

他说：啥野物都有。

我不禁感叹，当年镇街上的人都进沟，现在人不来了，野物倒来了。

几乎是走了六七个小时，我们才到了沟脑薛村。村子模样还在，却到处残墙断壁，进了一个巷道，不是这个房子的山墙坍了一角，就是那个房子的檐只剩下光椽，挂着蛛网。地面上原本都铺着石头，石头缝里竟长出了一人高的榆树苗和扫帚菜。先去了一家，门锁着，之前的梯田下，一个妇女在放牛。这妇女我似乎见过，也似乎没见过，她放着三头牛。我说：你是谁家的？回答：德胜家的。问：德胜呢？回答：走啦。问：走啦，去县城打工了？回答：死啦，前年在县城给人盖房，让电打死啦。我没有敢再问，看着她把牛往一个院子里赶，也跟了去，这院子很大，厦子房全倒了，还能在废墟里看到一个灶台和一个破瓮，而上房四间，门窗还好，却成了牛圈。问：这是你家？回答：是薛天宝的，人家在城里落脚了，把这房子撂了。到第二家去，是老两口，才从镇街抬了个电视机回来，还没来得及开门，都累得坐在那里喘气。我说：还有电呀？老头说：有。我说：咋买这么大的电视机呀？老头说：天一黑没人说话么。他开了门让我们进去坐，我们没进去，去了另一家，这是个跛子，正鼻涕眼泪地哭，吓得我们忙问出了什么事。这一问，他倒更伤心了，哭声像老牛一样。

问他是不是哭老婆了，他说不是，是不是哭儿了，他说不是，是不是有病了，他还说不是，而他咋哭成了这样？他说熊把他的蜂蜜吃了。

果然，院子角落有一个蜂箱，已经破成几片子。

不就是一箱蜂蜜么！

我恨哩。

恨熊哩？

我恨人哩，这条子沟咋就没人了呢？我是养了一群鸡呀，黄鼠狼今日叼一只明日叼一只，就全叼完了。前年来了射狗子，把牛的肠子掏了。今秋里，苞谷棒子刚挂上缨，成群的野猪一夜间全给糟蹋了。这没法住了么，活不成了么？

跛子又哭了，拿拳头打他的头。

我不知道说什么好。

返回来，又到了沟口，想起当年的那个石狮子，我和孩子们寻了半天，没有寻到。

（选自2017年第4期《青年作家》）

铁锅里的牡丹

李修文

后半夜，在小镇子上的破败旅馆里，我醒了过来。虽说时节正是春天，但是，因为此地已经持续了十个月的干旱，满目所见，几乎寸草不生。推开窗子，对着茫茫夜幕使劲地嗅了半天，却嗅不到任何一丝绿叶和花朵的气息。

因为百无聊赖，我便披衣起床，信步走出了旅馆。旅馆建在一条完全干涸的河流边上，我顺着那条河往前走了大约十分钟，满目都是司空见惯的所在：菜市场渍水横流，棚户区墙皮剥落，小医院的屋檐下挤满了睡觉的农民工。几张标语不知从何处被风吹起，落在了身边的河床里，不用看我也知道，那些标语的内容全都和抗旱有关。再往下走，也不过是更多更深的百无聊赖，我便往回折返。待我走到小旅馆门前，一眼就看见了小山西，他竟然也没睡，一个人坐在河对岸抽烟。

说起来，小山西至少比我小十多岁，三年前，妻子不告而别，他怀抱着一岁多的儿子，投亲靠友前来此地，盼望找到条活路。因为孩子是个脑瘫儿，寻常的活计根本不够治疗的花销，所以，在做过好几份工之后，他终于东拼西凑攒够了本钱，开始做一点小生意。哪承想，也不知道是运气不好还是脑子太笨，做什么亏什么，非但没有赚到钱，反而欠了一身的债。去年冬天，几乎是磕头一般，他向此地的亲朋好友又借了一笔钱，打算来年开始养蜂。结果，到了今年的春天，蜜蜂买了，钱花完了，目力所及之处却看不到一朵花开。

既然在夜幕里相逢，我就干脆过了河，去和小山西说上几句话。待我走近了，才发现他不仅仅是像我一样睡不着，而是在对着死了一地的蜜蜂发呆。在他身后，是一片堪称辽阔但都未开花的油菜地，如果是往年，当此时节，那些油菜起码要长到半人高。而现在，最高的也只到脚踝处——它们要是再不开花，小山西剩下的蜜蜂们恐怕只有死路一条了。

去年冬天，为了养蜂，他付给了身后油菜地的主人一笔不菲的钱，得以在此处安营扎寨。我初来这镇子之时，几乎每日都能见到他在河对岸忙前忙后的样子：搭工棚，置蜂箱，扎紧油菜地的篱笆，要紧的事真是一桩接着一桩。就算隔了一条河，我也能轻易感受到这个小伙子的满心欢喜。即使只倒回到一个多月前，哪怕大旱的迹象已经一目了然，他也终日里让儿子骑在自己的脖子上，再一遍遍前往几近干涸的河里去挑水浇地。只要有人路过，他都会满脸笑着去打招呼。有的时候，我甚至还能听见他一边挑着水桶在油菜地与河流之间来回奔忙，一边和儿子同声唱起儿歌："春天在哪里呀，春天在哪里，春天在那青翠的山林里……"

彼时彼境，我丝毫都不怀疑，河水和油菜，蜜蜂和儿子，还有那虽说远未到来但却势在必得的收成，这一切，共同给小山西组成了一处让他双脚生风的桃花源。

"你说——"在桃花源早已化作火焰山的此刻，夜幕里，小山西却径直问我，"春天怎么还不来呢？它到底在哪里呢？"他当然知道，我也没有答案。问完了，递过一根烟，再给我点上，之后，也没有更多的话说。两个人一起心神不宁地张望着渐渐浮现的黎明，但逐渐升高的气温已经对我们再三宣告：即将展开的新的一天，仍然不会有一滴雨落下。

过了一阵子，小山西的儿子在工棚里呼喊了几声。他赶紧狂奔过去，却发现儿子只是在说梦话，下意识地叹息着走回来，再次点上一根烟。总归要说上几句什么，他便问我，因何来到此地。我也没有隐瞒，告诉他，我来此地，是为了给一个企业家写部纪录片的脚本。这个镇子，正是那位企业家的故乡，但是，在采访了一段时日之后，我突然不想写这个脚本了，又想不出合适的推辞理由，加上就算离开此地也不知道去哪里、干些什么，便干脆躲在这镇子上过一天是一天。

172

大概是因为我驻留此地的理由实在过于荒唐，小山西听完多少觉得难以置信，但也只是劝我：有一口饭吃不容易，只要有个饭碗，就得想法子，让碗里盛上饭。我也不知道该如何作答，就点头称是，转而问他：既然此地大旱，他为何不带上他的蜜蜂们远走他乡？据我所知，这世上的养蜂人无一不是追逐着花期东奔西走，他却为何偏偏留守在这河岸边画地为牢？小山西又下意识地叹息了一声，告诉我：他无一日不想走，无奈却走不了，因为眼前这些蜜蜂和家当都是借钱买的。而且，为了将这可能的生计维持下去，他正在越借越多，那些借钱给他的人担心他一去不回，所以，他的口舌都已经费尽了，可他们就是不放心，也决不同意他离开此地。

说话间，天光渐渐明亮，黑铁一般的事实不请自来：低矮的油菜们好似低头认罪，就算有一丝若有若无的风吹过来，它们也全都绵软疲惫地耷拉着，不愿意起伏，似乎个个哀莫大于心死。小山西却不肯认命，趁着儿子还没醒，他决定去更远处一条还未干涸的河中挑些水来，继续浇灌它们。我也打算离开，没料到，偏巧这时候，儿子醒了过来，而且，一醒来就哭喊不止。小山西只好放下刚刚挑上肩的水桶，从工棚里将儿子抱了出来，哄了好半天，儿子的哭声仍然止不住，嘴巴里还在咿咿呀呀说着什么，似乎不依不饶。这时候，小山西才告诉我：他的儿子也在找他要花，对，就是油菜花的花。

去年冬天，也是在儿子哭喊不止的时候，为了让他安静下来，小山西对他说起过即将出现在他们眼前的油菜花。真是奇怪啊，儿子虽说有点傻，却好像被他说得动了心，竟然不再哭喊。如此，其后，每次儿子哭的时候，他都跟儿子一再说起油菜花，结果，时至今日，儿子仍然没有看见一朵花。这下子好了，打十多天前起，每天一睁眼，儿子就找他要油菜花。

一时半会儿，小山西似乎难以从这花朵与哭喊的窘境里摆脱出来，我便先行离开。过了河，回到了旅馆，躺下去好半天，却始终难以入眠。只好重新坐起身，推开窗户，正好看见：就在我刚刚离开的地方，小山西被一群人围在了中间，如果没有猜错，那些人应该就是借了钱给他的人。虽然听不清他们究竟在说什么，但是，对小山西的指责是毫无疑问的。因为他一直在点头哈腰，又一直满脸堆着笑。恐怕他自己也没想到，指责他的人说着说着禁不住更加愤怒，竟然一掌掴在他脸上。起先，他是惊愕的，而后也愤怒了，但是最终，他还是安静了下来，继续笑，继续点头哈腰。

倒是那脑瘫的儿子，全然不知他的父亲在经受着什么样的伤害，在暂时忘记了花朵之后，一个人在油菜地里追逐着蝴蝶。一边追，一边口齿不清地唱着歌："春天在哪里呀，春天在哪里，春天在那翠绿的山林里……"

当天下午晚些的时候，我的房门被敲响了。我开了门，发现眼前竟然是怀抱着儿子的小山西。迟疑了一会儿，似乎才刚刚想起来，他热烈地笑了，问我能不能帮他一个忙。我叹息了一声，告诉他，我实在没有什么钱借给他，如果不是因为债台高筑，我也不会前来此地。哪知道，小山西急急地朝我摆手，说他并不是来找我借钱的——因为蜜蜂们又死了不少，他磨破嘴皮子终于又借了点钱来，现在，他想到镇子下面的村子里去转转，看看能不能买点便宜的蜂蜜来喂养蜜蜂，否则，剩下的蜜蜂们只怕也活不了几天了。顺便，他还想再四处打探一下，看看周边的村子里是否真的一块开花的田地都没有。只是，他抱着儿子实在不方便，可是又求不到什么人可以帮他照顾，他想问问可否将儿子在我这里放上一阵子，他也好快去快回。

我当然答应了他。只是，小山西刚刚放下儿子，儿子就意识到了大事不好，转瞬便号啕大哭，嘴巴里却又在唱着《春天在哪里》，就好像在他的脑子里，唯有唱起来才能说明他在哭。小山西狠下心，拔脚就走，没料到，儿子朝他的双腿猛扑过去，抱紧了，说什么也不松开。这样，我也一转念，干脆对小山西说：莫不如，我和你一同前去，你买蜂蜜的时候，我可以帮你照应儿子。多一个人去，也就可以多走一个地方，看看究竟能否找到一块开花的田地。

小山西显然没有想到我会如此提议，愣怔地看着我，眼眶竟然红了，刹那间又再笑起来，似乎不笑不足以平民愤：是啊，在被他借过钱的人眼里，他就是民愤。

一行三人便出了门，尽管我和小山西大概都不曾怀有什么确切的期待，但是，那一下午的徒劳程度还是让我有些始料来及——首先是蜂蜜：踏遍了周边的几个村子之后，我们连一滴蜂蜜都没有看见。好在是，小山西遇到了另一个如丧考妣的养蜂人。从他那里得知，如果实在找不到蜂蜜，在蜂箱里放上几处糖水，好歹也能短暂地充作蜜蜂们的口粮，但这个法子只能用上一天半天，时间稍长就不顶用了。其次是花朵：一路所见，不要说开花的田地，就连那些原本开在庭院和窗台上的花朵们，也全都作别了人世。我忍耐不住，找了几个人打听，没有想到，这问题似乎点燃了人人心中的无名火，每一回都差点被人视作了戏弄。

黄昏的时候，我们不再寻找开花的田地，路过一家小饭馆时，我提议请小山西父子吃顿饭。小山西可能实在是太饿了，看看我，再看看儿子，又看看饭馆门口冒着丝丝热气的蒸锅，终于笑着重重地点头。这样，我们便进了小饭馆。可是，即使青椒炒鸡蛋和鱼香肉丝近在眼前，也依然无法切断小山西的儿子对花朵的执念：他根本连一口饭菜都不吃，一直哭闹着。口齿不清但却声嘶力竭地呼喊着"花花花"。

在巨大的哭声里，我和小山西艰难地吃了几口饭菜，却听得邻桌的人也说起了花。对，花朵的花。"花"字一旦入耳，我们对视一眼，赶紧竖起了耳朵。原来，邻桌上的客人是打西北来的，他在吩咐服务员，上一杯牡丹花的水。服务员不解何意，那客人便解释给她听，所谓牡丹花的水，其实就是开水——水在锅里烧开以后，不是像一朵朵的牡丹花吗？闻听此言，我和小山西不禁大失所望，只好重新陷入哭声，继续艰难地吃饭。

从小饭馆出来，夜幕已经降临了，我们摸着黑往镇子上走。这时候，小山西突然慌张起来，他终于意识到，儿子持续到现在的哭喊绝非仅仅是因为花，而是他正在发烧。恰恰之前的小饭馆隔壁就是一家小诊所，他便匆匆抱着儿子往回赶。也是不巧，正在这时候，我远在千里之外的债主来了电话，无非是催我赶快还钱，我也只好求他再宽限一段时日，说着说着，就没有跟上小山西的步子。没多久，小山西便从夜幕里消失了。

当我通完电话，摸着黑来到小诊所前，才发现小诊所早就关门了，就连隔壁的小饭馆也关门了。举目四顾，一个人都看不见，哪里还有小山西和他儿子的影子。我想着他可能是去村子里找人求救去了，便往前走了一小段，村子里伸手不见五指。最终，我还是折返回大路，再一个人回到了镇子上。

那天晚上，在旅馆里，小睡了一会儿之后，我仍然早早地醒了过来。一醒来，就赶紧推开窗子去眺望小山西的工棚。工棚所在却是黑黢黢一片，直到后半夜过半，我才看见了小山西。可能是太累了，他抱着儿子从干涸的河床里往上走的时候，差点摔倒在了地上。说句实话吧，破旧且好久未洗的衣物，满脸的胡子拉碴，还有显而易见的心力交瘁，使他看上去更像是一个鬼魂。

第二天，正午之后，我和小山西父子一行还是出门了，此行的目的，仍然是寻找蜂蜜和花朵，因为昨天我们已经走遍了镇子南边的村子，这一回，我们便往北走。很显然，儿子虽然已经退了烧，但气力尚未恢复，蜷缩在小山西的怀抱里纹丝不动。因此，和昨日里相比，今天的行程便轻松了不少。在快要走进一个村子之前，小山西突然问我，在春天，他说的是那种正常的有花有草的春天，一个人应当如何度过呢？

我全然不知他何出此问，但也随意翻检出几个答案给了他。我告诉他，如果是在有花有草的春天，人们应该踏青和恋爱，还应该劳作和娶亲。要是逢到特殊的日辰和机缘，可能还要唱歌跳舞和敲锣打鼓，如此，春天方才算作未被虚度。

小山西一边往前走，一边听我说着未被虚度的春天，听完了，郑重地说了一声："真好。"

然而，身在此时此地的春天，但凡心底里稍微涌起一点妄念，都有可能自取其辱——整整一下午，在好几个村子里兜兜转转，不要说蜂蜜和开花的田地，我们甚至没有看到几个下田劳作的青壮男子。满目所见，都是老人和更老的人们，好不容易遇见三两个青壮模样的，竟然都是扛着行李匆匆往村子外面奔。是啊，眼前的旱灾，渐渐见底的口粮，都不得不使他们在前去打工的道路上奔跑起来。黄昏临近时，我们终于对这趟匮乏之极的行程彻底断绝了指望。却不料，儿子又给小山西惹下了灾祸：路过一座油坊时，儿子突然看见油坊的窗台内摆放着一盆塑料花，他竟信以为真，不要命地非进到油坊里去看不可。可是，油坊四门紧闭，全无人迹，哪里进得去。小山西好说歹说，才拉扯着他离开了几步。谁都没想到，儿子竟然捡起一块砖头，砰的一声砸碎了油坊的窗玻璃。小山西的胆子都被吓破了，紧张地四顾了半天，再闪电般一把抱起儿子，眼看就要飞奔而去，也是巧了，油坊的主人偏偏骑着摩托车回来了。

小山西显然是个识相的人，眼看着那油坊的主人疾步上前，一边后退，一边连声请对方放心，他定当赔偿他的窗玻璃。尽管如此，对方的蛮横仍然超出了他的想象，在说出了一个匪夷所思的赔偿数字之后，又一手捡起块砖头，一手将小山西的儿子拉扯了过去。没办法，迟疑了半天，心疼了半天，他还是从买蜂蜜的钱里掏出了一张，递给了对方，这才从对方的手里接过了儿子，抱在怀里，沉默着，缓慢地朝镇子上走。

这时候，天空里突然响了几阵隐隐的雷声，但小山西完全置若罔闻。跟随在他身后，我也不知道到底说句什么话才能够安慰他，便和他一起沉默着，一步一步缓慢地往前走。走到一道山岭下的时候，他突然二话不说，抱着儿子就朝山顶上狂奔。可能是营养不良，也可能是儿子太重了，他跑得摇摇晃晃，隔了老远我都能够清晰地听见他的喘息。是的，我并不知道他的奔跑究竟所为何故，但是也没有去阻拦他。

那天晚上，我仍是一个人回到了镇子上。一进镇子，天上起了大风，一张张写满抗旱口号的标语飘摇着经过我，落在了远处的屋顶和更远处的树梢上。回到旅馆之前，我先去了一趟小山西的地盘，眼前所见和昨日里全无不同：工棚摇摇欲坠，油菜们还在低头认罪，唯有蜜蜂们比昨日死得更多——事实上，就算春天真的到来，油菜花长到半人高，如果仅仅靠活下来的蜜蜂们，休要说小山西就此翻身，它们只怕连一小桶蜜都酿不出来。

不同于往日，回到旅馆之后，没过多久，我就睡着了，直到大风猛烈地撞击窗户，一遍一遍地咣当作响，我才去关好窗户。正是在此时，暴烈的响雷在夜空里炸裂起来，转瞬之间，闪电迅疾而密集地直击而下。

毫无来由地，一场磅礴大雨就此拉开了序幕。一开始，面对窗外的大雨，我全然难以置信，站在窗户前几乎纹丝未动，直到那些硕大而凌厉的雨点刹那间打湿了我的脸，再打湿了我的头发，我才终于确信：大雨真的来了

如此，睡意便重新消失得无影无踪，《圣经》里的一句话破空而来，竟至于在头脑里长久地盘旋不去："弟兄们哪，你们要忍耐，直到主来，看哪，农夫忍耐，等候地里宝贵的出产，直到得了秋雨春雨。"

然而，就在铺天盖地轰鸣的雨声中，一阵哭声却穿透了雨声，明明白白从河对岸传递过来。我愣怔了片刻，马上就辨认出，号啕大哭的不是别人，正是小山西。我将身体探入雨幕，费力眺望他的地盘，因为彼处并无一盏灯火点亮，我根本就看不见他的行迹何在。但是，那哭声就像不停息的闪电，一击接一击；又像是一柄不打算回头的刀剑，直挺挺地一路刺破了雨幕与夜幕，说是撕心裂肺一点也不过分。我再也坐不住了，赶紧打开房门，跑出旅馆，朝着他的所在狂奔过去。

风狂雨骤间，我过了河，站定在了小山西的工棚前，他却不再哭了。我抹去脸上的雨水，定睛找了他好一阵子，幸亏闪电又起，我才看清楚，他正从油菜地里朝我走来。暂别了几个时辰，他脸上的胡子更加杂乱了，过于残破的上衣已经被他脱掉，可是，他又根本算不上什么强壮之人，所以，他一边往前走，一边瑟缩着、战栗着，而哽咽依然还残存在他的喉头。他走得跌跌撞撞，看上去像一具鬼魂。目睹如此情境，除了一声叹息，我又该当如何呢？但是，没来由地，心底里却凭空生出了一股对他的怨怒：如果痛哭能够带你逃离此境，何不让痛哭持续得更久一些呢？

哪里知道，踉跄了好几步之后，小山西竟然定定地站在了我身前。站定了，他告诉我，他哭，并不是因为他的儿子找他要花，更不是因为油菜长不大和蜜蜂们已经快死光了。我生怕他已经陷入了某种迷狂之境，赶紧截住了他的话，再问他因何而哭。他沉默了一阵子，径直对我说，他哭，是因为他终于又做回了一个人，而且，管他春天来不来，花还会不会开，从今以后，他还将继续做人。

"我没有疯。"他看了一眼正在工棚里沉睡的儿子，又看了一眼儿子

床边那口水煮开后正在翻腾的铁锅，继续对我说，"但是我差一点疯了。"

话说到这里，他便干脆不再欲言又止，如此，我才总算知道，就在我和他一起出门寻找蜂蜜和花朵的两天里，几乎每一分钟，他的脖子上都架着一把刀，只要他将脖子往前凑一点，他就不在这世上了，他的儿子也不在这世上了：昨日里，他的儿子并没有发高烧，那只是他想逃脱此地，就此摆脱债务远走高飞，再也不回来了。但是，抱着儿子跑了一段路之后，他还是往回走，回到了他的油菜地里。今天下午，在那道山岭下，他抱着儿子狂奔了很远，已经搭上了一辆开往别处的客车。临了，他还是下了车，重新回到了这片油菜地。

是的，他一直都在怕——他既怕这辈子可能再也无法还清的债务，也怕自己就此远走高飞将那些债务一笔勾销；他怕在世上继续做人，也怕在世上不能继续做人。就在一个小时之前，大雨刚来的时候，害怕再度卷土重来，他终于做了一个决定：对着儿子看十分钟。十分钟后，如果他还是害怕在世上做人，他就掐死儿子，再喝掉工棚里的几瓶农药。但是，如果他不再害怕留在世上继续做人，那么，从那一刻起，他将永远不再害怕。

在暴雨与闪电之中，他静静地看了儿子十分钟，最后，他哭了，因为怕吵醒儿子，他便躲到了菜地里去哭。在菜地里，他一边哭，一边对自己说：从现在开始，直到他死，他永远都不会再害怕什么。

这时候，我才终于相信，千真万确，他根本就未曾身陷所谓的迷狂之境，相反，他一生中最大的清醒刚刚降临。是啊，他是清醒的，如同暴雨和闪电一般清醒，如同这世上的所有正道一般清醒。一念及此，我也禁不住哽咽了，我想伸出手去，紧紧攥住他的手，也想一把将他拥抱过来，从此认作过命的弟兄。但是，也是不巧，他的儿子恰恰醒了过来，而且，一醒过来就开始呼喊他。他便笑了起来，却不再是讨好般的笑。他笑着，奔入了工棚，先将灯火点亮，再将儿子抱在怀里，和他一起去看那口翻腾的铁锅：如同昨日里的西北人所说，一朵一朵的牡丹花，从煮沸的水浪里开了出来。

可能是突然受寒的缘故，这时候，我的全身上下也禁不住战栗起来。而身边的闪电仍然在持续，一束一束的，依次展开，渐渐延伸到无边的雨幕和夜幕里，看上去，就像一条光芒的道路从天边来到了我的身前。不自禁地，我竟然陷入了某种痴狂之中，下意识地紧随着那一束一束的光往前走，仿佛只要往前走，一个真正的、未被虚度的春天就会与我迎面遭逢；仿佛只要往前走，我就会看见春天里的人民正在踏青和恋爱，正在劳作和娶亲，正在唱歌跳舞和敲锣打鼓。不过，没往前走多久，我便如梦初醒，站在原地，深吸了一口气，掉转头去，撒腿跑向了灯火闪烁的工棚——我决定，在真正的春天来临之前，我要和小山西一起，和他的儿子一起，趴在铁锅前，看上一整夜的牡丹。

（选自2017年第11期《人民文学》）

划过天空的迁徙之影

唐荣尧

有些湖平视一览便可读到其神韵，有些湖站在高处俯瞰即可观其水色，而有些湖，则需要仰视良久，方能洞窥到其秘密。青海湖就属于后一种，那些飞翔过湖面的鸟影，就是引领它的阅读者仰视那片水域的向导。那些准如摆钟的迁徙之鸟，越过雪山和草原，在这里留下了一曲关于迁徙的壮歌。

看着那些滑行在天地间的鸟影，尤其是斑头雁高傲而艰辛的身影落临湖边时，我替法国著名电影大师雅克·贝汉心生起一个遗憾来——在他的成名作《梦与鸟飞行》（也译作《鸟的迁徙》）中，如果能完成这样一场漫长的跟踪拍摄该有多好：选择一只从尼泊尔或者印度南部地区起飞的斑头雁，飞越过九千多米的云端，将地球上最高的山峰——珠穆朗玛峰也置身于羽翅之下，然后，它们或进入蒙古国境内，或选择前往青藏高原一带的"夏飞地"。筑巢、产蛋、育雏后，它们依然按照原路返回。

每年三四月份，来自中国南方和东南亚等地的斑头鹰、棕头鸥、鱼鸥、赤麻鸭、黑颈鹤、鸬鹚等十多种候鸟，将北上的身影集体写在天空里，构成一幅动着的、天空为背景的美妙画卷，一声声空中传来的鸣叫声，又给这幅图填写了生机。这个季节，青海湖的水面，接纳了来自天空的十多万只鸟儿的倒影。落地的鸟儿，以自己的方式，继续书写万里之外而来的传奇：顾不上洗刷羽毛上的风尘，顾不上和同伴讲述自己对沿途的感受。落地后，便是紧张的新生活，它们赶紧搜集、运输树枝，搬土叼泥、搭窝建巢，为的是很快能在这片鸟的天堂里，完成产蛋育雏的梦想。

众多远路飞至的鸟类中，最让我礼敬不已的是斑头雁。它的飞行

181

之旅，是人类电影史上的绝妙之笔《梦与鸟飞行》所无法表达的画面，这是一场划过天空的绝美风景的书写。

在整个青海湖区，这种从喙尖到尾羽的长度在七十至八十厘米的鸟儿，不是最好看的，也不是最强壮的，但却是前往青海湖的鸟路中最艰辛的。每年春天，它们会从印度的卡纳塔克邦湿地、恒河河口湿地、布拉马普特拉河湿地、印度河湿地和雅鲁藏布江中游湿地起飞，完成地球上鸟类中独一飞越九千多米高度的远行，这也使它们成为唯一以高空飞行之姿俯视珠穆朗玛峰的鸟类。

一场空中大迁徙开始了，天空中出现了它们美丽而坚韧的身影，响起了优美的声音，最艰难的地段便是飞越喜马拉雅山脉，这也是我看到纪录片《鸟的迁徙》中最精美的镜头。我常在脑海里浮现出这样一个画面：春初时分，倘若我登临珠穆朗玛峰峰顶，一定能够幸运地听到它们的鸣叫，能够在海拔九千米的云端，在其他生物踪影全无的天空，看到它们孤阵成队，傲视苍穹。

8848.48 米的珠穆朗玛峰顶，因为氧气含量不到海平面的百分之三十，煤油灯无法点燃；因为空气稀薄，直升机无法飞行；如果把一个人从海平面高度瞬间升高到珠峰峰顶高度，他会在数分钟内失去意识——他意识不到自己已经冻僵。这个高度，最强壮的哺乳动物也会很快死亡。然而，斑头雁却要飞越于此，它们的翅膀必须保持每秒钟挥动 3.7 次，将孤傲的身影划过白雪皑皑、生命全无的珠穆朗玛峰之上。将这个星球上飞在最高处的声音留在天空，将生命飞行的身影印在自身挑战天空中的最大极限。那稀薄空气的天幕上，一掠而过的，岂止是一群鸟类的阵影？

艰难的珠穆朗玛飞越后，它们并不能歇息，基本上要保持一小时内飞行八十公里的速度。但这个阵营却要分化，它们要分别飞抵中国境内的羌塘高原、三江源地区、若尔盖湿地区、青海湖畔、新疆的巴音布鲁克湿地及蒙古国的库苏古尔湖等地进行繁殖。我无法去另外的地方参观这些鸟类的夏驻地，只能在青海湖边遥远地打量它们不远万里而来的一场生命约定。

还有哪种鸟类的生命在如此艰辛但又尊贵中诞生？

每年四月下旬，大批的斑头雁像熟悉的亲戚一样，万里飞至青海湖边，湖冰还没彻底融化，它们会在冰面化开的水域一边觅食，一边找寻各自心仪的对象，在水中完成交配后，才上岸筑巢，劳累之余，也会卧在岛上或冰面上散步，享受太阳带来的暖意。

随着天气变热，水面上的冰彻底融化，会出现斑头雁大规模交配的情景。一场交配，是一场爱意萌生的前提，它们会成双成对地到岸上、岛上造窝：用双脚使劲后蹬挖出一个浅坑，将小石子衔来放进窝中，雌斑头雁下蛋的主要工作便开始了。下蛋后，它们便拔下绒毛铺在窝里，用小石子压住，然后，开始孵蛋。出去觅食时，它们也会细心地将蛋掩藏好。蛋快孵化的那几天，它们会整天孵在蛋上，为了均匀热量，偶尔起身翻翻体下的蛋。除了外出觅食，雄雁则一直不离不弃地守护在雌雁身边，并随时监视着周围的环境。经过约二十八天的孵化后，一个个小生命在母亲的如此艰辛孵化下出世。小雁出世的第二天，就会被妈妈带着下水，成年的大雁则会在每窝小雁下水前，承袭着斑头雁列队相送的传统。

小雁在妈妈的带领下游于水中，雄雁像检阅阵仗的君王，迈着悠闲而优雅的脚步，也会飞往水中教自己的孩子嬉戏、飞翔。它们低调地和众多鸟儿一样，将身影融进这众鸟王国里，没有任何张扬和喧哗。它们驻足高原水湄，时而展示划过水面的优美飞姿，时而呢喃在水草深处，时而在高原的阳光下休憩，时而护卫着孵化的雌鸟。它们展示的，是一部不需要解说词的纪录片，没有情节、没有语言、没有配音、没有字幕，让人叹为观止的画面和音乐就产生于天地之间，那是最真实的画面和来自大自然最真实的音效，感受大自然的神奇造化，体验上天赋予生命的意义，这是青藏高原独有的一幅天地鸟构成的绝美画卷。

大雁教会幼雁学会觅食、飞行，一天天过去，幼雁的飞行高度也逐日增高。前去游览青海湖的人们常常感叹，那里的夏天很短暂，当地的牧民也常有此感。其实，最该有这种感觉的应该是斑头雁。飞越珠穆朗玛峰的艰辛还没从记忆中退去，幼小的斑头雁还没彻底掌握飞行技巧，临近10月，随着湖泊的结冰期来临，斑头雁就开始离开青海湖，再次完成一个关于迁徙的承诺。

年迈的斑头雁能否再次完成对地球最高峰的飞越，能否实现返程的万里长途？年幼的斑头雁能否飞越那么高的山峰，能否飞完如此漫长的旅途？体力不济的幼雁和老雁，在掉队的刹那就决定了它们的生命以悲壮的形式终结。这或许也应和了《梦与鸟飞行》片首的那几句话：“鸟类的迁徙，是一个关于承诺的故事，归来的承诺。历尽危机重重的数千公里旅程，只为一个目的——生存。”

它们以搭顺风的方式选择了迁徙，无论来去，都是选择北半球的顺风向——凭借风力的帮助，它们能在数天之内就完成超过一千六百公里的单向飞行！这是何等聪明的鸟类！呼吸系统比哺乳类动物甚至其他鸟类都优良的斑头雁，即便是在快速飞行时，也不会出现头晕目眩的情况，因为它们的每一次呼吸，都会比其他鸟类吸入更多的氧气，保证供氧正常。大雁研究专家、美国新罕什尔州达特茅斯医学院生理学教授史·马什·泰尼的观点是一个明证：“斑头雁所做出的每件事都优于其他鸟种，特别是它们让人惊异的迁徙飞行，它们有效率极高的呼吸系统……”他的研究表明：在斑头雁的红细胞中，血红蛋白分子结构里包含一个特殊的氨基酸，因而对氧原子有特别的亲和力。这个优势加上斑头雁体内其他几个应对气候变化的组织，使得它们充分地利用了有限的生存资源，可在近九千米的高空安然无恙。

为什么要冒生命之险飞越世界第一高峰而不避开呢？鸟类学者研究出的答案并不统一，有学者提出：这些古老的鸟族，在喜马拉雅板块还没从地球上隆起时，就形成了这种长途迁徙的路线，随着时光推移，这条路线慢慢被定型。后来，喜马拉雅山逐渐升高，它们也一次次地提升着自己的飞行高度，所以今天依然通过飞越珠穆朗玛峰完成飞行大迁徙。也有学者指出，绕行珠穆朗玛峰的话，费去的体力会更大，它们选择的这条世界上最高的飞行线路，更能节省时间和能量。

除了斑头雁，来到这里的鸟儿要经过怎样的长途航程呢？灰雁，三千公里；白颊黑雁，两千五百公里；大天鹅，三千公里；丹顶鹤，一千公里；雪雁，四千公里；北极燕鸥，两万公里……看着它们闲适地嬉戏、漫步、做爱、孵蛋、驯化于青海湖边的身影，我不止一次地想象它们来去途中的艰辛：随着太阳、星星和地球磁场的指引，它们从不同的地点起飞，飞过森林、沼泽、沙漠、大洋、高山、城市、冰川……头上是星辰，羽下是大地。克服无数恶劣的自然环境，在大风沙中寻找出正确方向、在大沙漠中辨别出正确的飞行路线、在大森林中越过辽阔的绿色保持飞行的持续、在大高原的冰天雪地中努力保护自己、在大飞行中遇到强敌时要保护幼弱的子女，甚至面临人类的枪击或诱捕，这些介于大地和蓝天之间的精灵，在艰险与困难面前表现出的那份坚忍、坚强、坚持，就是一首以青海湖为句号的优美诗歌。

1876 年夏天，俄国博物学家、探险家尼古拉·普热瓦尔斯基来到青海湖边，采到了一种鸟类标本，粗看上去这种鸟类和世界上发现的十四种鹤类没什么区别，但细心的普热瓦尔斯基在高原的阳光下却看到这种鹤的颈部有三分之一的羽毛是黑色的，于是，"黑颈鹤"这种世界上分布的第十五种鹤，在波光粼粼的青海湖水边被鸟类学界发现并认可，这是目前世界上被命名最晚的一种鹤。

每年天气转暖时，黑颈鹤就像高原上转场的牧民，带着自己的生存希望和美丽的愿景，从云南昭通市一带出发。《昭通志》旧志九卷记载："雁似鹤，飞行呈行，秋来春去，叫可占晴。"每年气候变暖时，黑颈鹤便从昭通出发，开始它们的万里大迁徙。云贵高原的蓝天白云下，就会出现黑颈鹤结队划过天际的背影，寂寥的天空下会充斥它们的鸣叫，一串串黑色光亮的珍珠点缀于翠绿的山原之间，一声声天籁会让白云和蓝天不再寂寞。它们结成整齐的"一"字形队阵，将白雪皑皑的雪山留在腹下，冒着雨雪和寒风，一路飞过青藏高原东南地带的横断山区，将其美丽团队的背影和悦耳的鸣叫声，留给了高原的雪山、森林、江河、村寨。成千上万的黑颈鹤经过天空中的万里旅行，停足于大地上时，它们时而信步徜徉于水边草丛，时而窃窃私语于山林坡地上，时而引颈瞭望远方，时而展翅腾飞于天空。

出云贵高原后，它们进入川西高原，引吭高歌的黑颈鹤开始奏响这世上任何乐队都无法演奏的高原神曲，印证着古籍中"鹤鸣九皋，声闻于野"的记载。大地上悠闲的牧民或在蓝天白云之下闻声仰视，或躺在草地上静观，看着那些飞行的精灵，静静地聆听它们的高歌，那时的黑颈鹤，是川西高原上的美丽过客。它们中的有些并不会在此逗留很久，短暂的修整后，它们继续向青藏高原腹地飞行，雪山、河流、草场开始在它们的翅膀之下退后，青海的天空下，会出现黑颈鹤群排成的"一"字纵队或"V"字队形，以及悠扬的鸣叫。

黑颈鹤进入青海境内，在青海湖、鄂陵湖、扎陵湖等青海高原湖泊边停留下来，在这些湖泊湿地上，黑颈鹤开始筑巢求偶，繁衍后代。在藏族人的心目中，这些神鸟与吉鸟是藏族传说中格萨尔王的牧马者，在藏民的传说中，黑颈鹤高亢而悦耳的鸣叫声，能使百里之外的马匹听到出征的召唤。

这些飞翔过青藏大地的精灵们一次迁徙就在万公里之上。夏日的青海，绿色是大地的肌肤，盛开的各种鲜花就是这肌肤上美丽的纹身，这是迎接鸟类迁徙的视觉盛宴。

人间四月天，鸟类爱情季，斑头雁也好，黑颈鹤也好，其他鸟类也好，这些万里飞翔的精灵，在水之湄浪漫邂逅，让自己的爱情和高原上的鲜花一并绽放，在这个地球上，有哪种动物的爱情如此绝美？有哪种动物的欢爱如此惊艳？青海湖扮演了这些鸟类的爱床、洞房、度假福地、幼鸟的训练场等角色。从5月初开始，黑颈鹤和其他鸟类一样，抓紧享受青海湖带给它们的快乐时光，日日欢爱，夜夜激情。

青海湖就这样接纳了一曲鸟类的情爱之歌和生命之歌。两个落居鸟类的小岛因此而得名"鸟岛"，每只鸟儿都是将各自天赋发挥到极致的设计师、建筑师，人类建造一处简易住房也好，庞杂的大楼也好，都得需要设计、搬运、建造甚至装潢等不同领域、不同环节的工匠，而它们不需要，仔细看那些密密麻麻修建在鸟岛上各个角落的鸟巢，你不能不赞叹这些精灵们的聪慧与勤劳。

群鸟飞至，湖水欢悦，它们才是青海湖的主角。或在巢中安心孵蛋，或在天空翩然飞翔，或鸣叫于天空，或静声于月光之下，此时的青海湖，不再是它们的客栈，而成了真正的卧室。在这个卧室里，它们欢快地寻觅配偶，尽情地造爱、孵育小生命。

在一个全民低头于微信的时代，天空更需要抬头仰视的眼睛，那些给天空带来生机与灵动的鸟类，也需要关注的眼睛。

青海湖，一个让人类仰起头来敬礼鸟类爱情的地方！那些来去于天幕中的迁徙之鸟，是仰视者才能看到的！

（选自2017年第5期《湖南文学》）

塞罕坝时间

李青松

> 要广泛开展国土绿化行动，每人植几棵，每年植几片，年年岁岁，日积月累，祖国大地绿色就会不断多起来，山川面貌就会不断美起来，人民生活质量就会不断高起来。
>
> ——习近平

一

塞罕坝——啥意思？

这里，既有森林的壮阔，也有森林的细微，更有森林的饱满和丰沛。有人说，塞罕坝的森林是翡翠；也有人说，塞罕坝的森林是绿肺。

难道说起塞罕坝就一定带着森林吗？当然。森林，塞罕坝的森林真美。美得令人心醉。

换个角度看，或许印象更清晰——绿，深绿，翠绿，墨绿。从卫星云图上看，塞罕坝这片人工林海，不就是一只墨绿色的展翅翱翔的雄鹰吗？一百一十二万亩，三代人，用了整整五十五年的时间只做一件事——种树。磨出了多少老茧，磨坏了多少锹镐，数也数不清。此间，有抱怨与绝望，有荣耀与悲伤，有坚韧与抗争，有寂寞与欢乐，有荒谬与智慧，有灵魂与激情……然而，故事从未停歇，每天都是开始。这片林海负载着塞罕坝三代人的希望和梦想。这片林海是塞罕坝之根本，没有了这片林海，塞罕坝就没有了今天，也没有了未来。

然而，时光倒转回去，早先的塞罕坝却是一片蛮荒之地，甚至被称作坝上的"青藏高原"——天高风冷，水硬人横。

上世纪 60 年代初，风沙紧逼北京城。冬春时节，小伙子戴风镜，姑娘戴口罩是北京街头的常态。一入冬，西北风嗷嗷叫，风沙肆虐，沙粒砸在脸上生疼。怎么回事？林业部不是管造林的吗？有没有什么办法呀？

北京风沙脾气暴跟塞罕坝啥关系？问风风不理睬，照刮；问沙沙不言语，照砸。还是问问脚步吧——脚步丈量的结果：浑善达克沙地与北京的直线距离仅有一百八十公里，平均海拔一千多米，而北京的平均海拔仅四十多米。有专家形象地说："如果这个沙源阻挡不住，就相当于站在屋顶上向院子里扬沙子。"必须把沙子挡住。塞罕坝恰好处在那个能挡沙子的特殊地理位置上。如果说内蒙古浑善达克沙地与北京所处的华北平原之间隔着一道门的话，那么塞罕坝就是那道门的门栓。

早先塞罕坝也是草木葳蕤，獐狍野鹿出没之地。塞罕坝属于木兰围场范围。《围场厅志》记载此地"落叶松万株成林，望之如一线，游骑蚁行，寸人豆马，不足拟之"。康熙曾多次带领将士来此围猎，还即兴留下过一些诗句："……鹿鸣秋草盛，人喜菊花香，日暮帷宫近，风高暑气藏。"

然而，曾几何时，随着清王朝的没落，大批流民涌入，肆意垦荒，断了塞罕坝的根，致使塞罕坝元气大伤。后又几经军阀匪寇劫掠，反复折腾，森林荡然无存，塞罕坝一片肃杀凄凉。

从此，沙魔长驱直入。那道门栓也闩不住了。

塞罕坝，塞罕坝，塞罕坝是啥意思？

这微弱的发问，早被滚烫的大漠蒸发了。

二

风雪弥漫中，一个健壮的身影出现在塞罕坝。

1961 年，为了破解风沙南侵的困境，时任林业部国营林场管理总局副局长的刘琨，率专家组来到塞罕坝，他要用自己的眼睛看看那道门栓究竟是怎么回事。他眉头紧锁，视野里"尘沙飞舞烂石滚，无林无草无牛羊"。他在塞罕坝荒凉的高岭台地上考察了三天，没有找到那道门，更不用提那道门栓。但是，他拿到了第一手珍贵的资料。回去后经过专家们的反复论证，最后得出结论：塞罕坝上可以种树，可以竖起一道绿色的屏障，阻挡风沙的南侵。

也就是说，没有门可以安上一道门，没有门栓可以安上一道门栓。

1962年，塞罕坝机械林场正式成立，任命承德专署农业局局长王尚海为第一任场长。随后，林业部工程师张启恩带着妻儿来了，场长王尚海的爱人带着五个孩子来了，河北承德农专的五十三名毕业生来了，承德二中刚刚毕业的陈延娴等六名女高中生来了，一批新毕业的大学生来了，由全国十八个省市的三百六十九人组成的林场第一支建设大军来了。他们用自己的青春和热血在这片荒野上开始书写动人的传奇故事。

然而，建场之初，塞罕坝地区生活条件非常差。没有房屋可居住，就搭马架子，盖窝棚，挖地窨解决住宿问题。严寒的冬天，马架子和窝棚被厚厚的积雪压塌是常有的事，而地窨阴冷潮湿，住在里面一点都不浪漫。那时的塞罕坝，完全落在寂静里，只有暗夜包围着的地窨里，时而传出几声长长的叹息。

食物更是严重短缺。当地有一句谚语："坝上的庄稼——山药蛋。"当时在坝上能够生长的农作物很少，只能种植一些适应高寒地区生长的白菜、土豆和莜麦等。坝上气候不适宜种小麦、玉米等粮食作物，种不成西红柿、豆角等蔬菜，苹果、梨、桃等更是想都甭想了。

种啥吃啥，有啥吃啥。当初在塞罕坝，莜面最通常的吃法是：把水烧开，把干面直接往锅里撒，一边撒一边搅拌。搅拌熟了，外表成球状，黑乎乎的，俗称"驴粪蛋儿"。大家开玩笑说，总吃"驴粪蛋儿"也不是事呀，人都快成"驴粪蛋儿"了，换换样儿吧。于是，伙房师傅也真费了一番心思。清水煮土豆白菜，莜面窝头。清水煮土豆白菜，莜面卷儿。清水煮土豆白菜，莜面片儿。到底是该哭，还是该笑？

也许，白菜土豆还有莜面"驴粪蛋儿"知道。也许，苦寒的日子知道。

三

站在坝上放眼望，路在哪儿呢？前望不见，后望不见；左望不见，右望不见。原来，路被移动的沙漠吞噬了。

当时，塞罕坝的交通条件极其不便。只有一条蜿蜒的土路，一头连着围场县城，一头连着遥远的内蒙古高原。路况相当差，去趟一百公里外的围场县城，有时要走两三天的时间。此地偏僻、高寒的地理环境自不必说了，单是没有电、没有自来水的不便，就足够考验这些年轻人了。更不要说没有娱乐设施，业余生活单调枯燥。冬天，白日里在冰天雪地里干活，夜晚就守着炉火，在煤油灯微弱的光亮中听着段子。烧的是什么？干透的牛粪饼。炉火"噜噜"地燃着，加一块牛粪饼，再加一块牛粪饼。炉面上，往往烤几个土豆。听得入神，土豆烤糊是常有的事。而讲段子不是谁都能讲的，往往是那个读书最多，戴着瓶底般眼镜的人。

不过，说他们的生活枯燥乏味也不全对。因之那些牛粪饼和那些段子，寒凉枯寂的夜晚温暖而生动了。

他们也写打油诗——

渴饮沟河水，饥食黑莜面。

白天忙作业，夜宿草窝边。

劲风扬飞沙，严霜镶被边。

雨雪来查铺，鸟兽绕我眠。

老天虽无情，也怕铁打汉。

满山栽上树，看你变不变。

当年的马架子宿舍门前，还有这样一副对联：

一日三餐有味无味无所谓，

爬冰卧雪冷乎冻乎不在乎。

"无所谓""不在乎"，这些饱含着眼泪和痛苦的词句，表现了塞罕坝人乐观的精神。然而，塞罕坝虽然来了很多人，但塞罕坝还是缺人。不缺男人缺女人，最缺的是姑娘。

当地有一句顺口溜："塞罕坝真荒凉，又有兔子又有狼，就是没有大姑娘。"

当时林场新来的那批大学生除个别人年龄小，绝大多数都进入到了谈婚论嫁的年龄。可是在这闭塞的荒原上，年轻人到哪里寻觅自己的另一半呢？

新来大学生的个人问题一时成了这个寒冷荒原上的热点问题。这些有知识、有文化的年轻人怎么可以没有对象呢？坝上有个叫棋盘山的古镇是个牲畜交易集散地，是一个信息集中的地方。一个偶然的机会，林场技术员张凤元和镇上姑娘隋莲芝谈上了恋爱。"塞罕坝居然来了那么多新毕业的大学生！"镇上人一嚷嚷，一传俩，俩传仨，后来又互相介绍，便有不少年轻人不惜遥遥路途开始交往，结婚成家。一时间，塞罕坝的小伙子们很多都成了棋盘山的女婿。

人们便打趣说，棋盘山成了老丈人"窝子"。没过两年，这个老丈人"窝子"又成了姥爷"窝子"——娃娃出生，女人带着刚会说话的娃娃回娘家。娃娃奶声奶气地唤一声姥爷，镇子里满街探出喜滋滋的脑袋。

人在哪里，哪里就有生活的逻辑和意义。生活虽然艰苦，但苦中也有爱情，也有快乐，也有幸福。绿色需要坚韧，需要劳作，需要不懈的努力；绿色需要空间的分布，也需要时间的积累。绿色的面积在一寸一寸扩展着，增长着，延伸着。

塞罕坝的第一代建设者，现在大都已经退休或者故去。当年，他们是怀着革命的理想和远大抱负来到这里的，他们对自然和社会的认识，自然与现在的年轻人不同。冰雪和荒野中曾经有过他们的血汗与悲壮，豪情与困苦，坚忍与疲惫。他们对塞罕坝的眷恋之情是现在的年轻人所无法理解的。在无可抗拒的命运面前，生命在这里显得无助而茫然。他们的眼神多半是忧郁的。然而，同他们谈起塞罕坝，谈起当年的事情，他们的眼神里却又闪烁出兴奋的光芒。近年来，他们的思乡之情越来越浓烈，但省亲之后又多半打消了返乡的念头。因为，家乡的人早已把他们视为塞罕坝人，家乡的土地上已没了他们可耕的田，可以生活的空间。

塞罕坝，塞罕坝，塞罕坝是啥意思？

河有源，树有根。源在塞罕坝，根在塞罕坝。

四

不要以为种树那么容易。不就是挖个坑，种棵苗吗？其实，种活一棵树不比养活一个孩子简单。种树是个技术活儿。

头两年，塞罕坝人从东北地区调来的绿化苗木种下的树，都死了。

有诗云："天低云淡，坝上塞罕，一夜风雪满山川；两年种树全死完，壮志难实现，不如下坝换新天。"不都是英雄，也有人卷起行李悄悄溜走了。

如果连树都种不活，那留下来还有什么意义？

必须搞清树死的原因。原来，外来的苗木水土不服，抗性太弱。想在塞罕坝地区种树成功，必须自己育苗，育适应当地土质和环境生长的苗木。塞罕坝人开始进行技术攻关。他们首先攻克了在高寒地区育苗这一关，继而在塞罕坝地区育苗获得成功。之后，又改造了苏联进口的种树机，将它由原来只能在平坦地方种树的性能，改造成了在塞罕坝山地、丘陵地照样能种树。由此，机械种树获得了成功。从那时起，塞罕坝营造百万余亩人工林的大幕，算是就此拉开了。

1964 年，春节刚过，林场党支部书记王尚海、场长刘文仕等人就骑着马，带着技术人员上山了。马蹄坑，是塞罕坝人选择的头一个战场。经过三十多个昼夜的奋战，近千亩落叶松小苗扎根在了马蹄坑，塞罕坝人终于在这片荒凉的土地上，种下了属于自己亲手培育并植造的第一片林子。七月，塞罕坝的野花盛开了，一棵棵幼苗也绽放出了笑颜。

"文革"期间，别处一片喧嚣，塞罕坝人却只顾埋头种树。牢记使命，不忘初心，种树不止。

数字，也许是抽象的，不能带给人美感。但数字也是鲜活的，灵动的——塞罕坝在"文革"期间及其前后历年种树的面积：1966 年以前种植三万四千亩，1966 年种植五万亩，1967 年种植六万亩，1968 年种植五万亩，1969 年种植五万亩，1970 年种植六万亩，到 1983 年，塞罕坝上的有林地面积已经达到了一百一十万亩。

这一组数字的背后，洒满了塞罕坝老一辈建设者的血汗，凝结着塞罕坝老一辈建设者的绿色情怀。他们几乎是用生命的代价换来了这片林海，在荒原上树立起了一座绿色的丰碑。

林海无语，丰碑无言。

五

林子多了是好事也是难事。难就难在防火。

塞罕坝九座望火楼，个个高耸，座座威严。毫无懈怠地矗立在林海高山之巅。每一座望火楼上都有一双瞪大的眼睛，注视着森林里的一草一木。

暖泉子望火楼。尽管时令已经进入三月，许多地方是暖融融的春天了，但塞罕坝依旧是白雪皑皑，冷风刺骨。为了探访护林人的生活，我走进了暖泉子望火楼。这里毫无神秘可言。室内的陈设虽然简单，但很整洁。一张床，一张桌子，一台电视机，一部电话。墙上挂着一幅地图和一个打着卷儿的日历。

护林员陆爱国和妻子王春艳，已经在这里坚守了十五年。

"心里那根弦，整天绷着。不敢有片刻懈怠。"身穿迷彩服的高个子陆爱国一边架起望远镜，一边一字一句地说，"一般每年的防火重点期是三月十五日到六月十五日，九月十五日到十二月十五日，这六个月必须要住在望火楼里，十五分钟汇报一次瞭望情况。"

我瞥了一眼桌上的电话，心里充满敬意。

"这些树是我父亲那辈人种下的．可不能在我们这代人手里毁了。"陆爱国说。坝上地区每年的无霜期只有七十多天，冬天几乎都会大雪封山。我打量一下望火楼的角落，对并排放着的三个装满了雪的水桶有些不解。我指了指桶里的雪问王春艳："这是干吗的？"王春艳说："雪水是用来洗衣服的，如果大雪封山，下山挑水困难，有时也喝雪水。"

陆爱国和妻子初到这里时，生活条件非常艰苦。吃水还得到山下两公里以外的暖泉子去背，水从桶口晃出，洒在后背上，浸湿衣服，后背冰凉。路滑且陡，不知跌过多少次跤，摔坏了多少个桶。也许人忘了，桶却知道。

当好护林员除了要有强烈的责任心，还要有过硬的观察本领。为了熟悉地形，尽快报出火情地点，夫妻俩把从望远镜里所能观察到的山头、洼地都一一编号，牢牢记在心上。一旦有情况，报警时马上就能说出地名和方位。通过长时间的对比、观察，他们还熟练地掌握了一套识别烟火的本领，能在最短的时间内，快速准确地识别出是烟是雾还是霞光。

陆爱国说："不怕一万，就怕万一！"某日下雨打雷，断电了。糟糕，一旦有火情就不能用电话报警了。可偏偏在这个节骨眼上就出现了情况。陆爱国用望远镜瞭望时，发现御道口的马溜进了新种的林地，急得他出了一头的汗，没办法，他只能跑下山去喊人。直到把马赶出林地，交给主人，他才放心。

陆爱国1962年出生在塞罕坝，他的父亲是林场的第一代创业者，他的大儿子现在在林场的扑火队开消防车。可以说，一家三代人都是务林人。有一次，他骑摩托车下山确定一个疑似起火点，由于匆忙，路又陡，连人带车摔出去很远，把腿摔坏了。陆爱国双手拄着拐杖，咬着牙，硬撑着当班，没下山休养一天。

他说，三代人的命运跟林场的命运连在了一起，林场在他们在，林场好他们跟着好。所以，不能让林子受一点损失，多苦多累多难，都心甘情愿。

最近几年，林场在防火事情上不敢有丝毫差池，整个防火系统形成了探火雷达、空中预警、高山瞭望、地面巡护的有机监测网络，实现了林区监测全覆盖，三百六十度立体掌握。建场五十多年来，塞罕坝百万余亩人工林海，没有发生过一起森林火灾。

我问："山上生活寂寞吗？"

王春艳说："夫妻在一起还好些，但还是很寂寞，两个人能有多少话说，话说完了，只能大眼瞪小眼。都是人，有时候心里难受了，我们俩就吵架。"我扭头问旁边的陆爱国："是这样吗？"陆爱国不言语，只是笑。

"不过，狍子、野猪、山兔、野鸡、黑琴鸡等野物常常来光顾望火楼，让我们觉得，这山上不光是我们两个人呢。"停了停，王春艳继续说，"曾经有一对驻守望火楼的夫妻，他们的孩子是在山上生的，也是在山上长大的，可由于平时交流少，都三岁了才只会说几句话。"

我望了一眼汹涌的林海，一时不知该说什么。

寂寞守望，孤独坚守——这就是塞罕坝护林人的生活。可是，我还是要问：塞罕坝，塞罕坝，塞罕坝是啥意思？

六

塞罕坝的一只蝴蝶扇动一下翅膀，就有可能掀起太平洋上一个巨浪。生态是个整体，有一根看不见的线连着。

"塞罕坝的生态地位非常重要，它处在内蒙古高原向华北山地及平原过渡带上，是滦河等多条河流的源头，阻挡北边风沙南侵，是一道不可或缺的生态屏障。"国家林业局副局长刘东生说，"这片林海，不仅起到涵养水源、减少水土流失的作用，有利于生物多样性的保护，而且可以大量吸收和固定二氧化碳，成为碳汇库。"

　　1993年，塞罕坝林场被批准建立了国家级森林公园，开启了森林生态旅游的新篇章。近几年，塞罕坝每年接待游客五十万人次以上，每年门票收入四千多万元，带动了周边乡村生态旅游，生态产品和手工艺品销售甚旺，社会总收入超过六亿多元。七星湖是塞罕坝的一处景区，一到暑期，木屋住宿的游客爆满。这么好的商业前景，本应多建一些木屋，但林场场长刘海莹对此说不。

　　刘海莹说："从根本上来讲，塞罕坝的生态还是脆弱的，生态承载力还是有限。我们不能干竭泽而渔、杀鸡取卵的事情。吃祖宗的饭，断子孙粮不算能耐，还祖宗的账、留子孙粮才算真本事。"

　　尽管生态旅游效益可观，但塞罕坝还是实行了控制游客进山总数的硬性约束机制，即游客进山总数到达一定"红线"后，便一概拒之山门之外了。"说心里话，这是让自己很痛苦的事，因为来游客，就意味着增加收入呀。可是，没办法。痛，是为了长久的快乐。"刘海莹说。

　　"既要绿水青山，也要金山银山。宁要绿水青山，不要金山银山，而且绿水青山就是金山银山。"刘海莹对习近平总书记的这段话或许有着更深刻的理解。

　　塞罕坝，森林生态系统正稳步形成。落叶松、油松、白桦、椴树、黄菠萝等乔木树种结构分明，错落有序。榛子、沙棘、柠条、火棘等灌木应有尽有，各自占据着属于自己的空间。林间，溪水淙淙，崖壁上飞瀑喷雪吐浪。过去多年未见的动物，如野鸡、野兔、狍子、猞猁，也重现了踪迹。

　　不能不提塞罕坝的白桦林和黑琴鸡。苏联作家卢斯蒂格写过一本小说，叫《白桦林》，讲述的是一个忧伤的爱情故事。朴树有一首流行歌曲，唱的是白桦树。曲调是那么的柔美，柔美中还略显忧伤。若没有这一段段故事，白桦林就只剩下了柔美，绝没有什么忧伤了。然而，我宁愿相信白桦林没有忧伤，因为我来到塞罕坝，看到的是白桦林的美丽，白桦林的漂亮。塞罕坝白桦树干直挺耸立，上有线形横生的孔，远看好像生着无数的眼睛向四周瞭望。枝条柔软，迎风摇曳；树皮洁白，光滑细腻。卢斯蒂格把白桦称为"俄罗斯的新娘"，而塞罕坝人却没有心情那么浪漫，种树种树，忙着呢！

塞罕坝的白桦林里栖息着珍贵的稀有动物——黑琴鸡。这可是我亲眼所见。

那天，我们驱车在林间防火公路上行驶，忽然两只黑琴鸡窜上了公路。我们停车观看，个个瞪大眼睛。它们玩耍着，旁若无人，不惊不躁。在路面上，它们互相追逐，一边"跑圈"，一边"咕噜噜"地叫。最后，它们回头觑一眼我们，抖抖翅膀，双双飞进白桦林中。

是啊，森林群落绝对不光是我们所看到的那些树，它还包括野生动物等更多的生物形态。塞罕坝的森林里充满着生命的律动，"咕噜噜""咕咕哇""嘎嘎嘎"……

塞罕坝，塞罕坝，塞罕坝是啥意思？黑琴鸡，你们知道吗？

七

有人说："树木撑起了天空。如果森林消失，世界之顶的天空就会塌落，自然和人类就会一起毁灭。"在一定意义上说，树木与人的关系，就是人与自然的关系。

我曾多次来到塞罕坝，一直在思索塞罕坝的故事，并试图从中领悟人与自然到底是一种什么样的关系，找到那个隐秘的图谱。人，在自然面前到底起什么样的作用。

习近平总书记说，人与自然是一种共生关系，对自然的伤害最终会伤及人类自身。此语饱含着尊重自然，谋求人与自然和谐发展的价值理念和发展理念，是一种大情怀，大境界。

中国，正在大步向着绿色发展的目标迈进；中国，正在向着生态文明的目标迈进。

塞罕坝，塞罕坝，塞罕坝到底啥意思？塞罕坝意味着什么？塞罕坝代表着什么？该回答这个问题了。塞罕坝人说，塞罕坝是蒙语和汉语的组合。塞罕是蒙语，美丽的高岭的意思；而坝是汉语，台地的意思。把它们组合在一起即可表述为美丽的高岭台地。塞罕坝是一种有高度、有广度、有厚度的美呀！

塞罕坝已经不是一个地理的存在，而是几代人集体和个体的理想集合，是一种生活的气息和氛围，是一段飘荡的情绪和记忆，更是一个不朽的绿色传奇。在这个意义上说，塞罕坝，没有同义词。

忽然想起两句话。一句话叫"山厚地厚人忠厚，山薄水浅人轻浮"。另一句话叫"森林涵养水源，生态涵养文明"。

置身塞罕坝壮美的百万亩林海，倾听着松涛的声音，深深呼吸一口那弥漫着松脂芳香的空气，顿时有一种洗心润肺的感觉了。隐隐地，我对塞罕坝似乎又有了一层新的理解——塞罕坝就是绿水青山，塞罕坝就是金山银山，塞罕坝就是我们心底那个绿色的梦。那个梦，并非虚幻缥缈，并非无根无蒂，那个梦是真的，就在眼前。

塞罕坝——塞罕坝——塞罕坝！

（选自2017年8月11日《人民日报》）

冬　季

冯秋子

2008 年 10 月 8 日傍晚，我从内蒙古回到北京。

人回来了，心还留在那儿。

内蒙古已经上冻，回去那天夜里，车停在院子里，水箱就冻住了。早晨地上结了冰。气温继续下降。

离开内蒙古的前一天，先下雨后下雪，然后是冰。

我父亲呼吸困难，拖到不能再拖，他才同意转院。一大早护送他去呼和浩特住院，从背部先后抽出五斤多积水。我利用"十一"长假，赶回来看望病重的父亲，看望不顾病痛一直照顾父亲的母亲。现在随父亲转战到了呼市。医生说父亲的一个关键手术不用做了，不能做了。父亲问我们几个儿女：结果是什么，跟我说一下。大哥说出医生讲的全部话里的一小部分。父亲问：还有什么？又说出一小部分。没有啦？大哥说：没啦。父亲说：没啦，出院。母亲、哥哥和我，听到父亲的命令，一股气驾着车开回我们旗。

晚上，向父亲报告晚间播报的时事新闻，美国"倒萨"事态，西方各国、各方面的反映，南美洲政变，亚运会，国际象棋大赛人与机器对垒等等。父亲临睡时问我还有什么要和他讲。我说了三点。关于饮食问题，父亲一直比较讲究。咱们继续，再接再厉，食物控制好了，糖尿病的指标还是能控制住，好迹象还是能表现出来，这是咱们能做的，不要放弃努力。关于跟母亲说话，要有耐心，母亲耳朵背，听不见、听不清的时候，不要着急，不要大声喊叫，看把母亲吓着。现在，医生把治疗、恢复的主动权交到咱们手上了，我看，咱们天生的强健体魄、健康的内脏功能和循环系统，到了发挥作用的时候了。是不是，爸爸。我讲了一个小故事，在抗美援朝战争时期，志愿军伤病员，别管受伤程度深还是浅，总是恢复得又快又好；那些被俘的美军伤兵，即使比负伤的志愿军战士伤情轻得多，他们都是使用当时能有的相同的药，伙食也相同，但是恢复的效果截然不同。美军伤兵中不少人，原本只有一处小伤口，医药处置很及时，但也竟会出现伤口感染、溃烂。因为他紧张、恐惧呀，无法消除焦虑，没有安全感，生活不习惯，语言有障碍，总之，猛虎落入猎人之手，身陷敌方，那种惶恐和不安没有一时不搅扰他、挫伤他，他们的情绪处在悲观、绝望之中。反过来，志愿军伤病员负伤严重，竟愈合得出奇地好。为什么呢，因为处在心宽的地方，是自己的同志主持下的战地医院，使用的是从祖国调运来的设备、药材，听和说的是自己的语言，一句话，他是在自己的地方。那种感觉完全不同，情绪平稳，心理正常，思维活跃，精神状态积极，主观能动性调动和发挥出来了，这些积极因素，帮助身体分泌出良性的元素，客观上起到帮助治疗和恢复的作用。

这一类简单明了的道理，跟父亲说，在以前是不可以想象的。在他面前，什么都不用摆，他就是一个讲道理的大王，他讲的道理，过去曾经覆盖了小到一个家族、一个单位、一所学校、一家工厂、一个村庄，大到一个区、一个人民公社、一个旗的大会现场，人们听他讲话，没有一个人离开会场。我们跟他在一起，永远差着距离。但是现在不同，当我就要离开家，离开父亲和母亲时，他会对我说：你还有什么话要跟我讲。哈哈，我真应该骄傲，父亲和我，和我们兄妹们之间，有了这种形式的交流。父亲把我们当作成人看待。说实话，我们还是有一个接受过程、习惯过程的。

我们和父亲有一种厚实的情感，但谁也不直接表达它，触碰它，好像在这个家里，都没习惯表达情感，但情感没有一天感觉不到。唉。心里又幸福，又有掠过骨质的酸楚滋味。我能怎么做呢，瞬间遮掩起莫名的滋味那一类东西，嘿嘿嘿地笑出声来。好，两个问题——或者三个问题，我对父亲讲。你知道，这些个问题，也是经过挑选说出来的，又得有，又得是轻重的分寸恰当，还得轻松一些，有点玩笑式的。总之，绕过感情，不触碰到感情的丝线，如果不小心挨着了，赶紧跳出，离开那块地带。

他笑呵呵地说：好，谢谢你。我想，可以采纳，照办。你放心，好好工作，照顾好自己。你那边的事情，我都放心。好的，走吧。他哈哈地笑着，让你轻松地走掉。

离开他们，我的眼泪怎么流，是我的事情。

我是觉得父亲老了，对儿女有了一些不合。

想当初，我去北京上大学，第一个寒假快到了，写信给父亲，顺便告诉他，学生处帮助订了回内蒙古的车票。他写来一信，说了这样的意思：离开家才半年不必着急回来。建议留在学校多读几本书，或者跟同学结伴到别处看看。出了门，对门外的世界应该多作了解。总想回家，没有出息。要有准备，多锻炼自己。

那时候，不像现在，我还是很怕他的。回到家，我等着他和我谈，担心挨说。他好像忘记了在信里表达的意思，多次和我谈论学校、学习、生活、和同学们的相处、老师的教学情况等等。谈完话以后，一如既往地，他对我放下心来。这之后，他一概放开，从不干涉我的学习、生活，包括后来我的恋爱。他只是注意了解对方是一个怎么样的人，他认为把握了对方的"人"以后，就不必再说什么，由他们两个人自己去相处吧。他对我母亲讲。要我母亲不用过多问询这件事。孩子愿意讲的时候，自然会对你讲，不讲，就说明她能自己去处理。

他很喜欢那个从我听来的青年。若干年以后，当他听到我母亲说：XY（他的小名）脾气挺大的。母亲是看他对我说话的时候有点急躁，对父亲有感而发。当母亲的，不愿意看到女婿对女儿耍脾气是自然的。当时家里只有我父母和我三个人。父亲接起母亲的话，说：男人没脾气还像个男人了？父亲竟替他说活。那个话题没再继续。父亲喜欢他。再者，父亲不觉得那么一个细节，跟他的"人"相比，有什么重要。一般情况下，他认可的人和事情，在心里给出的宽敞和能有的包涵，比一般人宽大而且长远。父亲病危、去世前，我回内蒙古照料父亲。他因为正在和我冷战，对婚姻有了不同的想法，为了好不容易确立的意志不被动摇，就没来看望我父亲，没打电话致以问候，没和我父亲道别。父亲没有一句抱怨，尽管他那时还是他的女婿。父亲临终前对我说了这样的话：沟通不够，好好谈一谈，相互多理解对方……在那之前几天的一个下午，父亲竟然做了一个梦，梦见他打电话了，跟他说，要开车回来看他，问询父亲的病情怎么样啦。父亲说，我让他跟你妈妈讲，我听不清。母亲告诉我，是你爸爸做梦梦见的。那时，父亲时常处于昏迷状态。我母亲说，你爸爸想 XY 了。

高声说话，父亲能够听见。我尽量说得轻松一点，不让他感觉到异常，我自己嗓子疼，也不让他感觉到。这个家，谁也不说摇动感情的话。

整个上午，草地里全是白色，草上是霜。开垦的土地，也全是白，以及慢慢露出来的发黄的绿色，在视野里慢吞吞地转化。午后，太阳清照一片戈壁草地，一会儿一块浮云挡住太阳，那一大片地方一下就变得黑暗无比，阴冷没有商量。

傍晚，西边的太阳映照出赤烈的红色，天渐黑，红色柔和下来。太阳红红的，非常亲，非常近，也非常快地消失。多次见识，但是还会有悲伤掠过。人孤立无援，永远地生活在空洞的、凛冽无言的深处。

黑夜，许多狗在叫。父亲的盲表也不失闲，凌晨时呻报出公鸡叫鸣。

母亲照顾不动父亲，我上次回家时，我们一起把父亲和她一块儿搬到我哥哥的院子去住。哥哥全家照顾我父母亲。

父母住进了我哥哥家的新房。后墙，通火炉的烟道，天冷以前住进一窝麻雀，大鸟小鸟早晚叫唤。这些鸟们有了两个通道，一个朝向一米以外的天空，一个朝向我父母的新家。于是，一家人不知道该怎么生火炉，怎么解决走烟问题，怎么重开烟道，开在哪里。哥哥想出一个不是办法的办法，生灶火，烧热做饭的大铁锅，炙烤房子，为父母取暖。

我踩板凳上去看鸟，小鸟全部挤卧在草木垫里看我。它们的屎尿拉到墙洞边缘。我看见了母亲放进去的那块叠了好几层的布。其实她知道鸟不会使用她的布，把她的布当作褥子或者床单，只会在上面拉一些屎撒一些尿，她还是往里乱放东西。她怕鸟受冻，想不出给鸟取暖的更好办法，跟我哥哥一样，被鸟难住了。

母亲担心小鸟掉下来，让人移走了放在墙根底下的水桶，她在地上铺了一块大棉垫。

　　母亲搬离自己的院子，院里住的几窝麻雀就搬迁走了。

　　她养的牧羊犬半个多月不吃东西，只喝一点点水。我哥哥院子里有一只比我母亲院里的牧羊犬更壮、更大的牧羊犬，他们想把我母亲院里的牧羊犬接过去。我哥哥去了一次，孩子们又去了一次，均无功而返。母亲院里的牧羊犬，死活抠着院子的地，身体向后坐下，不愿意跟他们走。我哥哥回来讲，院里没人了，它想守院子。母亲回去给它续水、喂食，它吃了两小口食物。自此，牧羊犬再没有进食，备下的食粮和饮用水，没再动过。一星期后，牧羊犬倒下了。

　　我们一起去埋葬那条淘气的狗。它的历史结束了。它只活了一岁半。它把我母亲的用具撕毁，比如扫院子的大扫把，还有压在纸箱子底下的羊皮裹腿……把黄太平果树的皮扯下来，把柴草房里的耗子一只一只捉拿出来，整整齐齐摆放到果树下。夜晚，母亲常忘记锁院门就去睡，它一直在母亲的门外叫，实在叫不出效果，就起身趴在家门旁的玻璃窗户上，对着屋子叫。直到母亲起来，出去锁上大门，它才回到自己的柴草窝棚躺下。

　　这个冬天，不那么好过。

（选自2017年第4期《红岩》）

河流上的黄昏（外一篇）

李 颖

我在少年时代的几个黄昏里遭遇了父亲向同一条河流走去，他总是因为答应借钱给某个老乡或者战友而与我母亲发生激烈的争吵。由于我的母亲并不打算拿出他所说的那笔钱，我的父亲遂准备投奔一条河流。他总是铁青着脸嗫嚅着说：我不过了，我死了算了。他向河流走去的时候，我的母亲绝望而悲凉地望着他的背影，她不再跟他争吵，并示意我跟在他身后。

我在很小的时候就理解了绝望和悲凉这类词语。

像是去迎接世界末日般，我远远地跟着他。谁能想象一个孩子，在黄昏里眼睁睁看着去赴死的父亲，周身弥漫着不可名状的孤独、凉薄和恐惧。我默默地跟着他朝河边走，他自顾自地朝前走，每一步都满怀愤懑，不曾迟疑踉跄，仿佛故意要让身后的人看清他的决绝。然后，我的父亲久久戳在河碛上，他穿一件劳动布做的蓝色工作服，他瘦削而坚硬，面对河流一动不动，我就站在他身后十米开外的地方，不敢大声喘气，我生怕我一惊扰，他就为了证明自己赴死的决心而更快地扑向河流。事实上，他从未回头看过我，我不知道他是否知道我的存在。我无法揣测他的意图，我不知道他是否下一秒就准备在我眼前消失。假如他顷刻消失，我该如何自处？我是应该徒劳地伸出手抓向他脊背的方向，还是应该原地不动？我是应该哭喊，还是根本哭不出来？我唯有甩出我眼中惊惧的目光，紧盯他的背影，仿佛无论他跳不跳下去，我笔直的目光都能将他死死钩住，不至坠落。总是过了一小段时间，邻居便会跑到河碛上来劝解，我的父亲便在邻居的拉扯中半推半就地

203

回去了。我跟在他的身后往回走，我知道，接下来迫在眉睫的事，就是他要考虑如何面对我沉默的母亲。

很多年后回想这件事，我慢慢明白，邻居才是母亲叫来的帮手。我的母亲让七八岁的我跟着他，肯定知道我没有能力拉住父亲，无非是希望父亲看在孩子的份儿上不至于做傻事。我坐在往后的很多个黄昏，遥想着母亲焦灼与悲怆的内心，并试图伸出双手抚慰我贫穷的1980年代。父亲靠卖苦力挣来的每一分钱都交给母亲，母亲执着于存钱的游戏，她似乎要把每一分钱都用于未来，她对现实生活的每一点开销都精打细算。母亲根据生活经验认为，借出去的钱是不会长脚自己走回来的，几乎没有生还的可能。而父亲总是想着在老乡们或者战友面前打肿脸充胖子，并借此证明自己在家里的地位。在与母亲的这个角力中，他总是失败者，即便以死抗争，也未曾如愿。

父亲面对河流留下的背影，成为我此生挥之不去的噩梦。这是我在童年和少年时代永远不能抹去的黄昏。它看似越来越昏暗，内核却越来越明亮刺目，我整个一生的黄昏几乎都被它的光焰洞穿，灼成灰烬。

父亲从河流边被邻居拉回来了，却并不说一句话。有一回，他整整一个夏天没有说话。家里的气氛燥热，但是家庭危机的临界点已过，我们姐弟紧张的情绪稍稍缓解后，竟已适应这种氛围，仿佛在看一场游戏一样，都绷着一口气，等着看父亲准备什么时候开口说话。在我年幼的认知里，一生是那么漫长，一个人不可能从此一辈子不说话。那个夏天，父亲是一个演员，一个蹩脚的演员。他首先出演的是一场哑剧，在这个剧中，他很敬业，他一声不吭，但他照样吃饭、干活、睡觉。他进进出出，不与我们任何人说话，他时常变换表情，有时他保持一张冷酷的脸，间或保持一张受伤的脸，间或保持一张平静的脸。他的表情包如此丰富，但全都是偏向悲剧。他悄无声息地在家里坐卧行走，连咳嗽都没有一声，仿佛也不用呼吸。他的妻子和孩子们都平静地配合着他，不去打扰他倾情演出。除他之外的我们四个人彼此说话、逗笑，仿佛只有他是局外人。但是，毫无征兆地，在某个清晨，他突然开口说话了。他仍然铁青着脸，他很响声地喝了一口稀饭，放下筷子，在早上的餐桌上对全家宣称，昨天他在河边他种植的那片绿豆地里看到我妹妹的魂魄了。

这句话实在太骇人了。当时妹妹尚小，不知魂魄为何意。她大声哧溜着自己碗里的稀粥，仿佛父亲在说着别人的事情。我的母亲呆了一下，瞬间就哭了。妹妹是他们最小的孩子，按照民间的说法，被别人看到魂魄在外游荡，则其人命不久矣。父亲安慰母亲说：不要紧，我有办法。

我疑心父亲撒了一个弥天大谎。我疑心他谎称看到妹妹的魂魄，不过是给自己找了个台阶下。他的演技实在太拙劣了，他虽然很敬业，但并不专业，这一生他都没有演好过，他明明是自己的主演，却总是功亏一篑，让人把他当成一个跑龙套的。他等不及母亲主动找他说话，便迫不及待地对我母亲示好。他认为，只有"看见孩子的魂魄"这样惊骇的事情，才能成功吸引我母亲的注意，才能消解之前闹的不愉快，才能重新与家人建交。他要找一个体面的台阶，以便不至于被自己憋死。他憋了那么久，终于想出这样一个计谋。我当年那么小都能领会这一点，聪慧的母亲肯定明白。虽然大家都心知肚明，但我们谁也不想去说破，并尽量配合他把这场戏演完。父亲开始在家里设法坛，他说他少年时曾经在马戏团待过，他跑过江湖，他知道那些不可泄露的天机。他弄来一只公鸡，拿剪刀剪去一点鸡冠，妹妹在他的要求下，伸出了自己的十指，任父亲悉数剪去了她的手指壳，用手帕包好，父亲念念有词后，将指甲壳连同一杆秤一起压在了妹妹的枕头下。他再次念念有词后，化了一碗符水让妹妹喝下。母亲静静地看着这一切，不动声色。

这件大事办完之后，妹妹自然是保住了性命。父亲仿佛成了妹妹的救命恩人，他满意于自己的法力无边，他神色不再凝重，笑容重回到他脸上，他通过这个方式重新演回了那个卑微的自己，让剧本回归正轨。我的父母，他们又重新开始说话了，仿佛什么都没有发生过。他们继续认真地出演着属于自己的角色。

在这样的氛围里，我度过了难以启齿的童年和孤独恐惧的少年时代。我不爱与人说话，我总是在静默地一点一点收集黄昏。每度过一个平安无事的黄昏，我就觉得如释重负，直到长夜驱赶着我，我无路可遁，只好被迫接受第二个黎明。这样的经历让我觉得，我此生来这世间的真正目的，就是为了要把这么多黄昏据为己有。

拥有众多黄昏的人，等同于拥有众多秘密。

多年以后，我丧失了我的父亲。我回忆那些日子的时候，对于那个耿耿于怀的夏天有了更深刻的认识。我惊异于年幼的我对父亲的认识如此肤浅，他一定是在燥热的绿豆地里产生了幻觉，才看到妹妹的魂儿。而我，而我们，竟在心底那么嘲讽地看着他表演，毫无愧意。秘密不属于我一个人，它同时属于我的父亲、地里的绿豆以及它们的窃窃私语。

又过了十年，我丧失了我的母亲。与此同时，我几乎丧失了所有的黄昏。我早已搬离河流，住到了城市的中心，车水马龙中我再也没有遇见过黄昏，我在母亲的遗物中找到一封长信，时间是父亲去世后第七天。在信的开头，母亲称父亲为"亲爱的老公"，这个称呼瞬间颠覆了所有我对父母的认知。在我的印象中，母亲在外人面前一直称呼父亲为"老李"，在家里则直呼其名，从来不会更亲昵。母亲在信中回忆了他们婚姻生活中艰辛与幸福的点点滴滴，唯独没有争吵与怄气，她记住的，全部是父亲的忠厚、勤劳，是他为这个家的付出，仿佛随着父亲的去世，她彻底遗忘了他的偏执与狭隘。

母亲殁后，我才感觉我们从前那个家真的不在了。我大病一场，走的每一步路都是踩空的，吃的每一口饭都味同嚼蜡。我看见整个尘世都倾斜着，仿佛随时就要颠覆。如果它真的倾覆了，我会看见另一个世界吗？我会重新找到我的父母，和他们一起回到河流边，共度我们所有的黄昏吗？

弟弟蓄起胡子了，满脸萧索。他说，服丧期间，三个月内不能剃须。我仿佛看见，荒烟蔓草也围绕我的周身。我频繁地回到我们一家五口曾经住过的那条河流边上，我坐在黄昏里，试图发现旧时的痕迹。河硼上乱石成阵，草茎在风中摇晃，我再也看不到父亲倔强的背影，我也再不能跟在父亲的背后回到那个有母亲等我们的家了。他们的一生都已悲怆地谢幕，那么多日子，都被河流上的狂风吹得杳无踪迹了。我不能自抑地悲从中来，在天地间长久痛哭。

假如我真的能够回去，那么拥有前生记忆的我，站在河流边的父亲身后，或许再也不会恐惧，我会安静地狡黠地笑着，等待母亲派来的邻居把他拖回去。我并不期待生活的表面会变得与此生有什么不同，这彼此纠缠的一生如此丰盛，又如此荒诞。我们仍旧会在这河流边欢笑、吵闹、因为贫穷而争执不休，直到老去。唯一不同的，是我的内心不再孱弱。回忆的箭矢一定会洞穿我的来日，我会成为一个高明的戏子，我会带着前生幸或不幸的记忆，微笑地尾随着我的父亲去往河边，然后回家。

父母走后，我做了一个又一个梦，梦里全是我们从前的生活场景，从前的老屋，从前的邻居，没有长大的弟妹，以及没有老去的父母。梦里从来没有我的孩子。我在梦里忘记了我曾生育过孩子这样一个事实。这真是一件残酷的事情。

残酷。我有多久没有用过这个词语了。似乎我需要用到它的时候，我就会用别的词代替。我总能想出别的词代替它。比如，多年前我的孩子需要断奶的时候，要把他硬生生地与我隔离几天，他跟他的姑姑去了乡下，我感觉自己心脏的某个部位被挖空了一块。我不知道这种别离对一个不到一岁的孩子意味着什么，或许我在婴儿时代就已经忘记这种滋味了。看着他被姑姑抱走，我哭过之后，就轻描淡写地在日记里写道："他终归是要离我而去的，所谓相聚，不过是一场错觉；所谓离别，不过是一个命运与另一个命运的渐行渐远。"一周以后，我与丈夫去乡下接孩子，我满怀激动，又一言不发，孩子占据了我全部的心房，我知道，我将要与这个命运永远纠缠，悲欣交集，这仍然不失为一件残酷的事情。

从梦里醒来，朋友给我做了一个心理测试，题目是，假如你带着五种动物进入森林，四周险境重重，迫于无奈只能将动物们一一舍弃，它们分别是猴子、老虎、大象、孔雀和狗。问题是你会按照什么顺序把它们一一舍弃？你最先放弃的是谁？

答案让我吃惊。我最先放弃的，居然是代表父母的动物。我不得不重新审视自己。我几乎不认识自己。这才是那个最真实的我吗？坐在黄昏里，听着朋友剖析着我，我为这样一个自己倍感羞耻。我知道，这种对自身的否定、羞惭、轻慢和蔑视，源自夏天的河流上那样凛冽的黄昏。薄暮冥冥，虎啸猿啼。这个测试里的老虎和猴子，都排在我的父母之后了，它们所代表的，真的是我的生命中更重要更值得珍视的东西吗？我又悲哀地发现自己仿佛跌进了一个陷阱，我是真的要放弃那些动物，放弃它们所代表的这一切，仅仅为了保全森林中遇险的自己吗？

我未曾珍惜的，我不再拥有。浮荡在大地之上的那些心事，庞杂而混乱，它们最终厌弃了我松松垮垮的样子，而凝聚成了一张沉默而苍茫的我的脸。我质疑着这个心理测试的权威性，同时也暗暗地对这个深藏不露的自我深怀恐惧。我到底是有多么冷酷无情，才能做出这样的选择？一个人，穷其一生，能最大限度地认知自己吗？

多年来，我绝不在孩子面前与我的丈夫争吵、大声喧哗，这是那条河流给我现实生活中最大的启示。而丈夫在任何时候从不与我争吵，他仿佛就是那个拥有前生记忆的人，他的体内住着一个虚无的自己，冷眼看着尘世间的一切，无论我如何任性，他都不急不躁，暗含笑意，他仿佛知晓一切的答案，他总是将一切料理得井井有条，然后倾听着生活背景里的风声，站在门口等我回去，就像等待一个淘气的晚归的女儿回家。

待业青年

从前，我常常根据自己或别人的生活经验得出一些隐秘的结论：譬如，把冰棒放在杯子里化成水后再喝掉，会比直接吃冰棒要过瘾；譬如，怎么找也找不见的某样东西，某天它会突然出现在你面前；譬如，找不到工作就不应该谈恋爱；譬如，一部分四十岁的女人会突然变成泼妇；譬如，人们常常会在某一个瞬间感觉眼前的情境在以前的某个时刻曾经经历过；譬如，男孩在年少的时候会被某个年长的女性秘密诱惑或者引领，极少数会做出惊世骇俗的选择……有些结论后来被证明就是真理。

根据我获得的一条重要经验，我在某年夏天被没有悬念地挤进一个令人窒息的炽热通道。那年六月，岳阳的人们忽然发疯一样都往湖边赶去了。我断定那里等待着的是一湖滚烫的水。天气实在太热了，没有人敢抬头看太阳，因为太阳仿佛是一个悬念，假如不去抬头看它的话，人们就彼此心照不宣，假意确信天上只有一个太阳。人们害怕抬头一看，会造成人类无法挽回无法承受的后果。整个世界白花花的，马路上远远地蒸腾着一种类似水汽的东西，它把远处的车辆变得影影绰绰，但是走近，蒸腾的水汽又到更远处去了——似乎这是一个魔圈，人们被一个罩子像蒸笼般罩着，永远也别想走出去。我几乎认定地狱也不过如此。我对地狱的理解不是什么肃杀严寒，而是：烈、火、烹、油。这显然是一个褒义词，它在曹雪芹的笔下是与"鲜花着锦"连用的。但是再好的光景，到最后不也白茫茫大地真干净了么？所以，这个词语经常被我一步到位，省略了中间过程。

没有什么是我能把控得了的。我唯一确定的是，在这个令人无法呼吸的气焰逼人的酷暑，我对未来充满惶惑。那时我刚参加完高考，我知道上大学于我毫无胜算，我上小学的时候就得出了这条重要经验：一个二十以内的计算还要靠扳指头的人是不可能考上大学的。这简直是颠扑不破的真理。时至今日，我二十以内的计算仍然需要扳指头，我从不与小摊贩计较价格，因为我无论如何也算不清楚。我的儿子每次拿着数学作业向我走来的时候，我的头或肚子就会突然产生剧烈病变，无辜的儿子不知所措，认为这个时候来打扰母亲大人简直是罪过，最后我只有告诉他真相：妈妈不会做，你去问爸爸吧。我把这蒙昧的脑袋归罪于小时候喝米糊糊长大的。我从小实在喝了太多米糊糊了。

沐着热风从我家走上十多里，就到了南湖。这是岳阳首届国际龙舟节，人们得知日本、美国、泰国、意大利等多国运动员在岳阳参加比赛，人潮汹涌纷纷往南湖走。大家都赶去看洋人在岳阳城里划船。这座热浪逼人的城市让人们做出愚蠢的判断，他们认定湖边一定会凉快一些，而高涨的竞技荣誉感让他们一头扎进了去看热闹的路途上。我也裹挟在去看划龙舟的人群中，我头昏脑涨，我的脑子似乎仍旧被米糊糊混沌地塞满。

顶着这样一个浑浑噩噩的脑袋，跻身在燥热的人群中，去看一湖蒸腾的水上竞技，于我是完全没有目的可言。那鼎沸的一天，湖面上绽放着五颜六色的烟花，那是我看到的最震撼的烟花，也是我看过的最无聊的烟花。它们不是我们平常看到的那种在夜空散开然后寂寥落下的烟花，它们也不像那些靠着黑夜才能绽放的光束，它们是一排排屏障似的五彩的光焰，在明晃晃的太阳下腾地而起，挡住了湖对岸的人们。我觉得我的前路正像这眼前的烟火一样，耀眼、遮蔽，被酷热逼入绝境。我是被生活被动地推到了这里，绑架到了这里，狠狠地摔倒在了1991年的夏天。

烟花灼热，烟花虚无，而我正在被生活的热浪融化、缩小，成为散落在南湖岸边的烟尘，终至于无。

我就是在这样一种窒息的氛围下，从一个学生变成了一个待业青年。在那个时代，待业青年是专业名词，特指没考上大学的国企子弟，而不是现在满大街这种念完大学仍旧找不到工作的倒霉蛋。

顶着待业青年这顶尴尬的帽子，我整天用一种边瘫的姿势随便把自己摞在家里的某个角落。我疏于见任何人，墙角的一只蜘蛛整日与我逼视。它明显感到我的匮乏，它偶尔爬到我看不见的罅隙，然后又从容地绕回来，继续假装忙碌，或张网以待。它知道我无处可去。我也确实无处可去。我趿拉着拖鞋站到廊前的走廊上，一会儿便觉得热浪袭人，快快而返。我的这种状态对家人造成的伤害无疑是巨大的，但对世界造成的伤害几乎为零，甚至给世界带来了某种隐秘的欢欣。因为我终日这样像个抽大烟的斜靠着，或者漫无目的地杵在走廊上，正合了隔壁那个满脸横肉的女人的心意。她满脸横肉（自从我学会这个词语以后，我很长时间都不能领会横肉到底是什么样的，我不认为肌肉会有方向感，直到我们搬到她家隔壁），且每句话都夹带生殖器，并在前面加上各种贬损的形容词，尤其是对她自己最小的女儿大呼小叫的时候。

我的母亲不跟她说话，一是母亲委实瞧不起这个整天脏话不离口的女人，我们共用一条走廊，那时候大家的房门白天都是洞开的。每次她一开口在门前走廊嚷嚷，我的母亲就让我和妹妹进去里屋捂着耳朵。二是因为她们吵过架，那次战争起因为何我实在是记不清了，我记得的是我的母亲明显不敌她粗鄙的女邻。我的母亲说不出那些对方成天都挂在嘴边的粗俗俚语。被骂得两眼翻白而无还击之力的时候，我冲动暴躁的母亲索性放弃了骂战，她一言不发准备扑上去动手撕打那叉腰跳脚叫骂的泼妇。但是后者很快被她的丈夫呵斥着拖回去了，我的母亲扑了个空。

现在，女邻知道我没考上大学，在家待业，她掩饰不住内心的狂喜，在门前坪里挥舞着粗壮的双臂，一脸雀跃，大声对其他的邻居们赞叹她的某个虚拟的远房表侄考上了大学。我的母亲被这个泼妇按捺不住的喜悦心情羞辱得三天没有出门。母亲没有责骂我，但我心里沮丧得要命，正是因为我不够用功，导致失落的母亲要承受仇人的万般羞辱。隔壁的女仇人一再强调那个想象中的孩子小时候曾经被她抱过，言下之意，那个虚拟的小孩之所以能考上大学，就是因为小时候曾被她抱过。

事实证明这是不科学的，两年以后她自己一手抱大的儿子高考只考了一百多分，并在高考过后的暑假背着泡沫箱子开始走街串巷叫卖冰棒。紧接着，这个刚刚高中毕业，与我同样沦为待业青年的卖冰棍男孩，迅速和邻厂的一个寡妇——近五十岁、眼睛与嘴巴从小就被一场大火烧成一团糟、鼻子和耳朵仅剩四个空洞的恐怖女人在一起了。那是一张看了能让人做噩梦的脸，但他们居然好上了，全单位的人都知道了这件事。好到什么程度呢？有人在大街上看见他们手拉着手走路，那个女人用她空洞的鼻子哼哼唧唧地朝男孩撒娇。看见的人啧啧地摇着头议论：太恶心了，太恶心了！人们料定男孩会迅速离开这个不成体统的妇人，但是很显然，他们已经公开同居了。

他的母亲、我隔壁的泼妇打上门去，她扭住这个比她还大几岁的破相女人头发一顿撕扯。据围观的人说，那个恐怖女人的脸被撕扯后似乎变得比以前稍微周正一点，这个暴躁的悲伤的母亲还愤怒地砸掉了她准儿媳房间的开水瓶、镜子，她不忘用她的常规武器——关于生殖器的恶毒咒骂来攻击，她觉得这个丑陋不堪的妇人根本用不着镜子，她说那张魔鬼脸照镜子只能是污辱镜子。泼妇明显低估了丑妇的心理素质，因为后者并未跪下来向她求饶，也并未有丝毫窘迫的神色。丑妇用坚挺的脖子举着她缺失的五官，大声用辱骂来还击。泼妇眼见胜算不大，她拿起衣叉把自己儿子晾晒在女人门前铁丝上的短裤狂戳了下来。男孩正好卖掉了一天的冰棒回到女人的住所，他给女人带回了粉红色的蛋糕。他面对一地狼藉并不吃惊，他臂力过人，当着所有人的面护着他的"爱人"，并把他绝望的母亲推搡了出去。这个颓败的母亲一边往回走一边哭号、叫骂，她对路上遇见的熟人哭诉：她的儿子被鬼迷了心窍，总有一天他会醒悟的，总有一天他会离开那个长得像鬼一样的恶心老女人。

但似乎没有人能阻止他们的爱情。男孩已经许久不回家了。很久以后我常常想，到底是什么让当年的他如此决绝，选择一个这样让人匪夷所思的伴侣？也许，我稍能解释的是，作为待业青年的我们，对未来拥有同样的彷徨不安。我揣测，是丑陋女人温暖的慰藉，或者仅仅是肉体上的安慰，成了他无望前程的微弱烛光，她召唤着他，成为他成长过程中不可或缺的引领者。

作为待业青年，我们得赶在暑假结束前统一参加市劳动部门组织的职前培训，我们得先交上一笔钱，然后装模作样地上一个月课，才能拿到培训证，才有可能参加工作。现在想来，我和同样没考上大学的高中同学们一起，每天起早莽莽撞撞地赶到离家二十里地的城里培训，我已经完全记不起我们都培训了些什么内容，但我记得课堂上那只在窗台上跳跃的小鸟，记得我和同学们下了课在街头三五成群四处游荡，我记得培训学校在老街的三角大楼，记得街头拐角就是当年最鼎盛的商业大厦。那是1990年代初，城里人刚刚兴起喝矿泉水，商业大厦的矿泉水竟然七块钱一瓶，有个家庭条件好的女同学每天买一瓶矿泉水，时至今日，我还记得我对她艳羡而压抑的情绪。时至今日，商业大厦早已沦陷，成了本城最破烂的商区，一两块钱的矿泉水廉价地摆在覆盖着冰柜的破棉絮上；时至今日，我即使只听到那位女生的名字，也依旧难掩我与日俱增的自卑。我深深地知道，尽管我们都是待业青年，但她的父亲是领导，而我的父亲只是一名装卸工。我们待的，是不同的业。

参加工作很多年后，有一天我在网上看到一个迷惘的人发起一个提问："为什么我在中学的时候明明知道不认真学习将来会死得很惨，我还是不愿意认真学习咧？"我会心一笑，这实在是一个千古之谜。我在心里默默给了这个提问的陌生人一个深深的拥抱。这是对过往的深情作别，也是对少年时代的遥远追祭。我也一直想不明白这个问题。难道，那时的我，那个因为看不懂数学书而直接放弃数学的我，认为即使将来要付出沉重的代价，也还是一定要伴随罪恶感虚度光阴？

和我同样待业的要好同学去城市最繁华的地段打工了。她给我带来的消息是，我也可以去她们的餐馆工作。那个餐馆里有不少都是待业青年。我毫不犹豫地去了。只要能自己养活自己，能有一份餐厅端盘子的工作，就算端一辈子盘子，也让我感激涕零了。我开始了对新生活的展望，我掐指算账，餐馆包吃包住，我每个月能挣一百多块钱，一年下来就一两千了。第一天，在闹哄哄的餐馆里，我看见一个女传菜员机械地来来去去，在厨师和服务员之间往返，她不直接接触餐桌和客人。据那个介绍我来的同学说，店老板认为这个女孩的长相不适合直接把菜传上客人的桌子，所以只能传菜。我觉得我的长相也很不适合直面顾客，因此畏手畏脚，不知道该干些什么，主管穿过嘈杂的食客对我劈头盖脸一通大声训话："手脚麻利点！你以为你是来做客的吗！"

我笨手笨脚战战兢兢，很快，我上第一盘菜的时候，毫无悬念地把菜汤泼洒在客人身上了，幸好那个慈悲的男人一边拿纸巾擦着衣服一边对我说"没关系没关系"，我如获大赦。之后，我一辈子都想要找到那个温文尔雅的男人，想要当面谢谢他当年轻描淡写的一句话。我知道我不可能在茫茫人海中再次偶遇他，多年以后我认识了另一个相似的男人。我和一群人吃饭的时候，服务员把我们自己带去的红酒打翻了，桌上一个男人的白衬衫报废了，同桌请客的主人呵斥服务员说："你怎么干活的，这红酒这衬衫你赔得起吗？叫你们主管经理来！"服务员吓得大气不敢出，被酒泼到的男人赶紧拦下了主人："算了算了，小事小事，小姑娘找工作不容易，要是我将来的女儿在外面做错事被人训斥，想想也太难受了。"

一年以后，我不顾家人的阻挠，强行嫁给了这个农村出身的男人，直到现在，我们没有女儿，只有一个儿子，而备受呵护的我，仿佛就是他独一无二的女儿。

我仅仅端了三天盘子，母亲就来餐馆找我了，她说父亲要退休了，我有机会回去顶职。这又是那个时代的专有名词。顶职就是，国企工作的父辈退休了，儿女可以顶上一个职位。作为家中长女，父亲这个职位自然落到我的头上，但是顶职也是要排队的，不是想上就上。我被叫到单位上，先实习几个月。我的实习任务一开始是用汽油清洗机械上卸下来的生锈的螺丝螺帽。螺丝螺帽必须用汽油才能清洗干净，不能用水洗，因为水会令它们更加生锈。这短短几天经历，成为我职业生涯的开始。

我后来嫁的那个男人过不了多久就会跟我调侃一次："第一次跟你

吃饭的时候，桌上的朋友悄悄跟我介绍你，说你的工作是洗螺丝的。那时我不知道你洗的是铁螺丝，我一直以为你洗的是我们田里的那种可以吃的螺蛳。后来我们很熟了，我还以为你在餐馆洗螺蛳。其实那时候你已经在宣传科上班了。"婚后，他像是得了健忘症一样，不断跟我重提这件往事，我总假装他是第一次提起，照样反问他："可是那时候你都已经出过好几本书了哎，餐馆洗螺蛳的姑娘你也看得上吗？"他永远是笑着回一句："螺蛳也是要人洗的啊！"我们不断重复这段对话的时候，我仿佛觉得，这个场景似乎在从前的某刻经历过，他也是这样笑看着我，我也是这样笑看着他，在恍惚间，我们都忘了自己的来处。

洗过几天螺丝后，我被师傅领着去开一种浮在水面上的吊车。这种吊车固定在趸船上，有着长长的臂架，坐在驾驶室里轻轻转动操作杆，臂架就会上下起落或者左右旋转。我负责把水运过来的货物用浮吊吊到岸上的汽车上去，一件一件，来回往复。我跟师傅学了两个月后，自认为掌握了吊车的精髓。第三个月我第一次单独操作，由于紧张没有掌控好力度，臂架上千斤重的铁钩卸下货物后，没有来得及抬起，就被我飞速地向船上平移，站在船上的人们一阵惊呼后纷纷逃窜。那个船的顶棚、桅杆，瞬间被巨大的铁钩横扫一空。坐在我身边的师傅用最快的速度稳住了我的钩子，师徒俩坐在驾驶舱里惊魂未定，久久没有说一句话。我眼望着船上那一群刚捡回性命的码头工人，他们也仰头望着我们的驾驶舱，恍若隔世。

就在这个时候，我迷上了一个出家人。我是开完吊车后回家的时候遇见他的。他出现在我家隔壁，他的姐姐就是隔壁那个粗鄙不堪的女人——就是这个女人，她竟然拥有一个这样的弟弟——一个高高瘦瘦、斯斯文文、戴着眼镜、穿着禅服的男人。他经过我的时候我一下就被他的气质震慑了。我在瞬间对他怀有宗教般的信仰。

在邻居的指指点点中，我很快知道，他从小就出家了，偶尔回来看姐姐。他在我们的公共走廊上出现时，我就像被一道光照亮了。我不敢跟他说话，我内心惆怅，并重新开始了偷偷阅读与写作——这个我与世界隐秘的对话方式。我考不上大学，盖因我全部的热情只在与世界隐秘对话，我只喜欢语言，沉默或者放肆的语言。语文老师喜欢我，英语老师喜欢我，因为这两门跟语言有关的功课我毫无疑问地碾压全校。只有在数学课上，我空洞地凝视着我亲爱的数学老师唾沫横飞，而我独自思接千载视通万里。

现在，因为这个出家人，我对自己身上油乎乎的工作服感到羞耻。如果说，以前只是对前途感到迷惘的话，那么这一次，我确确实实地感受到了自身的卑怯。我独自与世界狂妄地对话，但我不能对他开口。我唯有躲进自己家里，用汽油清洗手上、衣服上沾满的油污。我在那个码头上得到的另一个常识是，汽油不仅可以清洗铁锈，还能清除油污。我从那时开始，沉迷于汽油的芳香，直到现在。清洗完自己，我找出一本从老师那儿借来的杂志，坐在书桌前，读到一篇让我至今读来仍要流泪的文章《我与地坛》。这篇载于《上海文学》1991 年第一期的"史铁生近作"，成为我开始写字的最初动力。接下来，我又重读那本我在高中时代已经读过多遍的《红楼梦》。那本《红楼梦》是岳麓书社1987 年第一版的，橘红色渐变的封面。当时我正念初中三年级，央求母亲在家门前的新华书店买的。直到现在我还珍藏，虽已破旧不堪。

多年以后，我坐了一夜的火车去往北京，只为看一眼地坛。我在地坛公园转悠闲坐了一整个白天，在公园门口的一个小卖店买了一件蜡染的盘扣蓝底白花汉服后，又乘一夜的火车回岳阳。二十多年后，我辗转到了长沙岳麓书社工作，一眼看到了书社的架子上那本橘红色的老版《红楼梦》，接下来，我就看到书架上傅小松的名字，唏嘘不已：我嫁了他这么久，竟不知道，那个误以为我洗螺蛳的男人，十多年前，他的书就是在岳麓书社出的。前尘旧事奔来眼底，我瞬间泪湿。

我用浮吊把船砸了后不久，我见过出家人后不久，我的名字就频繁在当地的晚报出现了。很自然地我被调入单位的宣传科专门写材料了。我不用再穿油腻的工作服，我觉得我终于有资格可以对出家人说话了，我就鼓足勇气，在公共走廊上偶遇的时候，假装随意地对他一笑。就是这一笑，让我们从此陌路。他不仅接受了我的微笑，还趁他姐姐不在家的时候主动邀我去我母亲的仇人家跟我聊天。他说他喜欢书法，喜欢写诗，并立刻热情地说要赠一首诗给我。他认真斟酌了一下韵律，若有所思地说，要用"上平三江"韵给我赋诗一首。在房中郑重踱了七步之后，他挥笔写下"赠李颖：一瓶一钵一诗囊，十里荷花两袖香。只为多情寻故旧，禅心本不在炎凉。"落款是他的法号。我目瞪口呆，顿时整个心都凉了。是的，我没有学好数学，我考不上大学，但我整个中学都在背诗词，背古文，我能一眼看出这首诗是八指头陀写的，现在，他竟然抄了一代高僧的诗来糊弄我说是他自己即时写的！他在一瞬间颠覆了我对他的信仰，他不可能是真正的出家人，但我没有戳穿他，因为，我的妈妈在喊我回家吃饭了。

我承认，在我的待业时期，我与邻居的那个男孩一样，曾被一道耀眼的光芒引领过，所不同的是，我被一个貌似高尚的出家人引领着，而他，被一个破败不堪的妇人引领着。这道光，它转瞬即逝，终至消亡。随之萧索的，还有我顶职的那个港口，我先是离开了那座港口，未几又离开了那座城市。

在后来的日子，回到父母的家，我常常问起那个曾经住在我们隔壁的待业青年，问起他和那个年长女人的感情故事。我听说，他在不久以后和我一样当上了码头工人，他的任务是用皮带机把煤炭从船上抽到岸上。他早已被父母拒之门外。他和那个比他母亲还大的女人在一起三年后，移情别恋，搬离了那个女人的房子。女人吃药自杀了一次，被洗干净了肠胃救活了。他和一个比他小的姑娘结婚又离婚了，他们没有孩子，单位上的人都传说他没有生育能力。

男孩在那运送煤炭的皮带机上坐了二十年后，变成了一个面容憔悴、过早苍老的男人。他被检查出得了肺癌晚期，他的肺部漆黑一团，如同那皮带机上的煤炭。临终前照顾他的，不是父母和妹妹，而是年近七旬、五官皱成一团、没有鼻子和耳朵的他的初恋。这个长相可怖的年老女人，她宛如慈母般，送走了她爱过的，也曾深深眷恋过她的那个待业青年。

无论如何，我们都已逃离那荒谬的废墟般的现场。我们仿佛从未经历那样的过往，不管在尘世间或者尘世外的我们，都不再需要引领，因为，我们早已脱胎换骨。

（选自2017年第3期《天涯》）

代 课 老 师

冯积岐

　　上第一节课之前，照例是升国旗。在我的记忆中，是在星期三，那天清晨的国旗升得不太顺畅，国旗升到半路，滑轮卡住了。两个四年级的同学拽住麻绳，使劲拉，怎么也拉不动，国旗顺着旗杆垂吊着。一个三年级的男同学走到国旗跟前去，要帮助那两个四年级的同学拽绳子。代课老师刘太明把这个男同学拦住了。旗杆是两棵洋槐树的树干续接到一块的，如果用力太大，旗杆有可能就被拉倒在地了。代课老师到家里去找了一根白杨树的树干，拨了拨滑轮。滑轮又转动开了。于是，代课老师又开始用竹笛奏国歌了，那两个四年级的同学继续升国旗。那天清晨，代课老师的国歌吹得不只是悲壮而忧伤，而且，艰涩、艰难、艰苦。代课老师的嘴唇干裂，他不时地伸出舌尖在竹笛上舔动，竹笛发出的单调的声音不时地被他舔断，从竹笛的眼孔里发出的每个音符似乎是用足了力气从泉眼里冒出的一个水泡，那水泡虽然催生得不容易，但清澈、明亮。显然，代课老师的力气不够用，他的脸色跟身后坡地里的黄土差不多，额头上沁出了细密密的汗珠。要是在往日，代课老师一边吹竹笛，一边摇晃着脑袋，右脚的脚尖在地上踩动着，他一个人仿佛是一支庞大的乐队，既是指挥者又是演奏者，从竹笛的眼孔里蹦出来的是他的激情，是他的热忱，是他的活力，单调的音符不乏活力和波动。这个星期三早晨的代课老师花白的脑袋不再摇晃，一根短短的、横在嘴唇上的竹笛仿佛在支撑着他的头颅，支撑着他整个身体，不然，他有可能骤然倒地。四面大山肃然而立，从竹笛眼孔里发出的断断续续的声音雨点一样冰冰凉凉地落在了我的心里。当时，我虽然只有十岁，我已经具有捕捉人的举动和心理的能力，我能感觉到，代课老师的浑身在轻轻地抖动。我们四个年级的十一个同学静静地看着代课老师，十一个同学呼吸的节奏似乎都是一样的，我能看见十一双目光像十一双小手在代课老师的脸庞上轻轻地抚摸。代课老师极力挺起他那佝偻的腰身，极力扫视缓缓而上的国旗。滑轮又卡住了。国旗又是一副下半旗的哀伤之势。代课老师又掂起了杆子去捅滑轮。代课老师再一次用竹笛吹奏了一曲国歌。国旗终于升到了旗杆的顶端，在空中舞动了。

那是上世纪 80 年代一个暮春初夏的清晨。

二十多年来，那天清晨的画面在我的头脑里越沉淀越清晰。

国旗升上去之后，我们没有即刻回教室里去。代课老师给我们说，同学们，老师明天要出一趟远门，今天给你们上最后一课，如果新的老师没有来，明天就由你们的师母代替我给你们上课。代课老师这么一说，我们不由得向对面山坡上注视：坡地里的四头牛正在很悠闲地吃着草，我们的师母——被代课老师亲切地唤作爱娃的爱人正在一边放牛一边挖药材。她的腰身弯下去，抡上去的锄头仿佛一牙月光，给暮春初夏的清晨增添了亮光。我恍然听见了师母的喘气声，那喘气声像黑色的岩石一样，我低头看时，她正背着一捆子山柴弯腰曲背地从院畔下向上挪动，她的喘气声简直就像瓜蔓一样扯不断。她将山柴背上来放在窑门前，一刻也没停，又挑上木桶，去沟底里挑水。我一眼瞅见的是她按住扁担的手，她的手是年轻的，可是，粗糙得跟山里的土地一样，纹路清晰，骨节特大。她就是用这一双手割柴火，抡镢头，给我们十一个同学和面、擀面、缝补衣服。而此刻，她的手像清晨的太阳一样挂在对面的山坡上，像清晨的太阳一样拨开了雾霾，把一片清丽呈现给我们十一个山里的娃娃。

后来，我才知道，师母和代课老师是雍山深处的山村里多年来唯一考上凤山县高中的两个高材生。"文化大革命"开始后，学校开始"武斗"的时候，他们回到这大山里都当上了代课老师。二十多年过去了，窑沟公社变成了窑沟乡。窑沟乡的其他代课点都撤销了，唯独四方山的这个代课点没有撤，因为，这里距离乡政府有四十多里路，孩子们去乡政府读小学太不容易了，况且，小学里没有学生宿舍。刘太明老师几次要求留在四方山，于是，这个代课点就被留下来了。他和爱人都是民办老师，两个人的工资一个月加起来还不到一百元。代课老师和其他山民一样耕种着几十亩山地。学生在逐年减少，以致从五十几个减少到了十一个，于是，刘太明老师的爱人不再代课了，她像我们的母亲一样，照料着我们十几个，每逢刮风下雨或大雪纷飞的日子，我们就吃住在代课老师的家里。在我读二年级那一年冬天里的一个落雪的日子，我们都回不了家，晚上就睡在代课老师的窑洞里。第二天早晨，同学们都起来了，我却不敢起床，师母走到炕跟前说，高小峰，你咋还睡着？师母要揭被子，我双手捂紧被子不叫她揭。师母问我，咋了？我哇地一声哭了。师母看了看蜷在一起的我，爽朗地笑了。在我的记忆里，她的笑声像坡地里的雪一样纯洁。她说，我知道你尿床了，快起来上课去。儿子娃娃，尿几回床，有啥丢人的？我止住了哭，起来要穿裤子，师母伸手将我尿湿了的裤头抹下来了。我第一次感受到了师母那双手的冰凉和粗糙，从此以后，那双手牢牢地黏在我的记忆深处了。师母将我尿湿了的裤头抹下来，洗干净后，用火烤干了。我穿上裤子，走出窑洞，四面山上白皑皑的雪将天地间映得十分亮堂。下雪天的山里极其静谧。同学们朗读课文的声音像雪地里笼起的一团火。我走进教室里的时候，代课老师用粉笔正在黑板上书写"落雪无声"几个字。

雪大概是半夜下起来的。昨天下午放学回家的时候，天上没有一丝云彩，天像母亲洗得锃亮锃亮的一口锅，扣在我们的头上。清早起来，推开窑门一看，满世界都白了。一脚踩上去，积雪没了脚踝。爸爸一看，说，算了吧，今天就不去了。我说，不行，我读三年级了，都九岁了，不能逃学的。我不去，老师会找上门来的。我家距离教学点不是很远，出了院门，上了一面坡，站在梁上，就能看见我们的教室了。爸爸把我送上山梁，我顺着山梁向前走。雪停了。积雪踩上去很绵软。站在山梁上，我老远看见，瘦狗脊梁两边（路很窄，两边是沟，代课老师将这条路叫瘦狗脊梁）插着十几个杆子，杆子上端系着红领巾，迎风飘扬的红领巾仿佛在雪地里燃烧，一看见那火一般的红领巾，我加快了脚步。瘦狗脊梁是唯一一条通向北边的山路。后来，我们才知道，天还没有亮，代课老师就起来了，他用铁锹推开了一条路。他害怕同学们掉进两边的雪窖里，找来了十几个树干，在树干上端拴上红领巾，作为标志，插在瘦狗脊梁的两边。不料，代课老师在插最后一个杆子时，脚下一滑，掉进雪窖中了，他上不来，下不去，蜷缩在雪中，等待同学们路过时营救。我是第一个看见代课老师的，我顺着推开的路正在十分小心地向下走，突然听见老师的呼喊。我一看，老师在半沟中，吓住了。老师在下面说，小峰，不要靠近我，你快去喊人。我几乎是连滚带爬地到了教学点。师母去县城没有回来，我叫来了离教学点不远处的几个村民，他们用麻绳把代课老师从雪窖中拽了上来。

现在，我目不转睛地看着对面山坡上的师母。师母一只手提着镢头，一只手提着竹笼子，她吆着四头牛朝坡上面走去了……老远看，棕色的牛像挂在坡地里的一幅画，一张山犁仿佛一根扁担，一头挑着两头棕色的牛，一头挑着扶着犁把犁地的代课老师，代课老师的一身黑衣服给深绿色的背景增添了冷峻的调子。跟在犁后面溜玉米种子的师母穿一件朱红色的上衣，斜阳将她的衣服洗得更亮了，这时候的师母更像秋夜的星星在遥远地眨动。那人，那牛，那犁，那色彩，似乎都一动不动的，只有坡地在缓缓地缓缓地移动着，好像移动了几年、几十年甚至几百年也没有走出这大山。从小学一年级到小学四年级，我年年都看着代课老师和师母在坡地里走动着，他们脸上的皱纹多了又多，他们的腰身不再那么挺直，他们送走了几个学生，又迎来了几个学生，他们未曾从坡地里走出去。太阳的阴影从沟底里升上来了，墨黑墨黑的，像河水一样向上涨，眼看着，淹没了代课老师和师母，淹没了代课老师和一张山犁。眼前的图画凝重了，代课老师和师母仿佛处惊不乱，甘愿被阴影埋没——这幅图画像我读过的历史一样，但比历史更真实，更生动。

代课老师和师母耕种的二十多亩坡地，养活着他们的孩子们，也养活着我们十一个学生——我记不清，在代课老师的家里吃过多少次饭。每当坏天气肆虐的日子，每当我们被困在教学点上的时候，我们就吃住在代课老师的家里。我的爸爸和妈妈，还有其他同学的爸爸和妈妈试图给代课老师背二斗玉米或一斗小麦，都被代课老师拒绝了。上了课，我们是他们的"同学们"。下了课，我们是他们的"孩子们"。

下午上了课，代课老师给四个年级的十一个学生布置好上自习的作业以后就和师母一起到坡地里种玉米去了。进了地，代课老师是农民；在教室里，他还是农民。代课老师的人生太单调了——就像他手中那把竹笛一样，只能吹奏单调的乐声。单调也是声音，代课老师就陶醉在这单调中。

山里的冬天是最难熬的，气温降到了零下十八九摄氏度，坡地冻得裂开了口子，石头也冻瘦了。代课老师用自己砍来的硬柴在教室里笼上一堆火，等教室烘热后，才叫我们进去上课。四个年级十一个学生，坐在一个教室里。代课老师先给一年级上课，其他三个年级的学生就做作业。他一个年级接一个年级，从早晨上到下午。即使一个年级只有一个学生，他也要站在黑板前，一板一眼地讲课。那天晚上，我们都没有回去，都睡在代课老师的窑洞里；五个女子娃娃睡在套间里面，六个儿子娃娃睡在套间外面。我一觉睡醒，只见代课老师坐在脚地的火堆前正在批改作业，师母给一个儿子娃娃补衣服。窑洞外面的风声像刀子一样锋利，雪花卷着枯枝败叶从院畔卷过去的声音更是杂乱无章。当我再次被尿憋醒时，只见代课老师和师母坐在火堆前睡着了，代课老师趴在一张柴木凳子上，而师母则趴在代课老师的肩头。暗红而微弱的硬柴火。白而发灰的灰烬。泛着亮光的窗户。黑糊糊的窑洞。窑门上方眼睛似的长方形的哨眼。我简直无法用语言复制我印象中的这些镜头。

为什么代课老师给我们说，他是上最后一课了？他要出远门？究竟能走多远？他啥时候才能回来？十一个同学都睁大眼睛看着代课老师。虽然没有人站出来提问，但同学们眼神里的意思和我的想法肯定是一样的。沉默，短暂的沉默使空气变得凝重了。终于，升国旗的那个同学举起手来问代课老师：老师，您还回来吗？代课老师笑了：还回来。他那慈祥的笑久久地滞留在面部。十一个学生"噢号噢号"地欢呼了几声。

代课老师神情庄重地说，我代了二十多年课，还没有去野外上过课，

221

今天是最后一课，我带你们去野外上课，好不好？十一个同学齐声说，好！

我们跟着代课老师下了院畔。

院畔下面就是流到雍川平原上的雍山河。还没有到汛期，河水只有一脚面深，我们的身影被清澈的河水带走了。代课老师领着我们从简易桥上走过去，走到河对岸。并没有走多少路，代课老师就气喘吁吁的。他脸色发白，眼窝陷下去，两鬓稀疏而花白的头发被汗水濡湿了，看起来有了老相。其实，那一年，代课老师只有四十七岁。代课老师给我们说，野外课的第一个内容是在河边的柳树枝上去折柳枝，他吩咐我们不要上树，在低矮的柳树上折一些柔软的树枝就行了。我们折了一堆柳枝抱到代课老师跟前。代课老师教我们将这些柳枝编成四个柳枝圈。编好之后，代课老师说，现在，你们去坡地里采野花，把采来的野花插在柳枝圈上，做成四个花圈，一个年级做一个花圈。我们这才明白了代课老师叫我们折柳枝的用意。于是，我们十一个同学开始去坡地里采花了：紫蓝的黄芩花，雪白的百合花，血红的山丹丹，还有许多我们叫不上名字的花儿。一大堆花儿堆在代课老师的四周，那些花儿仿佛天上的星星在闪烁。代课老师在花的映照下，脸上有了光彩。我们将采来的花儿插在了柳枝上，四个花圈被装扮得十分斑斓。代课老师看了看那四个花圈，点点头，笑了笑说，我们走吧。我们跟着代课老师开始上坡。代课老师一走一喘，我和我们四年级的一个同学在代课老师的身后推着他，三年级的两个同学分别拉着他的两只手。我们都默不作声，坡地上散落的脚步清晰可辨，头顶上的白云是一副垂头丧气的样子。我们走啊走，走到了半坡里的一块平坦处。代课老师站住了，我们围在了他的四周。代课老师指着一个被荒草纠结住的土疙瘩说，这是我的前任代课老师赵宣先生的坟墓，你们把花圈给他献在坟前吧。按照代课老师的指点，我们四个年级的同学分四组将花圈献在了赵老师坟前的青草地上，然后，我们围坐在代课老师跟前，听代课老师给我们讲他的前任老师的故事。

代课老师告诉我们，赵老师是他之前四方山的代课老师，他在四方山这偏僻的山沟里一待就是十多年。那是夏季的一天，上完最后一节课，突然电闪雷鸣，暴雨马上就要来到了。赵老师把二十几个同学从雍山河的简易桥上送过去，看着同学们上了坡，他才放心地向回走。赵老师哪里知道，在山头那边，暴雨已经下了一个多小时。赵老师走到简易桥的中央，山洪猛扑下来将赵老师卷走了。山里人顺着河水向下找，三天以后，人们才在山口找到了赵老师的尸体，他已经面目全非了。赵老师被山里人抬回来埋在了这面山坡上。代课老师说，二十多年了，赵老师一睁开眼睛就能看到对面的教学点，就能看见他的学生。代课老师站起来用手一指：同学们看，这里和咱们的教学点是不是在一条线上？十一个同学们齐声说：是。代课老师仰起脸，苦涩地笑了笑，说道：这是一块好地方啊。他回过头来朝着赵老师的坟墓说：赵宣，你安息吧。

后来，我们才明白，代课老师为什么要到赵老师的坟前来给我们上这最后一课。

我记得清清楚楚，那天晌午，在赵老师的坟墓前，代课老师给我们讲了他读初中时学过的课文——法国作家都德写的短篇小说《最后一课》。当代课老师讲到那位法国老师用法文讲完最后一课临离开课堂时那份感人的情景时，代课老师站起来了，他的目光注视着对面半山腰的教室，突然，泪水潸然而下。我们十一个同学不约而同地都站起来了，我们扑上去抱住了代课老师，不约而同地放声大哭。我不知道为什么心里很难受，看一眼代课老师就想流眼泪，那时候，我们并不知道代课老师已是命悬一线了。代课老师抚摸着我们的头发说，同学们，不要哭了，老师出一趟远门就会回来的。老师为能给你们代课而高兴，说不定，你们中间将来就有人要做老师做教授，当医生，当科学家，当诗人。代课老师问我：高小峰，你说说，你长大后干啥？我说：当农民。代课老师说，当农民也好，你们的父母亲都是农民，可你要有大志向。我说，下地回来，我就写作文。第一篇作文就写给你。代课老师一听，脸上绽出了笑，他说，那就叫业余作家。我说，我就当业余作家。

第二天，果然由师母给我们上课，临下课时，师母才说，代课老师出远门去了……她一句未了，跑出了教室。我们都跟了出去。师母进了她那窑门，还在里面哭泣。我们十一个同学就站在窑门外，陪着师母哭。

一个月之后，代课老师出远门回来了，他是山里人用棺材抬回来的。代课老师在几个月前就检查出来，已经到了肺癌晚期，他没有钱住院做手术，回到四方山把诊断书藏起来，继续给我们上课。师母发现了那张诊断书之后，逼着叫他去县医院住院治疗。他的癌症已经无法再治疗了。

　　代课老师就埋在他的前任赵宣老师的坟墓旁边。山里人凑钱分别给赵宣老师和我们的代课老师立了一块石碑，我们的代课老师的石碑上刻着一行字：与青山共存的刘太明先生之墓。

　　2015年暮春初夏时节，我带着一个花圈和我写的一篇纪念文章来到我的代课老师的坟墓前，我不由得想起了代课老师在这里给我们上的最后一课。代课老师临离开我们时挂在脸庞上的真诚笑容像青山一样不老。他的最后一课和第一课一样精彩而饱满。上完最后一课，代课老师用目光将我们十一个同学挨个儿抚摸了一遍。当他用目光轻轻地按住我的时候，我流泪了。

（选自2017年5月9日《西安晚报》）

父亲跟我去打工

刘云芳

那些年，我总觉得自己出生的小山村和工作的 S 市是生命的两个端点。在那个闭塞的小山村里，父母总是一脸的骄傲神色，逢人就说我到了"好处"，也就是万事顺心的富贵之地。他们完全不知道从走出山沟到立足城市需要付出多少艰辛。我在不同的行业间辗转，尝尽酸甜苦辣，这些事情只能偷偷"消化"。直到后来进入一家通讯公司，我才算有了相对稳定的收入。我白天忙工作，晚上去附近的夜市上摆摊，只为回家时把自己伪装成一个生活优渥的人，多给家里些钱。

我知道这一天早晚要来。父亲打来电话让我给他找工作。村里像他这个年纪的人已散落在不同的城市，他为了自己热爱的电工工作，一再留守，却没预料到电工岗位调整，被迫下岗。有着三十年工龄的父亲像一只被漏电打伤的燕子，在电线与陆地之间无所适从。所以，我只能答应，并且迅速把摆摊卖剩下的货物转手他人，用最好的状态迎接父亲的到来。

一

来 S 市之前，父亲在山下的蘑菇厂上班，一天工作十几个小时，每月只有六百块工资。为了省钱，他省吃俭用，恨不得把钱串到肋骨上。可过日子、亲戚家红白喜事哪个不得用钱？我还有个弟弟，已经结婚，弟媳不让弟弟外出打工，因为缺钱，两人常常闹矛盾……生活处处都在张嘴，再加上父亲现在没有工作，他的心里怕也要长蘑菇了。我每天在报纸和网络上细致搜索招聘启事，又四处打听，终于看到一个玻璃厂在招工，简单咨询之后，对那里充满了期待。

两天后的夜里，父亲到了 S 市北站。他拎着大包小包从栅栏门里出来，把大包给一旁的陌生男人，对方一再道谢。父亲这一生出门的次数不多，算上当年送我去上学，这是第二次。他兴奋地跟我描述着火车上的见闻。

走进破旧的老楼里，父亲的步调放慢了。尽管他在极力掩饰，我还是看出了那种无法掩盖的惊讶。这么多年，我一直在家人面前隐瞒和美化自己的生活，让他们觉得城市是多么美好，女儿是多么幸运。他看到真相时心理上自然会有落差，可父亲不知道，我是换过十几个地方，才住在这样的房子里的，在我看来，它已经非常好了。

父亲一边坐在沙发上唠叨打车太贵，一边从口袋里掏东西。那几个苹果是我家树上结的；石头饼，是母亲为他做的干粮；还有一把核桃、一包年糕……他把这些吃食放满桌子，让我吃。接着，又掏出自己的证件。这三张证件简直就是他人生的标尺。高中毕业证上的他，面庞消瘦、青涩，还没有岁月踩踏过的痕迹；电工证上的他因为有了自己喜爱的工作显出了自信，开始发福；二代身份证是为了出远门新办理的，他也未曾预料到，在"知天命"的年纪，还要外出打工，目光里蓄满了迷茫。

第二天一起床，他就在屋里四处检修。不一会儿工夫，台灯、热水壶……许多原本打算扔掉的东西重新派上了用场。父亲修理的不只是电器，还有我漂泊的心境，他按下那些按钮的时候，我觉得自己也像那些电器一样，注入了新能量。这个临时的居所顿时有了家的味道。

弟弟婚前在这里打工时用过的自行车还在。我家在山区，自行车是用不上的，但父亲上高中时还是学会了骑车。这个技能只可当作谈资，一旦真实施，他就心虚了。他笨拙地跨过横梁，腿哆哆嗦嗦，小心地驱动车子。我们上路了。父亲像声控的机器人，一路上全凭我的指挥。那段路不算近，走了一半，他就说，以后上班，干脆步行。又说，他以前去煤矿上班，都是走着的。我知道，那时，天不亮他就头顶着矿灯出了门，天黑透了才回来，路上要花好几个钟头。从煤矿回来的他像个黑兽，几盆水端进端出之后，他的本来面目才显露出来。有次，这只"黑兽"脸上竟然淌着血，两只黑手掌也满是鲜红，好像生吃了什么活物一般。母亲吓得尖叫，端来水为他清洗，最后确定那伤口就在鼻梁上。别人受点伤恨不得倒在煤矿上，父亲倒好，硬是没吱声。幸好那口子不太大，但一块煤屑就像琥珀里的小昆虫一样，长在了父亲的肉里，成为他窝囊的证据，让人诟病。年幼不懂事的我也曾用同样的眼光注视过他。

那家玻璃厂在几座高楼之间。穿过有些破旧的院子，是一个空旷的大厅，两个比父亲小不了多少的男人正抬着一块玻璃。我们的身影映在玻璃上边，好像是这影子过于沉重，压得他们直不起腰，那两个人缓慢地挪动着步子。父亲边走边看他们，紧走几步撵上我，悄悄说："这活儿，我干得了。"

在大厅北边的隔板后边，我们找到办公室，一个黑胖的中年女人正在接电话："活儿不累，你来看看吧。"这话几天前她也对我说过。她用滚圆的手指示意父亲坐在办公桌对面的大木椅上。那把木椅非常简朴，与办公桌隔着一段距离，让人想到审讯犯罪嫌疑人的现场。父亲很不自在，不住回过头看我。

女人接完电话说："这活儿全凭一股子力气，搬一块玻璃三块钱，你跟谁合作，就跟谁分钱。"我问福利和权益保障的问题。她撇嘴一笑，点起一支烟："这儿没那些讲究，大部分人一个月都能领个两三千的。"她让我们想想。

走出办公室，一胖一瘦两个工人正在墙角搬玻璃。胖工人干活前先往手掌上啐口唾沫，瘦工人不吱声。两个人蹲下去，齐声高喊"起"，只见瘦工人脸上的青筋马上暴涨。父亲忍不住想搭把手，瘦工人却摇头说"不用"。他们吃力地抬起这块巨大的玻璃，要把它送到几十米外的一辆卡车上。返回时，他们接住父亲发的烟，夹到了耳朵后边。瘦工人说："这活儿不好干，玻璃易碎，碎上这么一大块，几天都白干。"父亲向他们讨教搬玻璃的诀窍，恨不得当即留下来。走出厂房后，他嘴里又说："这活儿不难。"

父亲是讲体面的人，我带他去粥铺吃饭，他当时安静地吃粥吃菜，回到出租屋却感叹起来："一份粥竟然五块！一盘菜二十多！得搬多少块玻璃！"他已经把自己当成一个搬运工了，完全没想到我会反对。我不想让他像胖工人和瘦工人那样，每天面对无数透明而沉重的玻璃并随时担心着玻璃的破碎。父亲不会反抗，身为长子，他从小听命于父母，一直是家庭利益的牺牲品，娶妻之后，大多事情也都是我母亲做主。父亲像一棵树，风霜雨雪来了，都努力接住。面对我的态度，他只反问："不就是力气活儿吗？"但我一坚持，他也不再说什么了。

二

看见路边修鞋人穿针引线，父亲说这活儿他能干；路过一个工地，他仰起脖子看上边忙碌的微小的身影，说这活儿也可以试试……他羡慕所有忙碌的人，甚至也买求职报刊，在上边勾勾画画，寻找目标。我给他钱，他总是好半天才伸手。晚饭后，他会认真地给我报账，并把剩下的钱放在显眼的地方。

在城市里没有手机怎么行？我找个旧手机给父亲用。这是他第一次拥有一部手机，新奇地按来按去。我说："单位给报销话费，想给谁打就打吧。"他把自己的小电话本拿来翻了一遍，却一个也没拨出去。

父亲太想工作了。如果可以选择，他最想做的是电工。听说有家网吧在招电工，我们赶紧跑去问。对方一听父亲是农村人，立刻换上一副鄙夷不屑的神色，用充满疑虑与挑剔的眼神在他身上扫来扫去，活像审视一个贼。因为上任电工就是农村的，晚上把电脑偷出去卖，等他们发现，人早就没影了，所以，他们招的电工必须是城市户口。我一下来了无名火，急忙辩解道："一个农村人偷了东西，就断定所有农村人是贼？"老板出来说："如果真心想来，就交两千块钱押金。"父亲低着头一句话也不说，好像他真参与了偷盗似的。找份工作，还需搭上一个老实巴交的农民的尊严，这让我和父亲备受打击。我替他选择了离开。可找不到工作，又让他很沮丧。

在出租屋里，他是给我洗衣、做饭的父亲，出了那间小屋，他就变成了我的"孩子"。他站在农村和城市之间的窄桥上，不敢通行。他有那么多新奇的问题，等着我解答，而许多是我曾经好奇过，却从来不敢开口问别人，最终习以为常的东西。哪怕我表现出不耐烦，他也丝毫不察觉，依旧追问着"为什么"。

父亲一个人坐在灯下的二手沙发上看我换鞋，他成为灯光里人形的黑洞。我心里猛地一揪，说："跟我去吧，一起去聚餐。"他好像一直在等这句话，急忙站直了身子。朋友们让他点菜，他执意不肯。他说家乡话，大家听不懂，还得猜意思。起初他还不好意思，后来发现这群姑娘并无恶意，渐渐放松了。她们围着他叫"爸爸"的时候，他的脸红了好一阵。

走出饭店，有股清冽的气息扑面而来，是春天的味道。父亲把我准备打车的手压下去，建议步行回家。那天，跟父亲一起穿过大街小巷，忽然觉得独自闯荡十年练就的硬壳瞬间被软化，破壳而出的是一个满心甜蜜的小女孩。

"爸，你该早点来。"我说。

"早来，还不是早点拖累你。"他说。

几天后，朋友娴来了电话，说她母亲工作的那家钢管厂在招人，让我父亲去看看。我特地请了假，陪父亲面试。因为路途太远，我们坐公交车去。转了趟车，到达终点站时，娴已经在路口等着。走过一条泥泞的小土路，拐弯，视野便开阔起来。娴领我们走进一个大院，只见院子中央堆满了各种形状的钢管，一旁还有些生了锈的专用器具。正前方是个大车间，一股子怪味飘出来。推开侧边的小门，看见一个捂得严严实实的工人正在地炉前跳来跳去。他要把那些烧制好的钢管从火里扒拉出来，还要把一些制好的钢管坯子放进火里。这里边闷热得厉害，让人喘不过气，我们都捂紧口鼻。

娴的母亲从西南角的一扇门里走出来。她戴着口罩，只露两只眼睛，我从那两只眼睛里分辨着她与娴相貌上的联系。她大声说："干这活挣得最多，但也最辛苦。"父亲平时怕热，吃顿饭都能像太上老君的炼丹炉一样，不断冒热气。娴的母亲领我们去另一个车间，进院之后一直缠绕在耳边"嗡隆隆"的声音就是从这里发出的。几个戴着口罩的工人，每人操控一台打磨机，身边堆着两小堆不同样式的钢管。他们朝着娴的母亲点头示意，手里的活儿一直没停。

父亲决定做打磨工。入职手续很简单，办公室的人复印了身份证，记录了手机号，第二天就可以上班。父亲开心极了，一直在评价那些钢管。"什么都有啊！"他说。

父亲决定住在厂子里。宿舍在厂院对面，是一排矮房子，门前堆放着各种垃圾。有两间房子开着门，一家的小孩猫着身子往外看，另一家的饭香正伴着油烟飘出来。分给父亲的那间房子还比不上我家牛圈，墙砌得歪歪斜斜，一扇钉着白色塑料布的窗户也小得可怜。屋子里没有床，用砖石垒了个窄炕，上边有只露了洞的袜子。地上到处是上个住户留下的生活垃圾。父亲把我轰出去，独自在里边打扫。

邻居家的男人端着饭碗在门口站着。父亲把那堆垃圾推出来，琢磨如何处理的时候，那个男人用筷子指指前方说："就扫那儿吧。"父亲迟疑了片刻，才让它们归入到垃圾堆。吃饭的人看着在远处跺脚震落鞋上尘土的父亲说："你们是讲究人，不该来这里打工。"

我拿了报纸往砖炕上铺。砖缝里几只潮虫正在四处游荡，它们发现了我，急忙藏到砖底下去了。这样的地方自然免不了有各种虫子，我又不能把炕给拆了，只好硬着头皮继续铺。原本大小合适的单人褥子和床单，竟然悬下一截子来，这炕实在是太窄了。我把窗边的砖头盖上一层报纸，放水杯什么的。父亲去外边找到几段树枝，插进墙里，用来挂包和毛巾。之后，我见识了他们所谓的厕所，那里除了遮羞的围墙什么都没有。满地粪便和皱巴巴的卫生纸、卫生巾，让我强烈的生理需求立马消失得无影无踪。接着，我又跑了趟小卖部，回来递给父亲一支小手电筒，提醒他晚上去厕所时，千万小心。

临走时，我往父亲口袋里塞了五百块钱。他却抽出三张还给我，说钱多了容易丢。接着，他走出大门送我。我跨过路上的臭水坑，回过头，看见他还在原地站着。我向他晃了晃手机，他摸摸自己的口袋，点了点头。

父亲千里迢迢投奔我，我却带他去了一个条件如此艰苦的地方，母亲知道后会有多失望？后来跟母亲通话，才知道父亲跟她讲新工作很好，他处处满意。我忽然觉得人一旦远离故土，就自动拥有了粉饰生活的本领，像父亲这么老实的人也不例外。

下班后，我一边吃他煮剩下的挂面，一边想他在做什么。在那间幽暗的屋子里，父亲吃东西时，那些微小的潮虫或许就在啃食从他指间遗落的碎渣。我记得小时候，他喜欢端了海碗在门口吃饭，他故意撒下一些细面条或者馒头屑，让小蚂蚁们有的忙乎。他喜欢看蚂蚁们互相碰着触角分享彼此的喜悦之情。

七点钟，父亲在吃饭，八点钟该做什么？睡觉太早，难道看着墙壁发呆？或是去隔壁家蹭电视看？那主人看起来应当是慷慨的，可像父亲那样不喜欢占人便宜的人，在别人的屋子里，该是怎样地拘谨。我一次次拨他的号码，却没人接，便急忙穿了外套，拿了钱包就往外走。刚出楼门，我就站住了，父亲竟然在门口站着！

"爸！"我像好几年没见他似的。

父亲面露羞色，跟我解释：他买了碗面吃，然后去拉灯绳，灯泡闪了两下就灭了。这样的事儿难不住他。但父亲走出院门，发现通往城市的那条路比通往小卖铺那边的路更亮一些，他走出去，恰好最后一趟公交车迎面而来，就坐上车回来了。父亲省略掉了这其间的心理感受，但作为一个在异地打工的过来人，我知道，把他从一个小屋里驱赶出来的绝不可能是黑暗，而是孤独。他兴奋地说着厂子里的人和事。他的邻居很热心，教他怎么打磨，告诉他验收标准，为了让他听得懂，尽可能淡化自己的河南口音。车间里干得最好的是一个壮实的年轻人，大家休息的时候，他也不休息。后来父亲才知道他是个残疾人，十几岁的时候，出过一次车祸，命运因此被改写，他平时住在那排矮房子里，逢年过节才被接回家。

父亲像多年前的我一样，每天早晚赶公交车。我能体会那种挤在陌生人中间穿越大半个城市的感觉，想象得出孤独是怎样一直纠缠着他。但父亲想的不是这个，他开始心疼钱：一天来回得四块，一个月就是一百多。父亲打起那辆自行车的主意。有天回家，我看他在一张纸上画地图，标路线，并自言自语："没多远。"好像这城市已经浓缩成一张纸似的。

第二天早上，他气喘吁吁地打来电话，说已经到了，比平时坐车早了半个小时。晚上，却迟迟不见他回来，电话又不接。我站在阳台上一遍遍往下看，后来干脆去小区门口等。父亲打回电话，低声说："我迷路了。"语气像个犯错的孩子。他说不清自己的位置,我让他问路,电话没有挂断,我听到他在那端拦下匆匆走在夜色里的人。

父亲的目光在车流里打捞着女儿的身影。等我从出租车里出来的时候,看见他正一脸茫然地站在路灯下。父亲从来没有这么沮丧过。他不断自责,我搬出自己的糗事安慰他。我本来不会骑车子,参加工作后,买了辆二手自行车,只花半天的时间练习,第二天,骑车子去上班,竟然骑上就停不下来。我同事直在后边喊"捏闸!捏闸!"可我紧张得不知道捏闸这么简单的事该怎样操作。有次过马路,交警冲这边喊:"拿一下你证件!"我立马去翻包,交警已经越过我,走到一辆私家车旁。讲到这里,我已经乐坏了,可父亲却"呼噜噜"吃着面条,始终没抬头,也没说话。

我说打个车回去,他却坚持要载着我。我坐上去,车子扭动了几下之后,慢慢平衡。闻着他在厂子里沾染的钢管的气味,我希望自己能轻成一株草,或者生出翅膀,带着这辆车子起飞。一个在农村生活了五十年的人,闭着眼也能找到自己的土地和房子,到了陌生的城市,他失去了这样的本领。父亲不住自责,说自己笨。那辆自行车就此淘汰。我办了张公交卡,说那是单位的福利。他半信半疑,但还是像小学生一样把卡挂在了脖子上。每次看他带着这张卡老远走向我的时候,我的眼泪就开始蠢蠢欲动,我必须一遍遍控制自己,否则,它们就会破堤出来。

父亲变得注重自己的仪表,不管多累,他都在那间宿舍里把自己收拾利落才回市区。在陌生的环境中,他极少跟别人有语言上的沟通。跟其他进城打工的人一样,他尽可能把乡音藏起来,不暴露自己农村人的身份。城市里到处都是这样的"潜伏者",他们想尽办法掩盖着自己身体上、表情上的地域标记。

三

村里人进城是容易迷路的。

想找一个迷路的人是容易的,让一个迷路的人回家却不那么容易。很多迷路的人并不知道自己已经迷路,他们原本以为自己会一路走下去，把路边繁华的东西占为己有，然后携带回家。结果却一头撞在繁华的假相上，忘了归路。

有天晚上，父亲接到电话，说我表叔要来。我们去车站却接到了五个大汉。我带他们去吃饭。在一个饭馆里，父亲把菜单递过去，让他们随便点。我理解父亲的心境，他要表示出自己的慷慨，让人觉得我们在外边混得不差。

我想找家宾馆，他们却拒绝了。那天晚上，父亲的房间被占领。烟雾和说话声填满了所有的空间，这间小屋顺着方言一下子穿越回了故乡。我出去买了些鸡爪、花生米之类的吃食，又买了两瓶简装的酒。父亲已经戒了烟，不喝酒，也不吃肉。他把花生米的红皮一点点捻掉，听他们说话。他们讲起自己在各个城市的遭遇。起初还是令人羡慕的幸运故事，几杯酒下肚之后，开始诉苦。

"我们这些人长年在外，跟老婆孩子分居两地，跟光棍有什么区别？"

"有时候，还不如光棍！光棍好歹一个人吃饱全家不饿。"

"我那儿也不怎么样，包工头一直不发工资，我们也不敢辞职。要不都打水漂了！"

"我这么累还不都是为了我那臭小子，供个大学生太不容易了，我上次去看他，这小子拉着个闺女的手，都不敢认我。"

…………

只有角落里的鱼楠不说话。

鱼楠比我大几岁，很早就辍学在家，先是放羊，后来跟大人们去挖矿。过早地参加劳动，让他看上去很苍老，更像一个中年人。他倒上一杯酒，"咕咚咚"往下咽，让人怀疑那是一杯水。他叔叔赶紧把杯子夺走。

他们对父亲说："还是你省心，儿媳妇娶了，现在还有份工作。"父亲把几颗花生送到嘴里，一边嚼一边说："各有各的难处。"

这时，鱼楠忽然哭丧着脸，让我买酒去。别人都阻拦，说他喝多了。鱼楠却从口袋里摸出几张百元钞票来，大声说："买酒去！"父亲把我推进了卧室，让我早睡，并且嘱咐，把门插好。

他们还是出去买了酒，在酒精的作用下，倾诉的声音交织在一起，全部灌进父亲的耳朵里。这是一群身体使劲儿往外跑，心却使劲儿往故乡缩的人。我想，假如父亲也会喝酒，喝醉后，他会说什么？会为什么而哭泣？是为在老家照顾老人、侍弄庄稼的妻子，还是为在婚姻矛盾里压抑的儿子？

我被他们吵得睡意全无，出门跟父亲说要去加班，他一直把我送到单位门口。

第二天早上回去的时候，父亲正忙着清扫垃圾。洗手间的门开着，里边散发着呕吐物刺鼻的气味。卧室里传出不同频率的呼噜声。客厅里因茶几和沙发都搬进了父亲的房间，显得很空旷。我那间屋子的门关着。父亲说："我没让他们进去，怕把你床弄脏。"我从父亲手里抢过笤帚，让他赶紧去我的房间里休息会儿。再过一个小时，他还要去上班。

临近中午，表叔打来电话，向我打听去保定怎么坐车。他们这一站一站地跑是为了什么？晚上，我在父亲那里找到了答案。

鱼楠媳妇跟人跑了！对方是我的小学同学。他们以为我们同学之间肯定有联系，所以一路追过来。我开始理解鱼楠前一天晚上的举动：他一再向我打听那个小学同学的消息。他媳妇很漂亮。早年，他在村里挖矿，日子算是很富足的。可是这几年，城市的诱惑越来越大。鱼楠老实，不愿意出门。而我那位同学却不一样，他追求新鲜、刺激，几年间辗转于各大城市。他有过很多女朋友，却始终没有结婚。那一口夹杂着多地方言的普通话，不费吹灰之力，就燃起了山村少妇蠢蠢不安的心。听说，我那同学带她穷逛了几次商场、看了场电影，就轻易地把她带走了。

鱼楠花光了积蓄，也没能找回媳妇。

后来，鱼楠回村里放羊去了。几个月后的某个深夜，有人敲他家的门。狗没有叫，人竟然走到门口。他以为是自己的父亲，懒洋洋走到门口，却看到一个头发散乱的女人。她伴着冷风一下撞过来。这个女人竟是自己的老婆。听说，他们私奔后再没看过电影，没逛过商场。许多次，他们住在火车站，甚至大桥底下，时常拿砖头当枕头。后来天冷了，她实在忍受不了，就回来了。村里不只鱼楠有这样的命运，但更多人的媳妇没有回来。传言中，她们要么跟了别的男人，要么一头扎进了灯红酒绿里，做着让长辈和族人蒙羞的工作。

我的弟媳最终也跑了。我听到父亲叹气："条件好的那些人家的媳妇就没跑！"父亲把儿子婚姻的不顺归为自己的贫穷。弟弟他们只办了酒宴，没有领结婚证，这在老家不算新鲜。按照村俗，只要女方不松口，我家就不能提分手，否则那笔高额的彩礼就得打水漂。

父亲一心想着多挣些钱，这样就能贴补他们。希望儿媳念在长辈勤快的份儿上，可以回心转意。我一次次劝解他："这件事不怨我们，是坏掉的风气和人心造成的。"父亲说："还是因为咱家底薄。"我无言以对，只能背着他去找律师询问。

那天夜里，我梦见我们村子上空的天烂了一大块，大家满面愁容地往上看，生怕天会塌下来。父亲却在案板上不住和面，他说："能补上。"可是怎么补？用他手里的面团吗？

四

父亲已经习惯了车间的生活，嘈杂的声响里，他不断打磨着那些管件。父亲也像管件一样，在这城市里经受着最大限度的打磨。

我有段时间经常加班，他回来后先不回家，而是在单位门口等我，然后陪我去买菜。有时会遇到我的同事，不等我介绍，同事就问："这是你爸？"父亲这时会特别高兴，说："你好，你好！"样子很滑稽。同事如果再说："你跟你爸长得真像！"他就乐得五官移位了。

许多个夜晚，他独自在出租屋看电视，有时困得直打盹也不去床上睡，就为等我回来。那个在老家什么事儿也不做的父亲，在这里替我收拾屋子，给我洗衣服、袜子。好几次，我去吃加班餐，路过小区，看到出租屋里的灯还亮着，就叫他一起去。父亲喜欢跟我的同事、朋友们在一起。他说："他们人真好，并不因为我们是农村人，看不起我们。"我对他说："自己看得起自己就行。"他说："很多时候，人不是这样的。"

我带父亲去过一次动物园。在那里，我们看到鳄鱼拖着笨重的身体一跃而起，在人们垂下的长竿下抢食物。那几个瘦弱的小鳄鱼也是如此，但它们没有命中目标。它们付出的辛苦并不少，却收获寥寥。其实，像父亲这样大批进城务工的人也是如此，不少人尝到了收获的甜头，更多的人品味着现实塞给他们的苦涩。

我见过父亲在他那间宿舍里吃面的场景。他食量大，要先吃面，再把馒头一块块掰碎，泡到面汤里。他尽量让自己的午餐预算不超过五块钱。看见父亲这样，我就如百爪挠心，悔恨自己曾经的奢侈和浪费。虽然在别人眼里，我是难得一见的节俭型姑娘。

父亲领到第一个月工资的时候，要给我买衣服。琳琅满目的货物让他大开眼界。父亲给母亲买了件衣服，给我买了条裙子，都不超过五十块钱。他又买了几个超级大钉子，说是牛圈什么地方要用，又买了一管胶水，说是家里有件家具坏了，需要这种胶水，一直没买到。他还相中一个电锤，可因为价格太高，放下了。父亲这一代人跟年轻打工者不同，哪怕走得再远，也会据守着自己的家乡，想着家里那些需要修补的漏洞，需要收拾的器具；年轻的打工者一旦离开，想的是如何彻底与家乡决裂，在外地扎下根来，变成一个城里人。

那天，他给自己剩了一百块钱，把剩下的全部寄回了家，好像是五百块。

弟弟的婚事必须得有个了断。我已经咨询了律师，说彩礼中的大部分是可以要回来的。父亲觉得打官司这样的事不体面，为此，一拖再拖，直到麦收时节才准备回去。这期间我在异地的男友来过两次，我们定了婚期。如此一来，我就得离开 S 市。父亲原想，等忙完了家里的事，就带母亲来 S 市。他俩住在那间宿舍里，一起打磨管件。两人一个月挣三千多块，日积月累，也能有些积蓄。可这个设想终因其他突如而来的事情变成了幻想，父亲也得离开。

父亲把宿舍里的物品倒腾回来，跟厂里请辞。厂里同意他走，却没结清工资。从此，我一有空就往那里跑。娴的母亲也帮着说了不少话，却无济于事。厂里想尽办法克扣，每次都因为谈不下去而告终。父亲后来给我打电话说："实在不行，就别要了，胳膊怎么也拧不过大腿。"

我一百个不服气。为了节省要账成本，我每次都骑着车子去。走过那条泥泞的小路，车胎就裹满泥浆。每次，我都低着头，心想，这段路隐藏着父亲多少脚印呢？

最无奈的时候，朋友给我出主意，让我找媒体。那天，我找出自己在报社工作时用过现已过期的工作证去了钢管厂。进门之后，那个工作人员抬了下头就忙自己的了。等我把工作证的封面亮给她看，说："今天，我的身份不是给父亲要账的女儿，是××报社的员工，咱们谈谈吧。"

那个人立马站起来，说去请示领导，也就是她的表哥。不一会儿，她回来，在抽屉里找到一张单据，让我写上父亲的名字。整个过程不过几分钟。拿着那些钱出门的时候，我的手一直在抖。

五

那辆二八自行车，父亲以极其便宜的价格卖给了他宿舍的邻居。我看到两个男人交接、告别。父亲一直看着对方走远了才走。

我也要离开S市。这些年我的家当非常壮观，如果父亲不带走，就只能遗弃。父亲当然舍不得，他恨不得自己能有布袋和尚的神力，把它们通通打包。我们把其中一部分从邮局寄走，可剩下的依旧是座小山。可他却信心满满地说："没问题！"临行前，我去了趟市场，把他相中的那个电锤买了下来。父亲爱不释手，却抱怨我乱花钱。

那天晚上，我送父亲进站。如果不是他频频回头，我很难从那些不断前移的蓝道道行李包中确认出哪个是他。这是一支浩浩荡荡的打工大军，他们有的走在归乡的路上，有的在转往他乡的途中。我帮他把行李搬到了车厢，匆匆下车。我注视着坐在"大铁盒"里的父亲。我们听不到对方的声音，彼此的心意却十分明了。一串泪珠迫不及待地从眼眶里爬出来，我不敢擦拭，努力支撑着面部的微笑。他也在极力控制，如果不是火车及时把他拉走，我就会看到他流泪的样子。他的那串眼泪一直积攒到半年之后我新婚的那一天。所有人满面欢笑，只有父亲在一捧开得炽烈的玫瑰、百合背后偷偷抹拭着泪水。在花朵的映衬之下，父亲的脸显得沟壑丛生。

在S市打工的经历，最终变成浪花碎在他生活的堤坝上。他时常说起我带他去超市，去某个饭店，去动物园……那是因为现实太过苦涩，他再没有得到其他的惊喜。他越是跟人炫耀我那段时间给予他的照顾，我越是心生愧疚。

我能想象父亲带着那一堆行李下火车后的情景。那个傍晚，父亲跟那些行李挤在弟弟的摩托车的后座，如一只巨大的蜗牛攀爬在盘山道上。

第三天，我忽然接到父亲的电话，是我在 S 市给他办理的号码。他高声喊着我的名字，信号时断时续。还没听清他说的是什么，就断线了。再打过去，先是"无法接通"，之后是"欠费"。我打家里电话，一直是占线的声音。我心里忽然被捅出个窟窿，担心得要命。我急忙托人上山去看，才知道村里的电话线路断了，父亲拿着手机爬上北边的山梁，只是想告诉我，他到家了。

后来，父亲经常用家里的电话拨那个弃用的号码，提示当然是"空号"。我问他："你是要跟以前的自己通话吗？"有一次，他竟然打通了，对方还没有开口，父亲就赶紧挂断了。

（选自2017年第2期《长城》）

那一年的白灾雪原

张承志

我没有经历过赶尽杀绝的"铁灾"(temur-jud)。

这个词，即便在乌珠穆沁也只在1972至1973年的冬春之交用过一次，而且被我躲过了。

我只在1970年冬，经历过寻常的白灾。

那种灾年固然恐怖，但还在限度之内。牧民们也有凭经验和贮备，应对它的余裕——解释一下：所谓白灾是指雪持续降下积厚，牧草被封在白秃秃的雪壳底下而牲畜吃不到嘴的灾年。相反，一冬干脆不下雪，使牲畜一冬不能解渴、使人的锅里也无雪化水的冬季，因为大地上没有白雪覆盖，按牧民的语言描述"地是黑的"——所以叫作黑灾。

与红黄蓝三原色的绘画理论相悖，一对黑白是游牧世界的两原色。解释这一对观念很费事。

雪

对我来说，记忆牢固的只是那个白灾之年的印象。

确切地说，最初发觉积雪已经封闭了道路，牛车已经闲置不用，雪原上来回奔走着马拉的"切勒格"（小雪橇）的时候，我还毫无感觉。后来政权（公社和大队）似乎无声瓦解了，有经验的牧民率先出走。就在人心惶惶之际，我们得到了自己插包的"家"的指点，获知了不冻青营盘的情报，于是结成一群走场，搬家到了额仁戈壁的时候——我才确认了灾年。

以前向东眺望，在传说是额仁戈壁的远方，有一座船帆一样的山影蹲踞在地平线上。问时，有人叫它冬根海勒汗，有人称它冬根敖包。如梦一般，我们灰黑破旧的毡包，已经扎营在冬根大山的西麓。

这里有三个青营盘（古和·努特格）。它们是过去谁家在冬春驻营的旧盘，地面有尺厚的硬羊粪层，护着下面的土壤永久不冻。须知，冬夜里羊群卧在上面是暖和的。若是入冬就冻透的夏秋盘，何只寒冷难熬，一夜间牛羊会被自己的粪尿冻得粘在地上！

这是宝贵的秘密。

那一年牧民们对这样的知识彼此保密。我们悄悄搬来，备足粮草，安上另一件宝贝——抽火凶猛的铁皮炉子，开始越冬。

素日的平原，如今是难渡的雪海。最初，我不信骑马不能跑过平地，可一蹦子冲出去不久，马腿就扑通扑通陷进深雪，随即甚至不能拔足了。

前面是延伸的、一望迷蒙的白硬雪壳。早忘了到对岸山头之间有没有深沟，谁也不敢说雪有多深——那时人突然害怕了。

单骑拉着切勒格，人们沿着连绵的山顶赶路，去几十里外的公社镇上买粮。用铁锹挖开尺宽的小径，每天羊群排成单行走上山顶吃草。以前仇恨闯入我们地盘吃草的马群，现在盼着马群来一夜刨碎雪壳，为了羊群在后面跟着吃个半饱。没有谁患上雪盲，人人都戴着墨镜，"四眼儿"们则在眼镜上套上黑套镜。夜晚把削下的羊肉贴在烧红的烟筒上，羊肉吱吱冒着青烟刹那间烤熟了，一口把喷香的肉塞进嘴里，立即觉出力气在体内聚集。

连续相接的山峦顶部，由于风大没有多少积雪。羊群啃着低矮的绒草，虽然不能任它们饕餮餍足，也算差强人意。我呢，常常把骆驼牵着让它横着挡住风，然后靠着毛茸茸的骆驼，用皮袍袖口压住翻开的书或隔月的《参考消息》，多少读上几页。

走场，还能使枯燥的牧人日子至少开阔些地理感觉。不管怎样，恼人的地平线被突破了，视野里出现了新鲜的山峦风景。

还结识了新的朋友。一个白音图嘎大队的老人慷慨地送来燃料，我们和她家，包括她家的知识青年（一个西语系教授的女儿）结下了友谊。

羊群能不能吃饱，是天下第一问题。决不能在我们放牧的苏鲁克

（集体畜群）里发生牲畜的倒毙——是那时知识青年的理想、革命和做人的首要问题。

每天归牧回来，我们都不住眼地从背后打量羊群的肚子：若是羊肚子横了出来，大家就会满意，因为羊吃饱了。

没有刮起白毛风的雪原生活，大体是安详和宁静的。只要盐茶米油（点灯的煤油）四样东西贮备充足，封闭的草原甚至给人幸福的感觉。

但一旦稍过边缘，雪原便露出本相。那时，静谧的恐怖使人永志不忘。

由于春季骗羊的不彻底，几个漏网的小羊羔子作孽，就在雪最厚硬的月份里，一些母羊生羔了。哪怕蒙古包里匆匆搭起了棚圈，哪怕人和羊羔挤在一起睡觉，也无计无力，倒毙终于发生了！

那是命中的煎熬，我们只能眼睁睁看着可怜的小生命饿死并僵硬，忍着一刀刀剥下羔皮、等着秩序恢复上缴羊皮时，再接受嘲笑和侮辱。

此外，接近春天时又被狼袭击一次，羊被咬死了六只或八只。由于这些，后来在北京上学时（1972年）听说谈虎色变的"铁灾"过后，我家在额吉率领下居然没有一只牲畜死亡——远远地，我真服了。

——后来，就凭这无赢毙的成绩，我额吉终于被选为东乌旗劳动模范。

那是1981年的事，正好我阔别九年回乡探亲。听说了额吉获奖，我得意得张牙舞爪。我想干脆担任保镖陪额吉去旗里开会，但没去成。额吉回来那一晚全家美滋滋围着吃饭，我心正暗想，额吉开会得的纪念品……额吉就伸手过来：

"喏，吐木勒，恩尼—因姆—其尼赫—西特"（嗯，吐木勒，这东西是你的）

一个塑料封皮的笔记本递到了我手上。我欣喜极了，上面可是有旗里的图章和额吉的大名哟，插队时我们地位低下，几乎被踩在泥里……哎，流逝的时光！那本子究竟是被我记了考古笔记还是小说构思，已经记不清了。

——都是后话了。

当时我的牧民意识还丝毫未退。

独自在北大的文史楼，我咀嚼着这个传闻。我琢磨着他们的消息，和体验过的那一年作着比较。摊开的考古讲义里，浮现出一连串灰污硬雪和羸弱牲畜相叠的画面。

狼

第一声狼嗥传来的时候，谁也没有在意。白灾的乌珠穆沁，狼嗥狗吠，时常伴随。

由于它们的"隐身"，已经败给了它们一次：因为天气很好，羊群就在不远的山坡对面，我还是先回家喝茶。等茶喝罢了回到羊群，一眼瞥见几头死羊血肉模糊地躺在雪地里，喉咙和屁股被残忍地撕开了。散乱的羊群呆呆站着，瞪着我一动不动。不知它们刚经历了什么，每一只都那么表情惊恐。

那一夜的狼嗥很快就使人听着不对劲。太近了——狼嗥一般是不易判断远近的，但那一次实在近在耳际。有一声还伴着踢开雪块的破碎声和紧张的厮打声，嘎呜呜——呜呜，嗥得近在耳边。

那时没想起来害怕，倒是大大愤怒了。当然我们也明白不可能去揍它，门外的夜，是一派无涯的混沌。夜已深，但四野并未黑透。雪夜的黑暗不是黑的，是不透明的浓浊浅暗，

地上雪的反光只在五六步，再远就是一堵墙般四围逼近的浓重白幕，而就在那片混沌后面，我不是听见而是一瞬辨出了一些环绕影子，比狗古怪，比羊灵活。突然，那堵夜幕黑墙上亮起了一簇簇绿莹莹的光。

是狼！伙伴们一声大喊。

这时才发觉羊群早已站立起来，它们显然知道得更早。此刻它们紧张地呼呼响着，哗地拥过来，又呼地挤过去。

不知有几条，这是一个狼群。包门外的寒冷似乎消失了，我们与狼进行着无语的对话。

它们好像在威胁：让开！只拖走几只羊！

我们也像在固执地回答：想咬羊，先过人的一关！

我们（唐和我还有两个）在门口吼叫跺脚，那时人陷入兴奋，居然丝毫不怕。人比狼更早地疯狂了。

忽然谁大声喊道，点火！烧报纸！狼怕火！

一两张整页的报纸被团成一团，点燃后使劲扔到天上。黑蓝夜空上的火球美极了，它鲜艳地哗啦抖响，把静卧的雪原一霎照亮。在那一刹那绿炯炯的狼眼熄灭了，但报纸烧完熄掉，它们又围了过来，绿火狼眼，又幽幽地点亮了。好犟倔固执的凶恶！狼决意不走，嚎叫包围，等着我们崩溃。

我们只靠一把火。若是没有了火会怎么样，事后谁都不愿多说。手抓一团熊熊的火，狂喊着向狼群冲去。看不见，也听不着，但无声之间狼群迅疾退后了——这些阴险的暗藏者，这些凶残的敌人。从那一刻起我懂了它们畏惧火焰。除了最开始辨出过影子之外，我没看见它们的实体。

只有那惨烈的狼嚎，不依不饶地纠缠着。它交错回绕，阴森瘆人，与我们这座孤零零走场异乡的毡包对峙。

我们轮流举着闪跃的火焰，怪吼大叫着，一次次冲向对面的混沌暗夜，把火球使劲扔向隐身的狼群。地盘愈来愈拓宽了，狼嚎里听出绝望的音色，不像刚才那汹汹的要求了——我们敞开蒙古包的木门，哪管寒风涌入，让铁皮炉里的牛粪火也红彤彤对着雪夜，盼着能借火势，让狼群死心走掉。

绿光看不见了，唯有凄厉的嚎叫还死缠不弃，如一个仇敌的宣言。亢奋中，我解下系在车辕上的马，不备鞍子跳上光背，举起一大团点燃的《参考消息》，"嗷——呀"怪叫着，向那堵夜墙驰去。

依然没有看见它们。我扯着马嚼子转了一圈，报纸烧完就一蹦子跑了回来。也许根本就不是狼群，一切只是恶意的幽灵？

也许可以说那一夜我们战败了狼群，但是光天化日下七八头羊被咬断喉咙又从肛门掏出肠子的场景——成了我最痛苦的失败回忆。

日子久了，记忆磨褪，细节渐渐漶漫，后来连那绿幽幽的注视，也只剩下一个概念。在我当牧民的岁月里，如那一夜狼群逼近，亲身实地直面威胁的局面，没有再次出现。

我也参加过亘古传承的合围捕狼，《蒙古秘史》把那种围成的圈子称作"古列延"。沿着一线连山围成巨大圆圈的数百牧民，大概都有过类似的体验，也都怀着仇恨或痛苦。我忘不了那一年在冬根海勒汗山麓下血迹斑斑的惨烈图景，心里也种下了狼即死敌的牧人观念。它们永远卑鄙地隐藏着，准备发动凶残的偷袭——我留意着，握着火种，准备与它们一决胜负。

驼

除了敌人，还有朋友，更有性命相托的伙伴。

也是那一年，那个白灾之冬。快进春天的时候，我们已经从额仁戈壁那块宝贵的不冻青盘搬家回迁，准备回到我们的原籍进入接羔季节。一只冻掉了耳朵的褐色花羊和一条冻掉了尾巴的小狗崽，跟在勒勒车的后面。

终于重新进入了我们汗乌拉队的边界，在布东古修以东驻营。记得那时，冬季将尽的雪层，已经硬得像铁了。

我骑着苦累一冬的骆驼回家。

暮色中视野很不清楚，山峦和地平线都变了，白蒙蒙的很容易迷路。

骆驼一步一哼，不时转头叫着，好像在向谁申辩。一个冬天里数不清多少次降下的积雪，被白毛风裹挟和堆积，填平了所有的沟壑也拉直了处处的斜坡。原来的地形，早被遮蔽了。

扑哧重重一声，骆驼踩破了硬硬的雪壳，一条腿直直戳进了雪坑。这头金毛驼其实岁口很小，它惊吓了，嗷的一叫，想猛使劲抽出腿来，但同时另一条腿又扑通一声踩漏了硬雪。挣扎几次后，小骆驼的半个金毛松暖的毛茸茸身子，就陷进了雪坑里。

我跳下驼背，手拉着缰绳，喊着吆着，让它不负重自己走。

我鼓励着、吓唬着它，一次次让它鼓起劲拔出腿来。前一阵，我们一人一驼，在布东古修山梁旁铁壳般的雪野上，一步一陷，挣扎走着。

它只成功地挣了几步，但愈走愈进入了低凹的深雪地带，坚硬的雪亮一次次被踩塌。我的小金毛骆驼，它停下并开始哀叫。雪太深了。

不像异乡的冬根海勒汗，这里是我们的领地，每道山梁我都大致熟悉。平日里我常纵马唱着歌跑下这道低矮的缓坡（"布东古修"意即"大的山梁"），从未在意它的高度。而此时，雪沿着北侧的斜面，一直填平到山梁之顶，平地造出了恐怖。

其实多处的积雪至多不过一米（当然沟里难测其深）——但它已足够充当我们人畜的克星。平地就是天堑：羊群可以勉强在雪壳上行走到被马群蹚碎牧草露出的山顶地带吃草，人可以骑马一步踏着硬壳一步陷进雪坑好歹过去；可怜的是牛，前蹄不能刨、牙齿不会啃的牛，天生只能吃露出的草——白灾里，饿死的牛是最多的。

骆驼呢，我居然忘了骆驼怎么吃草！谁都没留意观察骆驼。由于它们的忍耐，由于人只向它们索求。在灾难里，别的生灵都依赖着人，但是人却依赖着骆驼。

此刻我孤身单驼，眼前的雪地是无法渡过的海。

扑通！呜——噗嚓！嗷——挣扎跌陷中，骆驼精疲力竭了。我拉着骆驼的鼻绳，雪壳大致能经得住我，有时我也一脚踏破，这样吆喝跌倒一步一挣地，到了我猜是布东古修斜坡正中的地方，骆驼拒绝再走。

此刻我才头一回仔细打量它。这头老实的金毛小骆驼，从去年十一月起每天负重已有五个月。金毛早没了光泽，干枯得像块黄毡子。我明白，它已殚精咳血，每一根筋肉都拔尽了气力。

此刻它一动不动，神色安详，甚至不那么烦人地叫了。它的四腿都没入深雪，雪堆到了它的肚子。它只探过头，左右闻闻雪地，像寻找露出的草。

天迅速地黑了。

它纹丝不动站在雪里，已然不能拔出哪怕一条腿来。我无计可施，一旦拉扯鼻绳，它就低下眼皮摇着头嗷嗷哀叫起来，不知它是在抗议我，还是害怕临近的绝境。它企图用哀叫声抵抗，不管是对我，还是对身下的冰冷。

不知是它哀叫得特别，还是我自己心惊肉跳，我突然悟到危险近在眼前。动物比人看见的更多，连最愚笨的羊都是这样。我不知是不是听懂了小骆驼的叫声，但念头在心里绕了一个圈之后转过来了：现在不是骑骆驼走，而是怎么救出这头骆驼。

夜幕迅速降着，天越来越黑了。

慌乱中我决定先回家去拿铁锹，给骆驼挖路。天马上就会黑透，只要入夜，我担心会找不到这个地点。

摔倒了慌忙爬起，拼命朝着家的方向，我连走带爬。四野静寂无声。就在那个冬天彻底悟透了蒙语"呼勒抖"（冻）的含义。以前听说过的一夜冻断了马腿的故事突然被想了起来。金毛小骆驼这会儿正站在雪坑里冻着四腿，我突然害怕了，心急如焚。

待我叫上伙伴扛着铁锹，吭哧吭哧地踏着深雪来营救它，上下六合四顾漆黑，已是低头不见衣襟。

这是一个连星光也没有的黑夜。

骆驼在哪儿呢？向左走没有，往右绕也不见。奋力踩着雪跌撞着，分不出高低上下，视野里只有暗淡的混沌一片。什么坏事都聚齐了，居然就在自己的家门口，迷路了！

那时不是害怕而是气急败坏。在雪窝里停住脚，我凝神屏息静听：偏偏此刻骆驼却一声不叫，急得冒汗的我一把抓下皮帽子，大声喊叫起来——可恨的骆驼还是无声无影！

一个骑马人，缓缓地从黑暗里走出来。模糊的人影，徐徐靠近了。

是小孩儿阿迪亚。我们几个同声喊："看见一匹骆驼没有？"

"那不是么？"他若无其事，随手一指。

我算彻底服了牧人的眼睛，不单是远视，他们都长着天生的透视眼。

"在哪儿呀在哪儿呀"一气乱喊，最后还是靠了阿迪亚，我们才被领着走过一段糊涂路，到了骆驼跟前。

它安静地原样站在雪里，看见我们，好像只微微哼了一声。铁锹立刻挥动，就这样，一条尺半宽的小径，渐渐引着骆驼腿迈开了步，离开了布东古修的恐怖斜坡。

阿迪亚一直没下马，跟在一旁看着。显然我们和骆驼的一切，于他只是一场小小趣事。

不可思议的是，离开险境后骆驼反而嗷嗷地叫开了，不依不饶，好像哭诉，又像抗议。那么多年都过去了，那骆驼的哀叫依然声声入耳，但我并没能辨出它的含义，更不用说神情。当夜天太黑，它使劲地摇晃着脑袋叫时，我看不见它的模样。

不节制的话可以这么一直写下去，可是该结束了。

春天的结尾是"哈伦·杭秀"（热清明）。一过了它，就融雪了。沿着每条大的山梁都出现了一条陌生的河，哗哗喧响着奔流。这是季节河，我又从生活中学了一个地理词汇。白灾后我真的蜕了一层皮，浑身褴褛，蓬发破靴，大声说笑着，有了点老牧民的感觉。

前面已经写过一句，由于1972年进入大学，我躲过了擦肩而过的一次"吐木乐·召德 (temur-jud)"。至于以后，命中是否还会与真正的"铁灾"相遇，就只有上天才知。

（选自2017年第9期《人民文学》）

三叶一心

金仁顺

去安溪，当然是冲着铁观音。当然安溪是个好地方，好地方的标配是：好风光，好玩，好吃，好喝。

在安溪，好风光好玩好吃好喝是倒着数的，好喝是重点，就像柴米油盐酱醋茶在日常生活中的地位，在安溪也要倒着数一样。在安溪，早晨睁开眼睛就开始泡茶，晚上临睡前，喝的也是茶。

安溪的茶是铁观音。去安溪的路上问司机，除了铁观音，安溪人还喝什么茶？司机说，铁观音。

呵呵。

铁观音是茶，安溪是泡茶的茶壶。安溪地方不大，但壶里乾坤可不小。不大和不小，让安溪既有意思又有意味。

我到的时候其他人已经出门喝茶去了。之前在朋友圈里看他们互相招引：喝茶去。去喝茶。喝茶本来是件宁静的事，他们却把气氛和心情烘焙得如此热闹，勾肩搭背，蠢蠢欲动，在安溪，"我不在喝茶，就在去喝茶的路上"。

酒店房间里面有现成的茶具，还有主办方准备的三小盒铁观音，清香型、浓香型、陈香型。陈香型是老铁，这次是第一次听说也第一次见到。小盒子铁锈绿，里面只有三小袋，很珍惜的模样儿，因为里面不只有茶，还有浓缩的岁月和心思。深夜喝老铁，似乎很契合，犹豫了一会儿，还是作罢。深夜喝老铁，心情是契合的，只怕他乡遇了故知，一遍遍冲泡的茶汤像温柔的手一层层揭开陈年的心思，往事花花草草，姹紫嫣红地涌出来，夜晚的黑兜不住底，到天亮只剩鱼肚白

248

色的叹息。

第二天是铁观音的茶博会开幕日。偌大的会场垒起七星灶，铜壶煮三江。来客熙熙攘攘，进门处、休息处、会客厅，到处都是，妙龄女孩子托着茶盘来来往往地送茶，杯盏小小的，不多不少的一口，清绿里面带着股金橙，不像茶汤倒像神药，一口一杯，喝得神清气爽。喝茶时作家龙一坐在我身边，说起昨天夜里初来乍到，饭后被朋友带到茶馆喝茶，居然喝到三十四年的老铁。三十四年啊，他感慨。三十四年啊，我也感慨，伴随着羡慕嫉妒恨。那壶三十四年的老铁根本就是闭关的高僧，远遁世俗，一心修为，偶尔出来见客，居然就被他们遇到了。那壶茶是茶，又意不在茶，茶中有真意，欲辩不需言。

茶博会上来客众多，同行的人，很多就被冲散了。我们几个女士在一起，被青梅带着，到一个她熟识的朋友那里喝茶。那间茶室布置得古色古香，茶桌旁边是书桌，上面铺着文房四宝，宣纸笔墨虚怀以待。待什么？能待来什么？不得而知。

我们围坐在茶桌边，老板沏茶给我们喝，茶是他自己茶厂里的，新鲜地道自不必提。商标里面有个"鼎"字，他特别介绍这个"鼎"字，是一言九鼎的意思，是对茶客的郑重承诺，我想说，炒茶的炒鼎不也是"鼎"吗，而且更朴实、更结实。我打量着茶包上面的"鼎"字，觉得像炉火上面烘着壶热茶。醉酒的人，眼神迷离，喝茶的人，目光清亮。目光不只清亮，还高瞻远瞩，前不见古人，后不见来者，念天地之悠悠，独自喝茶寂寞，一杯茶里盛满寂寞。

上午喝了茶，中午吃了饭，下午去茶园。已经是比较近的茶园了，也仍然要两个小时多的车程。不是高速公路那种平整的流水线般的路，是普通的公路。路边有民居，有乡人，也有簇簇野花，黄的紫的，闲情逸致；偶尔一棵正开花的树站在路边，风姿绰约，让人惊艳。

到茶园时已经傍晚了，天气很凉。围巾、帽子、外套，从包里变魔术似的纷纷涌现，各就各位，妥妥儿地安放在各人的身上。茶园里有点儿像梯田，沿着山势，一层一层的洋葱圈儿，把山箍得紧紧的。茶树的植株很矮小，跟铁观音高大上的名字相悖甚远，但地气丰沛。倒也对。观音，观世音，世间原本就是土生土长的，哀怨多愁中间夹杂着喜形于色,音容笑貌都让人慨叹。有些茶田竖着牌子,这些茶田里的茶树归属给特定的人。物华天宝,有些人专门掐尖尝鲜,占尽人间的便宜,却让人替他们揪着心:出来混,早晚是要还的。

说起掐尖。茶叶素来是掐尖的,小芽才露尖尖角,就被掐头去尾,这口茶鲜,说起来,还真是鲜得残忍决绝。铁观音掐尖时有讲究,要挑三叶一心。枝叶最顶端,三片嫩叶伴着一个尚未展开的小芽。老叶片不过早生了几个时辰,却已经泛出铁锈绿,嫩叶到底烂漫些,明翠、天真,即使如此,跟一般的树叶比,也是硬朗、挺括的。这些摘下来的茶叶接下来将要经受的粗暴蹂躏是很难想象的,凉青还好,摇青、炒青、烘干,都还凑合,但揉捻和包揉就是往骨子里摧残了。茶叶被包起来,摔打,揉搓,捻压,发出来的不是呻吟声,倒是青叶的清新香气,这算什么呢?不经一番寒彻骨,哪来观音扑鼻香?还是历经劫难,终证菩提?

一直觉得,铁观音作为茶而言,香过头了。香得人三魂出窍,难免会生出疑心:这是茶还是药?药茶同源,苦味儿好像才是茶的根本。铁观音香得这么跳脱,香成了茶水中的香奈尔 5 号,香成了迷魂药。香得风情万种,颠倒众生。

这样真的好吗?

第二天一早,阳光明媚,醒来后洗漱好,下楼,茶园厅堂间的长桌上,茶已泡上。我走过去坐下,茶桌边有认识的人,也有不认识的人。大家也不互相介绍,像是上辈子早都熟识了,不需多言。新茶暖热,在一圈儿茶碗里次第斟满,那些白瓷小碗,顿时变成了开放的花朵,香气摇曳。我们把它拿到嘴边,喝掉,茶汤暖意脉脉,香气也脉脉,肺腑间一夜的沉寂因为这暖和香,苏醒过来,欣欣向荣。

这个早晨被茶点醒,就像被一句偈语点醒。

要多好就有多好。

(选自2017年5月25日《吉林日报》)

少年时光一支箭

陈　峰

一

父亲在我晓事后，总是跟我说，原来是没有我这个人的，是他一而再，再而三地要求母亲再生一个再生一个，才有的我，所以他特别钟意我，用他的话来说，我是他掌上的明珠、园中的花朵。这句话，父亲常常挂在嘴边，使得全村的人都听到了，连村里的鸡鸡猫猫狗狗们也都听到了。我的两个哥哥为此在暗中不知生了我多少的气，仿佛他们都不是父亲的孩子，只有我才是父亲的孩子。

父亲三十岁的时候才结的婚，这在农村简直是不可思议的，为什么这么晚呢，因为我的爷爷奶奶在父亲幼年时候就没了，家里什么都没有，穷人家的孩子，没人能瞧得上他。我的母亲是地主家的大小姐，识文断字，据说外婆出嫁的时候，一船又一船的嫁妆撑过来，统共有十八只乌山船川流不息地撑过来，花花绿绿，七箱八担，那是十里红妆啊，站在岸边的人数啊数啊，数得眼睛亮晶晶的，就忘了数字。那母亲的嫁妆有多少呢？我问父亲。父亲说你母亲嫁过来，只有一只包袱，里面是几件换洗的衣服，别的什么都没有。

那母亲为什么会嫁给你呢？父亲说，是因为成分啊。你外公是地主，地主家的女儿在那个时代是很臭的，没人敢去娶，我是贫农，贫农的成分很吃香，有人一介绍，一拍即合，就结婚了，这是时代造成的婚姻。

父亲说，一结婚，你母亲就怀孕了，临产时，我陪在旁边，你母亲肚子痛，痛得反身扑倒在产床上，医生来了，把孩子接生下来，却发现孩子已经死了，是个女儿。医生说是反身扑倒在产床的关系。

我问父亲，你难过不难过？父亲说，没去想难过不难过的事，你母亲比我小十一岁，不到二十岁，什么经验也没有，第一次怀孕第一次生孩子，没了就没了，只要人没事，以后还可以再生。后来，你母亲奶水涨，正好有刚出生的小孩缺奶，于是抱过来养了两个月，等这个孩子抱回去的时候，我难过极了，这么可爱的一个小女孩就这样离开了我家。这时候，我就想以后一定要生一个女孩出来。后来，你的两个哥哥来到了家里，你母亲不肯再要孩子，但我坚持还要一个女儿，就这样，你来了，你是老天派给我的。

哦，原来是这样的。你知道了吧，为什么我能得到这么多的宠爱。但就是因为我得到太多的宠爱，我的两个哥哥在家里总是欺负我，以此来平衡心中的嫉妒。他们怎么欺负我呢？趁我睡熟的时候，啪啪啪打我巴掌。事后，他们两个在争吵中，为了让我站在其中一方的阵线，拉拢我才说出真相。三个孩子睡在一张床上，明明是他们其中一个尿了床，却偷偷把睡熟的我移到尿床的位置，让我替他们背了黑锅。我把不舍得吃的零食拿在手上，他们来哄骗我，"啊呜"一口就吞吃了我藏了好久的零食。他们带我出去玩总有很多的条件，我把零花钱或零食贡献给他们，他们才会高高兴兴地带我出去。

我把这一切都忍在心里，他们都去上学后，母亲为排遣我的寂寞，抱了一只狗让我养，我给狗取名黄黄。我把委屈告诉黄黄听，两眼汪汪的黄黄听着，恶心恶气地狂吠几声，像是替我打抱不平。

可是到了外面，哥哥们好像换了个人，把我介绍给他们的朋友们："这是我妹妹，我的亲妹妹，我的原装妹妹。"把别人递过来的零食塞我嘴巴塞我口袋里，"都是你的，不要客气，吃吧吃吧。"事后，又来问我要，"都被你吃完了吗？"我只好把没吃完的零食拿出来给哥哥。

两个哥哥的读书成绩不是很好，但也不是很坏，父亲并不着急，他早早就想好了，让大的做工人，让小的去当兵。母亲则对小哥哥寄予了希望，让他学英文，并亲自去上海的新华书店买了一套陈琳主编的英文教材，这在农村可是不得了的事了。学英文，是想去外国吗？单是去上海买书的行为就让村里人津津乐道了好一段时间。

于是，每天清晨，收音机里便传来"ABCDEFG"或者"How are you? I'm fine，thank you!"小哥哥耐着性子跟读着，起先有一种优越感在作怪，好像有一点高人一等的样子，倒也很自觉自愿的。门口围着一群小孩子，他们也在跟读，读得怪里怪气的，读到"OPQ"，他们念成"屙屁臭"，并互相哈哈大笑。尽管那时我还没上过学，每天看着小哥哥念啊背啊，居然也背得出二十六个英文字母了，也能说几句日常问话。再后来，小哥哥失去了兴致，学英语便成了我的事。

有一次，村里会算命的小诸葛经过我家门口，看我在念英文，告诉我，美国就在我们的脚底下，如果一直挖一直挖，就能挖到美国了，到那时，你的外国话就有用了。

小诸葛戴着小圆眼镜，用手把眼镜一托，煞有介事地问我："饭吃过了吗？用英语怎么说？"

我告诉他："外国人的早饭、中饭和晚饭都不一样哩，你要问哪一餐饭？"

"哦，这么麻烦啊，不就是饭吗？外国人的花样真是多。"说完，他摇摇头走了。

我问父亲，你让大哥当工人，让小哥去当兵，那你打算让我去干吗？

你嘛，当一名外交家，去世界各地走，好不好？

好啊好啊。

我高兴极了，围着父亲转圈，一旁的黄黄受到了感染，也围着我转圈，一圈，一圈，又一圈。我不知道外交家是什么样的家，经常看黑白电视机里面的男高音女高音都是歌唱家，反正觉得能成"家"总是很厉害的。

母亲过来了，把一篮的毛豆扔给我："别转圈了，快剥毛豆！晚上咸齑炒毛豆。"

二

有一年夏天，村里来了个卖鸡仔的，挑着筐，筐里的鸡仔"叽叽叽，叽叽叽"叫得真热闹，小小的眼睛滴溜溜的，头从筐里钻出来，打量着外面的世界，看着我，像是在说："你快点买我吧，我跟你做朋友，还能生蛋给你吃。"小鸡仔明黄黄的颜色，细脚伶仃的，棕色的嘴喙，看上去粉嫩粉嫩的，粉嫩得像天上的一朵云啊。

我想去摸一下鸡仔，伸出手去的时候，卖鸡仔的抬起眼睛看着我，吓得我又缩了回来。我央求母亲买几只，赖在筐前不肯走。母亲说，鸡仔买来也不是陪你玩的，是要下蛋的，下蛋给你吃，可是这月份不是养鸡的好月份，会死掉的。

卖鸡仔的走到哪里我就跟到哪里，村里人劝母亲，你再不买，你家女儿要做卖鸡仔的女儿了。最后母亲买了五只，家里五个人，一个人管一只鸡，我给鸡也取了个名字，叫小花。

村里去大塘的路上，我带着小狗黄黄和小鸡小花去散步，一边是黄黄一边是小花，村里的老光棍阿三见了："你要是给我当囡，我买好多鸡给你养，抱好几条狗给你玩。"我"哼"的一声，飞似的往前跑，黄黄和小花在后面气喘吁吁地跟着，它们还小着呢，跑不快，于是我站在狗尾巴草旁等它们跟上来，狗尾巴草和风捉着迷藏，摇头晃脑，笑得弯了腰，它在笑我什么，笑我不给光棍阿三当囡吗？

每天黄昏，我把嘴唇嘟成一个圆，发出"角角角，角角角"的唤叫声，我的小花飞奔过来，奔向它的房子，它的房子是石头搭起来的鸡笼，里面很宽敞，有一格横档当栖架，它停在栖架上面睡觉，鸡就是这样睡觉的。

尽管鸡与我睡觉的姿势不一样，我用一把把的米喂它，每天对它喊着"角角角，角角角"，我们成为了好朋友。在很多鸡仔中我一眼能认出它，它也能在很多孩子中认出我来，跟着我回家。

母亲说，小花长得挺快的，马上会下蛋了，你养的鸡下了蛋归你吃。

我喂得愈加勤快了，有时是一条泥鳅，哥哥用土箕从河里捉来，用剪刀把泥鳅剪成两截，塞进鸡嘴里，小花梗着脖子"喔喔喔，喔喔喔"，像要噎死的样子，最后咽下去的时候，叫起来的声音就欢快了，"咕咕嗒，咕咕嗒"。有时是我从田里捡来的几根稻穗，有时是我冒着被骂的风险从米瓮里捞来的一把米。

母亲说鸡吃了泥鳅特别会生蛋，那蛋黄是红颜色的。所以哥哥还没放下书包，我就催着哥哥快快去河里捉泥鳅，我答应他小花生了蛋，也给他吃几个。可惜哥哥养的鸡仔已经死了，没养大，还没完全死的时候，父亲拿着一把刀，拔掉脖子上的细毛，然后用刀"喀嚓"一声，血"咕咕咕"流了出来，最后变成了桌子上的一道菜。吃它的时候，我心里有点难过，但它的味道这么好，红烧鸡肉，这么嫩这么鲜，吃着吃着就忘了难过。

小花的屁股眼绷得紧紧的，母亲要我去摸鸡屁股，"摸摸看，看有没有蛋？""我摸不到，摸不到，我的手伸不进去。"我跺着脚的样子表示很着急，母亲的手为什么能伸进去，我的手怎么就伸不进鸡屁股呢？

"快了快了，这次真是快了，摸到了，摸到了，再半个月肯定要生蛋了，头生蛋最补，吃了它，明年去上学，读书要乖，要拿第一名。"我点点头，鸡啄米似的点点头，先吃了蛋再说，那个算命的小诸葛收了父亲的钱说我以后是状元，头名状元，哈，这谁知道呢。

我关注小花的时候，黄黄坐在地上，身子抬得高高的，两只耳朵拉得长长的，就在旁边看着，围着我一声不响。

有一天，我醒来去喂小花，小花耷拉着鸡头，像是没睡醒，走了几步，鸡脚软了一下，它在做梦吗？我上前用两手抱起小花，小花看着我，轻轻地，轻轻地，"咯咯咯，咯咯咯"拖长着声音叫着，拉出长长的一泡鸡屎，稀稀的，灰不溜秋的，把我的手弄脏了，小花的眼睛充满了歉意，挣扎着要下地，我放开它，去洗手，我要去跟母亲告状。

母亲说，又发鸡瘟了，看来要死了。

听到小花要死了，一下子，我就原谅了它，一泡鸡屎算什么，洗一下就干净了。

小花，你要坚持住，你要生蛋给我吃的呀，我对你这么好。

父亲走向厨房，我上前抱住他的大腿，知道父亲要去拿菜刀，那把银晃晃的菜刀，又要去拔鸡脖上的细毛，又要"喀嚓"一声，鸡血又要"咕咕咕"地流。

我大哭，还大喊："这是我的小花，我不让你们吃它，这是我的小花，我不让你们吃它！"

母亲听见了，用眼神正告父亲，别管这么多快去杀鸡，再不杀，鸡死了身体就硬了就有毒了。但父亲犹豫了，他向来怕我哭，我一哭，父亲就什么事都答应了。我哭得更大声了，眼泪"啪嗒啪嗒"川流不息地掉到地上，邻居也来看热闹，他们从来没见过为一只鸡哭的小孩。

鸡肉多好吃啊，小孩吃了长身体长智慧，大人吃了搞生产搞建设。邻居们交头接耳，笑着在说话。

我不管，我不管，人生了病吃了药睡一觉就好了，这是我的小花，它生了病，给它吃药，给它觉睡，也会好起来的，一定会好起来的。

父亲没去拿菜刀，抱起我，替我把眼泪擦掉。

我醒来的时候，已是黄昏了。小花正对着我笑，母亲把那只头生蛋给我看，小小的，颜色比普通的蛋要深一些，布满了红点点的小针眼，好像在说："你对我这么好，所以我生蛋给你吃。"

我听见母亲在责怪父亲："本来可以吃的鸡现在死了只好去扔掉，这么宠女儿，早晚会被你宠坏的。"

父亲说："第一个女儿没了，现在又有了女儿，我当然要宠她，她是我的老酒娘，是我的小棉袄。"

原来刚刚是做梦，原来小花真的死了。

父亲背着一把锄头，把小花挂在锄柄上，牵着我，我牵着黄黄，我们去葬鸡。

一路上，谁都不说话，眼泪把我的嗓子塞住了，我一下又一下边吸着鼻子边哽咽着。

真是不巧，又碰到了光棍阿三，阿三油嘴滑舌："放着好好的鸡肉不吃，去葬掉，多可惜，可以唱一出《黛玉葬鸡》了。"

我们没去理他，连黄黄也没拿正眼看他。阿三怏怏不乐，讨了个没趣。

第二天中午，我在门口玩，突然闻到了鸡肉的气味，我循着气味趔趄摸过去，原来光棍阿三在喝酒，桌上摆着一盆红烧鸡肉。

我怀疑地望向他，恨恨地瞪了他一眼，光棍阿三的脸像猪肝一样红，恶狠狠地瞪瞪我："这是你的鸡吗？你问问它，它会答应吗？"

我牵着黄黄去了埋葬的地点，挖过的地湿湿的，像是刚刚哭过。

父亲说，好人死了上天堂。

我看着黄黄，黄黄，那小花去了天堂吧。黄黄看着我，点点头，吠了一声，又吠了一声。

小花离去没多久，家里又添了小鸡，这次买了十只，母亲精心饲养着，算计得很好，这只春节拜菩萨用，这只春节给客人吃，这两只留着生蛋，还留着几只准备发鸡瘟，鸡瘟是可以预计的吗？那年，运气出奇得好，村里一只鸡也没得瘟病，母亲又开始抱怨，这么多鸡，家里的口粮要不够吃了，吃穷了。母亲的眼睛乜斜了一下我的黄黄，吓得我牵了牵黄黄，母亲是嫌黄黄的饭量吗？

不年不节的时候，家里来了一位客人，是我的舅舅，要是以往，母亲会嫌他空着双手，就摆了一个冷脸进进出出。这一次，母亲要父亲动手把鸡杀了，舅舅面对着一碗白斩鸡激动得说不出话来，酒杯也端不稳了，舅舅跟父亲对酌，脸喝得通红通红，父亲说那种红像关公的脸，关公是三国演义中的人物，是庙里的菩萨。

不知母亲跟舅舅说了什么话，舅舅离开我家的时候，母亲给他包了一碗鸡肉，舅舅摸出一张票子给母亲，母亲假意推辞了几下，收下了。那一天，黄黄也很幸福，有鸡骨头好啃啊，"喀剌剌，喀剌剌"，一声又一声，这牙口多厉害。

后来家里有一只鸡在夜里莫名其妙地失踪了，接着村里每天都有鸡莫名其妙地失踪，闹得人心惶惶，最多的说法是得罪了某路神仙。于是母亲每天早早就赶鸡去睡觉，仔细地数数，确定没丢，才舒一口气，把鸡笼门关得砰砰响，再在门外戗了一块腌咸齑的大石头。母亲的眼睛又乜斜了一下我的黄黄，似乎在责怪黄黄，吃着白饭，不出力。黄黄可是来跟我作伴的，不是看门的。但是黄黄低下了头，仿佛也在内疚，哦，我善良的黄黄。

村里的鸡还在失踪着，于是去请小诸葛来说道说道，小诸葛摇着扇子，戴着小圆黑眼镜，吃着东家的香烟，喝着西家的茶，最后他认定是黄鼠狼来过了，是专放臭屁的黄鼠狼把鸡给吃了。

"他娘的，原来是黄鼠狼这畜生！"

"这黄鼠狼给鸡拜年——没安好心，去它的老窝抓它。"

"黄鼠狼专门住在河谷、土坡、湿地，明天去查看一下，给点颜色瞧瞧。"

"对，对，对，不抓它不知道我们的厉害。"

"坟墓边也别放过，有它的窝，有一年看到过，还闻到过它的臭屁，熏死人了。"

夏天的黄昏，吃过饭的人们原是没什么事情可干，就坐在一起聊聊天，东家长西家短，一说有事，就说干就干。谁家找出一个长方形的木箱，两头吊有闸门，中间放置食饵。谁家提供食饵，在食饵上穿过细绳连接两头闸门吊闸，这样的木箱做了好几只，只要黄鼠狼钻进去，去动那食饵，吊闸一被钩动了，就落了弶。

天上的星星一闪一闪，露水爬上了人们的皮肤，完工后，各自散了，回家睡觉。

我牵着黄黄，黄黄紧紧靠着我。本来嘛，黄黄也有了自己的朋友，只要村里有一只狗先吠一声，接着一只又一只的狗加入了吠叫的行列，那是它们在睡觉前跟朋友的告别仪式，就跟见面时蹭蹭脸嗅嗅嘴一样，这一晚，黄黄心事重重跟着我回家，一言不发。

第二天，正好邻居小芹约我，两个人就跟着大人去看抓捕黄鼠狼的现场，只见大人们抬着木箱，将木箱摆放在黄鼠狼经常出没的地方，大人们摩拳擦掌干着活。过了一夜，又迫不及待地去看，果然有一只落了弶，还真的放了一只臭屁。大家有准备地散开，然后请它出来。人们兴奋极了，最兴奋的要数光棍阿三，他觊觎着黄鼠狼的肉，但人们更想要它的皮毛做狼毫，给家里读书的孩子。

会放臭屁的黄鼠狼，这肉谁敢吃，村里人说，怪不得没有女人看上光棍阿三，真是什么都敢吃，什么都往嘴里塞，这嘴就是茅坑。

光棍阿三可不怕别人说："我就喜欢吃，这么好吃的肉不吃真是傻瓜，没有女人怎么啦，我还嫌女人啰嗦呢。"

村里的鸡终于太平了，女人们的嘴也不再碎叨了，村里的狗又开始各家各户地串门，走来走去，它们也放下了心事。

三

外婆的妹妹，也就是我的小外婆，她住在大上海。那年夏天，母亲带我去上海，干什么去？去给小哥哥买英文教材。

大上海的奶糖、饼干、香皂无一不是好的。奶糖有糯米纸，包装纸也是极漂亮的，画着一蹦一跳的大白兔；饼干是油麻麻的，一咬开唇边渗着蛋糕味；用香皂洗过脸和头发，整个人都是香的。于是，村里人一听说我们要去大上海，赶快上我家来，托母亲带这带那，连平日里不走动的村里人也来唠叨几句，临分别时，一拍脑袋："哎呀，差点忘了，你们这次去上海，能不能帮我带一块上海牌手表，下半年儿子结婚，要当聘礼。"

这是我第一次出远门，而且是大上海，小伙伴们没有不羡慕的，又要坐汽车又要坐轮船，小伙伴们连汽车都没坐过呢。唯一让我牵挂的就是黄黄，我每天都要跟黄黄说说心里话，这下要离开黄黄了，真想把黄黄也带去，让它去大上海开开眼界，我把意思跟母亲一说，母亲把眼睛一瞪："那你别去了，我一个人去，你跟着我也是包袱。"我有时真的怀疑过，我不是母亲生的，是捡来的，对我这么凶。村里的光棍阿三就这样告诉过我，我是父母从垃圾箱里捡来的，说我跟父母长得一点不像，跟哥哥长得也不像，他说完便满意地走了，留下我在那儿哭，直到父亲回家。我问父亲："我是不是捡来的？"父亲说："当然不是，你是爸的掌上明珠啊。"后来我照过镜子，觉得眼睛像母亲，嘴巴像父亲。

那天早上，真是一大早，天还蒙蒙亮，母亲叫醒我，我眼睛还没睁开来，便一骨碌起床，穿好衣服，出了门。母亲拿上了头夜准备的年糕、瓶头咸齑还有番薯干、笋干之类的土特产，我回头一看，黄黄一直在后面跟着我，"快回去吧，我马上会回来的。你要乖，别惹祸，我带奶糖给你吃。"一直到我上了车，黄黄又追着汽车狂奔了一阵，直到扬起的灰尘把黄黄给淹没了。

去大上海的欣喜激动着我，一转车，二转车，到了宁波轮船码头，母亲叫我管好行李，她去买大饼，叫我站在原地不要动。

这时，我看见有一个女人穿着解放军叔叔的衣服，这让我心里觉得稀奇，解放军居然是个女的，不知道她会不会打仗，有没有打过仗，她正在吃西瓜，吃得我直咽口水。早上起来什么也没吃，口渴得很，我盯着她看，她长得也好看，还戴着一顶军帽，有红五星的，可能让我盯得难为情，她居然向我招招手，"来，来，过来吃西瓜。"我像是被她催眠了一般，径直向她走去，并接过西瓜，啃了起来，真甜啊，啃完后，我盯着她笑，她也笑了。

母亲买了大饼回来，见我吃了别人的东西，瞪了瞪我，连忙向她道歉，用乡音一搭腔，竟然是同乡，再聊，还沾亲带故的，她去上海当兵，于是互留了地脚印，也就是通信地址，折了几折，母亲把小纸条慎重地藏在旅行袋的夹缝中。

坐上了船，一眼望去，白茫茫的大海好像没有尽头似的，海水一生气，翻滚起来把轮船变成了摇篮，东摇一下西晃一下，像喝醉酒的酒鬼。海水一高兴，风平浪静得就像晒场，晒谷、跑步、跳橡皮筋，想怎么样就怎么样，一点点脾气都没有，一杯开水放在桌上，稳稳的，一点不会溢出水来。

没过多久，轮船到了海中央，这次海水不是生气而是发怒，一浪高过一浪，没有一点点要停下来的意思，我终于呕吐了，船里好多人都在作呕，气味熏得我难受。母亲说，要晕船下次就不带你出来了。我强忍着眼泪和呕吐，担心母亲嫌弃，可怜早上吃的大饼和那位女兵的西瓜都随着海水滔滔而去了。

不知过了多长时间，船终于要靠岸了，到达目的地了。母亲提着东西，我空着手，一道仅容一人行的甲板狭窄地接驳到陆地上，别人走得很顺也很平稳，可是我却那么怕，怕掉下去，母亲两手提着东西无暇管我，我走了一步便退了回来，太可怕了。

母亲返回来领我："下次不带你出来，又晕船又胆小，这么没用！"我跟在母亲的后面，小心翼翼，被牵引着，上了岸。

上海，终于到了。小外婆家住在弄堂里，他们说的土话，我听得懂，但不会说，"迭格哪能弗来三""伊从乡下来"，我学了几句，母亲这才露出笑脸，夸我学的快，小外婆问我，是否愿意住在上海？我想起父亲想起哥哥想起黄黄，摇了摇头。我问小外婆，小外公呢？小外婆说，死了，运动时斗死的。我本来还想问，一个人怎么被斗死？母亲飞了白眼过来，我只得噤声。母亲在家时就教我，在外面不能问长问短，不该问的问题不要问，这是规矩，也是礼貌。可能这就是不该问的问题吧。

母亲拿出清单，去商场采购，商场真大啊，走来走去也没走遍，走完东边还有西边，走完楼下还有楼上，付钱的时候最神奇，营业员把开好的单子和钱夹在夹子里，射箭一样射出去，"嗖"地百发百中，飞到另一位营业员的眼前，那位营业员稳稳地坐在那里，等待着各个方向的箭射向她，她算好账，又"嗖"的一声，射了回来，零钱发票妥妥地接住，我看着这一切，变戏法一般，百看不厌。

我赖在各色奶油糖的专柜前，花花绿绿的糖纸漂亮极了，我不肯走，要求母亲买，母亲不肯，一路我噘着嘴，脚步重得灌了铅，母亲忍无可忍，一边说着狠话一边又无可奈何，在另一家商场给我买了五颗奶油糖。

得了糖，我心情大好，主动帮母亲提东西，脚步欢快得像生了轮子，走了很远很远的路，到了新华书店，买到了英文教材。

小外婆有两个女儿一个儿子，母亲要在一天内拜访完他们，嫌我碍事，她和小外婆一起去。我一个人在家无聊，自己跟自己玩"撮子"，找五张竹麻将牌，做一个沙袋，沙袋往上一扔，五张牌一把抓住又放下来，正面的抓起来，又放下，再抓，这样周而复始，可以玩很久。我把竹牌抛在楼板上，就地坐着玩。谁知，有一个老婆婆上来就骂我乡下人，说这麻将牌滚来滚去像天上打雷一样吵得她睡不着午觉，不许我再玩。

这城里人大概是没听见过雷声吧，我愤愤的，不玩就不玩，有什么了不起。

弄堂里一个小朋友也没有，就只有几个老头老太，我看了一会儿天空，又看了一会儿院子里养的花，便去睡觉了。醒来后，天已经擦暗了，母亲还没回来，"轰隆隆，轰隆隆"，真的打雷了，我有些怕，我想念黄黄，不知此时，属于黄黄的天空是否也打起了雷，黄黄是否在此时也想起了我，我突然间想马上就回家，上海不属于我。

风雨交加中，母亲和小外婆回来了，她提着好多零食，那是亲戚们送的。

我扑进母亲怀中，早忘了母亲曾经的凶，带着哭腔告诉母亲早点回自己家去。

"阿囡乖，金窠银窠弗及自己家的狗窠，明天就回家了。"母亲搭搭我。

回到家的时候，家里已经有很多人在等候着了。一手交钱一手交货，村里人拿到了望眼欲穿的香皂、毛巾、奶糖，喜不自胜。"上海牌手表，这下，聘礼有了，这婚肯定成了。"拿到手表的婆婆笑逐颜开，她有一个半傻的儿子，上半年说了亲，女方提出要一只上海牌手表作聘礼才肯嫁过来，男方一直买不到手表，好事差点黄了。

小伙伴们也来看我，我向他们说着上海的一切，略去了我呕吐的不堪，略去了走甲板的害怕，略去了被人骂的羞辱，把大海的阔大无边说了又说，把商场里飞来飞去的夹子描述成一场武侠电影，把大上海的繁华形容得就像到了外国，享受着小伙伴们飞来的艳羡目光，陶陶然。

有过一次旅行之后，我明白了父亲说过的话"金窠银窠弗及自己家的狗窠""走遍天下，弗及自家厨下"，这些话，都是对的，哪里有亲人，哪里才是家。

四

太阳高高挂在天空，一天又一天，不知道什么是累，像站岗似的，几点几分在什么位置，几点几分又在什么位置。可是，今天怎么啦，它不想站岗了吗？

早上九点钟，天色一点点暗了下来，像给每个人戴了一副太阳眼镜，哥哥从学校逃了回来，一路上狂奔，大喊着："要地震了，要地震了！"别的小孩跟在后面，也跟着喊，大人们的声音远远地落在后面，"瞎说什么啊，地什么震，地什么震！这是谁家的孩子！"

彩英阿婆拿着一串佛珠，屏气凝神地念着经："人离难，难离身，一切灾难化灰尘。阿弥陀佛，阿弥陀佛，揭谛揭谛婆罗生揭谛，婆罗生揭谛……"那只猫一会儿跳到凳上一会儿又跳到地上，"喵喵喵"连续叫着，好像在提醒什么。

村里的小诸葛也喊着："别慌，大家别慌，是天狗吃太阳，快去请阿才，叫他敲大锣，还有阿军敲鼓，快去快去，把天狗赶走！"

村里的小孩都被大人赶进屋里，白天变成了黑夜，原来是玩耍的时间现在变成了睡觉的时间，小孩们躲在被子里，怕被天狗拖走吃了。

黄黄，黄黄，你认不认识天狗，你能不能跟天狗说说情，叫它不要吃太阳，太阳一定很烫，难道天狗不怕被烫死吗？

外面风很大，发出恐怖的怪叫，叫得太阳忘了站岗，整个天空都黑了下来，太阳一定是被天狗拖着去了游乐场，忘了回家的路。黑暗被风卷起来，卷进河里，河里的鱼失去了眼睛；卷进竹园里，竹子失去了方向；卷进房间，房间里的人伸手也看不到五指了。我缩在被窝里，父亲母亲故意大声说着话给我听，"别怕别怕，外面敲锣打鼓，天狗不敢来了，一会儿就好了，一会儿就好了！"

是谁，胆子这么大，啄开了天幕，天色一点点又亮了起来。天亮了，人们重新纷纷从被窝中爬了起来，像早上一样，穿衣服洗脸刷牙吃早饭。这一天早上，我穿了两次衣服，洗了两次脸，刷了两次牙，吃了两次早饭。这是两次不一样的早饭呢，第一餐是泡饭，第二餐父亲说为了给我压压惊，特意去菜场买了大饼和油条，这大饼和油条平时只有在我生病的时候才能吃上。真香啊，这饼，这油条，夹着吃，还有比这更好吃的早餐吗？下次拜菩萨的时候，我求菩萨让天狗再来吃太阳，算了，算了，还是不求了，这天黑得实在太吓人了，差点吓破了胆，这胆要是破了，人还能活吗？

哈哈，这天狗真的被锣啊鼓啊吓跑了，这天狗可真是胆小鬼，还不如我的黄黄，黄黄没睡，一直趴在我的床边，保护我。为此我掰了一点点大饼碎碎犒劳我的黄黄。

太阳一点点地，终于冲出了重围，一道金光，两道金光，三道金光，千万道金光照耀着大地，河里的鱼欢快地游着，互相点头致意，竹园里的竹子东摇一下西曳一下，地上的人们手搭凉棚，望着天空。彩英阿婆迈着小脚拿着佛珠，"太阳里有小鬼，不要盯着看，要变瞎子！"太阳光逼得人睁不开眼睛，小孩子纷纷奔回家，拿着厚厚的酒瓶底望太阳，拿着花花绿绿的糖纸望太阳，拿着涂了颜色的玻璃望太阳，"啊欠，啊欠！"喷嚏一个接一个，此起彼伏，小孩子们乐坏了，这喷嚏一定是传到天上了。母亲说，一个人想另一个人的时候，才会打喷嚏。

那一定是地上的孩子想天上的神仙了，顶顶大的神仙就是玉皇大帝和王母娘娘吗？

哥哥说，顶顶大的神仙是孙悟空，玉皇大帝也怕孙悟空，孙悟空一生气就大闹天宫，把天宫打得稀巴烂。他可真厉害啊，是天下第一厉害的，谁也比不上他的武功。他会七十二变，会翻筋斗云，想吃什么就变什么，全天下都是他的。

那为什么庙里的菩萨没有孙悟空，家里灶头的菩萨也没有孙悟空，还有过年过节拜的菩萨也不是孙悟空，大人们拜错了菩萨，所以天狗才吃了月亮吧。

我把想法跟哥哥们一说，他们笑得上气不接下气，捧着肚子笑，指着我想说什么，却说不出话来，那话像喝醉了酒似的，醉成一片片，连不起来，在空中飞啊飞。

等他们笑够了，那话就掉到了地上："哎，你的脑子是什么做的？整天稀奇古怪地想些什么？哎，你是不是我们的妹妹？"

"我是你们的亲妹妹，原装妹妹！"说完，我也大笑起来，捧着肚子大笑。黄黄见了，朝我吠，那吠声竟也像笑声，一声一声，传远了，惹得村里的那些狗们都笑了。

（选自2017年第9期《散文选刊》）

天香桂子落纷纷

——忆南怀瑾老师的爱国情怀

陈佐洱

　　刚赴港参加了纪念香港回归二十周年的系列活动，又来到秀拔奇伟的武夷山下，为闽港澳大学生夏令营授课。

　　坐落在景区边松竹林中的一家岩茶厂，请我和福建省国际友好联络会宋会长一行喝茶。好客的茶艺姑娘冲泡了大红袍中的素心兰、岩香妃、肉桂……博得我们一次次赞赏。这时，茶厂的老板手握一支金黄色纸包出现了，说："我给你们品尝一种独一无二的茶，是用五六种岩茶专为南老——南怀瑾先生拼配的大红袍。"我接过纸包看，上面果然有熟悉的老师墨迹"瑞泉号"三个字，左下落款是"九四顽童南怀瑾"加红色印鉴。

　　"你见过南怀瑾先生吗？"我问。

　　"没有。"黄老板遗憾地说，"我们是通过他的弟子供茶，南老觉得比台湾铁观音更对口味，还为茶题写了名号。"

　　这款茶果然别致，不仅香清色浓味醇，茶水似乎发亮，咽入喉后，满嘴甘味生出一股奇妙的灵气，让我陷入神驰念想。我是在 20 世纪 90 年代中期有幸拜会南老师的，那是一生中一个最困难的时刻。

坚尼地道一花一叶

　　1995 年冬，我出任中英联合联络小组中方代表驻港已近两年。虽然南老师在香港潜光隐耀，但他的"亦儒非儒""是佛非佛""推崇道家又非道家"，集中华文化之大成的才学，早已如雷贯耳，而且对他促进两岸和平统一的贡献，我也曾从时任海峡两岸关系协会会长的汪道涵先生那儿略有所闻。我托请一位与南怀瑾相熟的朋友引见，附电话号码的便笺，递上数月却无回应。不料 11 月底，我竟收到了他的邀请。

那时，我揭露末代港督彭定康临撤退前假充"好人"，实则是给香港未来"埋钉子"——他以每年百分之二十七的速度连续五年大幅提升社会福利，而且扬言要再提升五年。我指斥这是个阴谋，好比在崎岖山路上开高速赛车，用不了多少年可能"车毁人亡"。我的言论遭到了恼羞成怒的彭定康和一众港英高官强烈反击，一周内炮制上千篇大小文章围攻我；更使我难受的是一批不明真相的老头儿老太太也被挑动，举着破轮胎到中英联合联络小组中代处门前"抗议示威"。在这面对内外压力的艰难时刻，我接到了南怀瑾办公室的来电，先生决定约见我。

我惊喜地得悉，原来南先生的会客场所与中英联合联络小组谈判楼同在一条坚尼地道上，仅隔了四栋楼宇，谈判楼是 28 号，一座筑在小山包上的意式二层小楼；南先生的会客公寓是 36 号 B，第四层楼。

一进门，就看得见大玻璃窗外郁郁葱葱的香港公园，转身面对的是庄严美丽的大幅彩墨国画，几乎满墙壁都是画面上的一池荷叶莲花，画作的左上方恭正隶书着禅意深邃的十个字"一花一世界，一叶一如来"。后来才知道，画和字是老师的高足、二位台湾艺术家所作。老师应该很欣赏这幅画，从香港的坚尼地道到庙港的太湖大学堂，都在会客厅里挂着它。也许老师希望每一位来客都能用心感悟到，大千世界里的一花一叶虽然渺小，但同样涵盖着时间万有之共性，不必执迷于因个体、现实而起的种种烦恼。

第一次拜会，南老师就让我和他坐在"茂盛的荷花池"对面。我正襟危坐，目不转睛地注视着神清气朗的老师，倾诉作为外交官维护至高无上国家利益和未来中国香港特区利益的艰难，以及由此遭遇的憋屈。他点着支烟，微微笑着，有时点一点头，那种小说里描写的仙风道骨，令人如沐春风。

接下来我聆听他的教诲。他直入正题，侃侃而谈，分析当下香港局势，肯定我的立场观点，全非老夫子式的说教。他领我站了起来，走到客厅朝海的窗户前说：收回香港是何等艰难的世纪大事。你对英国人不要客气，但有的时候也要忍一忍，心气要高，心态要平和。要和香港的记者们多些联系，经常请他们喝喝茶……

在他的言谈中常常妙语连珠，还有精彩的旁征博引。见我反应迟钝时，就操起纸笔写下明示。此后与老师交往的十七年里，这样的互动一以贯之。为此，我得幸珍藏了老师的除亲笔信函、赠我著作扉页上题称的"陈佐洱老弟"外，另二十余件墨宝。

例如为我励志，他曾写下明末清初"岭南三忠"之一陈邦彦之子陈恭尹的诗句"海水有门分上下，江山无界限华夷"，用诗人对南宋陆秀夫在珠江出海口崖门抱帝跳海的悲壮凭吊，寓意今日珠江口上的香港二百余岛仍被洋夷强占的屈辱史实。陈的诗基调悲壮，感慨遥深，我至今记得老师一字字书写、讲解的情景，更加觉得肩负参与收回香港和维护国家主权、安全、发展利益，保持香港长期繁荣稳定的重大责任。

谈笑间胡虏灰飞烟灭

大约是 1997 年的 6 月下旬，由于连续五个昼夜艰苦谈判中国人民解放军先头部队能否以及怎样提前开进香港，以防止 7 月 1 日零时出现防务真空问题，有将近一个月未及造访老师。当中英双方达成一致的消息公布于世，我立刻抽空去老师府邸。我要告诉他，几天前，谈判陷入最难僵局的那个深夜，我在会议小休的咖啡时间，独自走出谈判楼，在花园的大榕树下转圈踱步。脚下是车人穿梭的坚尼地道和香港公园，海风吹得头顶上的树叶瑟瑟作响，心绪烦闷的我折身东望老师寓所，多想即温听厉，再接受些提点。如今在中央指示下，经双方努力，取得了圆满结果，应该向老师报喜。

果然，当主宾围聚在"人民公社"晚饭桌旁时，老师让我"做报告"。南老师府上的晚饭历来谁在谁就能上桌，流水席，大锅饭。据说 20 世纪 70 年代他在台湾讲学时就对此习以为常。老师总是安排我坐在他右手边的位子。他自己吃得很少，几粒花生米，几筷子小菜、鱼，一小碗粥。他喜欢听学生们自由开放地谈古论今，只有在大家争论不休、莫衷一是的时候，他才会像从云端飘然而下，用炉火纯青的平和语气，一语中的给出个答案，而且往往是幽默的，深入浅出的，带着警语、典故的，这是饭席上最精美、丰盛的精神佳肴。

距离香港回归只剩下屈指可数的日子了，厅堂里洋溢着热烘烘的喜气，话题由我军先头部队将踏上被强占去一百五十六年的领土，转到英国的"日落"、香港的明天。老师和大家一起兴致勃勃地批判背信弃义的"三违反"者彭定康，又为我在两张记事纸上写下宝贵墨宝，一张是"日暮途穷，倒行逆施"——指彭定康为一己私利，搅局香港平稳过渡；一张是将苏轼《念奴娇·赤壁怀古》中的佳句巧改二字："谈笑间，胡虏灰飞烟灭。"随着老师收起笔端，在场的所有人一阵哈哈大笑，笑声里尽是扬眉吐气，充满自豪。

全部身心归根太湖

香港特别行政区成立以后，我奉调回北京。不久，老师也秉持叶落归根的思想，决然迁回内地。

老师侨居海外五十余载，其间，为保存和弘扬中国传统文化倾囊藏书达数万册，其中包括《四库全书》《大藏经》《道藏》，多为古本、善本、珍本；还收藏有少量佛像、书画、琴剑等，共计六百多箱。老师致信说："这些藏品很珍贵，不仅属于我个人，也是中华民族的宝贵财产。我已年至耄耋，这些藏品亦当随同我叶落归根，回归祖国内地。"我接信后，当即居中协调。海关对于一般私人藏书通关的确有限制的规定，我建议海关总署作为特例处理，玉成了老师的美好心愿。南老师逝世后不久，依法得以继承的子女们一致宣布将这许多遗物捐赠公益。因此，我又联系了文化部副部长兼国家图书馆馆长周和平，周馆长非常欢迎，并表示可以在国图辟出地方，设立"南怀瑾捐赠文献专区"。

老师回归内地后，定居在吴江庙港镇的太湖之滨，那里的绿化和水质特别好，是上海市自来水工程引流太湖水的咽喉地带。老师决定在这里兴建一座太湖大学堂。设计图初成时，他在图上指点我看，兴致勃勃像个少年人。他不辞辛苦历时六年，看地、看风、看水，规划、筹款、督工，终于让无论规模、设施都堪称一流的太湖大学堂建筑群拔地而起。漫步波光粼粼、细浪拍岸的太湖堤上，联想 20 世纪 50 年代老师在台湾基隆陋巷的授课堂，辗转东西南北、直到湖畔这占地二百八十亩的教学基地，真是由衷地为老师的学问成功、人生成功高兴。

而又有谁能想到，若干年后，老师最终在这儿化作一缕青烟，在这儿留下了无价的精神和物质的财富，还有一堆璀璨夺目的舍利子。

一统中华情坚金石

我认同一位朋友与晚年南怀瑾深谈后得出的印象，他称南师一生致力于中国传统文化的推广传播，是当之无愧的国学大师、诗人；虽然著述丰厚，弟子无数，其实他最关心、在意的还是祖国的命运，始终乐意在促进统一大业上贡献一份力量。

老师刚回内地，暂居上海番禺路时，询问我"一国两制"方针和香港特别行政区基本法在香港开始践行的情况。我向他报告，"一国两制"是中国共产党史无前例的创举，从未有哪国执政的共产党在建设社会主义的同时，还允许一小部分地方保持原有的资本主义制度不变。在国家统一的前提下，维护两种制度长期和平共处，互相促进，是中国特色社会主义的重要组成部分。

南老师颔首赞同，说："香港要靠牢这'一国两制'，否则繁荣不了，稳定不了。"又沉思了片刻，当即为我背录了白居易的一首对仗工整、连用叠字、诗味回环的七言律诗《寄韬光禅师》："一山门作两山门，两寺原从一寺分。东涧水流西涧水，南山云起北山云。前台花发后台见，上界钟声下界闻。遥想吾师行道处，天香桂子落纷纷。"

这首诗中，东西南北前后上下，有顿拓无限空间的趑然感觉。我想，尾联一句"天香桂子落纷纷"的点题，是道出了老师为"一国两制，统一中国"情坚金石、不遗余力的一贯念想。

为国家添记一笔历史

2008 年 4 月，我离开国务院港澳事务办公室，当选全国政协常委，不用天天"朝八晚五"上下班了。我南下拜访南老师。老师问我知不知道宋代名臣赵抃？我坦承孤陋寡闻。老师就讲了这位官至右谏议大夫为人一生清正的故事,出行轻车简从,只带一琴一鹤,死后被谥为"清献",即清廉惠贤的意思。老师又背录了赵抃告老还乡后写的一首七言诗赐我:"腰佩黄金已退藏,个中消息也寻常。世人欲识高斋老,只是柯村赵四郎。"老师讲述前人的境界和心迹,是要我敬贤。

老师又让宏忍师复印了一份普明禅师的《牧牛图颂》给我,《图颂》由十幅牛的诗画故事组成,展示了由浅入深、由勉力而趋于自然十个阶段的开悟过程。老师又像站在讲台上板书,解释《牧牛图颂》是心性之学,是认知生命本性之学。我说肉身得自父母,灵魂得自所处的时代、社会环境和接受的教育,以及传授知识的老师们。在太湖大学堂住了一晚,翌日辞行时我告诉南老师,同事、朋友们多有建议,自己也生此愿望,把中英谈判交接香港的最后一千二百零八天亲历写出来,对国家、对一段历史、对至爱亲朋和自己做个交代。老师很赞成,说:"这是为国家添记一笔历史,要写真事,说真话。"

2010年9月下旬的一天,我再度驱车从上海来到吴江庙港镇,拜访南老师。老师略显清瘦,戴了顶绒线帽子,衣服也穿得厚实了些,品学兼优的秘书马宏达伺候左右。这光景与十多年前老师在香港金鸡独立、执剑起舞能旋转三百六十度,已不可同日而语。老师问我写回忆录的进展。我答,已经核实梳理完有关资料,开始动笔,打算用文学笔法,一个一个故事作为独立章节,写成可读性比较强的纪实文学。他含笑说:"等你写出来,我要看看。"我欣喜回答:"一定,老师也是香港回归祖国的重要见证人!"

中天满月最后诲勉

这次辞行时,老师要我在他的办公桌旁坐下来,抽出一张空白A4纸,想了想,给我写了两句话:"水唯能下方成海,山不矜高自极天。"接着破天荒地写下落款"庚寅仲秋于庙港",并签了大名。这来自《孔氏家语》,也是演变自《道德经》的精华,是可以管我一生做人做事的道理,却未想到是老师的最后一次诲勉。现在回想,不由得一惊——正是两年后的彼日彼时,他驾鹤西去,永远离开了我们!

2012年9月,我的书《交接香港》终于以简体字本和繁体字本,

270

同时在内地和香港出版了。为了出席筹备已久的新书发布会，和二十个当地青年团体联合座谈，18日我抵达久违的香港。甫一下飞机，就接到老师的爱子、忠孝文武皆全的国熙兄电话，告知南老师病重已送往上海医院治疗，他原定后天出席新书发布会的，现在却急匆匆往机场赶，要飞去上海伺候父亲。我问国熙能否在相向路上短暂见个面。他说"好"，立刻嘱咐出租车司机绕一段路。我俩在我下榻的酒店门口紧紧拥抱，心情都很沉重，心照不宣，默默祝愿老师能够转危为安。我在刚出版的新书上写了请求老师阅正的话，请国熙转呈。

后来，据守候在老师床边的朋友说，国熙把《交接香港》举在老师面前说："陈佐洱的书出版了，请你指正！"处于病中的老师抬手画了两个圈（表示加倍赞赏）。平时，老师给一个赞，都很难得。

29日噩耗传来。虽有思想准备，我仍跌坐在椅子里久久起不来。皓月当空，泪出痛肠，许多回想、追思、懊悔填满脑海，翻腾激荡着。稍事平静后，我用心向庙港的老师灵座发去了一对挽联：

庄谐温厉忆音容，献后学迟交之卷，感公犹锡嘉评，向庙港凝眸，倘可深思藉报？

困苦艰难蒙诲勉，抱高山仰止之忱，愧我幸无辱命，望中天满月，不禁悲泪如倾！

（选自2017年8月18日《光明日报》）

梅花酒杯

——写给我的老师蒙万夫

吴克敬

　　酒浆扯成了线，叮叮当当地跌入一只彩绘了梅花的酒杯。我有太多的泪水，像这晶莹的酒浆一样，在眼的湖海里涌动、流出，清清亮亮的一滴，竟溅进了我面前的那杯酒液里，溅出一声惊心动魄的声响。我睁开婆娑的泪眼，看见了捏在手中的酒杯，奇迹般地壮大起来，特别是酒杯上的那朵梅花，突兀在风雪漫卷的冬天，灿烂着满目的亮红。我看见敬爱的蒙万夫老师，从荡荡的酒液中走来，顶着风，顶着雪，来到枝摇花开的梅花树下。我晓得，他只能从酒液中走来，他的灵魂和精神，都闪耀着纯而又纯、粹而又粹的酒光。我还晓得，他将永远与梅花为伴，圣洁高雅的梅花，不求助绿叶的呵护陪衬，不需要春雨的滋润营养，全凭着抗风雪斗严寒的质本，在白雪皑皑的世界里，独自展现他自在的壮美与活力。

　　我独自坐在这个初春的夜里，手捏着这只梅花酒杯，一口又一口地喝着辣得喉咙发疼的酒水。十分普通的一只陶瓷酒杯，因为上面烧制了一株凌霜傲雪的梅花，便深得蒙万夫老师喜爱，他把它送给了我，亦成为我珍爱的宝物，清冽的酒液从细圆的酒杯滑进我的口中，缓缓地流过舌面，再从喉咙透进肺腑，直达每一根血管，仿佛要经历十年百年的跋涉。

　　一个人的初春的夜晚，一杯烧酒，一盏昏灯，我静静地回味纯粮酿制的佳酿，浓烈如火的酒液，勾起我不尽的回忆。

　　到西北大学读书，对于我这个农家青年，已经是个破碎的梦。虽然我一边做着沉重的木匠活，一边还写着被叫小说的文章，最使我扬眉吐气的，是我创作的中篇处女作《渭河五女》被《当代》选中，刊发在 1985 年第三期的头题位置，这使我更渴望能有一次深造的机会。这个机会就在蒙万夫老师的一封信中，寄给了还在乡下的我。当我读着信中那简约的几句话时，心里的激动，像长了翅膀的雁雀，伴随着蓝天白云，呼呼飞往西北大学。我把使在手中的那把木匠斧，顺势斫在一块木板上，站起来，抖掉一身的木屑，毅然踏上了报考西大作家班的路程。

作为柳青研究专家的蒙万夫老师，那时是西大中文系的一名副教授。我在花团锦簇的西大校园里打听着他，想不到一下子打听到他的当面。

我小心地问："知道蒙万夫老师在哪儿？"

他笑了，说："你认识他吗？"

我摇摇头，又点点头。

他还是笑着，说："找他有事？"

我把他写给我的信掏出来，交给了他。这时候，我已敏感到他就是我要找的蒙万夫老师了。可是我不敢十分地肯定，因为他的衣着，和他对人毫不拘礼的言笑，怎么和一位很有建树的大学教授也联系不起来。

只看了一眼信封，一种他所独有的慈祥，取代了他脸上的浅笑。他说："才来。"

紧接着又说："还没吃饭吧。"

接下来的一切，都在蒙老师的安排下进行。我们一起吃了一顿饭，简简单单的几个小菜，一瓶红西凤酒，两人便吃喝得很开心，而且十分地投缘，好像我们早就是一对相交很厚的师生，相隔数年，今天又喜获重逢。因此，菜吃得不多，酒喝得不少，你一杯，我一杯的，转眼就腾出了一个空酒瓶。考试、录取，让我害头疼的两件事，一下子变得也简单了。五日后，我便幸运地拿到了西大作家班首期学员通知书。

去学校报到，交上两千六百元的学费和一千二百元的宿费，便囊中空空，平日的生活用度立即成了问题。与我境遇相同的，还有几位同学，几乎清一色农家儿女，我们既得不到公助，亦得不到私助，愁情困态只有自己来解决。

蒙老师从饮食上发现了我们的潦倒，他为之担心起来，因我有一手自觉不错的木匠手艺，他便出主意，让我把家伙（木匠工具）带来，由他出面在学校找个地方，课余和星期天揽活儿做。蒙老师的主意差不多已打动了我的心，决定回乡下取家伙时，渭南人李康美和我胡诌，言下之意企业有钱，我们有笔，何不到企业去给他们写点什么，说不定能换回几个子儿。此言一出，我甚欢喜，当下与李君找到蒙老师，讲了我们的设想，他大为支持，电话要通了未央区一位掌握实权的他的学生，三五句话，就谈妥了一本宣传企业的报告文学集写作合同。这一合同交给了李康美去完成，而我则孤身去了宝鸡，与当地的经委谈成了又一本报告文学的写作出版合同。于是我们几位农家子弟的学员各得其所，便大干了起来。

我领衔宝鸡那本书的操作。其间，蒙老师放心不下，偕同系上的李成芳老师到宝鸡来给我们助阵。来的那天，好像是个芒种日，放眼宝鸡塬坡的小麦，已是熟得一片金黄，空气中，浮动着新麦诱人的馨香。在宝铁招待所我迎接来蒙老师一行。当晚，即由厂家做东，在招待所备了一桌酒宴，为蒙老师他们接风。作陪的除了我和厂方的几位头儿，余下的都是分配到宝鸡工作的西大学友，且都聆听过蒙老师的教诲。于是，一桌饭吃得十分愉快，所有的人都敬了蒙老师的酒，他也有敬必喝，一点儿也不含糊。大家敬了一巡，他又过来敬大家，三敬两不敬，蒙老师的话多了起来，滔滔不绝，一桌人就他一个声音，预订好的一桌菜，还没上齐，他已醉得不能自已。及至客人走散，我把蒙老师扶到下榻的房间，他依旧大唱独角戏，言语既出，有对他新老学生的希望要求，有对社会的认识见解，还有对人生的辨析探微，说来不磕绊，洋洋洒洒，好不痛快，仿佛要在这一夜，把他心中的块垒全都吐露出来。这么倾泻着，大约到深夜十一时半，两行浊泪从他朦胧的醉眼中喷涌而出，随即大吼一声："人还活个什么劲？"同时跃身而起，直奔窗口，就要从三楼高的地方跳下去。

蒙老师的这一举动，大出我们的意料，在场的我和李成芳老师及另外一位同学都大吃一惊。毕竟我还年轻，手脚敏捷，先于蒙老师几秒钟，把他拦腰抱起，从悬悬的三楼窗口拖回房间。此后一个时辰，刚刚强强的一个大学教授，虚弱得如一个久病的大孩子，蜷缩在床铺上，嘤嘤地哭泣起来。他向我要了一支笔，一页纸，埋头写起什么来，黄豆大的泪滴，仿佛串串珍珠，纷纷坠落笔端，在雪白雪白的一页纸上，绽开重重叠叠的酒泪之花。

终于，蒙老师睡去了。我从他手里取出满纸未写完的酒话，细细品读时，心灵不能不为之而震颤。字字皆珠玑，行行为肺腑，满篇忧国忧民情。他太热爱自己的祖国了，在诅咒那场动乱的同时，殷切希望我们的祖国强大起来，兴盛起来；他还希望人能爱人，以赤诚的心，对待生养自己的土地，对待这土地上生活着的自己的同胞。

匆匆三月时光，我主持的那本书稿业已编辑出来，交由出版社审读。几日无事，与蒙老师敞开胸膛拉了几回家常，彼此心意相契，很是谈得投味。那一日晚饭已用，我正要出门闲遛，蒙老师又来了，他从怀里摸出一瓷瓶的汾酒，并那只梅花酒杯。我原想他是又要和我喝一场了。可蒙老师并未久留，只说，我过几日要和路遥诸君去一趟铜川，酒先放在你处，回来咱把它干了。

过了一日，我因出版费还待落实，就去了宝鸡，谁知就在他和路遥相约去铜川的那日清早，竟急病弃绝人寰。消息传来，我痴呆呆坐了很长时间，只觉苦涩的泪水，如决堤的洪涛，从翕动的鼻翼上滚滚而下。

我不相信蒙老师会离开我们而去。

火车轮摩擦铁轨的声音已不再铿锵，沉闷得像一头呜咽的老牛，驮着我从宝鸡往西安赶。还是这班火车，我与蒙老师有过一次同行，车行途中，蒙老师从他的怀里摸出一瓶存放得有些年头的红西凤。我惊讶蒙老师带了酒旅行，高兴得鼓起了掌，因为我知晓五十三度的红西凤酒，存放的年头越久越有滋味，启开盖，香了一节车厢。没有酒杯，我们对着瓶嘴吹．那一份豪气，那一份张扬，让人真有点儿忘乎所以了。

没有下酒菜，相互的言语便成了必不可少的佐料，以至于酒喝完了，话还说个没完。下了火车，出了站台，也不急着回家，两个人漫无目的地走进了古城墙边的环城公园，其时太阳已经落尽，半轮月亮昏昏暗暗地挂在远处的西城门楼上。

不知高低、不晓深浅的我，向蒙老师海聊着自己的人生理想与追求，兴之所至，还会一个蹦儿跳起来，好一番手舞足蹈。说着，还说起我对一个女孩的暗恋，这个女孩现在已是又一个女孩的母亲和我相濡以沫的爱人。我不知该怎么感激我敬爱的蒙万夫老师，正是有了这一次掏心窝的倾谈，蒙老师便不遗余力地促成了我们的相恋相爱，而组成我们幸福美满的家。

蒙老师也说了他自己。分明有着长期压抑的情感，像垒积起来的一座山，让年届五十岁的蒙老师要喷发了。当我听到他喉咙里一声低吼才起，便有火山般挟雷裹电的岩浆喷薄而出，整个人颤抖得像是一场地震，他顺势抱住身边的一棵大树，那是一棵榆树，有碗口粗的样子，正是榆钱儿闹枝的季节，在蒙老师剧烈的摇撼中，榆钱儿像是星光洒下的雨珠，失魂落魄地坠落下来，落了蒙老师一头一身。

是什么让蒙老师如此痛伤？

我无助地盯着蒙老师，没有一句安慰的话，任由蒙老师自由地发泄。我也没有多问什么，从他断断续续毫不连贯的述说中，仿佛晓得了根由，日后回想，又仿佛什么都不晓得。

在城墙公园抱着树摇，在蒙老师的生活里究竟发生过多少次？我不知道，但我知道还有一次，是与陈忠实先生一起摇了的。西北大学临近西安城墙，城墙公园自然成了蒙老师与友人散心聊天的好地方。陈忠实先生写出了《白鹿原》的初稿，他们两人是无话不谈的好朋友，陈忠实把初稿拿给蒙老师看，蒙老师认真地读了。读了后，他把陈忠实约在城墙公园谈感受，说体会，两人谈得投机，说得投缘，竟然绕着城墙公园走了一个晚上。他们谈了什么我不知道，但在来日初夜时分，蒙老师穿着件单衫子到我租住的房子里，我弄了几样小菜，我们喝酒。我们喝的还是红西凤，几杯酒下肚，蒙老师说话了。他说陈忠实咥了个大活。他说我要有机会看一下，对我是会有大启发、大帮助的。蒙老师没有用"写"，他用了个陕西乡间人好说的"咥"字。咥即是吃，蒙老师的意思我懂，阅读《白鹿原》要有吃的态度，仔细地咀嚼，认真地吞咽，踏实地消化才好。我记下了他的话，在《白鹿原》出版后，确如他指导的那样细嚼慢咽踏实消化了。当然，这都是后话，我与蒙老师是夜喝着酒，喝着喝热了，蒙老师习惯地解开单衫子上的扣子，敞开了他的胸怀，这使我吃惊地看见，他的胸膛上是一片擦伤后结出的痂，层层叠叠，仿佛鱼的鳞甲！我问他了，他立即拉着衫襟，把胸膛上的伤痂掩饰起来。不过他给我说了，是他和陈忠实在城墙边转，转了一夜，两人转着说着，到了不可抑制处……蒙老师还要往下说的，我端起一杯酒，把蒙老师的话堵回了他的嘴里。我想象得出来，他会像与我那次一样，在城墙公园里抱住一棵树摇了。树皮的表面都是粗糙的，粗糙的树皮被他紧紧地抱着，一摇一摇的，怎能不擦伤他的胸膛。

噩耗传来，我知世上没有还魂药，无力让蒙老师和我再说什么。回到西大校园，我突然感到原来热热闹闹的地方，一下子变得空空荡荡……我记下了那个日子，1988 年 10 月 2 日。我欲哭无泪，痛感除我父母之外，生命中又失去了一个亲人。

来读作家班的同学，在西大或多或少都得到过蒙老师的帮助和关照。他的英年早逝，在我们的心中激起的哀伤，犹如山倾海覆，大家或作诗，或写文章，写出来就找地方贴，一时间，竖起在校园喷水池两侧的布告栏，重重叠叠都是哀悼蒙老师的文章，实在没地方贴了，有同学就贴到教学楼的墙上，你贴我也贴，一下子把教学楼用纯白的纸张裱糊了一遍。仅此，还不能表达我们的哀伤，便扯了一条丈六白绫，手书"痛悼我师蒙万夫"几个大字，直直地悬挂在作家班同学住宿的大楼上。

1988 至 2016 年，掐指算来，蒙老师已和我们分别二十九年。这二十九年，蒙老师给我的那瓶汾酒还在，我在心里对自己说：我记着你的话，等你回来，咱们一起干了它。你给我的梅花酒杯还在，它已成了我所有珍藏中最牵肠挂肚的一个。每临寒食节，我必取出梅花酒杯，斟上酒，恭恭敬敬地洒了，祭奠我洒泪迷茫的蒙老师。

今夜又寒食，我无客无朋，家人也出游去了，只我一个人在客厅里孤独地喝着酒，窗外是孤傲游走的风声，室内却是凝然静止的景物，只有我的思绪像窗外的风，飘散得细细碎碎。我不能自已地又往梅花酒杯斟酒，酒液叮叮当当注入酒杯里，却怎么也把小小的酒杯灌不满。这个发现让我吃了一惊，仔细看时，才发现这只梅花酒杯原来残了一个小小的缺口，酒液默无声息地从缺口溢出去了。

十数年前，我即写了怀念蒙老师的文章，这次再写，做了很多修改，也添加一些内容，我是想我该有这样的态度，当然也有这个机会，把我心里的蒙老师尽可能真地写出来。修改到最后，我把那只梅花酒杯拿在手里，仔细地端详着，我在想，蒙老师为什么送给我一只缺口的梅花酒杯？他是在他多个酒杯里随便取了一只送给我呢？还是有意选择了一只残了一个小小缺口的送给了我？我不得而知，只是固执地并且是徒劳地往酒杯里注酒。我多想把酒注满酒杯，但无论怎么努力，却都不能满杯……晶晶莹莹的酒光在我心头明亮着，我忽然明白了，这难道不是蒙老师对我的鞭策吗：

再有学问的人，也有自己的缺失，难有一杯满酒；

再完美的人生，也有自己的缺失，难有一杯满酒。

（选自2017年第8期《美文》）

回 望 书

简 默

在头顶养鸡

世上总有一些奇葩的人，做着一些听上去不可思议的事。

譬如我家楼下六层的那个女人，竟然在自家的车库打了一眼井。我没去过她在小区内别的楼下的车库，但每天走来走去，我看见过我们楼和邻楼的车库。这些车库一律方方正正，水泥地面，三白落地，一扇遥控电动卷帘门，哆嗦着身体上下如猴子爬竿。她有一天突生奇想，找来两个打井的在车库的水泥地上向下钻出了一眼井，眼睁睁地看着有些混浊的水被压水井从深深地下提升上来，穿过水泥地，汩汩地往外喷涌，她感到了莫名的兴奋。我许多次看见她提着一塑料桶打好的面糊，说是到车库去烙单饼，也见过她推着一辆自己焊的小铁车，咕噜咕噜地载着水上电梯。这辆车结构简单，四个胶皮轮子托起一个平面，上头立着三个圆筒状架子，前面两个小的，后头一个大的，一只倾斜成六十度角的扶手。推时车子在前，她在后，当三只塑料桶都盛着满满的水，被一一固定到架子中时，就像一大两小三个孩子被拴在了摇篮中，总有上百斤吧，回家路上，发出很大的动静，似乎一路都在打雷，也仿佛一点一点地沉入了地下，扎了根，拔得地摇动起来。开始我以为她是在门口那间厕所里接的水，我们小区里有些爱占便宜的人常常提着各种桶到那儿接水，直到有一天下午在电梯上，我听见有人问她在哪儿接的水，她答我在车库打了一眼井。那一刻，我和问她的人都惊呆了，我们的常识和想象力是真的还没到这个地步。

有些日子了，我碰到她不是从十二层下到六层，就是自六层上到十二层，我与她在同一时间乘电梯上下。说实话，对她为何频繁地乘电梯在六层和十二层之间穿梭，我很纳闷，但我不是一个打破砂锅问到底的人，想一想也就扔到了脑后，有那么多要紧要忙的事情等着我去做，我没有精力更没有兴趣去关注她和她的举动。直至有一天早晨，外面的天色似亮非亮，像一帧混沌的水墨小品，在卫生间，我听见头顶泻下一串鸡鸣，清清亮亮，不含杂质，如天籁之音，也的确是横空自由落下的，紧接着更多鸡鸣唱和呼应，起起伏伏，天乍然睁开眼，光明之水四泄，冲走了我的睡意。我的好奇涌了上来，起初我猜测是楼上某户人家买了或人家送了几只公鸡，一时吃不完，就暂时关在笼中养了起来，我们这儿有逢年过节送公鸡当节礼的风俗。但当我寻声找到它们时，我狠狠地吃了一惊，不禁佩服起它们的主人的心思。我们楼总共十二层，第十二层上面是阁楼，据说这些阁楼没卖给个人，仍在开发商手中。此刻，我楼上的这间阁楼每个房间都养着鸡，空荡荡的门口用木板挡住了，防止鸡们像溃堤似的逃亡。这些鸡有公有母，或立或卧，无不处于青春期，我听见的鸡鸣就是从它们中发出的。严格地说，它们的鸣叫正处在变声中，有点儿初试啼鸣的意味，不像经过成年礼的公鸡叫得那么斗志昂扬，那么意气风发，但因为离得近，就在我的头顶上，也因为四周静悄悄的，所有的喧哗与狂欢都被包裹在了黑暗的琥珀中，尚未被鸡鸣啄破和吼开，听上去倒也嘹亮和真切。

　　乘着电梯，我没回家，而是径直下到了六层，在她家门口，我看见一大袋饲料，还有一大袋玉米粒，它们都是鸡们的美食。楼大了啥人都有，搬进来前我不认识他们中任何一个人，也不清楚他们都是干啥的，但现在我对六层的她有了一些了解，我基本可以判断她是一个会精打细算地过日子的主妇，她节省每一分钱，自己烙单饼给全家人吃，自己到车库压井水给全家人洗衣服，自己一趟趟地推着车子载着井水回到家中，等等。我感兴趣并记住她的不是这些，而是她在阁楼中，在我们的头顶上养鸡。在我看来，这与在车库打一眼井一样，都是一个大胆甚至有些疯狂的举动，但我更喜欢她的养鸡行为，也许因为它暗中契合了我曾经的某种心愿和渴望。我从小就盼望自己能够养一只大公鸡，它要冠子火红，毛色艳丽，会打架，响亮地打鸣，但我生来便住着各种各样的楼房，家里偶尔买了一只公鸡，因为没地方养，更怕它饿瘦了，不等它和其他鸡打架，也不等听它响亮地打鸣，就将刀磨得锋利如水，还要搁到手指肚上试试，然后一刀割断了它跟尘世的联系。我不知为此哭了多少次鼻子，但有香喷喷的鸡肉吃，便很快啥都忘了。渐渐地，我将精力放在了养蚕和鱼这类体积更小、性情更温驯的动物上，仿佛鸡被拎进我们家就是该被杀戮吃肉的。而最近的一次收养一只鸡的念头，是在临山下一个卖鸡的摊子买鸡，我常到这个曹姓小伙子的摊子买鸡，那天在等候的工夫，铁笼子中的一只公鸡不早不晚地引颈长鸣了一嗓子，听上去高亢而嘹亮，是那种经过成年礼的公鸡从内心喊出的欢欣，一下子便叫到了我心里。小曹的鸡都是他驾驶机动三轮车从农村一户一户地收来的，是真正的土鸡——在农村土地上散养的鸡。我顺便跟他聊起了自己小时候想养一只公鸡的事，他说不久前对面卖香油的大哥，从他这抱走了一只鸡，专门养着它每早打鸣唤醒他和他的妻子起床磨香油，比这只叫得还高亢还嘹亮。又感慨道以后养鸡的越来越少了，因为地都被征用了，人都被上楼了，谁来又到哪儿去养鸡呢？我听后内心一动，马上想起了儿时的渴望，冲动地盘算着把这只会打鸣的鸡抱回家，听它每天按时打鸣，将我唤醒，像一只步调精准的钟表，却有体温和活力，不是一件很田园很诗意的事情吗？但我立即浇灭了这差点儿熊熊燃烧上来的念头。鸡抱回家了，我在哪儿养它？这是一个大问题，也是从儿时至今一直困扰我的问题，过去我住筒子楼，现在住的是电梯繁忙地上上下下的楼房，总不能将它养到空中吧。

但那个女人已经替我想到了办法，将那些鸡养到了我们头顶上，叫我们在鸡鸣声中踏实睡去和幸福醒来。她矮矮的个子，黑黑的脸庞，与我平时看见的那些农妇差不多，我不知道她是干啥的，但我至少可以认为她像一个真正的农妇一样热爱劳作，心中残存着对土地和养殖的记忆。

那天早晨，我去买菜，路过一户庭院，只见两扇红漆铁门紧闭，左边贴着：天作之合，右边是：白头偕老，大红色调已然褪色，渐露斑白，唯有这八字墨迹淋漓如新，仿佛甜蜜祝福仍在眼前和耳边。我望之愀然，突然院内传来一长串鸡鸣，我闻之释然，热闹的马路边，红尘滚滚掀起浊浪，有鸡鸣的日子才配叫日子，活色生鲜，保持着生机与滋味。我现在住的小区，隔着两横一纵三条马路，斜对过是一个回迁安置小区，我漫无目的地散步走到那儿，经常听见自铁栏杆密植的院内传来一串串鸡鸣，此起彼伏，牢牢地固定在某个角落，不是撒欢儿地到处乱跑。他们原先的平房被征用拆迁了，新房子越盖越高，离土地越来越远，电梯载着他们向天空靠拢，满地奔跑的鸡被收容进了笼子，遣送上了楼，占据了阳台一角，低矮逼仄的空间叫它们窒息，它们第一次感到生不如死，唯一的自由是尚能啼鸣，却无法接触地气，昂首挺胸，闲庭信步，引颈长鸣。此刻，它们的鸣叫中扯着血丝，含着泪滴，就像它们的某些主人。

遍地鸟鸣

相对于绵亘的群山，湖沟仅是个婴儿，躺在大山温暖舒适的襁褓中。

在湖沟的日子，每天早晨，是鸟鸣唤醒了我。

我住在村委会院里，这儿应有尽有，只要储存足够的食物，我可以许多天不迈出两扇大铁门。四面都是围墙，至少比中等身材的我高了几头，轻易攀爬不过去。一幢两层办公楼，坐北朝南，张伟住楼上，我住楼下。我住的屋有三间，外头一间，里面两间，面朝院子的里间安放着我的床。隔着墙壁和围墙，是村民们的土地，白天我已看过了，由于无人侍弄，坝堰横七竖八地倒了，地里生满了荒草，比草更高的是碗口粗的日本杨。这种树是树家族中的乡村男孩，淘气、泼辣、皮实，仿佛见阳光和风雨即长，村民们看重短期效益，正好相中了它这点，在地头田间广泛栽种它，视它为每天生长利息的绿色银行。但也因此带来了一些问题，譬如它幼时尚不要紧，待到枝繁叶茂根扎得深了，遮住了阳光，与庄稼争夺养料和水分，庄稼便不长了，一株株面黄肌瘦，像饥饿的灾民，村民们管这叫泄地了。眼前这些树高大挺直，浓荫蔽日，在风儿吹拂下叶子沙沙响，瞪大眼睛俯瞰着楼房和矮矮在下的我。

有树便有鸟，有巢，有鸟鸣。我不止一次地抬头望见喜鹊衔着干草和枯枝，优雅地舒展扇动双翅，搅起小小的幸福的旋涡，登上枝头在筑自己的巢。没鸟住时，巢是一棵树空荡荡的嘴巴，除了风吹树叶哗啦啦响，鸣蝉喋喋不休的聒噪，再无其他声音，一旦鸟住了进去，嘴巴长了牙齿，就叫出了声，纷扬如雨，从天降临，唤醒了我。

湖沟的夜晚包容孕育着层出不穷的静。高高挺立的太阳能路灯，白天源源不断地吸纳太阳的光芒，到晚上打开身体滔滔不绝地释放出来，这光渺小而微弱，仅照得亮脚下和周围有限的距离，是一粒米的光。沿着水泥路走过这些散落在乡野的路灯，便进入了湖沟，一路高低起伏，将这些路灯撇在身后，就出了湖沟。路上车辆稀少，偶尔冒出一辆，像萤火虫浮过，两束前灯将黑夜捅开一个小缝隙，几米之外仍沦陷在黑暗中。有星星的夜晚，我喜欢站在天底下，像站在很深很深的井底，四壁石头森然，苍苔寂然，仰望庞大无边的星空，星星稠密而硕大，互相保持着绅士的距离，绽放着各自的耀眼光华，我忽然想到了坐井观天，恍然觉得自己变形为了一只青蛙，披着一袭黑斗篷。谁拄一根拐杖的笃的笃地敲点着路面，深一声浅一声的，村庄里卧着的土狗听见了，兴奋地叫嚣起来，远远近近的土狗都跟着叫了，像点燃捻子放了一挂鞭炮。鸟鸣急促地响了，是布谷鸟，山里人俗称"烧香摆供"，前一只喊着"烧香摆供"，话音没落，后一只立刻接上了嘴"一壶一壶"，似乎天衣无缝，侧耳谛听，破译得出"阿爹阿哥，割麦垛垛。割麦垛垛，家家吃馍……"的农事密码，这也是山里娃们麦香弥漫的催眠曲。有一种鸟，我从未看见过它的真面目，从白天到黑夜，它都在鸣叫，在远处的山间，在路旁的栗子林中，我蹑手蹑脚地试图走近它，它看透了我的鬼把戏，却不急于戳穿我，待我越走越近，猛地屏气噤声了，茂密的枝叶遮住了它的身影，浓郁的栗子花香熏晕了我，我当然寻不到了，只有它听上去像是"好啊好啊"的鸣叫，回荡在我的耳边，仿佛拼了力在为我喝彩。群山是最好的回音壁，狗吠抑或鸟鸣，都借助它宽阔强劲的肺活量，被无限放大了，撞到对面弹了回来，黑夜愈加沉寂深广了。

我摸着乡村的黑回到城市，迎头痛击我的是满城灯火，急不可耐的汽车鸣笛。夜以继日的工地呐喊声，这是我的日常生活，日复一日的喧嚣与骚动。偶然鸟鸣也会唤醒我，譬如说今天早晨，有一只不知什么鸟，栖息在窗台上，厚厚的窗帘挡住了它，我看不见它小小的身体，但它的声音就像在我的枕边，将我从沉沉睡梦中叫醒。从早到晚，斑鸠的鸣叫是我常听见的歌唱，"咕—咕咕—咕咕"，由短促到悠长，最后一声加重了，带着回音，响亮悦耳，反反复复，时间久了，听得多了，我视它为预言家，这样说是因为每逢听见它的歌声破空传来，总有一场雨尾随而至，雨中这歌声潮湿如苔。与斑鸠类似的，还有喜鹊，它不怕人，在路上，在草坪间，它翘着尾巴，蹦跳和觅食，一次次地与我相遇，看我的目光单纯而善良，像一个永远长不大的孩子。举头三尺有神明，说的就是喜鹊，在它的身上神性与佛性兼具。它将巢筑在树木的枝杈间，以及变形金刚似的建筑物上，与我们比邻而居。有一天傍晚，在食堂吃过饭后，我环绕着会展中心转了一圈，这座设计成船形的建筑巨大而冰冷，像一具恐龙的残骸，我数了数，上头总共有十三个鸟巢——都是喜鹊在城市屋檐下的家。它居高临下的生活和视角，使它一眼觑见了我们内心的欢喜，也包括忧愁，但它报喜不报忧，横竖都是好事，沉不住气，迫不及待地喊了出来："喳喳喳喳。"有时听见它的鸣叫，触动我想起一件或几件事，假如喜事真的临门了，我会沾沾自喜地认为它未卜先知，如果事情落空了，又禁不住在心里埋怨它"谎报军情"，这其实是我盼好结果心切了，油然生出的自我安慰与期望，我就是这么一个貌似强大内心却虚弱得千疮百孔的人。

城市是个巨大的发光体。白天，我走过一面面玻璃幕墙，它们一律站立起来，像真正的墙，不会行走，也不会歌唱，映照着匆匆忙忙的人影和车流，反射着炽热白亮的阳光；我住十层，坐在书桌前，目光穿过阳台，能够看见对过那些六层的楼房，首先闯入我眼帘的是楼顶那一排排耸立的太阳能，它们闪烁的筒体令我晕眩，差点刺瞎了我的眼睛。到了晚上，无数灯光彻夜不眠，仿佛另一个白天，我们在声色犬马中溺死黑暗，而那些隐匿于各个角落的鸟也将黑夜当成了白天，一边睁着惺忪的睡眼，一边大声歌唱自己的爱情。

几天后，我回到湖沟，村委会院外的那些日本杨被悉数伐倒了，代之种下的是一株株桃树苗，它们瞧上去单薄赢弱，随风摇摆俯仰，像乡间营养不良的留守孩子，托不住那一树稠稠密密的鸟鸣。

晒麦路上

仿佛一夜之间，城里的一些商铺关门了，在它们门口的两边墙上，红纸黑字地写着：回家收麦，停业一天。

又是一年麦季，麦熟一晌，熟透的麦子像等待生产的婴儿，攒聚在挺拔的穗上。热辣辣的夏季风吹过，没有人收割，也没有铁器撞它们的腰，它们纷纷闭上眼睛弹了出去，似在跳远，比谁跳得远，划过细长的弧线，落入时光偶尔闪现的缝隙中，被从天降临的雨水浸泡，小心地发出牛毛似的芽儿，重新开始一株麦子的旅程。

在湖沟的日子，我一晚一晚地听着蛤蟆的叫声，一天一天地看着麦子成熟。我住的村委会院外，有一口水窖，水泥砌就，呈长方形，四面光滑笔直。它一览无余地敞开内心，接受天空的恩赐，再源源不断地输送给它周围的土地。今年这片土地运气不错，没喊过渴，算得上风调雨顺。水窖储满了水，上头漂着去秋至今的落叶，蚊蝇嗡嗡地绕飞起哄，蛤蟆穿着树叶的隐身衣藏匿其中，是真正的伪装者。个别蛤蟆耐不住寂寞，白天也叫，听上去寥落而稀疏，叫得四周空荡荡的群山更空了。到了晚上，蛤蟆齐鸣，绵绵密密，汩汩滔滔，翻墙越窗，进入室内。在寂天寞地的山里，水窖是热闹的中心，就像一枚石子丢进一池水中，荡开一波一波的涟漪，这个夜晚陡生了无穷的动感，一端连接着我的梦境。我知道，在这个山里，过去人们普遍贫穷，到了青黄不接的日子，总盼着池塘里的蛤蟆开叫，那意味着土地上的麦子就要成熟了。是蛤蟆在青与黄两种日子间穿针引线，以稠密如针脚的呼唤，接续起饥饿和温饱。

墙上的草帽被取了下来，它赋闲快一年了，落满了尘世的灰土，曾经的金黄黯淡了，像个垂暮的农人，但仍条分缕析得出阳光、雨水和农谚；一起被摘下的还有镰刀，它挂在墙上，锋刃向下，像个大写的"7"，现在它被搁到磨刀石上反复磨砺，清水洗去了它隔年的锈与尘，体内的锋利和光芒重新汹涌澎湃。

收割后的麦子面临着脱粒和晾晒。来到湖沟走访了几户人家后，我发现他们的院子小得晒不开麦子，有的人家看得远，想得周全，翻盖房子时在房顶上打了水泥地，可以由房内提了粮食上去摊开晾晒。有一条名为"村村通"的水泥路，像一根牛缰绳，牵起了山里和山外，湖沟就是这上头的一个绳扣。这条路迎合山势而修筑，漫长而曲折，仅可容一辆车驶过。村民偶尔会挑平坦的路段撒上刚收割的麦子，叫来来往往的汽车、驴车、自行车、拖拉机、摩托车碾轧过，帮助麦粒在尘世的履带下应声脱落。他们也没办法，过去固定的打麦场不知不觉地消失了，摇身变成了梳篦似的楼群，他们都被上楼了，住进了像火柴盒一样越摞越高的楼房，整个村庄中再没有那一片地方，没了夏夜劳力们各种话题的集散地，也没了孩子们嬉闹玩耍的乐园。

他们盯上了村委会门前那一片水泥地，尽管它不够宽敞和辽阔，还有两个高高在上的篮球架，但仍叫他们想起了记忆中的打麦场。他们一车一车地拉来麦子倾倒在上头，自然不忍心套上牲口赶着车一遍一遍地碾，更不舍得浪费金贵的油驾驶车兜着圈子地轧，剩下的只有辛苦自己出力流汗了。他们的肩头扯着碌碡，轰隆轰隆地滚过麦子的身体，像平地炸响了一个个惊雷，麦子吓得灵魂出窍了，麦粒纷扬如雨。

石榴大道是一条真正的旅游道路，在它的左右前后，自由生长着难以计数的石榴树，五月看花九月摘果，既养眼洗肺又享受丰收的喜悦。上路后我碰见农民在打场晒麦，就他和他的妻子，两人各站一边，操着杈子翻晒麦子。一个好汉三个帮，一根木棍三个叉，说的就是这种桑树杈。作为生活之树上长出的枝杈，它有着三角形的稳定，只要你有足够的力气，甚至能够搬运一座小山。

车来车往，一溜烟地，这不是天堂，而是尘世。接下来木锨素面登场了，它活在歇后语中：老鼠拉木锨——大头在后边，"大头"是说它的锨面，既薄且宽，高高地扬起麦粒，借助风力吹掉糠壳和尘土，撒下干净饱满的籽粒。

乡村没了打麦场，麦子、玉米、黄豆等鱼贯上路了。水泥公路和沥青公路，条条都能通往你想去的地方，已经有麦子们提前覆盖在上头了，有时四周放以石块圈起了它们，似乎在防止它们拔腿逃跑。

车轮滚滚，一趟趟地飞速驶过，带来了丝丝热风，带走了一些麦子，进入了城里。

那个开羊汤馆的中年人，刚刚回家收麦归来，正将扬过的麦粒倒在饭馆门前的水泥地上晾晒。这儿地处城里的腹地，昨晚凭空下了一场小雨，今天上午这一小片麦粒就不偏不倚地落到了这儿，晒着城里的阳光，一点一点地被抽干水分。

　　中年人熟练地卷起一根烟，迷离的目光越过地上的麦粒，望向高楼阻隔的远方，巨大的阴影像篱笆挡住了他，他感到手足无措，内心压抑，只想号叫一声，喉结滚动，却发不出声，泪水无声地划过脸庞，坠落如果核……

（选自2017年第5期《散文·海外版》）

我 和 我 妈

蒋方舟

不久前，我和一个朋友聊起我恋爱上的屡屡失败，她问我："你有过真实关系吗？"

我问什么是真实关系。她说就是彼此不畏惧暴露出最真实和卑鄙的一面，我说："至少在两性关系里没有过。"

她又问："那你和你妈呢？"

我想了想，那大概是我人生中唯一的真实关系，我会向她发脾气，和她置气，不吝展示出自己最不愿示人的一面。

向且只向我妈发火，这听起来对她并不公平，但实际上是我赋予她的特权。我从来不埋怨和向别人生气，是因为我是一个自大的人，大多数时候我认为自己比他人更强大、稳定和坚不可摧，因此从来不把要求自己的标准来要求他人。这并不是软弱，这是骄傲。唯有对于我妈，我赋予了她能够伤害我的特权。

我和我妈的亲密不只是一种母女的亲密，更有些战友的关系。她困囿在小城市的小妇人的皮囊之下有一颗敏感而不安分的心，希望挣脱现有环境，但是始终没有实现这一点，因此她在我很小的时候就如同花样滑冰的男运动员一样，对我做出托举的动作来，希望把我推出那个狭窄的井口。

在网络不发达，更没有自媒体的时代，这种托举并不是一件容易的事情。我只能希冀以一种幼年写作的惊人之姿横空出世。

我如果是杂技演员，那我妈当然是教练。我写第一本书时每天写一页练习本，等我妈回家就进贡一样拿给她看。她看我写的文字，我就看她。从她的微表情之中猜测自己到底哪里写得好，哪里写失败了。

在我刚刚通过写作获得名声的短暂时光里，我妈也曾因为被我调动了写作冲动，而作为教练亲自下场，写过几本书，写了一两年专栏，最后终于因为体力和脑力不支而写不下去，刚刚读初中的我接替她写下去。此时的我妈又成了陪练。

随着我上高中外出读书，我妈开始在她任教的中学寻找下一个培养对象，试图证明"给我一个孩子，我就能把他（她）培养成蒋方舟"，结果惨遭失败，而我则忍受着少年写作与成名的苦果在青春期时如洪水一样汹涌而至。

我高中时，曾经和我妈吵过很大的一架。因为我发现自己和周围同学的关系很差，我不知道如何和他们交谈，他们也当然不理我，我因此不快乐，我妈说："快乐不重要，把事做成才重要。"那是在我高中的宿舍里，她坐了很久的火车和汽车来看我，提了很重的牛奶和水果，我大哭大闹，不断重复着："都是你害的，都是你把我变成了一个这样的人……"我当时认为自己永远丧失了快乐的能力，我妈也痛哭。

那一哭之后，我内心给我妈下了解聘教练的合同，而我确信她收到了那封解约信。

我到了北京上大学，大学毕业之后，我让我妈提前退休，搬到北京来和我住。她脱离了自己熟悉且安全的环境，到了我的地盘，我正式成为了一家之主。

自此，我和我妈的权力关系发生了颠倒。

有一阵儿，我经常在外面应酬，有一次回家晚了，我妈说："我看一个台湾的综艺节目，有一个女艺人养了一只失聪的狗，女艺人好奇狗每天在家做什么，就装了远程摄像头，发现自己每天上班之后，那个狗就一直四脚趴在地上，用头顶着门，这样就能第一时间感觉到主人回家了。我就是那只狗。"

我听得很难过。从那以后，我就几乎每天回家吃饭，即便和我妈相对无言，我也不愿意让她一个人在家。

她在北京生活，却是没有生活的，没有目标，没有朋友，没有社会关系，而且也没有和我的朋友成为朋友的欲望。第一次来我家做客的人经常会觉得我妈是个冷漠的人。我的日本朋友说："你妈妈真是很害羞的人。"他洞穿了她的本质，极度害羞的人经常会显得很冷漠。

因为没有生活，我妈就开始"偷窥"我的生活。她每天五六点钟就醒了，爬到我的床上看我的手机。有时我醒了，她看我的手机，我看她的表情——而我内心竟然因为她的偷窥而有些许的轻松：她时刻看着的人生，毕竟错不到哪里去。

最近半年，她开始忍受不了这种依赖着我的生活，她宣布：我也要实现个人价值。

她开始剪纸，人物肖像剪得繁复到了极点，所有看的人都很惊叹。但我妈很快就嫌弃人像里没有世界观，没有原创性。因此买了市面上一切关于剪纸的书，去日本看了纸艺切绘美术馆，有一天晚上她看了阿城的《河图洛书》，参透了里面所有的奥妙，再剪"有宇宙观"的作品，下笔不凡。

我自觉意识到一个家庭空间里是容不下两个艺术家的，因此我现在每天吃完早饭就去咖啡厅写作，晚上六点半回来和我妈吃晚饭，然后看她当天的剪纸作品，听她聊她的创作理念——这样的生活幸福又危险。危险在于过于幸福安稳。

大部分父母和子女的关系很残酷，因为小孩看不到父母壮年意气风发的样子，小孩长大后，只看到父母的衰颓，他们的固执与经验的缺失，偏要到很多年后，当自己在他人眼中也有了衰颓的势头，才发现父母的睿智。就像现在流行在社交网络上晒父母最盛年时期的照片，其实也是一种枉然的补偿。

我和我妈的关系比大部分亲情幸运的地方，在于它在亲情炙热的火燃尽之后还有友情平稳的焰。我错过了她的最盛年，却参与了她五十岁之后的再次成长，我们又是同时航行的船，两艘船有时近得可以抓住对方，我们时而望向彼此，在大多数时侯，却只是应付各自的波浪与狂风，擦肩而过的时候，在内心向对方挥手示意。

(摘自2017年第9期《人民周刊》)

白露微凉

李万华

菊 芋

站在阳台上，我看到远处云雾迷蒙的天。近处是这秋天的雨，秋风了吧，昨夜我听得雨的脚步齐整，在帘里，误以为是春天刚刚来到。早晨起来，看见帘外果真是秋天的雨了。雨在远处是雾，绵缈着；在近处，却又是柔弱的，失去了体温的文字和符号。"昨夜西风凋碧树，独上高楼，望尽天涯路。"这词早已烂熟，想换些新鲜的，譬如"雨声疏复密，窗影暗还明"，但新鲜的，总不及这熟透的更贴近心绪。这样站着，望过去，眼前的树，青杨和白桦、榆、人家院落里的桃李，以及那些在春季里开花的丁香碧桃，它们的叶子在这个早晨有些稀疏，它们的枝干，也都微微地瑟缩着。什么天涯路，什么斯人，它们其实与这个早晨毫无关系，昨夜西风只该凋昨夜的树，山不长，水不阔，此处便是何处。

我看到菊芋开花，在一座小楼的拐角处。

清寂的花。

以前见到它，认为它就是姜花。"正如他此刻抱着一束姜花，弯身拨开的前门的塑胶布帘，帘上蓝白的条纹，在晚风中摇摇荡荡，早已化作了他童年的水湄。"那时候年轻，喜欢读刘墉的花花草草。然而地域有别，他书中的一些花我并未见过，理解全凭想象，但想象总是错误倍出。不过出错的想象与文字一搭配，没来由地动人。那时，从阳台上望过去，会看见别人家寥落的小院，高大植株掩映着陈旧的玻璃窗，大丛黄花正在绽放。那也是些凉秋天气，木不清，草也不幽，荒

291

寒正从远山降临。院子里，一些花已经萎谢，黄花旁歪斜的一株大丽菊，繁复层叠的花瓣还在绽放，但是它深紫的花瓣，已被霜冻裹上细小黑斑，它浑圆的暗紫，衬托出黄花的明艳。然而那种艳，那么哀伤，仿佛柴可夫斯基写给鲁宾斯坦的那支钢琴三重奏。那时候，我总是将哀与伤两字随意搭配，觉得那将是一种极限，但是有人说，哀而不伤才好。停下手中的活，我固执地认为，那些绽放在我眼前的花便是刘墉的那一束姜花，但他的姜花分明洁白无损，我看到的却是一束束明艳。

那些秋天，我便那样站在阳台上，看别人的黄花，却总是想着姜花。后来，我请教别人，并从别人那里接近现实：是菊芋，而非姜花。

菊芋便是洋姜。

更早一些的秋天，我看见人们忙着腌菜。我也该学一学了，总不能一到秋天就去婆婆大人那里抱一坛子腌菜回来。腌萝卜干我尝试过，简单有效。街头有卖洋姜的，说随便怎么吃都可以。买回来，洗净，晒成半干，烧开醋，加入白糖，浸入洋姜。我希望洋姜是甜的，因此加的白糖多，半月后去尝，洋姜丝果然酸甜爽脆。

小时候也吃过洋姜，怎么没见过洋姜开花呢？也许是忽略了。想一想，那时候忽略的，何止是一朵花。

这个早晨，我站在楼上，于烟雨中看一丛菊芋。但是菊芋，正在见证一个人的离去。那将是一种永远的离去，也有可能，这种离去并不太远，那只是擦肩而过的一个瞬间。一位女子躺在灵柩里，经过菊芋身旁，有哭声似那高楼上微茫的歌唱。人们送行，但她在黑暗里无知无觉。我看到菊芋静立着，菊芋的花瓣不是度亡经，菊芋不念诵，菊芋只是浸在雨水中，见证一个季节的消失。

牧 羊 人

麦客走出村庄的时候，牧羊人还是赶着一群羊进了深山。他们最终走向两个方向，越来越远，即使他们步步回首，彼此的容颜已经不再清晰。然而谁又在乎清晰与否，长久的别离之中，记忆终将模糊。便是葳蕤别离，也终将成为一蓬曾经青葱的枯草。

我不喜欢一篇文章这样开头，仿佛在刻意模仿。然而事情总是这样开始，抑或这样结束，所谓世间再无新鲜事，大约如此。

八月，麦子成熟，村庄被金色麦田和大棵青杨树分割。那些密植在河沿、田埂和路旁的青杨，长势肆无忌惮，不仅树冠膨大，连树干都被细小枝条层层包裹，显得肥胖臃肿，失去原本的俊秀挺拔。这其实也是无奈的事情。有时，会有大棵榆树夹杂其间。榆树叶子总是绿到深处，一掐，仿佛便会渗出墨汁。也有沙枣树混杂进来。沙枣树横向发展，并且善于虚张声势，有风时，肢体动作夸大如同醉酒，尽管叶子绿中带灰显得低调。这样，成排的青杨树，在大地上，阵势十足。大块麦田同样恣意汪洋。

麦客纷纷从远处山沟走来，戴着草帽，握着镰刀，有时结伴，有时独行。他们将吃住到某户农家，然后在他们的田地中劳作。但这种时日并不长久，麦子很快割完，大地变得单薄，麦客便将走向另一处金黄之地。有时，麦客也会游荡一番，一无所获，走回山沟。这毕竟是一个机械化的时代，麦客的存在岌岌可危。

但是牧羊人一直在别人的山坡上，放牧着别人的羊群。

他们同样从远处山沟走来，带着换洗衣服，有时，甚至什么都不曾带。他们在一个村庄停驻，找到安身之所，开始他们的生活——早晨，人们将羊赶来交给牧羊人；傍晚，羊又被牧羊人赶回村庄。牧羊人只有一处栖身之所，饭食由各家各户轮流提供。

这里存在一个问题，如果没有信任，谁又会将羊群交到一位来历不明的牧羊人手上？羊群走进深山，一走便是一天，这期间，坑蒙拐骗的事情如若发生，除去牧羊人，谁会知晓？假如羊被狼吃，牧羊人又该如何交付？然而并无这样的事情发生。一些发生的事情，也不是传奇。一次有人追问牧羊人，回家的母羊为何少去一只，牧羊人说明天带绳索跟我进山。第二天，羊被找到。原来母羊独自乱跑，不小心掉进山沟，爬不上来。而且山沟高草披拂，羊一下去便不见踪影。倒是羊羔站在沟畔咩咩不已，这才引起牧羊人注意。

事情发生的其实很少，更多时候，牧羊人不过是个单调的移动景物。八月之后，大暑之前，淫雨霏霏，阳光暴烈，牧羊人总是带着背影，捏着牧鞭，在黄土松动的小道，在野草湿滑的山坡，在清晨，在薄暮，在一群又一群羊之后，仿佛一棵没有根须的植物，仿佛世间与他无关。

与世间无关，该是怎样飘潇。没有群体狂欢，没有独自哀愁。风雨在窗，花月盈户。来时雁嬉沙滩，去时鹰化为鸠。

我读古诗，从不羡慕"牧童归来横牛背，短笛无腔信口吹"之类的情景，尽管我明白这一理想应该属于某些人。我也不企求有一日跟着他人去放牧，哪怕他的牧鞭反复轻轻敲打。张狂却又寂静的青春过去，一些幻想水泡般消失，露出的现实土壤，斑点驳杂，一些急于逃脱，急于隐匿的愿望也开始散去。设想万千，抵不过一夕变化。明白之后，世事无常的感慨倒也其次，渐次而来的一些倦怠终将跳脱之心化为安稳。某次和友人在网上说话，她在北京生活，烦了雾霾烦了公交烦了闹铃，她说想回甘肃老家放羊。我问羊毛谁剪，羊圈谁扫，她归于沉默。

其实，在我小的时候，我已经做过牧羊人，我也赶牛进山，在马蹄扬起的飞尘中，抬头看天。我知道，我所熟悉的，别人未曾经历；我所想象的，别人已经厌离。

山　冈

为什么我会觉得有些色相掺和着杂质，看上去仿佛芒草的穗子浮动在墙壁上，但有些显得纯净。譬如一块明黄和一抹朱红，我看明黄它只是一汪清水，朱红则沉积了白昼和暗夜。傍晚，我坐在木屋前的树桩上，看夕阳将对面山冈染成柴胡花开的模样，如此烂漫，明黄在那里蔓延，而我在渐次逼近的阴影中寂静无声。

柴胡的花朵聚成伞状，仿佛钻石镶嵌的圆形小屋。除了柴胡花和蘑菇，山里还有谁搭得起天空一样精致的屋顶。山下的房子都是土木结构，屋顶平整。勤快人家的屋顶常用碌碡碾过，看上去光滑瓷实。懒散人家的屋檐上却长满各种杂草，甚至有青稞在那里结出灰绿的穗子，弯曲着，麦芒镀上一层亮光。有时，他们的屋顶还会开出一两朵浅紫或者淡蓝的翠菊，在晨风和暮色中摇曳。当我站在高处的山冈，透过云杉和白桦树梢，会看见山脊上小木屋的屋顶。常年风吹日晒，屋顶的白桦木板早已变成黑褐，上面布满朽叶，那是森林里土壤的色彩。

小小柴胡花，它们喷涂而出的明黄如此旺盛，又如此寂静，几夜过去，九月的山冈便是一层金黄。高原上，这样的山冈往往没有穷尽，没有停顿，它们总是延伸，再延伸，仿佛云能走出多远，山便能跟出去多远。我于是逃离森林和小木屋的幽深，跑到开满柴胡花的山冈。风总是从山坡上斜过，带着河谷清凉，它宽大的衣衫，摩挲草尖并发出细碎声响，声音又带出草的芬芳，细嗅下去，全是柴胡的药香。

那样的山冈，除去弥漫的柴胡花黄和芬芳，再没有多余事物来来往往。阳光没有止境地泼洒，没有变化。一只蝈蝈鸣叫着，跳起，又落下，除去弧线，蝈蝈的一辈子也不会有什么变化。有一年，我将一只蝈蝈捉进麦秸编成的笼子，挂在木屋前。我撕了菠菜的叶子喂它，隔几天，用树叶接露水给它喝。我一直没见过它喝水，它在麦秸的房子里跳来跳去，隔一段时间，鸣叫几声。我其实希望蝈蝈能玩出新鲜花样，譬如翻筋斗，或者学我说话。但它只会搓它的前足，跳起，落下，搓足，鸣叫。如此重复，过了立秋，便失去声息。

那时候，我便存有疑问，阳光它是否拥有一生的光阴？如果有，将怎样度过？我眼前的柴胡花，我知道它在一些时辰里绽放，在另一些时辰里零落，不过那个时候，我尚未看到它发生的任何变化。它呈现给我的状态固定单一，没有惯常的风生水起，但我终究会知晓，那将不是它长久的模样。我也质疑于我，十年后的这一刻，二十年后的这一刻，以及这期间，和这之外的某一刻，我会有怎样的变化？那时的山，是否依旧是眼前的草色连绵；那时的花，是否依旧是眼前的柴胡花布满山冈？

而多年之后，我依旧坐在某个傍晚的山冈，看落日倒退。这已经是秋天，然而秋天的雨并未淅淅沥沥，秋天的风也没有从古老的词赋中跨出，秋气并不凛冽。我看到秋天只是从前一个季节中抽身而出，拂着它金色的宽袍大袖，它与它的过去，并未断离。我于是渐渐明白，我坐着的山冈，这满坡里葳蕤的柴胡，以及茅草，草丛中跳跃腾挪的小虫，它们在昨日，以及众多的昨日里，从未凋零。我眼前的树，我一次又一次凝视的青杨和白桦，它们从没有将叶子永久抛掷。它们或许只是游戏，偶尔将它们的玩具，这卵形和圆形的叶子，抛掷，捡起，再抛掷。我听到的喧响，水流，河谷之风，远山冰雪层层覆盖的声音，还有，那一家矮墙内的鸡鸣犬吠，它们如同来自山体内部，持久，缓慢，它们从没有进行过声部的绚丽过渡。还有什么呢，在这个傍晚的山冈。柴胡的芬芳，抑或裸露的土壤？土壤，是啊，秋天的土壤，它们更改自己的着装，归还籽粒，它们同时将农人的希望继续储藏。现在，它们蒙上落日的辉煌。

低下头，我看见山冈沉静的容颜，我同时看到它的目光，它隐藏，却从未改变过的幽凉。我看到它，看到它之上的我所携带的匆促，倏忽，以及哀乐无常。我想起这其间的改变和丢失。从容，欢欣，孩童之道。然而它们与山冈并无关系。

月印千红

夜半醒来，见得帘上明月，如同一枚剥去皮的荔枝。其时未必真是夜半，或早，或迟，既是中途醒转，当是夜半。这种猜测无理可据，胡搅蛮缠，然而好玩。因为没戴眼镜，透过帘子去看，月亮仿佛长了一层绒毛，正在漫天的水中漂浮。中秋过去已经两三天了吧，算去，月亮该是徐徐瘦下去的样子，便是不清绝，肚腹也该是凹陷了的。然而隔着一层纱帘，月亮还是壮硕浑圆。

我知道，如若戴了眼镜去看，月亮将会是另一番模样。它的绒毛褪尽，边界分明，它陷下去的部分，突兀醒目，它亦不再裹了包浆般圆润，它仿佛小了一号，是另一颗月亮。

另一颗月亮，我被这种想象绊住。

村上春树在《1Q84》中借青豆和天吾之言，曾反复描述另一颗月亮。然而那只是另一个世界里的月亮，或者说，它只是村上春树的月亮。它被想象，被安排，被描述，但同时，它也被隐蔽，被忽略，被否决。它作为意象，总是象征，总是警醒。它无法像那颗正常的月亮，被人无意扫视，然后一眼带过。它也只是在书本中，在纸页上，在多人的意识中，它无法圆缺，无法升起，无法移动，无法滑落。它几乎被制造，注定没有流动的光辉似水泼。而此刻，我窗外之月，却是清晖如同笛音。

"那是深秋，半夜时分我们便驾起马车去远在高山的田地劳作。那晚月亮很大，月光照着山脉、森林和河流，我们走动时，像在银子里一样。青稞捆子早已排在一起，我们很快便将马车装满，用绳索扎紧，我跳上马车，坐在捆子顶端，开始回家。路不好走，弯曲颠簸，车辖辘在月光中发出声响。走过一段沟坎，马突然焦躁起来，显得不安，步子迈得很碎，尾巴甩动。我抓紧绳索，想这月光居然也会刺激马匹。这样又走过一段路，我偶然低头，发现车后跟着一只狼。那是一只灰色的狼，或者，是其他颜色，但月亮给了它灰色。起先，我以为那是一只大狗，我盯着它看，想它跟着我们要去哪里。后来脑子一转，我看它的尾巴，垂着，于是我明白那是一只狼。我不敢出声，不敢说给驾车的人，不敢动，不敢闭上眼睛，也不敢盯着狼看。什么都不敢看，只好看月亮。月亮贴在天上，仿佛死了一样。"

关于月亮，或者狼，一位老人曾如此讲述。

每忆起老人所述，我眼前所现，总是漫无边际的银色月光，大地在它的包裹之中，如同虫豸微微起伏：山脉、河流、森林、田地、道路、马车……那几乎是一片银色的大海，只是没有船动，没有帆影。至于那死了一般的月亮，却从不曾出现。

便是我眼前出现，也不过是另一颗罢了，我想。

我偶然想起的事情，总是毫无来由。有时，它们属于杜撰；有时，它们又来自回忆。杜撰天马行空，疆域广阔，回忆微薄，细枝末节接近想象。这样，我所想到的，与这现实，便有了距离。隔着距离的，左思右想，都显得缥缈，要么是过去之物，要么尚未来到。

月亮不过是个环绕地球运行的固态天体，它与地球的关系，天文术语便可道尽。然而圆满它的，却是时间和人。时间总是存在于另一些时间之中，不管成熟与否，它们带着逝去的气息，却又日日翻新，这一时，绝非那一时。那些人，以及潜藏于月光之下的物事，那些青葱植物，唧啾鸟鸣，那些流动并且远播的清气，这一处又不似那一处。如此推及，我现在所观之月，既不是先前之月，亦非将来所见，更不是他人同时之所观，它只是另一颗之中的另一颗，因人而异，瞬息万变。唉，想一想，这世间该有多少月亮。

（选自2016年第12期《北京文学》）

石磨春秋

马步升

寒露一过，成群的陕北石匠就身裹破棉袄，肩挎脏兮兮的羊皮褡裢，西越子午岭拥入陇东。他们利用冬闲来施展錾磨手艺挣饭挣钱。陇东地阔土厚粮多，陕北山高石头多，养育了一代代技艺高超的石匠。他们入冬来耍手艺，开春回家种地，候鸟一般，乱不了季节的。

先说陇东的石磨。

天地间总是有一双看不见摸不着的巧手的，模范地执行着对生命界瓜分豆剖调剂余缺的指令。陇东粮多，加工粮食的石磨便成为家家户户不可或缺之物。过去，陇东人光景过得好坏，先要看三大硬件是否齐全。一是庄院。生客进门，先搭眼一望，窑洞多的人家光景肯定过得好；二是大牲畜。陇东人不养马，养牛驴骡，牛耕地，驴拉磨，骡拉车，兼带从深沟里驮水。大牲畜养得多，不用问，土地多，粮也多；三是石磨。石磨分大小，小门小户的，配备的是小石磨，一个人可以随便抱起一扇来，瘦毛驴拉着转悠一天，出不了多少面。大户人家那石磨，四个人可以围着磨盘打扑克。石磨在陇东人眼里近乎神器，选料都是河底青光凛凛的粗麻石条，块儿大，不裂缝，不起层，用坚硬的砾石砸下去，一团火光四迸，砾石四分五裂，麻石皮毛无损。只有这样坚韧的石头，才啃得下粮食。将巨石块层层剖下去，石心部分的石质浑全而坚韧，凿成两个圆坨，凿出磨齿、磨眼，这就是石磨了。一口上好的石磨，可以无休止地用下去。陇东土庄院，正面崖壁的窑洞必须是单数，也必须是三孔以上，最中间那孔大窑洞安灶，住着掌管家务大权的人，陇东人所说的"家"，特指这一孔窑洞。修在正面崖壁上的窑洞,叫正窑。左右两边还有两面对称相望的崖壁,叫庄膀子,也各挖几孔窑洞,有的放置粮食或柴火,有的关牲口,统称斜窑,庄膀左侧留一孔窑洞,是专门安放石磨的,叫磨窑。石磨绝不可安在任何一孔正窑里,如此,就等于给全家人头上压了一口大磨盘,抬不起头,伸不直腰,流年不利,人死牛滚沟,祸事缠身,过不了好光景。石磨在家里的地位,仅次于人和大牲畜。平时,家里人在地里干活,是不用锁大门和各窑门的,唯独磨窑要上锁,不是怕谁把磨盘偷去,是怕邪恶之人施坏。村里人坚信,给磨脐缠几根头发,念几句咒语,一推磨,女主人的头便像粮食处在两页磨盘的挤压下,想想那有多痛!这种头痛病神仙也治不好,只有找到施坏的人,求人家解了咒语才罢。还有种种在石磨上捣鬼作怪的办法。总之,石磨是与全家人的生死安全紧密相连的。石磨每年要錾一次的,磨齿啃了一年粮食,变得老了,钝了,啃不动了,石匠要用铁锤铁钎把磨齿錾锋利。

再说陕北的石匠。

陇东石磨是上天赐给陕北石匠的一碗饭,祖祖辈辈打交道,石匠们对陇东石磨的分布情况一门清,他们绝不瞎闯,也不互相抢生意,哪个师傅以及他所带领的徒弟在哪一片做活,都是相当固定的。大些的村庄几百口石磨,小些的也有几十口,一个手艺好的石匠,平均一天半錾一口,一个冬天,这家出,那家人,不用多跑腿,一个村里的活做完,也到收工回家时间了。对主人家来说,石磨如此重要,对錾磨的石匠要知根知底,不仅手艺要好,心眼也要好。磨面的活儿是年轻媳妇要承担的沉重家务,磨齿錾得锋利,出面快,她们就省力省心,石匠要是存心在石磨上耍心眼,胡日鬼,那家媳妇就要倒霉了,在磨眼多錾几锤少錾几锤,石磨要不空转不出面粉,要不面粉不从磨口出,只从磨眼往外喷,碰到这种情况,哭死都没人同情,人不会怀疑石匠心术不正,反说你亏待了出门在外的手艺人。所以,媳妇们对石匠看承得格外好,好吃好喝好招待,罐罐茶熬得酽酽的,旱烟锅捧上来,最拿手的饭菜一天三顿四顿不断头,离老远,就甩过去一脸灿烂的笑。出门在外的石匠,整日面对冰冷的石磨,身心内外都寂寞得慌,手不停,嘴也不停,在叮叮当当的敲击声中,夹杂着酸话荤话混账话,如手头方便，还会瞅空在人家的可爱处揣摸一把，在调笑声和夸张的惊叫声中，冰冷的季节和冰冷的磨房，也能升腾起一团团粉红色的温暖。陇东人在男女礼义大防上非常严谨，大的原则，小的规矩，密如蛛网，但那要看是什么情形，比如年轻媳妇和石匠只要不过分，这样瞎闹是被默许的，家人，甚至丈夫撞在当面，互相间笑笑，也就罢了。陇东人挂在嘴上的话是：出门人，难肠！当然，出门讨生活的石匠们，一般也不会为了这事自断生路。

事有例外。

每年给我们村錾磨的是一位年轻的陕北石匠，第一次由师傅带来时，至多也只十五六岁，与差不多的陕北男人一样，身架高大周正，浓眉大眼，十分讨人喜欢。师傅带着徒弟各家走了一来回，等于给大家说，今后你们的活由小徒做了，请多照应。对徒弟的手艺和心眼不用怀疑，因为师傅在村里拥有数十年的信用。村中男女老少见他年龄小，也不叫什么师傅，都顺口叫石匠娃。石匠娃很老实，不抽烟，不喝茶，骑在磨盘上，低着头，除了吃饭要歇手，不分白天黑夜地叮叮当当。与石匠调笑惯了的媳妇们，看见他不言不语只知道干活，倒显得有些手足无措，不知道怎么招呼人家了。泼辣点的媳妇便会没话找话说，小兄弟，找婆姨了没？石匠娃低头道，没有。再问，想找婆姨不，石匠娃脸一红，不说话，欢欢地抡一会儿锤。媳妇不依不饶，说你摸过女娃的手没，石匠娃脸更红了，不说话，抡锤的手抖了一下。再问，女娃的手摸起来可好啦，比摸铁锤要好得多，不信你摸。石匠娃脸红得滴血，锤钎的敲击声有些乱。媳妇大笑说，真是个不懂事的娃娃嘛！

一回生，二回熟，几个冬季过去，石匠娃出落得人高马大，英气勃然。他一进村，各家媳妇说话的声音都变了，他在谁家干活，来谁家串门的媳妇便络绎不绝，说话的声音格外大，都是火辣辣的那种。石匠娃也不再羞涩，手里的活不停，嘴里的信天游一天到晚不断头。他唱的都是酸曲，哪个媳妇取笑他，他张口就给她来一段：树叶叶落在树根根底，年轻红火二十几。打碗碗花就地开，你把你的白脸脸歪过来。墙头上跑马还嫌低，面对面睡觉还想你。媳妇脸略红红，啐道：想得美，跟你铁锤睡去！石匠娃又唱：先解纽扣后解怀，再把那个裤带解，奴和你玩耍来。媳妇早已羞了脸，硬撑着还口：裤带上有蝎子呢。石匠娃得意地紧抡几下锤钎，又唱：红布衫衫扣门门开，一对对奶奶滚出来，上身身搂定下身身筛，哎哟哟，妹妹的东西好，哥哥我解不开。这回轮到媳妇脸红出血了，喘吁吁挣扎回道：剁手腕子呢。石匠娃腾出一只手，在虚空中猛捞一把，媳妇吓得后退几步，他高唱一嗓：哎哟哟，妹妹的东西好，哥哥我解不开。媳妇终于招架不住，双手捂脸，落荒而逃，身后是一串爽朗的大笑。

调笑逗趣仅限于嘴上功夫，说是要动手，手都忙着，石匠娃忙着抡锤錾磨，媳妇们忙着张罗家务琐事。这是双方不言即明的君子协定。

可是，人都有拿不住自己的时候。石匠娃磨錾到了张家。张家是村中一独户，南方大城市落户的一对知青夫妇。媳妇像刚从水里捞上来的鱼儿，满身水意荡漾。丈夫随大家上山积肥了，媳妇一人在家伺候石匠娃。调笑间，石匠娃动了真心，小媳妇也凡心惆怅，说着说着真动手了。这事传了出去，石匠娃每到一家，人都要问：你是錾磨的咋就錾起了人？石匠娃红着脸说，我是想錾人的，可没錾着。我放下锤子说，咱俩好一场吧，她不说话，也不走，我抱住她，她说磨坊地脏，我把她抱到家里，刚搁到炕上，老黄来了。你说冤不冤，我只吃了几口头蹄肉，不信你问老黄。老黄是荣誉军人，跟日本人打过仗的，一条腿坏了，是村里的五保户。那一天，他闲得无聊，找石匠娃耍，不料遇上这事。人说，老黄，你是当过侦察兵的，做事咋没眼色。老黄说，都怪我没有敌情观念，我真不是故意的。小媳妇也不避讳，每有人问起这事，总是恨恨地说：这个瞎眼睛老黄！然后叹息道，你们西北男人真是男人，那力气能把人当饺子捏！这时，人们就笑，她丈夫也笑，把一双瘦胳膊晃一晃说：嘿，我也能捏饺子。此后，村里把男女间的事都戏称为捏饺子。

到了冬季，石匠娃还会如期来村中錾磨，也跟各家媳妇调笑，还去张家干活。小张总要找各种借口留在家里。他家是一口小石磨，一个白天就可錾完的，在家里留一个白天的借口是不难找的。石匠娃还是那样爱唱信天游，他唱得最多的是：大红果果剥皮皮，人人都说我和你，其实咱俩没咋的，好人担个赖名誉。

有一个冬天,石匠娃没来。这个夏天,村里有了一台磨面机,机器一吼,全村的媳妇们从磨坊解放出来了,邻村的人也扛着原粮来,扛着精细白嫩的面粉回,把那些小媳妇们兴奋得不知道把那双忙惯了的手往哪搁。祖宗八辈的石磨眨眼成了闲物。人们担心石匠娃白跑一趟,可他居然没来。没有石匠娃的冬天,除了磨面机的轰鸣,死寂寂的,闲下来的小媳妇们在家没事干,互相串门说闲话,说得最多的是石匠娃。知青夫妇也双双回城了,村中更寂寞了。

　　过了几年,有城里人来村中收购石磨,人们不解:农村都不用了,城里要这干什么?不是担心城里人掏钱买了无用之物,是不舍得出手。老辈人传下来的东西,与多少代人命运休戚,石磨上镌刻着多少代人的多少忧愁与欢乐呀,留着没用是没用,也是个念想嘛。耐了一段时间,有人耐不住了,闲着也是闲着,留着还要占一孔窑洞,换几个钱花也不赖。不几年,村中的石磨荡然无存。有跑外的人发现,石磨安在了大城市的豪华饭店里,与石磨在一起的还有老牛车木轮、木锨、马鞍、木犁等等,都是农村渐次淘汰下来的旧物。

(选自2017年7月17日《滨海时报》)

我的朋友皮洛

左顾右盼必有故事发生,譬如我碰到皮洛。我开车去临口,经过一片树林,已经过去了,我却突然刹住车,往回倒。我就是想看清树林后面那家饭店的招牌,嗨,居然叫这个名字——皮洛。

我张张嘴,还没有合上,皮洛从饭店走出来。

愣什么愣?不认识了吗?他说。

皮洛。

我们呵呵笑起来。皮洛饭店这条街,最早是古驿站,街市前的树林,拴满商会的马匹。旅蒙商在这里设置仓库,囤聚货物,行商坐贾云集,形成了辽西傍内蒙古最后一个大集,世道人心,有一种临界感。皮洛带我走进饭店。火红的幌子下,伙计肩搭毛巾,吆喝:屋里请,又有包子又有饼,没有麻花现给你拧!

当老板了,风光啊!我说。

皮洛摇头,嘴一努:老板来了。

胭花袅袅婷婷迎上前:这不是扶贫工作队的老谢吗。胭花笑道:皮洛咸菜,都吃他呢。我借他的名。

皮洛是个光棍,原先住在后街地窖子里。扶贫工作队员拽开地窖门,阳光流水似的淌进去,一级一级洇亮石磴。我们蹲下来,往里瞅:一盘土炕,墙壁抠出凹格,存放油灯、碗筷、酒瓶、礼帽。皮洛见门口一暗,像猫一样眯起淡黄的眼珠,抬头瞅。我打个喷嚏,土腥味呛嗓子。我招呼:老皮,搬家吧。地面上房子给你筹备妥了。

皮洛坐在土炕上,枕头旁有一摞天文地理民俗八卦无所不包的老

303

皇历,被他翻得乌七八糟。皮洛仰脸拒绝:我看书呢。

我说:全屯就你一户住地窨子了。

皮洛说:地窨子好,冬暖夏凉。嘴一歪,吃菜不用下园子。

我朝地窨子两侧瞅,稀罕!皮洛把菜籽抹在墙壁上,竟长出绿莹莹的嫩白菜、萝卜缨。

扶贫队员们笑了:痛快挪窝儿!

后来,我从扶贫工作队调到地方志办公室。我在地方志上记载:偏远的边屯家家腌咸菜,一样是一样,分装在小坛里。一位皮姓汉子,把萝卜、疙瘩白、辣椒、黄瓜、芥菜、生姜、紫皮蒜,囫囵进一口酱缸,放地窨子里闷。本来是懒人做法,没承想,捞出往碟子里一摆,颜色各异,味道怪极了,辣椒有黄瓜的清爽,萝卜有姜、蒜的猛香,各式咸菜串味儿。

扶贫工作队员吃百家饭,将皮家咸菜咂巴一口,又咂巴一口,"啪",撂下筷子,果断地说:咱们走。队员们押解皮洛,把两坛咸菜挑到边集上,往各家饭店送。皮氏咸菜名声大噪。还有乱炖,也是皮氏吃法:将茄子、土豆、青椒、西红柿、豆角混一堆,泼荤油,搁文火炖,色彩惹眼。受蒙古族影响,辽西乡下原没有炒菜习惯。这些年,日子起色,饮食精致,炒菜成了日常做法。皮氏乱炖,反串,又把炖菜扇红火了。就是城里,管你多大席面,当央准得摆上一盆"乱炖"。

皮洛火了后,爱在集上逛荡,特别爱给饭店送对联,广告语。比如:你不进来,咱们都得挨饿。一碗面,一头蒜,给个县长也不换。给土鸡饭店的对联,我印象最深:一人得道,鸡犬不宁。我是搞文字的,当然喜欢上了皮洛,喜欢得不行。

我们俩拣张靠窗户的餐桌坐下,老板胭花在吧台忙。皮洛告诉我:胭花是个寡妇,自己做不容易。他就学掭勺,往锅里放沙子,沙子沉,练腕劲。一只手握住勺把儿,将锅腾腾掭起,火舌忽长忽短舔锅底,沙子如瀑布飞泻,连空气都烧黄了。沙子落锅,唰唰唰像春雨,一粒都不能撒在外面。多少天练下来,手腕肿得老粗,疼得龇牙咧嘴。现在他将马勺一掭,绿的菜红的肉像燕子飞。爆大虾时,马勺飞扬,虾们在锅里啪啪翻转,一掭,齐刷刷站起,仿佛同时蹿出水面,一根须子都没折,周身沾满汁液,通红闪亮,嗞嗞叫。皮洛挤挤眼睛:胭花硬

304

把他留下了，当大掌勺。

吃过饭后，跑堂伙计颠过来，弓身问我：先生要啥茶？我说：两掺。跑堂伙计将一袋红茶倒进壶里，红茶上色，酽，提神；又将一袋花茶抖进壶内，香气袅袅。

皮洛嗞嗞喽喽喝出满脸热汗，跑堂伙计经过我们这桌时，皮洛把他肩膀上的毛巾抽下来，擦脸擦脖颈后，甩回跑堂的肩膀上。

我笑了。皮洛这号光棍，孬点儿，很可能成为人人戏耍、欺侮的对象。哪个村屯，都有这样窝囊角儿。可皮洛性情爽快，加上扶贫工作队点拨，使他名扬乡屯，活得多好！

（选自2017年8月22日《文汇报》）

暖香醉润兴安岭

母亲的列巴

去年，我在影友博客中，首次见到了历经沧桑的鄂温克老额尼（鄂温克语，母亲）玛丽娅·索，她那亚欧人种相互融通的面部轮廓，一下便吸引了我，这绛棕色脸上的皱纹让我惊奇，它们或横于额头，或环绕双眼，或聚拢唇边，都让我想到莽莽大兴安岭的土地山川，高低起伏、深浅不一，她的这张脸，宛如深秋原野，山路弯曲幽远，恰似秋日田地，犁痕鲜明醒目，这上面记录着岁月人生，举证着真诚、美丽。

玛丽娅·索面对影友的镜头，很不适应，表情不放松，无法进入自然状态。

影友们的热情围着她，并没感染她，她我行我素地坐着，眼睛不看那些对自己乱叫的机器，也不逢迎那些对自己不停闪光的镜头。她小声嘀咕着谁也不懂的鄂温克语，从语气里能感受到，她对鼓捣相机的这些人有点不理解，她不知他们在面前慌乱拍自己的目的，他们在面前拥挤、忙碌着，让她无法实施早已准备好的待客之礼。

索额尼想，他们没时间坐下来喝驯鹿奶熬的奶茶，没时间坐下来喝杯酒，总该尝尝自己烤制的列巴呀！

木桌上圆圆的、厚实的列巴，害羞、渴望地看着这些端着相机的年轻人。

老人默想：他们一定担心我在这儿坐不了几分钟就得躺下，他们认为我老了，是在抢拍我呢！我不是干树叶，风一吹就没了，别看我九十二了，身子骨像山上的黑柞树，粗壮、结实着呢。

索额尼很想对他们说：要现在走路上山找驯鹿，你们都不一定能跟上我的步，还不知道谁担心谁呐？别总想着我不行，我就是在这儿坐半天也挺得住，别着急，慢慢干，才出细活嘛……年轻人，坐下歇会儿，先尝尝我的烤列巴吧，这可是用山里的站杆柴火烤的，这和城里人用电火烤的面包味道不同，不信你们尝尝，我的列巴有大岭独特的香味儿……

一会儿，咱们唠熟识了，我自然会把我家驯鹿的那些事儿告诉你们……这么想着，额尼情绪松弛下来，脸色活泛起来，面肌恢复了祥和，虽仍没笑，却显出了平静和亲善。闪光灯不停地刺激她的眼睛，相机连连"咔嚓"她，此刻老额尼的"配合"有点变形、有点僵硬，表情像冬日的雪山，洁净、肃穆。

玛丽娅·索真实动人的神态，被相机记录下来，这场景在我心里萦回了好些天，我为这位鄂温克母亲畅想着，我要来大兴安岭、要来根河、要来敖鲁古雅——我很想见见这位鄂温克族山林部落的最后一位女酋长，她是一片资源，是一座富山。

2013 年的夏日，我在千万只银蝴蝶的伴拥下，沿着林深谷静的运材路，走进了根河阿龙山镇一片泛着翠绿的丛林中，走进了索额尼的驯鹿牧放点。

我宛如进入了仙境：林中飘浮着缕缕蓝烟——这是主人为驯鹿驱赶蚊虫特意点燃的，如梦如幻，林下的杜香草笑容绽放，花香阵阵袭来。那几十只大小不等的驯鹿神态安然，或站或卧、或悠然漫步，鹿鸣悠悠，鹿铃叮咚——塞里就是玛丽娅·索家族的领地，是老人和她那群驯鹿的乐园。

看得出老额尼知道这群叫"作家"的外人要来看她，就让二女儿德克莎为她找出那件绿色镶金边、宽夹领的袍子穿上，头裹金色围巾，她还特意嘱咐女儿把自己烤好的列巴拿出来，对德克莎说："我与人家照相，就顾不得招待客人，他们老远来挺累的，你可别忘了帮我给这些孩子切列巴吃。"

其实，索额尼六天前就知道有十几个写字的人要来山里看自己，她就想，不能让这些远道来的孩子看完我就空着嘴返回家呀，老人想给他们弄点什么吃的呢？山里的野果子多，可惜满山遍野的杜柿还没长大变紫，雅格达趴在山坡上能酸掉牙，高粱果躲在绿叶下还没红头，水葡萄板着脸还不会笑呢……这些野果子，到八月才熟呢！

　　想来想去，索额尼就想到自己给客人做列巴这件事了，这是来自勒拿河畔的老祖宗传下来的绝活儿，是索的额尼的额尼把它带到贝尔茨河森林中，再后来是自己的额尼，把它带到葛根高勒河畔的密林深处。这祖上传下来的手艺，是维系生命和爱情的吉祥鸟，哪里有森林，哪里就有驯鹿，哪里有斜仁柱，哪里就有鄂温克猎民的烤列巴。

　　索十二岁就和额尼学会了烤列巴。未结婚前，她总是为上山打猎的爸爸提前三天烤列巴，不知不觉三五年的时间就在一个连着一个圆列巴的排列中过来了。直到有一天，阿爸一边嚼着女儿的列巴，一边笑着说："你烤的这么好吃的列巴，不能光让阿爸和额尼两个人吃吧？难道你感觉不到，给喜欢你的人烤列巴吃，该是多么幸福的事么……"

　　当年十八岁的索，愣了一下神，会意到父亲说的幸福了，脸像炭火般红热。阿爸说："你该嫁人了，你为他烤列巴，为他生孩子……"

　　索沉浸在年轻的甜蜜里，她想，自己烤列巴这件事，总是与自己的人生大事连在一起。今年自己已经九十三了，还要接受这些写字人的"采访"（德克莎告诉自己说，就是配合照相，向他们讲讲家族和驯鹿的故事），老人就想，他们听得懂鄂温克语么？他们能上山看我们的驯鹿么？她自问自答着：这两件事，这些写字的人都弄不了，他们既然来我的斜仁柱里，就让他们尝尝我烤的列巴，这是件实实在在的事啊！

　　索额尼想着，抬头见天幕微蓝、星辰已稀，听到林鸟啼鸣，知道山岭快睡醒了。她起身走到林下一堆干木垛旁，操起一把扁斧，开始劈干柴。宁静的山野被唤醒了，天大亮的时候，被她劈好的干柴堆成了一座小山，当太阳温柔的脸在山后刚露红，她就去河边打来一桶水，开始动手和面发面。

　　第二天中午，索额尼坐在木墩上，在几块砖搭成的简易炉灶上，为将到来的客人烤起了列巴。干柴火势很旺，红艳的火苗在灶缝儿和铁锅四周舞动着，映得索额尼的脸红彤彤的，两鬓和鼻翼上的汗珠，闪闪烁烁，与炉火相映，鄂温克老母亲的脸上一片深情……

大兴安岭的炊烟，使鹿部落的真情，浓缩成一个个圆圆的列巴，这鄂温克列巴的香味儿像夏日的阳光，风送遍野，群山弥漫，萦回于天地间。

六月末的一天，芍药花、百合花、金针花、蓝尾鸢都开了，大岭变成了花海，白芍药像连成片的浪花，百合像无数航行的红帆，山野里萦回着盛夏的芬芳。

不知谁走漏了风声，这天山间草丛中的银蝴蝶、绿蝴蝶知道索额尼的驯鹿点要来客人了，就成群结队地飞来。连聚在这片松林中的驯鹿们都感到惊奇，它们看到自己老主人的身前身后银光闪闪，疑惑夏日哪里飘来的雪花……

这天，索额尼笑了，她看到这些作家们在和自己合影间歇的时候，都在大口嚼着自己为他们烤的列巴，她看到他们的年龄也都不小了，可他们的吃相个个都像孩子……

根河的传说

我知道，这里已临近根河的源头了，远处莽莽苍苍的群山峻岭，绿阴浓密，森林草丛中流出的千沟万壑，蓄存着丰沛的雪水、泉水、露水，它们就是这条大河无以数计的源流。

现在我想把父亲当年听百岁老额尼讲的"葛根高勒"的故事，讲给读者朋友，没有这段流传久远的森林神话传说，父亲的故事好像缺少精神的支撑，这就像天上的风筝，其精神的高远在于放筝人手中还有多长的线。

这个早晨，岭上幽静无风，天阴沉着脸，故意施展威严，好像要惩罚大地似的，连旷野山川都为它静默施礼。

这天山下河畔的女主人达玛拉已经开始忙碌起来了，自从去年冬天丈夫过世后，额尼达玛拉就成了这家人的顶梁柱，日子虽然过得清苦，可她感到心里很踏实。身边有两岁的儿子萨沙，十六岁的女儿月拉，还有一群驯鹿，这就足够了。

额尼今天起得早，见儿子还睡着，她悄声告诉月拉去林子里找找多日不见的驯鹿群，还嘱咐女儿不要贪玩，赶着驯鹿回来时要走自己去时的路。

　　月拉走上山岗，听到林子里的鸟儿在唱歌，林间弥漫着杜香草的味道，脚下的芍药花、黄罂粟、紫鸢草、石竹花的脸颊，贴着她的裤腿弄湿了她的鹿皮靴子，姑娘颇感惬意。回头望，山下河边自家的撮罗子里升起了袅袅炊烟，她知道额尼生火做饭了。

　　月拉在林中走着，不知走了多远，抬头望望天，突然看到天空暗下来，天上的云越聚越厚，很快她听到了"轰隆隆"的打雷声，顷刻间暴雨就像饿狼似的扑来。

　　月拉想，驯鹿群在山上不怕雨大，密林能为它们遮风挡雨。下大雨了，我要回去和额尼、弟弟在一起，她转身往回跑……

　　当月拉站在小山坡上看自己的家时，姑娘被山下的一切惊呆了，山洪暴发，河岸变成了汪洋，她家的撮罗子不见了，额尼和弟弟都不见了！

　　曾经秀美的河，暴涨数倍，变成了疯女人，喋喋不休、张牙舞爪，家四周的松树、桦树、柞树全让洪水泡上了，平坦的青草地变成水泡子，浑浊的洪水淹没了地上的藓苔、鲜花、绿草，大河肆虐着、狂奔着、咆哮着……

　　月拉姑娘站在山坡上，几乎精神崩溃了，脸上泪雨如河，这姑娘变成了可怜巴巴的孤女。

　　月拉大喊：额尼——弟弟——你们在哪里？

　　苍天无言，山川流泪。

　　月拉顺着河岸边跑边看，边找边喊：额尼——弟弟——

　　旷野无应，大河号啕。

　　月拉全身发抖，一步不停，她要坚持找额尼找弟弟，不管狂风大雨，不管路远沟深。

　　河水无情，阴雨刺背。在山脚下的河湾处，姑娘实在累了，就倚在一棵白桦树下喘口气，她恐惧、疲劳、饥饿，她情不自禁地合上眼睛，梦见额尼抱着弟弟，正蹚着河水向自己走来……

姑娘猛地醒来，见天穹上的浓云散开了，一缕阳光映在她头顶的白桦树上，她看见一张手掌大小的鹿皮挂在树枝上，忙站起身去抓那张鹿皮，那上面写满了字，这些字就像一幅幅好看的画，她想这一定是萨满写给自己的神书，就开始默念起来，认出了那些字，这是敖鲁古雅河、激流河、根河流域流传极广的《唤母歌》，月拉面对大河，轻轻唱起来：

女儿若变鱼，河水不哭泣。

女儿真变鱼，河水变清晰。

女儿变成鱼，妈妈有归期。

月拉就这样一遍一遍地唱着，从白天唱到夜晚，从夜晚唱到黎明。面对浑浊的滔滔大河，唱歌的姑娘泪水涟涟，悲情深切……

一个洒满阳光的早晨，月拉开悟了，弯腰脱下鹿皮袍衣，白皙挺拔的酮体，像一株迎风招展的白桦树，一阵清风刮来，裸身的姑娘随风飘入了呼啸浑浊的大河……

这时，奇迹发生了——大河恐怖的涛声停息了，激荡的波浪平静了，河面上升腾着一条轻柔的银雾带，转眼间将河面全部遮盖住了。大约过了一刻钟，银雾缓缓散去，浑黄的河水神奇地变得透明、变得洁净了，美丽的姑娘月拉变成河中一条银光闪闪的白细鳞鱼，她摇头摆尾在河中嬉戏，在她的周围伴游着大群大群的萤火虫般闪亮的小银鱼，它们从没见过这么美丽的白细鳞鱼，它们把她当成公主，喜气洋洋地簇拥于她的身边，她就真的化身为白鱼公主了。

这公主身材修长，眼睛灼灼灵动、熠熠闪光，如夜里皎洁的月亮。此刻白鱼公主鳞片闪闪、尾翅齐舞，好像为刚刚获得的新生而欢心鼓舞……

河水繁星，鱼儿们欢腾着，像在庆祝自己的节日。

三天后的傍晚，玫瑰红染红了山岭，染红了河面，就在月拉跳河的那棵白桦树下，额尼达玛拉领着弟弟萨沙出现在那里，他们没有死，在洪水涌来时，及时撤到山岗上躲过了大难,他们就这样与月拉失散了。

这一刻，弟弟抱着姐姐月拉留下的鹿皮衣袍，额尼泪水涟涟，手捧着那封萨满神书，口中喃喃默念。

达玛拉低头望着清悠的河水流过山弯，她望着望着，就见着河面升起一团银雾，接着一朵巨大的浪花绽放，一条两米多长的白细鳞鱼腾空而出，还"吱吱"地发声欢叫。达玛拉看到她在欢笑，她在舞蹈，她泪光闪闪，神情留恋。

达玛拉知道，那就是女儿月拉，忍不住泪流满面，用嘶哑的嗓音唱起了山中那首古老的鄂温克歌谣《唤女谣》：

女儿快回家，满山花枝芽。

女儿真回家，鹿儿笑哈哈。

女儿回了家，蝴蝶闹出嫁……

达玛拉就这样一遍一遍不停地唱着，不知唱了多久。当月亮照在河谷里的时候，不知从峡谷里，还是从森林里涌来了成千上万的银蝴蝶、金蝴蝶，像悬浮在半空的数万颗星星，它们先把河谷塞满，然后又蜂拥着飞向河面上，它们的羽翼连成片，它们的身体变成了金纱银纱，它们变成一条流动的光带，把整条大河都盖住了……

达玛拉继续唱着，河谷中的蝴蝶光带，神奇地向两侧分开，大河水面再次翻开浪花，那漂亮的白鱼公主跳出水面，一个矫健的打挺亮相，洁白细长的身子几乎横在空中，姿态优美而炫目！看得岸上的母子俩心动神摇。

萨沙大喊：鱼——多好看的鱼！

达玛拉纠正儿子：那不是鱼，那是你的月拉姐姐！

母子俩再看，河中一条银光飞速远去，瞬间河水急速流动，不多时即变清变透变明亮，波光粼粼了……

萨沙再次大喊：是姐姐，姐姐——回来！

达玛拉望着河面对儿子说：姐姐在河里，那白鱼公主就是姐姐，这条河因姐姐的干净，才变得透明、透亮了。现在这条河有自己的名字了，我们就叫它葛根高勒吧……

萨沙问额尼：什么是葛根高勒？

达玛拉告诉儿子：这是姥爷教我的蒙古语，葛根高勒——就是清澈透明的河。

他们母子一起高喊：葛根高勒！

葛——根——高——勒——

葛——根——高——勒——

母子俩的喊声，再次让河谷中的金蝴蝶银蝴蝶翩翩起舞，它们把整条大河变成了流动的光带……

群山向河谷致敬，大兴安岭——这永不低头的山脉，此刻亦蓄满柔情，在深情地倾听……

（选自2017年第2期《北京文学》）

清明，血脉里的眷恋

于 丹

很少有一个节日，像清明这样意蕴深厚而含混：风清景明、慎终追远，这是一个悲怆的日子；放歌踏青，追逐春天，这是一个轻盈的日子。在我们慎终追远的时候，它就是节日；在我们放歌逐春的时候，它就是节令。大节气和大节日就这样水乳交融。

"清明时节雨纷纷"，每到清明，往往就有着如丝如缕的春雨绵绵，总让我想起贺铸的《青玉案》："若问闲愁都几许？一川烟草，满城风絮，梅子黄时雨。"看到这样的诗句，难道你还不懂人心上缭绕的那点忧愁吗？

清明的忧和愁，不是闲愁，它是实实在在有来由的忧伤，因为我们要在这个节日去祭奠祖先。在古代，清明是有很多习俗的，除了因为介子推而起的禁火、寒食、扫墓之外，还有踏青、植树、荡秋千、打马球、插柳条等。这个节日生机蓬勃，在生机中去告慰心中深沉的哀思和寄托。清明是一个清亮、明朗的日子，但是，这个日子里也有着深深的眷恋。

我总是在清明时节，自觉不自觉地想起很多人，有的时候是一个名字，有的时候是一段细节，有的时候甚至会想起一个电话号码，或者清晰而遥远的一首歌的旋律。我的记忆关乎一些逝者，也关乎一些生者，但牵连的那些往事也已然逝去。清明这个日子，给了人放纵感情的一个理由，尽可以让我们逐着思绪去天边飞，如同那些牵线的风筝，无论在天边、树梢，还是落进池塘，远远近近，总会有一根线，叫作清明。

这个日子里，我确定能够想起来的人，是我的姥姥和我的父亲。

关于姥姥的记忆，一次一次地来到过我的梦中，梦里永远是我最后见到她的那个日子。她在吐了一夜鲜血之后，为了不耽误我的考试，悄悄藏好半缸子鲜血，鞋干袜净，整好头发，坐在床沿上等着送我上学。出家门前，姥姥叫住我，给我的手里塞了两个橘子，姥姥说，乖，去考试吧，回来姥姥还坐在这儿等着你。十五岁的那年夏天，我回到自己家的小院子，我从满月被妈妈抱回的那个小院子，一天也没有离开过姥姥的那个小院子，看见守了我十五年的姥姥常坐的那个床沿空了。问妈妈，问舅舅，他们说姥姥进了医院，还说让我考完试后再踏踏实实地去看姥姥，接她回家。我就这么一门一门地考试，那是我初中毕业的中考，考完的那天回家，看见妈妈和舅舅神色凝重地坐在客厅，他们开口说的第一句话，让我的脑袋嗡一声就炸开了。他们跟我说的是，你长大了，要告诉你一件事。然后我才知道，姥姥住进医院三天后就走了。她进医院的时候，胃里的瘤子已经破了，人迅速地脱形消瘦，八十高龄的老人，医生说手术已经没有任何意义，让老人喜欢的孩子来送送吧。但是，要强的姥姥跟我妈妈和舅舅说，就让孩子记住我坐在床沿上送她上学的样子，现在这个样子会吓住孩子，我不见她了。我不知道这是不是姥姥生命里的遗憾，或者这才是她真正的骄傲。我也不知道，这究竟是我生命里的遗憾，还是我的幸运。我的姥姥，就这样在每一年清明回到我的梦里，没有仓皇，没有憔悴，永远是那样鞋干袜净，目光从容。

我常常想起的另外一个人是我的父亲。父亲是一个小女儿生命中邂逅的第一个男人，是那个永远可以纵容她的任性，永远可以呵护她的无理，永远可以给她对人性和对爱情的信任，永远在她背后如山般温暖的那个臂膀。我不知道要经过多少年以后，女儿才能一一解开对父爱的误读，父爱是温暖的，但也是矜持的。父亲有的时候宁肯把爱守成一个巨大的秘密。

我小时候对父亲的感觉只是严厉而已，我甚至觉得自己就是大观园里的贾宝玉，姥姥像贾母那样慈祥地呵护我，而不常回家的父亲，每次带回那么多的书，要查我的诗文，要查我练字练得如何，在我的眼里他简直就是贾政。最先教我背诗词的人是他，最先教我读古文的人是他，最先教我临字帖的人也是他。一直到我上了中文系，读了研究生，几乎我写的每一篇论文，父亲都要一字一字给我修改，不仅仅改文章的层次，甚至还会改我倒插笔的笔序，所以，他改完的文章，往往比我的原文字数还要多很多。但是直到父亲辞世，我在心里对他都是有一点点畏惧的，直到多年以后，妈妈告诉了我一件事情，这是在爸爸生前我从来不知道的。

那是他的六十大寿，当时的北京天寒地冻，我正在读大学，中午从学校骑自行车回家，买了一个大蛋糕。怕纸盒子把蛋糕撞得歪歪散散，所以我一只手扶着车把，一只手拎着蛋糕盒子，在寒风里费了好大的劲儿骑回家。跑上四楼，我兴高采烈地说："爸，我下午去上课，等我放学回来，晚上给您过生日，咱们吃这个大蛋糕。"爸爸漫不经心地瞥了一眼，说："嗨，这都是你们小孩儿吃的东西，我才不吃这个呢。"我当时心里还想，太不给面子了，可是看爸爸笑了笑，我也没多想，就跑回去上课了。下课回来，妈妈已经把蛋糕从盒子里拿出来，我们一起切蛋糕，说说笑笑。我记得自己还用枫叶贴在白卡纸上，写上诗，专门给他做了一个生日卡。爸爸那个六十大寿过得非常高兴，虽然嘴上说不爱吃蛋糕，我看他也把那一大盘吃得干干净净。

多年以后，妈妈告诉了我这个故事的另一个版本。那天下午我上学之后，家里来了一个世交家的孩子，刚刚上大学的小男孩，叫涛涛。爸爸顺口就跟他说："涛涛啊，这是你小丹姐姐刚给我买的蛋糕，我又不爱吃这个，你拿走吧。"涛涛欢天喜地，捧着蛋糕就走了。大概又过了一会儿，离我下午放学不到一个小时，爸爸开始像一个犯了错的小孩子一样，在屋子里坐卧不安，走来走去，妈妈问他怎么了，爸爸就小声叨叨着说："我犯错了，那个蛋糕是丫头给我买的，我不爱吃也不能给别人啊！你快帮我想想，那蛋糕的盒子是什么颜色？是什么牌子？丫头在蛋糕上面给写的是什么字？你能想起多少，咱俩往一块凑，我得去那个蛋糕店买一个一模一样的蛋糕。"随后，爸爸就急匆匆地出了门，骑上自行车，冒着寒风满大街去找，找那个他根本不爱吃的蛋糕。据说，在我回到家的一刻钟之前，我六十岁的老爸爸，拎着一盒最相似的蛋糕，呼哧呼哧地回到家。这就是我的爸爸，这就是一直被我误读的那个爸爸。

每每清明，我总是想起《论语》上的那句话："父母之年，不可不知也。

一则以喜，一则以惧。"父母安康俱在的时候，儿女的心永远是欣慰的、骄傲的，还带着一点点受娇宠的、活泼泼的欣欣然；但一想到他们年岁高，自己膝前尽孝的日子不多了，就会忧惧丛生。

我的父亲，我的姥姥，在他们离去之后，我才知道人生中总有一些遗憾，就是他们健在的时候，我对他们的爱还不能深深地懂得。也是在他们离去之后，我才一天比一天明白，父母亲人之爱有时候是要隐忍着多少委屈！姥姥送我上学时的目光，背后不知道压着多少痛楚，只有她心里明白，那是最后的生离和死别。

父亲在病重的那几年里，每一次电话都跟我说，丫头你忙你的，不用往回跑。我有时候还真听了他的话，其实现在想起来，才知道他的心有多么疼，他是有多么想我。我生命中最大的遗憾，就是父亲没有等到我的孩子出生。不养儿不知父母恩，自己有了孩子后，才格外想念逝去的亲人、师长。

在女儿两三岁的时候，那年秋天下来了大闸蟹，我从螃蟹壳里慢慢地掏出一勺蟹黄，滴上一点姜醋，满地追小不点儿，一边追一边说，乖，过来吃一口，就吃一口。这个时候，我妈妈也掏出来一勺蟹黄，多放了一点姜醋，在后边追我，说，丫头，你回头，你吃上这口，再去追你闺女。那个瞬间，在我的记忆中是永远不可磨灭的。后来，女儿跟我说，我跟妈妈、姥姥原来都是在一块的：因为她看见过我生她的剖宫产的疤痕，她也看过姥姥生我的剖宫产的疤痕，所以她知道，很多年以前，她住在我的肚子里，再很多年以前，我住在她姥姥的肚子里。我也知道很多很多年以前，我的妈妈也住在我姥姥的肚子里。

所有节日中，清明究竟有什么样的独特意味呢？就是这样的血脉之情，就是这样的眷恋，就是我们在长辈生前没来得及懂得的那些深深的忏悔，还有他们走后魂牵梦萦、每到夜半都会惊醒的深深惆怅。幸亏我们还有一个大节叫作清明，我们可以去祭奠，可以去缅怀，可以告诉那些父母俱全的人，能做多少就做多少；我们也可以在风清景明的日子里采一朵花，种一棵树，放一只风筝，仰望一朵流云。就在这个日子里，我们的魂魄能和所有的亲人在天上相逢。

（选自2017年第7期《散文海外版》）

有些路啊，我陪你走

王小微

偌大的地铁站里，空旷，清冷。数不清的人们，朝着自己的目的地，赶赴着匆匆的旅程。

春暖花开的日子，带着老爸，领着老妈，我们一行三人，背着大包小裹，也挤在如潮的地铁人海中。

一辆车，风驰电掣地驶过，又一辆，呼啸着自远方来。低头看好手机，迅速决定登上哪一辆。而老爸老妈，则紧紧地跟在我的身后。

两个从来没有出过远门的人，两个在田地里辛勤劳作了一辈子的农人，背着双肩旅行包，也加入了漫游世界的行列。在他们眼里，陌生的城市像一头冷漠的怪兽，而地铁站呢？也俨然成了迷宫。

"是这个方向？你确定吗？"听着他们的问询，不用回头，我就看到了迷茫空蒙的眼神。

那样的语气，闪烁着犹疑、担忧，还有焦虑。初来北京的两个老人，像河滩上的两条小鱼，忽然之间，就被扔进了汪洋大海里。繁华的都市、庞大的交通、嘈杂的人群……大海不容分说，卷起了滔天巨浪。

像大多数的老年人一样，老爸老妈只会用手机接打电话。他们从不上网，更遑论在网上搜索出行信息了。于是，惊涛骇浪间，他们却没有了武器，只剩下了空空两手。

摊着两手，父亲好像从来没有这样孤单过。年轻时，父亲一个人，走了多少路呢？那些路，大多是熟悉的乡村路。去地里干活，干完了就回家；年节了，赶着马车去县城，采买日用所需；再远，就是女儿们都去外地上了中学，上了大学，父亲又骑着他的自行车，一程又一程，将女儿送去火车站……那些路，父亲熟悉得就像自己的手和脚。那时，父亲从不迷路。天黑了，下雨了，落雪了，他也总能一个人，平安到家。

而那时候的我，却总是迷着路。中学时，有几次一个人，孤单骑行在漫漫长路里。一马平川的原野，并没有更多的参照物。我常常望着一条条岔路，心生疑惑。为什么每一个小村，都疑似我的故乡呢？好在，一路打听着，我竟然像陌生人一样，每一次都平安地叩响了家门。

那样的经历，有惊无险，然而，却让我对此后的每一次远行都心生畏惧。当年的我，无论如何也想不到，仅仅依靠着手机，今天就可以大无畏地出行了。

再不用辨认每一棵可疑的树木，再不用跨越满是险阻的河流。手指轻轻一按，自有现代化的交通工具，带我完成时空的穿越。而父亲呢？老了的父亲，时光的潮水冲走了昔日熟识的一切；今日点石成金的那根手指呢？与他们又隔着海，隔着山……恍然之间，只剩一声叹息了吗？

那么好吧，子女小时的路，父母牵着；父母老时的路，就该由子女陪着了吧？

而这一切，全赖万能的时光之手啊！幼时的子女和老时的父母，悄无声息地，就这样完成了角色的转换。

在北京的短短几天里，因为准备得充分，每一次出行，我们都顺遂无恙。访故宫，爬长城，游王府，逛西单……看完了景点，我们看古树、看流云、看街道，甚至，看行色匆匆的人们……

没想到，我们也来了一次北京呢！老爸说。

此生，终于圆梦。老妈也颔首，微笑。

是那样一次纵情恣意的旅行。不着急，不赶路。我带着老爸老妈，像孩童一样牵着他们的手。他们的手，粗糙、黝黑，然而却像幼时一样温暖。

父母在，人生尚有来处；父母不在，人生只剩归途……

不记得在哪里看过这样两句话。短短两句，读来却让人泪眼朦胧。

父母在，心灵的皈依就在。父母去，人生之野，空留下一片苍茫啊……

在《目送》这篇文章里，龙应台满含深情，然而又不无怅惘地写道：我慢慢地，慢慢地了解到，所谓父母子女一场，只不过意味着，你和他的缘分就是今生今世不断地在目送着他的背影渐行渐远……

是的，曾经的牵手，都会以目送而告终。然而也终究不必悲观，父母目送着子女走向未来的路，一代又一代，他们的生命也终将延续，并且开出美丽的花。这样的花朵，带着亲情的浇灌和爱的滋养，让每代人的前行之路，都闪烁着温暖的色泽。

人生长路，就是这样吧？山一程，水一程。山环水绕间，那些无穷无尽的路啊，幸好有你相陪，有我相伴。

（选自2017年5月25日《吉林日报》）

敬礼，我的兄长

他的名字早就为人们所熟悉。

他曾是上世纪六七十年代青岛市文教天空一颗闪亮的新星。那个年代，文学的社会地位似乎高不可攀，甚至一篇文章，就可以让你一夜成名。每当重要节日，或重大活动，往往都会有诗歌脱颖而出，登上《青岛日报》一版的醒目位置。那时，《青岛日报》可是岛城唯一的报纸，妇孺皆知，万众瞩目。在那些诗歌作者中，人们常常仰望着他那熟悉的名字。

岁月无情的流逝，半个世纪后，他又在哪里呢？

"众里寻他千百度，蓦然回首，那人却在灯火阑珊处。"

只不过，曾经的青年才俊，历经沧桑，如今，已年届八十。他，就是青岛大学教授、青岛市海洋文化研究会副会长、原《海鸥》(《青岛文学》)主编王照青。

与他相遇，大约是在70年代初的冬季。那时候他在青岛市教育局工作，业余从事诗歌创作，撰写文艺评论；我当时在中学任教，业余时间写点小说。那些年，每年都要召开一年一度的全市文学创作会议，于是，我们便在会议期间不期而遇了。原来，我们住得很近，相距不足百米。他比我大四岁，我们还是中学时代的校友。

照青中等身材，为人真诚。灿烂的笑脸总是红光满面，深邃的目光中仿佛有一股洞察世俗的穿透力。

1961年，王照青于山东大学中文系毕业，曾先后在青岛三中、十五中任语文教师。1965年调市教育局工作，期间，他发表了大量诗歌和文艺评论，作品充满了艺术表现力和情感张力，展现了他胸中的江河和笔下的乾坤，在社会上产生了广泛的影响，并引起文化界密切的关注。

1975年，经市有关部门批准，他顺理成章地调到市文化局，进行青岛市文联和《海鸥》杂志的恢复工作。因为"文革"期间，全国各级文联都被"砸烂"了，从这一年开始，陆续恢复。按照当时选拔干部"革命化、知识化、年轻化"的"三化"要求，不久，王照青被任命为市文联《海鸥》编辑部副主任。

走进文学殿堂，有机会去实现自己的"作家梦"，照青自然志得意满。他勤勤恳恳工作，踏踏实实做人，认认真真履行自己的职责，不负众望，干得顺风顺水，风生水起。《海鸥》及一些省市报刊，也不断推出他的诗歌新作和文学评论。

正值《海鸥》解放思想，推进改革开放时，一场汹涌的市场经济大潮把他推到了风口浪尖。在市文联主席三番五次地动员、说服下，他以自己的实际行动，诠释了一个共产党员的担当，挑起了《海鸥》主编的重担。

奋斗，是奋斗者的座右铭。

要办好一个刊物，决不能缺席过硬的作品。这就既要扶持作品，又要培养作者。照青胸怀大志，脚踏实地，时常深入基层讲课，提高作者文学素养。1986年萧军应邀来青讲学，照青不失时机，组织作者听课，目睹大家风范，聆听大师教诲；并陪同萧老游览了蓬莱仙阁。

长路总是弯弯曲曲，路途总是风风雨雨。

"摸着石头过河"固然需要勇气，然而，朝令夕改、釜底抽薪，使他进退失据，苦不堪言。他陷入了人生的沼泽。

此时，刚刚成立的青岛大学亟需人才，频频向他抛来橄榄枝。

怀揣青岛大学的调令，他仍操心着挽救一期刊物，从市委宣传部部长家里走出来时，天已经黑了，星星诡谲地眨着眼睛，动荡的海面波涛汹涌，泪水模糊了他的眼睛。

他沿着海边，艰难前行，海风拂过面颊，思绪渐渐清晰起来。想起部长诚恳的挽留，亲切的叮嘱，内心不免有些怅然若失。

是壮志未酬的不甘，是文学情结的不舍，抑或内心挣扎的不忍……

人性情感的海洋深处，竟潜伏着那么多暗潮涌动，隐藏着那么多不为人知的秘密。

有时候，虚是实的故事，张是弛的故事；有时候，日不是月的故事，山不是水的故事。

生活告诉我们，不是每个故事都是童话。

人来到这个世界上，就是为了经历苦难的洗礼，别无选择，只能坦然面对。人间的繁文缛节，牵藤扯蔓的缠绕，他似乎已经大彻大悟。

当照青平复心情，走进青大校园时，依然笑容满面，踌躇满志。

乐观，是他与生俱来的表情。

服从组织安排，是照青这一代人最朴实的品格。他做过学报主编，任过科研处长、当过图书馆馆长，还担任过宣传部部长，然而，他始终不忘自己是一名战士，是战士就要上前线，要坚持战斗在高等教育的教学第一线。他先后教过《文学概论》《大学语文》《文学基本原理》《文学写作讲义》《中国古代文学》等，深受学生们的欢迎。

有大胸怀，才有大气象。作为教授、学者、作家，他不断自我加压，笔耕不辍，著书立说，卓有建树。这期间他的著述有《文学基本原理》《大学语文讲析》《唐代文学概述》《中国古代文学讲稿》《中国现代文学讲稿》《中国当代文学讲稿》等。犹如一树树盛开的繁花，峰回路转，云蒸霞蔚，颇有些横看成岭，侧看成峰的气象。

照青在市文联期间，我调到了《青岛日报》，此后，彼此有了更多的接触。虽然很多年过去了，至今，不时会有一些细节突然从记忆中跳出来，就像发生在昨天一样。

记得那次交谈时，我们说到了他的《唐代文学概述》，照青笑嘻嘻地对我说："那本书太臭了。"

他看我有些纳闷，便哈哈大笑起来，自嘲地说："为晋正高，紧急炮制一块'敲门砖'，那是我在茅房里写的，能不臭吗？"

怎么在茅房里写书？

原来拆迁时，他家分的新房面积不足，又在别处贴了一间小房，儿女住在新房，他和妻子搬进小房。晚上写作时亮着灯影响家属休息，他就把小方凳搬到茅房里，上面铺一块木板当桌子用，坐着小板凳写出了那本书。

常常他写着写着，历史的长河便悄然漫过子夜。

听他说完，内心有一种莫名的惊诧，我不禁肃然起敬，教授竟然是这样炼成的。

1998 年，照青退休了。然而，他不想安享晚年，脑海里电光石火般闪过一个念头，他要开办一个青岛市中老年文学写作讲习班，倾心去帮助那些像当年自己追求"文学梦"一样的中老年人，成就他们的梦想。

那是他人生的一场修行。

几番努力，讲习班终于开课了。青岛大学校友马承芬老师做主持人，他做主讲人。

学员大都是退休人员。他们之中有企事业单位职工、机关干部、海员、工程师、教师、医生、退伍军人。有的人文化程度只不过小学毕业，虽然知识水平参差不齐，但他们都有着绿意葱茏的文学情怀和跃跃欲试的作家梦想。

"以文会友，切磋交流，立德立言，盛事不朽"是这个班的宗旨和理念。

照青博览群书，满腹经纶，博古通今，谦虚谨慎，很快成为学员们的良师益友。

除了自己讲课，他还四处联系，邀请本市著名作家、诗人、教授、学者、艺术家前来讲课。诸如尤凤伟、杨志军、许晨、耿林莽、铁流、刘海军、叶帆、沙漠、邵宏来、赵明、刘怀荣、鲁原、魏韶华、孙龙骅、丁玉柱、金翠华、胡念邦等都登上他们的讲台，作过精彩的演讲。还邀请台湾诗人陈郁琦、"百家讲坛"坛主之一马瑞芳、中国国际广播电台世界语主播于建超等前来讲课。如有讲课人因故不能去讲，我往往被照青紧急征去救场。那些独树一帜、风格各异的讲课，或深刻、或新鲜、或亲切，深为学员们所钟情，犹如醍醐灌顶，茅塞顿开，直抵人心。此外，照青还另辟蹊径，带领学员们到莫言故居、台儿庄抗战纪念馆等地采风。

难怪人们都说照青像个"阳光男孩"，他身上总是散发着一股青春活力，仿佛永远不知疲倦似的。《财经日报》约请他为报纸副刊写稿，因为大家都很熟，他不好意思拒绝，于是风雨无阻，每个周末按时交一篇文艺评论或随笔。粗略一数，那两三年里，他发表了大约一百多篇，饱含着他忠于时代、忠于社会、忠于人文指向的表达。

传道、授业、解惑，自然是教育的功能，然而，鲜活的事实，使他深切感到，点燃才是教育的真谛。不是吗？照青正是用自己的知识和智慧点燃了学员们的文学热情和痴心不改的作家梦想。

梦想是最能让人燃烧起来的追求。

十年，照青深耕学员们心灵的土壤，播撒写作的种子，终于结出累累硕果，也提升了他们的精神高度。

十年来，讲习班不仅创办了班刊《未晚》，刊载了数百篇学员的文学作品。照青还雄心勃勃地选编出版了十年文学作品选《未晚集》，收入全班五十人的精品佳作，共八十万字。

学员们还心想事成，出版了梦寐以求的个人文学专集十几部。如张迪勋的传记《我趟过的岁月》、商好文的散文集《在浮动的国土上》、陈琦的诗词集《梦溪诗词集》、张迪勋的长篇小说《老嫂》、史在新的文集《医者笔耕录》、赵玉珍的长篇传记《我的四个家庭》、朱林根的长篇传记《朱家有我》等，均由华龄出版社中老年文学创作未晚文库陆续推出。

照青的脸上露出幸福的微笑。是啊，春华的梦想是秋实，长夜的梦想是黎明，园丁的梦想是万紫千红。

这些作品无不映照着照青无私的奉献，浸透着他殷殷的心血。

去年8月，照青利用假期，冒着酷暑，大汗淋漓地为文友们编选八十万字的《未晚集》，并为老文友朱林根修改完成了三十万字的传记文学《朱家有我》。朱林根是他班上一位八十五岁的高龄学员，老人不屈不挠的人生态度，初心不改的文学追求和知难而进的写作精神，深深地感染着照青，他不惜气力，字斟句酌，精雕细刻，一定要帮老人实现自己的梦想。为这部书的出版，前后花去他数年的时间。

他,确实太累了。尽管"阳光"依旧，却早已不再是原来那个大"男孩"。

其时，他已经重病缠身，强忍着身体的不适，硬撑着坚持修改。8月底终于编完了书稿。他到医院一查，确诊为突变性肿瘤。便紧急住院，于9月中旬做了手术。

闻讯后，学员有的拄着拐棍，有的互相搀扶着到照青家探望、问候。有的端着鸡汤，有的提着甲鱼汤，还有的带着海参、牛奶、营养品，甚至药品。

在照青丰富的阅历和波澜壮阔的人生长河中，每一段都闪烁着粼粼的波光，随意撒下一网，都会打捞上他累累的创作硕果、桃李满天下的喜悦和不可多得的人文珍宝。

手术后两个月，照青不忍缺课，也不忍再让学员们老远跑来探视，决定让女儿陪他到班上和大家见见面。

见到王老师，学员们兴奋地立即鼓起掌来。王老师穿着大衣，戴着帽子，捂着口罩，裤筒里还藏着尿袋。摘下口罩后，大家心里"咯噔"一下，只见王老师原来丰润的脸庞，凸显出两颊的颧骨和瘦削的下巴，顿时苍老了许多。他脸色蜡黄，虽然脸上展露着笑容，却让人抑制不住地抽紧心弦。照青讲了不长时间，大家便流着眼泪不让他再讲下去，簇拥着把他送回了家。

去年12月16日是本学期讲习班的最后一堂课，学员们知道王老师昨天开始化疗，今天不会来上课了，没想到，王老师居然准时站到了讲台上。他是在女儿的搀扶下，走出医院病房，走上讲台的。摘下口罩，他依然笑容可掬，闪烁着温暖的眼神，散发着人格的魅力，只是行动有些迟缓，身子前倾，微微地弯着脊背，声音有些低沉，一副弱不禁风的样子。

"文友们，今天我必须来，大家是为获取文学及写作知识而来的，我绝不能让你们失望，要让你们喜出望外。"他故作轻松地调侃着，学员们听了，脸上浮出些许笑意，算是对老师的尊重和回应，因为心疼老师带病上课，人们丝毫也高兴不起来。"这堂课我来梳理和回顾一下本学期学过的功课。"

接着，他按照事先准备好的讲稿，一路讲下去。

许是"心有灵犀"，不到半小时，大家便流着泪水，几乎不约而同地说："好了，王老师，别累着，不要讲了！"

学员们暖暖的真情感染着照青，他忍不住流下热泪，哽咽着说："好，好，谢谢大家，我再讲一会儿。"

随后，是一阵令人窒息的寂静。

照青用心在谛听着文友们的心跳和呼吸，接受着大家深情的注目，感动着他们的感动……

这一天，照青引用了20世纪英国哲学家罗素的一段话，要经常提醒自己"天外有天，人外有人。在茫茫宇宙中一个小小角落的一颗小小星球的生命史上，人类仅是一个短暂的插曲。"并讲解了罗素的一篇名作《如何避免愚蠢的见识》。

照青还特别欣赏桑恒昌的一首诗：《人，就是一点点》，他曾在课堂上背诵过，今天他再次提起，似乎那是他血液里澎湃的歌。

> 你说你给我七天／从星期一到星期天／你说你给我四天／春天夏天秋天冬天／你说你给我三天／昨天今天明天／你说你给我两天／黑天和白天／如果说一天／那就是每一天／
>
> 其实，我只需要／一点点／一点分针的大点／一点秒针的小点／把它搓成细细的灯芯／照着我／从生命的深处走来／又往生命的远处走去／一点点活着／又一点点死去／无论暗淡／无论灿烂／无论在大拇指间／还是小拇指间／其实人／就是一点点。

他谦卑奋力、哽咽地讲着，学员们心疼地喊道："王老师，休息吧，别讲了！"

照青沙哑着嗓子吃力地说："好，好，这就结束。"

我去看望照青时，他苦笑着告诉我，文友们并不知道，其时，他顶住化疗带给自己难以忍受的阵阵恶心，虚弱的身体已经全身大汗淋漓了。在文友们一句紧似一句的劝阻声中，照青不得不无奈地停下。

人，纵然只是一点点，然而，病中照青令人心疼的讲课，仍然拥抱着旷达的人生情怀和不屈的精神风骨，给人带来强烈的心灵震撼，那是他以身相许的生命担当，无法让人不联想到，人，又是无比的伟岸和高大。那没有走完的"三天""两天"抑或"每一天"，依然绽放着非比寻常的美。

这天，照青的讲课，虽然缺少了往日的抑扬顿挫，慷慨激昂，却充满了诗意和深情。

诗意是人生的最高境界，诗情是人类的最美情感。那无疑是照青献给他的文友们的心灵诗章。

哦，那是一首生命的赞歌！

著名作家孙犁有句话说得好："文章做到极处，无有他奇，只是恰好；人品做到极处，无有他异，只是本然。"这话恰好映照出照青的本然。

敬礼，我的兄长！

（选自2017年第6期《山东文学》）

在　苗　圃

孙　郁

　　有一次接到一个陌生人的电话，叫着我幼时的小名，且称自己是苗圃的老那家的后人。这熟悉的乡音忽地拽我到时光的遥远之处，便知道这是一个老相识，一定有什么重要的事情来找我。我们在北京火车站见了面，才发现他是带着老母来京治病。这个老那家的后代我叫他大哥，总有六十多岁了吧，他让我想起曾生活过的那个辽南的苗圃，还有诸多满族的老乡。在花甲之年的重逢，彼此的沧桑之感，都在那对视的一刻从双眸里流淌出来。

　　苗圃其实是个地名，乃青年试验场的一部分，县农业学校就在那里。其地的原住民是满族，他们至少在这里生活了三百年，留下了许多风俗。但我的年龄太小，对于地域的风情还很不了解。到了 20 世纪 60 年代初，满族和汉人的区别已经不大，只是他们的口音，与周围的汉人不同，与北京话庶几近之。而其他的地方，还是以山东话为主。满族的建筑，要略宽敞一点，但总体与汉人一个色调。他们的院子相对要讲究，往昔的贵族的样子还有一点，然而衰败是自然了。所以，苗圃这个地方，乃是一个特别的存在。在大连的乡下，它还是有另外一番味道的。

　　我小的时候总在搬家，住无确定之所。母亲告诉我，我们搬到苗圃，是县里一位好心的领导的照顾。父亲下放到农场后，母亲一直上访，见到了从外地刚调来的县委书记，告之父亲的冤情。他做了调查后，觉得父亲的确很冤，但决定是市里做的，一时不能改正，便主动把母亲调到离父亲近一点的地方。农校与农场是什么关系，我一直不太清楚。这大概属于农场的一部分，母亲便做了农校的教员。我们的邻居，正是老那一家。

那时候我才四岁多一点，我人生的印象，主要是从这个村子开始的。一切都在灰蒙蒙里，记忆深刻的竟是晚冬的情景。苗圃这个地方没有灯，到了夜晚一片黢黑。我的童年，多半就这样掉在黑色的世界，好像也习惯了在黑夜里寻找物什。朋友们对于我这个记忆，殊感奇怪，以为我夸大了感受力，但我自己，对于这个世界的认识永远离不开的恰是这个色调。到了青年时代，我喜欢尼采、陀思妥耶夫斯基，都和这种记忆有关。而像王小波那样洒脱、明快的反讽之趣，我是很隔膜的。

我们住在离那家旧房不远的一个破庙里，冬天很冷，四面是风。取暖的办法是烤火盆，火盆是父亲从外面买来的，乃冬天离不开的宝贝。那里完全不像个家，门用布帘挡着，没有窗户，屋子黑洞洞的。庙旁边有条小河，背后是座没有树木的丘陵，村子里的房子星星落落散在四周。晚上常常被老鼠咬箱子的声音吵醒，我们点上蜡烛，母亲用木棍驱赶它们，但那些饿急了的动物完全不怕人。它们的眼睛大大的，我见到那些老鼠，感到有被吃掉的危险，那些老鼠却瞪大了眼睛，一动不动地在地上望着被窝里的我，好像要交流什么。我后来从来没有见过那么多的老鼠，且带着奇怪的眼神，要说话的样子。我心想，既然它们不怕我，我也不该怕它们吧。不知道动物专家如何解析这样的现象，对我来说，人与动物是有沟通的气味的。有一次我和贾平凹聊天，谈到他《古炉》里狗尿苔与动物对话的一节，他说自己小时候就是如此，喜欢和树木、动物对话。看来神灵的感觉是存在的，我们这些世俗化的人，只是忽略了这些而已。我们在童年的时候，会发现大人看不到的东西，那种思维是一生里最珍贵的存在。大人的思想事功的成分多，也就少了诗意。

在苗圃的南面，是一望无际的平原，北边靠丘陵。西边的山口有个养老院，我和母亲常去那里为出生不久的妹妹取奶。这个养老院很怪，我从没有听到那里的声音，也许是晚间吧，屋里光线很暗，老人都横躺着，有的吸着烟，长长的烟管的一头忽闪忽闪，煞是诡异。他们穿的衣服都很旧，大褂居多。这些人用呆滞的目光看着我，好像有些奇怪。房外养了一些奶牛，应当是供应给这些老人的。我们所以能够买到一点，或许是农校特殊的政策。政府把如此多的人集中在农场附近养老，大概也有经济上的考虑。那些从不说活的人，在我的脑子里久久不去。我后来想，不是他们不说话，而是我还不太会用汉语表达什么吧。

我后来看茅盾的《霜叶红似二月花》，读到小镇里昏暗的大宅院的场景，老是想起四岁的经历。那是旧时代的影子，在 20 世纪 60 年代初也可以见到。说起来很是奇怪，没有生气，在无色调的环境里蜷曲着身体的老人们，和现代作家的笔调，类似的地方殊多。以致后来遇见苏童，谈及他的《妻妾成群》里过去的画面，我说真的有几分像。我们中国过去凝固的生活里，这样的片影真的普遍。欧洲的老人，好像不是这样，我在法国乡下看见老人设计自己的晚年，有点返璞归真的意味。法国老人似乎有被救赎的向上的渴念，中国老人那时候则是相互依偎的安宁。东西方的存在方式在根本点上是无法重叠于一体的。

但不久情况就发生了变化，牛奶已经无法取到，粮食也越来越少。农校有粮食基地，还算可以在食堂搞到一点东西，但大家都已面有饥色。记得母亲在食堂端来一小盆稀粥，妹妹见到异常兴奋，抱着小盆不让大家动。那时候四周的农民都很清苦，日子像被抽空了一般。我们的邻居老那一家的几个孩子，比我还要消瘦。

青年试验场土地肥沃，庄稼长得还好。老那家的孩子们常常跑过来，我随着他们在泥土地里滚爬着。他们都极为灵巧，说着一些只有满族人才说的歌谣，而且常常彼此恶搞。有时候他们带来一点山上的冬枣，或者瓜子，这仅有的零食，已经让我们大为满足。听大人说，当时的粮食是丰收的，可是不知道大家何以饿着肚子。较之城里人，农校借了农场的光，还勉强可以吃到一些粮食，但惶恐的人们，不知道天下发生了什么。

早期的记忆很少有父亲的影子，他是不能天天回家的。父亲那时候在农场劳动，据说什么农活都干过。他的回忆文章讲过当时的心境，已经全无希望，只求认真工作洗刷罪名。在一起下放的人员里，他大概是表现最好的，做什么都像样子。比如培育良种，比如土豆增产科技方案，都是他来做的。20 世纪 60 年代，他放弃了喜欢的文学，一心研究米丘林等人的学说，在农场搞起试验田来。他是那里唯一的大学生，也就格外显眼。农场与农校的负责人，都是中专毕业生，他们对父亲并无恶感。有趣的是，在最饥饿的时候，他却被调到农校的食堂做炊事员。原因是做饭的人往家里偷运粮食，换了几个都是如此。他们觉得父亲是受过教育的人，虽然有历史问题，但已经是戴罪之身，在食堂里是不至于再去犯错误。那时候大家都在饥饿中，我们都有一点浮肿，但父亲却未有空腹之饥，说起来是因祸得福。

从农校到我们的住地，有一段很长的距离，要过两条小河。母亲领着我每天涉河，很是不易。夏天尚好，春秋季则冰冷刺骨，鞋子湿了，半天都很难受。有一次母亲怕我冷，背着我过河，结果在水中晕倒，我们一起跌入河里。我一生都不能忘记那一刻的镜头，后来见到水就有眩晕的感觉，许与那次遭遇有关。我后来看到老少边区的学生每天跋山涉水上学的情景，就想起自己的过去，可惜竟不能为贫困地区的百姓做些什么。乡下人不易，可是他们都习惯了，中国的农村孩子，比从城里来的人要坚韧得多。我们在乡下的日子，多少还是有一点矫情的。

辽南四季分明，每个季节都有不同的景色，变化得很有节奏。春天风大，空气弥漫着海腥味儿。夏天不热，海风吹来的时候，很是爽快。秋天的景色最美，平原的庄稼像被黄色染过一样，真的美极了。冬天则颇为可怕，因为取暖设备简陋，手上和脚上都是冻疮。20 世纪 60 年代的辽南甚冷，下雪的时候道路都淹没了。大雪封山的时候，百姓的家门都被白雪堵住，要挖一个洞才能出来。这样的日子，在今天已难以见到了。

我喜欢秋天，可能与饥饿有关。妻子说小时候最怕秋天的到来，好像都在萧瑟之中，不禁悲从中来。我则盼望那些金黄色的田野。秋天到了，田里到处是来捡粮食的人。我与老那家的孩子们到地里挖地瓜，在别人刨剩的地方重新寻找。我用的是小钩子，一天下来竟也有点收获，有一回竟刨出整个的地瓜。风从山口吹来，遍地残叶。我欢快地坐在地里玩着，好像那就是我的乐园。

在大自然里奔跑，我进入了梦一般的世界。山上的怪石裸露着身躯，在复州河边，柳树歪倒在一边，像画里的境界。我第一次见到老牛，不知何物，吓得躲在一边。那庞大的动物慢慢在田野里走着，好像与泥土做着什么游戏。复州牛是很有名气的，它块头大，健壮，在东北的名气尤大。在乡下久了，才知道最可爱的是老黄牛，它慢慢腾腾，驮着乡下人的梦，从无疲倦的样子。

牛在田里耕地的样子很美，古人画牛耕图，有几分仙气。农夫和它们的关系默契得很，抽着烟，一起在泥土里走来走去。那牛具都很古老，和后来在博物馆看到的文物没有什么区别。农夫的鞋给我的印象很深，是牛皮卷成的，也属于古人的样子。社会转型已经到来，乡下的生产方式却没有什么变化，直到1975年我到乡下插队，农耕的方式也依然如此。

农校的老师来自四面八方。有军人家属，有从大城市下放来的，成分复杂。有一位沈阳来的阿姨，见到我喜欢说话，有时还给一点零食。我听到不同于辽南的口音，觉得音乐一般悦耳。过节的时候，农校显得洋气一点，有一点点城里人的样子。比如挂上灯笼，贴上武汉长江大桥的照片，喜气洋洋的样子，这在苗圃，是很特别的了。

我喜欢一个叫安阿姨的一家人，她的儿子与我很好，几乎天天在一起。安阿姨的丈夫是军人，在附近的空军基地工作。他们算是我们这里最洋气的家庭。我在他们那里看到了儿童玩具，还有苏联时期的画报、书籍。有时候也在他们家里过夜，一起玩各种游戏。在很乡土的地方，遇见了一群有布尔乔亚色调的家庭，想起来也够不可思议的。

可能是新组建的学校，农校人际关系相对简单。据说大家都很客气，没有城里人的那种紧张感。校长姓杜，我叫他杜大大。人瘦，细高的个子，脸庞黑黑的，常常是微笑的样子。他是我记忆里认识的第一个官员，对于我们这些外来户很好。有一年秋天，我与几个小伙伴跑到苗圃拾草，我背得很多，走走停停。他从学校走出来，看见我吃力的样子，主动用自行车驮运我的东西，一直送到家里。"文革"的时候，农校是县"五七"干校的所在地，他还在那里工作。但据说经历了不寻常的遭遇，后来竟下世了。每每想起他帮着我驮草，一路说说笑笑的样子，心里总是充满了感激之情。农校也因斯人而成为我生命里感激的所在。

我几乎每天都泡在农校里。校门口正对着哈大道（哈尔滨到大连的国道），这在东北是一流的公路，总能见到各种车辆来来往往。从苗圃到县城有四十公里，到复州城只有两公里，算是交通方便的所在。许多车辆在这里歇脚，能够看到各类新奇的人物。比如戴大盖帽的军人、沈阳一带的工人，还有大都市来的漂亮的姑娘以及老人。下雨的时候，见不到人，只能呆呆地看着公路的车辆。我喜欢数着一辆辆的车，见疾驰而过的影子发愣。心想，那远远的地方通到何处呢？在朦胧的雨色里，我感到了远方世界的神秘。

最初的记忆与田野、公路、小河有关，对于自己的成长有格外帮助。与那家孩子们在草丛、沙滩和丘陵间玩耍的时候，心与天地之气是衔接在一起的。西方人在绘画里点染自然之景时，往往有神秘的气息流动，那是天启的所在，背后有神谕的力量。中国山水，没有那样幽玄的样子，但是空灵者居多。我少年记忆里的田野，符合西洋绘画的感觉，神秘而大气。到了老年，却喜欢看中国山水作品，不过那是远远打量者的凝视，内在的痛感却没有了。所以，中国的山水画属于老人的超然之物，人间不幸都过滤掉了。而西洋的山水，隐隐有思考的和焦虑的东西在，那是正在经历生活的人的审视，内在性的隐喻非一句两句话可道。我们的家庭的不幸，其实也带来了另一种境遇。对于我而言，知道了什么是真的日子，百姓都是接地气的。和接地气的人交流，一切都是不能伪饰的。但我们在乡间的戏剧、说书人的故事里，看不到这些，流行的艺术是一种解脱苦楚的自娱自乐。至于目光，只在黑暗的边缘一扫而过，竟没有留下什么痕迹。

过了五十多年，我再一次造访苗圃的时候，是带着八十五岁的老母。我领她走在当年的路上，问当年的生活，她已经全不记得。到了农校那排红色的俄罗斯风格的房子前，旧影历历，却不能想起当年具体的人与事。农校早已不复存在，旁边是破乱的什物，竟没有一点记忆里的样子，心里很是难过。我们当年住过那座小庙，早不知哪里去了。只有老那家的老屋还在，却成了废园，想必他们多已搬出了此地。现在，不仅农场消失了，连过去的熟人也难见到一二。我再次望着当年熟悉的山、水，和一望无际的平原，觉得没有了当年的影子，与记忆完全不同。时光流逝了许多东西，连同我们生命里的温度。在苍茫的世间，一切都将消失，那些珍贵的和污浊的，都不能幸免。好在我们的心还系着悠远的过去残留的温情。在缺少快慰的时代，即使有一点闪亮的光点存留，我们都将深深感激。那是生活里的微火，它照着惨淡的黑夜，我们的眼睛也因之而被点亮。苦难试炼着我们的灵魂，而生命的微明，却来自我们与存在的凝视中。里尔克的诗歌有两句我很喜欢，也说出了我的心情：

　　　而这就是愿望：日复一日的时刻与永恒悄声对话。

（选自2017年第9期《人民文学》）

那年的粉红叫的确良

宇　秀

　　时尚阙如的年代，有一块让习惯了布衣的中国人耳目一新的面料几乎席卷全中国，穿上用这块面料制成的衣裳曾经是那么令人羡慕不已。今天时尚潮流中任何一款流行，都抵不过当年那块轻薄面料的风头，而沉淀在这风头背后的人情世故则是时尚所不能解析的历史叹息。

　　它的名字叫"的确良"，但起初，人们叫它"的确凉"。

　　上世纪六七十年代出生的中国人，恐怕没有不知道它的，特别是喜欢打扮的女人，谁不曾对此有过一份钟情？

　　我第一次知道的确良是来自我的上海表姐。

　　小学三年级时候，除了在学校里把黄帅当作榜样，在家里以及大部分我自己的时间和心情里，表姐才是榜样。事实上，我从来不曾由衷地把黄帅当作榜样，虽然在学校我也是学习黄帅的积极分子，但那是出于一种"革命"的虚荣心，唯一怦然心动的那次是在一个新闻纪录片里看到的黄帅，她被邓颖超奶奶慈祥地搂着肩走进人民大会堂，我没记错的话是参加国庆招待会。一个小学生因为敢于批评老师就获得这样大的荣誉，这一点真是让当时也是小学生的我羡慕不已。

　　不过从大光明电影院里一出来，白花花的太阳直刺懵懂的眼睛，我好像从梦里走出来，走进熙熙攘攘的南京路的人流里，电影院里那一刻小小激动和被黄帅激发的妄想也就烟消云散了。我回到现实的上海马路上，在人群的背影里挑选着一些穿着考究时髦的女人，拿她们和表姐相比。

　　表姐虽不美艳，甚至没有一般上海女人白皙的皮肤，但她略微黝

336

黑而紧致细腻的面孔有着东南亚的异国风情，而身材是上海滩时髦女子的标准，苗条、削薄、胯高、腿长，天生是个衣裳架子。还有表姐的胸部不是那么汹涌，对于那时忽略胸部线条的直卜笼统的衣服倒是避免了尴尬。那时大部分衣服都是直来直去的简单款型，过于丰满的胸部反而让衣服走型。我常常看到胸部丰满的女人穿的衣服总是前面吊起来似的短一截，让我很是害怕胸部的发育。

成年后，我在上海为时尚杂志撰稿，曾经采访过一位著名的时装设计师，他就说设计师通常不会选择大胸的模特来表现他们的作品，他们希望表现他们作品的身材要简洁，丰满的胸脯会成为影响服装作品的累赘。所以那个年代不讲究甚至刻意掩饰女性曲线的直筒服装，也就表姐那样的体型能穿出好看。回想那个年代，革命早把高跟鞋的跟给革掉了，没有高跟鞋穿的表姐，却能把普通的长裤穿得挺拔流畅，这让我由衷佩服。我几乎想不起来表姐穿过什么裙子，她是简单的衬衫与西式窄脚长裤最佳的有体温的衣架。即使搁到今天，她穿那种雪纺衬衫配柔软轻薄的长及脚背的阔脚裤，也是不必谦虚的。

曾想象表姐若是有机会去白宫做事，比如实习生之类，那么就可以穿一件白色的束在裤腰里的衬衫搭一条深色长裤，一定清新得让希拉里妒忌。不过表姐绝对不会是莱温斯基，首先她没有当年莱氏撩人的丰腴。再说了，姨妈严厉管教下的女儿除了良家妇女便无第二条出路。尽管如此，年轻时的表姐脸上有一种压抑不住的俏皮，为她独特却不张扬的容貌平添了几分情趣。她是那种不妖冶但顺眼而耐看的女子。事实上，一个女子的顺眼原是比第一眼的触目更有持久魅力的。

现在回想起来，那时的我也才十岁出头，夏天在大木盆里还得表姐帮忙洗澡搓背、扑痱子粉、涂花露水，但是就已经很在乎别人的眼光了。我除了能够读出在人家的眼光里这个小女孩好看不好看这样显而易见的信息外，也能读出一些只能意会不能言传的东西，上海人的眼光里很容易就有某些不可言传的东西。然而无论如何，一个女孩子的穿戴是很要紧的，至于要紧的具体内容是什么，我并不甚了了，但这要紧在我心里已经生根了。黄帅作为榜样是轰轰烈烈的，学习黄帅在学校是一种光荣。可是表姐这个榜样，我是不能说出来的，因为按那时的市面流行，表姐毫无革命意义。

几十年后的今天再回想起来，没有革命意义的表姐对我的影响却是深远的，因为在我童年的一段岁月里，表姐在我心目中几乎代表了上海。不过，我从来没对任何人说起过这一点，但是如果至今我依然不提及这一点并用文字加以确定，而令表姐曾给予我的贡献默默无闻似乎从未发生过，这无异于忘恩负义。我可以不在世俗的层面去感谢表姐曾经照料我童年生活的种种琐细，但我不能不在女性主义的意识里感激她，在"革命"的年代远离革命的浮躁给予我的女性主义存在的启蒙。

在那时的整个中国，即使在上海也没有时装表演和模特这些事情，不过"时髦"这个词总是挂在上海人的嘴边。而在我当时的眼光里，表姐总是和南京路淮海路上的时髦保持着直接的关系。

放学回家的路上，我总是别着头颈不肯放过那些服装店鞋店里的橱窗，甚至是一家橱窗里的假领头的出样。我想象那些橱窗里的木头人身上的样品在表姐身上变成有温度的真实，然后我可以零距离接触，随便摸来摸去。而不是隔着一层玻璃窗胡思乱想，也不必像看穿在别人身上的时髦衣服那样需要适可而止，偷偷瞥两眼迅速收回目光，如果直勾勾盯着人家，就会显得很"刮三"，至少是"戆嗒嗒"。当然表姐是不会直接把那木头人身上的样品买回来，她没有那么豪气，每个月二十几块学徒工资也不允许她出手阔绰，但她有足够的聪慧，还有一点不错的女红手艺，可以把那样品上时髦的细节记在心里，然后去布店里裁一块料作，自己剪裁缝纫。那时姨妈家后厢房的缝纫机经常会哒哒哒地一阵阵急促地歌唱。

尽管"时尚"和"偶像"这些字眼不存在于当时的话语字典里，但在我的眼里表姐作为"时尚偶像"，曾是那么坚定不疑地几乎占据了我整个少女时代。尽管当年的上海同全国各地一样到处是革命口号和标语，但上海女人的日常生活似乎与革命总是隔着一层，不管大会小会有多么重大的主题，她们只要一回到自己的生活里，买一块什么样的面料，做一件市面上新式的服装，领子是圆还是方或者是铜盆，就成了更要紧的事情。难怪张爱玲当年会在上海成名。

扯远了,还是说回到的确良吧。哦不,还是暂且先叫的确凉,从"凉"到"良"是有个认识过程的。

　　我至今清晰地记得表姐穿上第一件的确凉衬衫的情形。或许因为肤色不够白皙,表姐穿的那件并非粉红。而通常上海女孩子的面色搭配浅浅的粉红是天经地义的,表姐是个例外。她的肤色比较沉着,但并没有呈现田野上的阳光那般的热烈与粗粝。轮到她上山下乡的时候,因为体质虚弱,由表哥代替去崇明岛农场。因此表姐从未离开过上海,她的黝黑的皮肤也是带着上海的细腻与时髦的。

　　刚刚参加工作的表姐在上海汽配厂做学徒工,可是我从来没看到表姐穿工装像个工人的样子,她总有一套衣服是吊在大衣橱的穿衣镜前等着她出门时换上,或者回到家以后脱下来挂上去的。那些衣服一定是当时上海市面上时髦和流行的。现在想来,上下班的路途对于风华正茂时期的表姐,就是个天然的 T 型舞台。那时候所谓的时髦衣服也就是在领口、袖子、口袋等细节处翻翻小花样,那时髦是小心翼翼的,不要太打眼的,不会有整体造型上的大起大落大开大阖。那样含蓄那样平淡的衣服,要穿得出好看,就仗着两样东西:一是自幼被大城市熏陶出来的一份自信;再有,就是爹妈给的一副好身材。

　　通常表姐都是在我上学之前就先离开家了,每天早上看她换衣服翻花样,成了我暗自的娱乐。这天早上,她穿了头天晚上吊在大衣橱穿衣镜前的一件白底暗红小圈圈新衬衫,那圈圈像变形的阿拉伯数字 9,令其花色区别于一般的圈圈点点,简单新颖,用现在的话说是"酷"吧;而那不同于平纹布甚至府绸的面料看上去轻薄、挺括,隐约透出衬衫里面的胸罩。胸罩当然是"古今"里的,罩杯上一圈圈的针脚,跟纳在鞋底上的一样细密。不过的确凉衬衫里面的内衣就要挺括一点的,不能软不啦叽的。

　　表姐在镜子前比平时多花了几分钟。晚上回来,她也并未像往日一样立刻脱下换上居家的睡衣裤,而是在镜子前自我欣赏了一阵,并跟姨妈说,今天单位里同事都赞她的新衣。到底是的确凉卖相好!还说它如何易洗易干,也不用担心黄梅天衣服干不了发馊,更有个好处是省了熨烫。

是的，平常我总看到姨妈和表姐用那个老式的铁熨斗，先要在煤炉上烧一阵，然后嘴里含口水噗噗地喷洒到要烫的衣服上，接着就听到熨斗碰到衣服呲的一声响，一股热蒸气直扑鼻子，要是闻到焦毛气，那衣服就完了。不过表姐是仔细的，她会在需要熨烫的那部分上面覆盖一块旧毛巾之类的。而的确凉就省了这番功夫。

　　那时，人们想当然地认为那样轻薄甚至透明的面料肯定是比棉布要凉快，夏天时髦的上海女人无不以一件的确凉作为出门的必须。但作为小孩子的我，并不敢想象穿到自己身上，那时它比棉布要贵很多。记得表姐做了的确凉衬衫后的一个月，就跟姨妈叽咕能否少缴点生活费。我知道母亲寄来的生活费肯定是不包含可以买一块的确凉面料的。事实上那时我觉得的确凉离自己是遥远的事，我只想等将来自己赚钱的时候，可以像表姐一样出门穿上的确凉，至少可以在夏天凉快一些。

　　到了小学五年级的时候，我从上海回到父母工作的"三线"地区，那个叫舞阳的地方虽说是落后闭塞的山区，当地农民第一次看到运煤的小火车都会吓昏，但因为新建的舞阳钢铁公司的人员都是从各大城市抽调来的，这里就成了移民新区，我所就读的舞钢子弟学校的同学多来自城市，自然也带来城市的时髦。比如的确凉。

　　不知哪天起，几个从东北产钢铁的城市来的高年级女生开始流行穿粉红色的确凉衬衫，穿上了粉红的确凉的女生好像提前开放的花朵，特别明艳，我跟她们走在一起就相形见绌，颇有点自卑呢。可内心里的孤傲更令我多了层不可言说的委屈，况且我还是从上海来的女孩子，理应比她们更时髦才对，可是母亲严格地压制着我的任何欲望，特别是"时髦"这种和"资产阶级"天生亲近的可能招惹是非的欲望。

　　在钢铁公司职工医院当医生的母亲总是以她自身的经验教训来教导我，不要穿戴出格招惹是非。当初她从上海来到河南，一条天蓝色尼龙围巾，一件外公送的皮袍，加上她的床铺喜欢清一色白的生活习惯，招来许多大字报小字报，被迫大会小会作检讨，她自己也不断地在灵魂深处闹革命，深挖资产阶级思想根源，以至于她不能允许女儿露出任何一点资产阶级小火星，一旦发现就大义凛然扑灭在萌芽状态。再加上她和父亲两人工资合起来也不过每月一百块刚出点头，要养三个孩子，每月照例要给老家寄钱，不得不勤俭持家，她不会轻易在计划外多使用一分钱，更何况她要存钱以备爷爷奶奶突如其来的病危电报，好连夜张罗父亲回老家的行程。

记得那时电报多是在寒风呼呼的年关前后来的，邮差但凡送电报来必定把门拍得砰砰响。母亲最怕听到这样的拍门声。我至今记得她跟父亲说：存了一年的钱，就是到头来换张回老家的火车票。但舞钢并未有直通火车到苏州老家，先要乘五六个钟头的长途汽车到省会郑州再转乘火车。因为路途周折，母亲就在父亲的内衣上缝制了一个结实的口袋，把备用的钱缝死在那个最贴身的口袋里。

想到这个秘密的情节，我就一次次压抑住了跟母亲要求一件粉红的确凉的心思，更何况母亲的"计划经济"原则钢铁般牢不可破！

那些天看着人家的粉红的确凉衬衫，真是一种折磨。那几个女生原本就比我个头高挑，加上人家时髦靓丽的粉红，我跟人家在一起仿佛是丑小鸭的样子，我开始避开和她们一起走路。可是粉红的确凉像一阵妖风在女生中迅速扩展，不仅仅是高年级女生了，连自己一个班上也越来越多女生加入了粉红队伍。许多年后的今天回忆当时的心情，还会触摸到当年的隐痛。跟自己没有关系的人的拥有，会令你羡慕，却未必让你难受；而你身边人的拥有，却会让你意志崩溃。我终于无法克制自己。

一连几天我琢磨着怎么跟母亲开口，以我在学校宣传队演出需要一件的确凉衬衫，是最合理的借口，但是演出总是要求白衬衫，而不是粉红的，而且也并不要求一定是的确凉。我捧着脑袋跟想作文一样，终于给自己想出一个理由：作为宣传队报幕员，我应该有一件粉红衬衫，以区别其他队员。当我跟母亲提出时，母亲以一贯犀利的目光盯着我的脸，我把头低了下去。母亲用她给病人拔牙的很有力道的手托起我的下巴，并让我看着她的眼睛，然后问是老师要求的吗？

我经不住母亲的目光，终于没有勇气把谎言进行到底。

没有粉红的确凉衬衫的我，在上学与放学的路上不再如往常一样说笑。我被粉红孤立到一边。那个孤立的我，很想搬出上海的表姐来压住那些粉红的气焰。我心里说，我的表姐早就穿的确凉了，我肯定是比你们所有人都更早知道的的确凉的。但是我一直找不到可以说这些话的机会。再说，就算我把表姐抬出来又能怎样呢？表姐的的确凉终究不是我的的确凉呀！

终于再次忍不住向母亲提出要求，这次我是直截了当的，就是别人有，我也想有。她没吭声。

过了几天，母亲帮我量身体尺寸，就像春节前做新衣服一样。不过不是做一件棉袄罩衫，而是一件新衬衫。母亲给我量体的时候，我简直大气不敢出，生怕一点不得当的举动，会惹得母亲改变主意。量完尺寸那晚，我做了个粉粉的有点透明的梦。

然而，母亲并未给我做一件粉红的的确凉，而是一件粉红的平布衬衫。母亲让我试穿的时候，我差点哭出来。母亲说熨烫好了跟的确凉一样挺括。

哪里会一样啊？人家的的确凉不用烫就是挺括的，而我的背了书包就会弄皱的。还有，人家的细腻、轻盈、透明，像云抹上了一层霞光，粉得如梦如幻，而平布上的粉红老实巴交，忠厚得有点笨拙。如果说人家的的确凉像是景德镇的薄如蝉翼的瓷器，那我的就如粗粝的瓦片。我想着穿的确凉的表姐，心算着与她的年龄差，还要多少年我可以自己赚钱买一块称心如意的的确凉做一件云一样的衣裳啊？

其实，母亲并非不谙我的心思，但她两大原则是不会动摇的：一是不能助长我的资产阶级思想，这是她从革命运动中获得的切身教训；二是她的勤俭节约，这既是持家的必须，也是彰显革命的品德。不过母亲在这件我不如愿的粉红布衬衫上做了一点破格的改良：她用了姨妈从上海寄来的尼龙花边镶嵌在衬衫的圆领边上，这是我一直想要的。这个在以后我知道叫做蕾丝的花边镶上领子之后，整个衬衫似乎就一下子摆脱了土气和平庸。可是没想到洗了一水之后，领子的布料缩水，花边就跟着翻卷，也怪母亲用料太节省，在镶边时拉得太紧，没有留出宽松的余地，就像做窗帘，她总是抠着布料刚刚可以遮住窗框，平展展的一点褶子都没有，而我一直希望家里的窗帘像舞台上的深红色丝绒大幕一样。

第一次穿上新的粉红衬衫去上学，内心暗暗希望领子上的蕾丝花边引人羡慕，母亲科室里的护士都问母亲从哪里买到的尼龙花边呢。可是那几个有粉红的确凉的女生好像故意对我的花边视而不见，反而问，你妈咋不给你做件的确凉呢？听上去好像我不是我妈亲生的。我当时真希望母亲为我做的这件新衬衫不是粉红的，免得我有东施效颦之嫌。不过，我马上编了理由，我妈说的确凉不透气！

事实是，母亲下班回来脱下她的的确凉衬衫像表姐一样吊在大衣橱前，换回她居家的布衣，她说还是布的舒服、透气！

其实穿的确凉的人很快就知道了的确凉其实一点也不凉，它的真名叫"的确良"，是一种化学纤维，据说是从煤炭里提炼出来的。不久，市面上出现了涤棉，就是棉花与化纤参半混纺制成的面料，既保持棉布的透气性舒适感，又有的确良的挺括轻盈。可是，我还是耿耿于怀没有穿上过一件粉红色的确良，直到班上新转来一位叫吴红的女生。

吴红比当时班上的女生稍大一些，加上个头又高，有一股成熟的少女美。她第一次出现在班级门口时，没有一般女孩子面对陌生的拘谨羞怯，她大方地跟大家笑笑，笑靥里有一点特别的东西，现在想起来可以叫做性感吧。她的笑，她的身型，还有她的麦色样的皮肤，都让我觉得很像表姐，而且听说她原来住在南京。南京属于长江以南，离上海比较近，所以看见她的第一眼，就让我觉得自己不那么孤独了。而且吴红也穿了件粉红的确良，不过和其他穿粉红的确良的女生似乎哪里有点不一样。班上男生开始对她恶作剧。

一天早上第一堂课之前，那个最喜欢欺负女生的男生把一个扫帚放在门上头夹在门框之间，等吴红推门进来，那扫帚就刚好掉在她头上，那帮像事先埋伏好"地雷"等着看"爆炸"的男生就哈哈大笑。接下来发生的事情比这把扫帚更让人难堪，让我很多年不能释怀。

那天下课，不知谁突然像发现西洋镜似的发现了吴红衬衫里的秘密。于是一帮女生围上去扒着她的衬衣领子往里看，我知道她穿了跟表姐一样的东西，不知道是不是"古今"里来的。不过她的没有一圈圈纳鞋底的针脚。那时班上还没有女生穿那个。吴红便成了异类。而这个胸罩之所以被发现，就是因为吴红穿了件淡淡的粉红色的的确良衬衫，像表姐穿的那件一样隐隐约约透出内衣。那时当地的女人穿的确良衬衫一定会在里面衬一件汗衫或者圆领背心什么的，这么直接胸罩外面穿的确良，那是要有无所顾忌的勇气和胆量的。而那时我所在班上的小女生还不懂为什么吴红要穿那个玩意，尽管那时大部分女生胸前开始长出两只小馒头。母亲就不止一次提醒我不要昂首挺胸的，这个地方不是上海！那时我很不明白，为什么上海的女人可以挺胸，这里就不可以？

吴红被女生们拽着拉着扯着领子围观的情景，让我多少年来不能忘记。

从那以后，我不再那么想要一件粉红的确良衬衫了。

不久收到姨妈从上海寄来的一个包裹，里面有一条加厚的的确良百褶裙，宝蓝底色上有黄色、红色几何形图案，醒目别致。姨妈给母亲的信上说，这裙子是表姐选的，也是她做的，那些裙褶一个个熨烫出来，真是不少费功夫呢！要是棉布的，洗一水裙褶就没了，幸好是的确良，才得以保持住那些漂亮的褶子。那条裙子当时对于我实在太长了，母亲把多余的长度折到里面，随着我不断长高逐步放下来，直到我读大学，这条裙子仍然是时髦的，高年级女同学还借了穿去拍照呢。

它也多少弥补了那些年我没有粉红的确良衬衫的遗憾。

荡开一笔，让我再来说说粉红。

粉红在人类历史上原本并无特别的性别专属。甚至恰好相反，粉红色在古代曾是男性的颜色。这一点可以从乔托画于 1365 年的《奥尼桑蒂圣母子》到 17 世纪巴洛克时期西班牙画家穆里罗的《圣家族》中找到印证，童年的耶稣穿的就是粉色衣服。从某种意义上来说，耶稣的形象也展示了历史上儿童的形象，告诉我们当时很多贵族的男孩都穿粉红色衣服。到了洛可可时代，粉红色成为了礼拜仪式的色彩。当时，富裕的贵族捐献出他们弃置的衣服给教会，这些衣服可以修改为做礼拜的长袍和装饰帏帘。但教会根本无法利用这些粉红色的面料，因为只有白色、红色、黑色、紫色才是属于教会的色彩。对此教会找出了解决之道：粉红色在 1729 年被宣布为礼拜仪式中所使用的色彩。自此天主教的神职人员在基督降临节期间的第三个星期日和斋期的第三个星期日才穿粉红色。

344

但是我仍坚持粉红与女性的关系应该是更天然的密切。这和我们人类的进化演变有直接的关系。在远古时期，人们茹毛饮血，不懂得洗漱收拾自己，而长期在外狩猎的男人们，更是邋遢不堪。肤色毛发一概浑浊。只有初生的婴孩，以及在洞穴里养育后代的女性，才有相对粉嫩的肤色。所以，粉色系，大多数情况下，是一种无攻击色彩。于是，也就逐渐和女性、孩童捆绑在一起了。忽然想到英国铁娘子撒切尔夫人，她总是穿蓝色的套装，显得硬朗果敢，这跟她的个性很相配。而英女王则总是以粉红出场，表现更柔美的女性味儿。

　　也有研究发现，婴儿在出生时并无色彩取向，但到了两岁时，男孩便倾向于蓝色，女孩则自然地偏向粉红。事实上，婴儿在襁褓里看面容是很难分辨男孩女孩的，不过在加拿大，婴儿是一眼可以分辨出的，因为婴儿的穿戴和使用的物品，就很清楚地告诉别人粉红是 girl，蓝色是 boy。年轻父母通常要根据即将出生的宝宝的性别来粉刷婴儿卧室。如果给未出生的婴儿送礼物，并且不能确定性别时，选择娇嫩的淡黄色、乳白色则是一个聪明的折衷办法。而这一点在中国似乎就并不那么为人在意。我们似乎在孩子幼小的时候根本忽略了他们的性别以及因性别而不同的生理需求和心理渴望。而在大红与粉红之间我总是偏向于粉色，尽管粉色和大红放在一起永远不是正宫。

　　我不得不说回到那年的粉红叫的确良，粉红在的确良身上所表现出来的柔和、透明，还有一点点暧昧，在我心理上一直是那个红海洋旗帜与集体灰色着装年代的反叛，我却与之失之交臂。

　　对于一个女性，粉红的温柔和甜美在少女时代的缺失，终究是生命里的一段荒凉。

　　等到我自己有能力买一件的确良衬衣，而且可以任选我喜欢的颜色时，的确良已是进城打工的农民的普通衣着了。而精纺高支棉的纯棉衬衫则是讲究时尚并且有经济能力的人们的选择。

　　再回上海见到表姐时，有了女儿的表姐反复强调她绝不给孩子身上碰任何化纤东西，全棉，还是全棉！每每我给她女儿买衣物，表姐就一叠声地关照要全棉啊！一条全棉小碎花幼儿裙子，在东方商厦里居然卖到三四百块，比一条化纤面料的裙子贵出 N 倍。如果我贪图便宜送给她小孩一条化纤裙子，哪怕看上去足够漂亮有许多可爱蕾丝，表姐也会弃之一旁的。只是不知表姐自己是否还记得当年她穿上第一件的确良衬衫的心情？

最近翻出一张表姐女儿幼时照片，穿了一件粉色的洋娃娃裙。表姐曾说女儿皮肤白穿什么颜色都好。不知她女儿的粉红是不是弥补了表姐当年的缺失？

（选自2017年第6期《上海文学》）

猫　事

王　韵

喵　喵

　　女儿两岁半时，照过一张照片。照片中的女儿梳着两条朝天辫，穿着她表姐淘汰的不合体的格子连衣裙，坐在一张破旧的沙发上，怀里抱着一只黑白花纹的猫咪。她的眼睛笑成了两道弯弯的月牙，嘴里露出两排洁白整齐的牙齿，总之是那种让人看了心疼心动的明媚笑容。多年之后，读中学的女儿在照片背后写道：喵喵——我幼时的第一个伙伴，也是第一个玩具。

　　那时候，休产假遭遇下岗的我，因为没有了生活来源，听从亲友的意见准备下海。我们借了生命中第一笔巨债，退掉了结婚以来一直租住的房子，带着咿呀学语的女儿，在市郊租了一个荒芜的院子，开始了人生中的第一次创业。

　　那是一个废弃的村委会，一个多年没有人烟的院落，尽显破败荒凉。搬进去的第一件事就是割草，杂草已没过膝盖，散发着一股霉烂腐朽甚至可怕的气息。没有别的去处，只有硬着头皮在这个像聊斋一样荒草萋萋的大院安了家，既是厂房，也是住室。院子里从东到西有七八间高矮不等、断垣残瓦的平房，我们选了最东边看上去最整齐的三间住了进去。带着对新生活的憧憬，开始了忙碌。为了节约每一分钱，我们自己动手，踩着梯子，粉刷斑驳的墙面，给张着口的窗子安装玻璃。

　　夏天蚊虫叮咬，苍蝇嗡嗡飞舞；冬天寒风从墙缝、门缝中，裹挟着雪花造访。最难捱的是下雨天，多年失修的房子到处漏雨，雨弥漫在整个房间，弥漫在潮湿的眼睛和心里。因为手头拮据，我们舍不得花钱送女儿上幼儿园，女儿就这样跟我们住在这个远离人群的荒凉院落，过着与世隔绝的生活。没有伙伴，没有电视，也没有玩具。她独自一人在漏雨的棚屋里孤单地玩耍，度过了一个孩子本该美好却再也回不去的童年时光。连一日三餐都难以为继的我们，根本没有能力哪怕为孩子买一只玩具。

　　直到有一天，孩子父亲从外面回来，手里小心翼翼地抱着一只纸箱，一进大院，就高兴地喊着女儿的名字让她过去看。听到孩子父亲很难听见的明显兴奋的声音，我立刻抱着欢快应答的女儿跑到院子里。打开纸箱，只见一双绿幽幽的大眼睛有些惶恐地注视着我们，嘴里发出微弱的喵喵的声音。这是孩子父亲在路边野地里拾到的一只小猫，它黑白花纹，眼神明亮，体态娇小，是一只刚出生不久即遭遗弃的小猫咪。孩子父亲从路边走过，看见它瑟缩在野地不断发出微弱的叫声，突然想到自己幼小而孤单的女儿。就这样，它成了女儿艰辛童年的第一个伙伴，也是唯一的玩具。

　　女儿非常喜欢这个乖巧伶俐的小伙伴，给它起名叫喵喵。小小的女儿把更娇小的喵喵抱在怀里，一起吃饭、睡觉、玩耍。喵喵像一团活泼的绒球，每日追随着女儿，形影不离，陪伴着这个在贫穷和孤独中成长的孩子。

　　女儿一天天地长大，喵喵也已经长成一只半大的小猫，更加淘气了。女儿每日抱着它玩耍嬉闹，容易满足的心充满了单纯的快乐。我们住的地方在郊外，出门是一片小丘。不忙的时候，我会牵着女儿，女儿怀里紧紧地抱着她心爱的小伙伴，一起去野外玩。女儿爹开小手欢呼着，奔跑尖叫着，嫩绿的青草，打着小伞的蒲公英，繁星般的荠荠菜，都会带给她快乐和惊喜。湛蓝的天空中，麻雀在低翔，不时落下蹦跳着叽叽喳喳地歌唱。这时喵喵就会挣脱女儿的怀抱，越过犁好的田地的界垅，去追逐欢唱的麻雀。它抵住前爪弓起身子，一动不动，时刻准备着跟麻雀搏斗。女儿跟在它身后，和它一起追逐着那些天空的精灵，稚嫩的童音回荡在绿色的春天里。

　　在郊外独居，棚屋外的野地里常常有流浪狗出没。有一次，女儿跟喵喵在大院墙外玩耍，突然迎面跑来一条毛发凌乱的流浪狗，仰起头冲着女儿狂吠。女儿被吓得哇哇大哭起来。听到女儿凄厉的哭喊，我从院子里飞跑出去，女儿的哭声戛然而止了。只见喵喵挡在女儿面前，对着流浪狗高高竖起尾巴，喉咙里发出低沉的吼声，瞪着滚圆的眼睛怒视着流浪狗。流浪狗看到喵喵发怒的样子，早吓得跑远了，是喵喵挺身而出，保护了女儿。

然而有一天，喵喵不见了，女儿哭喊着喵喵的名字，找遍了院子里的角角落落。嗓子都喊哑了，小小的脸蛋满是泪水。我抚慰着女儿，说喵喵可能是跑了，宝宝不哭了，以后让爸爸再给宝宝拾一只小猫好吗？我心里却在想，都说狗是忠臣猫是奸臣，这样艰苦的条件，连人都忍受不了，何况一只来往自由的小动物呢！它肯定是选择离开了。我心里虽然暗自嘀咕，却不敢说出口，怕伤了女儿纯净如一口清泉的心。女儿似乎看穿了我的心思，哭喊着坚决地摇着头："不要，不要！喵喵肯定有原因，它不会跑的，我只要喵喵！"在女儿心里，喵喵已经不仅仅是一只猫，而是与她朝夕相互取暖、不可替代的小伙伴了。可喵喵终究找不到了，那以后很长时间，我们不敢提喵喵，不然女儿总会哭闹着坚持喵喵没有跑，一定要找她的小伙伴。

过了半个多月，我们清理一间废弃的屋子，准备用来做仓库。打开房门，一眼看见喵喵的尸体，已经干瘪成了皱巴巴的一团，身上的皮毛凌乱干涩。原来它是误吃了什么东西，自己躲到这儿悄悄离去了。我不知道它在临终前经历了怎样的痛苦折磨，但我清楚，它怕我们，尤其是它的小主人和小伙伴看到它痛苦挣扎的样子，就选择独自悄悄地躲起来离去。在最后闭上眼睛的一刻，它的眼中一定蓄满了泪水，痛苦伤感而又无限留恋地望向它的小主人。女儿看到喵喵的尸体，哇的一声大哭起来，坚持要把喵喵掩埋掉，说她知道喵喵不会自己跑了，它是怕我们难过，自己悄悄躲起来走了……

皮　皮

女儿三岁半了，我们准备送她上幼儿园。为了方便接送她，我们一家三口从棚屋里搬出来，在城乡接合部租了两间南平房。说是两间，其实只有不到十平方米，隔成了两半，里头仅放得下一张床、一个简易塑料衣橱，外面放一个煤气罐、一张小桌子，一家三口挤在那张大床上。

腊月底，看仓库的工人要回老家过年，抱着一只小猫来到我们的租住房，让我们代为照顾。女儿一看就兴奋了，央求我们收留，欢天喜地地留下了这只同样有着黑白花纹，同样也是刚出生不久的小猫咪。这次女儿给它起名叫皮皮。

皮皮实在太瘦弱了，黑白花纹下是瘦瘦的肚皮、嶙峋的骨头，抱在怀里身子轻得像一团温软的棉絮。女儿每天把它抱在怀里，给它洗澡、喂食，像呵护一个刚出生的婴儿。出门的时候，女儿将只有巴掌大的皮皮放在姑妈送给她的一只铁皮饼干盒里，孩子父亲在盒子下安了四个小轮子，在盒子上穿了一根长绳。女儿无论走到哪儿，身后都拖着这只盒子，盒中的皮皮探出小小的头，瞪着好奇的大眼睛，怯懦而又忍不住东张西望，喵喵地叫着跟小主人打招呼。有时站起来，弓起身子伸个懒腰，却从未乱跑出来，一直安安静静地待在小主人给它安排的小铁屋里。皮皮长得很快，铁皮小屋躺不下了，女儿又给它找了一个纸盒子作新家。皮皮像它的名字一样，越来越调皮。它经常跑到我们租住房狭小的院子里，在那株月季花上打秋千，老远听见女儿从幼儿园回来了，像风一样迅捷又悄无声息地奔到女儿面前，蹭着小主人白皙娇嫩的脚踝。周末早上，女儿想睡懒觉，却常常被它蹭来蹭去地弄醒。有时候女儿玩累了困极了，蒙上被子不理它，它索性在女儿头顶找一个舒适的位置把自己盘成一团毛线，咕噜咕噜地跟小主人撒起娇来。

女儿从小跟着我们在艰难拮据中长大，居无定所，颠沛流离，比同龄孩子更懂事，知道克制。在看见别人家的孩子快乐地玩滑雪板、穿溜冰鞋、开碰碰车时，女儿只是远远地站在一边望着，眼里充满渴望和羡慕，却从不哭闹着要求。皮皮闯入女儿的生活，成为她贫瘠生活里相依为命的伙伴，给女儿贫乏的童年增添了很多快乐。皮皮是一只乖巧安静的小母猫，每次女儿唱歌、跳舞、画画、讲故事时，皮皮都是最忠实的观众，瞪大了碧绿澄澈的大眼睛专注地看着小主人，时而喵呜喵呜两声，为小主人叫好。

动物与人一样，也有着细腻丰富的情感体验，甚至比人类更率真、更专注。猫这种看似敏感娇弱，实则独立的灵性动物，是一种高冷而骄傲的小动物，它们趾高气昂地从你身边走过，甚至不会看你一眼，如果你真的不理它，它又跑来蹭你，可是当你要抱抱它，在你怀里不过三秒，它又挣脱逃走了。它慢热而长情，只要你对它用心，它也一样会敞开内心欢迎你走进去。

有一次女儿回家，皮皮照例老远就喵喵欢叫着跑到门口迎接小主人，女儿也一样进门就叫着皮皮举起来抱到怀里。皮皮却一反常态，用一双幽怨的眼睛瞪着女儿，似乎有什么话要说，突然猛地挣脱女儿怀抱，自顾离开了。同样的情形发生两次后，女儿陡然想起来了，原来她在回来路上抱过其他小猫，皮皮可能闻到了女儿身上有别的小猫的味道，生气了。从此，女儿外出再也不碰其他小动物，两个小伙伴和好如初。

小动物与孩子之间似乎有着天然的信赖与亲近，皮皮带给女儿童年无限的快乐和慰藉。女儿眼里的皮皮，不仅仅是一只不会说话的宠物，更是情感世界里最值得珍视的朋友。有一次，下起了小雨，女儿抱着皮皮打着伞出去玩。回家途中，雨下大了，女儿怕淋着皮皮，紧紧地将它搂在怀里，雨伞斜倾着罩着皮皮，她自己的半个身子却露在伞外。待一路跑回家，她的头发和衣服都湿透了，浑身冰凉，皮皮两只前爪使劲地抓着女儿，像一个依恋母亲的婴儿，被女儿保护得好好的，身体温热柔软，一点没被淋到。

皮皮也依恋着女儿，每天早上送女儿上幼儿园，走到门口，皮皮都会跟在后面喵喵叫着，目送女儿离去。到晚上接女儿回来，皮皮老远就嗅到了我们的气息，急不可耐地喵喵叫着，跑到门口迎接它的小伙伴。就这样，皮皮由刚来时怯生生地躲在床底下，到遍地撒泼地抱着花盆里的橘树倒挂，陪伴女儿度过了一段快乐时光。

一年后一个春天的晚上，我从幼儿园接女儿回家，却再也没见到皮皮熟悉的活泼身影和欢快的喵呜喵呜声。女儿又跟当时找不到喵喵一样，边哭边叫着皮皮的名字，寻遍了大街小巷。后来据一个放学从我们租住房门前路过的小女孩说，她看见有个奶奶连续好几天在我们家门前转悠，那天中午放学的时候，皮皮被那个奶奶抱走了。陪伴女儿一年的皮皮就这样又脱离女儿视线，诀别了女儿的生活。我们发誓再也不养小动物了，因为不想再感受失去，更怕女儿承受不了这一次次的别离。

丢　丢

直到有一天，迎来第三个小客人。

现在，我还能清晰地想起第一次遇见它的场景。

时值夏末，天气微凉，下着小雨。女儿已经八岁了，扎着马尾，读小学二年级。那天中午她在放学路上，路过一根横在路边的水泥管子时，突然听到一声微弱的"喵"。女儿蹲下身子去找寻，它在黑暗的管子中望向女儿，两星目光闪烁明亮，却没有拒绝她向它伸出的双手。猫这种充满灵性又高傲乖张的动物注定与飘泊无定的我们，尤其与在孤独中长大的女儿结下善缘。这只孤苦的流浪猫走向女儿的那一刻，女儿什么都不想了，她只想带它回家，那个同样四处流浪、萍踪不定的家。

女儿一路抱着它跑回了租住房。女儿渐渐长大，三个人挤一张床已经不方便了。这次我们是与一对由农村进城卖菜的夫妻合租了四间正屋，我们住在西边两间，各自走自己的房门。房子不隔音，隔壁说话的声音都听得清清楚楚。我们睡在靠西墙的那间，房间刚刚能容纳一张大床和一张小床，东边这间当厨房、客厅兼餐厅，放着一个简易衣柜、一个煤气罐、一张折叠的小桌子。小桌子做饭时当菜板，吃饭时作饭桌，女儿写作业时又是课桌。房间太小了，打开桌子就转不开人，只好用时打开，不用时折叠起来。

这样逼仄的住房条件，三口人尚且住不开，哪里还有多余空间容纳一只猫呢？可是看着女儿亮晶晶的眼睛，被汗水打湿的头发，满怀期待的表情，我不忍心拒绝了。小猫被女儿抱在怀里，黄白相间的花纹，弱小的身子蜷缩成一团，两只碧玉般的大眼睛怯生生地望着我，声音嘶哑地喵喵叫着，它仿佛知道要与女儿结成联盟，共同争取我的同意。

望着女儿和小猫无辜迫切的眼神，摸一摸小猫瑟瑟发抖又温暖柔软的身体，一瞬间如蜻蜓掠过水面，那么微妙而又真切地触碰到我柔软的心底。就这样，女儿收留了这个可怜又可爱的小生灵。鉴于此前喂养的失败，这次我们特意给小猫起了个名字叫"丢丢"，很有点以前人们为了孩子好养，故意起名诸如"狗剩"的意味。

丢丢是一只最普通不过的小猫，然而就在女儿带它回家的那一刻，它便变得与众不同了，我们彼此需要、相互珍惜。丢丢与我们有一种与生俱来的亲切感，它很快与我们混熟了，开始慢慢地对自己的名字有反应，也开始习惯我们的拥抱。

我们每日为生计奔波，生活完全没有规律，回到家常常已经很晚。女儿从上小学一年级开始，就每天自己走着上学、放学，我们从来没有去接送过。回到家第一个迎接她的总是丢丢。有一次我们到家已是深夜，女儿没有吃晚饭，写完作业与丢丢玩耍等着我们，实在熬不住睡着了。打开房门，我们看到满脸稚气的女儿躺在床上和衣而卧，小小的身子蜷曲着，怀里抱着丢丢。听到动静，丢丢警觉地从女儿怀里伸出头张望，好像在保护女儿。看到是我们，懒洋洋地伸了个腰，喵喵叫着跟我们打招呼，然后又惬意地钻进了女儿怀里。

一个星期天，女儿和她的表姐抱着丢丢去外公家玩，约好吃过晚饭就回来，可是晚饭时间过去很久了，依然不见女儿回来。正在焦急等待中，女儿和表姐回来了，泪眼婆娑。说下午带丢丢在外公家楼下的草坪玩，淘气的丢丢奔来跑去地跟她们玩捉迷藏，困在茂密的冬青丛中出不来了，只听到丢丢惊恐的哀叫，却怎么也找不到丢丢的影子。她们围着冬青丛找了好久，只好垂头丧气地回来了。我听了很难过，只有柔声安慰着面前这个哭成泪人的小女孩。

捱过难熬的夜晚，早上送走上学的女儿，父亲突然来了，手里拎着一只网兜。听着"喵喵"的叫声，我不敢相信自己的耳朵，难道是丢丢回来了？打开网兜，丢丢边叫边蹭着我的裙角，像一个受了委屈的孩子，回来对妈妈撒娇呢。果真是丢丢！父亲说早上起来，听到门外有猫叫声，时不时还有房门被抓挠的动静。打开门，丢丢正在防盗门外边"喵喵"叫着，边用爪子和尾巴蹭着防盗门，头上身上全是草木碎屑。

父亲找了个网兜，把它放进去，想提着送回我们家。丢丢起初可能是怕被扔掉，在网兜里凄惨地叫着，使劲地挣扎着，想突围出去。走到距我们家一百多米时，它安静了下来，它已经知道自己即将被送回家。见到我之后，它伸出两只前爪紧紧地抓住我胸前的衣服，眼睛似睁非睁地撒着娇。盯着这个怀中亲密偎依的小生灵，我不知道它是怎样从冬青丛中挣扎出来，又是怎样穿越楼道防盗门，找到楼上父亲家的。这弱小的精灵，为了寻找主人，历尽辛苦，心中怀有一种怎样的信赖和依恋啊！中午女儿无精打采地放学回家，眼睛还是红肿的，一进门竟然又听见了熟悉的喵喵声，女儿立刻喊着"丢丢""丢丢"，边哭边飞跑进门。它高高地竖着尾巴，像以前一样跑过去围着女儿打转，蹭着她的小腿，女儿紧紧地抱着这个失而复得的"宝贝"。

经历了这次事件，丢丢和我们相处得更加融洽。每天出门，它都会把我们送到门口，但是怎么也不肯迈出大门一步，就那样目送自己的亲人远去。有时我们去离家不远的广场玩，女儿把放着钥匙的小包挂在丢丢耳朵上，丢丢就会乖乖地趴在地上，时而伸出它的小爪子跟主人嬉闹，但始终坚守岗位，守护着那个挂在它耳朵上的小包。

一次有位朋友来我们家串门，看到丢丢特别喜欢，说他家底楼好像进去老鼠了，想把丢丢要去捉老鼠。女儿不同意，我也舍不得，最后商量借去十天再送回来，女儿勉强同意了。仅仅过了三天，朋友打电话让我们接丢丢回来。原来丢丢去后就钻到一张沙发底下，从早到晚一直凄厉地哀叫，任凭朋友每天将鱼虾端到沙发边沿，就是不肯出来吃一口。丢丢绝食了！它可能以为我们丢弃了它。朋友无奈，只得让我们接它回来。我和女儿刚走到朋友家大门外，就听到丢丢"喵喵"的叫声，箭一般从底楼大门蹿了出来，喵呜喵呜叫个不停，似乎在向我们倾诉分离的委屈。

时间过得真快，丢丢已经长成了一只成熟的大猫，比幼时安静了许多。

2011年春，历经多年打拼，我们终于贷款买了属于自己的房子，从租住的平房搬上了楼。女儿放学回家，问："妈妈，丢丢呢？"我忽然想起，对啊，忙碌了一上午，怎么没有听到丢丢的动静，不会是遗忘在租住房或者真的"丢"了吧？！女儿一听，眼泪唰地下来了，哭喊着说："丢丢，丢丢！你们把丢丢弄丢了，我要回去找丢丢！"这时，隐隐地听到了一声猫叫，我们以为是幻觉，屏息静听，果然是丢丢的声音！只见丢丢正从一只女儿盛书的纸箱里探出头，一边回应着女儿，一边不紧不慢地从纸箱里走了出来，那风度，俨然一位凯旋归来的大将军。

住在楼上，丢丢生活很不便，也不适应封闭的环境。我同女儿商量，与其这样每天把丢丢圈在楼上，眼睁睁地看着它不快乐，不如把它送给一个喜欢动物又有条件豢养的人家。几经筛选，我们将它送给了一位离我们家不远住平房的亲戚。丢丢走后，失落和牵挂在我和女儿的心底萦绕了好长时间，我们总是不适应回家后的冷冷清清，挂念着丢丢在那里是否适应。但一想到为丢丢找了一个更适合它生活的地方，它应该会获得新的慰藉和快乐，我们也就释然了许多。此时女儿已经长大了，对这种分别的情绪不再像小时候那么无法控制。一直到把它送走，女儿都没有哭。只是偶尔会问我，如果再见面，丢丢与我们是不是还能认出彼此，丢丢是不是还像以前一样记得住回家的路。

（选自2017年第3期《红豆》）

大金川上看梨花

阿 来

去看梨花。

去大金川上看梨花。

路远，四百公里。午饭后一算，出成都西北行已两百多公里。海拔不断升高，春花烂漫的成都平原已在身后，面前的雪山不断升起，先是看到隐约的顶尖，不多久，雪山就耸立在面前了。这哪里是去看梨花，是把春天留在身后，去重新体味正在逝去的冬天。

那条盘旋而上翻越雪山的公路已经废弃十多年了。我们从隧道里穿山而过，这么四五公里的路途，就已离开了岷江水系，进入了大渡河上游支流的梭磨河。道路转向，折向东南，沿河下行。眼前是海拔三千米的峡谷景色。河岸两边是陡峭的峡壁。向阳的峡壁是草坡，是密闭的栎树林。背阴的峡壁上是满坡的杉树、松树与桦树。阳光是一个美术大师，利用峡谷的岩壁、森林、河流和纵横交织的山棱线勾勒出明亮与阴影的复杂分界，把一面面山壁和整条峡谷都变成了一幅取景深远的风景画。也许是怕这样的画面过于单调，风与云彩都会来帮忙。风摇晃那些树，其实就是摇晃那些光，使之动荡，使之流淌。一朵两朵的云飘来，遮住一些光，失去光照的部分便显得沉郁，未被遮没的部分便在阳光照耀下更加高亢更加明亮。视觉可以转换为听觉。真的似乎可以在这光影摇荡间听到声音。阴影部分是一支木管乐队，低回，沉郁，却也充满细节。春天了，林下的苔藓已一片潮润，正在返青，树木正展开根须，从解冻的土地中拼命吮吸水分，向上输送，到每一个细枝末节。森林虽未呈现绿色，却也能让人感到一派生机。而那些

356

被阳光透耀的部分简直就是高亢明亮的铜管乐队在尽情歌唱。我耳边响起一些熟悉的旋律，比如柴可夫斯基《意大利随想》开始部分小号那召唤性的歌唱。

就这样沉湎于脑海中的乐音时，突然，峡谷敞开。山，变得平缓了，退向远处。河，不再是被悬崖逼向山根，而是回到谷地的中央，缓缓流淌。这些山谷就是河流日积月累的工夫造成的，河两岸的人家也是河流哺育的，河流应该在大地的中央。河岸的台地上应该有村庄，村庄周围应该有农田。那些村庄和田野的四周应该出现那些鲜明的花树。那是一树树野桃花开在村后的山坡，开在村前的溪边。那又仿佛弦乐队舒展开阔的吟唱。

停下车，走进一个村庄，我要去看那些野桃花。远看，野桃花一树树站在山下村前。近看，野桃花密密簇簇，缀满枝头。粉红色的花瓣被阳光透耀，有精致的绢帛质感。也许这种比方太精致了，与眼前的雄荒大野并不匹配。想起日本人永井荷风描写庭院中的桃花就用过这样的比喻："桃花的红色，是来自平纹薄绢的昔日某种绝品纹样的染织色。"永井荷风说，他写桃花所在的庭院狭小局促，甚至"不是一座为漫步而设的庭院，而是为在亭榭中缩着身子端坐下来四处打量而设的庭院"。而我现在却是在高天丽日下挺身行走，长风吹拂，田野包围着村庄，群山包围着田野。进入那个村庄。又走出那个村庄。风起处，吹落的野桃花瓣纷纷扬扬。走出那个村庄，村后的山坡上又是一个台地，坡地上仍然是开满繁花的野桃树。山坡上又是一个村庄。这是午后时分，沿着曲折的村道攀一个高台，走到上面的村庄。村子很安静，家家门上都落了锁，不知人都上哪去了。只有村前村后的野桃花安静而热烈地开着。这阔大、静谧又热烈的花事，保持着如此原初的风貌，没有什么现成的修辞可以援引。从这里，又可以张望到花开更热烈、更宁静的村庄。但这些桃花不是此行的重点。所以，张望一阵，也就回头下山，奔遥远的金川梨花而去。

这个地方叫松岗。一个藏语地名，音译成汉语，也倒有着自己的意思。岗上也未见松树，而是那些花树兀自开放。"松"，本是藏语，一个数量词，三的意思。三个什么呢？没有人，也无处去问了。

这一天上午，溯岷江而上，越走海拔越高，景色越来越萧瑟，完全是在离开春天。然后，在大渡河流域顺河而下，又一步步靠近了春天，进入了春天。与早晨刚刚离开的成都平原上的春天截然不同的春天。

又是一次山势的变化，又进入一个峡谷。

花岗岩的山壁更加陡峭，岩石缝隙中是一株株挺拔的柏树。这些柏树已被列为国家二级保护植物，名叫岷江柏。我在一本叫《河上柏影》的书中写过它们。这些墨绿色的树还在沉睡。树梢上还未绽出新叶。与之伴生的树却按捺不住了。山杨已经一树新绿，野桃花也一树树开得更加灿烂。这里，一条更大的河和梭磨河相汇，站在一面壁立的悬崖前，可以听到河水相激的隐隐回声。

这个悬崖壁立、悬崖上站着许多柏树的地方叫热觉。

峡谷再次敞开，谷中出现更多的村落，更多的开满花的树和正在绽放新绿的树。绿树是先长叶再开花的树，花树是先放花再长叶的树。

然后，二十公里左右吧，在一个叫可尔因的镇子上，开阔的谷地再次猛然收束。高高的花岗石山使得这个镇子一半在阳光下，一半在山影里。又一条从北而来的河流汇入。从此，这条水势丰沛的河就叫作大渡河了。

我们伴着大渡河又在浓重的山影里穿行。

峡谷更深，春天更深。悬崖间有了更多的绿树与花树。而且，间或出现的一个小村庄前，开放的已经不是野桃花，而是洁白的李花与梨花了。

这道峡谷我是熟悉的。四十年前，曾经开着拖拉机每天往返。现在，道路加宽了，路面也铺上了柏油，但山还是那些山，河还是那条河，公路依然顺着河，贴着山脚向前蜿蜒。何况，前年也是这个时节，我已经再次到访过这里。所以，我可以向同行的人预告，我们就快要冲出这景色雄伟的峡谷了。果然，前方的山渐渐矮下去，峡口处显现出越来越广阔的天空，可以看到越来越多的亮光闪闪的云团悬停在前面。

然后，车子从一面悬崖下的弯道上冲出去，河流猝然变宽变缓，刚才还滔滔翻滚，一冲出峡口便落下飞珠溅玉的浪头，变成了一匹安静的绿绸。大渡河是地图上的名字，在当地人口中，此河的这一段唤作金川。考究起来，河的得名，与过去沿河盛产黄金有关。但今天，淘金时代早已过去。倒是这一江水，在这宽阔的川西北高原的谷地中，孕育出一个"阿坝江南"。一县之名，也改为金川。几百年前，土司统治的时代，这里的藏语名字是曲浸，意思就是大河。到清末，改土归流，寓兵于民，叫过绥靖屯。民国间设县，叫作靖化。中华人民共和国成立后，改名金川县。这一县地名的演变，也可窥见治乱的兴替、时代的进步、文化的变迁。

已经夕阳西下时分。悬浮的白云镶上了金边。星罗棋布的村庄掩映在漫山遍野的梨花中间，炊烟四散。黄昏降临大地，梨花的色彩渐行渐淡，终于掩入夜色，变成一团团隐约的微光。

晚饭后，和县上的主人出来散步，但见河面辉映着满城灯火，晚风轻拂，带来了四野围城的梨花暗香。回到酒店，我特意打开房间的窗户，虽然春天的夜晚有新鲜的轻寒，但我不想把那些浮动的暗香隔在外面。躺在床上，突然想起川端康成一篇散文的名字《花未眠》。他写的是插在旅馆房中的海棠花："半夜四点醒来，发现海棠花未眠。"他是以惊喜的口吻来写这个发现的。的确，花，好些品种都会在夜里闭合打开的花瓣，当然，也有花是昼夜都开放的。我就曾经在原野静坐一个黄昏，看一群垂头菊，如何随着太阳光线的黯淡，慢慢闭合了花瓣。我也去观察过，一大片蒲公英怎样在太阳初升的清晨，在十多分钟的时间里打开它们闭合的花瓣。但夜里的梨花是什么情形，却未曾留心过，想必依然是在星光下盛开着的吧。

金川一县，大部分村落与人口都沿着大渡河两岸分布，从清朝乾隆年间开始便广植梨树。看前些年有些过时的统计资料，说四野中栽种的梨树达百万株了。金川全县人口七万余。城里人和高山地带的农牧业人口除外，摊到每个农业人口头上，那是人均好几十株了。所以，这里的梨花不是一处两处，此一园，彼一园，而是在在处处。除了成规模的梨园，村前屋后，地头渠边，甚至那些荒废的老屋基上，都是满树梨花。

一处处地想看完看尽，怕只是没有那么多时间。便挑两处去看。一处沙尔，一处嘎尔。两处地方，如今都是藏汉民族杂居，你中有我，我中有你。地名也是藏语汉写。沙尔在金川河谷最宽处，两岸田畴绵延，村庄密集，填满了好几公里宽的谷地。田畴、道路、村落间所有的空隙，都站满梨树。梨花开满，如雾如烟。那些雾，那些烟，都似乎在将散未散之间。远山逶迤的山梁上昨夜又积上了新雪。春天，梨花开放时，这个地方往往低处下的是雨，高处降的就是雪。现在天放晴了，高处是晶莹的新雪，低处谷地里是雨后的梨花。一样的白，又是不一样的白。如雾如烟的白。不太知道是要马上散开，还是正在聚拢的白。在沙尔，我们去到山半腰，背后是积雪的山头，正好把这壮阔的美景尽收眼底。早餐时，餐厅墙上挂着的一张就是从现在这个位置拍摄的照片。县委书记说，有客人看了这张照片，不以为是真实景色，而是一张 P 图，因为他们不是在梨花盛开的时节来的，不相信积雪的山头和谷中的梨花可以同框，可以这样交相辉映。可是现在，我们就站在这美景中间了。太阳正在升起来，阳光照耀之处，那些梨花变幻出了更加迷离的光芒。

我们下山，要到那些村中去，要到那些如云如雾的梨花林中去。

那是一个很大的梨园，十几级依山而起的梯田。雪山还在远处的蓝空下面，我们已经在这里身陷于盛开的鲜花阵中了。梨树都很高大，没有过多地修剪，都是自由舒展地生长。树干粗砺、苍老，分枝遒劲，生机勃勃，每一个枝头，就是一簇簇繁密的花朵。少的十多二十朵，我数了最繁密的一枝，竟有八十多朵！再移步近观，那些花朵的细部就呈现在眼前。像蔷薇科的所有亲戚一样，梨花也是五出的瓣，此时，它们被阳光照耀着，格外明亮耀眼，同时也散发着格外浓烈的香气。香气那么浓烈，让人觉得有一层雾气萦绕在身边。又似乎是梨花的白光从密集的花团中飘逸而出，形成了隐约的光雾——花团上的白实在是太浓重了，现在，阳光来帮忙，让它们逸出一些，飘荡在空中，形成迷离的香雾。我架好照相机，在镜头中再细细打量那些花朵。比起野桃花那薄如绢帛的花瓣来，梨花的瓣就丰腴多了，也滋润多了，是绸缎的质感。就那样，五个花瓣捧出了丝丝青碧的花蕊。每一支蕊的顶端都是一团花粉。花刚开时，花粉是红色的，两天三天后，就渐渐变成了沉着的黑色。它们在等蜂来，把它们带到另外的一朵花上，落在每一朵花最中央羞怯地低着身子的花房上。于是，生命的奇迹发生，那是花的美妙性事。从此，我们可以期待秋天的果实。当然，传播花粉更有效的还有风。这大山谷地中，风是可以期待的，谷中的空气受热上升，雪山上的冷空气就下沉来填补。空气对流，这就是风。风把花粉从这一群花带到那一群花，从这几树带到另外的那几树。风不大，那些高大的树皮粗砺苍老的树干纹丝不动，虬曲黝黑的树枝却开始摇晃，枝头的花团在这花粉雾中快乐地震颤，那是生命之美。我的眼睛在相机的取景器上，手却忘记了按下快门，而我脚下的梨园土地上，满是乡民栽种的牡丹，此时正在抽茎，肉红色的叶芽像婴儿的小手般团在一起，再有几场太阳，再有几场风，再有几场夜雨，那些叶子就要像手掌一样张开了。

我就这样在梨花深处几乎忘记了身在何处。

我在这里阅读自然之书。美国自然文学家约翰·巴斯勒说："伟大的自然之书就摊放在他面前，他需要做的只是翻动书页而已。"而在此时，梨园顺着一级级黄土台地依山而起，梨花怒放，风摇动了一切，我只是站在那里，那些书页也是由午间的谷中风一页页地翻动。

这时，风止歇，一阵高潮已然过去了。

我们离开沙尔，去往另一个目的地噶尔。这也是一个藏语的地名，这个名字曾在清代乾隆年间的史料中频繁出现，不过是音译为噶喇依而已。那里曾是当年金川土司的一个坚固堡垒。乾隆皇帝派重兵进剿，费去十数年时间、数万条生命，才将大金川地区征服。此地面对大渡河有一块平整的土地，是肥沃的良田，如今，麦田青秀，油菜花金黄，挺拔的梨树高擎着一树树繁花点缀其间。一派平和景象。当年这片土地却浸透了对战双方数千生命的鲜血。

我不止一次来过这里，我想我应该逢着一个人，一个村子里的贤人，这个村庄中一个老人。果然，他已经在那里等着我们一行人了。差不多三年不见，老头子依然腰板挺直，精气旺盛。我问他带着酒没有。他笑笑，从身上掏出一个扁平的金属壶，像美国西部片中那些马上英雄必带的那种，他拧开盖递到我手上。我喝了一大口，酒辣乎乎地下到胃里，又热哄哄地上攻到头上。太阳也热哄哄明晃晃地照着，立马我就感觉到了在花间嘤嘤歌唱的蜜蜂都钻到脑袋里来了。他问我酒够不够劲。我说你更有劲。他说，我看了你最新的书。这个老农民闲来无事，研究当年发生在这里的战史，并不惮繁难数年如一日地为游客做义务讲解。一到这里，导游都自动躲在一边，任他引领游客了。

我们从河边的平地沿着陡峭的台阶拾级而上，台阶两边，全是过去堡垒的残墙。残墙间站满了苍老的梨树，好些树的树冠已经干枯了，在蓝空下依然展开苍劲黝黑的枝柯。而树的下半部，那些枝柯依然生机勃勃，盛放着耀眼的梨花，一路护持我们登上那条像鼻一样伸向河岸的山梁。如今，那些厚墙高矮的堡垒都倾圮了。废墟之上，盖了一座御碑亭，其中立着乾隆皇帝撰文题写的《御制平定金川勒铭噶喇依之碑》。义务导游带着我的同行进了碑亭，我没有进去。我熟读过那通碑文。乾隆当然要写碑了，平定金川之役是他十大武功之一。我就是四处走走看看。我去看一种早放的野花，这丛顽强的灌木从水泥阶梯的护墙缝隙中伸展出细枝，开出了成串的花朵。这是醉鱼草科的迷蒙花，它的香气强烈，嗅闻久了，让人有迷离的感觉。我听见那位村中贤人洪亮的声音在亭子中回荡。他在讲述一场远去的战争。那些熟悉的人名地名断断续续飘到我耳中。我还是坐在那里，头顶着烈日看那丛迷蒙花。后来，他们从亭子里出来了。我听到有人在问他的身份。不是问他是什么职业，而是民族身份。这其实是问他，到底是被征服者的后代还是征服者的后代。他们去看梨花了，我遇见了几个熟人，与他们说话，所以没有听见他如何回答。他本人的具体情形我不了解，但在大金川河谷中生活的大多数人，他们既是征服者的后代，也是被征服者的后代。当年惨烈的战事结束以后，当地人中男丁几乎死伤殆尽，清廷为了长治久安，活下来的士兵留下来就地屯垦，外来的士兵配娶当地妇女，共同劳作，繁育后代，使这片渡尽劫波的大地重新恢复了生机。

我查过金川一地很多资料，看这漫山满谷的梨树是什么时候有的。果然就在不同的书中发现一鳞半爪的线索。一本当时人的笔记讲到战前当地的物产，就说当地有叫查梨的梨树。又在后来的史料中发现，说有留下屯垦的山东籍士兵从老家带来了梨树种子，与当地的梨树嫁接后，新的梨树结出了鸡腿形的、甜美多汁而几乎无渣的果实，因为这种新的梨树生长在雪山之下，就名为雪梨，又名金川雪梨了。从此，这个世界上就多了一种树，一种梨树。不知是什么时候，这些新的梨树就站满了大金川河谷，改变了这个河谷的景观。而多民族的融合也改变了这里的人文风貌。新民植育梨万树，生涯不复旧桑田。后一句引自晁补之《流民》。前一句是我编的。如此，大致能概括乾隆年间的惨烈战争后大金川一带地方的变化吧。

当地政府有一个强烈的意图，就是把种植农业往观光方向转化。这样满山满谷的梨花，的确是一个很好的观光资源。杜甫诗："高秋总馈贫人食，来岁还舒满眼花"，虽是写桃树，但移至梨花上，也很恰切。物以致用，先是用的，这个功能实现后，其审美性的观赏功能或许更有价值。我们这一行，就是受邀来看梨花、写梨花的。可怎么写这些开放在雄荒大野、野性而生机勃勃的梨花的确是个问题。这几天，老听人在耳边念岑参的诗："忽如一夜春风来，千树万树梨花开。"我心里却不满足。虽有他写的跟眼前景色一样的壮阔，但那诗到底是写雪，写唐时轮台的雪，只是用梨花作比附。真正到古诗词中找写梨花的诗句，都是写那小山小水小园中的，到底显得过于纤巧，与我们眼前的金川梨花并不相宜：

梨花雪压枝，莺啭柳如丝。（温庭筠）

梨花千树雪，柳叶万条烟。（李白）

梨花如静女，寂寞出春暮。（元好问）

再有些感怀时，一腔春愁，更与眼前这轰轰烈烈的花开盛景不能相配：

梨花近寒食，近节只愁余。（杨万里）

梨花有思缘和叶，一树江头恼杀君。（白居易）

我在这盛开着梨花的高山深谷中行走，只感到勃勃生机的感染，即便有些真愁或闲愁，此时，都烟消云散了。

梨树都是梨树，但有不同姿态；梨花都是梨花，却开出不同格调。何况树由人植，人群更是各各不同，金川的人民，历史将其造成了特别的族群。树生别境，这里雄阔的雪山大川，化育了这种接近原生状态的梨树。中国文学书写草木，尤其是散文书写，常常套用传统文化中那些托物寄情、感时伤春的熟稔路数，情景相近时，虽也恰切，却了无新意。中国的地理和文化多样性都很丰富，同一个植物在不同的情境中，自然就发生不同的情态与意涵。所以，不看主客观的环境如何，只用主要植根于中原情境的传统审美中那些言说方式，就等于自我取消了书写的意义。日本作家永井荷风在写梅花时就注意到了这个问题。他说："我一望见梅花，心绪就一味沉浸于测试有关日本古典文学的知识当中。梅花再妍美动人，再清香四溢，我们个性的冲动却在根深蒂固的过去的权威欺压下顿然消萎。汉诗和歌跟俳句，已经一览无余地吸干了花的花香。"美国文化批评家苏珊·桑塔格也说过艺术创新的根底，就是培养新感受力。也就是说，对于不同的对象，要有新的体察与认知。在这一点上，永井荷风也说过意思相近的话："我们首先须清心静虑，以天真烂漫的崭新感动，去远眺这种全新的花朵。"

的确，如果对此种写作方式缺乏应有的警惕，那就滑入那些了无新意的套路。我看梨花，就成了"我看"梨花，而真正重要的是我看"梨花"。前一种仅仅是一种姿态；后一种，才能真正呈现出书写的对象。今天，游记体散文面临一个危机，那就是只看见姿态，却不见对象的呈现。如此这般，写与没写，其实是一样的。法国有一个批评家曾经指出，无新意的文本，造成的只是一种"意义的空转"。空转是什么意思，就是汽车引擎发动了，却不往前行进。对于文学来说，文字铺展开来，却没有发现新的东西，那就是意义的空转。

所以，我看金川的梨花既考虑结合当地山川与独特人文，同时也注意学习植物学上那细微准确的观察。写物，首先得让物得以呈现，然后涉笔其他才有可信的依托。

还想到一点，旅游、观赏，是一个过程，一个逐渐抵达、逼近和深入的过程。这既是在内省中升华，也是地理上的逐渐接近。所以，我也愿意把如何到达的过程写出来，这才是完整的旅游。看见之前是前往，是接近，发现之前是寻求。我愿意用这样的方式去发现一片土地，去看见大金川上那些众多而普通的梨花。

（选自2017年第8期《青年作家》）

第一张书桌

韩少功

　　一觉醒来才发现两脚泥，只是靠一夜体温的炙烤，加上盛夏天气的烘焙，泥浆已干成了泥壳，在床单上纷纷剥落泥渣。这有点奇怪，上床前我居然没洗脚？昨晚居然累得东倒西歪一头扎进了呼呼大睡？再说蚊子，那些微型杀手这一夜是嘴下留情，还是根本没法咬醒一个鼾声如雷的死人？

　　想一想，昨晚能摸到床、没摸错床已是幸运了，不像那一次，在路上走着走着就睡了，一头栽到水沟里。

　　知青时代就是这样子。无边无际的累，物我两忘的累啊累，填满了烈日下或风雪里的日子。有一天，救星终于出现，是公社杨秘书发现黑板报上我的粉笔字不错，抽调我去公社抄材料。当地人把这种轻松差事叫做"吃楼火"，词义来路不明。大概"楼"是指大宅子，能待在大宅子里烤"火"的家伙，当然是有富贵之命，至少也是时来运转，值得大家羡慕嫉妒恨。

　　在没有复印机的时代，抄材料就是手工复写。杨秘书让我复写各种公文，还有他最为头痛的新闻报道——退稿率太高了，搞得他很没面子。经过深入反思，他认定投稿失败的原因就在于邮路遥远，自己每次动手都太迟，于是决意加大写稿的时间提前量。比如还未开镰，他就抢先报道贫下中农喜送公粮；还未下雨，他就早早预测广大群众奋勇抗洪；离国庆节还有十几天，他就精确想象人们在节日里如何"深有体会地说""豪情满怀地说""一把抓住解放军首长的双手眼含热泪地说"……这种稿子抄得我目瞪口呆。这个胖子何等神通，把人家十几天后的泪水都流出来了？

时空穿越也无济于事，还被报社或电台回信怒斥为"胡闹"和"弄虚作假"。他这才苦着一张脸说："怎么办？怎么办？你还有什么办法？"

又说："是不是要送点西瓜去？"

在他谦恭的促请之下，我不忍袖手和暗笑，便复写兼顾修改，无非是去掉他的一些语法硬伤，删掉一些八股套话，再加点新鲜事例什么的，终于使他的退稿率后来有所降低。他乐颠颠地为我倒茶水和切西瓜不在话下。他最爱唱的"长江滚滚向东方……"从此也时常飘扬在公社机关的房前屋后。

县里大概也注意到这个公社在媒体上的能见度提升，于是常有电话打来，抽调我到县里写材料。这种"楼火"就吃得更爽了。几乎每个月我都有几天不用出工上地，而是衣冠楚楚牛头马面地入住县城招待所，每天得伙食补贴五毛，食有荤腥，夜有电灯，还有服务员来扫地送开水。什么是幸福？这就是幸福吧。什么是上层建筑？这就是上层建筑吧。不过县级官员比杨胖子难侍候，每次审稿都会有意见，每个参审人都水平高，哪怕以高克高互相消耗，甚至把自己绕晕，最后又回到第一审时的意见。自发现这种否定之否定规律，我便避繁就简，近道超车，每次完稿后决不再急于送审，而是拖到最后时刻，几乎是逼着领导把初审当作终审，只可能务实地说说人话——这就是说，不给他们高来高去的闲工夫，不给他们折腾下属和绕晕自己的机会。

这一招果然有效。有一位部长还曾笑眯眯地表扬："好，很好，你比杨眼镜强多了，他的文章经常是越改越乱，越改越没法看。"

这是指机关里一个戴眼镜的秘书，可怜的老杨。

这样，我就有了许多送审前的多余时光，忙一闲三，经常无所事事。恰逢 1970 年代初全国文化形势回暖，很多文艺院团恢复了自创节目的演出，省、地、县各级文艺刊物也都重新出版。在一个知青朋友的鼓动之下，我在招待所里闲着也是闲着，吃了五毛补贴后也得消遣，便胡乱凑些四言八句，关于诱蛾灯的（星火万千，美好诗情啊），关于水库大坝的（锁住龙王，气势非凡也），好像是诗，就算是诗吧，后来居然也印成了县刊上的铅字——眼看着一颗文艺小新星就这样意外地冉冉升起。

杨秘书特兴奋，因为文艺作品也在上稿率统计范围之内，任何铅字都算是全公社的文宣成绩。他觉得脸上有光，立刻赏我一盏煤油灯，带玻璃罩的，有鱼形灯嘴助燃增亮的，简直是高科技产品，比黑烟滚滚的棉油灯盏强多了。为了让我抓紧时间创作一台文艺宣传队的节目，一位姓刘的公社宣传委员也投入到对我的关爱中，听说我没桌子，便带我去了学校，逼着校长给了我一张学生用的双人课桌。

这是我走入社会后第一张书桌，一米来长，一尺多宽，有一个双层夹板和娃娃们留下的一些刻痕。工区里的员工们以前只配有床和木凳，人们平时写信也只能就着箱子或床沿，因此我的这张桌略显怪异，堪称奢侈，很让伙伴们震惊。想想看，在桌上再摆一个笔筒，立一排书（最好是精装的），插几枝花（油菜花或南瓜花都行），不就有知识分子的风雅兮兮和气势非凡了？房间主人若不文思如涌壮怀天下哪还说得过去？

这张小桌伴我三年多，助我写出过三句半、对口词、表演唱、花鼓戏一类，当然还有杂乱的感想和素材，后来进入了小说或散文，包括早期的《月兰》和《西望茅草地》。杨秘书当然也在这张小桌上进入了我的日记。比方说，他一上路便不时高唱进行曲，用时下的语言说，活成了一个快乐的表情包。又比方说，他有一条又脆又亮又尖的娘娘嗓子，总是担当领呼口号的重任。他怕农民们听不清、喊不齐，常常把一句长口号截分成几个短句，于是一句"打击贫农""就是""打击革命"，经他逐一分别领喊，大家喊是喊齐了，但前后两句分明成了惊心动魄的反动口号，竟被喊得地动山摇。这一事已被我写入了后来的《马桥词典》。他的金嗓子还多次用于民兵队列操练。大概是恼火一些人分不清左右，甚至听不懂"左"和"右"，他灵机一动，找来一些草绳，给每人的左脚缠上一根，于是口令便成了"草脚——肉脚——草脚"，或者"（向）草脚——转""（向）肉脚——转"……还别说，这一招管用。形象的"草"和"肉"就是比抽象的"左"和"右"好记，如同电视剧比理论书要好懂，你不服还不行。大家的智商立即提升，队列动作马上整齐许多，据说后来还在什么竞赛中一举夺奖——这一事有几分神奇，将来说不定会被我写入哪篇小说的。

多年后，我重返这里的时候，发现两排土砖房早已换成钢筋水泥楼，集体茶场也早已被私人承包，眼前全是陌生面孔。我在房前屋后转了一圈，没发现什么往日陈迹，除了半块语录墙，两台锈成了废铁的揉茶机，一个隐没在丛生蒿草中的废弃猪场。山水之间的人迹总是转瞬即逝。出乎意料，我吃饭时还看见了厨房墙角里一张课桌，其木纹、刻痕、样式都十分眼熟，不过它眼下已蒙上了枯黑烟垢，还有不少水泥凝结成的斑块，大概曾被泥匠们拿去搭过跳板，当过脚手架什么的。

桌下有几个腌坛，桌上则胡乱堆放了一些杂物，包括一个可口可乐的大瓶子，不知装了些什么。

我默默看了它一眼，然后告别主人走了，上了汽车，上了火车，上了飞机，直至海角天涯。我很奇怪临别前自己为什么没去把那个桌面摸一下。

其实我常常想起它。

（选自2017年第1期《小说界》）

行走在东山

范小青

杨 湾 古 街

杨湾古街在东山西部，是杨湾村内的一条街，这里是集元、明、清各古代建筑大成的地方，其中明朝的建筑最多也最好，所以有"明朝一条街"的美名。踏入杨湾街，就见街面的与众不同，一律用青砖砌成"万人"字形，称之为御道，说是当年为了迎接乾隆皇帝的。

关于乾隆的故事可是不少，有一个说是乾隆不服封山寺的老和尚慧丰，写了两个字让和尚说说，这两字是"虫二"。小小伎俩哪能难倒慧丰，慧丰说你这是"风月无边"的意思，概括了东山的风景呢。反过来慧丰也出了点子让乾隆说说。和尚在那纸上点上许多墨点点，皇帝被难住了，最后才知道和尚是说皇帝"无字（事）可寻"呢，皇帝也只有讪讪一笑了之。当然，是否真有如此大胆的和尚，也是否真有这么好说话的皇帝，这都不是我们可以说了算的。

始建于六百多年前的轩辕宫，雄居山垣，面迎太湖，气势磅礴，壮丽无比。村前港口的演武墩，相传是吴王率兵训练的地方。站在这里怀想当年，真是让人感慨多多。杨湾街上有许多古代建筑，像明善堂、熙庆堂、怀荫堂等都是明朝的建筑。在这里穿行，我们好像也走回到古代的江南去了。

走进怀荫堂去，据说这怀荫堂是体现了典型的明代建筑特色的。在怀荫堂的最后一进，有门楼三间、住宅楼和左右对称的厢屋。我对建筑艺术是一窍不通的，但是就这样站着看看，却也多少看出些味道来。现在的怀荫堂是杨湾的书场，我们去的时候，没有碰上演出，只有一两老人在看着门，十分的清静。出了怀荫堂，又进另一座古代建筑，里面住着平常的人家，房子已很破旧，看上去也没有维修过，一位老太太正在院子里喂鸡。我注意了一下他们家的鸡食盆，因为早就听说杨湾古街的古董很多，说一般的人家就拿古董也不当古董的，做做鸡食盆猪食槽什么的也是很多。我看那老太太的鸡食盆倒也看不出是什么古董，当然即使它是一件昂贵的文物，我也是有眼不识的。但是想起来，时代已经进步到现在这份儿上，再拿文物做鸡食盆的恐怕也不会很多，绝不是我这么随便走走就能看到的吧。

杨湾古街看到沿街的茶社很多，随便进一家去坐了，泡上一壶茶来。那紫砂壶虽算不上什么上品，却也很招眼，细腻得很，入味得很。喝着茶，看着小街上偶尔走过的乡人，看他们的神情那么悠然那么自在，真是有些感触的。四周没有喧哗，没有吵闹，偶尔的蝉鸣鸡啼，真有些世外桃源的意思了。我问茶室的老板，你们这街上怎么人这么少。老板说，人也不少，早上你来看，人还是很多的，现在都有事情做呢。原来在表面安静的背后，也有着一个忙碌的世界呢，看起来杨湾古街和杨湾古街上的人也都赶上了时代的脚步了。

再看杨湾人的穿着打扮，好像也看不出什么古意了，只看到一两位老太太穿着大襟的士林布褂子，几位老公公，穿着老式大裆长裤子，年轻人也都赶上了新潮一族。至于那些能代表江南水乡传统服饰的内容，恐怕也只能到民俗博物馆或者服饰博物馆去看看了。

从杨湾古街出来，面临浩浩太湖，真不知道这不息的万顷太湖和平静的小小杨湾是一种反差呢还是一种和谐。

湖中小岛

好多年前的一个夏天，我们几个人相约了去三山岛。三山岛是太湖中的一座小岛，与东山隔湖相望，相距大约四五公里。明朝文人归有光《吴山图记》云："太湖汪洋三万六千顷，七十二峰沉浸其中，则海内奇观也。"三山岛，当是这七十二峰中的一峰。清朝诗人吴庄《三山》诗云："长圻龙气接三山，泽厥绵延一望间，烟水洋中分聚落，居然蓬莱在人间。"三山岛小而孤绝，山清水秀，风光旖旎，世人称之为小蓬莱也不是没有来由。早就听许多朋友说过三山岛不可不去，究竟感觉如何，在我们出发之前，自然还都是一些未知数。

我们先到了东山，因为往三山岛去的机帆船两天才有一班，都是在下午三点左右开航。我们到东山那一天没有船往岛上去，只能先在东山住一个晚上。等到第二天下午，船终于开了。这是一条很旧的木船，船上大约有一二十人，大都是岛上的居民，像我们这样的外人不多。我注意到有两个年轻人不大像岛民，但也不像是农村干部什么的，也不像是做生意的，穿着短裤汗衫，随身什么也不带，也不和别人说话，只是坐在船头吹风，实在看不出是做什么的。

船舱里岛民们聊天的内容，都是说的谁家的孩子考了多少分，谁家的孩子报考什么学校，那正是公布高考分数的日子，大家都很激动。我们听了也有些感触，想不到一座几乎与世隔绝的小岛上，岛民们对文化却是很重视。

船大约开了将近一小时，到了三山岛，上岸的时候，就看到有不少人站在岸边等着什么，原来是在等当天的邮件。邮件由船老大在东山那边取来，各个村民组有人来取，小岛和外界的联系，都在此一举。

根据大家的热情指点，我们找到了村里住宿的地方，其实也就是岛民自己的房子，私人出租。女主人很热情，为我们安排好住的地方，看时间还早，就指点我们，说你们不是想来游泳吗，翻过这道山，那边一片湖滩水好，湖底也平整，大家都到那边游泳。她还说每年暑假，城里有些学生和青年教师，他们就到岛上来住，每天下太湖，过几天回家看看再来，这时我才想起船上那几位看不出身份的年轻人很可能就是住在岛上游泳的学生。

我们翻山而去，一路看到不少人都在往那边去，大概都是去游泳的。到了湖边，人却不很多，有一些岛民在筛湖沙，大概是用来造房子的，看到我们躲躲藏藏换衣服，一点也没有什么别的想法，大概来游泳的人多，所以也就不见怪了。也许因为翻了一道山，体力消耗了，肚子也有些饿，下了湖才游了一会儿就很疲劳，到了傍晚，风浪渐渐地大起来，把人在湖里冲来冲去，我们就完全放开自己，任凭风浪摆布了，也有一种自在的乐趣。

游过泳再往回走，已是夕阳西下之时，山村绿林中升起炊烟，袅袅冉冉，如云如雾，如果不是此时肚子越来越饿，脚下打软，还真让人以为入了仙境呢，会生出些许忘尘之感。回到住的地方，一看桌上晚饭已经备好，典型的江南农家餐了，一盘青菜，两条小小的鲫鱼，一碗榨菜蛋汤。女主人再三道歉，说明今天时间已晚，买不到肉了，明天一定烧肉给我们吃。我们捧起饭碗，只觉得这是有生以来吃到的最香最香的一顿饭。我和另一位女伴吃了一大碗又去添了一大碗，实在是有些不好意思的。

　　晚上我们到王老师家去。王老师家的房子很旧，屋里没有什么好家具，但是却有一台彩电，还有许多王老师精心培养的花木盆景。王老师说，别的东西我都可以不要，但是电视我是要买的，小岛闭塞，天下大事就靠它了。王老师又带我们参观他的盆景，他对这些充满生命活力的绿色生灵喜爱之情溢于言表。王老师说，我的生活很贫困，生活中常常有许多烦恼，但是我只要看看这些盆景，真是什么烦恼也没有了。这话说得真好。我们在王老师摆满盆景的家里谈到很晚，天南海北什么都谈，到十一点钟，就停电了，那时候小岛上用的村里的自发电，到十一点就停。我们摸黑回到住处，那一夜，我久久地没有睡着，不知是因为热，还是因为别的什么原因。

　　第二天一早我们到三山岛另一位老人家去，他姓韦，是三山岛三怪之一。退休回家乡的老韦的故事说上几天几夜也说不完，如今他的名字已经记录在一本又一本的书上，但是老韦仍然是一个普普通通的退休老工人，他自始至终在为保护和发展自己的家乡而尽力。老韦的故事是从20世纪80年代初开始的，那时大规模的开山采石也采到三山岛这样一座几乎是与世隔绝的小岛上来了，老韦出于对开山采石的一些看法，一次次地跑乡里，县里，市里，跑政府，跑文管会，要求上面出面保护。文管会说，如果是文物，我们倒应该出来保护的，但是一般的石头，我们怎么保护，哪一条也轮不到我们管。老韦回去以后，就满山遍野地寻找，谁也不知道他要找什么，恐怕连他自己也不知道自己要找什么。老韦并没有学过考古，这方面的起码的知识他也都不懂，但是他凭着对家乡的爱心，就是不甘心不服输。一开始大家都觉得这老头子有点不正常，满山遍野地乱跑乱挖，

372

全国各地到处发信联系、呼吁，谁也不相信老韦能有什么了不起的发现，但最后的事实证明老韦成功了。那一些旧石器时代的遗物是不是老韦找到的，是不是老韦发现的这并不重要，重要的是老韦的那种精神，吸引来了许许多多的考古专家，他们终于发现了三山岛上的最了不起的文物，先后出土五千多件经过打制的旧石器，并且暴露了含有哺乳动物化石的裂隙堆积，采集到更新世中晚期的动物化石，计有熊、虎、黑猪、鹿、犀牛、猕猴等二十多个种类。三山天下珍类遗址及古动物化石的发现，把太湖流域人类历史推进到一万多年以前的旧石器时代，从而进一步证明，长江下游、太湖流域同黄河中游、中原地区一样，是我国古文化的发源地，苏州的历史，吴文化的序幕正是在三山岛揭开。对于如此重大的意义，老韦也许都明白，也许并不是全懂，但是老韦那种执着的精神实在是令人感叹的。老韦曾经发现了古溶洞口以后，一个人挖不动，自己出钱请岛民来挖，有些上岛来看化石遗址的人，都是有相当身份相当地位的，却偷偷地把化石藏到自己口袋里，老韦毫不留情地请他交出来，并且总不忘记教训一顿。为了三山岛，老韦结的怨不少，可是老韦并不后悔。

在三山岛，我们见到了三怪中的两怪，老韦和王老师，还有一怪没有见着，有些遗憾。那一怪是一位农业专家，1957 年打成右派到小岛上来，从此在小岛安家安心，后来教岛民养长毛兔，发家致富。提起来，岛民们个个都有很多话要说的样子。

在三山岛让我们体会深深的还有岛上的民风。那纯朴那真诚那直率，真是世间难寻。岛上长满枣树，满树的大枣就像马眼一样十分诱人，我们想采些尝尝，又怕被岛民发现挨骂挨罚，站在树下直是发愣。岛民岂不知道我们的心思，他们告诉我们现在还不到吃枣子的时候，这枣子你看上去好吃，吃到嘴里是苦涩的。看我们仍不怎么相信，就随手摘几颗下来给我们尝，一尝，果然苦涩，于是他们就笑，说欢迎你们过一个月再来，那时候满山的枣子尽你们吃就是，我相信这话是真的。在小街上我们看到有新鲜的枣子卖，想买一点吃，岛民们却说，这枣子生吃不行，是要煮着吃的，像你们这样的游客，买了也是浪费。送上门的生意不做，也只有在这样的小岛才能遇到这样的事情。

在离开小岛之前，我们上了小岛的顶峰，站在小岛之巅，遥望浩渺太湖，恍如隔世，愿所有和我们一样到三山岛去的客人，都带回一份深深的记忆。

那是三十年前的事情了，后来的许多年中，我曾经多次去三山岛。今年，前不久，我又去了一次，坐个小汽艇，十来分钟就到了。

许多东西都变了，三山岛上的那一份独特的风情和宁静，始终还在。

东山采茶

清明前的一天，我们去东山的茶村，看茶农采茶。天气阴郁着，时时飘下些细碎的小雨，春寒犹在。而我们中的好几个人，因为今天要来看茶，头一天特意听取天气预报，结果上了当。天气预报说，今天晴天，气温也高，大家便换上春装来看茶了，这就被冻着了，但是情绪却是高的。茶农四散在茶树中，大多是些妇女，年轻的，也有年纪稍长的，穿着随意的衣服，在绿的茶树丛中，点缀出许多色彩。她们灵巧的手上下飞舞，像歌里唱的那样，"姐姐呀，采茶好比凤点头，妹妹呀，采茶好比鱼跃网"。将嫩绿的细小的卷曲着的叶子摘下来，扔进背篓，她们对我们提出的问题，笑眯眯地一一解答，她们的笑容和吴侬软语，就很像一杯清香的碧螺春茶。

同行中有一个人在说，从前释迦牟尼坐在茶树下悟禅，苦思冥想难以得道，释迦牟尼就摘了几片茶叶塞进嘴里咀嚼，茶的苦涩清香洗净了心肺的浊气，释迦牟尼顿悟。他说了之后，就有好些人，也将随手摘下的一两片两三片茶叶嚼了起来，品咂着未经烹炒的生茶的天然意味。

有一位朴实的老茶农，带领我们去看他的试验田。他试验的无根迁移栽培法获得了成功，使得碧螺春茶叶的产期提前了，产量也有所提高。他说，现在全村的茶农都跟着他学呢。我们说，全村的人学你，那你又是跟谁学的呢。他说，我是看电视看来的，电视上的农业科学节目，讲的是其他地方，讲的是无根迁移栽培别的农作物。他就想，别的农作物可以，我的茶叶行不行呢，他就试了，试着试着，就成了。后来雨越下越大，我们纷纷跑回停在村口的汽车上，茶农就骑上了他的那辆破旧的自行车，沿着山路下去了。我不知道他姓什么叫什么，认不认识字，或者是文盲？我从车窗里看他的背影，看到他的套鞋上裤管上，沾满了泥巴。

看茶的活动继续着，我们还要去看最精彩的炒茶，去看炒茶前的拣剔，去看茶农的那一双神奇的手，怎么在一百八十度的热锅里将茶叶搓揉成形，搓团显毫，然后，我们还要品茶，要谈一谈与茶有关的文化现象和经济现象。只是且慢，此时此刻，站在洞庭东山的山坡上，放眼望去，万顷太湖碧波浩渺，我们的思绪，也已经飘荡去很远很远了。

洞庭东山在太湖边，这个伸入太湖的半岛上，长满果树，掩隐着许多的明清古建筑，茶叶就生在这些果树下，古屋旁，所以它们悠久，又香，从前曾经被叫作"吓杀人香"。那时候它还是野生的茶树，就长在山壁间，农民经过的时候，闻到它的香味，惊呼地说：啊呀呀，香得吓杀人。后来康熙皇帝来了，当地的官员拿这种香茶请康熙，康熙喝了茶，大加赞赏，但是想了想，他觉得这个名字不雅。康熙说，别叫什么吓杀人了，你们看这茶叶，又是碧绿的，又卷曲如螺，又是早春时候下来的，我看就叫碧螺春吧。

据说，我们看到的，已经是明前的最后一次摘采了。茶树是非常慷慨的，仅明前的日子里，就能供茶农摘采好几批，而且，采得越多，它们就生长得越快也越多。过了清明，在雨前（谷雨前），也依然还能采好几次，再往后，茶叶老一些了，还能做成炒青，浓香，而且经久耐泡，所以有人说，虽碧螺春名闻天下，这里炒青，也是独树一帜的。

就这样，我们常常去往东山，来来又去去，我们行走在东山，我们百看不厌，我们越看越有念想。

东山就是我们心底的念想，是我们时时向往的地方，我们可以在这里尽情地徜徉，在这里恣意地行走，我们可以和古人对话，可以细细鉴赏那些精湛的民间工艺，还可以泡上一杯碧螺春，品尝一道白煨羊肉，到古村的小街上去看一看，感受它在河岸两边展开的东山人千百年来的日常生活。

东山的文化，东山的历史，是广泛散落在民间的，它浸润在每一处历史遗迹中，它渗透在每一个村庄的生活习俗中，它甚至完全地流淌在每一个东山人的血液中。

东山就是这样一个地方。

（选自2017年第1期《青春》）

一个"技术天才"的沦落

张秀枫

2017 年 1 月 24 日，深圳市中级人民法院做出一审判决，李一男因内幕交易罪判处有期徒刑两年六个月，并处罚金七百五十万元。李一男当庭表示上诉。2015 年 6 月 1 日，李一男的小牛电动车高调向公众发布，两天后他被带走，距今已经过去了两年。

命运赋予李一男超乎常人的天赋和能力，把他推向了天堂，也把他拉下了地狱。巨大的鸿沟中，到底发生了什么？

李一男过山车般跌宕刺激的人生，似乎一直在期待如何证明自己。如今，他人生大戏的前半场业已归零。熬过痛苦的中场之后，在大戏的后半场，他还将如何证明自己？

在李一男堪称传奇的人生节点上，多问几个为什么，或许更有意义。唏嘘感慨只能徒增伤感和烦扰。只有"前事不忘，后世之师"，才能避免"后人哀之而不鉴之，亦使后人而复哀后人也"。

一

李一男 1970 年出生于湖南，十五岁考入华中理工大学（今华中科技大学）少年班，1993 年研究生毕业进入著名的电子企业"华为"，仅用两天时间升任工程师，半个月升任主任工程师，半年升任中央研究院副总经理，两年被提拔为华为公司总工程师兼任中央研究院总裁，二十七岁坐上了华为公司副总裁的宝座。对于多数人而言，终其一生都难以实现的梦想，"谈笑间"，被他轻松纳入囊中。

在英才济济，能人云集的华为，李一男全凭一己之力，创造了火箭冲天式跃升的神话。他是罕见的技术天才。华为无线研究院总工程师唐东风回忆说，一次技术汇报会，邀请李一男参加，由于李太忙事先没有沟通，唐东风在从一楼到二楼的楼梯上向他做了简单的介绍。孰料，面对众多的技术牛人，李一男竟滔滔不绝地将相关技术的精髓阐述得到位而透彻，令人难以置信，坐在会场里的华为总裁任正非也深感震惊。

李一男的罕见聪明还表现在经营才干上。他除了负责研发外，还兼任产品行销部总裁。当时任职市场部的六位副总裁均为名牌大学毕业的硕士、博士，学历比他高，年龄比他大，经验比他多，资格比他老，个个都是能征善战、叱咤风云的宿将，然而在市场部的常委会上，只要李一男讲话，他们都鸦雀无声，全神贯注地听讲，心悦诚服地执行。

李一男对华为的贡献巨大，做副总裁的五年时间，协助任正非将华为的产值从十亿推进到了二百亿。程控交换机、数据通信等艰巨的技术攻关、盛大的市场策划以及全球的战略扩张，在决策和操作中，都凝聚着他的超人智慧和诚实汗水。任正非对他钟爱有加，寄予厚望，不但内定他为接班人，而且亲切地称他为"干儿子"。

孰料，世事多变，一念之间，咫尺天涯，阴阳颠倒。

二

变化发生在 2000 年。李一男不顾与任正非的情谊，带着从华为分红所得一千万以及一批顶尖的研发和销售精英，到北京创办了港湾网络公司。华为职工自主创业，虽是任正非所倡导，但李一男的断然出走，还是让任正非大吃一惊而且打击甚大。

开始还算风平浪静。李一男按照与华为签订的协定，作为分销商只经营华为的产品，2003 年港湾的营收已达七亿元。然而，羽翼渐丰的李一男并不满足于此，野心开始膨胀，由于对华为的家底和机密了如指掌，他一下子就瞄准了"光通信"这个华为的核心领域。此举无异于向华为公开宣战，双方在市场上的竞争日趋激烈，以致刺刀见红，港湾在宽带 IP 领域占有率一度达到百分之七到百分之八，华为也不过百分之十到百分之十五。

志得意满的李一男，在各种场合从不谈华为，更不提任正非一个字。被短暂"胜利"冲昏了头脑的李一男并没有意识到，他已为自己的人生挖下了一个可怕的大坑。黑天鹅的翅膀正在头上盘旋，命运的逆转已经开始了。

深谙兵法、崇尚狼文化、骨灰级的企业大佬任正非，面对咄咄逼人的挑衅，出手了。小聪明与大智慧博弈，根本不在一个量级上，结果可想而知，李一男丢盔卸甲，落荒而败。华为以大约合计十七亿的代价，2006 年 6 月 6 日收购了港湾。穷途末路的李一男重回华为。任正非懊恼地说，华为是"惨胜如败"。

宋代江西有个名为方仲永的神童，聪敏异常，震动乡里，惜其骄傲自大，放弃了努力，结果"泯然众人矣"。李一男的悲剧与仲永不同，他的问题在于"做人"上出了岔子。

做人很重要。古训云：三分精力做事，七分精力做人。素有"企业家教父"之称的柳传志说："小企业做事，大企业做人。"

其实，做人并不复杂，不被利益和欲望所蛊惑，恪守诚信，忠诚不欺，讲廉耻，讲修养，讲感恩，重品性，重责任，重尊严。守住这些底线之后，才可以向更高的境界攀升。

三

吃了"回头草"的李一男很郁闷，呼风唤雨的风光日子已是"明日黄花"。两年后的 2008 年 10 月，他再次跳槽加盟百度，被任命为首席技术官 (CTO)。百度董事局主席李彦宏毫不吝惜自己的赞美："全世界能做百度 CTO 的只有三个人，李一男是其中的一个"，称李将带领百度的技术团队攀上理想的高峰。

然而，李彦宏对事业的雄心和延揽人才的爱心，很快就打了水漂。任职仅一年有余的李一男放下了"阿拉丁"等正在研发的项目，不管李老板如何苦留，还是撂了挑子，转身而去。

李一男的下一站是中国移动旗下的无线讯奇 12580，担任 CEO。获得至高无上的主导权，也许才是他想要的。然而，国企的水深不可测。他意识到,此地离自己的目标不是越来越近而是越来越远。一年半以后，他再次去职。

这时的李一男虽然正当年富力强，经历了大起大落的颠簸和毁誉参半的折腾后，技术天才的光环已然黯淡，不再是到处争抢的香饽饽。2011年8月，他以合伙人的身份加入了投资公司金沙江。这样的企业需要在人际关系方面具有运筹帷幄、决胜千里的能力，而这恰恰是他的短板。他再次进入孤独和焦灼之中，身心备感疲惫。

在一次投资对接项目中，李一男看好了一个电动车项目，创业的激情再次被点燃。2015年初，他创办了北京牛电科技公司并且高调宣布，将用最好的材料和最高端的技术打造一款中国最牛的电动车。然而天不假人，半年后，随着被警方带走，他的所有梦想瞬间化为泡影。

李一男被普遍诟病的是，两度进出华为，其后的十多年间又多次跳槽，有人甚至指他为IT界的吕布。平心而论，人才流动没有错，但在"流动"的过程中，如何做到对世道人心葆有敬畏、恪守游戏规则、尊重自己的内心和他人感受，却是重要而必要的。否则，反复无常、背主求荣、无耻小人等"毒舌"之恶名将如影随身，挥之不去。

另一个著名电子企业"联想"的孙洪斌，其早期经历与李一男颇有相似之处。孙洪斌是清华大学高材生，才干一流，深受联想总裁柳传志的器重和厚爱。然而，孙洪斌有意或无意地在内部另立山头，我行我素，结果在一场惨烈的内斗中失败，不但山头被铲除，自己也锒铛入狱。追究是谁把孙洪斌送进了大狱，已无意义；是什么将人生活成了一个高高升起又狠狠落下的抛物线，才是要不懈追问的。恃才妄为，李一男和孙宏斌都不是孤例。

四

人的性格渗透于行为的方方面面，同时也对生活的方方面面产生巨大影响。性格决定命运、性格主宰人生，信非虚语。

李一男少年天纵，既使他无比自信，敢想敢拼；也使他锋芒毕露，张狂无羁。他在华为期间就因脾气而广受争议。他对人不屑于"给面子""留余地"，辱骂下属几乎是家常便饭，动不动就喊"我开除你"。与其他副总也是态度粗暴，时有交恶。

华为前人力资源部专员表示，李一男早年的成功靠的是超高的智商，在他的字典里没有"情商"二字，"他很少对人假以辞色，和任正非很相像"。华为市场部经理唐更新因半公开批评过他，他便将其开除了，引起公司高层不满时他回应说："任正非这么做了也没怎么样，为什么我不能做？"

李一男从神坛跌落重回华为后，他的办公室是透明的，员工们看他时的那种眼光，使他如坐针毡；而"反骨仔（叛徒）"的议论更使他忍无可忍，导致再次出走。他或许不知道，这个世界从不缺针扎火燎的狂人，缺的是忍辱负重的智者。

任正非曾多次讲过，华为不培养和尚、牧师，华为是一支商业部队，要容得下各种异类人。不按套路出牌的李一男，自然"大受任正非喜爱"。据华为高层回忆，任正非对自己看得上的人要求格外严格，李一男一旦做错了什么，任正非毫不客气，就像一位脾气暴躁的父亲教训性格倔强的儿子。这是"爱之深，责之切"，还是培育人才上的简单粗暴？任正非为了事业的发展，一再破格提拔李一男这样的技术尖子，职务升迁和权力剧增的速度，使李一男的灵魂跟不上，还助长了欲望的疯长，说是"捧杀"或许言过其实，说是"拔苗助长""欲速则不达"庶几近之吧。在用人上，摒弃感性因素，强化良好的制度安排，说易实难。

改革开放以来，经济体制、社会结构、利益格局和思想观念都发生了深刻变革，急功近利、心浮气躁的风气也开始蔓延。一些人为了追逐钱权，恨不得一口吃成胖子，失去了耐心、思考和想象。环境造就人。在这样的社会氛围里，如果不具备强大而理性的内心，在全民的焦虑中，很容易异化为目光短浅、心胸狭隘、行为乖张的"精致的利己主义者"。

从多维的角度考量，"科技天才"李一男的沦陷，无论是唯才是用的老板们，还是扭曲的社会舆情，我们大家都有责任。

（选自2017年6期《时代商家》）